河南大學文學院詞學研究叢書 第二輯

民國時期河南大學詞學名家文叢

孫克強 劉軍政 主編

蔡楨詞學文集

孫克強 整理 編校

社會科學文獻出版社

SOCIAL SCIENCES ACADEMIC PRESS (CHINA)

孫克強，文學博士，河南大學文學院特聘教授，中華文學史料整理與研究中心研究員，博士生導師，曾任南開大學教授，臺灣省『中央大學』教授。長期從事詞學、中國文學批評史研究。出版學術專著有《清代詞學》《清代詞學批評史論》《唐宋詞學批評史論》《詞話論考》等；古籍整理著作有《大鶴山人詞話》、《白雨齋詞話全編》（三冊）、《龔鼎孳全集》（四冊）、《歷代閨秀詞話》（四冊）、《清代詞話全編》（二十冊）、《民國詞話叢編》（八冊）等多種。在《中國社會科學》《文學評論》《文藝研究》《文學遺產》《文獻》《中華文史論叢》等刊物發表學術論文 160 餘篇。主持國家社科基金項目 5 項、教育部社科基金重點項目 1 項、全國高等院校古籍整理研究工作委員會古籍整理項目 2 項。獲教育部『高等學校科學研究優秀成果獎』（人文社會科學）二等獎、全國古籍整理優秀圖書獎。

總 序

孫克强　劉軍政

　　河南大學坐落于開封。開封，古稱東京汴梁，戰國以後多次建都于此，號稱“八朝古都”，其中以北宋都城最爲著名。作爲“一代之文學”的宋詞與開封結下了不解之緣，河南大學作爲百年老校亦得益于宋詞之都的“江山之助”，詞學教育代有傳承，爲詞學研究之重鎮。

一

　　公元960年，趙宋王朝建立，定都開封。在中國文學史上，詞這種新文體迎來了新時代。宋詞作爲“一代之文學”，與詞體在北宋的新變，以及北宋開封城市面貌的新變緊密聯繫在一起。

　　詞體在北宋的新變，主要體現爲慢詞的异軍突起。雖然詞體成熟于晚唐五代，但當時流行的是小令，是“詩客曲子詞”的通行之體，由近體詩演變而來。直至北宋真宗、仁宗時期，來到開封考進士的福建士子柳永，從胡夷里巷、教坊新腔以及前代宮廷曲調中整合出慢詞新聲。這種新聲迅速風靡整個詞壇，無論士人學子，還是市井小民，都競相追捧，一舉改變了小令一統天下的局面。從此慢詞長調成爲宋詞的主流形態，宋詞開始具有自身獨特的風格和氣派，與唐五代詞相區別，宋詞作爲“一代之文學”方才實至名歸。

　　北宋開封城市面貌的新變，也是促進詞的創作不斷走向繁盛的重要原因。開封堪稱中國乃至世界第一個現代意義上的大都市。在北宋之前，中國的都市，比如長安，出于安全的需要，受到經濟的制約，實行坊市制。坊市制的主要特點是：城中有坊（里），坊有坊門，有官員和士兵把守。城中的居民居住于坊之中，包括歌伎在內的各行業人員，分類聚集居住。夜晚城門、坊門關閉，城市實行宵禁，市民沒有夜間的消費和娛樂活動，這就導致以夜生活爲平臺的歌伎活動受到極大限制，詞曲演出的發展也必然受到限制。

北宋初期，經濟快速發展，人口大量增加，坊市制逐漸遭到破壞，終至廢弃。宋仁宗時，開封城的坊市制實際上已經取消。如柳永的《看花回》就描寫了開封取消坊市制後的面貌：

> 玉城金階舞舜干。朝野多歡。九衢三市風光麗，正萬家、急管繁弦。鳳樓臨綺陌，嘉氣非烟。　　雅俗熙熙物態妍。忍負芳年。笑筵歌席連昏晝，任旗亭、斗酒十千。賞心何處好，惟有尊前。

這首詞寫出了一座不夜城的繁華景象：酒樓妓館燈紅酒綠，遍布全城大街小巷，通宵達旦。與音樂美酒相伴的是歌伎，她們是酒宴歌舞中的主角。有文獻證明，開封城歌伎在仁宗朝之後數量猛增，達至數萬，有時段甚至超過十萬。歌伎的數量直接關係着詞曲的創作。一方面，詞的傳唱主要依靠接受過演唱訓練的歌伎群體；另一方面，歌伎的日常演出需要不斷推出新曲、新詞。因此，龐大的歌伎數量客觀地反映了詞曲表演的繁榮。

柳永的《看花回》這首詞，真實地記錄了北宋開封的城市風貌，展現出中國城市的發展，在一千年前已經達到了新的高度。這首詞也昭示了方興未艾的宋詞，很快融入宋代富有商業氣息和市民風味的城市生活方式中，最終達到了詞體發展的最高峰。柳永生活的開封，無疑是一座發展迅猛、日新月异的繁華大都會。

慢詞的興起是宋詞繁盛的内在因素，城市格局的變化則是宋詞繁盛的外部因素，而這一切均發生在北宋的開封。詞體在宋代達到了最高峰，北宋的開封是詞體繁盛的起飛之地。

開封的宋詞偉業啓幕于南唐後主李煜。北宋開寶九年（976），李煜以亡國之君的身份被送到開封，宋廷安置他在都城西北，此地今稱"孫李唐王莊"，其實應該寫作"遜李唐王莊"，意爲遜位的李唐王居住處。值得一提的是，此莊與今日的河南大學金明校區僅有咫尺之距。

李煜在開封的生活雖然尊貴，但實爲階下之囚，相傳他"終日以淚洗面"，悲傷痛悔之下，他創作了許多感人至深的詞作，其中大多流傳于後世，如："獨自莫憑闌。無限江山。別時容易見時難。流水落花春去也，天上人間。"（《浪淘沙令》）"問君能有幾多愁？恰似一江春水向東流。"（《虞美人》）"剪不斷，理還亂，是離愁。別是一般滋味在心頭。"（《相見歡》）。清人馮煦也認爲，北宋引領創作的晏殊與歐陽修等重要詞人"靡不祖述二主""同出南唐"（《蒿庵論詞》）。此足見南唐詞人對宋代詞風的影響。李煜在開封的幽禁生活雖然不長，但他的創作却能深入人心，對宋詞發展的影響則更爲直接。

二

談及河南大學詞學教育和研究重鎮的確立，應該提到龍榆生主編的《詞學季刊》在 1933 年創刊號上刊登的詞壇消息，該消息歷數當時國内各著名大學詞學學科任教教授十數人，其中河南大學就有邵瑞彭、蔡嵩雲、盧前三人。這三位教授均是當時詞學界赫赫有名的人物，由此可見河南大學的詞學教育和研究在當時大學教學乃至民國詞學中的地位。

河南大學的詞學教育頗有傳統。1924 年 6 月，河南中州大學（河南大學前身）的《中州大學一覽》中，《畢業標準暨課程說明》記載，中國文學系開設有"詞曲"課程，課程綱要爲："本課程選授純文學文及關于文藝批評之著作，旨在養成學生于文藝有賞鑒及創作能力。"即河南大學的詞曲課程注重培養學生的鑒賞和創作能力。從其歷年開設的課程來看，河南大學在全國諸大學中也是較早開設并且十分重視"詞曲"及其課程教學的大學。以其後來在"詞曲"學上所取得的研究和創作實績來看，河南大學也是確立了舊體詩詞教學與研究傳統的一所大學，這足以證明，河南大學在民國時期的大學詞學版圖中，占據着非常重要的地位。

據《河南大學校史》記載，1924 年河南大學易名爲河南中州大學，其國文系開設詞曲課程，之後不久，國內詞學名師競相雲集于此。

1930 年國文系開設"詞選"課程，由繆鉞講授，時間一年。

繆鉞（1904~1995），字彥威，江蘇溧陽人，著名詞學專家。1924 年北京大學文預科肄業。繆鉞先生的論文《論詞》，提出詞體特徵爲"文小""質輕""徑狹""境隱"，此成爲詞學之經典表述。值得一提的是，繆鉞先生在新中國成立後曾第二次來到河南大學中文系任教。

1931 年開始，邵瑞彭、蔡嵩雲、盧前三位詞學大師同時在河南大學任教。

邵瑞彭（1888~1937），一名壽籛，字次公，浙江淳安人。先後加入光復會、同盟會，曾當選國會眾議院議員。邵瑞彭拜晚清四大家之一的朱祖謀爲師，詞學傳其衣鉢。先後任北京大學、北京師範大學、中國大學教授。應清史館趙爾巽之邀，協修《清史稿·儒林文苑傳》。1931 年邵瑞彭受聘爲河南大學中國文學系主任，從此寓居開封，直至逝世。

盧前（1905~1951），字冀野，別號飲虹，江蘇江寧人。1922 年進入東南大學國文系，受教于民國詞學大師吳梅先生。他曾出任國民參政會四屆參議員，受聘在金陵大學、河南大學、暨南大學、光華大學、四川大學、中央大學等學校講授詞學、戲劇等。有《詞曲研究》等著作多種，是民國時期著名的詞曲學大師。

蔡嵩雲（1891～1950年代），名楨，字嵩雲，號柯亭詞人，江西上猶人。早年求學于兩江優級師範學堂。著有《柯亭長短句》《柯亭詞論》《詞源疏證》《樂府指迷箋釋》《作法集評唐宋名家詞選》等。值得注意的是蔡嵩雲在河南大學執教時所編著的《作法集評唐宋名家詞選》。在此書"例言"中，他特意說明："本編爲河大國文系《詞選》講稿，所選各名家詞，以作法昭著可供學子取則者爲準，故與其他選本微有不同。"篇末注明"民國二十二年癸未春日，蔡嵩雲寫于河南大學之西齋"，"西齋"即西齋房，位于今河南大學明倫校區主干道西側，與東側的東齋房遙遙相對，爲國家級文物保護單位。

所謂名師出高徒，在三位大師教導指引下，河南大學走出了著名的詞學家楊易霖。

楊易霖（1909～1995），名雨蒼，字易霖，四川犍爲孝姑人。民國20年（1931）追隨恩師邵瑞彭，由北京來到河南大學繼續學習詞學，十餘年堅持不輟。在邵瑞彭的指導下，相繼完成了《周詞訂律》《詞範》《紫陽真人詞校補》《讀詞雜記》等詞學論著。邵瑞彭曾爲楊易霖《周詞訂律》作序云："犍爲楊易霖，從余問故且十載，精研《倉》《雅》，尤通韻學，偶爲詩餘，能窺汴京堂奧。聞余言，爰有《周詞訂律》之作。書凡十二卷，專論清真格律，審音揆誼，析疑匡謬。凡見存詞籍足供質證者，甄采靡遺；于同異之辨，是非之數，尤三致意焉。猶之匠石揮斥，必中隿栝；離俞縱目，弗失豪芒。羽翼前修，衣被來學。不惟美成之功臣，抑亦詞林之司南也。"俞平伯也爲此書寫了書評，贊揚其"爲詞譜中分四聲者第一部書，亦爲《清真詞》中四聲及其繼聲者最詳盡分析之初步，固有功于清真，亦有功于詞學矣。"楊易霖音韵學功底深厚,以精于詞律而聞名于詞學研究界。

以上談到的邵瑞彭、盧前、蔡嵩雲三位詞學大師具有一些共同的特點。

第一,他們的詞學思想源于清代常州詞派,從張惠言、周濟、端木埰、晚清四大家,再到吳梅等詞學家,可謂學有傳承,積澱深厚。他們崇尚常州詞派意内言外、比興寄托的宗旨,强調意格與音律并重,尤其是對北宋周邦彦詞的音律成就十分推崇,不僅加以總結研究,而且進行摹作、和作,細加體會。

第二,秉承傳統,在詞學教學過程中,理論與創作并重。早在 20 世紀 20 年代,河南大學的王履泰教授就創編《孤興》《文藝》雜志,刊發河南大學文學院國文系師生的研究論文和詩詞作品。在繆鉞任教時期,河南大學學生于 1931 年創立文學社團"心心社",并創辦文學半月刊《心音》,刊發師生的詩詞作品。30 年代在邵、蔡、盧三位教授的指導下,河南大學師生成立了"金梁吟社""梁園詞社"等詞社,定期填詞習作,編輯有《夷門樂府》雜志,以刊發詞作。

第三,重視詞法。蔡嵩雲編撰的講義《作法集評唐宋名家詞選》,在自評部分側重講論每首詞的章法結構,揭示其作法脉絡。蔡嵩雲特意説明其編選宗旨:"所選各名家詞,以作法昭著可供學子取則者爲準"。這一點是與詞學課程重視創作相一致的。

民國時期,河南大學的詞學教育研究名師彙聚,先後來這裏講授詞學的名家不勝枚舉,如有王履泰、段凌辰、李笠、胡光煒、朱師轍、繆鉞、邵瑞彭、盧前、蔡嵩雲、姜亮夫等。詞社活躍,創作繁盛。河南大學作爲詞學重鎮聞名遐邇。

三

1952 年開始,全國性的高等學校院系專業調整,調整後的河南大學，許多師資甚至學科，被調到國内其他院校，但中文系古代文學專業的師資則隨着一批名師的加盟反而有所加强。僅就在詞學領域有所成就的名師而言，有三位有必要特別説明，他們是任訪秋、高文、華鍾彦。

任訪秋（1909~2000），先後畢業于北京師範大學中文系和北京大學國學門研究所，新中國成立後終身任教于河南大學。任先生是古代、近代、現代文學研究專家，尤其是在近代文學研究領域，可謂泰山北斗。不過，任訪秋先生在民國學界嶄露頭角的領域却是詞學。

晚清民初，王國維的《人間詞話》和胡適的《詞選》相繼出版，二書均體現了“反傳統”的思想觀念，打破了清代中後期以來常州詞派詞學思想籠罩詞壇的局面，産生了巨大的影響。任訪秋先生敏鋭地注意到王國維、胡適二人詞學主張的相似性，于1935年的《中法大學月刊》第7卷第3期上發表《王國維〈人間詞話〉與胡適〈詞選〉》一文，該文指出：“這兩部書在近代中國文學批評史上占的地位太重要了，而兩書的作者又都是近代中國學術界之中堅，故彼等之片言隻字，亦莫不有極大之影響。自兩書刊行後，近幾年來一般人對詞之見解，迥與前代不侔。王先生爲遜清之遺老，而胡先生爲新文化運動之前導。但就彼二人對文學上見地上言之，竟有出人意外之如許相同處，不能説不是一件極堪耐人尋味的事。”任訪秋先生此文實是一個重大發現，即發現了民國新派詞學的興起，以及新派詞學的思想源頭。

高文（1908~2000），畢業于金陵大學中文系及國學研究班，詞曲學師從吴梅先生，曾擔任金陵大學中文系主任，新中國成立後調入河南大學中文系任教授。高文先生以唐代文學研究的成就享譽學界，他主持撰著的《全唐詩簡編》《唐文選》等贏得了很高的聲譽。高先生亦曾發表詞學著述，其《詞品》刊于《金聲》

雜志 1931 年第一卷第一期。其《詞品》仿司空圖《詩品》以及清人郭麐《詞品》之例，以四言韵文形式概括詞體風格五種：

　　一、淒緊：蘆花南浦，楓葉汀洲。關河冷落，斜照當樓。白楊蕭瑟，華屋山丘。試聽悲笳，淒然似秋。風露泠泠，江天悠悠。銀灣酒醒，殘月如鈎。

　　二、高曠：神游太虛，包舉八紘。萬象在下，俯視眾生。野闊沙静，天高月明。參橫斗轉，銀漢無聲。意趣所極，不可爲名。如卧北窗，酒醒風輕。

　　三、微妙：雲斂氣霽，獨坐夜闌。遥聽琴韵，聲在江干。心無塵慮，始得其端。如臨秋水，寫影層巒。蘋花漸老，菡萏初殘。蓬窗秋雨，小簟輕寒。

　　四、神韵：靈機偶觸，忽得真旨。不名一象，自然隨喜。婉約輕微，神會而已。即之愈遠，望之似邇。白雲在天，靡有定止。一曲琴心，高山流水。

　　五、哀怨：文章百變，以情爲原。瀟湘聽瑟，三峽聞猿。能不感傷，動其煩冤。秋墳鬼唱，旅轂朱門。纏綿悱惻，敦厚斯存。班姬之思，屈子之言。

用韵文形式撰寫文學批評文字，尤其是用四言詩體形容詞體風格，展現了高文先生的詞學造詣和見識。

　　華鍾彦（1906～1988），先後畢業于東北大學和北京大學，詞學師從俞平伯，先後執教于東北大學、東北師範大學，1955年後終身任教河南大學。華先生學術視野極爲廣闊，從《詩經》、漢魏文學，至唐詩、明清小説，無不深研，尤其在詞曲研究領域備受學界推重。

　　華鍾彦先生的《花間集注》于 1935 年由商務印書館出版，是《花間集》最早的注本。著名詞學家顧隨先生爲書作序。《花間集》是第一部文人詞總集，乃百代詞家之祖，對後世產生了深遠的影響，成爲後世詞"當行本色"創作道路的典範。民國之前，《花間集》雖然版本衆多，其編集的目的都是爲讀者提供摹寫的範本。《花間集注》却完全不同，它創造性地采用了解釋詞句、疏通意旨兼及鑒賞的新體式，開《花間集》賞析之先河，以教學和普及推廣爲目的，呈現顯著的現代大學教材的特徵，具有文學經典普及的性質，成爲民國時期新派詞學在詞籍注釋領域的學術範本。華鍾彦先生的《花間集注》是第一部具有現代學術性質的《花間集》注本，具有里程碑的意義。

以上三位教授具有頗多共同的特點：第一，他們均具有深厚的詞學造詣，且均在民國時期已經在詞學研究領域有所建樹；第二，他們于新中國成立後先後來到河南大學，終身任教河南大學，且均擔任過中文系副主任、主任的行政職務，在師生中享有極高的聲望；第三，他們均爲既博又專的學者，根據教學的需要在學術上曾涉獵多個領域，但又有自己的學術專長，具有很高學術知名度。

四

民國詞學分爲新舊兩派。所謂"舊派"也被稱爲體制内派。體制内派的詞學批評往往更注重詞體的内在結構，講究詞體的學術規定性。舊派的學術淵源是清代的常州詞派，其代表詞人，大都是常州詞派的傳人，主要有晚清四大家及其弟子。所謂"新派"，即被對應地稱爲體制外派。新派的詞學家大都受西方文藝思想影響較深，是一批新型的學者。他們受西方的教育思想浸潤很深，多并不以詞學爲主業。新派也被稱爲北派，主要是因爲他們大都生活在北平和天津一帶，如王國維、胡適、胡雲翼、鄭振鐸、俞平伯等人。從新派詞學的發展歷史來看，王國維是啓蒙者，胡適是奠基者，胡雲翼是開拓者。從前後任教河南大學的詞學教授的學術淵源來看，邵瑞彭、蔡嵩雲、盧前、高文屬于舊派，任訪秋、華鍾彥具有新派的色彩。以今天的學術眼光來看，無論舊派、新派，皆有可貴的學術理念和建樹，皆是寶貴的詞學教育遺產。河南大學今天以保有這樣的遺產而自豪。

21世紀以來，河南大學的詞學研究又開闢了新的局面，詞學研究穩步前行。鄔同慶和王宗堂合著《蘇軾詞編年校注》（中華書局，2002）、孫克強《清代詞學》（中國社會科學出版社，2004）、岳淑珍《明代詞學批評史》（社會科學文獻出版社，2014）、劉軍政《中國古代詞學批評方法》（人民出版社，2015）、陳麗麗《南宋孝宗時期詞風嬗變研究》（中國社會科學出版社，2019）等著作的出版，顯示出河南大學的詞學研究薪火相傳，步步堅實。

爲了鞏固和加強詞學研究，在河南大學文學院的大力支持下，河南大學文學院詞學研究中心得以組建，重新整合了詞學研究力量，確定了三個研究方嚮：詞學文獻的整理與研究、詞學批評史研究、詞史研究。如今河南大學的詞學研究具有顯著的學術特色：文獻與理論并重，以文獻整理、考辨爲基礎，以批評史、詞史、學術史的建構爲方嚮，以發揚傳統、勇于創新爲精神動力。這套"河南大學文學院詞學研究叢書"的出版，是河南大學詞學研究的新起點，以此展望未來，前途可期。

前　言

　　蔡楨是民國時期的著名詞人、詞學家。他傳承了清代中期以後常州詞派、"晚清四大家"形成的詞學傳統，并發展深化，在創作、詞學批評理論、詞學研究各領域均取得了杰出的成就，可稱古典詞學殿軍陣營中的一位大師。蔡楨曾在河南大學國文系教授詞學，以其强烈的愛國主義精神影響學生，以其精深的詞學造詣教授學生。他與邵瑞彭、盧前等詞學大師同時在河南大學任教，令河南大學一時成爲舉世矚目的詞學重鎮。

一

　　蔡楨（1891～1950 年代），一作禎，字嵩雲，或松筠，號"柯亭詞人"。江西上猶人。早年爲監生，曾入讀師範預科。1906 年至 1909 年蔡楨求學于兩江優級師範學堂，"性方儼，勤于治學"（蔡楨同學李方漢語）是他給同學們留下的印象。在兩江優級師範學堂，蔡楨成爲清末民初著名教育家李瑞清的學生。李瑞清（1867～1920），字梅庵，入民國後自署"清道人"。曾任江蘇布政使、兩江優級師範學堂監督（校長）、南京學使。李瑞清"風節炳然"，令人敬仰，蔡楨"篤守師傳"，繼承了乃師的品格，并將這種品格傳于他的學生。值得一提的是，蔡楨在李瑞清的家裹認識了"晚清四大家"之一，當時的詞壇領袖朱祖謀，後者改變了蔡楨的詞學研究道路和方嚮。兩江優級師範學堂爲今南京大學的前身，是當時具有現代教育精神的學校，蔡楨在此學堂入農學博物科，學習現代自然科學。這段學習經歷與他後來治詞學時所運用的科學方法和現代邏輯思維不無關係。兩江優級師範學堂的經歷，對蔡楨的人格培養和治學精神都産生了重要影響。從兩江優級師範學堂畢業後，蔡楨曾在江蘇省的幾所中學和師範學校任教，之後任南京文化學院教授。1931 年蔡楨應當時河南大學校長許介臣的邀請，赴河南省會開封任河南大學教授。此時，蔡楨、邵瑞彭、盧前三位詞學大師同時在河南大學任教。此事在詞學大師龍榆生主編的《詞學季刊》1933年的創刊號上有所記載。三位詞學大師的加盟，使河南大學填詞、治詞風氣大盛。蔡楨曾記述："汴京在宋金二代爲南北詞人所萃，流風餘韵，迄今猶有存者。辛未歲（1931），予來河南上庠主詞學講席，而淳安邵次公亦講學于斯，一時詞風蔚然。"（蔡楨《〔鷓鴣天〕〈河水長流汴水縈〉小序》）在河南大學任教期間，蔡楨除了教授詞學課程外，還指導學生學習填詞，鼓勵學生投稿發表，創辦《梁苑詞錄》雜志集中刊載學生的詞作。在河南大學，蔡楨的學術威望極高，被稱爲"海内獨步的詞學家"（編後語，《心音》1932年第2期）。在河南大學期間，蔡楨榮任河南大學學術委員會委員，可見其學術地位之高。數年後，蔡楨因病離開河南大學，回到南京休養、治病。在南京期間，他多與詞壇名流交流切磋。1934年吳梅先生組織詞社如社，蔡楨爲二十四位成員之一。

抗日戰争時期，蔡楨隱居揚州。據他的朋友柳詒徵記述："往在汴梁，遘危疾，得術士治之，良已。然猶恒苦風眩，艱于步履，故不克遠走滇蜀。"蔡楨曾在河南大學期間患病，後一直未痊愈，身體羸弱。因而蔡楨未能像吳梅等愛國教授那樣轉移到雲南、四川等西南大後方，祇能就近到揚州江村躲避。面對日寇淫威，蔡楨表現出堅貞的民族氣節，據柳詒徵記述，蔡楨憎惡日本占領軍，多年不入城市。日寇頒行有占領軍當局簽署、按有本人指印的居民通行證件，蔡楨認爲這是對中國人的侮辱，他寧可足不出户也不去辦理證件，雖然貧困已極，也絶不向敵寇低頭。"嬰國難，甘槁餓，不降志辱身。"其民族氣節令人感佩！隱居揚州時期，蔡楨寫下了許多憤懣激切的詞作，其内容風格正如其友人陳延傑《題柯亭詞卷後》中所説："蔡侯自是遺民一，泪望王師九載期。席棘飴荼越在莽，憂時感憤托之詞。"唐圭璋題詞云："賊中辛苦稿。十載揚州老。字字動江關。暮年庾子山。"高度稱贊蔡楨堅貞的民族氣節。

二

蔡楨的友人洪汝闓概括蔡楨的詞學特點云："今人治詞，遂分二派：一曰社派，一曰校派。社派以修辭叶律爲工，重在才；校派以考訂研究爲主，重在學。而其別裁僞體，上探本源，守先正之明清，慨六義之放失，懷舊俗而達事變，則二派之所揭櫫靡弗同。君蓋兼有二派之長者。"指出民國時期詞壇可分爲詞與詞學兩個領域，亦即填詞創作和詞學研究兩個方嚮；蔡楨則是二者兼擅，可謂才學皆優。

蔡楨曾記述自己的詞學導師云："鷄鳴風雨，長懷昔游，生平所接詞流，有不能忘者四人，爰綴短韵，以略紀其言論，皆居恒所親炙者也。"他說的四人爲："武陵陳伯弢先生銳""鐵嶺鄭叔問先生文焯""臨桂況夔笙先生周頤""歸安朱古微先生祖謀"。（蔡楨《〔減字木蘭花〕四首小序》）據《詞源疏證》《柯亭長短句》等文獻記載，蔡楨1913年于武陵（今湖南常德）結識陳銳（伯弢），向其學作詞之法；1915年遇鄭文焯于上海，向其問宮調之理，始知作詞需嚴守音律；1918年在李瑞清南京家中結識朱祖謀，後多次請教，并請彊邨爲《詞源疏證》題寫書名；1926年遇況周頤于南京，請益更多，進而知恪守四聲。

陳銳（約1861~?），字伯弢，號襄碧，湖南武陵人。以詞見重于朱祖謀、鄭文焯，著有《襄碧齋詞話》和《襄碧齋詞》。蔡楨詞云："幽齋襄碧。相對朗江風雨夕。萬感騷心。老去聊爲澤畔吟。源流正變，取宋捐唐辭旨見。柳骨周神。暗度金針世幾人。"陳銳論詞新見迭出，他對當時詞壇輕視柳永詞的現狀頗爲不滿，"獨柳三變，無人能道其隻字已"。他重申柳永詞的價值："詞源于詩，而流爲曲。如柳三變，純乎其爲詞矣乎。"陳銳贊成鄭文焯提出的"能見耆卿之骨，始可通清真之神"（《襄碧齋詞話》），即要認識到柳永對其後有"集大成"之譽的周邦彦的深刻影響。蔡楨論詞特別重視柳永詞的藝術價值，從中可見他深受陳銳的影響。

鄭文焯（1856~1918），字俊臣，號叔問、大鶴山人，奉天鐵嶺人。鄭文焯工詩詞，精于音律樂理，爲"晚清四大家"之一。著有《詞源斠律》《樵風樂府》《大鶴山人詞話》。蔡楨詞云："玉梅花下。對月清談忘午夜。野鶴孤雲。人海翩然矯不群。還宮律細，製曲獨參弦外意。楊柳閶門。小圃荒寒水石存。"蔡楨深受鄭文焯詞律見解的影響，"聞其論宮調之理，及讀所爲樂府，益恍然于詞之必求協律"（《詞源疏證》）。蔡楨的《詞源疏證》多受鄭文焯《詞源斠律》的啓發，且在書中多加引錄。

朱祖謀（1857~1931），字古微，後改名孝臧，號彊邨。歸安（今浙江湖州）人。輯刻《彊邨叢書》，著有詞集《彊邨語業》，爲"晚清四大家"之一，是民國前期衆望所歸的詞壇領袖。朱祖謀論詞強調聲律，有

"律博士"之譽。蔡楨詞云："臨川座上。霽月光風心嚮往。語業連篇。說到填詞衹片言。花間信可，須識宋賢堂廡大。叔世無春。淒絕辭窮理屈人。"蔡楨對朱祖謀極爲敬佩，在〔水龍吟〕《朱古微先生挽辭》中寫道："蓋代詞名能幾，邁蘇吳、後先流美。臨川座上，光風初挹，前塵逝水。贅稿新題，灂痕餘潤，低徊曷已。奈冰霜滿眼，衰蘭委佩，灑招魂淚。"

況周頤（1859~1926），字夔生，別號玉梅詞人，晚號蕙風詞隱，臨桂（今廣西桂林）人，爲"晚清四大家"之一。著有詞集《第一生修梅花館詞》，詞話《蕙風詞話》。朱祖謀稱《蕙風詞話》爲"自有詞話以來，無此有功詞學之作"。蔡楨曾呈自己的詞作向況周頤請教，況周頤稱贊云："宋時江西詞流極盛，蘭畹金荃，流風餘韵，至今猶有存者。"（《餐櫻廡漫筆》）蔡楨詞云："紫霞耆舊。點綴湖山餘此叟。酒冷燈昏。幾度追陪與論文。層深遠致，記取輞川詩畫裏。詞派西江。勖振宗風愧未遑。"

以上陳、鄭、朱、況四人在詞與詞學方面有個共同的特點，即重視詞律。然而在具體的學詞路徑上又各具法眼：陳銳推揚柳永詞的價值，鄭文焯尊尚姜夔詞的品格，朱祖謀心儀吳文英詞的氣質，況周頤則強調熔鑄唐、五代、北宋、南宋爲一爐。蔡楨的填詞創作和詞學批評理論以及詞學研究，深受四人的影響。

在創作領域，蔡楨一生筆耕不輟，從至今存世的作品中可見，其最早的詞作作于1913年，最晚的詞作發表于1948年。從內容上看，蔡楨的詞可以分爲1937年前和1937年後兩個時期。全面抗戰前的詞，題多樣：游歷、唱和、社集、懷古、咏物等；1937年後的詞，蔡楨輯爲《竹西鵠唱》，盧前將之概括爲"隱于竹西，備嘗艱苦。時有感發，托諸鵠唱"。"鵠唱"，鷓鴣鳴叫之謂也。鷓鴣的叫聲有悲涼凄厲之感。南宋辛棄疾有詞云："江晚正愁餘，山深聞鷓鴣。"（〔菩薩蠻〕《書江西造口壁》）蔡楨的"鵠唱"乃身居敵寇占領區的生活寫照，憂愁、苦悶、激憤是此時期詞作的主基調。蔡楨詞的特點如洪汝闓稱"所爲詞，又能自出手眼，開徑獨行，才與學相資，聲與文并懋，不附和今人，亦不全依傍古人。其爲體也，直而不窒，文而不縟，曲而不纖，樸而不野，一語之發，咸出中誠，意內言外，自然優美，卓然自成爲柯亭之詞，不同于世之但有其表而無其裏者，茲其尤爲難能可貴者歟。""意內言外"是清代中後期常州詞派填

詞的宗旨和家法，強調內蘊深厚而出之比興寄托。蔡楨曾說"意內言外之

詞，所謂最有意義者也"，他繼承了常州詞派的家國情懷。如《竹西鵾唱》中的〔六醜〕：

> 記烟堤載酒，正綠柳金鶯梭擲。少年俊游，分飛成倦翼。雪印鴻迹。避地重來處，望中烽火，報島夷傾國。飆輪四犯無山澤。焰起連城，聲摧九陌。繁華甚人珍惜。黯南雲北樹，春夢天隔。　湖樓蕭寂。儘荒波漾碧。似耳蘭舟女，長太息。傷高最是羈客。矧秋光慘淡，劫深愁極。黃花老晚霜侵幘。伴玉斗月底，頻澆塊壘，醉容欹側。澄清願莫付寒汐。感盛衰對此茫茫意，如何料得。

詞小序云："秋老寇深，瘦湖人寂，撫時感舊，悲從中來。"此詞描寫日寇占領時期揚州的空寂荒涼，"湖樓蕭寂。儘荒波漾碧"。抒發作者哀國之慟、嘆己之悲的感情，"傷高最是羈客。矧秋光慘淡，劫深愁極"。景中寓情，情景交感。蔡楨的民族氣節、愛國摯情在當時引發世人的由衷讚頌，即使今天也令人感佩。

三

蔡楨的詞學研究和詞學批評理論所體現的學術思想是一致的。蔡楨的詞學思想十分豐富。綜而言之，主要有兩個方面：詞律理論和詞法理論。

蔡楨的詞律理論，如前所述，深受陳銳、鄭文焯、朱祖謀、況周頤的影響，四人皆爲詞律專家，無論創作還是批評，他們總是將詞律置于最重要的位置。蔡楨繼承的重視詞律的思想，首先貫徹在創作上。盧前評他的詞説："持律之細，工力之深，守法愈密。"（《柯亭長短句序》）蔡楨的《詞源疏證》《柯亭詞論》有系統的詞律論述。蔡楨的詞律理論主要强調兩點。

第一，詞律的重要性。從南宋開始，詞學家已開始討論詞創作中音律和文學性的取捨或偏重的問題。蔡楨繼承了張炎的觀點："音律所當參究，詞章先宜精思，俟語句妥溜，然後正之音譜，二者得兼，則可造極玄之域。"（張炎《詞源》下卷《雜論》）蔡楨强調："作詞宜音律與詞章并重。""律不協不得謂詞之至，言不雅亦不得謂詞之至。"到了清末民初，講究音律是否還有必要，依然成爲習詞者面臨的問題。蔡楨與前輩詞學家觀念一致，强調音律在創作中的重要性，蔡楨云："文學家之詞，分平仄而已。音律家之詞，原可歌唱，四聲調叶，爲可歌之一種要素"，"今雖以音譜失傳而不可歌，然較之僅分平仄者，讀時尚覺鏗鏘可聽"，"其實能手爲之，依然行所無事，并無牽强不自然之病。觀清末况蕙風、朱彊邨諸家守四聲之詞，足證此語不誣"（《柯亭詞論》）。他指出精于音律的詞家之作品具有更好的審美效果。

然而，當時的習詞者往往視音律爲畏途，且認爲講求音律會影響詞的性情表達，"淺學者流，每謂守四聲如受桎梏，不能暢所欲言，認爲汩没性靈"（《柯亭詞論》）。蔡楨提出了循序漸進的習詞方法："初學填詞，實無守四聲之必要。否則辭意不能暢達，律雖叶而文不工，似此填詞，又何足貴。惟世無難事，習之既久，熟能生巧，自無所謂拘束，一以自然出之。雖守四聲，而讀者若不知其爲守四聲矣。"從拘束到自由需要一個過程，其中的關鍵是要認識到講求音律的意義，找準方嚮。

詞體從音樂曲調的歌詞，逐漸演變爲純粹的韵文，雖然不能再歌唱，但詞體的語言形式中仍保留了音樂可歌的基因，詞體具有其他韵文文體所缺失的聲情效果。就現代人的填詞方式來說，可以分爲兩種：一種是僅僅按照詞體的平仄格律填詞的"文學家之詞"，另一種是按照宋詞音律的四聲填詞的"音律家之詞"。兩種詞相比較，顯然前者的創作方式容易掌握，後者的則有難度；但是從藝術審美的效果來看，前者與後者則有明顯的差距。蔡楨的詞律批評理論選擇了後者，屬于民國詞律派詞學家。然而，蔡楨的詞律理論并不簡單否定"文學家之詞"，而是指出這種詞的創作方法不過是學詞者初級階段的創作方式，如要提高水準，則要向"音律家之詞"的創作方嚮努力，纔能進入更高的境界。可以認爲，蔡楨的詞律思想是建立在當時現實情况的基礎上的，是十分有價值的。

第二，指出古代詞樂音律理論有牽强附會的內容。蔡楨云："昔人論樂，最牽强者，莫如附會《易》理，其實如風馬牛之不相及。"古人論宮調、律吕往往附會陰陽五行，甚至附會《周易》的八卦，蔡楨對此予以駁斥。更爲難能可貴的是，蔡楨運用現代科學原理解釋詞律的一些現象，云："今日物理學家謂音之高低，關于空氣振動之多寡。而吹奏樂器之振動數，與管之長短爲反比例，是古人以管之長短較正音之高低，于學理上極爲正確。陳氏此說，力破陰陽之虛理，專取長短之實形，頗近于科學家之主張。數千年來言樂者之穿鑿附會，與夫糾紛争執，將一舉而摧陷廓清矣。"(《詞源疏證》) 音律的高低其實是樂器與空氣振動的不同效果，自然科學完全可以解釋，附會陰陽五行的説法是十分可笑的。

蔡楨的詞法理論最具特色。民國詞學家夏敬觀對蔡楨的詞法理論有一個精闢的概括："君稱周柳詞法冠絶諸家，不云詞旨而曰詞法，此誠前人所未曾道。余因以知君所見，有高于并世諸子者在。"(《柯亭長短句序》) 南宋沈義父的《樂府指迷》曾提到"詞法"，但過于簡要，没有展開。張炎《詞源》亦有相似的論述，但没有提升到詞法的高度。此後歷代詞話雖有相關的内容，却没有以詞法的理念概括之。例如，清初沈雄《古今詞話》將换頭、起句、結句、用字、句法等内容放置"詞品"門中。蔡楨首次對詞法進行了系統的論述。

首先，闡述了詞法的産生和發展。蔡楨云："無論何事物，在原始時代，均純任自然，本無所謂法。漸進則法立，更進則法密。音樂進展，亦復如是。始何嘗有五音六律與四聲？其後覺天然歌唱，過于簡單凌亂，于是始有音律之發明。其實此音律，仍含于自然法則中，特後人加以發明。雖出人爲，謂仍屬自然法則，亦無不可。"(《柯亭論詞》) 他認爲詞法體現的是詞創作的藝術方法，是詞創作發展史的必然産物，也是詞體藝術進步的結果。

其次，詞法的分類和特點。蔡楨將詞法分爲字法、句法、章法三類，又具體闡釋了各自的特點："字法須講倖色揣稱，句法須講層深渾成，章法須講離合、順逆、貫串、映帶。如何起，如何結，如何過變，均須致力，否則不成佳構。"(《柯亭論詞》) 字法指用字、用詞的準確、生動、新穎；句法指句子内在的構成方式，以及句與句之間的銜接、照應和結構特點；章法則是整篇的布局方法，即布局謀篇的思路，以及内在各個環節，如起頭、結尾、上下片之間的過變設計等。章法往往與立意、創意相聯繫，因而在三類法中，章法更重要。蔡楨説"作詞之法，造意爲上，遣辭次之"。"遣辭"屬于字法、句法範疇，"造意"主要體現在章法上。"欲去陳言，必立新意。若換調不換意，縱有佳句，難免千篇一律之嫌。"(《柯亭論詞》)

最後，章法藝術的闡述。其一，指出章法與體裁的關係。"慢詞與小令之文心既繁簡迥殊，構成之辭章即因之异色，而作法亦因之截然不同矣。"（《柯亭論詞》）蔡楨"設喻以明之"："小令如布置庭園一角，無多結構，奇花異石，些少點綴，便生佳致。慢詞則不同，如建大厦然，其中曲折層次甚多，入手必先慘淡經營，方能從事土木。"（《柯亭論詞》）小令結構簡單，要從語言的警策、意境的生動獲得美感；慢詞調長字多，可以容納更多的情、景、意，但同時也要考慮如何結構，即如何離合、順逆、貫串、映帶；如何布局，即如何奇正、空實、抑揚、開合、工易、寬緊。（劉熙載《詞概》）其二，指出章法的重點在起句、結句、過變。蔡楨論起句云："大抵起句非漸引，即頓入，其妙在筆未到而氣已吞。"論結句云："收句非繞回，即宕開，其妙在言雖止而意無盡。"論過變云："過變更不可脫離題意，方不空泛，方能警切。"蔡楨在《作法集評唐宋名家詞選》中，具體詳細舉例解說各種章法的典範例證。

蔡楨的詞法理論，是對傳統詞學批評理論的重要發展。其價值主要體現在兩個方面：其一，將前人詞作鑒賞的感悟式、印象式的批評，上升爲詞法的理論系統；其二，其章法理論開拓了詞體觀念的視野。其內容涵蓋詞體與其他文體的章法比較，如詞體內部各種體裁的章法特點、章法的繼承演變形態、章法的結構形式等等。蔡楨在章法的各個層面均進行了深入探討，既有實例的分析，也有理論的升華。綜而觀之，蔡楨的詞法理論既汲取了古典詞學的傳統智慧，又借鑒了現代學術的方法和理念，達到了詞法理論的現代高度。

四

本書乃蔡楨詞學著述的彙編，分述如下。

《詞源疏證》是蔡楨對南宋詞學張炎《詞源》作的箋釋考辨。《詞源》爲南宋三大詞話之一，對後世影響極大，在詞學史上具有重要地位。吳梅稱，蔡楨的《詞源疏證》爲"取古人中論及《詞源》者，彙錄而詳釋之"。《詞源》上卷及下卷之"音譜""拍眼"兩節主要論析的詞體音律，一嚮被詞學研究者視爲困境，不敢輕易涉獵，如詞學大師夏承燾先生作《詞源注》時，就避開了上述內容。蔡楨的《詞源疏證》所作箋釋的主要特點是引錄各種古今有關的音律著述，對《詞源》的相關問題加以解釋和說明，尤其是對詞律部分的疏證，最具特點。《詞源疏證》初刊于1932

年，由金陵大學中國文化研究所印行。中國書店 1985 年據此版出了影印版。

《樂府指迷箋釋》是對南宋沈義父詞話《樂府指迷》作的箋證注釋。《樂府指迷》亦爲南宋三大詞話之一。蔡楨在引言中說："余昔曾作《疏證》行世。《指迷》雖衹二十八則，而論及詞之各方面，其重要與《詞源》同。且宋末詞風，夢窗家法，均得于是編窺見一斑。前人多忽視之，箋釋之作以此。""（《樂府指迷》）流傳仍未甚廣。且以言辭簡略，草草讀過，亦未易窺其蘊奧。予性嗜詞學，始作長短句，取則于《詞源》及是編者良多。歲辛未，既成《詞源疏證》稿，屢欲取是編逐條箋釋，以闡揚宋賢詞說，而謀初學治詞者，人人得手是編。"《樂府指迷箋釋》與《詞源疏證》是姊妹篇，皆是對南宋詞學理論著作的闡釋。由此也可以看出，蔡楨的詞學研究興趣更偏重詞學批評理論，這個特點使他在中國詞學批評理論史上獨樹一幟。在詞學史上，《樂府指迷》首次論及詞法，"音律欲其協，不協則成長短之詩；下字欲其雅，不雅則近乎纏令之體；用字不可太露，露則直突而無深長之味；發意不可太高，高則狂怪而失柔婉之意"。此詞法由吳文英傳授沈義父，蔡楨的詞法理論濫觴于此。《樂府指迷箋釋》完成于 1948 年，有中華書局 1948 年版，以及人民文學出版社 1963 年出版的整理本（與夏承燾《詞源注》合刊）。

蔡楨的《詞源疏證》和《樂府指迷箋釋》具有重要的學術意義。其一，兩著均爲詞學史上第一批運用西方現代學術方法，而非中國傳統印象式、感悟式詞話體的研究著作。其二，傳統詞學關注的大多爲詞史、詞人、詞作，此兩部著作的研究對象乃批評之批評，由此開闢了詞學批評理論史研究的新領域。對其意義應予高度評價。

蔡楨的詞集《柯亭長短句》完成于 1944 年，中華書局 1948 年出版。《柯亭長短句》凡三卷，卷上原名《昨非剩語》，卷中和卷下原名《竹西鴣唱》，前有洪汝闓 1943 年序，夏敬觀、柳詒徵 1947 年序，盧前 1948 年序。卷上爲蔡楨早年的作品，如第一首〔摸魚兒〕的小序云"甲子初秋，京西訪圓明園遺址"，此乃 1924 年所作。〔鷓鴣天〕"河水長流汴水縈"一首作于任教河南大學時期。另有紀年爲甲戌（1934）、乙亥（1935）、丁丑（1937）的詞作。卷中下《竹西鴣唱》是蔡楨隱居揚州江村（竹西）時的作品。《柯亭長短句》之外，蔡楨尚有發表于各種報刊的詞作，散見于《會友》《學術世界》《中央日報》。和希林博士加以輯録，題曰《柯亭長短句輯補》，收入本書。

《柯亭詞論》附録于《柯亭長短句》，乃詞話體論詞文字。蔡楨寫于1944年的《柯亭詞論》之跋云："己卯辛巳間，同學江都臧祜佛根、丹徒柳肇嘉貢禾、靖江謝承煐硯馨，同避兵海上，海上猶桃源也。端居多暇，月課數詞以自遣。時予則遁迹竹西江村，亦以讀詞遣日。諸友以予治詞有年，或寄篇章以相酬和，或舉疑義以相商兑。緘札月必數至，每次作答，累千百言不能盡，所論者莫非詞也。長女宜隨侍在側，爲録而存之。滬局變後，佛根物化，柳、謝亦非復以前興致矣。暇日檢點函稿，爰摘其論詞之言，略加詮次，構成是編以貽來學。初非有意于著述也，題曰《柯亭詞論》，亦不過曰此一人之言而已。"己卯辛巳間爲 1939～1941 年。蔡楨在江村隱居時與友朋書信往來，填詞論詞，論詞部分彙編爲《柯亭詞論》。此詞話後收入唐圭璋《詞話叢編》，影響頗廣。

《作法集評唐宋名家詞選》乃蔡楨在河南大學任教時編著的教材，此選本極有特點，蔡楨曾對此加以説明："本編爲河大國文系《詞選》講稿，所選各名家詞，以作法昭著可供學子取則者爲準，故與其他選本微有不同。"此選以教授填詞作法爲宗旨，選目和輯録的歷代各家評語，以及蔡楨爲每首詞作所作的"柯亭詞評"，皆圍繞這個宗旨而展開。在詞學史上以作法爲選詞宗旨的選本，此選爲唯一。此選的"集評"文獻資料極爲豐富，引録有以下歷代詞話、筆記、詞選、詞學專著論文：

趙令時《侯鯖録》、洪邁《容齋四筆》、胡仔《苕溪漁隱詞話》、吳曾《能改齋詞話》、羅大經《鶴林玉露》、張端義《貴耳集》、陳模《懷古録》、魏了翁《鶴山題跋》、楊湜《古今詞話》、黃昇《唐宋諸賢絕妙好辭》、張炎《詞源》、楊慎《詞品》卷五、王世貞《藝苑卮言》、沈際飛《草堂詩餘正集》、毛晉《于湖詞跋》、金聖嘆《唱經堂批歐陽永叔詞十二首》、沈雄《古今詞話》、劉體仁《七頌堂詞繹》、沈謙《填詞雜説》、賀裳《皺水軒詞筌》、王士禛《花草蒙拾》、彭孫遹《金粟詞話》、張宗橚《詞林紀事》《歷代詞話》、許昂霄《詞綜偶評》、吳衡照《蓮子居詞話》、黃蘇《蓼園詞選》、張惠言《詞選》、董毅《續詞選》、周濟《宋四家詞選》、端木埰《詞選批注》、孫麟趾

《詞徑》、陳廷焯《白雨齋詞話》、王闓運《湘綺樓詞選》、譚獻《譚評詞辨》、劉熙載《藝概·詞曲概》、梁紹壬《兩般秋雨庵隨筆》、周爾墉《周評絕妙好詞》、江順詒《詞學集成》、鄭文焯《大鶴山人詞話》、況周頤《蕙風詞話》《香海棠館詞話》《餐櫻廡詞話》、王國維《人間詞話》、梁啓超《飲冰室詞評》、陳洵《海綃説詞》、陳匪石《宋詞舉》、吳梅《詞學通論》、任半塘《研究詞集之方法》等。

可見引録的文獻十分豐富，其中一些文獻極爲罕見。原書引録的作者名、字、號混用，不注明所引録的文獻名稱、出處，引録原文往往片段合文，且多有訛、脱、衍文。本書在整理時以脚注的形式注明作者、原書名及卷數，并校正原文。《作法集評唐宋名家詞選》在河南大學任教時期的1933 年完成，修訂完成于 1948 年。鈔本未刊，現藏南京圖書館古籍部。書中載録有《柯亭詞評》部分，乃對所選唐宋詞作的評語，是蔡楨重要的詞學批評理論文獻，曹辛華、張響曾加以整理，以《柯亭唐宋名家詞評》之題發表于《詞學》第 30 輯（華東師範大學出版社，2013）。

論詞書札是古典詞學的重要形式，亦爲蔡楨詞學批評理論的重要組成部分。本書輯録蔡楨論詞書札五通。其一《致趙尊嶽》，趙尊嶽乃民國時期著名的詞學家，晚清四大家之一況周頤的高足。此札主要討論《詞源疏證》中的相關問題。其二《與逸廬詞人書》，"逸廬"乃柳肇嘉，蔡楨兩江優級師範學堂的同學，曾給蔡楨《柯亭長短句》題詞。蔡楨此札討論詞學史上多項論題，如填詞守律、蘇詞與辛詞的比較等。其三《與洪澤丞先生論詞書》（三通），洪澤丞乃蔡楨的前輩友人，曾應蔡楨之請爲《柯亭長短句》作序。三札主要討論填詞守律及學詞路徑等問題。

本書有附録二種。其一爲《蔡嵩雲編〈梁苑詞録〉》，卷首小序云："上庠諸子從余學詞，頗會斯旨，循是而進，庶不惑于歧趨乎，爰録其課作之可觀者。"由此可知，這些作品乃蔡楨在河南大學教授詞學課時學生的課堂習作，發表于《庠聲》1932 年諸期。當時河南大學學生的學詞熱情高漲，由這些學生的作品可見一斑。尤爲可貴的是，這些作品呈現了河南大學學生的抗日愛國感情。如《梁苑詞録》中載有一首王儀章的《訴衷情》：

幾聲寒雁唳遥空。魂斷舊遼東。驚人沸。天笳吹。空泪下，月明中。

家國事，一重重。恨叢叢。殘山剩水。白草黃沙，盡付西風。

這首作品發表于 1932 年。其詞的時代背景是：1931 年九一八事變，日寇悍然襲擊我瀋陽軍營，進而占領我國東北全境。全國人民無比憤慨。詞中"魂斷舊遼東"，明指九一八事變。"家國事，一重重。恨叢叢"，可感作者的愛國激情噴涌而出。

其二收錄楊萬里教授的一篇文章《跋〈蔡嵩雲藏友朋詞札〉》（詞學國際學術研討會論文集，2008）。這是一篇介紹蔡楨收藏友朋寄給自己書信的文章。楊萬里介紹道："該詞札共計百十四頁，收詞人十三人，詞作百十七首（含再呈修訂稿，目錄附本文末）。十三人是夏敬觀（映庵）、仇埰（述庵）、吳梅（霜厓）、陳匪石（倦鶴）、石凌漢（雲軒，羿素）、邵瑞彭、林鵾翔（鐵尊、半櫻）、廖恩燾（懺庵）、汪東（寄庵）、夏承燾、喬大壯（曾劬）、吳徵鑄、無悔，大多爲民國時期在南京的大學教授、名流。"此外，他還論述這些文獻的價值："細讀之後，深感該詞札蘊含大量民國間詞壇學術資訊，值得探究。限于篇幅，今僅舉四端言之：1. 留下了當時南京、上海詞壇唱和的原始資料；2. 可考察晚清四大詞人之後詞壇詞學風尚變遷的軌迹；3. 可推進蔡嵩雲詞學思想研究和重審其詞史地位；4. 詞籍校勘意義。"遺憾的是，這部《蔡嵩雲藏友朋詞札》在楊萬里教授經眼後遺失了。本書轉載楊教授之文，以期這部寶貴的文獻再次面世。

張響博士曾將蔡楨的詞學文獻彙集出版，名爲《蔡嵩雲詞學文集》（河南文藝出版社，2015）；此爲蔡楨詞學文獻的首部整理著作，有開拓之功。

2023 年是河南大學中文系（文學院）建系（院）的 100 周年。回顧一個世紀的歷程，河南大學中文系歷盡坎坷而愈加壯大。二十世紀三十年代河南大學先後聚集了邵瑞彭、蔡楨、盧前、楊易霖、繆鉞等詞學大師，可謂群星璀璨，而蔡楨無疑是群星中最爲奪目的一顆。

僅以本文紀念那段崢嶸歲月。

孫克強

2022 年 11 月于汴梁

目録

詞源疏證

樂府指迷箋釋

柯亭詞論

作法集評唐宋名家詞選

論詞書札

柯亭長短句

詞源疏證

蔡楨詞學文集

序　一

　　詞爲聲律之文，其要在可歌。顧自元曲代興，詞之能歌者少，非不可歌也，譜亡也。六百年中，作者如林，要皆長短句之詩耳。白石詞旁譜十七闋，僅有工尺，未及節拍，仍不可歌也。玉田《詞源》，備述律呂、宮調、管色、犯聲之源，及謳曲旨要，其説甚精。而律度可悟，聲理仍晦，此又無如何者也。近人南匯張文虎，考訂白石旁譜；鐵嶺鄭文焯，爲《詞源斠律》。一時詞家，交相推許。張氏書不論，鄭氏《斠律》，校正律呂諸圖表，可云無憾，然而謳曲一篇，亦無從訂核。蓋聲音出口，旋即消滅，未可形求。兩宋盛時，文士伶倫輩，未能纂集歌法，勒成專書，故至今日，雖竭心疲神，亦難明其究竟矣。吾友蔡君松筠，作《詞源疏證》，取古人中論及《詞源》者，彙録而詳釋之，歷數年始成。嘗叩余詞譜之所以亡，與曲譜之所以不亡者。余曰：“無他，詞譜有定聲，作者就聲以入文。白石詞，凡舊牌皆無譜，即此理。曲譜無定聲，譜者就文以入拍。惟其有定聲也，文士伶倫輩以爲習見也，故未及輯録，而日久漸亡。惟其無定聲也，文士伶倫輩知訂譜之不可忽也，故斷斷撰述，而南北千餘曲儼然具備。夫律呂、管色諸法，詞曲所同也，至歌法則大異也。《詞源》中難明者，不在宮律、殺聲諸端，獨在謳曲旨要一篇而已。”君唯唯。由是積心覃思，幾忘寢食，卒成是書。其于謳歌之法，雖未能盡釋，然較大鶴所作，則有端緒矣。君又以審音用字之理應如何配置。余曰：“宮商七聲，即上尺七音，與今日東西國樂譜無异也。所謂宮調者，蓋奏此七音時用樂器高低之度也。七音中合四爲下，宜陽聲字隸之，六五爲高，宜陰聲字隸之。詞曲中之陰陽，即小學家之清濁也。《詞源》下卷所論〔瑣窗明〕一條，即是此理。”君深以余説爲然。然則君于詞學，可云嗜之深而攻之篤矣。歲在庚午，君書付刊，而徵序于余。因取平昔所商榷者，書諸簡端，以塞君請。君亦笑而許之乎？長洲同學弟霜厓居士吳梅，書于金陵大石橋寓齋。

序　二

　　詞律應于聲調中求。余嘗考證其說于白石、玉田之作，意有所會，以學力、時日相限，迄未能詳明之。旬歲以來，移情内學，此事遂廢。友人蔡嵩雲先生，近以手著《詞源疏證》見視，搜討精詳，嘆爲稀有。而其間致意聲音節奏諸說，欲從以探詞律本原，則又余嘗有志未逮者也。夫長短句之製，本以歌咏。宋人佳構，填字審音，聲調婉美，著于辭意之外，有如清真諸作，意境本不甚高，而音節圓潤，蕩氣回腸，有動人于不自覺者，填詞正軌則應爾也。玉田《詞源》反復論闡，立意不能越此。近人窮討詞學，頗亦窺此藩籬，備爲之說。然考其實，不過易四聲爲律吕陰陽，仍復膚廓，不得究竟。其病蓋在未明旋律結構之故也。宋詞舊譜，今存白石自製諸曲，玩其體制，每調旋律，起訖轉折，抗墜抑揚，皆有定法。如一調諸聲多通餘調，欲不相犯，必于每句旋律，特出本調獨有之腔，此一法也。歌詞以啞篳篥合樂，聲調音節，諧婉爲尚，欲其不宂不遺，則旋律間音度高下，必不得過相懸遠，此又一法也。畢曲住字，點明宮調，欲其宛轉自然，諸調有別，則殺聲曲直，必各從其類，此又一法也。所謂詞調音律，則應于此旋律片段求之，非徒宮調名數而已。所謂協音遣字，亦應于旋律變化求之，非徒當字宮商而已也。玉田論述音譜，謂其先人舊作〔惜花春〕《起早》云：“‘瑣窗深’，‘深’字音不協，改爲‘幽’字，又不協，改爲‘明’字，歌之始協。”此三字皆平聲，胡爲如是？蓋五音有唇、齒、喉、舌、鼻，所以有輕清、重濁之分，故平聲字可爲上入者此也。玉田此說，聲字兩協，固不在宮商之相配矣。使音調宮商，用字清濁，各有相當者，則一移易之間，亦可以洽，奚待再三，實乃同一宮商。視其前後旋律高下，腔調流動，音即轉變，言其大較，旋律轉折而下，字必輕清，開展以起，字必重濁，而唇齒喉舌之用，則視歌字遞續清圓無礙以爲斷也。至于腔側字平，還腔道字，仍得協合，乃有融平聲爲上去者矣。白石亦謂舊調〔滿江紅〕用仄韵，不協律，舉末句例云“無心撲”

三字，融"心"字爲去聲，方協，而其改作平韵句云"聞珮環"，即以平去平爲式，末韵不協，必并其前一字改之者，非以其殺聲旋律曲折而墜，有不得不俱變者乎。此足見協音之視旋律矣。世有志于詞律者宜以《詞源》爲根據，從白石製譜歸納尋究，得其腔調聲字相協之法。次乃應用其法，解析諸家可歌之詞，使無音譜者，亦得想見行腔宛轉之致，而辨別詞字音韵清濁之所以然。次乃歷調尋聲，勒爲規範，以使作者靈珠在握。詞律雖繁複變幻，當無不可馭也。吾友此著，頗足爲斯義發凡，以守體製。語有剪裁，因爲引申其意，著之于端，以譑讀者云。民國十九年六月，丹陽吕澂序。

四庫未收古書提要

儀徵阮氏研經堂外集

《詞源》二卷

宋張炎撰。炎有《山中白雲詞》，《四庫全書》已著録。是編依元人舊鈔影寫，上卷詳論五音十二律，律呂相生，以及宮調管色諸事，釐析精允，間繋以圖，與姜白石歌詞《九歌》《琴曲》所記用字紀聲之法，大略相同。下卷歷論音譜、拍眼、製曲、句法、字面、虛字、清空、意趣、用事、咏物、節序、賦情、離情、令曲、雜論、五要十六篇，并足以見宋代樂府之制。自明陳繼儒改竄炎書刊入《續秘笈》中，而又襲用沈伯時《樂府指迷》之名，遂失其真，故此幾無以辨其非。蓋前明著録之家，自陶九成《説郛》廣録偽書，自後多踵其弊也。

許邁孫增云：叔夏所著《詞源》二卷，窮聲律之窅妙，啓來學之準範，爲填詞家不可少之書。陳眉公《續秘笈》僅載下卷，以《樂府指迷》標題，《四庫存目》仍其名。中間帝虎陶陰，指不勝屈。曹南巢附刻于《白雲詞》之後，復加删乙，所存纔什之二三。阮文遠采進《四庫》未收古書，始著録焉。江都秦敦甫恩復，從元人舊鈔足本刊行，近亦僅有存者。兹照秦本重刊，以公同好，或庶幾焉。敦甫刻《詞源》，在嘉慶庚午，閱十九年，得吳縣戈順卿載校定本，知前刻謬訛尚多，復加釐刻，兹從敦甫道光戊子重刻本，益無遺憾矣。節録《山中白雲詞》綴言。

導　言

　　詞爲詩餘，原出燕樂，自以能雅爲尚，可歌爲工。沈伯時云："音律欲其協，不協則成長短之詩；下字欲其雅，不雅則近乎纏令之體。"仇山村云："言順律舛，律協言謬，俱非本色。"故知蕪字類句，不足以言詞，偭律病呂，亦不足以言詞。

　　自腔譜失，節拍亡，詞遂不可歌。元以後工于詞者，不過極辭章之能事，音律一道，早置不講。其實詞樂根源，尚略具于玉田《詞源》一書，其上卷縷述律呂、宮調、管色、犯聲及謳曲旨要等，全屬音律之事。下卷雖自陳作詞意見，而首列音譜、拍眼二節，則仍涉及音律範圍。玉田知音，淵源家學。觀其言，一則曰先人曉暢音律，再則曰昔在先人侍側，聞楊守齋諸公商榷音律，涵濡既深，宜其于詞重視音律如此。

　　《詞源》一書，嚮無注釋。其專述音律部分，讀之頗苦扞格。自來手是書者，大都采其詞論而已。清儒如凌次仲、方仰松、陳蘭甫、鄭叔問諸家，均于是書有所闡發。顧凌氏究燕樂之原，陳氏窮聲律之變，各有偏重，祇明一義。方氏《詞塵》，鄭氏《斠律》，蒐積較專，亦僅及全書之半，且猶多未備。言詞而欲探源星宿，不能不講協律。欲追求詞與音律之關係，則是書之研究爲不可緩矣。

　　五音十二律及陰陽損益諸説，本前代樂家陳言，語多附會，無涉燕樂。且論樂之書，汗牛充棟，欲明其故，索解尚易，宮調之理，固甚秘奧。然明乎隔八相生之義，還相爲宮之法，則八十四調所由成，七宮十二調所從出，不難推索而知。至于管色殺聲，俱有定則，原表具在，一檢即得。最費鑽研者，即作詞時如何運用各宮調，如何審音用字耳。

　　腔、譜、拍三者，雖歌詞者之事，然欲製爲可歌之詞，則作詞者亦須通曉，惟此三者貫通極難。音譜之存于今者，祇白石《旁譜》一種，他如旁綴音譜之《寄閒集》及紫霞翁之《圈法美成詞》，僅存其名，未見其書。即以譜字而論，白石《旁譜》所載，與《詞源》亦稍歧异，且閒屬以《詞源》所無之字。或疑示行腔變化，或謂即節拍所在，均不可考。《朱子大全集》等書，亦載宋時俗樂譜字，然刻本點畫訛闕，更不足徵。則整理譜字，實爲研究音譜第一要務。腔及拍之可考證者，宋人著作，祇沈括《夢溪筆談》略涉詞腔，王灼《碧雞漫志》偶論詞拍，餘如元人《芝庵論唱》及《纂圖類要事林廣記》，均述及曲之腔拍，惜乎語焉不詳。然宋詞腔拍，有一部分存于元曲中，則可斷定。以諸書證《詞源》，腔與拍之情狀，猶可得其梗概。惟腔與拍在譜中如何配置，未能盡明。以言實用，固尚有待。然宋詞音譜面目，亦可窺見一斑矣。

各宮調運用之法，腔、譜、拍運用之法，其詳既難盡悉，舊詞固不可歌。可歌之新詞，亦末繇製作。舊傳有《樂府混成集》一書，宋修內司編，一百餘册，見周密《齊東野語》及錢大昕《補元史藝文志》于詞之各宮調及腔、譜、拍情形，詳載靡遺。是書而存于世，則歌詞及製調之法，均不難迎刃而解。今雖失傳，猶幸《詞源》一書，略存大晟府詞樂遺範。宮調及腔、譜、拍之基本，均有綫索可尋。海內聲家，安可不急起而共事研討也。

予性嗜小詞，始僅于課隙偶一吟諷而已。癸丑，識陳伯弢先生于武陵。暇輒講論作詞之法，因稍諳詞之源流正變，乃漸習倚聲。乙卯，值大鶴山人于海上，聞其論宮調之理，及讀所爲樂府，益恍然于詞之必求協律。丙寅春，況丈夔笙來游白門，數往請益，相勖甚至。丈于詞恪守四聲，尤嚴于陰陽之辨，而藻采爛然，紅友、翠薇無其文也。近歲與吳子瞿安游，瞿安妙通曲律，上窮詞樂，消息相會，故言多中肯。偶有所作，輒以就正，切磋之益尤多。伯時之識君特，公謹之遇繼翁，不敢妄冀古人，心竊慕焉。顧綜諸賢所論，其大要不出《詞源》一書。予習是書有年，每覽群籍，輒采其可作注脚者彙錄之，累積既久，哀然盈尺，爰加芟薙，以成是編。惟燕樂久湮，書闕有間，孤學荒冗，敢矜縣解，其不知者，義從蓋闕，以俟知音。倘荷不遺，糾其繆失，補其挂漏，固所虛懷而引領者。

上章敦牂之歲協洽之月上澣蔡楨嵩雲述。

述　例

一、《詞源》版本，以南海伍氏、仁和許氏二刻爲最通行。二本俱根據秦刻戈校本重鋟。本編則以上列諸刻對勘，并參以盋山圖書館善本室所藏之精鈔元善起齋本。凡確有訛誤之處，均一一爲之訂正。

一、律吕、宫調各圖表及燕樂譜字，訛闕叠見，諸刻皆仍其誤。鄭氏《斠律》大加釐訂，嘉惠後學，洵非淺鮮。本編悉據《斠律》改正，并參以《聲律通考》諸書。

一、據陰陽五行之理，以説五音及律吕，乃出前人附會，本與燕樂無關。原著既徵引古書，不能不略加詮釋，俾閲者心知其故，以免開卷有茫然之嘆。

一、玉田論詞，獨于白石無間。他如論美成則薄其軟媚，論夢窗則病其質實，稼軒則以豪邁見黜，耆卿則以風月貽譏。言其一尚，何嘗不然，以概全體，未免偏見。本編于論詞各條後，附以古今各名家詞論，凡足以補充玉田之説，及反乎玉田所持，而品騭較當者，一并采録，免閲者囿于一家之言。

一、大曲發源于唐，而謂唐時鮮有聞，詞名冠柳，乃王觀事，而以爲晁無咎，凡此均原著偶誤處，兹一一爲之考證辨明。

一、本編取材，以掇拾舊文爲主，惟謳曲旨要及音譜、拍眼各節，論者絶少，難獲佳證。近人説有可采，亦存之以資研討。

一、原著所引宋人詞句，有未注人名或調名者，均爲之分別注明，并采其全闋，附録于各節之後，以省閲者檢索之煩。

一、疏證之文，屬于總釋者，概用大字低二格書于各節之後。屬于分疏者，概用雙行小字書于各句各段之下。其間參以管見者，則冠以按字、右字、此字及以上等字，以示區別。

此書自元明以來無刻本，清嘉慶庚午歲，江都秦敦甫據元善起齋鈔本刊行，是爲《詞源》有刻本之始。《詞源》舊無注釋，余始搜討群籍，爲之疏證，而脱槀亦在庚午之歲，距敦甫刻書，適甲子二周，亦奇矣。爰識于此，以覘是書之顯晦云。蒿雲居士附識。

引據書目

《史記·歷書》

劉歆《鍾律書》

《前漢書·律歷志》

橘春暉《前漢書·律歷志解》

《隋書·音樂志》

《唐書·禮樂志》

《初唐樂書要録》

《舊五代史·樂志》

《宋史·樂志》

杜佑《通典樂門》

陳暘《樂書》

朱載堉《樂律全書》

韓邦奇《苑洛志樂》

心易野人《樂述》

《御製律吕正義》

江慎修《律吕闡微》

江慎修《律吕新論》

陳澧《聲律通考》

凌廷堪《燕樂考原》

段安節《樂府雜録》

《朱子大全論樂》

沈括《夢溪筆談樂律》

《事林廣記音樂》

以上樂律類

王灼 《碧雞漫志》

沈義父 《樂府指迷》

陸輔之 《詞旨》

顧瑛 《製曲十六觀》

王元美 《詞評》

楊慎 《詞品》

俞彥 《爰園詞話》

賀裳 《皺水軒詞筌》

沈雄 《古今詞話》

沈雄 《柳塘詞話》

鄒祇謨 《遠志齋詞衷》

彭孫遹 《金粟詞話》

王漁洋 《花草蒙拾》

李良年 《詞家辨證》

劉體仁 《七頌堂詞繹》

徐釚 《詞苑叢談》

宋翔鳳 《樂府餘論》

周介存 《論詞雜著》

吳衡照 《蓮子居詞話》

方成培 《詞麈》

孫月坡 《詞徑》

江順詒 《詞學集成》

劉熙載 《藝概詞曲概》

蔣敦復 《芬陀利室詞話》

鄭文焯 《詞源斠律》

況周頤 《蕙風詞話》

陳廷焯 《白雨齋詞話》

陳銳 《褒碧齋詞話》

王國維 《人間詞話》

《直齋書錄解題詞類》

《四庫全書目錄提要詞曲類》

仇仁近《山中白雲詞序》

萬樹《詞律發凡》

周濟《宋四家詞選緒論》

戈載《宋七家詞選跋》

《詞林正韵發凡》

馮煦《宋六十一家詞選例言》

譚復堂《詞辨評》

鄭文焯《清真詞跋》

《鶴道人論詞書》

《南吕詞調之研究》

任二北《南宋詞音譜拍眼考》

以上詞學類論文附

《花間集》

曾慥《樂府雅詞》

趙聞禮《陽春白雪集》

《花庵絕妙好詞選》

周密《絕妙好詞選》

卓珂月《詞統》

王漁洋《倚聲集》

張宗橚《詞林紀事》

張惠言《詞選》

王闓運《絕妙好詞選》

《陽春集》

《東坡樂府》

《東山樂府》

《樂章集》

《淮海詞》

晁補之《琴趣外篇》

《片玉集》

《無住詞》

《漱玉詞》

《順庵樂府》

《稼軒詞》

《龍洲詞》

《白石道人歌曲》

《梅溪詞》

《夢窗詞》

《西麓繼周集》

《日湖漁唱》

《山中白雲詞》

《遺山樂府》

以上詞集類

《國語周語》

《吕氏春秋》

《淮南子》

《白虎通》

《三禮義宗》

《容齋隨筆》

《曲洧舊聞》

《耆舊續聞》

張端義《貴耳録》

《苕溪漁隱叢話》

周密《武林舊事》

周密《浩然齋雅談》

耐得翁《都城紀勝》

《南村輟耕録》

張文虎《舒藝室餘筆》

沈子培《茵閣瑣談》

劉申叔《論文雜紀》

《唐音統籤》

《全唐詩話》

釋皎然《詩式》

《王注楚辭》

《元人芝庵唱論》

周德清《中原音韵》

王驥德《曲律》

戴長庚《律話》

王國維《宋大曲考》

《宋元戲曲史》

吳梅《曲學通論》

《北史·萬寶常傳》

《南唐書·王感化傳》

王國維《清真先生遺事》

以上雜著類

卷　上

五音相生

宮屬土，君之象，爲信，徵所生。其聲濁，生數五，成教十。宮，中也，居中央，暢四方，唱始施生，鳥四聲之綱。

商屬金，臣之象，爲義，宮所生。其聲次濁，生數四，成數九。商，章也，物成就可章度也。

角屬木，民之象，爲仁，羽所生。其聲半清半濁，生數三，成數八。角，觸也，物觸地而戴芒角也。

徵屬火，事之象，爲禮，角所生。其聲次清，生數二，成數七。徵，祉也，物盛大而繁祉也。

羽屬水，物之象，爲智，商所生。其聲最清，生數一，成數六。羽，宇也，物聚藏宇覆之也。

上雜采劉歆《鍾律書》及《前漢書·律歷志》。昔人言樂，多依據陰陽五行之說，附會河洛易象之理，故其言如此。

宮屬土，商屬金，角屬木，徵屬火，羽屬水，何也？曰：五星中央土，其音宮，宮居中，故屬土。西方金，其音商，故商屬金。東方木，其音角，故角屬木。南方火，其音徵，故徵屬火。北方水，其音羽，故羽屬水。此五音合乎五行之說也。本《淮南子》。

宮，君象；商，臣象；角，民象；徵，事象；羽，物象。何也？曰：宮如宮室居中，爲四聲倡，故不揚不抑，其聲含容。商即臣而和之，無少阻滯，猶臣奉君令，相商而行，故聲尚奮發。角居清濁之間，前後較量，務得其當，有相角之義，故稍遲留，猶民巖可畏，不少阿上意，較量既當。而徵泄之，正聲止矣，有作事果決之象。羽則輕浮吻際，僅存其餘，若物之極小者，由中而外，由大而小，顧名思義，位次天然。以上引心易野人《樂述》語。蓋昔人以聲音之道與政相通，必君、臣、民、事、物各得其理而不亂，則聲音和諧而無怗懘。此五音通乎政事之說也。

宮爲信，商爲義，角爲仁，徵爲禮，羽爲智。何也？曰：宮爲土，土于時爲春夏，故應宮之中央，宮之中央不偏，于五常應信。商爲金，金于時爲秋，故應商之成熟，商之成熟不移，乃應義。角爲木，木于時爲春，故應角之發生，角之發生不窮，乃應仁。徵爲火，火于時爲夏，故應徵之盛大，徵之盛大不紊，乃應禮。羽爲水，水于時爲冬，故應羽之聚藏，羽之聚藏不爭，乃應智。此五音應乎五常之說也。見《前漢書·律歷志解》。

其曰宮，徵所生者，徵屬火，火生土也。商，宮所生者，宮屬土，土生金也。角，羽所生者，羽屬水，水生木也。徵，角所生者，角屬木，木生火也。羽，商所生者，商屬金，金生水也。所謂五音相生，仍不外乎五行相生之理。本《白虎通》。

至聲之清濁，則須吹管以定之。初唐《樂書要錄》云："凡管長則聲濁，短則清。"五音清濁之序，鑿然不紊，而管之長短，則係乎生數成數之多寡。沈存中云："《洪範》五行數，自一至五，先儒謂之生數。此五行生數，各益以土數，謂之成數。以謂五行非土不成，故水生一而成六，火生二而成七，木生三而成八，金生四而成九，土生五而成十，合之爲五十有五。"見《夢溪筆談》。此生數成數之說也。明鄭世子載堉云："《洪範》五行，其序先水而後土，《樂記》五聲，其序先宮而後羽，數之少者于聲爲清，數之多者于聲爲濁，先後雖異，其序同也。一二三四五爲生數，六七八九十爲成數。少者爲生，多者爲成，此自然之理也。"語見《樂律全書》。羽之生數一，成數六，故其管最短，而其聲最清。徵之生數二，成數七，故其管次短，而其聲次清。角之生數三，成數八，故其管漸長，而其聲半清半濁。商之生數四，成數九，故其管又長，而其聲次濁。宮之生數五，成數十，故其管最長，而其聲亦最濁。聲音清濁之分，實由于此。陳蘭甫《聲律通考》云："五聲宮商角徵羽，始見于《周禮》，下至趙宋，未之有改。近世俗樂，以工尺字譜代之，遂不知宮爲何聲，商爲何聲，工尺行而宮商廢矣。"凌次仲著《燕樂考原》，從明鄭世子之說，以上字爲宮，尺字爲商，工字爲角，六字爲徵，五字爲羽，一字爲變宮，凡字爲變徵。五聲加二變，謂之七聲，說見後。斯爲定論。審聲知音，必自此始。據此，則宮商角徵羽，不過一種紀聲音高低之符號，并不含何種奧義，而以上諸説，悉爲虛理，無裨實用矣。

陽律陰呂合聲圖

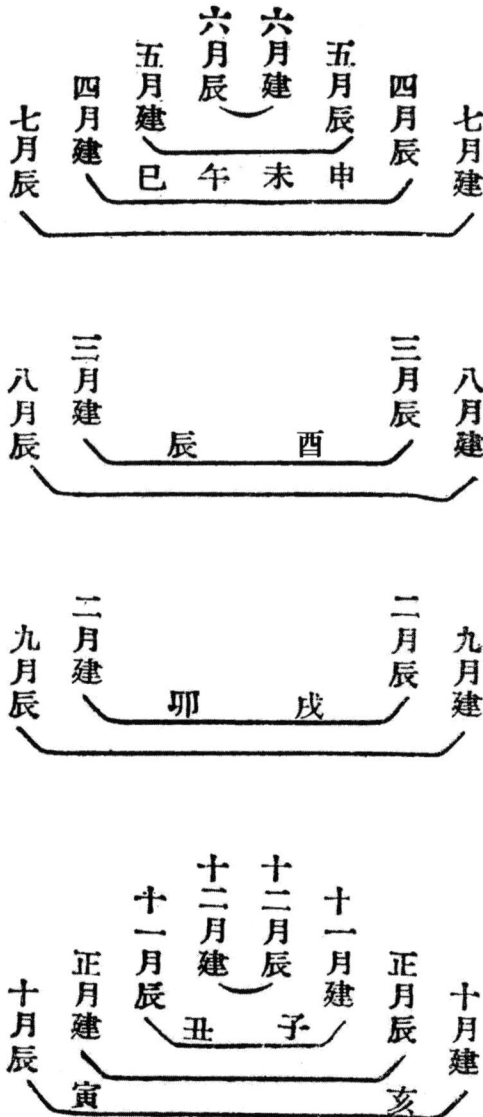

六月建
六月辰
五月建　五月辰
四月建　　　四月辰
七月辰　　　　　七月建
　　巳　午　未　申

三月建　　三月辰
八月辰　　　八月建
　　辰　　酉

二月建　　二月辰
九月辰　　　九月建
　　卯　　戌

十二月建
十二月辰
十一月建　十一月辰
正月建　　　　正月辰
十月辰　　　　　十月建
　　寅　丑　子　亥

　　聲生于日，律生于辰。《淮南子》，音以當日，律以當辰，蓋五音自倍而爲日，六律自倍而爲辰也。日爲十母，即十天干。甲乙角也，角屬木故。丙丁徵也，徵屬火故。戊己〔己〕宮也，宮屬土故。庚辛商也，商屬金故。壬癸羽也。羽屬水故。辰爲十二子，即十二地支。六陽爲律，六陰爲呂。一曰黃鍾，始于子，在十一月，見《漢志》，以下同。元間大呂。位于丑，在十二月。二曰太簇，位于寅，在正月。二間夾鍾。位于卯，在二月。三曰姑洗，位于辰，在三月。三間仲呂。位于巳，在四月。四曰蕤賓，位于午，在五月。四間林鍾。位于未，在六月。五曰夷則，位于申，在七月。五間南呂。位于酉，在八月。六曰無射，位于戌，在九月。六間應鍾。位于亥，在十月。此陰陽聲律之名也。六間，言六呂在陽律之間，贊成其功，見《國語》。

　　按：此乃據陰陽之理以説律呂。六陽爲律，六陰爲呂，合而言之，謂之十二律。《三禮義宗》云："十二律者，謂陽管有六，陰管有六，凡有十二，配之十二辰，故有十二律。子爲黃鍾，丑爲大呂，寅爲太簇，卯爲夾鍾，辰爲姑洗，巳爲仲呂，午爲蕤賓，未爲林鍾，申爲夷則，酉爲南呂，戌爲無射，亥爲應鍾。陽六爲律，黃鍾、太簇、姑洗、蕤賓、夷則、無射，此六者，陽月之管，謂之律。律者，法也，言陽氣施生，各有其法。陰六爲呂，大呂、應鍾、南呂、林鍾、仲呂、夾鍾，此六者，陰月之管，謂之呂。呂者，助也，所以助陰成功也。"此言陽律陰呂之意義也。其曰六律者，以十二律中陰陽各六，律紀陽不記陰，以陽爲主，而陰從之，故曰六律也。

律呂隔八相生圖

　　自黃鍾律爲宮，從本律數八至林鍾爲徵，林鍾數八至太簇爲商，太簇數八至南呂爲羽，南呂數八至姑洗爲角，姑洗數八至應鍾爲閏宮即變宮，應鍾數八至蕤賓爲閏徵，即變徵。謂之七調。又謂之七聲，古法，五聲之外，于羽宮之間，近宮收一聲，爲變宮，角徵之間，近徵收一聲，爲變徵。故合五聲而爲七聲，又謂之七均。蔡絛云："樂曲凡有謂之之均。均也者，宮、徵、商、羽、角合變宮、變徵爲之。此七均也。"

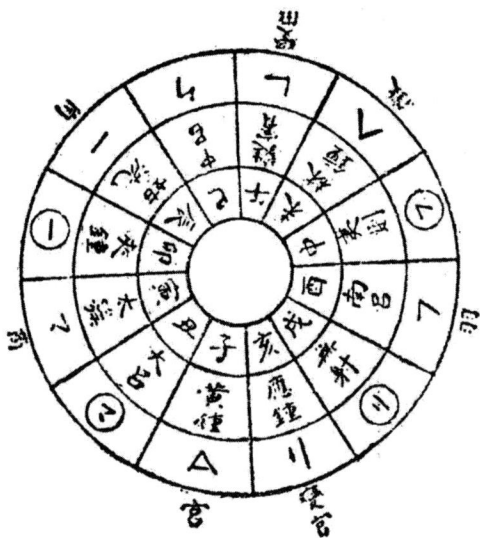

　　上圖律歷樂色，舊刻各本，久爲淺人屢亂。鈔者校者，不識燕樂字譜，雜連塗乙，訛謬相承。後經鄭叔問考定，載入所著《詞源斠律》，始復舊觀。茲據《斠律》改正原本，并于圖之外輪，添注黃鍾爲宮之七聲位次，以便推覽。

　　按：七聲排列，其次序有一定：一爲宮，二爲商，三爲角，四爲變徵，五爲徵，六爲羽，七爲變宮。《樂書要録》云：“凡歌識七聲次第者，但定一律爲宮，即左旋之，隔一月即是商，又隔一月即是角，又隔一月即是變徵，次于變徵之月，即是正徵，又隔一月即是羽，又隔一月即是變宮。變宮與正宮比月，亦如變徵之比正徵，他皆仿此。”假令十一月黃鍾爲宮，隔一月，以正月太簇爲商，又隔一月，以三月姑洗爲角，又隔一月，以五月蕤賓爲變徵，即以其次之月六月林鍾爲徵，又隔一月，以八月南呂爲羽，又隔一月，以十月應鍾爲變宮，周回還與十一月相比。玉田釋此圖，但明隔八相生之義，此并論及旋宮一作還宮之法矣。

　　《聲律通考》云：“十二管還相爲宮者，宮與商、商與角、徵與羽，皆隔一律；角與徵、羽與宮，皆隔二律。加二變，則角與變徵，羽與變宮，皆隔一律；變徵與徵、變宮與宮，皆相連二律，不隔也。五聲相距不勻，故必有十二律，而後可以還宮。今俗樂勻分七聲，而十二律亡矣。以七聲還爲七調，而十二宮缺矣。使七聲可以還宮，則伶倫造七律可也，何必造十二律哉！凌次仲云‘五聲二變’‘還相爲宮’，此凌氏之囿于俗樂也。"觀此，則俗樂與古雅樂不同之故，亦可得其厓略矣。

黃鍾，所以宣養六氣九德也。《周語》《樂書要錄》。宣，遍也。六氣，陰、陽、風、雨、晦、明。九德，九功之德，水、火、金、木、土、穀、正德、利用、厚生也。十一月陽伏于下，物始萌，于五聲爲宮，處中，所以爲遍養六氣九德之本。又曰：黃者，中之色原脫之色二字。也。鍾者，種也。《漢志》。又曰：黃者，中和之氣。《白虎通》，氣一作色。

太簇，所以金奏一作湊。贊揚出滯也。《周語》《樂書要錄》。言陽氣大聚而達于上。贊，佐也。太簇正聲爲商，故爲金湊，所以佐陽發出滯伏也。又曰：言萬物簇生也。《史記》。又曰：陽氣既大，奏地而達出出一作物。也。《漢志》。顏氏謂師古。曰：奏，進也。又曰：萬物始大，湊地而出之也。《白虎通》。

姑洗，所以修潔百物，考神納賓也。《周語》《樂書要錄》。姑，枯也。洗，濯也。考，合也。言陽氣養生，洗濯枯穢，改柯易葉也。于正聲爲角，是月百物修潔，故用之宗廟，合致神人，用之享宴，可以納賓也。又曰：萬物洗生。《史記》。又曰：姑，必也。洗，潔也。言陽氣洗物，必使之潔也。《漢志》。又曰：姑者，故也。洗者，鮮也。萬物去故就新，莫不鮮明也。《白虎通》。

蕤賓，所以安靖神人，獻酬交酢也。《周語》《樂書要錄》。蕤，萎柔貌。言陰氣爲主，萎蕤于下，陽氣盛長于上，有似乎賓主，故可用之宗廟賓客，以安靖神人，行酬酢也。酬，勸也，酢報也。又曰：陰氣幼少，故曰蕤，萎陽不用事，故曰賓。《史記》。又曰：蕤，繼也。賓，導也。言陽始導陰氣，使繼養舊作蕤。物也。《漢志》。又曰：蕤者，下也。賓者，敬也。言陽氣上極，陰氣始起，故原脫起故二字。賓，敬也。《白虎通》。

夷則，所以咏歌九則，九則，一作九德。平安無貳貳一作貣，貣即貳字。也。《周語》《樂書要錄》。夷，平也。則，法也。言萬物既成，可法則也，故可以咏歌九功之則，成人之志，使無疑貳也。又曰：言陰氣之賊萬物也。《史記》。又曰：則，法也。言陽氣正法度，使陰氣夷當傷之物也。《漢志》。又曰：夷，傷也。則，法也。萬物始傷，被刑法也。《白虎通》。

無射，所以宣布哲人之令德，示民軌儀也。《周語》《樂書要錄》。宣，遍也。軌，道也。儀，法也。九月陰氣上升，陽氣收藏，萬物無厭見者，故可以遍布前哲之令德，而示人以道法也。又曰：陰氣盛用事，陽氣無餘也。《補史記》。又曰：射，厭也。言陽氣究物，而使陰氣畢剝落之，終而復始，無厭已也。《補漢志》。又曰：射者，終也。言萬物隨陽而終，當復隨陰而起，無有終已也。《補白虎通》。

大呂，助宣物也。《周語》《樂書要録》。大呂，助陽布物也。天栽始于黃鍾，萌而赤，地受之，牙而白，成黃鍾之功也。又曰：呂，助也。言陰氣大旅助黃鍾，宣氣而牙物也。《漢志》。又曰：其于十二子爲丑，丑者，紐也。言陽氣在上未降，萬物厄紐未敢出。《補史記》。又曰：大者，大也。呂者，拒也。言陽氣欲出，陰不許也。《補白虎通》。

夾鍾，出四隙之細也。《周語》《樂書要録》。隙，間也。細，微也。四隙，四時之間氣微細者也。夾鍾助陽鍾聚，春爲陽中，萬物始生，四時之微氣，皆始于春而出之，三時奉而成之，故夾鍾出四時之微氣。又曰：言陰陽相夾厠也。《史記》。又曰：言陰氣夾助太簇，宣四方之氣而出種物也。《漢志》。又曰：夾者，孚甲也。言萬物孚甲，種類分也。《補白虎通》。

中呂，宣中氣也。《周語》《樂書要録》。陽氣起于中，至四月，宣散于外，純乾用事，陰氣閉藏于內，所以助隔成功也。又曰：言萬物盡旅而西行也。《史記》。又曰：言微陰始起未成，著于其中，旅助姑洗，宣氣齊潔也。物也。《漢志》。又曰：言陽氣將極中充大也。《白虎通》。

林鍾，和展百事，俾莫不任肅純恪也。《周語》《樂書要録》。林，盛也。鍾，聚也。于正聲爲徵。展，審也。俾，使也。肅，速也。純，大也。恪，敬也。言時務和審，百事無有偽詐，莫不任其事，速其功，大敬其職。又曰：林，君也。言陰氣受任，助蕤賓君主種物，使長大楙盛也。《漢志》。又曰：言萬物就隙，氣林林然。《史記》。又曰：林者，衆也。言萬物成就，種類多也。《白虎通》。

南呂，贊揚秀一作秀物。也。《周語》《樂書要録》。不榮而不實曰秀。南，任也，陰任陽事，助成功也。贊，佐也。又曰：言萬物之旅入藏也。《史記》。又曰：言陰氣旅助夷則，任成萬物也。《漢志》。又曰：南，任也。言陽氣尚任，包大生薺麥也。《白虎通》。一作陽氣尚有，任生薺麥也。《禮·月令》"仲秋乃勸種麥"疏引蔡邕章句云："陽氣物始于酉，故薺麥應時而生也"。

應鍾，均利器用，俾應復也。《周語》《樂書要録》。言陰應陽用事，萬物鍾聚也。百嘉具備，時務均利，百官器用，程度庶品，使皆應其禮復其常也。又曰：陽氣之應不用事也。《史記》。又曰：言陰氣應無射該藏萬物，于十二子爲亥。亥者，該也。《漢志》。又曰：二字原脫。言萬物應陽而動，下藏也。《白虎通》。

右述十二律命名之意義，兼采《國語》《史記》《曆書》《前漢書·律歷志》《白虎通》諸説，仍本陰陽消長之理，以推及天時、人事、物情之變化。其實于樂理無涉。陳蘭甫云："古樂十二律，立法簡易，後人衍算術，説陰陽，皆失其旨。"可謂破的之論。所引《周語》，文義尤晦，特加詮釋，以便讀者，餘文自明。"無射"條下，僅引《周語》，鄭叔問謂于義例未合，兹據《史記》等書補入。"大吕""夾鍾"條下，亦同。

氣始于冬至，冬至一陽生，故爲氣之始。律本于黃鍾，各律皆自黃鍾推算而得，故云。或損或益，以生商、角、徵、羽。陽下生陰，陰上生陽。下生者，倍其實，三其法。上生者，四其實，三其法。故黃鍾長九寸，倍之爲十八，三之爲六，而生林鍾之長。林鍾長六寸，四之爲二十四，三之爲十八，而生太簇之長。此律吕損益相生之説也。

《詞源斠律》云："右説本諸遷史，言簡而該。近世考律者，以班書律歷同志，乃各据其竿學，以意變通倍之之法，而疇人子弟既病支離，聲音之道日即荒眇，不知古樂，律以和聲。漢唐之樂，皆因聲變，非律之自爲高下也。"按：此論極是，足爲考律者作一當頭棒喝。

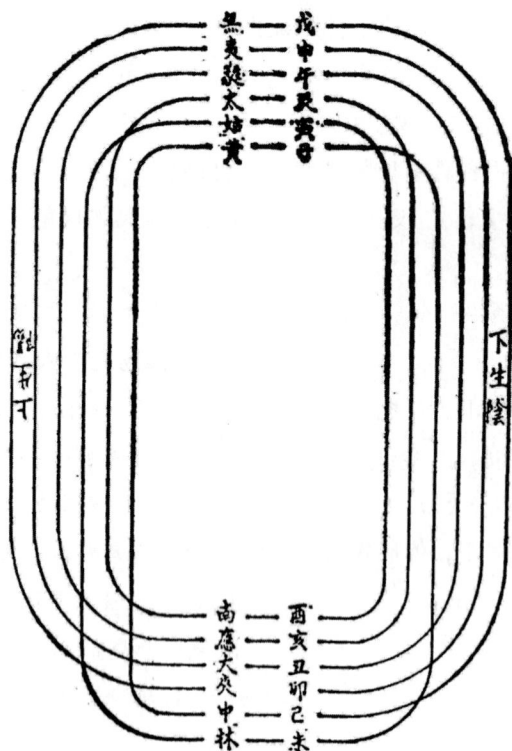

　　上圖示陰陽上下相生之理。子、寅、辰、午、申、戌爲陽，故黃、太、姑、蕤、夷、無皆下生。酉、亥、丑、卯、巳、未爲陰，故南、應、大、夾、仲、林皆上生。惟舊刻各本，于圖中綫之連續處，錯雜紛亂，不可辨認。茲均據《詞源斠律》改正。舊圖偏左墨圍有空處，鄭叔問謂當是以律呂配十二地支，爲鈔者所脫，特爲補入，今從其説。

律吕隔八相生

黃鍾爲父陽律三分損一下生林鍾。
林鍾爲母陰呂三分益一上生太簇。
太簇爲子陽律三分損一下生南呂。
南呂爲子妻陰呂三分益一上生姑洗。
姑洗爲孫陽律三分損一下生應鍾。
應鍾爲孫妻陰呂三分益一上生蕤賓。
蕤賓爲曾孫陽律三分損一下生大呂。
大呂爲曾孫妻陰呂三分益一上生夷則。
夷則爲元孫陽律三分損一下生夾鍾。
夾鍾爲元孫妻陰呂三分益一上生無射。
無射爲來孫陽律三分損一下生仲呂。
仲呂爲來孫妻陰呂三分益一上生黃鍾。

　　上律吕隔八相生各條，舊本管色マ并倡作又，太簇條譜字マ下，ㄅ乃フ之誤。茲均據《斠律》改正。

　　按：隔八相生之義，前圖已示其梗概。今曰黃鍾爲父，林鍾爲母，以迄無射爲來孫，仲呂爲來孫妻，此何説也？曰：此附會易理以説相生之義，由所謂律娶妻呂生子之説推演而出也。《易》曰："一陰一陽之謂道。"故黃鍾之宮，以九唱六，律呂唱和，乾坤之道也。《漢志》曰："黃鍾之初九，律之首，陽之變也。林鍾之初六，呂之首，陰之變也。九六，陰陽、夫婦、子母之道也。律娶妻而吕生子。"《三禮義宗》曰："陰陽相生之體爲六合，同位者象夫婦，异位者象母子，謂黄鍾之初九，下生林之初六，爲律娶妻。林鍾之初六，上生太簇之九二，爲吕生子。"此黄鍾爲父林鍾爲母太簇爲子之説所由來也。以下太簇九二生南吕六二，爲律娶妻；南吕六二生姑洗九三，爲吕生子；姑洗九三生應鍾六三，爲律娶妻；應鍾六三生蕤賓九四，爲吕生子；蕤賓九四生大吕六四，爲律娶妻；大吕六四生夷則九五，爲吕生子；夷則九五生夾鍾六五，爲律娶妻；夾六五生無射上九，爲吕生子；無射上九生仲吕上六，爲律娶妻；仲吕上六復生黄鍾之初九，爲吕生子，遞推而下，所以有孫、曾、元、來之稱謂也。昔人論樂，最牽强者，莫如附會《易》理，其實如風馬牛之不相及，略加詮釋，便讀者心知其故而已。

其曰三分損一，三分益一，何也？曰：黄、太、姑、蕤、夷、無六陽律，林、南、應、大、夾、仲六陰吕，乃古代所吹律管之名稱。此十二律管長短不同，故吹成之音清濁高下各异，各律管之長短，均以黄鍾爲本，推算而得。今假定黄鍾之長九寸，三分之，每分得三寸，損去其一分，得六寸，是爲林鍾之長；林鍾之長六寸，三分之，每分得二寸，更增益其一分，得八寸，是爲太簇之長；更三分損一，得五寸三分三釐三毫强，是爲南吕之長；更三分益一，得七寸一分一釐一毫强，是爲姑洗之長；更三分損一，得四寸七分四釐一毫强，是爲應鍾之長；更三分益一，得六寸三分二釐一毫弱，是爲蕤賓之長；更三分損一，得四寸二分一釐四毫弱，是爲大吕之長；更三分益一，得五寸六分一釐九毫弱，是爲夷則之長；更三分損一，得三寸七分四釐六毫弱，是爲夾鍾之長；更三分益一，得四寸九分九釐四毫强，是爲無射之長；更三分損一，得三寸三釐弱，是爲仲吕之長；更三分益一，得四寸四分三釐九毫强，是爲黄鍾清音之長。觀此，則各律管之長，均按三分損一三分益一，計算而得。惟大吕、夾鍾、仲吕三管，均爲清音，宜倍之，方與其他各管相合。兹將十二律吕之各管，依其長短排列之。

黄九，〇〇〇　　大八，四二八

太八，〇〇〇　　夾七，四九二

姑七，一一一　　仲六，六五九

蕤六，三二一　　林六，〇〇〇

夷五，六一九　南五，三三三

無四，九九四　應四，七四一

黃清四，四三九

又仲呂復生之黃鍾，雖倍之，亦不及黃鍾之九寸，故僅得黃鍾之清聲。江慎修《律呂新論》，謂天地之運，晝夜寒暑，終而復始，獨于律呂之數，往而不返。即緣仲呂復生，不能復于其所也。

至于上下相生之説，在昔學者，均主張陽生陰曰下生，陰生陽曰上生。近儒則謂律呂相生，與陰陽無關。十二律管有長短，凡長生短曰下生，短生長曰上生。而蕤賓之生大呂，尤爲講樂家聚訟之點。蓋《漢志》主下生，《通典》主上生。主下生者，宗司馬遷《律書》，主上生者，宗呂氏《淮南》之説也。《詞源》所載，即本《漢志》，其實主上生者，理由較爲完足。

《御製律呂正義》曰：“黃鍾一陽復始，爲十一月之律，三分損一，下生林鍾，爲六月之呂。此陽生陰，宜下生也。林鍾三分益一，上生太簇，爲正月之律。此陰生陽，宜上生也。太簇三分損一，下生南呂，爲八月之呂。此陽生陰，宜下生也。南呂三分益一，上生姑洗，爲三月之律。此陰生陽，宜上生也。姑洗三分損一，下生應鍾，爲十月之呂。此陽生陰，宜下生也。應鍾三分益一，上生蕤賓，爲五月之律。此陰生陽，宜上生也。至蕤賓之生大呂，復用上生者，蓋自黃鍾十一月之律一陽始生，而大呂十二月之呂二陽相繼，位雖居陰，而氣適應乎陽。蕤賓五月之律一陰始生，位雖居陽，而氣則屬乎陰。故蕤賓之生大呂，實以陰生陽，而宜上生者也。自蕤賓一陰生，而夷則七月之律，無射九月之律，氣皆爲陰。自黃鍾一陽生，而夾鍾二月之呂，仲呂四月之呂，氣皆爲陽。故大呂生夷則爲下生，夷則生夾鍾爲上生，夾鍾生無射爲下生，無射生仲呂爲上生，是皆緣蕤賓上生而然。此以陰陽理氣言之，而宜用上生者也。”按：此説固言之成理，然不若陳蘭甫《聲律通考》之説更爲精審。

陳氏之言曰：“十二律之相生，非真有陰陽之氣以生也，乃以此律求彼律之法耳。其相生以黃鍾爲本，非真十一律皆由黃鍾之氣以生也，乃以黃鍾起數以求十一律耳。古人以聲不可文載口傳，故以律示人，使其依律而自得之。然律多畸零之數，故惟以黃鍾之律示人，其餘十一律，則以黃鍾三分損益轉之而盡得也。此易簡之法也。”又曰：“凡物形長者高，短者下，故十二律長生短則曰下生，短生長則曰上生。呂氏《淮南》，蕤賓生大呂，夷則生夾鍾，無射生仲呂，皆爲上生。大呂生夷則，夾鍾生無射，則爲下生。《京房六十律》，鄭氏《周禮注》，皆同此說。惟《漢書·律歷志》，蕤賓生大呂，夷則生夾鍾，無射生仲呂，皆曰下生。大呂生夷則，夾鍾生無射，皆曰上生。然所得大呂、夾鍾、仲呂，皆半律，必倍之，乃得全律，不如呂氏《淮南》之法爲直截矣。《續漢書·律歷志》乃云：'陽生陰曰下生，陰生陽曰上生'，此則不據長短之實形，而說陰陽之虛理，蔡季通遂謂呂氏《淮南》陰陽錯亂矣。然又謂大呂、夾鍾、仲呂用倍數，方與十二月之氣相應，則仍是呂氏《淮南》之數耳。"

按：今日物理學家謂音之高低，關于空氣振動之多寡。而吹奏樂器之振動數，與管之長短爲反比例，是古人以管之長短較正音之高低，于學理上極爲正確。陳氏此說，力破陰陽之虛理，專取長短之實形，頗近于科學家之主張。數千年來言樂者之穿鑿附會，與夫糾紛爭執，將一舉而摧陷廓清矣。

律生八十四調

宮	徵	商	羽	角	閏宮	閏徵
黄	林	太	南	姑	應	蕤
大	夷	夾	無	仲	黄	林
太	南	姑	應	蕤	大	夷
夾	無	仲	黄	林	太	南
姑	應	蕤	大	夷	夾	無
仲	黄	林	太	南	姑	應
蕤	大	夷	夾	無	仲	黄
林	大	南	姑	應	蕤	大
夷	夾	無	仲	黄	林	太
南	姑	應	蕤	大	夷	夾
無	仲	黄	林	太	南	姑
應	蕤	大	夷	夾	無	仲
土	火	金	水	木	太陰	太陽

按：右例十二均八十四調，以十二律爲經，五音二變爲緯，即《禮運》還相爲，宮之遺法也。《樂書要録》云，其法："從黃鍾起，以相生之次，歷八左旋之數，上生，三分益一，下生，三分損一，五下七上，乃終復焉。以相生爲次立均，則音調正而易曉，每均七調，每調有曲，終十二均，合八十四調。"

旋宮法 以下均調排列次序，乃据《樂書要録》。

十一月黃鍾均

黃鍾爲宮	太簇商	姑洗角	蕤賓變徵	林鍾徵	南呂羽	應鍾變宮

六月林鍾均

林鍾爲宮	南呂商	應鍾角	大呂變徵	太簇徵	姑洗羽	蕤賓變宮

正月太簇均

太簇爲宮	姑洗商	蕤賓角	夷則變徵	南呂徵	應鍾羽	大呂變宮

八月南呂均

南呂爲宮	應鍾商	大呂角	夾鍾變徵	姑洗徵	蕤賓羽	夷則變宮

三月姑洗均

姑洗爲宮	蕤賓商	夷則角	無射變徵	應鍾徵	大呂羽	夾鍾變宮

十月應鍾均

應鍾爲宮	大呂商	夾鍾角	仲呂變徵	蕤賓徵	夷則羽	無射變宮

五月蕤賓均

蕤賓爲宮	夷則商	無射角	黃鍾變徵	大呂徵	夾鍾羽	仲呂變宮

十二月大呂均

大呂爲宮	夾鍾商	仲呂角	林鍾變徵	夷則徵	無射羽	黃鍾變宮

七月夷則均

夷則爲宮　　無射商　　黄鍾角　　太簇變徵　　夾鍾徵　　仲呂羽　　林鍾變宮

二月夾鍾均

夾鍾爲宮　　仲呂商　　林鍾角　　南呂變徵　　無射徵　　黄鍾羽　　太簇變宮

九月無射均

無射爲宮　　黄鍾商　　太簇角　　姑洗變徵　　仲呂徵　　林鍾羽　　南呂變宮

四月仲呂均 十二宮盡仲呂，仲呂復生黄鍾，終而復始

仲呂爲宮　　林鍾商　　南呂角　　應鍾變徵　　黄鍾徵　　太簇羽　　姑洗變宮

　　方成培《詞塵》云："宮者何？十二均宮聲之調也。調者何？十二均商、角、徵、羽之調也。宮聲謂之宮，商、角、徵、羽謂之調，异其稱，尊宮聲也。其實宮亦調也。均者何？十二律也。一律各具七聲，均齊乎一，故謂之均也。"唐楊收傳云："均，言韵也。古無韵字，猶言一韵聲也。如黄鍾之均，以黄鍾爲宮，以黄鍾爲宮者，以黄鍾之律爲宮音之調也，俗呼正宮即正黄鍾宮是也。黄鍾下生林鍾爲徵，以林鍾之律爲徵音之調也。故宋時俗呼林鍾徵爲黄鍾徵，即正黄鍾宮正徵。言黄徵之均以林鍾爲徵音也。林鍾上生太簇爲商，以太簇之律爲商音之調也，俗呼爲大石調。太簇下生南呂爲羽，以南呂之律爲羽音之調也，俗呼般涉調是也。南呂上生姑洗爲角，以姑洗之律爲角音之詞也，俗呼小石角即正黄鍾宮角是也。是爲黄鍾之五調，再加以應鍾爲變宮，俗呼大石角。蕤賓爲變徵，即正黄鍾宮變徵。共爲七調。若大呂之均，則以大呂爲宮，餘十一均仿此。十二均共八十四調，此宮調之義旋宮之法也。"

　　又云："黄鍾之均，則以黄鍾之律爲宮音之調，以太簇爲商音之調，以姑洗爲角音之調，以林鍾爲徵音之調，以南呂爲羽音之調，此五音之正調也。又加以應鍾爲變宮之調，以蕤賓爲變徵之調，此二變調也。共爲七調，古謂之七宗，又謂之七始。《漢志》稱舜欲聞七始是也。夫五音得二變而後成音，猶四時得閏而後成歲，此自然之理。或謂殷之前但有五音，

至周始加二變以成七音者，非。在郊廟之樂，則以黃鍾宮、太簇商等爲名，在燕樂，則以正宮調、大石調等名別之，所以分別樂之雅俗，其實一也。餘十一均仿此。"

殷保康云："十二律者，高下一定者也。七音者，旋轉無定者也。十二律各爲宮，則各有商、角、徵、羽，是爲十二宮也。十二宮各爲一均，每一均轉七調，則八十四調也。若以七音各爲一均，每一均轉十二調，亦八十四調也。"語見《聲律通考跋》。論八十四調所由生，可謂言簡而賅矣。

焦里堂云："或疑八十四之數非其實，然不必疑也。如以喉、舌、齒、牙、唇，各依等韵，則必有若干音，然製之爲字，不及其音之半。《説文》九千餘字，便于用而人人共識者，又不及其半。不得以所用者少，遂疑古之字少，亦不得以字不及音之數，遂疑并無此音。聲調之有八十四，其理如是也。後世取其便于肄習，故日減日少，無可疑也。今人囿于眼前所見之聲調，遂以爲聲調之數，原本祇此。"觀焦氏此論，可以一祛其惑已。

按：古無所謂八十四調之説，《禮》五聲六律十二管。還相爲宮也，孔氏疏黃鍾爲第一宮，仲吕爲第十二宮，各有五聲，凡六十聲。聲者所以起調畢曲，故止用正調，後世參以變宮變徵，乃爲八十四調。首創八十四調者，姜白石以爲隋鄭譯，蓋據《隋書·音樂志》，有鄭譯推演蘇祇婆琵琶成八十四調之説也。然據《北史·萬寶常傳》，則稱寶常妙達鍾律，奉詔造諸樂器，特創八十四調。而《舊五代史·樂志》，又稱張昭等議樂，言梁武帝素精音律，自製十二笛，爲八十四調，侯景之亂，其音遂絕。然則萬寶常之前，有梁武帝作八十四調，鄭譯同時，又有萬寶常作八十四調。萬寶常以梁人入隋，其爲八十四調，蓋參用武帝之舊法。鄭譯嘗與萬寶常議樂，其成八十四調，或即本寶常之言論。可見創八十四調者，非鄭譯而爲梁武帝。凌氏《燕樂考原》沿姜氏之誤，《聲律通考》已譏之。其實八十四調，不過理論如此，按之實際，不盡可用。陳蘭甫云："凌次仲謂八十四調繁複而不可施用，此語頗中其病。然梁武帝、萬寶常、鄭譯等之爲此，原非盡欲施用，特備其數而已。前乎梁武帝、萬寶常、鄭譯者，《周禮》三大祭之樂，但用十一調，而《大師職》必云六律六同皆文之以五聲，《禮運》必云十二管還相爲宮。後乎梁武帝、萬寶常、鄭譯者，宋時但用二十八調，而《宋史·樂志》所載，景祐《樂髓》及玉田《詞源》，必盡列八十四調，亦取其備而已。"

古今譜字

黃　大　太　夾　姑　仲　蕤　林　夷　南　無　應　　黃清　大清　太清　夾清

合　□　四　下四　一　上　勾　尺　工　凡　　六　□　五

（燕樂字譜符號：A　⊘　⊽　⊙　一　ㄔ　ㄥ　人　⊘　刂　幺　囝　ㄅ　ㄢ）

　　按：右前二行所列燕樂字譜，與姜白石所錄古今譜法同，茲更添注宋樂俗譜字于第三行，以資對照。惟舊本譜字，稍有訛舛，如夾鍾本律，當以下一配之，舊本訛作一上，茲據《斠律》改正。夾鍾清配一五，宋樂悉作緊五，蓋燕樂舊譜，本出龜茲琵琶，以弦定音，故可謂之緊慢，此爲高五，謂管聲也，勾字音義，人多不識。方成培《詞塵》疑爲高上，凌次仲《燕樂考原》引韓邦奇《苑洛志樂》之說，始發明勾即下尺之義。謂燕樂因蕤賓爲變徵，故立勾字之名。張文虎《舒藝室餘筆》則謂此字介于ㄥ人之間，故合其字形以爲記號，語尤近理。自明以來，俗樂乃廢之，故止有九聲。九聲者、五、六、凡、工、尺、上、一、四、合是也。鄭叔問云："今譜管色去勾字爲九聲，乃以清聲之五六，雜厠本律之四合，復以九聲中一、上、尺工加高爲四清，繁複滯淫，清濁淆亂，古法大墜，流蕩忘返，率沿明譜九宮之謬，是又燕樂之鄭衞矣。"按：宋人以工尺配律呂，

030

已失古人之法，今人以工尺代宮商，是今人又失宋人之法。此律呂之所以亡，而去古法之所以愈遠也。

《御製律呂正義》云："近代皆用工尺等字以名聲調，而工尺字譜，不知創于何時。按《楚辭·大招》即有'四上競氣極聲變只'之語，則其由來舊矣。《宋史》載《燕樂書》，黃鍾用合字，大呂、太簇用四字，夾鍾、姑洗用一字，夷則、南呂用工字，無射、應鍾用凡字，各以上下分爲清濁，其仲呂、蕤賓、林鍾，不可以上下分。仲呂用上字，蕤賓用勾字，林鍾用尺字，黃鍾清聲用六字，大呂、太簇、夾鍾、清聲各用五字，而以上下緊別之。緊五即一五，夾鍾清聲也。"槙按：以上云云，不啻爲《詞源》此項下一注脚。至謂《楚辭》"四上競氣"之四上，可與近代工尺譜中之四上齊觀，恐未必然。此語實承其上文而言，王《注》曰：四上謂上四國代秦鄭衛也。洪《補》曰：謂聲之上者有四，代秦鄭衛之鳴竽也，伏戲之駕辨也，楚之勞商也，趙之簫倡也。其解釋較爲確當。江慎修《律呂闡微》，于四上一語，亦疑其即是樂工相傳之板眼記號，謂四上猶云宮商。此皆緣近代工尺字譜中有四上二字，遂不惜詞費，爲之曲解，亦可見在昔學人之喜于附會矣。

《聲律通考》曰："姜堯章填詞及自製曲，亦注宮調，然每字不注律呂，而注當時俗字。以朱子《琴律說》及《詞源》考之，可由俗字而得當時字譜，由當時字譜而得律呂。又以其宮調考之，可由律呂而得其宮商，又由宮商而得今之工尺。如《揚州慢》首句云"淮左名都"，其旁注 夂刂フ人乃六、凡、工、尺四字，即黃清、無、南、林四律。此曲中呂宮，以夾鍾爲宮，則黃清、無、南、林爲羽、徵、變徵、角四聲即今之五、六、凡、工也。此已不啻重譯而通矣。而一曲之中，俗字尚有不可識者。戴長庚《律話》以不可識者爲拍，未知然否。夫《越九歌》注律呂，則可識，詞曲注當時俗字，則不可識，俗之爲害甚矣哉！《白虎通》曰：'樂尚雅，雅者何？古正也。'此千古之至言也。"

按：宋時俗用工尺字，實爲正寫工尺字之省寫。此項譜字，《詞源》外，尚見于白石《旁譜》《事林廣記》，朱子《琴律說》諸書。《事林》譜字寫法，除 刂フマ 數字與《詞源》一致，其餘 幺或作 夂，人或作 人，フ或作 么，Λ作 厶，彐作 彐，寫法均不免大同小異，而與姜詞旁譜則同。特《旁譜》夂有時并作 夫，幺有時并作 幺耳。至 乚寫作 く，一寫作 、，不獨大異《詞源》，亦《旁譜》所無矣。此外朱子《琴律說》亦載樂譜俗字，與諸書頗有出入。如下一與一均作〓，尺均作厶。下五上五均作〓，此則點畫訛闕所致，益蕪亂不足徵矣。

四宮清聲原注：今雅俗樂管色，并用寄四宮清聲煞，與古不同。

幺六字，黃鍾清聲。⊙下五字，大呂清聲。

丂五字，太簇清聲。丂高五字，夾鍾清聲。

按：宋樂俗字譜，低音加〇，高音加一。右譜字下五爲大呂清，當加墨圈，五字爲太簇清，不當加墨圈。而舊本互訛，高五即一五，管色當加一識之，以別于五。而舊本反加〇，茲均據《斠律》改正。

四清聲所由設，及寄殺何以并用四清，鄭叔問《斠律》頗闡發詳盡，其言云："四清聲者，凡律每一均必具五音。沈括曰：'古樂以宮、商、角爲從聲，謂律從律，呂從呂也。徵、羽爲變聲，謂以律從呂，以呂從律也。'案：凡言從者，謂從其一均之宮也。凡六律爲宮，則商、角以律應，徵、羽以呂應。六呂爲宮，則商、角以呂應，徵、羽以律應。如黃鍾宮，則太簇、商姑、洗角，皆以律從黃鍾之律，林鍾徵、南呂羽，皆以呂從黃鍾之律。林宮，則南呂商、應鍾角，皆以呂從林鍾之呂，太簇徵、姑洗羽，皆以律從林鍾之呂，餘均仿此，此從聲變聲之説也。自黃鍾降至林鍾宮，商角并用正律，至夷則宮，而角聲之正律窮，故折而用黃鍾爲角，次南呂宮，又折而用大呂爲角，角音半清半濁，黃大二律皆管長，不足繼最清之羽。初唐《樂書要錄》曰：凡管長則聲濁。又曰：疑聲濁不例者，則以清聲并之。此黃鍾大呂清聲所由設也。南呂次及無射宮，而商角之正律窮，故折而用黃鍾爲商，太簇爲角，次應鍾宮，又折而用大呂爲商，夾鍾爲角。太夾二律，亦管長而聲濁，故以其半律應黃鍾、大呂而有清聲也。其徵、羽用變聲之正律，自與十二宮清濁相應，此清宮所以止于四也。"

又云："殺聲者，即姜堯章所謂住字，蔡元定所謂畢曲，朱文公所云行在譜，以首尾二字壓入音律也。其二十八調聲用某字，即今之某字調也。隋唐、南北宋律呂雖異，而殺聲則無異，殺聲雖不歸本律，而調之爲調，亦不因殺聲而改也。其殺聲并寄四清者，以大晟樂法，漢津《指律》，聲變彌亢，非清聲不協也。政和間，復詔刊譜，頒行教坊，而郊廟與宴饗無別，即玉田所謂雅俗并用，與古不同也。《碧鷄漫志》云：王建《宮詞》，側商調裏唱伊州，林鍾商，今夷則商，管色用凡字殺，若側商，即借用尺字殺。案：借，即寄也，舊譜不必皆寄于四清。南渡後，不用七角，而七商本起太簇，七宮本起黃鍾，七羽實得宮之半聲，故其調名與七宮多同，此寄殺并用四清之略也。如白石商調〔霓裳中序第一〕，仍用凡字殺，則歸無射本律矣。其無射商越調之〔石湖仙〕〔秋宵吟〕，即黃鍾商，管色當用六字殺。今姜詞旁譜兩結并用六五，則寄太簇清也。若《越九歌·越王越調》四結并用黃清，即六字殺，則歸黃鍾本律矣。餘可類推。"

按：古雅樂亦有四清聲，所謂清宮、清商、清角、清徵是也。明瞿九思論樂云："古有清宮、清商、清角、清徵，而無清羽，故有四清之說，豈後世失其傳，徒聞四清之說，而不知何者爲四清，遂以黃、大、太、夾當之耶。"語見心易野人《樂述》。觀此，則宋世所論四清聲，與古雅樂所謂四清聲，殆截然兩事矣。

五音宮調配屬圖

　　上圖舊無善本，近仁和許氏合阮刻元鈔、秦刻戈校二本重刊（即娛園刻本），亦仍訛舛。如林鍾均、南呂宮，"宮"字舊誤作"調"，南呂均中管林鍾商，即商調，舊脫"商"字，應鍾均脫中管羽調，太簇均脫中管高般涉，姑洗均脫中管中呂調，蓋抄者校者刻者均非其人，故錯亂遺脫，不可盡究。後經鄭叔問訂補，始復其故，茲悉據《斠律》改正。

十二律呂

　　十二律呂，各有五音，演而爲宮爲調。律呂之名，總八十四，分月律而屬之，今雅俗衹行七宮十二調，而角不預焉。

　　按：玉田所謂總八十四，分月律而屬之者，乃兼十二律之中管言之。七宮者，則去太簇、姑洗、蕤賓、南呂、應鍾五中管之宮而言之。十二調者，七均中衹用宮商羽三均，羽聲又即宮聲之半，則宮商二均而已。故八十四調衹用十四，又去高大石、高般涉二調，則十二調而已。其云角不預者，七角一均，北宋乾興以來已廢之，故南宋七宮十二調亦無七角也。其衹言"角不預"，而不言徵與變閏者，考姜白石歌曲〔徵招〕自序云："予嘗考唐田畸《聲律要訣》云，'徵與二變之調，咸非流美，故自古少徵調曲也。徵爲去母調，如黃鍾之徵，以黃鍾爲母，不用黃鍾乃諧'云云，可知徵及變閏，古來已多不用，故不復論及也。"

　　《燕樂考原》云："燕樂四均，共二十八調，宋仁宗《樂髓新經》增入徵均并二變，爲七均，又每均增入中管調，共八十四調。其實可用者，惟宮、商二均而已，其餘皆借用此二均。以《詞源》考之，宮聲一均，第一調爲正黃鍾宮，按此即正宮。而正角聲借之，爲正黃鍾宮角，七正角皆如之。變徵聲借之，爲正黃宮轉徵，七變徵皆如之。徵聲借之，爲正黃鍾宮正徵，七正徵皆如之。是宮、徵、角與變徵四均，共用此一均也。而羽聲一均，又即宮聲之半也。商聲一均，第一調爲大石調，而閏角聲即閏聲，《宋史》所謂閏爲角也。借之，爲大石角，七閏角皆如之。是商、角二均，共用此一均也。然則雖有四均之名，分之則爲七均，其實衹用三均，分之則爲八十四調，其實衹用十四調，又去二高調，但有十二調，故曰七宮十二調也。"

黃鍾宮　　　　俗名同下宮　正黃鍾宮　　　Ａ 合本律

黃大晷辟聲于之氣　黃鍾商　　　　大石調　　　　　　マ 四太簇

鍾A幺二字同用　黃鍾角　　　　正黃鍾宮角　　　ー 一姑洗　レ 勾蕤賓

　　　　黃鍾變　　　　正黃鍾宮轉徵　　　人 尺林鍾

宮冬至十一月　陽律　正聲　黃鍾徵　　　　正黃鍾宮正徵　　　フ 工南呂

　　　　黃鍾羽　　　　般涉調　　　　　　リ 凡應鍾

　　　　黃鍾閏　　　　大石角

　　　　大呂宮　　俗名　高宮　　　　　▽ 下水律四

呂◯◯二字同用　大呂商　　　　高大石調　　　　⊖ 下夾鍾一

大小寒中氣丑之氣　大呂角　　　　高宮角　　　　　ケ 上中呂

　　　　大呂變　　　　高宮變徵　　　　人 下夷則工

宮十二月大寒　陰呂　正聲　大呂徵　　　　高宮正徵　　　　フ 下無射凡

　　　　大呂羽　　　　高般涉調　　　　Ａ 合黃鍾

　　　　大呂閏　　　　高大石角

035

律名	俗名	工尺
太蔟宮（太 立春中聲 實之氣）	中管高宮	マ 四水拳
太蔟商	中管高大石調	Ｌ 一姑洗 勾蕎賣
太蔟角	中管高宮角	一 下一本津
簧 マ于（二字同用）／宮（雨水）／正月 陽律 正聲　太蔟變	中管高宮變徵	⑦ 下工 工尺
太蔟徵	中管高宮正徵	ｱ 工南呂 凡
太蔟羽	中管高殺涉調	マ 下大四呂
太蔟閏	中管高大石角	7 上中呂
夾鍾宮（夾 雨水中聲 邪之氣）	中呂宮	人 尺林鍾
夾鍾商	雙調	
夾鍾角	中呂正角	

036

夾鍾變　中呂變徵

鍾□□二字同用

夾鍾徵　中呂正徵

宮二月春分　陰呂正聲

夾鍾羽　中呂調

夾鍾閏　雙角

姑清明中聲辰之氣

姑洗宮　中管中呂宮

姑洗商　中管雙調

姑洗角　中管中呂角

洗一

姑洗變　中管中呂變徵

姑洗徵　中管中呂正徵

宮三月轂雨　陽律正聲

姑洗羽　中管中呂調

姑洗閏　中管雙角

俗名

一　一本律

L　下夾工則

7　下無凡射

①　下大四呂

‖　凡應鍾

マ　下大四呂

一　下夾一鍾

7　工南呂

①　下無凡射

A　合黃鍾

マ　四太簇

仲呂宮　立夏　巳之氣

呂ㄅ

宮　四月小滿　除呂正聲

仲呂宮
仲呂商
仲呂角
仲呂變
仲呂徵
仲呂羽
仲呂閏

俗名

道宮
小石調
道宮角
道宮變徵
道宮正徵
正平調
小石角

芒種中氣　午之氣

蕤賓宮
蕤賓商
蕤賓角

俗名

中管道宮
中管小石調
中管道宮角

ㄅ　上　本律
人　尺　林鍾
刁　工　南呂
刂　凡　應鍾
Ａ　合　黄鍾
マ　四　太簇
一　一　姑洗

L　勾　本律
⑦　下工　夷則
⑭　下凡　無射

律呂	俗名
賓乚	
㽔賓變	中管道宮變徵
宮〔五月 夏至 正聲 陽律〕	中管道宮正徵
㽔賓羽	中管正平調
㽔賓羽	中管小石角
㽔賓閏	
林〔小呂中管 未之氣〕	南呂宮
林鍾宮	歇指調
林鍾商	南呂角
林鍾角	南呂變徵
鍾人	南呂正徵
林鍾變	高平調
林鍾徵	歇指角
林鍾羽	
宮〔六月 大暑 陰呂 起聲〕	
林鍾閏	

人〔合黃鍾〕　ᗡ〔下大四呂〕　ᐁ〔十夾四鍾〕　丂〔上中呂〕　人〔尺本律〕　ᄀ〔工南呂〕　刂〔凡應鍾〕　ᐁ〔下大四呂〕　一〔一姑洗〕　乚〔勾㽔賓〕

夷 立秋中孚 坤之氣
則 ⑦
宮 七月 感暑

律名	俗名
夷則宮	仙呂宮
夷則商	商調
夷則角	仙呂角
夷則變	仙呂變徵
夷則徵	仙呂正徵
夷則羽	仙呂調
夷則閏 陽律 正聲	商角

南 白露中孚 酉之氣
南呂宮

律名	俗名
南呂宮	中管仙呂宮
南呂商	中管商調
南呂角	中管仙呂角

⑦ 下本工律　⑪ 下無凡射　А 合黃鐘　マ 四大呂　Λ 下夾一鐘　ㄅ 上中呂　人 尺林鐘　ㄈ 工夷律　刂 凡應鐘　⊡ 下大呂四

（表：律呂譜字對照表，自右至左排列）

右側一組：

律名	呂フ	宮（八月）夷則	射	無（蕤賓中聲）	宮（九月）	射
	南呂變	南呂宮	無射宮	無射宮	無射宮	無射羽
	南呂徵	南呂羽	無射閏	無射羽	無射變	無射徵
	南呂羽	南呂閏		無射角	無射角	
	南呂閏			無射商	無射商	

俗名：
中管仙呂變徵
中管仙呂正徵
中管仙呂調
中管商角

黃鍾宮
越調
黃鍾角
黃鍾變徵
黃鍾正徵
羽調
越角

左側一組：

律名	宮（正宮）	應（亥之氣 立冬中聲）	鍾川	宮（正聲 陸呂）
	應鍾宮	應鍾宮	應鍾宮	應鍾宮
	應鍾商	應鍾商	應鍾商	應鍾羽
	應鍾角	應鍾角	應鍾徵	應鍾徵
	應鍾變	應鍾變	應鍾變	應鍾變
	應鍾徵	應鍾徵	應鍾角	應鍾閏
	應鍾羽	應鍾羽		
	應鍾閏			

俗名：
中管黃鍾宮
中管越調
中管黃鍾角
中管黃鍾變徵
中管黃鍾正徵
中管羽調
中管越調

（下方為譜字符號，附小字律名注記）

右表所列字譜，舊本頗多訛誤。如黃鍾宮當作〔譜〕，今訛作〔譜〕，太簇閏當作〔譜〕，今訛作〔譜〕，姑洗羽〔譜〕字誤加墨圈，中呂變〔譜〕誤作〔譜〕，夷則宮〔譜〕誤作〔譜〕，無射變〔譜〕誤作〔譜〕，應鍾變〔譜〕誤作〔譜〕。調名之誤者，如南呂宮之中管商調，今本商作雙，中管商角，今作仙角，應鍾宮之中管越角，今作越調，均經鄭叔問據《宋樂志》及本書"古今譜字"詳爲校訂，藏入《斠律》，茲均從之。黃鍾宮本律爲合，清聲爲六，故云二字同用，大、太、夾三均做此，惟清聲祇有黃、大、太、夾四均，故自姑洗以下，祇用本律殺聲。又表中所載宋時俗名，在太簇、姑洗、蕤賓、南呂、應鍾五宮，皆與其前一宮之名稱相同，而加中管二字以別之。中管者，即稍短之管，其音高半調者是也。

按：右表取律寸、律數、用字紀聲，而七聲高下之用，宮調殺聲之別，并在其中。《斠律》謂以蔡元定《燕樂新書》考之悉合，信然。又謂凌次仲本《宋樂志》及《詞源》撰燕樂表，頗發其微，而未詳其目。慮覽者仍不能明，因于本書所記字譜管色下，以細是條注某律某字，凡八十四調，始于黃鍾，終于無射，再間應鍾一律，仍爲黃鍾云云。今觀鄭注，頗足闡明字譜配律之精義，不惟使覽者事逸而功倍，且能令舉世所大惑，視爲神奇莫測者，不待煩言而解，嘉惠後學，誠非淺也。

　　又按：八十四調由十二宮轉成，雖爲《周禮》之道法，《周禮》云："文之以五聲，則無二變之調。"然繁複不可施用。凌次仲《燕樂考原》已暢論之。故自李唐迄趙宋，燕樂祇用二十八調，即《宋史·樂志》所載，宮聲七調、商聲七調、角聲七調、羽聲七調是已。宮聲七調，曰正宮，即正黃鍾宮。曰高宮，曰中呂宮，曰道調宮，即道宮。曰南呂宮，曰仙呂宮，曰黃鍾宮，皆生于黃鍾。商聲七調，曰大食調，《詞源》食均作石，下同。曰高大食調，曰雙調，曰小食調，曰歇指調，曰商調，曰越調，皆生于太簇。角聲七調，曰大食角，曰高大食角，曰雙角，曰小食角，曰歇指角，曰商角，曰越角，皆生于應鍾。此非正角聲，蓋以雙宮爲角也。羽聲七調，曰般涉調，曰高般涉調，曰中呂調，曰正平調，曰南呂調，即高平調。曰仙呂調，曰黃鍾羽，即羽調。皆生于南呂。此七羽調，多與七宮調同，所謂宮逐羽音是也。玉田所謂七宮十二調，蓋二十八調中，宮聲七調仍舊，角聲七調完全不用，商聲七調去高大食調，羽聲七調去高般涉調而已。玉田生當宋末，而入于元，當時祇行七宮十二調，則二十八調且不盡行，況八十四調乎。本書詳載八十四調者，述其舊聞耳。

　　至中管各宮調，不在七宮十二調之內，宋人用者極少，然亦非絕無用者。《詞麈》云："或問八十四調中如太簇宮爲中管高宮、南呂商爲中管商調之類何以謂之中管，答曰：中管云者，先正謂其聲在前後二律之間，而與前律同出一孔，以之製調，音韻重，雖強易其名，終無所表異，視前律爲不逮。故古人製曲，罕以爲調，以其非正音也。然謂聲在二律間則是，謂音韻重無所表異則非也。旋宮之法，窮極毫芒，何云無所表異，觀万俟咏《春草碧詞》自注中管高宮，則亦未嘗不用爲調矣。"按音韻重無所表異之說，未嘗不言之成理。方氏雖非之，而宋人製調，何以罕用中管，万俟精于音律，何以獨用中管製調，其故仍莫能明也。

管色應指字譜

　　按：本項字譜，可分二類。一表示管色之高下者，自六凡工尺以至尖凡等符號是也。一表示腔調之停頓及避速者，大住小住及掣折等是也。《事林廣記》卷八，亦載管色指法一條，以證本項字譜，知所記管色，名稱既有脫漏，次序尤多顛倒。如《事林》記各高音，尖一、尖上、尖凡、大凡外，尚有尖尺、尖工，此獨無之。勾字應列于尺上二管色間，《事林》不誤，此則列于四合之間。尖上符號應作𣲷而原作𢆡，𢆡乃六字，管色中無尖六，自是誤寫。尖凡符號應作𣲷，原誤作𣲷，如爲尖尺，則不應下注尖凡，必有一誤。𣲷乃大凡符號，此于其下注大住，而于𠆤之符

號下注大凡，疑 八 乃大住符號，傳抄者彼此互誤耳。大凡與尖凡及二者
與凡之分別，全在吹管時所開孔數之不同。尖一、尖上、尖尺、尖工與
一、上、尺、工之分別，則吹時開孔數同，而吹之輕重互異。觀次列《事
林》所截管色指法圓，自明。

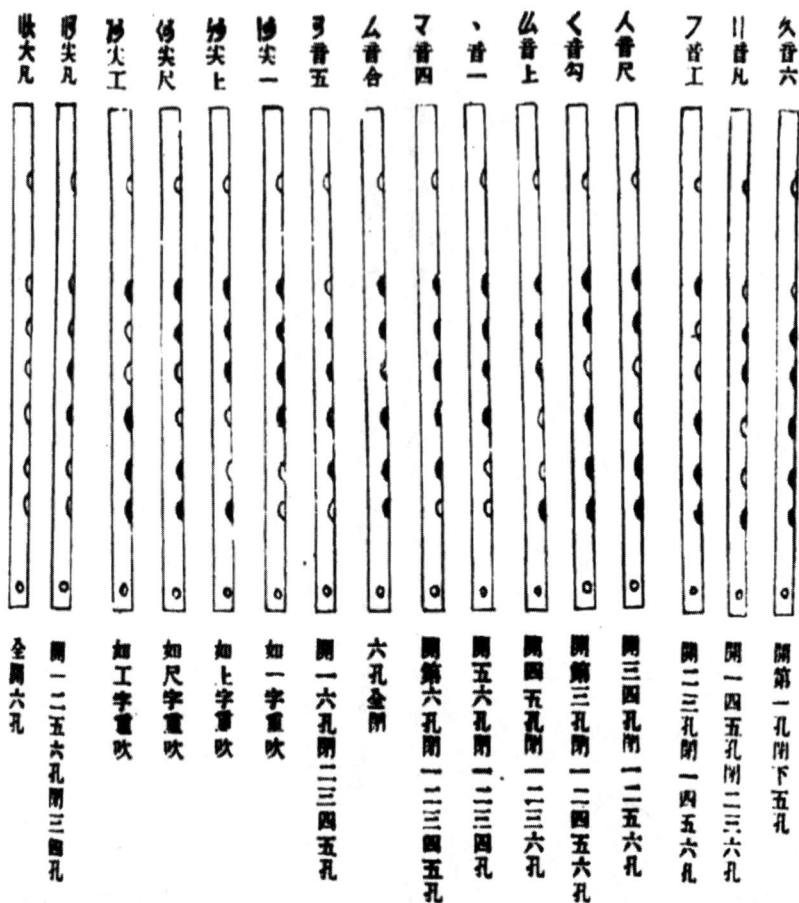

收 大凡	全開六孔
刂 尖凡	開一二五六孔閉三四孔
刃 尖工	如工字重吹
仴 尖尺	如尺字重吹
抄 尖上	如上字重吹
泃 尖一	如一字重吹
弓 音五	開一六孔閉二三四五孔
厶 音合	六孔全閉
乛 音四	開第六孔閉一二三四五孔
、 音一	開五六孔閉一二三四孔
仏 音上	開四五孔閉一二三六孔
く 音勾	開第三孔閉一二四五六孔
人 音尺	開三四孔閉一二五六孔
刂 音凡	開一二三孔閉一四五六孔
刁 音工	開一四五孔閉二三六孔
久 音六	開第一孔閉下五孔

　　《事林》記管樂種類，有官笛，羌笛，夏笛，小孤笛，鷓鴣，扈聖，
七星，橫簫，豎簫等九種，其器今多失傳。論其管色之繁複，蓋數倍于今
管樂矣。至腔調變化，在指法中亦甚重要。觀卷末"謳曲旨要"，住、掣、
折等外，尚有大頓、小頓及反、拽、丁、抗數專名，可知本項字譜，所載
符號，猶多未備。小住作 𠂇，其字見白石《旁譜》，今本《詞源》作
力，闕一小畫，當係抄刻時脫誤。掣之符號同凡字，折之符號同上字，
自係本字之省寫。住、掣、折三專名之可考證者，如宋沈括論樂中有敦、

擊、住三聲，一敦一住各當一字，一大住當二字，一掣減一字，如此遲速方應節。又云："合字無折一分折二分至于折七八分者，皆是舉指有深淺，用氣有輕重。"又白石紀折字法云："觱篥有折字，假如上折字，下無字，即其聲比無字微高，餘皆以下字爲準。"此住、掣、折之意義也。腔調中有丁聲一種，或疑丁應作打，丁蓋打之省寫，或部打與"旨要"所言之敲捐，均以示拍之動作者，二者孰是，尚待研討。惟打字兩見本書下卷，"音譜"項下，言慢曲有打捐等字，"拍眼"項下，亦謂慢曲有打前拍、打後拍，符號作フ，取義不明。本項字譜，于腔調符號，尤多訛闕，否則據以考訂白石《旁譜》，必有左右逢源之樂，今則惟有望洋興嘆耳。

宮調應指譜

七宮
黃鍾宮Ⓗ　仙呂宮⑦（俗作ㄅ）　正宮A　高宮▼（俗作マ）　南呂宮人　中呂宮⊖
道宮ㄅ
十二調
大石調マ　小石調人　般涉調ㄅ（俗作A7）　歇指調フ　越調ㄠ　仙呂調ㄅ
⊕作A　中呂調A　正平調マ　高平調一　雙調ㄅ　黃鍾羽人　商調

右爲雅俗常行七宮十二調之符號。其字譜名用，并見于前。舊刻訛舛諸字，及應加墨圈而原缺者，茲據《聲律通考》及《詞源斠律》訂正。

　　按：八十四調，宋樂祇行七宮十二調，至元而名數愈減少。陶九成論曲，有正宮、中吕宮、南吕宮、仙吕宮、黃鍾宮、大石調、雙調、商調、越調，凡五宮四調，明人統稱爲九宮，蓋七宮又去其二，十二調又去其八也，可以覘詞曲宮調名數之遷變矣。

律吕四犯

宮犯商	商犯羽	羽犯角	角歸本宮
黃鍾宮	無射商	夾鍾羽	無射閏
大吕宮	應鍾商	姑洗羽	應鍾閏
大簇宮	黃鍾商	仲吕羽	黃鍾閏
夾鍾宮	大吕商	蕤賓羽	大吕閏
姑洗宮	太簇商	林鍾羽	太簇閏
仲吕宮	夾鍾商	夷則羽	夾鍾閏
蕤賓宮	姑洗商	南吕羽	姑洗閏
林鍾宮	仲吕商	無射羽	仲吕閏
夷則宮	蕤賓商	應鍾羽	蕤賓閏
南吕宮	林鍾商	黃鍾羽	林鍾閏
無射宮	夷則商	大吕羽	夷則閏
應鍾宮	南吕商	太簇羽	南吕閏

　　以宮犯宮爲正犯，以宮犯商爲側犯，以宮犯羽爲偏犯，以宮犯角爲旁犯，以角犯宮爲歸宮，周而復始。

　　按：犯聲始于唐代，陳暘《樂書》云："五行之聲，所司爲正，所歆爲旁，所斜爲偏，所下爲側。如正宮之調，正犯黃鍾宮，旁犯越調，偏犯中吕宮，側犯越角之類，樂府諸曲，自昔不用犯聲，唐自天后末年，《劍器》入《渾脱》，始爲犯聲。以《劍器》宮調，《渾脱》角調，以臣犯君也。明皇時，樂人孫處秀善吹笛，好作犯聲，亦鄭衛之變也。"觀此，可知犯聲最初之意義，及其所由始矣。

　　姜白石云："凡曲言犯者，謂以宮犯商、商犯宮之類。如道調宮上字住，住即殺聲，雙調亦上字住，所住字同，故道調曲中犯雙調，或雙調曲中犯道調，其他準此。"《燕樂考原》云："道調宮，今琵琶之上字調也。雙調，今三弦之上字調也。同是上字調，故可相犯，此理極易明，但後人未之深求耳。"唐人《樂書》云："犯有正旁偏側，宮犯宮爲正宮，犯商爲旁宮，犯角爲偏宮，犯羽焉側宮，此說非也。即此可見前人樂書原不可盡信，然非入之深者，亦安能辨之。十二宮所住字各不同，不容相犯，十二宮特可犯商、角、羽耳。"《燕樂考原》云："此言一均七調，各不相犯，惟異其均同調者可相犯，本七宮而云十二宮，兼五中管調言之也。"

《詞塵》云："所謂犯調者，或采本宮諸曲合成新調，而聲不相犯，則不名曰犯，如曹勛八音諧之類是也。或采各宮之曲合成一調，而宮商相犯，則名之曰犯。如姜夔〔凄涼犯〕、仇遠〔八犯玉交枝〕之類是也。然十二宮特可犯商、角、羽，而住字不同，則不容相犯也。"又云："犯調宮商相犯，而律字相同，實有以類相從，聲應氣求之義，不可以凌犯例之，此古人製犯調之精意也。"

《斠律》云："此言犯調之義甚詳，白石所謂道調雙調兩曲可相犯者，雙調爲夾鍾之商，道調爲中呂之宮，夾鍾用一、上、尺、工、下、凡、合、四、六、五、一五，中呂用上、尺、工、凡、合、四、一、六、五，而皆住聲于上字。所不同者，惟凡與下凡耳，故可相犯。《夢溪筆談》謂每律名用各別，外則爲犯，其所記諸調用聲，可賅備。今學者但依前譜所住十二宮，每宮中所用之字譜，凡黄、大、太、夾四律，加四清聲，綜而計之，即與沈説相合。明其住字，審其用聲，而諸宮調之可犯不可犯者，亦瞭如指掌矣。"

結聲正訛

商調是‖字結聲，用折而下。若聲直而高，不折，或成幺字，《事林廣記》作‖字，誤。即犯越調。

按：越調本律，爲無射宮之黄鍾商，用合字殺，清聲用六字，六、凡相近，商調結聲成六字，故犯越調。欲其不犯，則不宜聲直而高，故有

“用折而下”之説。

仙吕宫是㉠字，《事林廣記》誤作||字。結聲，用平直而微高。若原脱微高若三字。兹據《事林廣記》補入。微折而下，則成⑪字，即犯黄鍾宫。

按：此黄鍾宫，乃指無射宫而言，非正黄鍾宫也。無射宫用下凡殺，與仙吕宫住字之下工，聲近易訛，故易相犯。所難解者，即工字微折而下，何以變成凡字，蓋成凡字，聲應較工字高，何反云折而下乎。

正平調是マ字結聲，用平直而去。若微折而下，則成ㄅ字，即犯仙吕調。

按：正平調爲太簇羽，仙吕調爲中吕羽，以羽犯羽，本無是律，惟四字“微折而下”，何以反成上字，不比一字更高乎？則“折而下”之説不可通矣。與前條同一費解。

道宫是ㄅ字刻本誤作L，《事林廣記》作么，即ㄅ字。結聲，要平下。若刻本誤作莫。太下而折，則帶∧一雙聲，《事林廣記》作マ一雙聲。即犯中吕宫。

按：道宫住上字，中吕宫住一字，上、一接近，自易相犯。舊刻本上均作勾，中管道宫用勾字殺，《斠律》遂以此道宫爲中管道宫，但中管道宫不在七宫之列，其調已廢而不用，何以獨正其結聲之訛，且何不直云中管道宫也。尺、一雙聲四字，殊費解。《斠律》釋此，亦極牽强。陳蘭甫疑中有誤字，《事林廣記》作四、一雙聲，義亦不明。豈太下而折，其聲在四一之間，即犯中吕宫歟。

高宫是丂字結聲，要清高。若平下，則成マ字，原作||字，據《事林廣記》改正。犯大石，微高則成幺字，犯原作是正宫。

按：高宫住四字，清聲用五字，故云要清高，若平下，則五字之音不出，仍成四字之音。大石調殺聲係四字，故云犯大石，原作平下則成凡字，陳蘭甫謂係刻本之訛，信然。蓋成凡字則犯黃鍾宮，即無射宮。非犯大石矣。《事林廣記》作平下則成四字，當無疑義。微高成六字，犯正宮，謂比凡字微高，即成六字，正宮清聲用六字，故云犯正宮也。

南呂宮是∧字結聲，用原作要平而去。若折而下，則成━字，即犯高平調。

按：南呂宮住工字，此云住尺字，乃林鍾宮俗名之南呂宮，非南呂本宮也。折而下，成━字，比上字尤低，故犯高平調，以高平調住一字，即所謂林鍾羽也。雖宮可犯羽，而尺一住字不同，故同宮不可偏犯。

右數宮調，腔韵相近，若結聲轉入別宮調，謂之走腔。若高下不拘，乃是諸宮別調矣。

以上正訛各條，《事林廣記》所載，與《詞源》大同小異，當係宋時樂工相傳之口訣。惟末後一則，《廣記》較詳于《詞源》，其言云："右數宮調，腔韵相似，極易訛入別調，若結聲不分，即謂之走腔。駈駕高下不勻，即謂之諸宮調。故分別用聲清濁高下，折與不折以辨之，歌者當審結聲，扭轉取令歸本調也。"見第八卷宮調結聲正訛。語意較《詞源》尤明白曉鬯，附錄于此，以資參證。

按：結聲規律甚嚴，微高微下，皆謂之訛，以其腔韵相近故也。白石《歌曲》亦云："十二宮所住字各不同，不容相犯。"《朱子語類》云："大凡壓入音律，祇以首尾二字。"朱子此說，即姜張之意也。《燕樂考原》謂朱子誤以調之所係，全在首尾二字，蔡季通因此誤會，遂爲起調畢曲之說以貽誤後學，此論非是，《聲律通考》已駁之。凌氏之譏朱、蔡，殆未細究姜、張之說耳。總之諸調皆繫乎殺聲，殺聲不能盡歸本律，而後有犯。《補筆談》云"諸調殺聲，不能盡歸本律"，皆後世聲律潰亂，然則殺聲必歸本律，乃古法矣。

陳蘭甫云："沈存中《補筆談》所謂殺聲，張玉田《詞源》所謂結聲，皆謂曲終之聲，即蔡季通所謂畢曲也。宮聲七，殺聲之字皆宮聲，正宮以六字爲宮，故殺聲用六字，高宮以下四字爲宮，故聲用四字，餘皆仿此。凌次仲云'正宮即琵琶之六字調，故殺聲用六字，高宮即琵琶之四字調，故殺聲用四字'云云，此説近之矣。然宋時但云殺聲用某字，而無某字調之名，後來因宋時某調殺聲用某字，乃名之爲某字調耳。"

戈順卿云："詞之爲道，最忌落腔，即所謂落韵也。姜白石謂十二宮住字不同，不容相犯，沈存中《補筆談》載燕樂二十八殺聲，張玉田《詞源》論結聲正訛，不可轉入別腔，住字殺聲結聲，名異而實同，全賴乎韵以歸之，然此第言收音也。而用韵之吃緊處，則在乎起調畢曲，蓋一調有一調之起，有一調之畢。某調當用何字起，何字畢，起是始韵，畢是末韵，有一定不易之則。而住字殺聲結聲，即由是以別焉。詞之諧不諧，視乎韵之合不合，有其類，亦各有其音，用之不紊，始能融入本音耳。"

吕秋逸云："此云結聲，與殺聲異。殺聲謂一曲起歇之宮商，結聲則歌曲之收聲也。如商調殺聲用凡字，歌聲依之，所謂還腔，但曲末係大住，延聲有兩個字之長，此歌聲如何收束，乃有結聲用折而下之説，謂依殺聲之腔，更折折半音。而低下也。若由此腔更高，則帶六字音，即犯他調云。"此論結聲與殺聲之分，語極有理，特存之以貴研討。

謳曲旨要

按：詞與音律之關係，可分二端：一曰宮調，一曰歌法。宮調之説，以前數篇，言之綦詳。所謂辨宮位，審律度，均非難事，所難者，如何按律製譜，如何審音用字耳。至于詞之歌法，則不全涉宮調，是篇所載，猶可窺其厓略。有屬于詞拍者，如六均、八均、官艷、敲捐之類，有屬于詞腔者，如大頓、小頓、丁、住、折、掣之類，惜其詳不可得聞耳。近世詞人，輒謂宋詞宮調亡，故詞不可歌，不知舊詞不可歌，非宮調亡，音譜亡耳。非僅音譜亡，歌法亦亡耳。否則白石歌曲，旁譜具在，何以同一不能歌？蓋旁譜譜字，有可識者，有不可識者。其不可識之譜字，及駢列或叠寫之譜字，其中必有拍與腔之符號，所以示節之長短，聲之變化者，特混淆不能明辨耳。張文虎《舒藝室餘筆》，于白石旁譜，頗多考訂，然對此不可識之譜字，亦束手莫可如何。余初意宋詞歌法，必有存于元曲中者，欲由元曲以上稽宋詞歌法，乃元曲歌法亦亡，後人歌元曲，後人之歌法耳。元人《芝庵論唱》，數舉掯名，屢言敦聲，其敦與掯出自歌詞遺法無疑。敦與掯究竟如何，叩諸今昆曲家，多瞠目不知所對，其故可思矣。世人不察，每以精昆曲者應諳宋詞歌法，此實謬見。謝元淮輩無知妄作，其《養默山房詩餘》及《碎金詞譜》，徑用昆曲規律，製譜點板，若不知宋詞歌法，腔與拍有許多名目，猶存于"旨要"一篇者，真可解頤而啓齒矣。

　　歌曲令曲四掯勻，破近六均慢八均。
　　官拍艷拍分輕重，七敲八掯輒中清。

　　按：令曲即令，歌曲令曲者，謂歌曲中一體之令曲。四掯勻者，謂每令曲一片，其節奏四掯排勻也。掯之意義，頗難確定。元人燕南《芝庵論曲》之唱法，有明掯兒，有暗掯兒，有長掯兒，有短掯兒，有碎掯兒，似掯亦有許多種類，如何分別，已不能明。鄭叔問《斠律》云："掯近于打，猶虛拍也，慢曲中亦有。"近人任二北之説，則謂掯亦拍耳，與敲打爲一類。凡譜中若另有拍，則此三者退而爲眼，不然，此亦即是拍耳。見所撰《南宋詞音譜拍眼考》，以下引用，均出此文。其説與鄭説大同小異，破乃法曲、大曲中之片名，近與慢皆爲小唱之一體。"破近六均慢八均"者，謂引近之拍，與法曲大曲之入破同，與慢曲異。六均、八均，頗多歧説。《斠律》云："六均者，六字一拍，八均者，八字一拍。"引下卷玉田言前衮中衮六字一拍，元戚輔之《佩楚軒客談》紀趙子昂説歌曲八字一拍等語爲證。予友呂秋逸別號南呂。則謂引近皆分六均，慢分八均。沈義父云："詞腔謂之均，均即韵也。"今觀引近詞多六均，慢詞多八均，可知，每韵兩拍爲常式，有時一韵二拍之前，更增一拍或數拍，是爲艷拍。見所撰《詞調之研究》一文，以下引用俱本此。任二北則以爲認均爲韵，勢不可通。均當作均勻解，六均，乃前後兩片間六拍均勻，八均，乃前後兩片間八拍均勻也。蓋求通于玉田所謂"前九後十一，內有四艷拍"二語，而得斯解。其説詳下卷拍眼門小注。孰爲定説，尚待商榷。官拍猶昆曲之正板，艷拍猶昆曲之贈板，故有輕重之分。《斠律》云："官拍惟大曲、法曲純用之，艷拍則可施之慢曲引近。"所謂拍有前九後十一，內有四艷拍，蓋亦類花拍而用有別，敲與掯各立一名，其异處亦不明晰。任二北謂敲掯乃次于拍而同于拍之舉動，與打皆言拍之動作者，然亦無從證實，敍之意義不詳。據王晦叔《碧鷄漫志》，知其爲宋大曲第二遍之名稱。然王觀堂《宋大曲考》，謂宋人大曲，恒不用散序與敍，故歌自排遍起，散序爲第一遍，排遍爲第三遍，敍與散序既廢而不用，不解"旨要"何以有敍中"清一語"也。

大頓聲長小頓促，小頓纔斷大頓續。

大頓小住當韵住，丁住無牽逢合六。

按：頓原注都昆切，即沈存中所謂敦也。元燕南《芝庵論唱》，舉曲之各聲，其中亦有敦聲一項。又《事林廣記》載"遏雲要訣"，論唱賺之唱法，有"腔有墩、亢、掣、拽之殊"一語，是敦亦有時作墩矣。頓與住，乃聲之延長及頓挫處，因其經時之程度不等，故有大頓、小頓、大住、小住之分。經時之程度，可以當字之多寡定之。沈存中云："一敦一住當一字，一大住當二字。"大住既當二字，可知其各當一字之一敦一住，即玉田所謂小頓、小住，小頓既當一字，則大頓亦當二字無疑，頓時必延長其聲，《芝庵論唱》有"敦拖嗚咽"一語可證。住時必略停其聲，字義甚明，特經時之長短各不同耳。敦、住各當一字，即其經過于本字之音長外，須費本字音長相等之時間，當二字者倍之。"大頓聲長小頓促"者，大頓當二字，其聲自較長，小頓當一字，其聲應短促也。"小頓才斷大頓續"，謂小頓之後，即繼以大頓，頓挫既頻，節多變化，其聲自美。"大頓小住當韵住"，據任二北之解釋，以爲大頓小住，用于句末叶韵處，小頓大住，則用于句中或句末不叶韵處。而大小頓、大小住之別，亦即在此，未知然否。丁聲之可考證者，明王驥德《曲律》載《樂府混成集》有"丁聲長行"一項，《事林廣記》紀音樂，其總叙訣中有"丁聲上下相同"一語，其聲之究竟如何，頗不易明。任二北謂丁與頓乃音之轉，其實一也，恐未必然。"旨要"既丁頓分列，下卷"音譜門"論慢曲，先云丁、抗、掣、拽，繼云大頓、小頓，異名並舉，丁頓非一聲審矣。"丁住無牽逢合六"，釋之者有二說。鄭氏《斠律》云："合字音濁，六字音清，同配黄鍾，而抗墜之音相去太遠，故須以丁住過度。無牽者，蓋謂不當字也。"南吕云："丁住停聲當二字，經時最長，亦按一拍，此則在詞調前後闋末，與殺聲相合，故春水謂大頓小住當韵住，丁住無牽逢合六。合六是正宫殺聲，此舉宫調之首調以爲例，故云爾也。”任二北則謂鄭氏過度之説，含糊難信。南吕目丁住爲一事，另立丁住一名，爲少根據。然細按二説，言各有當，并存之以待考證。

慢近曲子頓不叠，歌颯連珠叠頓聲。
反掣用時須急過，折拽悠悠帶漢音。

按：前二句文義甚明，蓋言慢曲及引近之頓處，其聲不叠，歌颯連珠之曲子，其聲始叠也。惟所謂“歌颯連珠”，既〔即〕不在慢近之内。究竟何在，任二北疑即在法曲、大曲之内，然亦無從證實。至頓聲如何叠法，亦不易曉。《斠律》云：“頓必當字，叠但復其字中之聲，未知然否。後二句所言反掣，乃係二聲，并非一聲。”《事林廣記》卷九紀音樂總叙訣云：“折聲上生四位，掣聲下隔二宫，反聲宫閏相頂，丁聲上下相同，分列折掣反丁四聲，則反掣非一聲明甚，特用時須急過，乃二聲相同之性質耳。”沈存中云：“一掣減一字，即將二字音長并成一字，一字音長衹當半字，其聲自疾，與玉田須急過之説正合，蓋以助敦住之用者，折拽爲聲之延長處。”《斠律》云：“折拽兩聲，皆取其幽邈，故云帶漢音，惟折聲尚有歧義，旨要謂折拽悠悠帶漢音，明言折有同于拽，然《事林廣記》卷九載寄煞訣，有折掣四相生一語，似折又同于掣，拽聲緩，掣聲急，折之作用，何以與緩急二類聲音相同，殊未易明也。”

頓前頓後有敲掯，聲拖字拽疾爲勝。
抗聲特起直須高，抗與小頓皆一掯。

按：“聲拖字拽”四字，頗足形容頓聲之情狀。頓聲本緩，云何疾勝，蓋頓聲所在必有掯，“抗與小頓皆一掯”一語可證。若頓前後再有敲掯，則過腔時宜輕疾，故“旨要”謂疾爲勝，輕疾之意義，可作爽快而不怗懘解。《斠律》以蟬鳴過枝形容拖拽之輕疾，可謂妙喻。抗聲之可考證者，《事林廣記》載“遏雲要訣”，論唱賺之唱法，有“腔有墩、亢、掣、拽之殊”一語。《斠律》云：“抗聲無依附而起，故宜高，所謂上如亢也。

與小頓皆一揞者，一頓當一字，抗聲壓字而起，聲出字上，故皆以一揞收本字之音也。"任二北云："抗與小頓同當一揞，故知其音不但高，而且急。"語極有理。

腔平字側莫參商，先須道字後還腔。
字少聲多難過去，助以餘音始繞梁。

按：《斠律》釋前二句，語極含混。腔平字側，今南曲中此例尚多，可以借證。如《畫眉序》首句韻，及尾聲末句韻，應是平聲，而明珠記《畫眉序》，首句"金盞泛蒲綠"，及尾聲末句"可惜明朝又初六"，綠、六均係側聲，但歌時當以入聲吐字，而微以平聲作腔。说见吳霜厓《曲學通論》。此即所謂腔平字側，蓋歌此側聲字，若徑用本音，而不以平聲作腔，或徑改作平聲，而不以側聲吐字，皆與歌法大背，故曰"腔平字側莫參商"也。道字，即言先吐出本聲之字，還腔，即言後收還固有之腔，故曰"先須道字後還腔"也。南曲發源于詞，旨要雖言歌詞，不外此理。後二句，謂遇曲中有聲無字處，欲有繞梁之韻，非助以餘音不能過去，《斠律》所謂字外之和聲，當使清濁高下音如縈縷，方有飄逸之致是也。

忙中取氣急不亂，停聲待拍慢不斷。
好處大取氣流連，拗則少入氣轉換。

按：段安節《樂府雜録》云："善歌者必先調其氣，氤氳自臍出，至喉，乃噫其詞，即分抗墜之音。"忙中取氣，停聲待拍，均非具有調氣功夫不可，否則因急而亂，必至失聲，因慢而斷，必至脱拍。惟調氣功深者，歌時緩急中節，可免此病。好處留連者，謂遇曲情入妙處，歌者最貴以意領略，使聲字悠揚，有不忍絕響之意。拗則少入，謂遇調之拗處，則宜善于轉換其氣，不遽令聲盡氣中，沈存中所謂轉換處無磊塊，今云善過度是也。

哩字引濁囉字清，住乃哩囉頓唛喻。
大頭花拍居第五，叠頭艷拍在前存。

按：前二句，乃言曲中助字之用法。《斠律》云："管弦皆有纏聲，朱子所云叠字散聲，皆有聲無詞。此言哩囉唛喻，并曲中助字。所以引聲者，而住頓微別其用。《夢溪筆談》論古樂和聲，連屬書之，如曰賀賀賀、何何何之類，此其遺法，施之慢曲，故用聲較繁。今南北曲中所增，益繁複矣。後二句，乃言大頭曲叠頭曲用拍之不同。花拍、艷拍之可考證者，《碧雞漫志》云："花十八，前後十八拍，又四花拍。樂家所謂花拍，蓋非正也。"又本書下卷拍眼門，玉田記大頭叠頭曲中諸拍云，內有四艷拍，又云："大曲降黃龍花十六，當用十六拍。"此處則言花艷二拍在曲中之地位。任二北云："花艷二拍，同爲官拍以外之輔拍，猶昆腔中正板以外之贈板。"此乃一定無疑者。至于花艷之間，恐無甚歧异。所謂居第五，《詞源斠律》釋云："花拍用之大頭曲中則宜後，蓋以居後與艷拍之前存相對也。"語近敷衍，未足注意。惟何謂在前存，則頗可借《斠律》之釋叠頭者相互以明。《斠律》云："周邦彥《片玉詞注》，有雙拽頭猶叠頭曲之類，此語誠合，蓋大頭曲乃普通兩片之慢，而叠頭曲乃雙拽頭或三換頭三片之慢，前存者，艷拍存于三片之前兩片中也。"

　　舉木輕圓無磊塊，清濁高下縈縷比。
　　若無含韵強抑揚，即爲叫曲念曲矣。

按：沈存中《筆淡》云："古之善歌者，謂當使聲中無字，字中有聲。"其論聲中無字，謂凡曲祇是一聲，清濁高下，如縈縷耳。字則有唇喉齒舌等音不同，當使字字舉本輕圓，悉融入聲中，令轉換處無磊塊。其論字中有聲，謂如宮聲字曲合用商聲，則能轉宮爲商歌之。又云："善歌者謂之肉裏聲，否則聲無抑揚，謂之念曲，聲無含韞，謂之叫曲。"方成培《詞塵》引其説以論歌，《斠律》亦引其説以釋旨要末四語，謂與沈氏所紀無异。此蓋唐宋以來樂家相承之師説，歌之道盡于此矣。

　　《詞源疏證》卷上終。

卷 下

古之樂章、樂府、樂歌、樂曲，皆出于雅正。樂自隋唐以來，聲詩間爲長短句。按：聲詩間爲長短句，濫觴于梁武帝之《江南弄》，沈約之《六憶詩》，特至隋唐而漸盛耳。至唐人，則有《尊前》《花間集》。《四庫提要》：《尊前集》二卷，不著編輯者名氏，疑爲五代舊本，朱竹垞定爲宋初人編輯，恐未可憑。《花間集》十卷，後蜀趙崇祚編，唐宋名家詞曲，俱賴以僅存。迄于崇寧，宋徽宗年號。立大晟府，典樂之官所居。命周美成諸人，案美成于徽宗政和六年提舉大晟府，其僚屬有徐伸幹臣，田爲不伐，姚公立，晁衝之叔用，江漢朝宗，万俟咏雅言，晁端禮次膺等。見王觀堂《清真先生遺事》。玉田所謂諸人，殆即指此。討論古音，審定古調。淪落之後，少得存者，由此八十四調詳見上卷。之聲稍傳。而美成諸人，又復增演慢曲引近，按詞體之成立，令最先，引近次之，慢曲又次之。宋虞延《樂府餘論》云：詩之餘，先有小令，其後以小令徵引而長之，于是乎有〔陽關引〕〔千秋歲引〕〔江城梅花引〕之類。又謂之近，如〔訴衷情近〕〔祝英臺近〕之類。以音調相近，從而引之也。引而愈長者謂之慢，慢與曼通，曼之訓，引也長也。如〔木蘭花慢〕〔長亭怨慢〕〔拜星月慢〕之頻，其始皆令也。或移宮換羽，爲三犯、四犯之曲，如〔三犯渡江雲〕及〔玲瓏四犯〕之類。按月律十二律皆應月，故云月律。爲之，其曲遂繁。美成負一代詞名，所作之詞，渾厚和雅，善于融化詩句，陳直齋《書錄解題》云："清真詞，多用唐人詩語，檃括入律，渾然天成。"而于音譜且間有未諧，可見其難矣。作詞者多效其體製，失之軟媚而無所取，此惟美成爲然，不能學也。所可仿效之，豈一美成而已。舊有刊本《六十家詞》，已佚。可歌可誦者，指不多屈，中間如秦少游觀、高竹屋觀國、姜白石夔、史邦卿達祖、吳夢窗文英，此數家格調不侔，句法挺異，具能特立清新之意，刪削靡曼之詞，自成一家，各名于世。作詞者能取諸人之所長，去諸人之所短，精加玩味，象而爲之，豈不能興美成蕈爭雄長哉。余疏陋譾才，昔在先人謂其父張樞，樞字斗南，號寄閑，又號雲聰，西秦人。居臨安，循王之後，善詞名世。侍側，聞楊守齋、楊纘字繼翁，號守齋，又號紫霞翁，嚴陵人。居錢唐，好古博雅。善琴，有《紫霞洞譜》傳世。毛敏仲、未詳，與守齋同時，有馮珝，字元白，柯山人，撰《吾竹小稿》一卷，疑即其人。徐南溪未詳諸公商榷音律，嘗知緒餘，故生平好爲詞章，用功逾四十年，仇山村云："讀《山中白雲詞》，意度超元，律呂協洽，不特可寫音檀口，亦可被管弦，薦清廟，方之古人，當與白石老仙相鼓吹。"按：玉田詞之能律吕協洽，觀其自述，淵源家學可知。然用功逾四十年，其苦心孤詣，亦云至矣。未見其進，今老矣，嗟吉音之寥寥，慮雅詞之落落，僭述管見，類列于後，與同志者商略之。

按：詞之體製，在唐五代盛行令曲，至宋而慢曲引近漸盛，美成諸人復增演之，其曲遂繁。實則令、引、近、慢，尚不足以盡詞體。近人任二北謂：宋詞體類共有九種，純粹屬詞者五，兼合古今之曲體者四，由短以及長，則一曰令，二曰引、近，三曰慢曲，四曰三臺，五曰序子，皆純粹詞體也；六曰法曲，七曰大曲，上繼隋唐之曲體者也；八曰纏令，九曰諸宮調，下開金元之曲體者也。此九種名目，皆見于《詞源》論"音譜""拍眼"兩節內。三臺與序子，自來詞人一概目之爲慢詞，不知按諸拍眼，則二者絕對與慢詞不同。又云：若執今人而叩以宋詞體類若干，必對曰：令、引、近、慢耳，他非所習矣。其實令、引、近、慢，不過是尋常散詞，乃詞中最普通之一部分，若欲得詞體之全，終必依張氏之說，有上列九種也。以上述詞體之種類，就《詞源》所載加以整理，兼及詞與曲之關係，辨析極有條理，頗能引申玉田之說。

又按：美成雖長于創調之才，然其集中新曲，非盡自度，且其詞所注各宮調，亦多非大晟樂府新聲。王觀堂《清真先生遺事》云："樓忠簡謂先生妙解音律，惟王晦叔《碧雞漫志》謂：'江南某氏者，解音律，時時度曲，周美成與有瓜葛，每得一解，即爲製詞，故周集中多新聲。則集中新曲非盡自度。然顧曲名堂，不能自已，固非不知音者。'故先生之詞，文字之外，須先味其音律。惟詞中所注宮調，不出'教坊十八調'之外，則其音非大晟樂府之新聲，而爲隋唐以來之燕樂，固可知也。"今其聲雖亡，讀其詞者，猶覺拗怒之中，自饒和婉，曼聲促節，繁會畢宣，清濁抑揚，轆轤交往。兩宋之間，一人而已。觀此，則美成詞雖新曲非盡自度，其音非大晟樂府新聲，究不失爲聲文并茂之作。玉田謂其于音譜間有未諧，不知何所見而云然。至謂作詞者多效其體例，失之軟媚而無所取，此則後人不善學之咎也。

詞之諧不諧，在用字能審音與否。江順詒《詞學集成》云：“樂以和爲貴。樂府之聲，安有不諧者。美成製作才而間有未諧，此則余之所不解也。張氏亦第言其難，而不言其所以未諧與所以難之故。其所謂未諧者，以余揣之，非選聲之不克入律，實用字之未能審音也。至後之人于字之不協者，欲易一字，于音雖協，或于語句未妥，更無可易之字，不得已用原字，歌時讀作某音，此亦變通之一法也。”江氏論詞，力主審音之說，謂一字之中，宜嚴辨喉、舌、唇、齒、牙五音。此五音，皆可配合宮商，以爲詞之諧不諧，當于此中討消息，故其言如此。

協律爲填詞正軌，尤玉田一生致力所在。戈順卿云：“詞以協音爲先，音者，譜也。古人按律製譜，以詞定聲，故玉田生平好爲詞章，用功逾四十年，錘煉字句，必求協乎音律。觀《詞源》一書，可知其用功之所在。今世之人，往往視詞爲易事，酒邊興豪，引紙揮筆，不知宮調爲何物。即有知玉田爲正軌者，而所論五音之數，六律之理，又茫乎如在雲霧中。”近世以音律論詞者首推順卿，顧千里《詞林正韻》序，稱其論律之書，略已具藁，能發前人所未發，功可與論韻埒，惜不傳耳。

音譜

詞以協音爲先。音者何，譜是也。古人按律製譜，以詞定聲，《詞學集成》云：“古人所謂譜者，先有聲而後有詞。聲則判宮商，一調有一調之律，詞則分清濁，一字有一字之音。按律而製，名之曰譜，歌者即按律而歌。後人不然，易詞而不能易譜，易字而不能易音，故後世詞譜，求能于製譜之始，定其字之清濁，判其詞之宮商者，殆無有矣。”此正聲依永、律和聲二語見《書經·舜典》。之遺意。有法曲，《宋史·樂志·法曲部》，其曲二：一曰道調宮〔望瀛〕，一曰小石調〔獻仙音〕，蓋宋代所存法曲，惜此而已。有五十四大曲，按周密《齊東野語》，謂《樂府混成集》所載大曲一項，多至百餘，則宋之大曲固不止此。陳暘《樂書》，謂教坊所習，以四十大曲爲限。《宋史·樂志》，亦言宋初置教坊，所奏十八調，四十大曲，則又不及此數矣。有慢曲，慢曲亦創于唐，其詞之傳于今者，有杜牧九十字之〔八六子〕，篇幅八十九字之〔卜算子慢〕，五代則以後唐莊宗一百三十六字之〔歌頭〕爲最長，特當時作者寥寥，至北宋始漸盛，至南宋而極盛耳。若曰，法曲則以倍四頭管品之，原注，即觱篥也。其聲清越，大曲則以倍六頭管品之，其聲流美，即歌者所謂曲破，《唐書·五行志》云：“天寶後，樂曲多以邊地爲名，有伊州、甘州、凉州等，至其曲遍繁聲，皆謂之入破。”張端義《貴耳録》云：“天寶後，曲遍聲繁，皆名入破。破者，破碎之義也。”據此，可知曲破一名辭所自出，蓋破則聲繁拍碎，故其聲流美，惟《宋史·樂志》，列曲破于大曲之後，小曲之前，《曲律》載《樂府混成集》“林鍾”目，亦大曲與曲破分列二項。又另有破子，與玉田之説稍歧。如〔望瀛〕，如〔獻仙音〕，乃法曲，《碧鷄漫志》云：“〔瀛府〕〔獻仙音〕，爲法曲中遺聲。”〔瀛府〕爲〔望瀛〕之別名，當無疑義。又柳永《樂章集》，小石調中有〔法曲獻仙音〕及〔法曲第二〕，字句略有异同，疑〔獻仙音〕爲第一遍，而〔法曲第二〕則第二遍也。其源自唐來。如〔六么〕，如〔降黄龍〕，乃大曲，《碧鷄漫志》云：“〔六么〕一名〔緑腰〕，又名〔緑要〕，今〔六么〕行于世者四，曰般涉調，曰中吕調，曰高平調，曰仙吕調，皆羽調也。”又按：〔降黄龍〕，乃黄鍾宫大曲。《董西廂》及元周德清《中原音韵》、明陶宗儀《輟耕録》所載皆同。唐時鮮有聞。法曲有散序、歌頭，音聲近古，大曲有所不及。散序歌頭，皆法曲中之遍名。散序爲第一遍，歌頭居散序之後，在唐曰中序，在宋曰排遍。若大曲，亦有歌者，有譜而無曲，片數片一作遍。與法曲相上下，《碧鷄漫志》云：“凡大曲，有散序、靸、排遍、攧、正攧、入破、虚催、實催、衮遍、歇拍、殺衮，始成一曲，謂之大遍。”所謂片數，即指大曲中之各疊而言。又姜夔《論樂》云：“凡有催衮者，皆胡曲耳，法曲無是也。”據此，則法曲與大曲不同處甚多，不僅相上下而已。其説亦在歌者稱停緊慢，調停音節，方爲絶唱。惟慢曲引近則不同，名曰小唱，耐得翁《都城紀勝》云：“唱叫小唱，謂執板唱慢曲曲破，大率重起輕殺，故曰淺斟低唱。”此列曲破于小唱之内與玉田之説稍异。須得聲字清圓，以啞觱篥合之，其音甚正，簫則弗及也。慢曲不過百餘字，中間抑揚高下，丁、抗、掣、拽，有大頓、小頓、大住、小住、打、捎等字，詳上卷“謳曲旨要”注。任二北云：“丁抗掣拽者，與抑揚高下語性相同，皆陳相對之義，即丁之反面爲抗，而掣之反面爲拽也。惟此四字，與下文之頓住捎打，及此外之㪍反折，共十一字，實皆“音譜”“拍眼”中之專門語。大概打㪍捎三字，以言拍之動作，其餘八字，皆以言音之狀態，歌者必示之于喉，而吹者必應之于指者也。就中丁頓住拽爲一類，乃音之遲者，抗反掣爲一類，乃音之速者。真所謂上如抗，下如墜，曲如折，止如槁木，倨中矩，句中鈎，纍纍乎端如貫珠之語。語見《禮記》第十九篇《樂記》。斯爲難矣。

按：玉田謂宋之法曲，其源自唐來，不知唐之法曲，其源又自隋出。《唐書·禮樂志》云："初，隋有法曲，其音清而近雅，其器有鐃、鈸、鐘、磬、幢、簫、琵琶，其聲金、石、絲、竹以次作。"此明證也。法曲之始，本與古雅樂相近。沈氏《筆談》云："自天寶十三載，始詔法曲與胡部合奏，自此樂奏全失古法。"是爲法曲、大曲升降之關鍵。王觀堂《宋大曲考》云："唐之大曲，見崔令欽《教坊記》者，其目凡四十有六，如〔伊州〕〔涼州〕等遍數多者，皆大曲也。"玉田謂大曲唐時鮮有聞，未免失考。又，洪邁《容齋隨筆》云："今世所傳大曲，皆出于唐。"《蔡寬夫詩話》云："近時樂家多爲新聲，其音譜轉移，類新奇相勝，故古曲多不存。頃見一教坊老工言，惟大曲不敢增損，往往猶是唐本，而弦索家守之尤嚴。"是又宋大曲發源于唐之一證。至法曲、大曲之分，則法曲純係華聲，大曲必雜以胡樂之節奏。大曲遍數中有催衮，法曲無之。《宋史·樂志》載姜夔《議樂》云："惟〔瀛府〕〔獻仙音〕謂之法曲，即唐之法部也。凡有催衮者，皆胡曲耳，法曲無是也。"據此，則法曲、大曲，不獨頭管有倍四、倍六之差，其聲有清越流美之异而已。任二北疑隋時法曲所用幢簫，即玉田所謂倍四頭管，尚待考證。至謂大曲樂器，雖以倍六頭管爲主，而弦索亦復相輔爲用。猶之隋時法曲，幢簫以外，尚用琵琶。所謂金石絲竹以次作一層，大曲與法曲必然相同。學者不可爲《詞源》之說所限云云。此則吾人所當注意者也。

先人曉暢音律，有《寄閑集》，旁綴音譜，刊行于世。《寄閑集》已佚，按《浩然齋雅談》，稱寄閑善音，嘗度《依聲集》百闋，音韵諧美，其詞亦不傳。每作一詞，必使歌者按之，稍有不協，隨即改正，曾賦〔瑞鶴仙〕一詞云："捲簾人睡起。放燕子歸來，商量春事。芳菲又無幾。減風光，都在賣花聲裏。吟邊眼底。被嫩綠、移紅換紫。甚等閑、半委東風，半委小橋流水。　還是苔痕湔雨，竹影留雲，做晴猶未。繁華迤邐。西湖上、多少歌吹。粉蝶兒、撲定花心不去，閑了尋香兩翅。那知人一點新愁，寸心萬里。"此詞按之歌譜，聲字皆協，惟"撲"字稍不協，遂改爲"守"字，乃協。始知雅詞協音，雖一字亦不放過，信乎協音之不易也。又作〔惜花春〕《起早》云："瑣窗深"，全闋已佚。"深"字意不協，改爲"幽"字，又不協，再改爲"明"字，歌之始協。此三字皆平聲，胡爲如是？蓋五音有脣、齒、喉、舌、鼻，所以有輕清重濁之分，故平聲字可爲上入者此也。《樂府指迷》云：“平聲字却用得入聲字替，上聲字最不可用去聲字替，特未有上可代平耳。”聽者不知宛轉遷就之聲，以爲合律，不詳一定不易之譜，則曰失律。矧歌者豈特忘其律，抑且忘其聲字矣。聲字，乃指字之四聲陰陽而言。述詞之人，若祇依舊本之不可歌者一字填一字，而不知以訛傳訛，徒費思索，當以可歌者爲工，雖有小疵，亦庶幾耳。任二北云：“據此，可見詞在宋時，雖舊本已多不可歌者，遑論後世。當時之詞，即能歌矣，而歌者動忘音律，甚且并忘其字聲，即歌者所歌準確矣，而聽者復鮮知音，往往以耳代律。如其意，則以爲合律，而不知正是歌者故爲宛轉遷就之聲。不如其意，則以爲失律，而不知固爲一定不易之譜也。可見音譜一事，并不能專責諸歌者，乃作者、歌者、聽者所當同究者焉。”

《詞學集成》云：“《詞源》所列者，成詞後之音律也。作者當未成詞之時，必先以字求音。何字爲宮，何字爲商，此無定也。工字應宮，尺字應商，此有定也。由工尺而配宮商，諸譜具在，由宮商而求何字爲宮，何字爲商，則古人未之言也。即宋之深明音律者，亦不過宮調熟習，以天籟得之耳。必成詞後先歌以審之，後管笛以參之，不合者改字以協之，如玉田云‘瑣窗深’，‘深’字不協，改爲‘幽’字，又不協，再改爲‘明’字，歌之始協。此三字皆爲平，胡爲如是？蓋五音有喉、舌、脣、齒、牙①，所以有輕清重濁之分。張氏苟知何字爲宮，何字爲商，即‘深’字誤用，一改而得‘明’字，即不用‘明’字，亦必用脣音之字矣。何以改‘幽’字不協而始改‘明’字，足見以喉、舌、脣、齒分清濁，古人知之，以喉、舌、脣、齒配宮商，古人未言也。余初以喉、舌、脣、齒爲字之音，平上去入爲字之韵，自以爲創，讀張氏之論，實非創也。”

劉融齋《藝概》云：“平聲可爲上入，語本張玉田《詞源》，則平去之不可相代，審矣。然平可以代上入，而上入或轉有不可以互代者。玉田稱其父寄閑老人〔瑞鶴仙〕詞‘粉蝶兒、撲定花心不去，閑了尋香兩翅’，‘撲’字不協，遂改爲‘守’字，此于聲音之道，不亦嚴乎。”又云：“上入雖可代平，然亦有必不可代之處。使以宛轉遷就之聲，亂一定不易之律，則代之一説，轉以不知爲愈矣。”又云：“詞家既審平仄，當辨

---

① 應爲“鼻”。

聲之陰陽，又當辨收音之口法，取聲取音，以能協爲尚。玉田稱其父〔惜花春〕《起早》詞'瑣窗深'句，'深'字不協，改爲'幽'字，又不協，再改爲'明'字，始協，此非審于陰陽者乎。又'深'爲閉口音，'幽'爲斂唇音，'明'爲穿鼻音，消息亦別。"

沈子培《茝閣瑣談》云："顧仲瑛《製曲十六觀》，全抄玉田《詞源》下卷，略加點竄，以供曲家之用。于此見元人于詞曲之界尚未顯分。蓋曲固慢詞之顯分者也。其第十五觀云：'曲中用字有陰陽法，人聲自然音節，到音當輕清處，必用陰字，當重濁處，必用陽字，方合腔調。用陰字法，如〔點絳唇〕首句，韵脚必用陰字，試以'天地玄黃'爲句歌之，則歌'黃'字爲'荒'字，非也。若以'宇宙洪荒'爲句，協矣。蓋'荒'字屬陰，'黃'字屬陽也。用陽字法，如〔寄生草〕末句七字內，第五字必用陽字，以'歸來飽飯黃昏後'爲句歌之，協矣。若以'昏黃後'歌之，則歌'昏'字爲'渾'字，非也。蓋'黃'字屬陽，'昏'字屬陰也。此一則，爲《詞源》所無，然可與彼先人曉暢音律條相證。陰字配輕清，陽字配重濁，此當是樂家相傳舊法，乃與《樂府雜録》段安節所謂'上平聲爲徵聲'者隱相符會。向嘗常疑上平聲爲徵聲，語不可改，若易之曰陰平聲爲徵聲，則可解矣。"

以上三則，或論五音清濁，或審平仄陰陽，或示陰字陽字用法，足闡玉田所未盡，備録于此，以資研討。

按："撲"字不協，改"守"字乃協，可知平聲有時能代上入，而上入反有時不能互代，融齋之説是也。"深"字"幽"字不協，改"明"字始協，《詞學集成》以爲清濁之分，劉氏《藝概》以爲陰陽之辨，其實陰陽清濁，消息相通。顧氏《製曲十六觀》，所謂人聲自然音節，到音當輕清處，必用陰字，音當重濁處，必用陽字，方合腔調，已暢發其旨。余友吳霜厓更引申其説，謂七音中合四爲下，宜陽聲字隸之，六五爲高，宜陰聲字隸之，詞曲中之陰陽，即小學家之清濁云。昔人製曲，審音用字，理當如是。惜此論僅發其凡，合四六五以外各音，陰陽字宜如何分隸，未能盡明。否則在昔聲家協律之作，可由其用字之陰陽，而推得其旁綴各工尺字，可以探索其音譜之結構，豈非快事。又白石自度曲，旁譜具在，其工尺與陰字、陽字之配置，繩以前説，或然或否，其爲譜字訛闕，抑別有秘奧，殊難斷定。要之用字審陰陽，爲協律之一端，則樂家相傳舊法耳。至協律與平仄之關係，自玉田平聲可爲上入一語發其端，其後萬紅友則斷斷于上去之辨，謂上聲舒徐和軟，其腔低，去聲激屬勁遠，其腔高，相配用之，方能抑揚有致。周介存則謂上入亦宜辨，入可代去，上不可代去。入之作平者無論矣，其作上者可代平，作去者斷不可代平。平去是兩端，上由平而之去，入由去而之平，持論均極精確。自宮調之聲理失傳，後之求協律者，遂專以四聲論詞。守四聲原不戾于古，特祇知其一耳。仇山村云：“詞有四聲、五音、均拍、輕重、清濁之別。”可知協律一事，非守四聲所能盡矣。

拍眼

法曲大曲慢曲之次，引近輔之，皆定拍眼。蓋一曲有一曲之譜，一均有一均之拍，若停聲待拍，方合樂曲之節，所以衆部樂中用拍板，名曰齊樂，又曰樂句，即此論也。《南唐書》云：“王感化《南唐書》載建州人王感化，初隸光山樂籍，後入金陵，有寵于中主，中主嘗手寫〔攤破浣溪沙〕二詞賜之，即“菡萏香銷翠葉殘”“手捲珠簾上玉鉤”二闋也。善歌謳，聲振林木，繫之樂部，爲歌板色，《武林舊事》載乾淳戲坊樂部，有雜劇色，歌板色，拍板色，琵琶色，簫色，嵇琴色，箏色，笙色，觱篥色，笛色，方響色，杖鼓色，大鼓色等名，歌板色，隸樂部脚色之一耳。後之樂棚前用歌板色二人，聲與樂聲相應，拍與樂拍相合。”按拍二字，其來亦古，所以舞法曲大曲者，必須以指尖應節，法曲大曲皆爲舞曲，故云舞法曲大曲。以手拍，故云以指尖應節。俟拍然後轉步，欲合均數故也。法曲之拍，與大曲相類，每片不同，其聲字疾徐，拍以應之，如大曲〔降黃龍花十六〕，當用十六拍，王觀堂《宋大曲考》云：“大曲之遍數中，有注花十八花十六者。”王灼云：“花十八，前後十八拍，又四花拍，共二十二拍，樂家者流所花拍，蓋非其正也。”張炎云：“大曲〔降黃龍花十六〕，當用十六拍，或不并花拍計之。”按：以王灼語推之，花十六之十六拍，當爲官拍，若并花拍計之，則共爲二十拍矣。前袞中袞，六字一拍，要停聲待拍，取氣輕巧，煞袞則三字一拍，蓋其曲將終也。《宋大曲考》云：“袞遍有二，在虛催後者，張炎所謂前袞，在實催後者，炎所謂中袞，以與煞袞別者也。”至曲尾數句，使聲字悠揚，有不忍絶響之意，似餘音繞梁爲佳。惟法曲散序無拍，至歌頭始拍，白居易和元積之〔霓裳羽衣曲〕曰：“散序六奏未動衣，陽臺宿雲慵不飛。中序摹駽初入拍，秋竹竿裂春冰坼。"注云："散序六遍無拍，故不舞。中序始有拍，亦名拍序。"《宋大曲考》云："唐以前中序即排遍，宋之排遍，一稱歌頭。"又云："如〔水調歌頭〕，即新水調之排遍，宋之大曲，恒不用散序與靸，故歌者自排遍起。"據此，則玉田所謂至歌頭始拍，即至中序始拍，至排遍始拍也。若唱法曲大曲慢曲，當以手拍，纏令則用拍板，纏令爲唱賺之一種，《都城紀勝》云："唱賺在京師，祇有纏令纏達，有引子尾聲爲纏令，引子後祇以兩腔遞互循環間用者爲纏達。"又《事林廣記》內《過雲要訣》，記唱賺之法，言其未唱之初，執拍當胸，不可高過鼻，須假鼓板村撥，三拍起引子，尾聲總十二拍云，其中各片，拍極繁碎，茲不盡錄。又《樂府指迷》論作詞云："下字欲其雅，不雅則近乎纏令之體。"可知纏令不惟拍碎，其詞亦不雅馴，實當時一種通行之俚曲也。嘌吟詵唱諸公調，則用手調兒，嘌吟詵唱，嘗稱作嘌唱，舊諸公調之一種唱法。《樂府指迷》云："亦有嘌唱一家，多添了字，吾輩祇當以古雅爲主。如有嘌唱之腔，不必作。"又《都城紀勝》云："嘌唱調上鼓面唱令曲小詞，驅駕虛聲，縱弄宮調，與叫果子唱耍曲兒爲一體。"據此，則嘌唱不獨腔詞俚俗，難言古雅，而驅駕虛聲，縱弄宮調，唱法亦極不規律矣。詵唱之詵，或疑係説之訛，其實詵之字義，作致言解，疑即致辭致語之意。致辭者，樂人所進之頌辭也。《宋史·樂志》云："樂工致辭，繼以詩一章，謂之口號，皆述美德及中外蹈舞之情，又名致語。"宋時最盛行，至元未改。此字作唱時致詞解釋，似尚可通。諸公調作諸宮調，宋時亦有作諸公調者，曾慥《樂府雅詞》序，有諸公轉踏次之一語，可證。諸宮調之情形，宋金元各異其體裁，詳見王觀堂《宋元戲曲史》。亦舊工耳。原注，此句似有誤字。按：此句，若作此亦舊時樂工成法解，意尚可通。慢曲有大頭曲、叠頭曲，大頭叠頭，見上卷"謳曲旨要"。有打前拍、打後拍，南呂《詞調之研究》云："慢近曲調，皆大頓小頓相間而有，故無叠拍之處，每闋起處，或先打後拍，或先拍後打，故有打前拍、打後拍之別"。任二北則疑此所謂打，猶按拍之按，乃動詞而非名詞，并非指打敲捎之打而言。所謂前與後，疑是大頭曲詞片之前後，或叠頭曲內前兩片與後一片之前後，與張炎所謂前九後十一之前後相同。按：二說各明一義，確否尚待考證。拍有前九後十一，內有四艷拍，按此二語，當與上卷"謳曲旨要"內所謂"慢八均"參看。任二北云："普通慢曲之官拍之數，僅限于十六，則確實無疑。"《碧雞漫志》卷四曰："又有大石調〔蘭陵王慢〕，殊非舊曲，周齊之際，未有前後十六拍慢曲子耳。"慢曲子爲前後十六拍與張氏"前九後十一，內有四艷拍"二語吻合無間，然後知前九後十一，前後共二十，內有四艷拍，除去之，則爲十六官拍。且有四艷拍于前後片中，其多寡配搭不勻，方成前九後十一參差之勢。若除去艷拍，祇餘官拍，則前後均勻，各有八拍，故曰八均拍也。引近則用

六均拍，引近之拍，與法曲大曲之入破同，每片六均。六均者，前後片中各有六拍

排匀，共有十二拍也。"謳曲旨要"云"破近六均慢八均"，可以參證。外有序子，序子四片，較三臺尤長，此體向來無人論及。任二北云："考宋詞中一調有四片者極少，惟有〔鶯啼序〕一調，既屬四片，又以序名，殆確爲序子一體無疑。乃自來詞家，皆目此調亦屬慢詞，不過最長而已，蓋未嘗注意張氏之説耳。"與法曲散序中序不同，法曲之散序無拍，中序雖有拍，而正合均拍，序子拍碎，故云不同。法曲之序一片，正合均拍，此一片即指中序，用八均拍或九均拍，故云正合均拍。俗傳序子四片，其拍頗碎，故纏令多用之，謂序子先有一種繁碎之拍，纏令之中亦多援用之也。繩以慢曲八均之拍不可，又非慢二急三拍與三臺相類也。三臺本爲唐教坊曲名，六言四句，《唐音統籤》云："唐曲有三臺，爲大曲。"萬氏《詞律》云："其長調則爲宋人所撰，而襲取其名。"考宋人所撰之三臺，有万俟雅言之三疊百七十一字體，玉田所引，當即指此。慢二急三拍，謂三疊中慢拍占五分之二，急拍占五分之三也。蓋序子拍既繁碎，不獨不能與法曲慢曲之均拍相比，即變化如三臺之慢二急三，亦不相類。與之相類者，祇有令一種耳。曲之大小，皆合均聲，豈得無拍，歌者或斂袖，或掩扇，殊亦可哂。唱曲苟不按拍，取氣决是不匀，必無節奏，是非習于音者不知也。任二北云："如法曲慢曲等皆以手拍者，當時歌人皆以爲羞，不願以其動作示人，而有斂袖掩扇之舉，張氏則以爲毋庸，既歌唱，則應明白按拍，憚于拍，則節難準矣。後人之唱清曲，一笛而外，至少有鼓板爲具，必不可廢，非此意耶。"

　　按：以上二章，專論法曲、大曲之譜拍，而兼及引、近、序子、三臺、纏令及諸宮調。不言令曲者，以令曲可納于諸宮調內，且譜拍簡，無庸説耳。然宋詞九種體制，可于此窺其大概。任二北云："九種譜拍之中，以法曲最古雅，上與雅樂較爲接近，以纏令與諸宮調最繁促；下與金元曲樂較爲接近。"音譜約分三類。一類乃法曲所獨有，較爲簡質，猶存唐音者也。一類，乃有丁、頓、住、拽、抗、反、掣、折八項聲音，吹管者應于指，而歌唱者應于喉，以成其遲速、緩急、抑揚、高下。除法曲而外，其餘各體之音譜中殆皆有之，蔡寬夫所謂"音譜轉移新奇相勝者"也。下至金元北曲內，恐亦沿襲其法不少。一類乃諸宮調所獨有，驅駕虛聲，縱弄宮調，且間説白者也。拍眼則約分四類。一類乃均拍，最慢，于前後片中，或四或六，或八或九，排匀其數，并可加四艷拍，則或十或十一拍之前後，復有打敲揞之眼輔佐其間。一類乃依字數而分，較快，從一字一拍起至六字一拍止，多寡有差。一類乃僅用敲揞點眼而已，拍之名實尚未備。一類乃并敲揖而無之，直無拍眼耳。此四類之拍眼，實全備于法曲、大曲之各遍，後起各體，祇取其密者而捨其疏者，于是第一類之均拍乃最爲發達。論時代，原以法曲、大曲爲最早，後起各體，譜拍兩層，大抵發源于此。而法曲、大曲之譜拍，其成就也，實受唐時邊地胡樂之影響不少。按法曲不離胡樂之節奏，此説未免語病。序子、纏令、諸宮調中，種種繁聲促拍，驟然而來，其爲受當時遼金元音樂之影響，則亦無待言而無可掩之事實。本卷引任二北語，均見所撰《南宋詞音譜拍眼考》一文。

製曲

作慢詞看是甚題目，先擇曲名，即擇調也。然後命意。命意既了，思量頭如何起，尾如何結，江順詒云："思量頭如何起，尾如何結，防其犯他調也。一言宮調，詞與曲無二理，協律家以起字、結字并論，詞中論字，第論其協與不協而已。"按：江氏專就音律立論，故其説如此。方始選韻，而後述曲。最是過片不要斷了曲意，須要承上接下。陸輔之《詞旨》云："製詞須布置停匀，血脉貫穿，過片不可斷意，如常山之蛇，救首救尾。"其説亦同。如姜白石詞云："曲曲屏山，夜涼獨自甚情緒。"于過片則云："西窗又吹暗雨。"參看咏物門。此則曲之意脉不斷矣。詞既成，試思前後之意不相應，或有重叠句意。又恐字面粗疏，即爲修改。改畢，净寫一本，展之几案間，或貼之壁，少頃再觀。必有未穩處，又須修改。至來日再觀，恐又有未盡善者。如此改之又改，方成無瑕之玉。倘急于脱稿，倦事修擇，豈能無病，不惟不能全美，抑且未協音聲。作詩且猶旬鍛月煉，況于詞乎。

按：填詞較作詩尤難。沈伯時《樂府指迷》云："癸卯識夢窗，暇日相與唱酬，率多填詞，因講論作詞之法，然後知詞之作難于詩。蓋音律欲其協，不協則成長短之詩，下字欲其雅，不雅則近乎纏令之體。用字不可太露，露則直突而無深長之味。發意不可太高，高則狂怪而失柔婉之意。思此，則知其所以難。"蓋填詞分律學、文學二面，協律乃律學上之事，下字、用字、發意，乃文學上之事。伯時所謂"不協""不雅""太露""太高"，即玉田所謂未能盡善全美，抑且未協音聲也。又玉田"詩〔且〕猶旬鍛月煉，況于詞"，亦即伯時所謂詞之作難于詩之意。

作詞尤難于起結。沈偶僧《柳塘詞話》云："起句言景者多，言情者少，敘事者更少。大約質實則苦生澀，清空則流寬易。換頭起句更難，又斷斷不可犯。此所以從頭起句須照管全章及下文，換頭起句須聯合上文及下段也。"又云："前結如奔馬收繮，要勒得住，又似住而未住。後結如泉流歸海，要收得盡，又似盡而未盡者。"此論起結，專就文學一面闡發，換頭起句聯合上文及下段，即玉田所謂"過片不要斷了曲意"，須要承上接下也。

詞之修改，不宜專重字句，尤須兼顧意境與結構。孫月坡《詞徑》云："詞成，錄出黏于壁，隔一二日讀之，不妥處自見，改去。仍錄出黏于壁，隔一二日再讀之，不妥處又見，又改之。如是數次，淺者深之，直者曲之，鬆者煉之，實者空之。然後錄呈精于此者，求其評定，審其弃取之所由，便知五百年後此作之傳不傳矣。"此論改詞，較玉田又進一層説。"淺者深之"四語，極修改之能事。惟淺、直、鬆、實四病，犯者每不自覺，且其病在骨，又甚于字面粗疏、句意重叠或前後意不相應者，故既改之後，猶恐或有未妥，必更求精于此者評定。倚聲小道，其難如此。

句法

詞中句法，要平妥精粹。一曲之中，安能句句高妙，祇要相搭襯副得去，于好發揮筆力處，極要用功，不可輕易放過，讀之使人擊節可也。《詞林紀事》許嵩盧云："'祇要'以下四句，名通之論，非經營慘淡者不知也。"蘇軾楊花詞〔水龍吟〕云："似花還似非花，也無人惜從教墜。"又云："春色三分，二分塵土，一分流水。"參看雜論門附錄。如美成〔風流子〕云："鳳閣綉幃深幾許，聽得理絲簧。"如史邦卿（咏）春雨〔綺羅香〕云："臨斷岸春綠生時，是落紅帶愁流處。"參看咏物門。燈夜〔黃鍾喜遷鶯〕云："自憐詩酒瘦，難應接許多春色。"參看節序門。如吳夢窗登靈岩〔八聲甘州〕云："連呼酒，上琴臺去，秋與雲平。"閏重九〔聲聲慢〕云："簾半捲，帶黃花人在小樓。"姜白石〔揚州慢〕云："二十四橋仍在，波心蕩，冷月無聲。"參看清空門附錄。此皆平易中有句法。

《樂府指迷》云："遇兩句，可作對，便須對。短句須剪裁齊整，長句須放婉曲，不可生硬。"

王漁洋《花草蒙拾》云："陸氏《詞旨》言：'對句好可得，起句好難得，收拾全藉出場。'三語盡填詞之概。"

《七頌堂詞繹》云："文字總要生動，縷金錯采，所以爲笨伯也。詞尤不可參一死句。"又云："惟片言而居要，乃一篇之警策。詞有警句，則全首俱動。"

《詞徑》云："識見低，則出句不超。超者，出乎尋常意計之外。白石多清超之句，宜學之。"又云："用意須出人意外，出句如在人口頭，便是佳作。"

《詞學集成》：張砥中云："一調中通首皆拗者，遇順句必須精警，通首皆順者，遇拗句必須純熟，此爲句法之要。"江順詒云："遇拗句必須純熟，人固知之，遇順句必須精警，人或未知。然即知之，豈拗調之順句須精警，而順調順句遂不必精警乎。"

附録

風流子

周邦彥

新綠小池塘。風簾動碎影舞斜陽。羨金屋去來，舊時巢燕，土花繚繞，前度莓墻。繡閣裏，鳳幃深幾許，聽得理笙簧。欲說又休，慮乖芳信，未歌先噎，愁近清觴。　　遙知新妝了，開朱戶，應自待月西廂。最苦夢魂，今宵不到伊行。問甚時說與，佳音密耗，寄將秦鏡，偷換韓香。天便教人，霎時廝見何妨。

八聲甘州·靈岩陪庾幕諸公游

吳文英

渺空烟四遠是何年，青天墜長星。幻蒼岩雲樹，名娃金屋，殘霸宮城。箭徑酸風射眼，膩水染花腥。時靸雙鴛響，廊葉秋聲。　　宮裏吳王沈醉，倩五湖倦客，獨醒醒。問蒼波無語，華髮奈山青。水涵空闌干高處，送亂鴉斜日落漁汀。連呼酒，向琴臺去，秋與雲平。

聲聲慢·閏重九飲郭園

檀欒金碧，婀娜蓬萊，游雲不蘸芳洲。露柳霜蓮，十分點綴殘秋。新彎畫眉未穩，似含羞低度墻頭。愁送遠，駐西臺車馬，共惜臨流。　　知道池亭多宴，掩庭花，長是驚落秦謳。膩粉闌干，猶聞憑袖長留。輸他翠漣拍甃，瞰新妝終日凝眸。簾半捲，帶黃花人在小樓。

字面

句法中有字面，蓋詞中一個生硬字用不得。須是深加鍛煉，字字敲打得響，歌誦妥溜，方爲本色語。《詞旨》云："造語貴新，煉字貴響。"蓋本此。又《藝概》云："詞尚清空妥溜，昔人已言之矣。惟須妥溜中有奇創，清空中有沈厚，方見本領。"如賀方回鑄、吳夢窗皆善于煉字面，多于溫庭筠飛卿、李長吉賀詩中來。《浩然齋雅談》云："賀方回嘗言，吾筆端驅使李商隱、溫庭筠常奔走不暇，是已自述其致力所在矣。"字面亦詞中之起眼處，詞中起眼處，即所謂詞眼也。不可不留意也。

沈伯時云："要求字面，當看溫飛卿、李長吉、李商隱，及唐人諸家詩句中字面好而不俗者，采摘用之，如《花間集》小詞，亦多好句，與玉田持論正同。"

《花草蒙拾》云："花間字法，最著意設色，异紋細艷，非後人纂組所及。如'泪沾紅袖黦''猶結同心苣''豆蔻花間趑''晚日畫梁塵黝''洞庭波浪颭晴天'，山谷所謂古蕃錦者，其殆是耶。"

《藝概》云："詞以煉章法爲隱，煉句法爲秀。秀而不隱，是猶百琲明珠而無一綫穿也。煉字，數字爲煉，一字亦爲煉。句則合句首、句中、句尾以見意，多者三四層，少亦不下兩層。詞家或遂謂字易而句難，不知煉句固取相足相形，煉字亦須遙管遙應也。"

又云："古樂府中，至語本袛是常語，一經道出，便成獨得。詞得此意，則極煉如不煉，出色而本色，人籟悉歸天籟矣。"按："極煉如不煉，出色而本色。"則已至于渾成之一境。此論校玉田又進一層。

鄭叔問論詞云："玉田謂取字當從溫李詩中來，今觀美成、白石諸家，嘉藻紛縟，靡不取材于飛卿、玉溪，而于長爪郎奇雋語，尤多裁制。嘗究心于此，覺玉田言不我欺。因暇熟讀長吉詩，刺其文字之驚采絕艷，一一彙録，擇之務精，或爲妃儷，頓獲巧對。溫八叉本工倚聲，其詩中典要，與玉溪獺祭稍別，亦自可絀以藻咏，助我詞華。必不可臆造纖靡之詞，自落輕俗之習，務使運用無一字無來歷，熟讀諸家名製，思過半矣。"見《與張孟劬論詞書》。

虛字

詞與詩不同，詞之句語，有二字、三字、四字至六字、七八字者，若堆叠實字，讀且不通，況付之雪兒乎。《全唐詩話》：雪兒，李密之愛姬。能歌舞，每見賓僚文章有奇麗入意者，即付與雪兒，叶音律以歌之。合用虛字呼喚，單字如正、但、甚、任之類，兩字如莫是、還又、那堪之類，三字如更能消、最無端、又却是之類。此等虛字，却要用之得其所。若使盡用虛字，句語又俗，雖不質實，恐不無掩卷之誚。

沈伯時云："腔子多有句上合用虛字，如嗟字、奈字、況字、更字、又字、料字、想字、正字、甚字，用之不妨，如一詞中兩三次用之，便不好。謂之空頭字，不若徑用一靜字，頂上道下來，句法又健，然不可多用。"

《詞旨》："單字集虛，任、看、正、待、乍、怕、縱、問、愛、奈、似、但、料、想、更、算、況、悵、快、早、盡、嗟、憑、嘆、方、將、未、已、應、若、莫、念、甚。"右列三十三字，乃詞中常用者。

《藝概》云："玉田謂詞與詩不同，合用虛字呼喚。余謂用虛字，正樂家歌詩之法也。"朱子云："古樂府衹是詩中間却添出許多泛聲，後人怕失了那泛聲，逐一聲添個實字，遂成長短句，今曲子便是。"案：朱子所謂實字，謂實有個字，雖虛字，亦是有也。

況夔笙《蕙風詞話》云："詞用虛字，協韵最難，稍欠斟酌，非近滑，即近佻。"此論虛字協韵，乃《詞源》所未及。

清空

詞要清空，不要質實。清空則古雅峭拔，質實則凝澀晦昧。姜白石詞，如野雲孤飛，去留無迹。鄭叔問云："白石以沈憂善歌之士，意在復古，進《大樂議》，爲伶倫所厄，其志可悲，其學自足千古。叔夏論其詞，如野雲孤飛，去留無迹，百世興感，如見其人。"吳夢窗詞，如七寶樓臺，眩人眼目，碎拆下來，不成片段。沈伯時云："夢窗深得清真之妙，其失在用事下語太晦處，人不可曉。"孫月坡《詞逕》云："夢窗足醫滑易之病，不善學之，便流于晦。"子謂詞中之有夢窗，猶詩中之有長吉。篇篇長吉，閱者生厭，篇篇夢窗，亦難悅目。蓋晦之病，即由過于質實，故玉田有七寶樓臺之喻。此清空質實之說。《詞旨》云："清空二字，亦一生受用不盡，指述之妙，盡在是矣。"許崑廬云："填詞妙訣，盡此清空二字中。起十一句，似此品騭，何減漢庭老吏耶。"夢窗〔聲聲慢〕云："檀欒金碧，婀娜蓬萊，游雲不蘸芳洲。"參看前句法門附錄。前八字，恐亦太澀。如〔唐多令〕云："何處合成愁。離人心上秋。縱芭蕉不語也颼颼。都道晚涼天氣好，有明月，怕登樓。　　年事夢中休。花空烟水流。燕辭歸客尚淹留。垂柳不縈裙帶住，謾長是，繫行舟。"《花草蒙拾》云："何處合成愁，離人心上秋，滑稽之雋，與龍輔《閨怨》詩，得郎一人來，便可成仙去，同是《子夜》變體。"此詞疏快，却不質實。如是者集中尚有，惜不多耳。白石詞如〔疏影〕〔暗香〕均見意趣門，〔揚州慢〕〔一萼紅〕〔琵琶仙〕見離情門。〔探春〕〔八歸〕〔澹黃柳〕等曲，不惟清空，又且騷雅，讀之使人神觀飛越。

周介存《論詞雜著》云："論詞之人，叔夏晚出，既與碧山同時，又與夢窗別派。是以過尊白石，但主清空，後人不能細研詞中曲折深淺之故。群聚而和之，并爲一談，亦固其所也。"按：碧山乃王沂孫別號，沂孫一字中仙，《山中白雲詞》有〔瑣窗寒〕一闋，爲悼碧山而作，有"自中仙去後，詞箋賦筆，便無清致"之語。詞前小序，并稱其能文工詞，琢語峭拔，有白石意度。于碧山推許備至。而《詞源》論詞，獨無一語及碧山，亦事之不可解者。至謂玉田與夢窗別派，信然。玉田論詞，揚姜而抑吳，進史而黜柳，皆緣宗派相反。蓋宗尚既別，取捨遂殊。玉田評夢窗，猶或節取其長，論耆卿，不免專揭其短。其實耆卿、夢窗，各有獨到處，學者于其中曲折深淺之故求之可耳。

馮蒿庵論詞云："白石爲南渡後一人，千秋論定，無俟揚榷。《樂府指迷》《詞源》別名，非沈伯時之《樂府指迷》也。獨稱其〔暗香〕〔疏影〕〔揚州慢〕〔一萼紅〕〔琵琶仙〕〔探春慢〕〔淡黃柳〕等曲，其實石帚所作，超脫蹊徑，天籟人力，兩臻絕頂，筆之所至，神韵俱到，非如樂笑、二窗輩，可以奇對警句相與標目，又何事于諸調中强分軒輊也。野雲孤飛，去留無迹，彼談姜詞者，必欲求下手處，則先自俗處能雅，滑處能澀始。"

又云："夢窗之詞麗以則，幽邃而綿密，脉絡井井，而卒焉不能得其端倪。尹維曉比之清真，沈伯時亦謂深得清真之妙，而又病其晦。張叔夏則比諸七寶樓臺，眩人眼目。蓋《山中白雲》專主清空，與夢窗家數相反，故于諸作中，獨賞其〔唐多令〕之疏快，實則'何處合成愁'一闋，尚非君特本色。"見《宋六十一家詞選例言》。

鄭叔問論詞云："詞之難工，以屬事遣詞，純以清空出之。務爲典博，則傷質實，多着才語，又近昌狂。至一切隱僻怪誕禪縛窮苦放浪通脱之言，皆不得着一字，類詩之有禁體。然屏除諸弊，又易失之空疏，動輒局蹐。或于聲調未有吟安，則拼捨好句，或于語句自知落韵，則俯就庸音。此詞之所以難工也。"

又云："所貴乎清空者，曰骨氣而已。其實經史百家悉在鎔煉中，而出以高澹，故能騷雅，淵淵乎文其有質。如石帚之用三星，則取之《詩》'跂彼織女'之疏，夢窗之用棠笏，則取之《舊唐書·魏暮》之傳，餘類不可勝數。若子集中之所取裁者益夥，讀者貴博觀其通耳。"見《與張孟劬論詞書》。

附録

揚州慢

姜夔

淮左名都，竹西佳處，解鞍少駐初程。過春風十里，盡薺麥青青。自胡馬窺江去後，廢池喬木，猶厭言兵。漸黃昏清角，吹寒都在空城。杜郎俊賞，算如今、重到須驚。縱豆蔻詞工，青樓夢好，難賦深情。二十四橋仍在，波心蕩、冷月無聲。念橋邊紅藥，年年知爲誰生。

一萼紅

古城陰。有官梅幾許，紅萼未宜簪。池面冰膠，墙腰雪老，雲意還又沈沈。翠藤共閑穿徑竹，漸笑語驚起卧沙禽。野老林泉，故王臺榭，呼喚登臨。　　南去北來何事，蕩湘雲楚水，目極傷心。朱户黏鷄，金盤簇燕，空嘆時序侵尋。記曾共西池雅集，想垂柳還裊萬絲金。待得歸鞍到時，祇怕春深。

探春慢

衰草愁烟，亂鴉送日，風沙回旋平野。拂雪金鞭，欺寒茸帽，還記章臺走馬。誰念飄零久，漫贏得、幽懷難寫。故人清沔相逢，小窗間共情話。　　長恨離多會少，重訪問竹西，珠淚盈把。雁磧波平，漁汀人散，老去不堪游冶。無奈苕溪月，又照我、扁舟東下。甚日歸來，梅花零落春夜。

八歸

芳蓮墜粉，疏桐吹綠，庭院暗雨乍歇。無端抱影銷魂處，還見筱墻螢暗，蘚階蛩切。送客重尋西去路，問水面琵琶誰撥。最可惜一片江山，總付與啼鴂。　　長恨相逢未款，而今何事，又對西風離別。渚寒烟淡，棹移人遠，縹緲行舟如葉。想文君望久，倚竹愁生步羅襪。歸來後，翠尊雙飲，下了珠簾，玲瓏間看月。

淡黃柳

空城曉角，吹入垂楊陌。馬上單衣寒惻惻。看盡鵝黃嫩綠，都是江南舊相識。　　正岑寂，明朝又寒食。強携酒，小橋宅。怕梨花落盡成秋色。燕燕歸來，問春何在。惟有池塘自碧。

意趣

詞以意趣爲主，要不蹈襲前人語。如東坡中秋〔水調歌〕云："明月幾時有，把酒問青天。不知天上宮闕，今夕是何年。我欲乘風歸去，又恐瓊樓玉宇，高處不勝寒。起舞弄清影，何似在人間。　　轉珠簾，開繡戶，照無眠。不應有恨，何事長向別時圓。人有悲歡離合，月有陰晴圓缺，此事古難全。但願人長久，千里共嬋娟。"《坡仙集外紀》云："神宗讀至'瓊樓玉宇，高處不勝寒'乃嘆曰：'蘇軾終是愛君。即量移汝州。'"《苕溪漁隱叢話》云："中秋詞，自東坡〔水調歌〕一出，餘詞盡廢。"卓珂月《詞統》云："'明月幾時有'一詞，畫家大斧皴，書家擘窠體也。"夏夜〔洞仙歌〕云："冰肌玉骨，自清涼無汗。水殿風來暗香滿。繡簾開、一點明月窺人，人未寢、敧枕釵橫鬢亂。　　起來携素手，庭戶無聲，時見疏星度河漢。試問夜如何，夜已三更，金波澹玉繩低轉。但屈指西風幾時來，又不道流年、暗中偷換。"相傳此詞乃就蜀主孟昶〔玉樓春〕詞改作，與東坡自序稍異，其詞云："冰肌玉骨清無汗，水殿風來暗香滿。簾開明月獨窺人，敧枕釵橫鬢雲亂。起來瓊戶悄無聲，時見疏星度河漢。屈指西風幾時來，祇恐流年暗中換。"《柳塘詞話》則言東京士人，隱栝東坡〔洞仙歌〕爲〔玉樓春〕，以記摩訶池上之事，見張仲素《本事記》。《樂府餘論》亦云，所傳"冰肌玉骨清無汗"一詞，不過隱括蘇句。然刪去數虛字，語遂平直，了無意味，未知孰是。王荆公安石金陵懷古〔桂枝香〕云："登臨送目。正故國晚秋，天氣初肅。千里澄江似練，翠峰如簇。歸帆去棹斜陽裏，背西風酒旗斜矗。彩舟雲淡，星河鷺起，畫圖難足。　　嘆往昔、豪華競逐。悵門外樓頭，悲恨相續。千古憑高對此，謾嗟榮辱。六朝舊事隨流水，但寒烟衰草凝綠。至今商女，時時猶唱，後庭遺曲。"《古今詞話》云："金陵懷古諸公寄調〔桂枝香〕三十餘家，獨介甫爲絕唱，東坡見之，嘆曰：此老，野狐精也。"姜白石〔暗香〕賦梅云：舊時月色。算幾番照我，梅邊吹笛。喚起玉人，不管清寒與攀摘。何遜而今漸老，都忘却、春風詞筆。但怪得、竹外疏花，香冷入瑶席。　　江國。正寂寂。嘆寄與路遥，夜雪初積。翠尊易泣。紅萼無言耿相憶。長記曾携手處，千樹壓，西湖寒碧。又片片吹盡也，幾時見得。"張皋文云："題曰《石湖咏梅》，此爲石湖作也。時石湖蓋有隱遁之志，故作此二詞以沮之。此章言己嘗有用世之志，今老無能，但望之石湖也。"〔疏影〕云："苔枝綴玉，有翠禽小小，枝上同宿。客裏相逢，籬角黃昏，無言自倚修竹。昭君不慣胡沙遠，但暗憶、江南江北。想佩環、月下歸來，化作此花幽獨。　　猶記深宮舊事，那人正睡裏，飛近蛾綠。莫似春風，不管盈盈，早與安排金屋。還教一片隨波去，又却怨、玉籠哀曲。等恁時、重見覓幽香，已入小窗橫幅。"張皋文云："此章更以二帝之憤發之，故有昭君之句。"鄭叔問云："此蓋傷心二帝蒙塵，諸后妃相從北轅，淪落胡地，故以昭君托寓，發言哀斷。"考王建《塞上咏梅詩》曰："天山路旁一株梅，年年花發黃雲下。昭君已沒漢使回，前後征人誰繫馬。"白石詞意當本此。近世讀者多以意疏解，或有嫌其舉典擬不于倫者，殆不自知其淺暗矣。此數詞，皆清空中有意趣，無筆力者不易到。

　　《詞旨》云："清空二字，亦一生受用不盡，《指迷》之妙，盡在是矣。學者必在心傳耳傳，以心會意。有悟入處，然須跳出窠臼外，時出新意，自成一家。若屋下架屋，則爲人之臣僕矣。"此數語，與玉田所謂要不蹈襲前人語意，所謂清空中有意趣，如出一口。陸氏，玉田弟子，可謂耳傳其説，心傳其旨矣。

俞仲茆《爰園詞話》云："遇事命意，意忌庸、忌陋、忌襲；立意命句，忌腐、忌澀、忌陋、忌晦。意卓矣，而束之以音，屈意以就音，而意能自遠者，鮮矣。句奇矣，而攝之以調，屈句以就調，而句能自振者鮮矣。此詞之所以難也。"

用事

詞用事最難。要體認著題，融化不澀，如東坡〔永遇樂〕云："燕子樓空，佳人何在，空鎖樓中燕。"用張建封事。見白居易詩序。《七頌堂詞繹》云："燕子樓空，佳人何在，空鎖樓中燕，平生少年之篇也。"白石〔疏影〕云："猶記深宮舊事，那人正睡裏，飛近蛾綠。"用壽陽事。見《初學記》。又云："昭君不慣胡沙遠，但暗憶江南江北。想珮環月下歸來，化作此花幽獨。"用少陵詩。杜甫《咏懷古迹》五首，其第三首懷明妃而作。此皆用事不爲事所使。

《柳塘詞話》云："稼軒〔賀新郎〕（綠樹聽鵜鴂）一首，盡集許多怨事，却與太白《擬恨賦》相似。吳彥高〔春從天上來〕一首，全用琵琶故實，即如沈伯時評夢窗詞，用事下語太晦處，人不易知，亦是一病。"

《古今詞話》徐士俊云："稼軒〔六么令〕《送玉山令陸德隆還吳中》第四句陸雲貪食羊酪語，第六句陸龜蒙居甫里事，第八句陸績，第十句陸賈，第十二句陸遜，末句陸羽，先輩特以挶拾見長，而情致則短矣。"

按：稼軒詞最喜用事，其〔永遇樂〕（千古江山）一闋，岳珂嘗議其用事太多。《皺水軒詞筌》云："作詞不待用事，用之妥貼，乃始有情。"斯言允矣。

彭駿孫《金粟詞話》云："作詞必先選料。大約用古人之事，則取其新穎而去其陳因；用古人之語，則取其清雋而去其平實；用古人之字，則取其鮮麗而去其淺俗，不可不知也。"

按：用事不爲事所使，最難。去陳取新，猶一端耳。

《藝概》云："詞中用事，貴無事障。晦也膚也，多也板也，此類皆障也。姜白石詞用事入妙，其要訣所在，可于其《詩說》見之。曰僻事熟用，實事虛用，學有餘而約以用之，善用事也。乍叙事而間以理言，得活法者也。"

按：膚與多之病，即未能體認著題，晦與板之病，即未能融化不澀。蓋一墮事障，鮮不爲事所使者。僻事熟用、實事虛用以下數語，持論精闢，足補玉田所未及。

附録

永遇樂

蘇軾

彭城夜宿燕子樓，夢盼盼，因作此詞。

明月如霜，好風如水，清景無限。曲港跳魚，圓荷瀉露，寂寞無人見。紞如三鼓，鏗然一葉，黯黯夢雲驚斷。夜茫茫，重尋無處，覺來小園行遍。　　天涯倦客，山中歸路，望斷故園心眼。燕子樓空，佳人何在，空鎖樓中燕。古今如夢，何曾夢覺，但有舊歡新怨。异時對黃樓夜景，爲余浩嘆。

咏物

詩難于咏物，詞爲尤難。體認稍真，則拘而不暢；模寫差遠，則晦而不明。許蒿廬云："體認四句，惟詩亦然，然此等處全在妙悟。"要須收縱聯密，用事合題。一段意思，全在結句，斯爲絶妙。如史邦卿〔東風第一枝〕《咏春雪》云："巧剪蘭心，偷黏草甲，東風欲障新暖。謾疑碧瓦難留，信知暮寒較淺。行天入鏡，做弄出、輕鬆纖軟。料故圓、不捲重簾，誤了乍來雙燕。　　青未了、柳回白眼。紅欲斷、杏開素面。舊游憶着山陰，後盟遂妨上苑。熏爐重熨，且放慢春衫針綫。恐鳳鞾挑菜歸來，萬一灞橋相見。"黃花庵云："結句尤爲姜堯章拈出。"〔綺羅香〕《咏春雨》云："做冷欺花，將烟困柳，千里偷催春暮。盡日冥迷，愁裏欲飛還住，驚粉重蝶宿西園，喜泥潤燕歸南浦。最妨他佳約風流，鈿車不到杜陵路。　　沈沈江上望極，還被春潮晚急，來尋官渡。隱約遙峰，和淚謝娘眉嫵。臨斷岸新綠生時，是落紅帶愁流處。記當日門掩梨花，剪燈深夜語。"黃花庵云："臨斷岸以下數句，最爲姜堯章稱賞。"楊升庵《詞品》云："做冷欺花一聯，將春雨神色拈出"。〔雙雙燕〕《咏燕》云："過春社了，度簾幕中間，去年塵冷。差池欲住，試入舊巢相并。還相雕梁藻井。又軟語商量不定。飄然快拂花梢，燕尾分開紅影。　　芳徑。芹泥雨潤，愛貼地争飛，競誇輕俊。紅樓歸晚，看足柳昏花暝。應是栖香正穩，便忘了天涯芳信。愁損玉人①，日日畫闌獨凭。"黄花庵云："形容盡矣。"又云："姜堯章最賞其'柳昏花暝'之句。"王元美《詞評》云："'差池欲住，試入舊巢相并。還相雕梁藻井。又軟語商量不定'，可謂極形容之妙。"《花草蒙拾》云："每讀史邦卿咏燕詞，'又軟語商量不定。飄然快拂花梢，燕尾分開紅影'，又'紅樓歸晚，看足柳昏花暝'，以爲咏物至此，人巧極天工矣。"《皺水軒詞筌》云："韓幹畫馬，人入其齋，見韓身作馬形，凝思之極。理或然也，作詩文亦必如此始工。如史邦卿咏燕，可謂形神俱似矣。"白石〔暗香〕〔疏影〕《咏梅》云，原注，見前意趣門。〔齊天樂〕《賦促織》云："庾郎先自吟愁賦，凄凄更聞私語。露濕銅鋪，苔侵石井，都是曾聽伊處。哀音似訴。正思婦無眠，起尋機杼。曲曲屏山，夜凉獨自甚情緒。　　西窗又吹暗雨。爲誰頻斷續。相和砧杵。候館吟秋，離宮吊月，別有傷心無數。豳詩謾與。笑籬落呼燈，世間兒女。寫入琴絲，一聲聲最苦。"《皺水軒詞筌》云："姜白石咏蟋蟀，'露濕銅鋪，苔侵石井，都是曾聽伊處。哀音似訴。正思婦無眠，起尋機杼。'又云，'西窗又吹暗雨。爲誰頻斷續。相和砧杵。'數語刻畫亦工，蟋蟀無可言，而言聽蟋蟀者，正姚鉉所謂賦水不當僅言水，而言水之前後左右也。"《蒿碧齋詞話》云："古人文字，難可吹求，詞中尤夥，姜堯章〔齊天樂〕《咏蟋蟀》，最爲有名。然庾郎愁賦，有何出典，豳詩四字，太覺呆詮。至銅鋪石井，候館離宮，亦嫌重複。"二説一褒一貶，所見不同如此。此皆全章精粹，所咏瞭然在目。且不留滯于物。至如劉改之過〔沁園春〕《咏指甲》云詞略，又《咏纖足》云詞略，二詞亦自工麗，但不可與前作同日語耳。**按：二詞，以褻體爲世所譏。惟陶宗儀謂其造語贍逸有思致，纖刻奇麗可愛。玉田論詞，以雅正爲歸，存此二闋，殊所未解，特從删削。**

　　沈伯時云："大抵起句便見所咏之意，不可泛入閑事，方入主意，咏物尤不可泛。"又云："咏物須時時提調，覺不分曉，須用一兩件事印證方可。"又云："咏物詞最忌説出題字。"

　　《遠志齋詞衷》云："咏物詞固不可不似，尤忌刻意太似。取形不如

---

① 此句另有"愁損翠黛雙蛾"説。

取神，用事不若用意。宋詞至白石、梅溪，始得個中妙諦。”

《金粟詞話》云：“咏物詞極不易工。要須字字刻畫，字字天然，方爲上乘。即間一使事，亦必脫化無迹，乃妙。”

《芬陀利室詞話》云：“詞原于詩，即小小咏物，亦貴得風人比興之旨。唐五代北宋人詞，不甚咏物，南渡諸公有之，皆有寄託。”

《蕙風詞話》云：“問咏物如何始佳，答，未易言佳。先勿涉呆，一呆典故，二呆寄託，三呆刻畫，呆襯託，去斯三者，能成詞不易，矧復能佳，是真佳矣。題中之精蘊佳，題外之遠致尤佳，自性靈中出佳，自追琢中來亦佳。”又云：“以性靈語咏物，以沈著之筆達出，斯爲無上上乘。”又云：“作咏物咏事詞，須先選韵，選韵未審，雖有絕佳之意，恰合之典，欲用事而不能用。”

節序

昔人咏節序，不惟不多，付之歌喉者，類是率俗，不過爲應時納祜之聲耳。所謂清明“拆桐花爛漫”，柳永〔木蘭花慢〕。端午“梅霖初歇”，吴禮之〔喜遷鶯〕。七夕“炎光謝”柳永〔二郎神〕。若律以詞家調度，則皆未然。豈如美成〔解語花〕《賦元夕》云：“風銷焰蠟，露浥烘爐，花市光相射。桂華流瓦。纖雲散、耿耿素娥欲下。衣裳淡雅。看楚女纖腰一把。簫鼓喧人影參差，滿路飄香麝。　　因念帝城放夜，望千門如晝，嬉笑游冶。鈿車羅帕相逢處，自有暗塵隨馬。年光是也，惟祇見舊情衰謝。清漏移飛蓋歸來，從舞休歌罷。”《七頌堂詞繹》云：“詞起結最難，而結尤難，須結得有‘不愁明月盡，自有夜珠來’之妙，乃得。美成‘元宵’云‘從舞休歌罷’，則何以稱焉。”《人間詞話》云：“詞忌用替代字。美成〔解語花〕，桂華流瓦，境界極妙，惜以桂華二字代月耳。”史邦卿〔東風第一枝〕《賦立春》云：“草脚愁蘇，花心夢醒，鞭香拂散牛土，舊歌空憶珠簾，彩筆倦題綉户。黏鷄貼燕，想占斷東風來處。暗惹起一掬相思，亂若翠盤紅縷。　　今夜覓夢池秀句。明日動探花芳緒。寄聲酤酒人家，預約俊游伴侶。憐他梅柳，怎忍潤天街酥雨。待過了一月燈期，日日醉扶歸去。”《白雨齋詞話》云：“梅溪〔東風第一枝〕立春，精妙處竟是清真高境。”〔黃鍾喜遷鶯〕《賦元夕》云：“月波疑滴。望玉壺天近，了無塵隔。翠楣圈花，冰絲織煉，黃道寶光相直。自憐詩酒瘦，難應接許多春色。最無賴、是隨香趁燭，曾伴狂客。

踪迹謾記憶。老了杜郎，忍聽東風笛。柳苑燈疏，梅廳雪在，誰與細傾春碧。舊情未定，猶自學當年游歷。怕萬一，誤玉人夜寒，窗際簾隙。”王湘綺云：“富貴語，無脂粉氣，諸家皆賞下二句，不知現寒乞相，正是此等處，結有調侃，非方回見妓輒跪也。”如此等妙詞頗多，不獨措辭精粹，又且見時序風物之盛，人家宴樂之詞。則絕無歌者。五字別本刪去。至如李易安清照號易安居士〔永遇樂〕云：“不如向簾兒底下，聽人笑語。”此詞亦自不惡。《貴耳錄》云：“易安居士，南渡以來，常懷京洛舊事，晚年賦元宵〔永遇樂〕詞云‘落日銷金，暮雲合璧’，已自工緻，至于‘染柳烟輕，吹梅笛怨，春意知幾許’，氣象更好。後疊云‘于今憔悴，風鬟霜鬢，怕向花間重去’，皆以尋常語度入音律，煉句精巧則易，平淡入調者難。”而以俚詞歌于坐花醉月之際，似乎擊缶韶外，良可嘆也。

附録

木蘭花慢·清明

柳永

拆桐花爛漫，乍疏雨洗清明。正焰杏燒林，緗桃繡野，芳景如屏。傾城。盡尋勝去，驟雕鞍紺幰出郊坰。風暖繁弦脆管，萬家競奏新聲。

盈盈。鬥草踏青人，艷冶遞逢迎。向路旁往往，遺簪墮珥，珠翠縱橫。歡情。對佳麗地，信金罍罄竭玉山傾。拼却明朝永日，畫堂一枕春醒。

二郎神·七夕

炎光謝。過暮雨、芳塵輕灑。乍露冷風清庭户爽，天如水，玉鈎遥挂。應是星娥嗟久阻，叙舊約、飆輪欲駕。極目處微雲暗度，耿耿銀河高瀉。　　閒雅。須知此景，古今無價。運巧思、穿針樓上女，抬粉面、雲鬟低亞。鈿合金釵私語處，算誰在、回廊影下。願天上人間，占得歡娛，年年今夜。

喜遷鶯·端午

吳禮之

梅霖初歇。正絳色海榴，爭開佳節。角黍包金，香蒲切玉，是處玩筵羅列。鬥巧已輸年少，玉腕綠絲雙結。龥畫舫，見龍舟、兩兩波心齊發。

奇絕。難畫處，激起浪花，翻作湖間雪。畫鼓轟雷，紅旗掣電，奪罷錦標方徹。望中水天日暮，猶自朱簾高揭。棹歸晚載荷香，十里一鈎明月。

永遇樂·元宵

李清照

落日鎔金，暮雲合璧，人在何處。染柳烟濃，吹梅笛怨，春意知幾許。元宵佳節，融和天氣，次第豈無風雨。來相召、香車寶馬，謝他酒朋詩侶。　　中州盛日，閨門多暇，記得偏重三五。鋪翠冠兒，撚金雪柳，簇帶爭濟楚。如今憔悴，風鬟霧鬢，怕見夜間出去。不如向簾兒底下，聽人笑語。

賦情

簸弄風月，陶寫性情，詞婉于詩。蓋聲出鶯吭燕舌間，稍近乎情可也。若鄰乎鄭衛，與纏令何異焉。如陸雪溪陸淞，字子逸，號雪溪，山陰人，放翁雁行也。〔瑞鶴仙〕云：“臉霞紅印枕。睡起來、冠兒還是不整。屏間麝煤冷。但眉山壓翠，淚珠彈粉。堂深晝永，燕交飛風簾露井。恨無人説與相思，近日帶圍寬盡。　　重省。殘燈朱幌，澹月紗窗，那時風景。陽臺路遠，雲雨夢，便無準。待歸來、先指花梢教看，却把心期細問。問因循、過了青春，怎生意穩。”李武曾《詞家辯證》云：“從來文之所在，不必名之所在。陸雪溪名不甚著，其〔瑞鶴仙〕《春情》末云：待歸來、先指花梢教看，却把心期細問。問因循、過了青春，怎生意穩。’述離婉妮，幾在周秦之上。今誤作歐公詞，非是。”王湘綺云：“小説造爲咏歌姬睡起之詞，不顧文理，本事之附會，大要如此。”辛稼軒棄疾〔祝英臺近〕云：“寶釵分，桃葉渡，烟柳暗南浦。怕上層樓，十日九風雨。斷腸片片飛紅，都無人管，憑誰勸啼鶯聲住。　　鬢邊覷。試把花卜歸期，纔簪又重數。羅帳燈昏，哽咽夢中語。是他春帶愁來。春歸何處。却不解帶將愁去。”《耆舊續聞》云：“辛幼安詞，‘是他春帶愁來，春歸何處。却不解帶將愁去’，人皆以爲佳，不知趙德莊〔鵲橋仙〕詞云，‘春愁原自逐春來，却不肯隨春歸去’，蓋德莊又本李漢老楊花詞‘驀地和春帶將歸去’，大抵後輩作詞，無非前人已道底句，特善轉換耳。”沈東江云：“稼軒詞以激揚奮厲爲工，至‘寶釵分，桃葉渡’一曲，狎昵溫柔，魂銷意盡，才人伎倆，真不可測。”皆景中帶情，而存騷雅。故其燕酣之樂，別離之愁，回文題葉之思，峴首西州之泪，一寓于詞。若能屏去浮艷，樂而不淫，是亦漢魏樂府之遺意。

吳子律《蓮子居詞話》云：“言情之詞，以雅爲宗。語艷則意尚巧，意褻則語貴曲。顧敻〔訴衷情〕云云，張泌〔江城子〕云云，真是儈父唇舌，都乏佳致。”二詞均見《花間集》。

又云：“言情之詞，必藉景色映托，乃具深婉流美之致。白石‘問後約、空指薔薇，如此溪山，甚時重至’。〔解連環〕。又‘想文君望久，倚竹愁生步羅襪。歸來後，翠尊雙飲，下了珠簾，玲瓏間看月’，〔八歸〕，見前清空門附錄。似此造境，覺秦七黃九尚有未到，何論餘子。”

《藝概》云：“詞家先要辨得情字。《詩序》言發乎情，《文賦》言詩緣情，所貴乎情者，爲得其正也。忠臣孝子，義夫節婦，皆世間極有情之人，流俗誤以欲爲情，欲長情消，患在世道，倚聲一事，其小焉者也。”

離情

“春草碧色，春水綠波，送君南浦，傷如之何。”語見江文通《別賦》。矧情至于離，則哀怨必至。苟能調感愴于融會中，斯爲得矣。白石〔琵琶仙〕云：“雙槳來時，有人似、舊曲桃根桃葉。歌扇輕約飛花，蛾眉正愁絕。春漸遠、汀洲自綠，更添了、幾聲啼鴂。十里揚州，三生杜牧，前事休說。 又還是、宮燭分烟，奈愁裏、匆匆換時節。都把一襟芳思，與空階榆莢。千萬縷、藏鴉細柳，爲玉尊、起舞回雪。想見西出陽關，故人初別。”王湘綺云：“此又以作態爲妍。”秦少游〔八六子〕云：“倚危亭。恨如芳草，萋萋剗盡還生。念柳外青驄別後，水邊紅袂分時，愴然暗驚。

無端天與娉婷。夜月一簾幽夢，春風十里柔情。怎奈向、歡娛漸隨流水，素弦聲斷，翠綃香減，那堪片片飛花弄晚，濛濛殘雨籠晴。正銷凝。黃鸝又啼數聲。”《容齋四筆》云：“秦少游〔八六子〕詞云：片片飛花弄晚，濛濛殘雨籠晴。正銷凝。黃鸝又啼數聲。’語句清峭，爲名流推激。予家舊有建本《蘭畹曲集》，載杜牧之一詞，但記其末句云：‘正銷魂，梧桐又移翠陰。’秦公蓋效之，似差不及也。”離情當如此作，全在情景交煉，得言外意。有如“勸君更盡一杯酒，西出陽關無故人”，王維《渭城曲》中句。乃爲絕唱。

《皺水軒詞筌》云：“傷離念遠之辭，無如查荎‘斜陽影裏，寒烟明處，雙槳去悠悠’，〔透碧霄〕。令人不能爲懷。然尚不如孫光憲‘兩槳不知消息，遠汀時起鸂鶒’，〔河瀆神〕。尤爲黯然。洪叔璵‘醉中扶上木蘭舟，醒來忘却桃源路’，〔踏莎行〕《別意》造語尤工，却微著色矣。兩君專以澹語入情。”

令曲

詞之難于令曲，按令曲，即指後人所謂小令而言。《詞學集成》云：“宋人以長調爲慢，短調爲令，曰小令，足徵後人之訛。”如詩之難于絕句。不過十數句，一句一字閑不得。末句最當留意，有餘不盡之意始佳。江順詒云：“此所謂節短韻長也。”當以唐《花間集》中韋莊端己、溫飛卿爲則。又如馮延巳正中、賀方回、吳夢窗，亦有妙處。至若陳簡齋陳與義，字去非，洛人，有《簡齋集》《無住詞》。“杏花疏影裏，吹笛到天明”之句，〔臨江仙〕前結。《藝概》云：“此因仰承憶昔，俯注一夢，故此二句，不覺豪酣轉成悵悒，所謂好在句外者也。”真是自然而然。大抵前輩不留意于此，有一兩曲膾炙人口，餘多鄰乎率易。近代詞人，却有用力于此者。倘以爲專門之學，亦詞家射雕手。

《倚聲集》云：“小令不學《花間》，當效歐晏秦黃。夫《花間》之綺琢處，于詩爲靡，于詞如古錦暗然异色。若歐晏則饒蘊藉，秦黃則最生動，更有一唱三嘆之致。”

《藝概》云：“溫飛卿詞精妙絕人，然類不出乎綺怨。韋端己、馮正中諸家詞，流連光景，惆悵自憐，蓋亦易飄颻于風雨者，第論其吐屬之美，又何加焉。”又云：“馮延巳詞，晏同叔得其俊，歐陽永叔得其深。”

馮蒿庵論詞云：“詞至南唐，二主作于上，正中和于下，詣微造極，得未曾有。宋初諸家，靡不祖述二主，憲章正中，譬之歐、虞、褚、薛之書，皆出逸少。晏同叔去五代未遠，馨烈所扇，得之最先，故左宮右徵，和婉而明麗，爲北宋倚聲家初祖。”又言：“歐陽永叔詞，與同叔同出南唐，而深至則過之。其疏雋開子瞻，深婉開少游云。”

《人間詞話》云：“溫飛卿之詞，句秀也；韋端己之詞，骨秀也；李重光之詞，神秀也。”“詞至李後主而眼界始大，感慨遂深，遂變伶工之詞而爲士大夫之詞。周介存置諸温韋之下，可謂顛倒黑白矣。'自是人生長恨水長東'，'流水落花春去也，天上人間'，《金荃》《浣花》能有此氣象耶。"

又云："馮正中詞，雖不失五代風格，而堂廡特大，開北宋一代風氣。與中後二主詞，皆在《花間》範圍之外，宜《花間集》中不登其隻字也。"

按：南宋慢詞盛行，令曲已不爲詞家重視。玉田論令曲作者，五代不及二主，北宋又遺歐晏，可以覘當時風尚矣。

附録

隨江仙·夜登小閣憶洛中舊游

陳與義

憶昔午橋橋上飲，坐中都是豪英。長溝流月去無聲。杏花疏影裏，吹笛到天明。　二十餘年成一夢，此身雖在堪驚。閑登小閣眺新晴。古今多少事，漁唱起三更。

雜論

詞之作必須合律，然律非易學，得之指授方可。若詞人方始作詞，必欲合律，恐無是理，所謂千里之程，起于足下，當漸而進可也。正如方得離俗爲僧，便要坐禪守律，未曾見道而病已至，豈能進于道哉。音律所當參究，詞章先宜精思，俟語句妥溜，然後正之音譜，二者得兼，則可造極玄之域。今詞人纔說音律，便以爲難，正合前說，所以望望然而去之。苟以此論製曲，音亦易諧，將于于然而來矣。

按：作詞宜音律與詞章并重。仇山村云："世謂詞者詩之餘，然詞尤難于詩。詞失腔，猶詩落韵。詩不過四五七言而止，詞乃有四聲、五音、均拍、輕重、清濁之別。若言順律舛，律協言謬，俱非本色。或一字未合，一句皆廢，一句未妥，一闋皆不光彩。信戛戛乎其難。腐儒村叟，每以詞爲易事，酒邊興豪，即引紙揮筆，拊几擊缶，同聲附和。如梵唄，如步虛，不知宮調爲何物，令老伶俊倡，面稱好而背竊笑，是豈足與言詞。"山村與玉田同時，其言如此，可見言順律協之詞，求之當時已覺難能。蓋詞至元初，漸成弩末，作詞者不獨罕通音律，即詞章亦不甚講求，元曲代興，其勢已成。玉田謂音律所當參究，詞章先宜精思，乃因時人視音律爲畏途，而真能指授音律之人亦絕少，故不得已而思其次，先詞章而後音律。此雖爲初學説法，然自是以降，詞遂與音律完全分離，即有工于此者，亦不過極詞章之能事而已。

律不協不得謂詞之至，言不雅亦不得謂詞之至。《藝概》云："詞固必期合律，然雅頌合律，桑間濮上未嘗不合律也。律和聲，本于詩言志，可爲專講律者進一格焉。"融齋此論，殆爲律協言謬者而發。康柳二家，即不免此病。

詞之語句，太寬則容易，太工則苦澀。如起頭八字相對，中間八字相對，却須用功着一字眼，如詩眼亦同。若八字既工，下句便合稍寬，庶不窒塞。約莫寬易，又着一句工緻者，便覺精粹。此詞中之關鍵也。許蒿盧云："此即清空質實之論。"

按：寬易與工緻相間，乃言詞之章法，不可單作語句看。《藝概》云："詞之章法，不外相摩相蕩，如奇正、空實、抑揚、開合、工易、寬緊之類是已。"又云："詞中承接轉換大抵不外紆徐斗健，交相爲用，所貴融會章法，按脉理節拍而出之。"又云："元陸輔之《詞旨》云：'對句好可得，起句好難得，收拾全藉出場。'此蓋尤重起句也。余謂起、收、對三者皆不可忽。大抵起句非漸引，即頓入，其妙在筆未到而氣已吞。收句非繞回，即宕開，其妙在言雖止而意無盡。對句非四字六字，即五字七字，其妙在不類于賦與詩。"此論起、收、對等語句，語語不離乎章法，與前二則所謂紆徐斗健，所謂相摩相蕩，息息相通。詞中關鍵，于是乎在。玉田論此，僅標出寬易工緻四字，猶窺豹一斑耳。

起頭八字相對，中間八字相對，却須用功着一字眼。如詩眼亦同，是即陸輔之"詞眼"二字所本。《藝概》云："詞眼二字，見陸輔之《詞旨》。其實輔之所謂眼者，仍不過某字工某句警耳，余謂眼乃神光所聚，故有通體之眼，有數句之眼，前前後後，無不待眼光照映。若捨章法而專求字句，縱爭奇競巧，豈能開闔變化，一動萬隨耶。"此論詞眼，亦抱定章法説，不專求之字句，可謂破的之論。

詞不宜强和人韵，若倡之者曲韵寬平，庶可賡歌。倘韵險，又爲人所先，則必牽强賡和，句意安能融貫，徒費苦思，未見有全章妥溜者。東坡次章質夫《楊花》〔水龍吟〕韵，機鋒相摩，起句便合讓東坡出一頭地，後片愈出愈奇，真是壓倒今古。我輩倘遇險韵，不若祖其元韵，隨意换易，或易韵答之，是亦古人"三不和"之説。"三不和"未詳所出。

《遠志齋詞衷》云："張玉田謂詞不宜和韵，蓋詞語句參錯，復格以成韵，支分驅染，欲合得離，能如李長沙所謂善用韵者，雖和猶如自作，乃爲妙協。但不可如方千里之和《片玉》，張杞之和《花間》，首首强協，縱極意求肖，能如新豐鷄犬，盡得故處乎？"

《曲洧舊聞》云："章質夫作〔水龍吟〕咏楊花，其命意用事，清麗可喜。東坡和之，若豪放不入律吕，徐而視之，聲韵諧婉，便覺質夫詞有織綉工夫。"

《人間詞話》云："東坡〔水龍吟〕咏楊花，和韵而似原唱；章質夫詞，原唱而似和韵。才之不可强也如是。"

附録

水龍吟·楊花
章楶

燕忙鶯懶芳殘，正堤上柳花飄墜。輕飛亂舞，點畫青林，全無才思。閑趁游絲，静臨深院，日長門閉。傍珠簾散漫，垂垂欲下，依前被、風扶起。　蘭帳玉人睡覺，怪春衣雪沾瓊綴。綉床漸滿，香球無數，纔圓却碎。時見蜂兒，仰粘輕粉，魚吞池水。望章臺路杳，金鞍游蕩，有盈盈泪。

又
蘇軾

似花還似非花，也無人惜從教墜。抛家傍路，思量却是，無情有思。縈損柔腸，困酣嬌眼，欲開還閉。夢隨風萬里，尋郎去處，又還被、鶯呼起。　不恨此花飛盡，恨西園落紅難綴。曉來雨過，遺踪何在，一池萍碎。春色三分，二分塵土，一分流水。細看來不是，楊花點點，是離人淚。

　　大詞之料，可以斂爲小詞，小詞之料，不可展爲大詞。若爲大詞，必是一句之意，引而爲兩三句，或引他意入來，捏合成章，必無一唱三嘆。如少游〔水龍吟〕云：“小樓連苑橫空，下窺繡轂雕鞍驟。”猶且不免爲東坡所誚。東坡云：“十三個字，祇説得一個人騎馬樓前過。”見《高齋詩話》。

　　沈伯時云：“作大詞先須立間架，將事與意分定了，第一要起得好，中間祇鋪叙，過處要清新，最緊是末句，須是有一好出場，方妙。小詞祇要些新意，不可太高遠。却易得古人句，然亦要煉句。”

　　按：此雖論大詞小詞作法，然可與玉田之説參看。蓋大詞篇幅長，中間既有鋪叙，去其鋪叙之處，不難斂爲小詞。小詞篇幅短，祇一些新意，若將一句之意引爲兩三句，則近敷衍，或引入他意，又欠自然，展爲大詞，必無一唱三嘆之致。故云大詞之料可斂爲小詞，小詞之料不可展爲大詞也。

附録

水龍吟·寄營妓婁東玉

秦觀

小樓連苑橫空，下窺繡轂雕鞍驟。疏簾半捲，單衣初試，清明時候。破暖輕風，弄晴微雨，欲無還有。賣花聲過盡，垂陽院落，紅成陣，飛鴛甃。　　玉佩丁東別後。恨佳期參差難又。名繮利鎖，天還知道，和天也瘦。花下重門，柳邊深巷，不堪回首。念多情但有，當時皓月，照人依舊。

　　近代詞人用功者多，如《陽春白雪集》，《陽春白雪集》八卷，宋趙聞禮編。如《絕妙詞選》，一名《花庵詞選》，二十卷，宋黃昇編。亦自可觀，但所取不精一。豈若周草窗密所選《絕妙好詞》之爲精粹。惜此板不存，恐墨本亦有好事者藏之。

按：草窗所選《絕妙好詞》七卷，自元迄明，未見傳本。至清初，始發見于虞山錢氏。武唐柯煜得之，刻以行世。高江村序云："草窗所選，乃虞山錢氏秘藏鈔本，柯子南陔得之，與其從父寓匏舍人及余，考較缺誤，繕刻以行。"《四庫提要》云："密所編南宋歌詞，始于張孝祥，終于仇遠，凡一百三十二家，去取謹嚴，于詞選中最爲善本。"

難莫難于壽詞，倘盡言富貴，則塵俗；盡言功名，則諛佞；盡言神仙，則迂闊虛誕。當總此三者而爲之，無俗忌之辭，不失其壽可也。松椿龜鶴，有所不免，却要融化字面，語意新奇。許蒿廬云："南渡以後，最多介壽之詞，故此條云然。其實獻頌等作，總難推陳出新，不獨壽詞也"。

沈伯時云："壽曲最難作，切宜戒壽酒、壽香、老人屋、千春百歲之類，須打破舊曲規模，祇形容當人事業才能，隱然有祝頌之意，方好。"

《蕙風詞話》云："壽詞難得佳句，尤易入俗，古山謂張野夫〔太常引〕《壽高丞相上都分省回》云：'報國與憂時，怎瞞得星星鬢絲。'〔水龍吟〕《爲何相壽》云：'要年年霖雨，變爲醇酎，共蒼生醉。'此等句，渾雅而近樸厚，雖壽詞，亦可存。"

近代陳西麓允平所作，本製平正，亦有佳者。

按：西麓詞雖追步清真，效顰淮海，然僅存面貌，實不見其佳處。惟陸輔之《詞旨》，載其警句，〔絳都春〕云："燕子未來，東風無語又黃昏。琴心不度春雲遠。斷腸難托啼鵑。夜深猶倚，垂楊二十四闌。"〔戀繡衾〕云："寄相思偏仗柳枝，待折向尊前唱，怕東風吹作絮飛。"輔之論詞，篤守師說。玉田謂亦有佳者，殆指此等警句耶？周介存極詆西麓，其《論詞雜著》云："西麓疲軟凡庸，無有是處，書中有館閣體，西麓殆館閣詞也。"又云："西麓不善學少游，少游中行，西麓鄉愿。"

詞欲雅而正，志之所之，一爲情所役，則失其雅正之音。耆卿柳永、伯可康與之不必論，雖美成亦有所不免。如"爲伊淚落"，〔解連環〕後結。如"最苦夢魂，今宵不到伊行"，〔風流子〕後結。如"天便教人，霎時厮見何妨"，〔風流子〕後結，與上二句，均見前句法門附錄。如"又恐伊，尋消問息，瘦損容光"，〔意難忘〕後結。如"許多煩惱，祇爲當時，一餉留情"，〔慶宮春〕後結。所謂淳厚日變成澆風也。

《蕙風詞話》云："元人沈伯時作《樂府指迷》，于清真詞推許備至。唯以'天便教人，霎時廝見何妨''夢魂凝想鴛侶'等句爲不可學，則非真能知詞者也。清真又有句云'多少暗愁密意，唯有天知''最苦夢魂，今宵不到伊行''拼今生對花對酒，爲伊泪落'此等語，愈樸愈厚，愈厚愈雅，至真之情，由性靈肺腑中流出，不妨説盡而愈無盡。""誠如清真等句，唯有學之不能到耳，如曰不可學也，詎必顰眉搔首，作態幾許，然後出之，乃可學耶。"

按：此條玉田與伯時論調正同，蕙風駁伯時之説，所持宜與玉田相反，古今人所見不同如此。

附錄

解連環 商調

周邦彥

怨懷無托。嗟情人斷絶，信音遼邈。信妙手能解連環，似雨散風收，霧輕雲薄。燕子樓空，暗塵鎖一床弦索。想移根換葉。盡是舊時，手種紅藥。　　汀洲漸生杜若。料舟依岸曲，人在天角。謾記得當日音書，把閑語閑言，待總燒却。水驛春回，望寄我江南梅萼。拼今生，對花對酒，爲伊泪落。

意難忘 中呂

衣染鶯黄。愛停歌駐拍，勸酒持觴。低鬟蟬影動，私語口脂香。檐露滴，竹風涼。拼劇飲淋浪。夜漸深，籠燈就月，子細端詳。　　知音見説無雙。解移宮換羽，未怕周郎。長顰知有恨，貪要不成妝。些個事，惱人腸。試説與何妨。又恐伊，尋消問息，瘦損容光。

慶宮春 越調

雲接平岡，山圍寒野，路回漸轉孤城。衰柳啼鴉，驚風驅雁，動人一片秋聲。倦途休駕，澹烟裏微茫見星。塵埃憔悴，生怕黄昏，離思牽縈。

華堂舊日逢迎。花艷參差，香霧飄零。弦管當頭，偏憐嬌鳳，夜深簧暖笙清。眼波傳意，恨密約匆匆未成。許多煩惱，祇爲當時，一餉留情。

詩之賦梅，惟和靖一聯宋林逋《咏梅》詩有"疏影橫斜水清淺，暗香浮動月黃昏"之句，一時膾炙人口。而已。世非無詩，不能與之齊驅耳。詞之賦梅，惟姜白石〔暗香〕〔疏影〕二曲，前無古人，後無來者，自立新意，真爲絕唱。太白云："眼前有景道不得，崔顥題詩在上頭。"唐崔顥嘗過黃鶴樓題詩，李白見而賞之，故二句云然。誠哉是言也。

周介存云："〔暗香〕〔疏影〕二曲，寄意題外，包蘊無窮。"
譚復堂云："石湖咏梅，是堯章獨到處。"

美成詞祇當看他渾成處，于軟媚中有氣魄。采唐詩融化如自己者，乃其所長。惜乎意趣却不高遠。所以出奇之語，以白石騷雅句法潤色之，真天機雲錦也。

沈伯時曰："凡作詞當以清真爲主，蓋清真最爲知音，且無一點市井氣，下字運意皆有法度，往往自唐宋諸賢詩句中來，而不用經史中生硬字面，此所以爲冠絕也。"又云："姜白石清勁知音，亦未免有生硬處。"按伯時論詞，專主清真，玉田論詞，獨尊白石。其評騭二家長短，言各有當，學者取其長可耳。
陳質齋云："美成詞，多用唐人詩隱括入律，混然天成。長調尤善鋪叙，富艷精工，詞人之甲乙也。"
《人間詞話》云："美成深遠之致，不及歐秦。唯言情體物，窮極工巧，故不失爲第一流之作者。但恨創調之才多，創意之才少耳。"

東坡詞如〔水龍吟〕咏楊花、見前。咏聞笛。又如〔過秦樓〕、按《東坡樂府》中并無此調，豈其詞已佚歟。〔洞仙歌〕、見前。〔卜算子〕等作，皆清麗舒徐，高出人表。〔哨遍〕一曲，隱括《歸去來辭》，更是精妙。周、秦諸人所不能到。

樓敬思云："東坡老人故自靈氣仙才，所作小詞，衝口而出，無窮清新，不獨寓以詩人句法，一洗綺羅香澤之態也。"

周介存云："人賞東坡粗豪，吾賞東坡韶秀。韶秀是東坡佳處，粗豪則病也。"與玉田取東坡清麗舒徐之作，其意正同。

《藝概》云："東坡詞頗似老杜詩，以其無意不可入，無事不可言也。若其豪放之致，則時與太白相近。"

附錄

水龍吟·咏聞笛

蘇軾

楚山修竹如雲，异材秀出千林表。龍鬚半剪，鳳膺微漲，玉肌縈〔勻〕繞。木落淮南，雨晴雲夢，月明風裊。自中郎不見，桓伊去後，知辜負、秋多少。　　聞道嶺南太守，後堂深綠珠嬌小。綺窗學弄，梁州初遍，霓裳未了。嚼徵含宮，泛商流羽，一聲雲杪。爲使君洗盡，蠻風瘴雨，作霜天曉。

卜算子·黄州定慧院寓居作

缺月挂疏桐，漏斷人初静。誰見幽人獨往來，縹緲孤鴻影。　　驚起却回頭，有恨無人省。揀盡寒枝不肯栖，寂寞沙洲冷。

哨遍

爲米折腰，因酒弃家，口體交相累。歸去來，誰不遣君歸。覺從前皆非今是。露未晞。征夫指予歸路，門前笑語喧童稚。嗟舊菊都荒，新松暗老，吾年今已如此。但小窗容膝閉柴扉。策杖看孤雲暮鴻飛。雲出無心，鳥倦知還，本非有意。　　噫。歸去來兮。我今忘我兼忘世。親戚無浪語，琴書中有真味。步翠麓崎嶇，泛溪窈窕，涓涓暗谷流春水。觀草木欣榮，幽人自感，吾生行且休矣。念寓形宇内復幾時。不自覺皇皇欲何之。委吾心去留誰計。神仙知在何處，富貴非吾志。但知登山臨水嘯咏，自飲壺觴自醉。此生天命更何疑。且乘流遇坎還止。

秦少游詞體制淡雅，氣骨不衰。清麗中不斷意脉，咀嚼無滓，久而知味。

樓敬思云："淮海詞風骨自高，如紅梅作花，能以韵勝。覺清真亦無此氣味也。"

《藝概》云："少游詞有小晏之妍，而幽趣則過之。"又云："少游詞得《尊前》《花間》遺韵，却能自出清新。"

馮蒿庵云："少游以絶塵之才，早與勝流，不可一世，而一謫南荒，遽喪靈寶。故所爲詞，寄概身世，閑雅有情思，酒邊花下，一往而深，而怨悱不亂，悄乎得小雅之遺。後主而後，一人而已。"

《人間詞話》云："馮夢華《六十一家詞選序例》，謂淮海、小山，古之傷心人也，其淡語皆有味，淺語皆有致。余謂此唯淮海足以當之，小山矜貴有餘，但可方駕子野、方回，未足抗衡淮海也。"

晁無咎晁補之，字無咎，巨野人，有《鷄肋集》及《琴趣外篇》六卷。詞名《冠柳》，琢語平帖，此柳之所以易冠也。

按：此條疑有誤。無咎詞不名"冠柳"，名"冠柳"者，王觀詞耳。觀字通叟，高郵人，嘗爲學士，應制撰詞，以媟瀆神宗罷職，時有逐客之號。無咎爲蘇門四學士之一，《四庫提要》稱其詞神姿高秀，與蘇軾實堪肩隨。劉融齋論詞，亦言無咎坦蕩之懷，磊落之氣，與東坡差堪驂靳。馮蒿庵則謂其所爲詩餘，無子瞻之高華，而沈咽則過之，是豈'琢語平帖'者所能望其項背？毛子晋云："無咎雖游戲小詞，不作綺艷語，則亦與柳家數不近。"惟王觀確以"冠柳"名詞，且工爲浮艷之語。陳質齋云："逐客詞格不高，以'冠柳'自名，可見殆近之矣。"

近代楊守齋精于琴，故深知音律，有《圈法周美成詞》。與之游者，周草窗、施梅川、施嶽，字仲山，號梅川，吳人。徐雪江、未詳，與前舉徐南溪，或係一人。奚秋崖、奚㴑，字倬然，號秋崖。李商隱，李彭老，字商隱，號篔房。每一聚首，必分題賦曲。但守齋持律甚嚴，一字不苟作，遂有作詞五要。觀此，則詞欲協音，未易言也。

鄭叔問云："玉田《詞源》言楊守齋有《圈法美成詞》，蓋取其詞中字句融入聲譜，一一點定，如白石歌曲之旁譜，特于其拍頓加以墨圈，故云圈法耳。"

按：此編與旁綴音譜之《寄閑集》，惜均不傳于後世，否則以此二書
參證白石《旁譜》，未始非考訂詞樂之一助。

戈順卿云："草窗詞盡脱靡曼，獨標清麗，有韶蒨之色，有綿渺之思。
其于律亦極嚴謹。蓋交游甚廣，深得切劘之益。如集中所稱霞翁，乃楊守
齋也。又有《寄閑者》，即張斗南，玉田之父。與此二翁暨夢窗、碧山、
西麓、梅川、箕房輩，相與講明而切究之，宜其律之無不諧矣。"

沈伯時云："梅川音律有源流，故其聲無舛誤。讀唐詩多，故語雅淡。
間有些俗氣，蓋亦漸染教坊之習故也。"

辛稼軒、劉改之作豪氣詞，非雅詞也。于文章餘暇，戲弄筆墨，爲長
短句之詩耳。元遺山元好問，字裕之，太原秀容人，有《中州集》，世稱遺山先
生。極稱稼軒詞，及觀遺山詞，深于用事，精于煉句，有風流蘊藉處，不
減周、秦。如雙蓮、雁丘等作，妙在模寫情態，立意高遠，初無稼軒豪邁
之氣。豈遺山欲表而出之，故云爾。

《藝概》云："稼軒龍騰虎擲，任古書中理語瘦語，一經運用，便得
風流，天姿是何夐異。張玉田甚稱白石，而不甚許稼軒，耳食者遂于兩家
有軒輊意，不知稼軒之體，白石嘗效之矣。集中如〔永遇樂〕〔漢宮春〕
諸闋，均次稼軒韻，其吐屬氣味，皆若秘響相同，何後人過分門户耶。"
又云："白石，才子之詞，稼軒，豪杰之詞。才子豪杰，各從其類，愛之
強論得失，皆偏辭也。"

馮蒿庵云："稼軒負高世之材，不可羈勒，能于唐宋諸大家外別樹一
幟。自兹以降，詞家遂有門户主奴之見，而才氣横軼者，群樂其豪縱而效
之，乃至里俗浮囂之子，亦靡不推波助瀾，自托辛劉以屏蔽其陋，則非稼
軒之咎，而不善學者之咎也。即如集中所載〔水調歌頭〕（長恨復長恨）
一闋，〔水龍吟〕（昔時曾有佳人）一闋，連綴古語，渾然天成，既非東
家所能效顰。而〔摸魚兒〕〔西河〕〔祝英臺近〕諸作，摧剛爲柔，纏綿
悱惻，尤與粗獷一派，判若秦越。據此，則稼軒詞不僅豪邁，安得以豪邁
少之耶。"

　　　《四庫提要》云："《花庵詞選》謂改之乃稼軒門客，詞多壯語，蓋學

其體。然過詞凡贈辛棄疾者，則學其體，如‘古豈無人，可以似吾稼軒者誰’等詞是也。其餘雖跌蕩淋漓，實未嘗全學其體。”觀此，則辛劉并稱，實不盡同。劉融齋亦云：“改之詞，狂逸之中，自饒韵致，雖沈着不及稼軒，足以自成一家。”馮蒿庵則云：“龍洲自是稼軒附庸，然得其豪放，未得其婉轉。”均可謂洞微之論。

附録

邁陂塘·雙蓮

元好問

問蓮根有絲多少，蓮心知爲誰苦。雙花脉脉嬌相嚮，祇是舊家兒女。天已許。甚不教、白頭生死鴛鴦浦。夕陽無語。算謝客烟中，湘妃江上，未是斷腸處。　　香奩夢，好在靈芝瑞露。中間俯仰今古。海枯石爛情緣在，幽恨不埋黃土。相思樹，流年度，無端又被西風誤。蘭舟少駐。怕載酒重來，紅衣半落，狼藉臥風雨。

又·雁丘

問世間情是何物，直教生死相許。天南地北雙飛客，老翅幾回寒暑。歡樂趣，離別苦。就中更有痴兒女。君應有語，渺萬里層雲，千山暮雪，隻影向誰去。　　橫汾路，寂寞當年簫鼓，荒烟依舊平楚。招魂楚些何嗟及，山鬼暗啼風雨。天也妒，未信與，鶯兒燕子俱黃土。千秋萬古，爲留待騷人，狂歌痛飲，來訪雁丘處。

康、柳詞，亦自批風抹月中來。風月二字，在我發揮，二公則爲風月所使耳。

按：“二公則爲風月所使”一語，可謂調侃盡致。玉田康柳并譏，其實康非柳比。耆卿風流俊邁，爲舉子時，喜狹邪游，既不得志于時，益縱情聲色以自遣，其批風抹月，或有激而然。伯可則以詞受知高宗，後又依附秦檜以求進，人品至爲鄙褻。即以詞而論，伯可多應制之作，諛艷粉飾，實無足觀，豈若耆卿專詣名家。不着筆墨，似古樂府，承平氣象，形容如畫，尤工于羈旅行役。乃當時競傳其俳體，後世遂大共非訾，李清照謂其變舊聲作新聲，雖協音律，而詞語塵下。陳質齋稱其音律諧婉，詞意妥貼，又謂其詞格不高，雖與玉田之一概抹煞不同。從無就柳詞之文學，作深至之批評者，惟勝清三家有之。

周介存云：“耆卿爲世訾謷久矣，然其鋪敘委婉，言近意遠，森秀幽淡之趣在骨。耆卿樂府多，故惡濫可笑者多，使能珍重下筆，則北宋高手也。”

劉融齋云：“耆卿詞，細密而妥溜，明白而家常，善于叙事，有過前人。惟綺羅香澤之態，所在多有，故覺風期未上耳。”

馮蒿庵云：“耆卿詞，曲處能直，密處能疏，奡處能平。狀難狀之景，達難達之情，而出之以自然，自是北宋高手。然好爲俳體，詞多媟黷，有不僅如《提要》所云以俗爲病者。”

三家評柳詞，均能發揮其長，而亦不諱其短，較之《詞源》品騭，平允多矣。

楊守齋作詞五要

作詞之要有五：第一要擇腔。腔不韻，《詞麈》云：“不韻謂不美也。”則勿作。如〔塞翁吟〕之衰颯，〔帝臺春〕之不順，《隔浦蓮》之寄煞，原作奇煞。〔鬥百花〕之無味是也。

按：〔塞翁吟〕〔隔浦蓮〕二詞，宋人作者尚多，惟〔帝臺春〕〔鬥百花〕，作者實不多觀。江順詒云：“此擇腔，係指自度曲者，若填前人已傳之詞，則腔自韻矣。”予謂前人已傳之詞，其腔亦未必盡韻，當視製詞者是否深通音律，如耆卿、美成、白石、夢窗輩，何嘗有不韻之腔，是在作者之自擇耳。

第二要擇律。律不應月，則不美。如十一月調須用正宮，元宵詞必用仙呂宮爲宜也。

按：正宮一名正黃鍾宮，即黃鍾宮。十一月律中黃鍾，用正宮誠應月矣。元宵詞必用仙呂宮，何也？仙呂宮一名夷則宮，七夕詞用之始應月，以七月律中夷則也。若爲元宵詞，則當用高宮，即太簇宮，始應月，以正月律中太簇也。此句疑原本有誤，方成培則謂仙呂乃南呂之訛，宮字衍文，正月律當用太簇，然太簇之均，以南呂爲徵，徵爲火，元宵燈火之事，故宜用南呂。古人用律之精如此。蓋以南呂有七調，此用太簇爲宮之南呂徵耳，其説甚辨，未審確否。

第三要填詞按譜。自古作詞，能依句者已少，依譜用字者百無一二。詞若歌韵不協，奚取焉。或謂善歌者融化其字，則無疵。殊不知詳製轉折，用或不當，即失律，正旁偏側，凌犯他宮，非復本調矣。

按：此條所謂譜，乃指音譜而言，與今日僅有平仄可循之詞譜不同。此項音譜，亦非通音律者不能運用。方成培《詞塵》云："宋人多先製腔而後填詞，觀其工尺，當用何字協律，方始填入，故謂之填詞。及其調盛傳，作者不過照前人詞句填之，故云依句者少，依譜用字百無一二也。轉折乃節奏所關，故下字不當，則失律，凌犯他宮，起韵過變兩結，尤爲吃緊。"又劉申叔《論文雜紀》云"詞皆入樂。故古之詞人，必先通音律，默契其深，然後按律以填詞，故所作之詞，咸可播之于歌咏。後世之人，按譜填詞，而音律之深，或茫然未解。則所謂詞者，徒以供騷人墨客之用，而詞之外遂別有曲。"據此，則填詞按譜一事，今與古迥然不同矣。

第四要推律押韵。推律一作隨律。如越調〔水龍吟〕、商調〔二郎神〕，皆合用平入聲韵。古詞俱押去聲，所以轉折怪异，成不祥之音。昧律者反稱賞之，是真可解頤而啓齒也。

按：推律之意義，乃謂推求此調屬某律某音，然後協某韵，方始合律，即段安節《樂府雜録》五音二十八調所説是也。〔水龍吟〕越調，即無射商，〔二郎神〕商調，即夷則商，據《樂府雜録》，入聲商七調用之，平聲則商角同用者也，故云合用平入聲韵。若去聲韵，則宮七調用之，祇當叶宮聲之調，非商聲之調所宜矣。然宋詞往往不拘，蓋文士揮毫，不暇推求合律故耳。方成培言，嘗取柳永《樂章集》按之，其用韵與段説合者半，不合者半，乃知宋詞協韵，比唐人較寬。以耆卿之精于音律，其用韵猶如此，他可知矣。

第五要立新意。若用前人詩詞意爲之，則蹈襲無足奇者。須自作不經人道語，或翻前人意，便覺出奇。或祇能煉字，誦纏數過，便無精神，不可不知也。更須忌三重四同，唐釋皎然《詩式》，言詩有三同，謂偷語偷意偷勢也，偷語最爲鈍賊，其次偷意，其次偷勢，詞忌三重四同，未詳所出。始爲具美。

按：此條并非謂作詞不可運用前人詩詞語句，特須另換新意，翻而用之耳。如白樂天詩，"欲識愁多少，高于灩澦灘"。劉禹錫詩，"蜀江春水拍天流，水流無限似儂愁"，爲李後主"問君能有幾多愁，恰似一江春水向東流"二句所本。而秦少游"便做春江都是淚，流不盡許多愁"之句，又自後主詞脫化而出，何嘗不各極其妙。昔賢名作，不乏此例，若無新意而襲用成句，決無精采可言。《藝概》云："詞要清新，切忌拾古人牙慧，蓋在古人爲清新者，襲之即腐爛也。拾得珠玉，化爲灰塵，豈不重可鄙笑。"亦是此意。彼美成采唐詩，融化如自己者，梅川讀唐詩多，故語雅淡，無非善於脫化，或翻前人意耳。

《詞源疏證》卷下終。

詞源原跋

乙卯歲，余以公事留杭數月，而玉田張君來寓錢塘縣之學舍。時主席方子仁始與余交，道玉田來所自，且憐其才，而不知余與玉田交且舊也，因相從歡甚。玉田爲況，落寞似余，其故友張伯雨，方爲西湖福真費修主，聞之，遂挽去。子仁與余買小舟泛湖，同爲道客，伯雨爲設茗具饌，盤旋日入而歸。玉田嘗賦〔臺城路〕《咏歸杭》一詞，錄此卷後。其詞云：“當年不信江湖老，如今歲華驚晚。路改家迷，花空蔭落，誰識重來劉阮。殊鄉頓遠，甚猶帶羈懷，雁栖蠻怨。夢裏忘歸，亂浦烟浪片帆轉。

閑門休嘆故苑。杖藜游冶處，蕭艾都偏。雨色雲西，晴光水北，一洗悠然心眼。行行漸懶。快料理幽尋，酒瓢詩卷。賴有湖邊，舊時鷗數點。”丁巳正月，江村民錢良祐書。

“詞”與“辭”字通用，《釋文》云：“意內而言外也。”意生言，言生聲，聲生律，律生調，故曲生焉。《花間》以前無集譜，秦周以後無雅聲，源遠而派別也。西秦玉田張君，著《詞源》上下卷，推五音之數，演六律之譜，按月紀節，賦情咏物，自稱得聲律之學于守齋楊公、南溪徐公。淳祐、景定間，王邸侯館，歌舞升平，居生處樂，不知老之將至。梨園白髮，濠宮蛾眉，餘情哀思，聽者泪落。君亦因是弃家，客游無方，三十年矣。昔柳河東銘姜秘書，憫王孫之故態，銘馬淑婦，感謳者之新聲，言外之意，异世誰復知者。覽君詞卷，撫几三嘆。墙東叟陸文圭跋。

《詞源》二卷，宋遺民張玉田撰。玉田生詞與白石齊名，詞之有姜張，如詩之有李杜也。姜張二君皆能按譜製曲，是以《詞源》論五音均拍，最爲詳贍。竊謂樂府一變而爲詞，詞一變而爲令，令一變而爲北曲，北曲一變而爲南曲。今以北曲之宮譜考詞之聲律，十得八九焉。《詞源》所論之樂色管色，即今笛色之六、五、上、四、合、一、凡也。管色應指字譜，七調之外，若勾、尖一、小大、上小、大凡、大住、小住、掣折、大凡、打，乃吹頭管者換調之指法也。宮調應指譜者，七宮指法起字及〔即〕指法十二調之起字也。論“拍眼”云，以指尖應節候拍，即今之三眼一板也。花十六前衮、中衮、打前拍、打後拍者，乃今之起板、收板、正板、贈板之類也。樂色拍眼，雖樂工之事，然填詞家亦當究心，若捨此不論，豈能合律哉。細繹是書，律之最嚴者結聲字，如商調結聲是凡字，若用六字，則犯越調。學者以此類推，可免走腔落調之病矣。蓋聲律之學，在南宋時知者已鮮。故仇山村曰，腐儒村叟，酒邊豪興，引紙揮筆，動以東坡、稼軒、龍洲自況。極其至，四字〔沁園春〕，五字〔水調〕，七字〔鷓鴣天〕〔步蟾宮〕，拊几擊缶，同聲附和，如梵唄，如步虛，不知宮調爲何物。令老伶俊倡，面稱好而背竊笑，是豈足與言詞哉。近日大江南北，盲詞啞曲，塞破世界，人人以姜張自命者，幸無老伶俊倡竊笑之耳。竹西詞客江藩跋。

叔夏乃循王之裔。《宋史·循王傳》，子五人，琦、厚、顏、正、仁，其後不可考。淳熙間最著者爲張鎡功甫。史浩《廣壽慧雲寺記》，稱鎡爲循王曾孫。石刻碑文後，有鎡孫樫跋，蓋以五行相生爲世次之名者。始于功甫。功甫之子，賞心樂事，稱爲小庵主人，而佚其名。功甫之名從金，金生水，水生木，小庵主人之子所以名樫也。《詞源》下卷云，先人曉暢音律，有《寄閑集》，旁綴音譜，刊行于世。曾賦〔瑞鶴仙〕一詞“捲簾人睡起”云云，此詞乃張樞所作。樞字斗南，號雲窗，一號寄閑老人。樞與樫名皆從木，是爲弟兄行。木生火，故玉田生名炎也。以張氏世系計之，叔夏乃循王之六世孫。袁清容贈玉田詩，稱爲循王五世孫，誤矣。考當日清和坊賜第甚隘，功甫移居南湖，而循王之子有居南園者，有居新市者，見南湖集中，皆緣賜第近市湫隘，而徙居他所耳。斗南有〔壺中天〕一闋，自注月夕登繪幅樓，與賓房各賦一解。繪幅樓在南湖之北園，乃功甫所居，或者斗南爲功甫之孫，亦未可知也。江藩又記。

樂笑翁以故國王孫，遭時不偶，隱居落拓，遂自放于山水。于是寓意歌詞，流連光景，噫嗚婉抑，備寫其身世盛衰之感。《山中白雲詞》八卷，實能冠絕流輩，足與白石競響，可謂詞家龍象矣。別有《詞源》二卷，上卷研究聲律，探本窮微。下卷自音譜至雜論十五篇，附以《楊守齋作詞五要》，計十有六目。元明收藏家均未著録。陳眉公《秘笈》祇載半卷，誤以爲《樂府指迷》。又以陸輔之《詞旨》爲《樂府指迷》之下卷。至本朝雲間姚氏，又易名爲沈伯時，承訛襲謬，愈傳而愈失其真。此帙從元人舊鈔謄寫，誤者塗乙之，錯者刊正之，其不能臆改者，姑仍之，庶與《山中白雲》相輔而行。讀者當審字以協音，審音以定調，引伸觸類，各有會心，洵倚聲家之指南也。嘉慶庚午三月穀雨後五日，澹生居士秦恩復跋。

是書刻于嘉慶庚午，閲十餘年，而得戈子順卿所校本，勘訂訛謬，精嚴不苟。自哂前刻鹵莽，幾誤古人以誤後學。爰取戈本重付梓人，公諸同好，庶免魚魯之訛。順卿名載，吳縣名諸生。博學無所不該，兼工詞，深于律吕之學，得諸庭訓居多。名父之子，具有淵源，顧丈澗薲所志戈孝子墓銘，可以得其大略矣。道光戊子八月，詞隱老人再記。

樂府指迷箋釋

蔡楨詞學文集

序

往歲辛未，嵩雲著《詞源疏證》成，余既序而行世矣。今歲丁丑，又成《樂府指迷箋釋》。鄭重故人，一言弁首。余按此書首條即言："壬寅秋，始識静翁于澤濱。癸卯，識夢窗。"是沈氏詞學，固得諸翁、吳昆季。又云："凡作詞當以清真爲主。"又云："夢窗深得清真之妙。"是明以君特接武清真。近半塘、彊邨輩，揭櫫正鵠，歷夢窗以達清真，實胎原于沈氏。嵩雲獨持巨眼，謂宋末詞風，夢窗家法，均于是編窺見一斑，此則大獲我心。逭暑里閈，粗舉吳詞以證沈説，爲君張目可乎？沈云："要求字面，當看温飛卿、李長吉、李商隱及唐人諸家詩。"吳詞四稿皆然，無煩覼縷。即如〔瑣窗寒〕（送客咸陽）、〔塞垣春〕（漏瑟侵瓊管），昔人疑莫能明者，今知用"衰蘭送客咸陽道""丁東細漏侵瓊瑟"詩語，亦昌谷、飛卿句也。此吳詞之同于沈説者一也。沈云："煉句下字，最是緊要。如説桃不可直説桃，咏柳不可直説柳。"又云："銀鈎空滿便是書，玉箸雙垂便是泪。"今按吳詞，如〔瑞鶴仙〕"薦心瑩繭""緩躡素雲"，即知爲絲鞋。又"内家標致""玉井秋風"，即知爲道女，且貼華山。惟〔一寸金〕（點鬐掀舞），用右軍鼠鬚筆事，〔解語花〕（瓊樹三枝），用蘭昌女鬼事，微傷晦澀，顧不直説則合也。此吳詞之同于沈説者一也。沈云："詞中用事使人姓名，須委曲得不用出最好。"而以清真"庾信愁多，江淹恨極""東陵晦迹，彭澤歸來""蘭成憔悴，衛玠清羸"等語爲非。今吳詞所用人名，通常習見者，不過逋仙、何郎、小蠻、樊素、壽陽、樊姬、桃根、桃葉之類。其直書姓名者，僅甲稿〔西平樂〕"羊曇醉後花飛"，〔婆羅門引〕"曾説董雙成"，丙稿〔疏影〕"何遜揚州舊事"，〔浪淘沙〕"菊花清瘦杜秋娘"數語而已。他如〔水龍吟〕之"兒騎空追，舜瞳回盼"，〔大酺〕之"陶籬菊暗，逋家梅荒"，〔江南春〕之"羽扇綸巾，氣凌諸葛"，〔永遇樂〕之"裴郎歸後，崔娘沈恨"，〔聲聲慢〕之"傳杯吊甫，把菊招潛"，〔沁園春〕之"老蘇而後坡仙"，又《送翁賓暘》之"賈傅

才高，岳家軍壯”。凡用古賢名字，無不加以剪裁。此吳詞之同于沈説者
又一也。沈云：“壽詞最難作，切宜戒壽酒、壽香、老人星、千春百歲之
類。”今吳詞四稿，如《壽尹梅津》《壽榮王夫人》《爲郭清華内子壽》
《壽嗣榮王》《壽毛荷塘》《壽秋壑》《壽方泉》《壽方蕙嚴寺簿》《爲故人
壽母》《壽筠塘内子》《壽王虔州》《壽雲麓先生》諸作，皆刊落蕪蔓，獨
標清藻，與沈氏所言“形容當人事業才能，隱然有頌禱之意”者，更若合
符節。此吳詞之同于沈説者又一也。不特此也，沈云：“空頭字不若徑用
一静字。”而吳詞泰半用勁接，領字不多。沈云：“爲情賦曲者，尤宜宛轉
回互。”而吳詞潛氣内轉，上下映帶，有天梯石棧之巧。得《海綃説詞》
後，而其旨益顯。然則沈氏諸説，殆即本諸翁、吳昆季，習聞緒論，遂筆
諸簡策，成此二十八則歟。且時齋之名，夢窗詞凡三見：一，甲稿〔江南
好〕序云：“時齋示〔江南好〕詞”。二，〔永遇樂〕“探梅次時齋韵”。
三，丙稿〔聲聲慢〕“和沈時齋八日登高韵”。而此書首條，亦有“暇日
相與酬唱”一語，是二賢交誼，實沆瀣一氣，雖謂此書爲闡明吳詞家法，
亦無不可也。近世學夢窗者，幾半天下，往往未擷精華，先蹈晦澀。苟寢
饋于斯，變化神明，大成可待。吾故見嵩雲《箋釋》，爲之喜而不寐也。
《詞源疏證》，爲已學者正歧訛，此書《箋釋》，爲初學者端趨嚮。二書卓
立，炳耀天壤，吾敢決其必傳焉。丁丑六月吳梅叙。

題辭

天香·《樂府指迷箋釋》題辭

石凌漢弢素

　　濃麝霏華，靈犀綻萼，霜腴宛浥毫際。調暢風雲，意探星宿，一滌粉酥纖媚。幽暉扇發，渾洗出浮嵐碧翠。曲寫穿珠，好語開編，夢游天水。

　　幾研覺翁妙旨。笑樓臺、玉田空碎。想見捲簾濡墨，古香飄墜。詞苑迷津再指。料從此、知音遍人世。遠播芳馨，鷄林萬紙。

鷓鴣天

林鵾翔鐵尊

　　歌曲商量賴賞音。詞源先路有南針。文章得失憑雙眼，聲律從違辨寸心。　　言不露，味彌深。四明家法此中尋。解人特起三朝後，一卷爬梳重藝林。

杏花天影

夏敬觀映庵

　　比音唇吻詞人事。更兼重、詩心樂體。環情脉注文交綺。分得清真法髓。　　論津逮、而今有幾。識途馬、飛騰萬里。書成試把雕龍擬。應是前身慧地。

淡黄柳

仇埰述庵

商量邃密。通得詞消息。淺露深藏都格格。自把金針度出，留與聲家共相識。　夢花筆。從君狀琴色。止庵後，幾人敵。辨蘭荃、吸取新膏脉。夜夜青燈，寄心征渺，應并吳江著席。

太常引

唐圭璋

雅詞協律發吳江。猶是大晟腔。縷析入秋芒。探消息、同時夢窗。
孤檠夜永，苦心抽繹，蘊義更宣揚。學海縱茫茫。仗一筏、中流可航。

樂府指迷四庫提要

　　《樂府指迷》一卷，宋沈義父撰。義父，字伯時，履貫未詳。前有自題，稱"壬寅秋，始識靜翁于澤濱。癸卯，識夢窗。暇日相與唱酬"。案壬寅、癸卯，爲淳祐二年、三年，則理宗時人也。元人跋陸輔之《詞旨》，嘗引此書，然篇頁寥寥，不能成帙，故世無單行之本。此本附刻陳耀文《花草粹編》中，凡二十八條。其論詞以周邦彥爲宗，持論多爲中理。惟謂兩人名不可對使，如"庾信愁多，江淹恨極"之類，頗失之拘。又謂説桃須用紅雨、劉郎等字，説柳須用章臺、灞岸等字，説書須用銀鉤等字，説泪須用玉筋等字，説髮須用綠雲等字，説簟須用湘竹等字，不可直説破。其意欲避鄙俗，而不知轉成塗飾，亦非確論。至所謂去聲字最要緊，及平聲字可用入聲字替，上聲字不可用去聲字替一條，則剖析微芒，最爲精核。萬樹《詞律》實祖其説。又謂古曲譜多有異同，至一腔有兩三字多少者，或句法長短不等，蓋被教師改換，亦有嘌唱一家多添了字云云，乃知宋詞亦不盡協律，歌者不免增減。萬樹《詞律》所謂曲有襯字，詞無襯字之説，尚爲未究其變也。

樂府指迷版本考略

　　沈氏《樂府指迷》，向無單行本，附刻于陳晦伯《花草粹編》卷首。是書刊于明萬曆癸未，流傳絕少。《四庫》著録，據陸錫熊家藏本，即明刊《花草粹編》本也。《花草粹編》，清代有金氏評花仙館聚珍本，乃咸豐年間，金韵仙假瞿穎山藏本翻印。瞿藏本疑亦明刊萬曆本。金氏翻印本，僅刷百部，金田亂後，散佚殆盡。丁氏八千卷樓初得金本，旋失之。嗣得張月霄藏明刊本，即明萬曆初刊本，旋又復得金本。今二本均藏盍山書庫。其明刊本，已用袖珍本景印流傳。此外翁氏《晚翠樓叢書》，陳氏《百尺樓叢書》，王氏《四印齋所刻詞》，均有《樂府指迷》校本，其源同出《花草粹編》。余作箋釋，于沈氏原書，即依據盍山二本。其中字句，間有訛奪費解者，則參以翁、陳、王諸氏校本，略有修正。惟明刊《花草粹編》附刻，根據何本則未詳。陸輔之《詞旨》評是書云："沈伯時《樂府指迷》，多有好處，中間一兩段，亦非詞家之語。"又元人跋《詞旨》云："此本還在沈伯時《樂府指迷》之後，古雅精妙，較是輸他一着也。若新巧清麗，是册亦未可少也。"則沈氏原書，元明間必別有傳本，其源流已無從追溯矣。

沈義父小傳

沈義父，字伯時，一字時齋，震澤人。一作吳江人。嘉熙元年，以賦領鄉薦，爲南康軍白鹿洞書院山長，舉行朱子學規。致仕歸，建義塾，立明教堂講學，學者稱爲時齋先生。見翁校本跋，稱據《江南通志》及《蘇州府志》、《吳江縣志》。生平篤學好古，以程、朱爲歸。又嘗造三賢祠，以祀王先生蘋，陳先生長方，楊先生邦弼，爲鄉後學矜式。見陳校本後序，稱據邑志儒林門。著有《時齋集》《遺世頌》《樂府指迷》。其《時齋集》《遺世頌》均失傳。并見翁校本跋。遭宋亡國，隱居不仕，以遺民終。

引言

　　兩宋詞學，盛極一時，其間作者如林，而論詞之書，實不多覯。可目爲詞學專著者，王灼《碧雞漫志》，張炎《詞源》，沈義父《樂府指迷》，陸輔之《詞旨》而已。此外如《能改齋漫錄》《苕溪漁隱叢話》《浩然齋雅談》等，所載不過一鱗一爪，且亦僅品藻詞人名作，記述詞壇軼事而止，于詞之文學、音律、作法各方面，并鮮道及。《漫志》追溯調源，敷陳流派，亦未及作法。《詞旨》廣搜屬對警句，而詞説則甚簡略，且不出《詞源》範圍。于詞之各方面均有翔實記載者，莫如《詞源》一書。余昔曾作《疏證》行世。《指迷》雖衹二十八則，而論及詞之各方面，其重要與《詞源》同。且宋末詞風，夢窗家法，均得于是編窺見一斑。前人多忽視之，箋釋之作以此。

　　《指迷》論詞，立四標準，即："音律欲其協，不協則成長短之詩；下字欲其雅，不雅則近乎纏令之體；用字不可太露，露則直突而無深長之味；發意不可太高，高則狂怪而失柔婉之意。"全編皆準此立論。蓋音律關乎詞之歌唱，律協則詞可歌。發意關乎詞之結構，意高則詞可誦，惟太高亦是一病。下字用字，分別爲二：下字欲其雅，就字面之文俗言；用字不可太露，就字面之深淺言。詞之工拙，良係乎此。沈氏揭四標準以示其子姪，言得之所聞。又云始識靜翁、夢窗，相與講論作詞之法，則所聞必多二氏之説。靜翁詞流傳甚少，夢窗四稿具在，不難印證而得也。

　　《指迷》于協律，僅舉清真、伯可、耆卿、白石、梅川五人。又云："前輩好詞甚多，往往不協律腔，所以無人唱，如秦樓楚館所歌之詞，多是教坊樂工及市井做賺人所作，衹緣音律不差，故多唱之，求其下語用字，全不可讀。"又云："古典譜多被教師改換，亦有嘌唱一家，多添了字，吾輩衹當以古雅爲主。嘌唱之腔不必作，且必以清真諸家好腔爲先。"據此，則兩宋詞家雖多，其協律之作，實如鳳毛麟角。今世所傳雅詞，在當時多不能唱，可唱者，反爲當時盛行、後世不傳之俚詞。詞之音律與辭章分離，蓋自宋代已然矣。

《指迷》云："要求字面，當看溫飛卿、李長吉、李商隱及唐人諸家詩句中字面好而不俗者，采摘用之。"字面好而不俗，即下字能雅也。又云："吾輩祇當以古雅爲主。"其稱清真下字，"往往自唐宋諸賢詩句中來"，"且無一點市井氣"，以其能全雅也。其稱康、柳"句法亦多有好處，然未免有鄙俗語"，梅川"讀唐詩多，故語雅淡，間有些俗氣，蓋亦染教坊之習"。花翁"雅正中忽有一兩句市井句，可惜"，以其未能全雅也。與玉田詞欲雅而正之説，主張正同。玉田稱夢窗善于煉字面，今按夢窗詞，綿密妍煉，運用麗字，如數家珍。下字欲其雅，當爲其詞説之一。

用字不可太露，欲免此病，不得不用代字。《指迷》言："説桃，不可直説破桃，須用紅雨、劉郎等字；説柳，不可直説破柳，須用章臺、灞岸等字。"此即用代字之一例。蓋恐一經説破，便直突無深長之味也。又言銀鈎代書，玉筋代淚，綠雲代髮，湘竹代簟，正不必分曉。所謂不必分曉，即防其太露之意。又如"用事使人姓名，須委曲得不用出"，及"咏物詞最忌説出題字"諸語，亦是此意。此數則，確是夢窗家法。細繹夢窗詞，便知此説不誣。夢窗喜煉字面，即恐用字太露，然有時矯枉過正，結果往往流于晦澀。《指迷》言夢窗"用事下語太晦處，人不可曉"，則沈氏雖采其説，未嘗不心知其病矣。

作詞以發意最難，蓋離合順逆，曲折回互，關乎詞之章法者甚鉅也。《指迷》云："大抵起句便見所咏之意，不可泛入閑事，方入主意。過處多是自叙，若才高者，方可發起別意，然不可太野，走了原意。結句須要放開，含有餘不盡之意，以景結情最好。"又云："作大詞先須立間架，將事與意分定了。第一要起得好，中間祇鋪叙，過處要清新，最緊是末句，須是有一好出場，方妙。小詞祇要些新意，不可太高遠，却易得古人句。"信如所説。可見詞之結構，其工拙純視發意如何。俞仲茹云："遇事命意，意忌庸、忌陋、忌襲。庸、陋、襲三者，皆病在發意不高。然太高，又以狂怪爲病，過猶不及。"《指迷》稱清真運意有法度，花翁亦善運意，故其詞深婉，能如初寫黃庭，恰到好處。

《詞源》論詞，獨尊白石；《指迷》論詞，專主清真。張氏尊白石，以其古雅峭拔，特闢清空一境；沈氏主清真，則以其合乎上揭四標準也。由此可見宋末詞風，除稼軒外，可分二派：導源白石，而自成一體者，東澤、竹山、中仙、玉田諸家，皆其選也；導源清真，而各具面目者，梅溪、夢窗、西麓、草窗諸家，皆其選也。降及清初，浙派詞人，家白石而戶玉田，以清空騷雅爲歸，其實即宋末張氏所主張之詞派。迄清中葉，常州派興，又尊清真而薄姜、張，以深美閎約爲旨，其流風至今未替。實則清真詞派，在南宋末年，沈氏早提倡于前，特見仁見智，古今人微有不同耳。

《指迷》于詞之四聲運用，標舉三原則：一，"去聲字最緊要，參訂古知音人曲，如多數用去聲之字，亦必用去聲"；二，"平聲却用得入聲字替"；三，"上聲最不可用去聲字替"。《四庫提要》稱其"剖析毫芒，最爲精審"，信然。入可代平，與玉田"平聲可爲上、入"之説正符，然此不過宋人成例，不代亦無不可。一、三兩原則，則作詞者必須嚴守，清萬樹祖其説，遂發明名詞轉折跌宕處多用去聲字之例，而于各調皆重視其去聲字。又發明上、去之別，謂上聲舒徐和軟，其腔低，去聲激厲勁遠，其腔高。而于各調側聲字，必嚴辨其上、去。詞至明代清初，作者但分平側，自《詞律》一書出，詞人始知協律。此後講格律者，漸傾嚮于遵守四聲之塗徑，以期趨步宋賢聲文并茂之作。學者多歸功于萬氏，其實乃發端于沈氏詞説也。

沈氏是編，除首段爲總論外，餘二十八則，每則或數語，或數十語，而含義頗廣。前所徵引，皆其犖犖大者。此外如論造句，論押韵，論虛字，論句中韵，論詞腔，俱獨標新義，可資研討。第以篇幅過短，故世鮮單行本。曩附刻于《花草粹編》，著録于《四庫全書》，學者多未易寓目。近世雖有《四印齋所刻詞》本及《百尺樓叢書》本，最近雖有《詞話叢編》本，流傳仍未甚廣。且以言辭簡略，草草讀過，亦未易窺其蘊奧。予性嗜詞學，始作長短句，取則于《詞源》及是編者良多。歲辛未，既成《詞源疏證》稿，屢欲取是編逐條箋釋，以闡揚宋賢詞説，而謀初學治詞者，人人得手是編。癸酉前，已成若干條，累年病困，弃置久矣。近有從予治詞者，輒取材是編，以資講論，因足成之。箋釋之作，旨在引申其義，其間頗有借題發抒己見者。讀者倘不遺而辱教之，幸甚。

丙子季冬蔡嵩雲作于南京。

論詞四標準

余自幼好吟詩。壬寅秋，[一] 始識靜翁[二] 于澤濱。癸卯，[一] 識夢窗。[二] 暇日相與唱酬，率多填詞。因講論作詞之法，然後知詞之作難于詩。蓋音律欲其協，不協則成長短之詩；[三] 下字欲其雅，不雅則近乎纏令[四] 之體；用字不可太露，露則直突而無深長之味；[五] 發意不可太高，高則狂怪而失柔婉之意。[六] 思此，則知其所以難。子弟輩往往求其法于余，姑以得之所聞[七] 條列下方，觀于此，則思過半矣。[八]

[一]《紀元編》：宋理宗十七年辛丑，改元淳祐。壬寅、癸卯，爲淳祐二年、三年。

[二] 朱孝臧《夢窗詞集小箋》〔解語花〕"處靜"條下云："《絕妙好詞箋》：翁元龍，字時可，號處靜，句章人。"《浩然齋雅談》："時可與吳君特爲親伯仲，作詞各有所長。世多知君特，而知時可者甚少。"

按：沈義父《樂府指迷》，壬寅秋識靜翁，癸卯識夢窗，亦連舉之，靜翁疑即處靜。

又〔探春慢〕"憶兄翁石龜"條下云："按：翁逢龍，號石龜，四明人。嘉熙中，平江通判。見《宋詩紀事》。戴復古《石屏集》有《京口別石龜翁際可》詩。周公謹謂翁時可與吳君特爲親伯仲。時可名元龍，君特兄。稱石龜，殆時可昆弟行也。"

按：劉毓盤輯《處靜詞》跋云："夢窗〔解語花〕《立春風雨餞處靜》詞結拍四語，纏綿愷悌，如兄之戒其弟者。"近人夏臞禪《夢窗詞集後箋》，楊鐵夫《吳夢窗事迹考略》，均采其説，斷處靜爲夢窗弟。則疑夢窗本爲翁氏，而出爲吳後者，殆信。

[三]《苕溪漁隱叢話》："李易安《論詞》云：晏元獻、歐陽永叔、蘇子瞻學際天人，作爲小歌詞，直如酌蠡水于大海，然皆句讀不葺之詩耳，又往往不協音律。"張炎《詞源》云："辛稼軒、劉改之作豪氣詞，非雅詞也。于文章餘暇，戲弄筆墨，爲長短句之詩耳。"

[四] 耐得翁《都城紀勝》云："唱賺在京師，祇有纏令、纏達。有引子、尾聲爲纏令，引子後祇以兩腔遞互循環間用者爲纏達。"據此，則

知纏令爲當時通行之一種俚曲，其辭不雅馴，而體格亦卑，故學詞者宜以爲戒。

[五] 張炎《詞源》論"製曲"云："又恐字面粗疏，即爲修改。"彭孫通《金粟詞話》云："用古人之字，則取其鮮麗而去其淺俗。"**按**：用字大露，即犯粗疏淺俗之病。其詞直突而少含蓄，纏誦一過，便同嚼蠟。故曰少深長之味也。

[六] **按**：作詞以柔婉爲主，狂怪則非詞之本色，乃發意未能恰好所致。鄭大鶴《論詞書》云："務爲典博，則苦質實，多着才語，又近昌狂。至一切隱僻怪誕、禪縛窮苦、放浪通脱之言，皆不得着一字，類詩之有禁體。"信然。

[七] **按**：前云與靜翁、夢窗講論作詞之法，則所聞必多二氏之説。今證以夢窗詞集，頗與伯時所揭四標準相合。夢窗喜煉字面，善用代字，故其詞雅而不露。至音律之協，發意之高，尤其所長。夢窗論詞之語，集中罕見，于伯時所揭四標準，可以窺見夢窗詞法矣。

[八] 張德瀛《詞徵》云："沈伯時論作詞之法，謂：'音律欲其協，不協則成長短之詩；下字欲其雅，不雅則近乎纏令之體；用字不可太露，露則直突而無深長之味；發意不可太高，高則狂怪而失柔婉之意。'説最精審，循此以求之，其塗正矣。"

清真詞所以冠絶

凡作詞，當以清真[一]爲主。蓋清真最爲知音，[二]且無一點市井氣，下字運意，皆有法度，[三]往往自唐宋諸賢詩句中來，[四]而不用經史中生硬字面，此所以爲冠絶也。學者看詞，當以《周詞集解》[五]爲冠。[六]

[一] 周邦彥，字美成，錢塘人。元豐中，獻《汴都賦》，召爲大樂正。徽宗朝，仕至徽猷閣待制，提舉大晟府，出知順昌府，提舉洞霄宮。晚居明州，卒。自號清真居士。有《片玉詞》二卷，《補遺》一卷，見《汲古閣六十家詞》刊本及《西泠詞萃》本。又《清真詞》二卷，附《集外詞》一卷，有《四印齋所刻》本。又《詳注片玉集》十卷，有《彊邨叢書》本。又大鶴山人有《清真詞》校本。

［二］《宋史·文苑傳》："邦彥好音樂，能自度曲，製樂府長短句，詞韻清蔚，傳于世。"《詞源》云："迄于崇寧，立大晟府，命周美成諸人，討論古音，審定古調。淪落之後，少得存者。由此，八十四調之聲稍傳，而美成諸人，又復增演慢曲、引、近，或移宮換羽，爲三犯、四犯之曲，按月律爲之，其曲遂繁。"

王國維《清真先生遺事》："樓忠簡謂先生妙解音律，惟王晦叔《碧雞漫志》謂：'江南某氏者，解音律，時時度曲，周美成與有瓜葛，每得一解，即爲製詞，故周集中多新聲。'則集中新曲非盡自度，然顧曲名堂，不能自已，固非不知音者。"

［三］劉肅《片玉集序》："美成以旁搜遠紹之才，寄情長短句，縝密典麗，流風可仰。其徵詞引類，推古誇今，或借字用意，言之〔言〕皆有來歷。"

海綃翁論詞云："清真格調天成，離合順逆，自然中度。"

［四］陳振孫《書錄解題》云："美成詞多用唐人詩語，檃括入律，混然天成。長調尤善鋪叙，富艷精工，詞人之甲乙也。"

《詞源》云："美成負一代詞名，所作之詞，渾厚和雅，善于融化詩句。"又云美成詞，祇當看他渾成處，于軟媚中有氣魄，采唐詩，融化如自己者，乃其所長。

［五］**按**：《周詞集解》，必爲有注解之《清真集》，伯時既以爲冠，必爲當時第一善本，惜其佚而不傳。《直齊書錄》云："有曹杓，字季中，號一壺居士，曾注《清真詞》二卷，其書亦不傳。今存者，惟元人陳元龍注《片玉集》十卷本耳。"

［六］**按**：《指迷》論詞，首列標準四，清真最爲知音，則律協矣；無一點市井氣，則字雅矣；下字運意皆有法度，來自唐宋諸賢詩句，而不用經史生硬字面，則直突狂怪之病免，而深長之味、柔婉之意備矣。合乎四標準者，宋詞中以清真爲最，其餘或優于此而絀于彼，所以推清真獨爲冠絕也。

康柳得失

康伯可[一]、柳耆卿[二]音律甚協，[三]句法亦多有好處，然未免有鄙俗語。[四]

115

　　［一］康與之，字伯可，渡江初，以詞受知高宗，官郎中。有《順庵樂府》五卷，見《直齋書錄解題》，久失傳。近人趙萬里輯宋金元人佚詞，成《順庵樂府》一卷。《鶴林玉露》："建炎中，大駕駐維揚，伯可上《中興十策》，名聲甚著。後秦檜當國，乃附會求進，擢爲臺郎。值慈寧歸養，兩宮燕樂，伯可專應制爲歌詞，諛艷粉飾，于是聲名掃地，世但以比柳耆卿輩矣。"

　　［二］柳永，字耆卿，初名三變，崇安人。景祐元年進士，爲屯田員外郎。以樂章擅名，有《樂章集》一卷，見《六十家詞》刊本。又《樂章集》三卷續添曲子一卷，見《彊邨叢書》刊本。又有傅增湘刊本、曹元忠刊本及《石蓮庵彙刻山左人詞》本。

　　《古今詞話》云："《樂章集》中，多增至二百餘調，按宮商爲之。"又云："真州柳永少讀書時，以無名氏〔眉峰碧〕一詞題壁，後悟作詞章法。一妓嚮人道之，永曰：某于此亦頗變化多方也。然遂成屯田蹊徑。"

　　《藝苑雌黃》："柳三變喜作小詞，薄于操行。當時有薦其才者，上曰：'得非填詞柳三變乎？'曰：'然。'上曰：'且去填詞。'由是不得志。日與儇子縱游倡館酒樓間，無復檢率。自稱云'奉聖旨填詞柳三變'。"

　　［三］黃花庵云："伯可以文詞待詔金馬門，凡中興粉飾治具，及慈寧歸養，兩宮歡集，必假伯可之歌咏，故應制之詞爲多。"

　　陳質齋云："柳詞格不高，而音律諧婉，詞意妥貼。"

　　李易安云："屯田變舊聲作新聲，雖協音律，而詞語塵下。"

　　葉少蘊云："柳耆卿爲舉子時，多游狹邪，善爲歌辭，教坊樂工每得新腔，必求永爲辭，始行于世，于是聲傳一時。余仕丹徒，嘗見一西夏歸朝官云：'凡有井水處，即能歌柳詞。'"

　　［四］《直齋書錄解題》云："世所傳康伯可詞鄙褻之甚，此集頗多佳語，陶定安世爲之序，王性之、蘇養直皆稱之。"

　　《後山詩話》云："柳三變游東都南北二巷，作新樂府，骫骳從俗，天下咏之。"

　　黃花庵云："耆卿長于纖艷之詞，然多近俚俗。"

　　孫敦立云："耆卿詞雖極工，然多雜以鄙語。"

　　王晦叔云："《樂章集》世多愛其賅洽，序事閑暇，有首有尾，亦間出佳語，又能擇聲律諧美者用之。惟是淺近卑俗，自成一體，不知書者尤好之。予嘗以比都下富兒，雖脱村野氣，而聲態可憎。"

張炎《詞源》云："詞欲雅而正，志之所之，一爲情所役，則失其雅正之音。耆卿、伯可不必論，雖美成亦有所不免。"又云："康柳詞，亦自批風抹月中來，風月二字，在我發揮，二公則爲風月所使耳。"

按：此所謂鄙俗語，可分二類：一，市井流行語，所淺近卑俗者是；一，教坊習用語，所謂批風抹月者是。南宋人論詞，以雅正爲歸，宜乎在屏弃之列。宋詞羼入此類語句者，不止康柳二人，即六一、淮海、山谷諸家，亦在所不免，特康柳大爲當世訾謷耳。今細繹二家詞，所謂鄙俗語，柳尤甚于康，"有井水處都歌柳詞"①"不知書者尤好之"，當時流播之廣，未始不由于此。伯時、叔夏皆康柳并提，若論詞學上所占地位，康實不及柳遠甚。伯可南渡後，雖以詞鳴，然多應制之作，類不出乎諛艷粉飾，影響于當時作風者甚少。耆卿則專詣名家，其詞雖有未能免俗者，然不着筆墨處，往往似古樂府，尤工于羈旅行役。鎔情入景，言近旨遠，森秀幽淡之趣在骨，前人多已論之。且于章法變化多方，慢曲尤善鋪叙，曲折委婉，而中具渾淪之氣。其大開大闔之筆，實下開清真、夢窗不少門徑。即以知音論，耆卿能變舊聲作新聲，《樂章集》創調之多，前後殆無其匹。慢詞至耆卿而始盛，影響于詞學者甚巨。安得以引用鄙俗語，并其長處亦抹煞之。惟耆卿實不易學，善學之，可通其妙；不善學之，適得其病。清真學耆卿，脱胎換骨，遺貌取神，遂自成一體，真善學者也。夢窗深得清真之妙，由清真以窺耆卿，又一變其面目，而自成一體，亦善學者也。其不善學者，學其面，取其皮，未有不流于側艷一派者。王晦叔云："沈公述，李景元，孔方平、處度叔侄，晁次膺，万俟雅言皆有佳句，就中雅言又絶出。然六人者，源流從柳氏來，病于無韵，他可知矣。"

姜詞得失

姜白石[一]清勁[二]知音，[三]亦未免有生硬處。[四]

[一] 姜夔，字堯章，鄱陽人。蕭東父識之于年少客游，妻以兄子。

---

① 應爲"凡有井水處，即能歌柳詞"。

因寓居吳興之武康，與白石洞天爲鄰，自號白石道人。有《白石詞》一卷，見《六十家詞》刊木。又四卷本，有《四庫全書》本、乾隆寫本、陸鍾輝本、張弈樞本、江春本、姜忠肅祠堂本、揚州《知不足齋》本、倪芸劬本、倪鴻本、《榆園叢書》本、《四印齋》本。六卷本，有《彊邨叢書》本、沈遜齋本、鄭文焯校本。

〔二〕張炎《詞源》：“白石詞如〔疏影〕〔暗香〕〔揚州慢〕〔一萼紅〕〔琵琶仙〕〔探春〕〔八歸〕〔澹黃柳〕等曲，不惟清空，又且騷雅，讀之使人神觀飛越。”

《宋四家詞選序論》：“白石脫胎稼軒，變雄健爲清剛，變馳驟爲疏蕩。”

孫月坡《詞徑》：“白石多清超之句，宜學之。”

按：清空言詞之境界，清超言詞之句法，清勁、清剛俱言詞之氣骨。白石詞，一洗側艷軟媚之容、豪邁粗疏之習，而字字騷雅，絕無浮烟浪墨繞其筆端，詞清如許，前所未有，允爲開派名家，出周、柳、蘇、辛範圍，另樹一幟。玉田稱其“如野雲孤飛，去留無迹”，私淑至矣。

〔三〕《吳興掌故集》：“姜堯章長于音律，嘗著《大樂議》，欲正廟樂。慶元三年，詔赴奉常有司收掌，令太常寺與議大樂。時嫉其能，是以不獲盡其議，人大惜之。”

《直齋書錄解題》：“夔頗解音律，進《樂書》，免解，不第而卒，詞亦工。”

升庵《詞品》：“姜白石詞尤精妙，善吹簫，多自製曲。初則率意爲長短句，既成，乃按以律呂，無不協者。”

《玉几山房聽雨錄》：“南宋詞人，浙東西特甚，而審音之精，要以白石爲極詣。”

按：白石詞中多自度曲，其〔徵招〕小序論徵調曲，〔凄涼犯〕小序論犯聲，〔湘月〕小序論禹指聲，語甚精到。又〔醉吟商小品〕譯自〔醉吟商胡渭州〕琵琶譜，及《九歌》注律呂于字旁，〔琴曲〕注指法于字旁，自製曲悉注旁譜，均足爲知音之鐵證。

〔四〕按：詞之句法，以熟煉柔婉爲貴，生硬適得其反。張玉田云：“詞中一個生硬字用不得，須是深加鍛煉，字字敲打得響，歌誦妥溜，方爲本色語。”主張與沈氏正同。欲避生硬之病，則運用經史，宜勿取生硬字面。清真詞所以冠絕，此其一也。作詞本可運用經史，所貴者，鎔鑄而爲之，脱化而出之，方能渾然天成，融化如自己者，若囫圇用之，鮮不流于生硬一路。宋詞喜用生硬字面者，莫如辛派詞家。稼軒詞雄視一代，尤喜引用《論》、《孟》、《莊》、《騷》、《左》、《史》及《文選》、唐詩中成語，其佳者固無有斧鑿痕，彌見筆力之峭，而流于生硬一路者，亦在所不免。集中如“我無可無不可，意先生出處有如丘”，〔木蘭花慢〕後段。“對鄭子真岩石卧，赴陶元亮菊花期”，〔浣溪沙〕後段。“甚矣吾衰矣，知我者二三子”，〔賀新郎〕起結。“雄深雅健，如對文章太史公”〔沁園春〕後段。之類，幾乎數見不鮮。〔哨遍〕〔蘭陵王〕諸闋，全章更多此類句法。譽之者或謂其硬語盤空，未嘗不可自成一格，譏之者則謂其喜掉書袋，未能鎔鑄脱化，終非詞中正軌。白石亦偶受稼軒影響，集中如〔永遇樂〕《次韵辛克清先生》，〔永遇樂〕《北固樓次稼軒韵》，又〔漢宮春〕《次韵稼軒諸闋》，其氣味吐屬，皆若與稼軒秘響相通。此外如“諸公衮衮”〔永遇樂〕，“然則非歟”〔漢宮春〕等類句法，集中究不多見，蓋有意擬稼軒而偶一爲之耳。許嵩蘆曰：“詞中之有白石，猶文中之有昌黎也。世固有以昌黎爲穿鑿生割者，則以白石爲生硬也亦宜。”此則誤解《指迷》之意，《指迷》非謂白石詞全是生硬一路，特謂其生硬處同未能免耳。

夢窗得失

　　夢窗[一]深得清真之妙，[二]其失在用事下語太晦處，人不可曉。[三]

　　[一]吳文英，字君特，號夢窗，晚年又號覺翁，四明人。從吳履齋諸公游，有《夢窗甲乙丙丁稿》，見《六十家詞》刊本，又有曼陀羅華閣刊本、《彊邨叢書》本、《四明叢書》本、趙尊嶽刊王半塘校本、楊鐵夫全集箋釋本。

　　[二]尹煥曰：“求詞于吾宋，前有清真，後有夢窗。此非煥之言，天下之公言也。”

　　《四庫提要》云：“天分不及周邦彦，而研煉之功過之，詞家之有吳文英，如詩家之有李商隱。”

　　周濟曰：“夢窗立意高，取境遠，皆非餘子所及。惟過嗜餖飣，以此被議。若其虛實并到之作，雖清真不過也。"

周之琦曰："夢窗格律之細，方駕清真。"

陳銳曰："夢窗變美成之面貌，而煉響于實。"

《海綃翁説詞》云："學詞者由夢窗以窺美成，猶學詩者由義山以窺少陵，皆塗轍之至正者。"又云："清真格調天成，離合順逆，自然中度。夢窗神力獨運，飛沈起伏，實處皆空。夢窗可謂大，清真則幾于化矣。由大以幾化，故當由吳以希周。"

[三]《詞源》云："詞要清空，不要質實。清空則古雅峭拔，質實則凝澀晦昧。姜白石如野雲孤飛，去留無迹。吳夢窗如七寶樓臺，拆碎下來，不成片段。"

《介存齋論詞雜著》云："夢窗非無生澀處，總勝空滑。"

戈載曰："夢窗詞，貌視之，雕繢滿眼，而實有靈氣行乎其間。細心吟繹，味美于回，引人入勝，既不病其晦澀，亦不見其堆垛。"

孫麟趾曰："夢窗足醫滑易之病，不善學之，便流于晦。"

《海綃翁説詞》云："詞筆莫妙于留，蓋能留，則不盡而有餘味。離合順逆，皆可隨意指揮，而沈深渾厚，皆由此得。以澀求夢窗，不如以留求夢窗。見爲澀者，以用事下語處求之；見爲留者，以命意運筆中得之也。以澀求夢窗，即免于晦，亦不過極意研煉，麗密止矣。是學夢窗，適得草窗。以留求夢窗，則窮高極深，一步一境。沈伯時謂夢窗深得清真之妙，蓋于此得之。"

按：前言下字用字之法，可見宋人作詞，惟恐其近乎纏令，故下字以免俗爲先，惟恐其味不深長，故用字以婉曲爲尚。夢窗喜用代字，善煉字面，故無不雅之病，亦無太露之嫌。然有時研煉過深，令人莫測其旨，故《指迷》以爲太晦。若其佳構，固深得清真之妙，而合乎前揭四標準者。玉田以"凝澀晦昧"評夢窗，至有"七寶樓臺"之喻，後人惑于其説，以爲夢窗全集莫不如是，未免大誤。夫夢窗詞用事下語，誠有深入而未能顯出者，然《四稿》中不無晦澀之作，細繹之亦實在不少。以其含思高遠，琢語幽邃，讀者不易得其端倪，遂概以晦澀目之，豈得爲持平之論。昔人論詞，每好執人集中一二首以概其餘，宗派不同，尤易陷于此等偏見，不獨評夢窗者爲然也。

梅川得失

施梅川[一] 音律有源流，故其聲無舛誤。[二] 讀唐詩多，故語雅澹。[三] 間有些俗氣，蓋亦漸染教坊之習故也。亦有起句不緊切處。

[一]《絕妙好詞箋》：“施嶽，字仲山，號梅川。”《武林舊事》云：“施梅川，吳人，精于律呂。其卒也，楊守齋爲樹梅作亭，薛梯飆爲志其墓，李篔房書，周草窗題蓋，葬于西湖虎頭岩下。”《絕妙好詞》存梅川詞五首及〔清平樂〕半闋，原本〔清平樂〕後注云：“此下缺六首。”

[二]《詞源》云：“近代楊守齋精于琴，故深知音律，有《圈法周美成詞》。與之游者，周草窗、施梅川、徐雪江、奚秋崖、李商老。每一聚首，必分題賦曲。”

[三]《銅鼓書堂詞話》云：“詞不同乎詩而後佳，然詞不離乎詩方能雅。昔沈義甫評施梅川詞云：‘梅川音律有源流，故其聲無舛誤。讀唐詞多，故語雅淡。’義甫斯言，深得樂府之三昧者。嘗憶梅川有登吳山〔水龍吟〕云：‘翠鰲涌出滄溟影。’又云：‘樓臺對起，闌干重凭，山川自古。’又云：‘看天低四遠，江空萬里，登臨處，分吳楚。’又云：‘兩岸花飛絮舞，度春風、滿城簫鼓，英雄暗老。早潮晚汐，歸帆過櫓。淮水東流，塞雲北渡，夕陽西去。’其聲韵辭華，大雅不群，脫盡綺膩纖穠之態。”

花翁得失

孫花翁[一] 有好詞，[二] 亦善運意，但雅正中忽有一兩句市井句，可惜。[三]

[一]《絕妙好詞箋》：“孫惟信，字季蕃，號花翁，開封人。在江湖頗有標致，多見前輩，多聞舊事，善雅談，長短句尤工。嘗有官，弃去不仕。有《花翁集》一卷，已佚。”《絕妙好詞》存花翁詞五首，趙輯《宋金元人詞》存十一首。

劉後村《孫花翁墓志》：“季蕃，貫開封，曾祖昇，祖可，父頗，武爵。季蕃少受祖澤，調監常不樂，弃去。始婚于婆，後去婆，游留蘇杭最久。一榻之外無長物，躬爨而食，書無乞米之帖，文無逐貧之賦，終其身如此。名重江浙公卿間，花翁至，争倒屣，所談非山水風月，一不挂口，長身緼袍，意度蕭曠，見者疑爲俠客异人。其倚聲度曲，公瑾之妙，散髮横笛，野王之逸，奮袖起舞，越石之壯也。”

[二]《銅鼓書堂詞話》云：“花翁〔夜合花〕《閨情》云：‘風葉敲窗，夜蛩吟甃，謝娘庭院秋宵。’又云：‘斷魂留夢，烟迷楚驛，月冷藍橋。’又云：‘羅衫暗摺，蘭痕粉迹都消。’又云：‘幾時重憑，玉驄過處，小袖輕招。’又〔燭影揺紅〕《咏牡丹》云：‘對花臨景，爲景牽情，因花感舊。’又云：‘絮飛春盡，天遠書沈，日長人瘦。’又〔南鄉子〕《感舊》云：‘霜冷闌干天似水，揚州，薄幸聲名總是愁。’又云：‘一夢覺來三十載，風流，空對梅花白了頭。’詞之情味纏綿，筆力幽秀，讀之令人涵泳不盡。”

[三]《柳塘詞話》云：“孫花翁〔晝錦堂〕一闋，如‘柳裁雲剪腰肢小，風盤鴉聳髻鬟偏’①，與‘杏梢空鬭相思眼，燕翎難繫斷腸箋’，周摯纖艷，已爲極則。但卒章云：‘銀屏下，争信有人，真個病也天天。’情至之語，又開一種俳調也，奈何。”

起句

大抵起句[一]便見所咏之意，不可泛入閑事，方入主意。[二]咏物尤不可泛。

[一]《詞源》云：“作慢詞看是甚題目，先擇曲名，然後命意。命意既了，思量頭如何起，尾如何結，方始選韵，然後述曲。”

陸輔之《詞旨》云：“對句好可得，起句好難得，收拾全藉出場。”

沈雄《柳塘詞話》云：“起句言景者多，言情者少，叙事者更少。大約質實則苦生澀，清空則流寬易。换頭起句更難，又斷斷不可犯。此所以

---

　　① 原文爲“柳裁雲剪腰支小，鳳盤鴉聳髻鬟偏”。

從頭起句，須照管全章及下文，换頭起句，須聯合上文及下段也。”

馮煦《宋六十一家詞選例言》云：“平齋工于發端，其〔沁園春〕凡四首，一曰：‘詩不云乎，蒹葭蒼蒼，白露爲霜。’二曰：‘歸去來兮，杜宇聲聲，道不如歸。’三曰：‘飲馬咸池，攬轡昆侖，横鶩九州。’四曰：‘秋氣悲哉，薄寒中人，皇皇何之。’皆有振衣千仞氣象，惜其下并不稱。”

沈祥龍《論詞隨筆》云：“詩重發端，惟詞亦然，長調尤重。有單起之調，貴突兀籠罩，如東坡‘大江東去’；有對起之調，貴從容整煉，如少游‘山抹微雲，天黏〔連〕衰草’是。”

［二］劉熙載《詞概》云：“起句非漸引，即頓入，其妙在筆未到而氣已吞。”

況周頤《蕙風詞話》云：“近人作詞，起處多用景語虚引，往往第二韵方約略到題，此非法也。起處不宜泛寫景，宜實不宜虚，便當籠罩全闋，它題便挪移不得。唐李程作《日五色賦》，首云：‘德勛天鑒，祥開日華。’雖篇幅較長于詞，亦以二句櫽括之，尤有弁冕端凝氣象，此旨可通于詞矣。”

按：發端即是起句。所謂頓入，所謂貴突兀籠罩，所謂宜實不宜虚，皆是一起便見所咏之意，方能籠罩全闋，它題挪移不得。前則言梅川起句有不緊切處，殆即泛入閑事，方入主意，故嫌空泛。梅川詞流傳甚少，惜無從證明耳。

過處

過處[一]多是自叙，若才高者，方能發起别意，[二]然不可太野，走了原意。[三]

［一］《柳塘詞話》云：“樂府所製，有用叠者，今按詞，則云换頭，或云過變，猶夫曲之爲過宫也。宋詞三换者，美成之〔西河〕〔瑞龍吟〕，耆卿之〔十二時〕〔戚氏〕，稼軒之〔六州歌頭〕〔醜奴兒近〕，伯可之〔寶鼎現〕也。四换頭者，夢窗之〔鶯啼序〕也。”

［二］《七頌堂詞繹》云：“古人多于過變處言情，然其意已全于上

段，若另作頭緒，不成章矣。"

《宋四家詞選序論》云："吞吐之妙，全在換頭煞尾。古人名換爲過變，或藕斷絲連，或异軍突起，皆須令讀者耳目振動，方成佳製。"

《蕙風詞話》云："曲有煞尾，有度尾。煞尾如戰馬收繮，度尾如水窮雲起。煞尾猶詞之歇拍也。度尾猶詞之過拍也，如水窮雲起，帶起下意也。填詞則不然，過拍衹須結束上段，筆宜沈着，換頭另意另起，筆宜挺勁。稍涉曲法，即嫌傷格。此詞與曲之不同也。"

[三]《詞源》云："最是過片不要斷了曲意，須要承上接下，如姜白石詞云：'曲曲屏山，夜凉獨自甚情緒。'于過片則云：'西窗又吹暗雨。'此則曲之意脉不斷矣。"

《詞旨》云："製詞須布置停勻，血脉貫穿，過片不可斷意，如常山之蛇，救首救尾。"

《詞繹》云："中調長調轉換處，不欲全脱，不欲明黏，如畫家開閤之法，須一氣而成，則神味自足，以有意求之不得也。"

沈祥龍《論詞隨筆》云："詞換頭處謂之過變，須詞意斷而仍續，合而仍分，前虛而後實，前實而後虛，過變乃虛實轉挨處。"

結句

結句[一]須要放開，含有餘不盡之意，[二]以景結情最好。如清真之"斷腸院落，一簾風絮"，[三]又"掩重關、遍城鐘鼓"[四]之類是也。或以情結尾，亦好。往往輕而露，如清真之"天便教人，霎時厮見何妨"，[五]又云"夢魂凝想鴛侶"[六]之類，便無意思，亦是詞家病，却不可學也。[七]

[一]沈東江曰："填詞結句，或以動蕩見奇，或以迷離稱勝。著一實語，敗矣。康伯可'正是銷魂時候也，撩亂花飛'，晏叔原'紫騮認得舊游踪，嘶過畫橋東畔路'，秦少游'放花無語對斜暉，此恨誰知'，深得此法。"

沈雄曰："結句如〔水龍吟〕之'作霜天曉，繫斜陽纜'，亦是一法，如〔憶少年〕之'況桃花顏色'，〔好事近〕之'放珍珠簾隔'。緊要處，前結如奔馬收繮，須勒得住，又似住而未住，後結如泉流歸海，要收得盡，又似盡而未盡者。”

劉體仁曰：“詞起結最難，而結尤難于起，蓋不欲轉入別調也。‘呼翠袖，爲君舞’，‘倩何人喚取，紅巾翠袖，搵英雄淚’，正是一法。然又須結得有‘不愁明月盡，自有夜珠來’之妙，方得。”

〔二〕《詞源》云：“詞之難于令曲，如詩之難于絕句。不過十數句，一句一字閑不得。末句最當留意，有有餘不盡之意始佳。”

《詞曲概》云：“收句非繞回，即宕開，其妙在言雖止而意無盡。”

《論詞隨筆》云：“詞起結最難，而結尤難于起。結有數法，或拍合，或宕開，或醒明本旨，或轉出別意，或就眼前指點，或于題外借形，不外《白石詩說》所云‘辭意俱盡，辭盡意不盡，意盡辭不盡’三者而已。”

〔三〕〔瑞龍吟〕後結。

〔四〕〔掃地游〕後結。

〔五〕〔風流子〕後結。

〔六〕〔尉遲杯〕《離恨》後結。

〔七〕《蕙風詞話》云：“元人沈伯時作《樂府指迷》，于清真詞推許甚至。唯以‘天便教人，霎時廝見何妨’，‘夢魂凝想鴛侶’等句爲不可學，則非真能知詞者也。清真又有句云：‘多少暗愁密意，惟有天知。’‘最苦夢魂，今宵不到伊行。’‘拌今生對花對酒，爲伊泪落。’此等語，愈樸愈厚，愈厚愈雅。至真之情，由性靈肺腑中流出，不妨説盡而愈無盡。誠如清真等句，惟有學之不能到耳。如曰不可學也，詎必顰眉搔首作態幾許而後出之，乃爲可學耶？”

咏物用事

如咏物，[一] 須時時提調，覺不分曉。須用一兩件事印證，方可。[二] 如清真咏梨花〔水龍吟〕，第三第四句，須用“樊川”[三]“靈關”[四] 事，又“深閉門”[五] 及“一枝帶雨”[六] 事，覺後段太寬，又用“玉容”[七] 事，方表得梨花。若全篇祇説花之白，則是凡白花皆可用，如何見得是梨花。

〔一〕《賭棋山莊詞話》云：“咏物詞雖不作可也。別有寄托，如東坡之咏雁，獨寫哀怨；如白石之蟋蟀，斯最善矣。至如史邦卿之咏燕，劉龍洲之咏指足，縱工摹繪，已落言詮。今日則雖欲爲劉、史奴隸，恐二公亦不屑也。彼演膚辭，徵僻典，誇富矜多，味同嚼蠟。夫咏物之詩，古來汗牛充棟，然佳者亦甚寥寥，況詞之體，又微與詩異乎。"

《芬陀利室詞話》云："詞原于詩。即小小咏物，亦貴得風人比興之旨。唐五代北宋人詞，不甚咏物，南渡諸公有之，皆有寄托。"

沈祥龍曰："咏物之作，在借物以寓性情。凡身世之感，君國之憂，隱然蘊于其內，斯寄托遙深，非沾沾焉咏一物矣。如王碧山咏新月之〔眉嫵〕，咏梅之〔高陽臺〕，咏榴之〔慶清朝〕，皆別有所指，故其詞鬱伊善感。"

況周頤曰："問咏物如何始佳？答：未易言佳。先勿涉呆，一呆典故，二呆寄托，三呆刻畫，呆襯托。去斯三者，能成詞不易，矧復能佳，是真佳矣。題中之精蘊佳，題外之遠致尤佳，自性靈中出佳，自追琢中來亦佳。"

〔二〕張炎曰："詩難于咏物，詞爲尤難。體認稍真，則拘而不暢；模寫差遠，則晦而不明。要須收縱聯密，用事合題，一段意思，全在結句，斯爲絕妙。如史邦卿〔東風第一枝〕咏春雪，〔綺羅香〕咏春雨，〔雙雙燕〕咏燕，白石〔暗香〕〔疏影〕咏梅，〔齊天樂〕賦促織，此皆全章精粹，所咏瞭然在目，且不留滯于物。"

《遠志齋詞衷》云："咏物固不可不似，尤忌刻意太似。取形不如取神，用事不若用意。宋詞至白石、梅溪，始得個中妙諦。"

《金粟詞話》云："咏物詞極不易工。要須字字刻畫，字字天然，方爲上乘。即間一使事，亦必脫化無迹，乃妙。"

《宋四家詞選序論》云："咏物最爭托意。隸事處，以意貫串，渾化無痕，碧山勝場也。"

〔三〕辛氏《三秦記》云："漢武帝園，一名樊川，有梨。"

〔四〕謝脁《梨啓》云："味出靈關之陰。"注曰：靈關，山名。

〔五〕秦觀〔鷓鴣天〕詞結句："雨打梨花深閉門。"又李甲〔憶王孫〕結句同。

〔六〕白樂天詩："玉容寂寞淚闌干，梨花一枝春帶雨。"

字面

要求字面，[一] 當看温飛卿、李長吉、李商隱及唐人諸家詩句中字面好而不俗者，采摘用之。[二] 即如《花間集》小詞，亦多好句。[三]

［一］劉熙載《藝概》云：“煉字，數字爲煉，一字亦爲煉。句則合句首、句中、句尾以見意，多者三四層，少亦不下兩層。詞家或遂謂字易而句難，不知煉句固取相足相形，煉字亦須遙管遙應也。”

蔣兆蘭《詞說》云：“煉字，字生而煉之使熟，字俗而煉之使雅，中無一支辭長語，第覺處處清新。情生文，文生情，斯詞之能事畢矣。”

沈氏《論詞隨筆》云：“詞之用字，務在精擇，腐者、啞者、笨者、弱者，粗俗者，生硬者，詞中所未經見者，皆不可用。”又云：“煉字貴堅凝，又貴妥溜，句中有煉一字者，如‘雁風吹裂雲痕’是，有煉兩三字者，如‘看足柳昏花暝’是，皆極煉如不煉也。”

《蕙風詞話》云：“詞中對偶實字，不求甚工。草木可對禽蟲也，服用可對飲饌也。實勿對虛，生勿對熟，平舉字勿對側串字。深淺、濃淡、大小、輕重之間，務要伴色揣稱。昔賢未有不如是精整者也。”

［二］張炎曰：“句法中有字面，蓋詞中一個生硬字用不得，須是深加鍛煉，字字敲打得響，歌誦妥溜，方爲本色語。如賀方回、吳夢窗，皆善于煉字面，多于温庭筠、李長吉詩中來。字面亦詞中之起眼處，不可不留意也。”

鄭文焯曰：“玉田謂取字當從温、李詩中來，今觀美成、白石諸家，嘉藻紛縟，靡不取材于飛卿、玉溪，而于長爪郎奇雋語，尤多裁制。常究心于此，覺玉田言不我欺。因暇熟讀長吉詩，刺取其文字之驚采絕艷者，一一彙錄，擇之務精，或爲妃儷，頓獲巧對。温八叉本工倚聲，其詩中典要，與玉溪獺祭稍別，亦自可綷以藻咏，助我詞華。必不可自造纖靡之詞，自落輕俗之習，務使運用無一字無來歷，熟讀諸家名製，思過半矣。”

江順詒曰：“詞中煉字，義山、飛卿，稍爲近之，昌谷則微嫌滯重矣。”

［三］張炎曰：“令曲當以唐《花間集》中韋莊、温飛卿爲則。”

王世貞曰："花間以小語致巧，世説靡也。"

《倚聲集》云："花間之綺琢處，于詩爲靡，于詞如古錦，暗然异色。"

《花草蒙拾》云："花間字法，最著意設色，异紋細艶，非後人纂組所及。如'泪沾紅袖黦'，'猶結同心苣'，'豆蔻花間趂晚日'，'畫梁塵黦'，'洞庭波浪颭晴天'。山谷所謂古蕃錦者，其殆是耶。"又云："或問花間之妙？曰：'蹙金結綉而無痕迹。'"

《蕙風詞話》云："花間至不易學，其蔽也，襲其貌似，其中空空如也，所謂麒麟楦也。或取前人句中意境而紆折變化之，而雕琢勾勒等弊出焉。以尖爲新，以纖爲艶，詞之風格日靡，真意盡漓，反不如清初名家本色語，或猶近于沈著濃厚也。"

語句須用代字

煉句下語，最是緊要。[一] 如説桃，不可直説破桃，須用紅雨、劉郎等字；説柳，不可直説破柳，須用章臺、灞岸等字。又用事，如曰"銀鈎空滿"，便是書字了了，不必更説書字，"玉箸雙垂"，便是泪了，不必更説泪，如"綠雲繚繞"，隱然髻髮，"困便湘竹"，分明是簟，正不必分曉。如教初學小兒，説破這是甚物事，方見妙處。往往淺學俗流，多不曉此妙用。指爲不分曉，乃欲直捷説破，却是賺人與耍曲矣。[二] 如説情，不可太露。[三]

[一] 張炎曰："詞中句法，要平妥精粹。一曲之中，安能句句高妙，祇要拍搭襯副得去，于好發揮筆力處，極要用功，不可輕易放過，讀之使人擊節可也。"又曰："詞之語句，太寬則容易，太工則苦澀。如起頭八字相對，中間八字相對，却須用功着一字眼，如詩眼亦同。若八字既工，下句便合稍寬，庶不窒塞。約莫寬易，又着一句工緻者，便覺精粹。此詞中之關鍵也。"

劉體仁曰："文字總要生動，鏤金錯采，所以爲笨伯也。詞尤不可參一死句。"又曰："惟片言而居要，乃一篇之警策，有警句則全首俱動。"

孫麟趾曰："識見低則出句不超，超者，出乎尋常意計之外。白石多清超之句，宜學之。"又曰："用意須出人意外，出句如在人口頭，便是佳作。"

張砥中曰："一調中通首皆拗者，遇順句必須精警，通首皆順者，遇拗句必須純熟。"

蔣兆蘭《詞說》云："四言偶句，必加錘煉，勿落平庸。散句尤宜斟酌，警策處多由此出。試觀陸輔之《詞旨》所摘警句，皆散句也。偶句雖工，終是平板，散句之妙，直有不可思議者。此其所以尤宜注意也。"

按：詞積字成句，則字法與句法有關，積句成章，則句法與章法有關。《指迷》此則，論煉句下語，僅及造句時用代字之法，爰彙錄諸家論句法之語，及發揮句法與章法之關係者于此，以供參證。

[二]《四庫提要》："沈氏《樂府指迷》條下云：其論詞又謂說桃須用紅雨、劉郎等字，說柳須用章臺、灞岸等字，說書須用銀鈎等字，說淚須用玉箸等字，說髮須用綠雲等字，說簟須用湘竹等字，不可直說破，其意欲避鄙俗，而不知轉成塗飾，亦非確論。"

王國維《人間詞話》云："詞忌用替代字。美成〔解語花〕之'桂華流瓦'，境界極妙，惜以'桂華'二字代月耳。夢窗以下則用代字更多，其所以然者，非意不足則語不妙也。蓋意足則不暇代，語妙則不必代，此少游之'小樓連苑''綉轂雕鞍'所以爲東坡所譏也。沈伯時《樂府指迷》云：'說桃不可直說破桃，須用紅雨、劉郎等字，說柳不可直說破柳，須用章臺、灞岸等字。'若惟恐人不用代字者。果以是爲工，則古今類書具在，又安用詞爲耶？宜其爲《提要》所譏也。"

按：前云用字不可太露，露則直突而無深長之味，此則即是此意。蓋夢窗詞說如此，煉句下語，以婉曲蘊藉爲貴，作慢曲更須留意及此。說某物，有時直說破便了無餘味，倘用一二典故印證，反覺別增境界。但斟酌題情，揣摩辭氣，亦有時以直說破爲顯豁者。謂詞必須用替代字，固失之拘，謂詞必不可用替代字，亦未免失之迂矣。美成〔解語花〕"桂華流瓦"句，單看似欠分曉，然合下句"纖雲散、耿耿素娥欲下"觀之，則寫元夜明月，而兼用雙關之筆，何等精妙，雖用替代字，不害其爲佳。《人間詞話》稱其造境，而惜其以"桂華"二字代月，語殊未然。王氏詞話，論小令，極多精到語，論慢詞則未爲知味，作者固不工慢詞也。至于說某物，既用事暗點，不必更明說，或已暗點，又用明說，叠床架屋，成何章法？而市井賺人耍曲，其詞往往如此。彼祇知説破爲妙，而不曉不説破之妙。當時淺學俗流，亦同此見解，故《指迷》譏之，讀者勿以辭害意可也。

[三]《詞源》云：“簸弄風月，陶寫性情，詞婉于詩。蓋聲出鶯吭燕舌間，稍近乎情可也。若鄰乎鄭衛，與纏令何异焉。如陸雪溪〔瑞鶴仙〕，辛稼軒〔祝英臺近〕，皆景中帶情，而存騷雅，故其燕酣之樂，別離之悲，回文題葉之思，峴首西州之泪，一寓于詞。若能屏去浮艷，樂而不淫，是亦漢魏樂府之遺意。”

《蓮子居詞話》云：“言情之詞，以雅爲宗。語艷則意尚巧，意褻則語貴曲。顧敻〔訴衷情〕云云，張泌〔江城子〕云云，真是傖父脣舌，都乏佳致。”又云：“言情之詞必藉景色映托，乃具深婉流美之致。白石‘問後約，空指薔薇，如此溪山，甚時重至’，又‘想文君望久，倚竹愁生步羅襪，歸來後、翠尊雙飲，下了珠簾，玲瓏閑看月’，似此造境覺秦七、黃九尚有未到，何論餘子。”

沈氏《論詞隨筆》云：“詞有托于閨情者，本諸古樂府，須實有寄托，言外自含高妙，始合古意。否則綺羅香澤之態，適以掩風骨，汩心性耳。”

按：説情欲免太露，必如吳子律之説，意巧語曲，斯爲得之。顧張二氏之作，適得其反，即犯太露之病。所引白石詞句，即玉田所謂景中帶情而存騷雅者，不惟不太露，且具深婉流美之致。又《詞源》云：“詞欲雅而正。志之所之，一爲情所役，則失其雅正之音。耆卿、伯可不必論，雖美成亦有所不免。”亦爲説情太露者而發，作者當知所取法矣。

造句

遇兩句，可作對，便須對。[一] 短句須剪裁齊整。遇長句，須放婉曲，不可生硬。[二]

[一]《爰園詞話》云：“詞中對句，正是難處，莫認作襯句，至五言對句、七言對句，使觀者不作對疑，尤妙。”①

---

① 整理者按：“園”原作“居”，誤。俞彦《爰園詞話》：“詞中對句，須是難處，莫認爲襯句。正唯五言對句、七言對句，使讀者不作對疑，尤妙。”

《柳塘詞話》云：“對句易于言景，難于言情，且開放則中多迁濫，收整則結無意緒。對句要非死句也，牛嶠之〔望江南〕：‘不是鳥中偏愛爾，爲緣交頸睡南塘，全勝薄情郎。’此即救尾對也。”

劉熙載曰：“對句非四字、六字，即五字、七字，其妙在不類于賦與詩。”

孫麟趾曰：“詞中四字對句，最要凝煉。如史梅溪云：‘做冷欺花，將烟困柳。’祇八個字，已將春雨畫出。七字對貴流走，如夢窗〔倦尋芳〕云：‘珠絡香消空念往，紗窗人老羞相見。’令人讀去，忘其爲對，乃妙。”

沈祥龍曰：“詞中對句，貴整煉工巧，流動脫化，而不類于詩賦。史梅溪之‘做冷欺花，將烟困柳’，非賦句也。晏叔原之‘落花人獨立，微雨燕雙飛’，晏元獻之‘無可奈何花落去，似曾相識燕歸來’，非詩句也。然不工詩句，亦不能爲絕妙好詞。”

按：詞之句法，以奇偶相間配搭，而成章法之變。故遇兩句可作對，便須對。兩對句如在中間，有時不對尚可，如在起頭八字，則非對不可。如〔滿庭芳〕之‘山抹微雲，天黏〔連〕衰草’，〔翠樓吟〕之“月冷龍沙，塵清虎落”，〔高陽臺〕之“宮粉雕痕，仙雲墮影”，皆其例也。又一詞中如有字數相同之對句，在二聯以上者，無論爲四字、五字、七字，或在前半，或在後半，均須變換組織，亦如律詩中之對句然，同頭、并脚等病，均須避忌。

〔二〕《雕菰樓詞話》云：“詞不難于長調，而難于長句。詞不難于短令，而難于短句。短至一二字，長至九字、十字，長須不可界斷，短須不至牽連。短不牽連尚易，長不界斷，雖名家有難之者矣。萬氏《詞律》任意斷句，吾甚以爲不然。”

《宋四家詞選序論》云：“一領四、五、六字句，上二下三、上三下二句，上三下四、上四下三句，四字平句，五七字渾成句，要合調無痕。重頭叠脚，蜂腰鶴膝，大小韵，詩中所忌，皆宜忌之。”

陳銳《詞比》云：“積字成句，長言短言，天然適宜，降而爲詞，自南宋以來，始專長短句之名。嘗覽柳、周諸大家，音律至精，自我作古，故字句之間或有不齊，緣初學倚聲，必先規矩。如同一七言句，而有上三下四之分，同一五言句，而有上一下四之別，舉一而三可知也。”

按：詞中一字、二字、三字句，謂之短句，八字、九字、十字句，謂之長句。一字句，如周晴川〔蒼梧謠〕起句叶韵之"眠"，東坡〔哨編〕"歸去來兮"句上之"噫"，其例甚少。二字三字句，如〔蘭陵王〕"凄側、恨堆積"，〔瑣窗寒〕之"遲暮、嬉游處"，難以悉舉。詞中二字三字句法最多者，小令如溫飛卿之〔河傳〕〔訴衷情〕，慢詞如東坡〔醉翁操〕前段。一詞而二字句數見者，如〔臨江仙引〕〔木蘭花慢〕等。三字句數見者，如〔迷神引〕等。其全首以三字句構成者，僅歐陽炯之〔三字令〕耳。喜用長句之詞，無如《樂章集》《片玉集》。八字句，如〔雨霖鈴〕之"應是良辰好景虛設"，〔還京樂〕之"中有萬點相思清淚"。九字句，如〔竹馬子〕之"指神京非霧非烟深處"，〔繞佛閣〕之"厭聞夜久簽聲動書慢"。十字句，如〔秋夜月〕之"近日來不期而會重數宴"，〔夜半樂〕之"忍良時辜負少年等閑度"，皆其例也。短句如一字句，爲用絕鮮，可置勿論。二字、三字句無論合用分用，及用于詞中何處，均極轉折頓挫之能事，故必須剪裁齊整方見逋峭。長句最易流于生硬。欲求婉曲，端賴行氣，不論用于詞中何處，皆須留意及此。其用于小令末句者，更須有悠揚不盡之致，乃佳。如李後主之"故國不堪回首月明中""恰似一江春水向東流"，即極婉曲之能事者。

押韵

押韵[一] 不必盡有出處，但不可杜撰。若祇用出處押韵，却恐窒塞。[二]

[一] 周濟曰："東真韵寬平，支先韵細膩，魚歌韵纏綿，蕭尤韵感慨，各具聲響，莫草草亂用。"又曰："韵上一字，最要相發，或竟相貼，相其上下而調之，則鏗鏘諧暢矣。"又曰："上聲韵，韵上應用仄字者，去爲妙。去、入韵，則上爲妙。平聲韵，韵上應用仄字者，去爲妙，入次之，叠則聱牙，鄰則無力。"

孫麟趾曰："作詞尤須擇韵，如一調應十二個字作韵脚者，須有十三四字，方可擇用。若僅有十一字可用，必至一韵牽強。詞中一字未妥，通體爲之減色，況押韵不妥乎。是以作詞先貴擇韵。"

丁紹儀曰：“詩貴用韵，韵宜穩宜響，不響，則雖首尾完善，中有好句，終覺口齒澀澀。詞韵雖寬于詩，然有一句兩句用韵者，有多至數句方用韵者，一韵不響，通篇減色矣。”

杜文瀾曰：“凡協韵，原可任人擇揀，第勿用啞音及庸澀之字而已。如調中有應用去、上處，自須協上聲，而如〔醉太平〕〔戀繡衾〕〔八六子〕等調平韵上之仄聲字，必須用去聲，方是此調聲響。”

沈祥龍曰：“叶韵尤宜留意古人名句，末字必新雋響亮。如‘人比黃花瘦’之‘瘦’字，‘紅杏枝頭春意鬧’之‘鬧’字，皆是。然有同此一字，而用之善與不善，則存乎其人之意與筆。”

蔣兆蘭曰：“押韵之法，趁韵者不論，即每逢韵腳處，便押一個韵，韵雖穩而不能使本韵數句生色，猶爲未善也。名家之詞押韵，如大成玉振之收聲，聲容益盛，是亦不可不講也。”

〔二〕《蕙風詞話》云：“作咏物咏事詞，須先選韵。還韵未審，雖有絕佳之意，恰合之典，欲用而不能。用其不必用、不甚合者以就韵，乃至涉尖新、近牽強、損風格，其弊與強和人韵者同。”

按：押自以有出處爲佳。所謂有出處，即有來歷也。有來歷之韵不外運用典故，依據熟語，務使韵上一字或數字連綴成句時，其句法自然而渾成，乃爲出色當行。若稍涉牽強，或出自杜撰，其韵必不穩妥，能使全詞爲之減色。但每韵必有出處，亦事實上所難行，故云却恐窒礙也。江順詒《續詞品》咏“押韵”云：“句有長短，韵無參差。一字未妥，全篇皆疵。曲之有板，師之有旗。位置自然，雖巧何爲。”押韵穩不穩，其關係之重要如此。

去聲字

腔律豈必人人皆能按簫填譜？[一]但看句中用去聲字，最爲緊要。然後更將古知音人曲，一腔三兩隻參訂，如都用去聲，亦必用去聲。[二]其次如平聲，却用得入聲字替。[三]上聲字最不可用去聲字替。[四]不可以上、去、入盡道是側聲，便用得，更須調停參訂用之。[五]古曲亦有拗者，蓋被句法中字面所拘牽，今歌者亦以爲礙，如〔尾犯〕之用“金玉珠珍博”，[六]“金”字當用去聲字。如〔絳園春〕之用“游人月下歸來”，[七]

"游"字合用去聲字之類是也。

[一] 姜白石《過垂虹》詩云："自作新詞韵最嬌，小紅低唱我吹簫。"又其自製曲〔角招〕調下小序云："商卿善歌聲，稍以儒雅緣飾，予每自度曲，吹洞簫，商卿輒歌而和之，極有山林縹緲之思。"

張翥《蛻岩詞》〔春從天上來〕調下注云："廣陵冬夜，與松雲子論五音、二變、十二調，且品簫以定之，清濁高下還相爲宫，釐然律呂之均，雅俗之應也。"

按：此所按簫填譜，乃取已成之音譜填詞，恐其清濁高下，有乖腔律，故下字時按簫以審之。據此，則填已成之音譜，亦非不解音律者所能，必如張蛻岩、松雲子之流，然後可與言填譜也。若隨意自作曲詞，然後協以律呂，製爲新譜，或自吹簫，令人歌以協之，其造詣又超出按簫填譜者之上。宋代詞家如此深通音律者，白石外亦不多覯。合南北宋計之，不過屯田、美成、雅言、夢窗、紫霞、寄閑父子等數人而已。詞至宋末元初，詞家通音律者日少，即能按簫填譜之詞人，亦屬難能可貴。填譜者不能審音用字，則雖在多與律違。義父教人留意去聲字，參訂古知音人曲，及入可代平，去勿代上諸說，乃爲協律者開一方便法門。清萬紅友祖其說，而成《詞律》一書，以後填詞者，遂以守聲家名作之四聲，爲盡協律之能事，法蓋濫觴於此矣。

[二] 萬樹《詞律·發凡》云："名詞轉折跌宕處多用去聲，何也？三聲之中，上入二者可以作平，去則獨具。當用去者，非去則激不起，用入且不可，斷斷勿用平上也。"

《白雨齋詞話》云："詞之音律，先在分別去聲。不知去聲之爲重，雖觀《詞律》，亦知其然而不知其所以然，知猶不知也。"

[三] 沈氏《論詞隨筆》云："張玉田《詞源》，謂平聲可代以上入，沈伯時謂入可代平聲。案《詞林韵釋》，入聲有作平聲音，有作上去者，知入作平者可代平，入可作上去者不可代平也。上代平亦必就音審擇。"

蔣氏《詞説》云："詞家以入作平，固是宋人成例，然苟可不作，豈不更好。若必不得已時，要以讀去諧和方可。"

[四]《詞律·發凡》云："上聲舒徐和軟，其腔低；去聲激厲勁遠，其腔高。相配用之，方能抑揚有致。若上去互易，調不振起，便成落腔。"

《論詞隨筆》云：“沈伯時謂上去不宜相替，故萬氏《詞律》于仄聲辨上去最嚴。其曰‘上聲舒徐和軟，其腔低；去聲激厲勁遠，其腔高’，此說本諸明沈璟‘去聲當高唱，上聲當低唱’也。詞必用上去者，如白石之‘哀音似訴’之‘似訴’字，必用去上者，如‘西窗又吹暗雨’之‘暗雨’字。”

〔五〕《詞律·發凡》云：“平止一途，仄兼上去入三種，不可遇仄而以三聲概填。”

《宋四家詞選序論》云：“上入亦宜辨。入可代去，上不可代去。入之作平者無論矣，其作上者可代平，作去者斷不可代平。平去是兩端，上由平而之去，入由去而之平。”

《憩園詞話》云：“入可代去一語則不宜從。又凡應用去上，應用去平，各調皆有定格，似亦不能概論也。”

《蕙風詞話》云：“入聲字于填詞最爲適用，付之歌喉，上去不可通，唯入聲可融入上去聲。凡句中去聲字，能遵用去聲固佳，若誤用上聲，不如用入聲之爲得也。上聲字亦然。入聲字用得好，尤覺峭勁娟雋。”

〔六〕柳耆卿〔尾犯〕後結：“肯把金玉珍珠博。”此缺“肯把”二字，不成句。又“珠珍”應作“珍珠”。

〔七〕王鵬運注云：“‘游人月下歸來’，夢窗〔絳都春〕句，或當時一名〔絳園春〕，它本未見。”

可歌之詞

前輩好詞甚多，往往不協律腔，所以無人唱。如秦樓楚館，所歌之詞，多是教坊樂工[一]及鬧井做賺人[二]所作，祇緣音律不差，故多唱之。[三]求其下語用字，全不可讀。甚至咏月却說雨，咏春却說秋，如〔花心動〕一詞，人目之爲一年景。又一詞之中，顛倒重複，如〔曲游春〕云：“臉薄難藏淚。”過云：“哭得渾無氣力。”結又云：“滿袖啼紅。”如此甚多，乃大病也。[四]

〔一〕耐得翁《都城紀勝》云：“舊教坊有篳篥部，大鼓部，杖鼓部，拍板色，笛色，琵琶色，筝色，方響色，笙色，舞旋色，歌板色，雜劇色，參軍色。色有色長，部有部頭。上有教坊使，副鈴轄、都管、掌儀範者，皆是命官。紹興三十一年，省廢教坊之後，每遇大宴，則撥差臨安府衙前樂等人充應，屬修內司教樂所掌管。"

[二]《都城紀勝》又云："唱賺在京師，有纏令、纏達。中興後，張五牛大夫因聽動鼓板中，又有四片太平令，或賺鼓板，遂撰爲賺。賺者，誤賺之義也。令人正堪美聽，不覺已至尾聲，是不宜爲片序也。今又有'覆賺'，又且變花前月下之情及鐵騎之類。凡賺最難，以兼慢曲、曲破、大曲、嘌唱、耍令、番曲、叫聲諸家腔譜也。"

[三]《詞源》云："昔人咏'節序'不爲不多，付之歌喉者，類是率俗，不過爲應時納祜之聲耳。美成〔解語花〕賦元夕，邦卿〔東風第一枝〕賦立春，黃鍾〔喜遷鶯〕賦元夕，如此等妙詞頗多，不獨措辭精粹，又且見時序風物之盛。人家宴樂之詞，則絕無歌者。至如李易安〔永遇樂〕云：'不如向簾兒底下，聽人笑語。'此詞亦自不惡，而以俚詞歌于坐花醉月之際，似乎擊缶韶外，良可嘆也。"

[四] 按：此則言前輩好詞雖多，而無人唱，人所唱者，多秦樓楚館之俚詞，可見今日流傳之宋名家作品，甚多不協律者，在當時本不可歌。而當時協律可歌之詞，今日所見，寥寥數專家外，其民間作品，絕少流傳者，以其下語用字，全不可讀也。文人學士之詞，言順律舛者多，固無殊句讀不葺之詩，當時教坊鬧井所歌，亦未必盡律協言謬，特言謬者居多耳。〔花心動〕一詞，病在前後意不相應，〔曲游春〕一詞，病在前後句意重複。其實月與雨，春與秋，雖非同時所應有，然作追溯已往或預想將來語氣，則咏月說雨，咏春說秋，有何妨礙。至同一事物，在一詞中固不宜顛倒重複，使作者工于換意，一說再說，未嘗不可。如美成〔瑞龍吟〕起句"章臺路"，已暗伏"柳"字，中間"官柳低金縷"，則明點"柳"字，結句"一簾風絮"，仍收到"柳"字，何以不見其重複，但覺脉絡井然，極情文相生之妙，即由工于運意所致。名家詞中，此例甚多，難以枚舉。

又按：《指迷》言前輩好詞不能唱，爲其不協律腔。但如《詞源》"節序"條下所述，則協律之雅詞，時人亦不肯歌之。蓋當時風氣，文士不重律，樂工不重文，兩者背道而馳，此詞之音律與辭章分離之一大關鍵也。清真詞聲文并茂，其始唱遍于教坊。南渡後，則歌者漸鮮，毛开《樵隱筆録》載紹興初都下盛行周清真咏柳〔蘭陵王慢〕，西樓南瓦皆歌之，然亦僅此一闋。夢窗〔惜黃花慢〕詞叙，言吳江夜泊惜別，邦人趙簿招伎侑尊，連歌數闋，皆清真詞，而不詳其調名，玩其語氣，似幸希遇。又玉田〔國香慢〕叙稱杭伎沈梅嬌，猶能歌清真〔意難忘〕〔臺城路〕二曲。〔意難忘〕詞叙言吳伎車秀卿，歌美成曲，得其音旨。其時已至南宋末年，能歌者更如鳳毛麟角矣。清真詞在教坊所以始盛終衰，猶曰其音譜漸次失傳所致。白石在南宋號知音，其歌曲亦不行于秦樓楚館間，毋亦文士樂工所尚不同之風氣有以致之歟。文士之詞，可傳而失律，樂工所歌，其文不足傳，此詞之音律所以亡也。

咏花卉及賦情

作詞與詩不同，縱是花卉之類，亦須略用情意，或要入閨房之意。然多流淫艷之語，當自斟酌。如袛直咏花卉，而不着些艷語，又不似詞家體例，所以爲難。[一] 又有直爲情賦曲者，尤宜宛轉回互可也。如"怎"字、"恁"字、"奈"字、"這"字、"你"字之類，雖是詞家語，亦不可多用，亦宜斟酌，不得已而用之。[二]

[一] **按**：咏花卉爲咏物詞之一種，故此條宜與前物條參看。直咏花卉，如袛就正面形容其色香之美，或運用典故，一味呆詮，皆不免缺乏意趣，必着些艷語，始覺生動，方是詞家體例。所謂着些艷語，即須略用情意，或入閨房之意。惟流于淫艷，又失風人比興之旨，故須斟酌耳。如東坡〔水龍吟〕《咏楊花》："夢隨風萬里，尋郎去處，又還被鶯呼起。"清真〔六醜〕《薔薇謝後作》："爲問家何在，夜來風雨，葬楚宮傾國。"夢窗〔瑣窗寒〕《咏玉蘭》："一盼千金換，又笑伴鴟夷，共歸吳苑。"皆略用情意，或入閨房之意，其例甚多，難以枚舉。至白石咏梅，則另有寄托，不在此例。如〔暗香〕乃自寫身世之感，〔疏影〕乃借抒二帝之憤，如此咏花卉，最爲上乘。此外如《樂府補遺》中，碧山、草窗、玉潛、仁近諸遺民咏蟬、咏白蓮之類，皆有家國無窮之慨寓乎其中，非僅區區賦花卉而已。所謂深得風人比興之旨者，此類是也。

[二] **按**：玉田《詞源》論"賦情"云："簸弄風月，陶寫性情，詞

婉于詩。”蓋聲出鶯吭燕舌間，稍近乎情可也。若鄰乎鄭衛，與纏令何異焉。如陸雪溪〔瑞鶴仙〕，辛稼軒〔祝英臺近〕，皆景中帶情，而存騷雅。可見賦情之作，運意以深婉爲貴，製辭以騷雅爲尚。直爲情賦曲，則敷陳其事而直言之，然意直易傷率，辭直易近俗，欲其宛轉回互，非善于運用代字此代字指代名詞而言。或虛字不可。直爲情賦曲之詞家，以耆卿爲首屈，美成雖未能免，已漸趨于深婉騷雅一途矣。代字、虛字，種類甚多，不僅如《指迷》所列怎、恁、奈、這、你等字，茲就其所列者，專舉《樂章集》詞句爲證。怎字如〔法曲第二〕之“怎生向，人間好事到頭少”，〔迎春樂〕之“怎得依前燈下，恣意憐嬌態”；恁字如〔傾杯樂〕之“自家空恁添清瘦”，〔隔簾聽〕之“恁煩惱，除非教伊知道”；奈字如〔看花回〕之“奈兩輪玉走金飛”，〔玉樓春〕之“爭奈餘香猶未歇”；這字如〔徵部樂〕之“待這回好好憐伊”，〔思歸樂〕之“這巧宦不須多取”；你字如〔秋夜月〕之“奈你自家心下，有事難見”，〔迎春樂〕之“我前生負你愁煩債”。更有一二句中連用此類字者，如〔宣清〕之“這歡娛甚時重恁”，〔應天長〕之“恁好景良辰，怎忍虛設”等，難以悉舉。總之此類字，果能運用適宜，固極宛轉回互之妙。若用之過多，非傷率，即近俗，故宜斟酌。《樂章》一集，非絕無深婉騷雅之詞，而以直說無表德者居多，其以俳體爲世詬病，未嘗不由于此。

句上虛字

腔子多有句上合用虛字，如嗟字、奈字、況字、更字、又字、料字、想字、正字、甚字，用之不妨。如一詞中兩三次用之，便不好。謂之空頭字，不若徑用一靜字，頂上道下來，句法又健，然不可多用。

《詞源》云：“詞與詩不同，詞之語句，有二字、三字、四字至六字、七八字者，若堆疊實字，讀且不通，況付之雪兒乎。合用虛字呼喚，單字如正、但、甚、任之類，兩字如莫是、還又、那堪之類，三字如更能消、最無端、又却是之類。此等虛字，却要用之得其所。若使盡用虛字，句語又俗，雖不質實，恐不無掩卷之誚。”

《詞旨》單字集虛：“任、看、正、待、乍、怕、總、問、愛、奈、似、但、料、想、更、算、況、悵、快、早、盡、嗟、憑、嘆、方、將、未、已、應、若、莫、念、甚。”

《宋四家詞選序論》云：“領句單字，一調數用，宜令變化渾成，勿相犯。”

杜文瀾曰：“沈偶僧《古今詞話》引《詞源》‘虛字’一門，另標題爲‘襯字’，而萬氏紅友則又極論詞無襯字，余以爲皆是也。襯字即虛字，乃初度此調時用之，今依譜填詞，自不容再有增益。萬氏蓋恐‘襯字’之名一立，則于舊調妄增，致礙定格耳。玉田所云‘虛字’，今謂之領調，所列皆去聲，其二三字之首一字，亦須去聲，‘莫是’之‘莫’字雖入聲，宋人通作‘暮’音也。”

沈祥龍曰：“詞中虛字，猶曲中襯字，前呼後應，仰承俯注，全賴虛字靈活，其始妥溜而不板實。不特句首虛字宜講，句中虛字亦當留意。如白石詞云‘庾郎先自吟愁賦，淒淒更聞私語’，‘先自’‘更聞’，互相呼應，餘可類推。”

蔣兆蘭曰：“詞之爲文，氣局較小，篇不過百許字。然論用筆，直與古文一例。中間轉接，疊用虛字，須一氣貫注。無虛字處，或用潛氣內轉法。蒙嘗謂作一詞，能布置完密，骨節靈通，無纖毫語病，斯真可謂通得虛字也。”

按：詞中虛字用法，可分三種：或用于句首，或用于句中，或用于句尾。用于句尾者，多在協韵處，所謂虛字協韵是。此在詞中，可有可無。用于句首或句中者，其始起于襯字，在句首用以領句，在句中用以呼應，于詞之章法，關係至巨，無之則不能成文者也。《指迷》所謂腔子多有句上合用虛字，蓋專指領句之虛字言。《詞源》所載，《詞旨》所揭，亦同。領句之虛字，或一字領一句，或一字領多句，如“正單衣就酒”“悵客裏光陰虛擲”清真〔六醜〕之正字、悵字，即一字領一句之例。“漸新痕懸柳，淡彩穿花，依約破初暝”碧山〔眉嫵〕之漸字，即一字領多句之例。領句用之虛字，以單字爲最多，兩字次之，三字又次之。兩字領句，如“況是別離滋味”清真〔丹鳳吟〕，“休説鱸魚堪膾”稼軒〔水龍吟〕，“還又歲晚，瘦骨臨風”梅溪〔秋霽〕之類。三字領句，如“怎奈向、歡娱漸隨流水”少游〔八六子〕，“更能消幾番風雨”稼軒〔摸魚兒〕，“又還是宮燭分烟”白石〔琵琶仙〕之類。單字領句，其例甚多，難以枚舉。領句用虛字，慢詞幾于一調數見，引近則較少，小令或用或不用，視各調情形而異。

　　詞中用虛字，《指迷》所舉，約可析爲三類。如嗟、料、想各字，均係動字。奈、正、况、更、又各字，均係連字。甚字及前條所舉之怎、恁、道、你各字，均屬代字。代名辭。所謂靜字，乃實字而以肖事物之形者，與動字兩相對待。靜字言已然之情景，動字言當然之行動，分別在此。空頭字者，言此等虛字，用之過多，徒占詞中地位，其實無取，故不如代以一靜字爲愈。虛字爲詞中脉絡所繫，善用之能使全詞氣機流動，神理醖釀，極一氣呵成之妙。兩宋詞家，如清真、白石、梅溪、玉田諸家，用虛字最有法度，爲學者所宜則效。屯田、稼軒，尤喜多用虛字，其詞之佳者，讀之固覺回腸蕩氣。然亦有以疏率爲病者，屯田有時并與俗語連綴，頗爲盛名之累。稼軒則以古文筆法運用之，當時有詞論之目。然無其才力氣概，不易學也。用虛字較少者，莫過于夢窗詞，其行文開闔，多用潛氣内轉法，非有其工力，更不易學。蓋堆叠實字，讀且不通，况付雪兒。玉田早論其弊，故詞用虛字，宜恰到好處，多用與少用，均非庸手所能。《指迷》此則，可與《詞源》互相發明。入手學詞，即宜留意。

誤讀柳詞

　　近時詞人，多不詳看古曲下句命意處，但隨俗念過便了。如柳詞〔木蘭花慢〕云："拆桐花爛熳。"此正是第一句，不用空頭字在上，故用拆字，言開了桐花爛熳也。有人不曉此意，乃云此花名爲"拆桐"，于詞中云"開到拆桐花"，開了又拆，此何意也。

　　按："拆"之爲義，開也，裂也。《易》曰："雷雨作而百果草木皆甲拆。拆與坼通，亦作坼。"李紳《南梁行》："山林幽深晚花坼。"又鄭延《贈張俞游金華山》詩："迎春地暖花爭坼。"説花開而以拆字代開字，兩詩句可爲例證，淺人未足語此。當時詞人亦有未解此意者，則大奇矣。拆字本動字，然"拆桐花爛熳"，則爲已然之情景，而拆字轉成靜字矣。可與前則用靜字説參看。

豪放與叶律

近世作詞者不曉音律，[一] 乃故爲豪放不羈之語，遂借東坡、稼軒諸賢自諉。[二] 諸賢之詞固豪放矣，不豪放處，未嘗不叶律也。[三] 如東坡之〔哨遍〕、[四] 楊花〔水龍吟〕，[五] 稼軒之〔摸魚兒〕[六] 之類，則知諸賢非不能也。

[一]《詞源》云："詞之作必須合律，然律非易學，得之指授方可。若詞人方始作詞，必欲合律，恐無是理。所謂千里之程，起于足下，當漸而進可也。正如方得離俗爲僧，便要坐禪守律，未曾見道，而病已至，豈能進于道哉。音律所當參究，詞章先宜精思，俟語句妥溜，然後正之音譜，二者得兼，則可造極玄之域。今詞人纔説音律，便以爲難，正合前説，所以望望然去之。苟以此論製曲，音亦易諧，將于于然而來矣。"

[二] 仇遠《山中白雲詞序》云："世謂詞者詩之餘，然詞尤難于詩。詞失腔猶詩落韵。詩不過四五七言而止，詞乃有四聲、五音、均拍、輕重、清濁之別。若言順律舛，律協言謬，俱非本色。或一字未合，一句皆廢；一句未妥，一闋皆不光采。信戞戞乎其難。又怪陋邦腐儒，窮鄉村叟，每以詞爲易事，酒邊興豪，引紙揮筆，動以東坡、稼軒、龍洲自況，極其至，四字〔沁園春〕，五字〔水調歌〕，七字〔鷓鴣天〕〔步蟾宮〕，拊几擊缶，同聲附和，如梵唄，如步虛，不知宮調爲何物，令老伶俊倡，面稱好而背竊笑，是豈足與言詞哉。"

馮煦《宋六十一家詞選例言》云："稼軒負高世之才，不可羈勒，能于唐宋諸大家外，別樹一幟。自兹以降，詞家遂有門户主奴之見，而才氣橫軼者，群樂其豪縱而效之，乃至里俗浮囂之子，亦靡不推波助瀾，自托辛劉以屏蔽其陋，則非稼軒之咎，而不善學者之咎也。"

[三] 晁無咎論東坡樂府云："居士詞，人謂多不諧音律，然橫放杰出，自是曲子内縛不住者。"

陸務觀曰："世言東坡不能歌，故所作樂府辭多不叶。晁以道謂紹聖初與東坡别于汴上，東坡酒酣，自歌〔古陽關〕，則公非不能歌，但豪放不喜裁剪以就聲律耳。試取東坡諸詞歌之，曲終，覺天風海雨逼人。"

劉潛夫論稼軒詞云："公所作，大聲鏜鎝，小聲鏗鍧，橫絕六合，掃空萬古。其穠麗綿密者，亦不在小晏、秦郎之下。"

按：稼軒詞〔水龍吟〕調自注云："用些語再咏瓢泉，歌以飲客，聲語甚諧，客皆爲之酬。"又〔醉翁操〕自注："范先之長于楚詞，而妙于琴，輒擬〔醉翁操〕，爲之詞以叙别。异時先之縂組東歸，僕當買羊沽酒，先之爲鼓一再行，以爲山中盛事云。"是稼軒詞固有歌之甚諧且入樂者矣。

〔四〕《詞源》云："〔哨遍〕一曲櫽括《歸去來辭》，更是精妙，周、秦人所不能到。"

按：東坡〔哨遍〕小序云："余既治東坡，築雪堂于上，人人俱笑其陋，獨鄱陽董毅夫過而悦之，有卜鄰之意。乃取《歸去來辭》，稍加櫽括，使就聲律，以遺毅夫，使家僮歌之。時相從于東坡，釋耒而和之，扣牛角而爲之節。"據此則〔哨遍〕一詞，固叶律可歌。東坡已自言之矣。

〔五〕《詞源》云："東坡詞如〔水龍吟〕咏楊花等作，皆清麗舒徐，高出人表。"

《曲洧舊聞》云："章質夫咏楊花詞，其命意用事，清麗可喜。東坡和之，若豪放不入律吕，徐而視之，聲韵諧婉，便覺章詞有纖綉工夫。"

〔六〕《宋六十一家詞選例言》云："稼軒〔摸魚兒〕諸作，摧剛爲柔，纏綿悱惻，尤與粗獷一派，判若秦越。"

《白雨齋詞話》云："'更能消幾番風雨'一章，詞意殊怨，然姿態飛動，極沈鬱頓挫之致。起處'更能消'三字，是從千回萬轉後倒折出來，真是有力如虎。'春且住'三字，一喝怒甚，結得愈涼愈悲鬱。"

按：《指迷》此則，謂東坡稼軒詞未嘗無叶律者，但須于不豪放處求之。則二公之作，豪放處多不叶律，可知。又謂近世不曉音律者，乃故爲豪放語，借口二公以自諉，可見此輩非真能學其豪放，但學其不叶律耳。仇山村亦云："陋邦腐儒，窮鄉村叟，每以詞爲易事，酒邊興豪，引紙揮筆，動以東坡、稼軒〔、龍洲〕自况。"則知學詞者恒以二公詞爲易學，宋末風氣已如此，其實大謬不然。二公胸有萬卷，筆無點塵，氣概清雄，不可一世。所謂易學者，祇其不叶律處，其豪放處實不易學。東坡詞變幻空靈，境高意遠，于詩似太白，然有其才力而無其胸襟，不能學也。稼軒詞沈鬱頓挫，氣足神完，于詩似少陵，然有其感慨而無其性情，亦不能學也。學者胸襟弗如東坡，性情更遜稼軒，又無其才力與感慨，肆言罔忌，無病而呻，宜乎爲有識者所鄙笑矣。況二公詞磊落激昂，何一不自書卷中醞釀而出，學者乃欲以枵腹擬之，不亦僮乎。

壽曲

壽曲最難作，切宜戒"壽酒""壽香""老人星""千春百歲"之類，須打破舊曲規模，祇形容當人事業才能，隱然有祝頌之意，方好。

張炎曰："難莫難于壽詞。盡言富貴則塵俗，盡言功名則諛佞，盡言神仙則迂闊虛誕。當總此三者而爲之，無俗忌之詞，不失其壽可也。松、椿、龜、鶴，有所不免，却要融化字面，語意新奇。近代陳西麓所作，本製平正，亦有佳者。"

許昂霄曰："南渡以後，最多介壽之詞，故玉田云然。其實獻頌等作，總難推陳出新，不獨壽詞也。"

謝章鋌曰："竹垞云：'宣政而後，士大夫爭爲獻壽之詞，連篇累牘，殊無意味，至魏華父則非此不作矣，置之不録可也。按此説本于花庵。然華父《鶴山長短句》三卷，雖未臻上乘，亦未嘗全作諛辭。"

況周頤曰："壽詞難得佳句，尤易入俗。古山張埜夫〔太常引〕《壽高丞相上都分省回》云：'報國與憂時，怎瞞得星星鬢絲。'〔水龍吟〕《爲何相壽》云：'要年年霖雨，變爲醇酎，共蒼生醉。'此等句渾雅而近樸厚，雖壽詞，亦可存。"

用事使人姓名

詞中用事使人姓名，須委曲得不用出，最好。清真詞多要兩人名對使，亦不可學他。如〔宴清都〕云"庾信愁多，江淹恨極"，〔西平樂〕云"東陵晦迹，彭澤歸來"，〔大酺〕云"蘭成憔悴，衛玠清羸"，〔過秦樓〕云"才減速江淹，情傷荀倩"之類是也。

《詞源》云："詞用事最難，要體認着題，融化不澀。如東坡〔永遇樂〕云：'燕子樓空，佳人何在，空鎖樓中燕。'用張建封事。白石〔疏影〕云：'猶記深宮舊事，那人正睡裏，飛近蛾綠。'用壽陽事。又云：'昭君不慣胡沙遠，但暗憶江南江北。想珮環月夜歸來，化作此花幽獨。'用少陵詩。此皆用事而不爲事所使。"

《藝概》云："詞中用事，貴無事障。晦也，膚也，多也，板也，此類皆障也。姜白石詞用事入妙，其要訣所在，可于其詩説見之，曰：'僻事實用，熟事虛用而已。學有餘而約以用之，善用事者也。乍叙事而間以理言，得活法者也。'"

按：所謂"用事使人姓名，須委曲得不用出"，仍是"用字不可太露"之意，與煉句下語條，説物事不必分曉，方見妙處，同是夢窗詞説。取夢窗詞證之，信不誣也。詞之佳處，惟意深筆曲者，最耐人尋味。膚淺直率，適得其反。犯此病者，多由于用字太露。善煉字面，即滅去針綫痕，使讀者不易得其端倪，夢窗詞之幽邃以此，而病其晦澀者亦以此。用事固須委曲得不用出，然總以能融化不澀爲佳，否則難免于膚，又失之晦，仍墮事障，終非上乘。使人姓名，亦非委曲得不用出，同是此意。蓋太露則少餘味也。兩人名對使，未免過于拘板，易墮事障，故不可學。

腔以古雅爲主

古曲譜多有异同，至一腔有兩三字多少者，或句法長短不等者。[一]蓋被教師[二]改換，亦有嘌唱[三]一家，多添了字，吾輩祇當以古雅爲主。如有嘌唱之腔，不必作，且必以清真及諸家目前好腔爲先可也。[四]

[一] 吳西林穎芳曰："詞家興也，先有文字，從而宛轉其聲，以腔就詞者也。洎乎傳播通久，音律確然，繼起諸詞人，不得不以辭就腔，必遵前詞字數之多寡，字面之平仄，號曰填詞。或變易前詞，仄字而平，平字而仄，或前詞字少而多之，融洽其多字于腔中，或前詞字多而少之，引申其少字于腔外，皆與音律無礙。蓋當時作者述者皆善歌，故製詞度腔，而字之多寡平仄參焉，今則歌法已失其傳，音律之故不明，變易融洽，引申之技何由而施。操觚家按腔運詞，兢兢尺寸，不易之道也。"

《憩園詞話》云："西林此論，專爲近之作詞者而發，從知宋詞中，有同體而字數有多寡者，即融洽引申之故。所謂兢兢尺寸，專就字之多寡言之，余更爲進一解，凡名詞之四聲，亦應極意摹仿。試觀方千里、楊澤民、陳西麓等和清真詞，四聲相同者，十居七八，此中即寓定律。宋人多明宮調，其謹慎尚如是。今去古益遠，安可不恪遵之。”

《詞通》云：“詞有一名而成數體，更或一體而故爲數調，一調而故爲數名，皆字數之多少爲之耳。字數之多少，總其大要，約有四因：曰添字，曰減字，曰襯字，曰虛聲。如是而已。添字減字者，添減調中之本字，而調中之定聲亦隨之添減者也，實也。襯字者，調中之本字不足于意，而于調外添字以助之。虛聲者，調中之本字不足于聲，而即于調中添聲以足之，皆虛也。虛聲之理，非能歌者不明，襯字之法，則知文者皆識。而四者之中，又必先識襯字之故，而後古詞之變通，舊譜之出入，可得而言焉。”

［二］《宋史·樂志》“教坊”條下云：“政和三年五月詔：‘比以大晟樂播之教坊，嘉與天下共之，可以所進樂頒之天下。’八月，尚書省言：‘大晟府宴樂已撥歸教坊，所有諸府從來習學之人，元降指揮，令就大晟府教習，今當并就教坊習學。’從之。”《樂志》又云：“宣和七年十二月，金人敗盟，分兵兩道入，詔革弊事，廢諸局，于是大晟府及教樂所教坊額外人皆罷。”又耐得翁《都城紀勝》言：“紹興三十一年，省廢教坊之後，每遇大宴，則撥差臨安府衙前樂等人充應，屬修内司教樂所掌管。”據此，則大晟府教樂所及修内司教樂所，必有專門教樂之教師無疑。

［三］《詞源》云：“嘌吟説唱諸公調，則用手調兒。”

《都城紀勝》云：“嘌唱謂上鼓面唱令曲小詞，驅駕虛聲，縱弄宮調，與叫果子唱耍曲兒爲一體，昔祇街市，今宅院亦有之。”

［四］**按**：此則所謂教師，殆指民間教曲之樂工而言。若爲官家之教師，如大晟或修内司之教樂，必深通樂理文義。其尤者，或能製辭製譜，以爲民間準則，何至有任意改換古譜之事。俗樂工則不然，稍識之無，粗諳歌法，祇圖歌時取巧，往往自作聰明，于古譜字句，不惜妄意增減，是本可據以填詞者，遂一變而爲不足據矣。至于嘌唱之腔，不獨腔調俚俗，難言古雅，而驅駕虛聲，縱弄宮調，唱法亦極不規則，故尤不足據。所謂多添了字，即驅駕虛聲之意，故不得爲好腔。清真諸家，聲文并茂，取法乎上，學者所宜先也。

句中韵

　　詞中多有句中韵，人多不曉。不惟讀之可聽，而歌時最要叶韵應拍，不可以爲閑字而不押。如〔木蘭花〕云"傾城。盡尋勝去"，"城"字是韵。又如〔滿庭芳〕過處，"年年。如社燕"，"年"字是韵，不可不察也。其他皆可類曉。[一] 又如〔西江月〕，起頭押平聲韵，第二第四，就平聲切去，押側聲韵。如平聲押東字，側聲須押董字、凍字韵，方可。有人隨意押入他韵，尤可笑。[二]

　　[一] 沈雄《古今詞話》云："周簣谷言：換頭二字用韵者，長調頗多，中間更有藏韵。〔木蘭花慢〕惟屯田得音調之正，蓋'傾城盈盈歡情'，于第二字有韵。且如〔定風波〕〔南鄉子〕〔隔浦蓮〕，豈可冒昧爲之。"又云："〔水調歌頭〕間有藏韵者，東坡明月詞，'我欲乘風歸去，衹恐瓊樓玉宇'，後段'人有悲歡離合，月有陰晴圓缺'，謂之偶然暗合則可，若以多者證之，則問之篋體家，未曾立法于嚴也。"

　　《賭棋山莊詞話》云："詩有句中韵法，如'籥舞笙鼓'，'舞'與'鼓'韵，'采茶薪樗'，'茶'與'樗'韵，'日居月諸'，'居'與'諸'韵，'有壬有林'，'壬'與'林'韵，顧其法詩家頗不講，而時見于詞。如〔河傳〕〔醉太平〕等調，句中多有用韵者，填之應節，極可吟諷。"

　　《憩園詞話》云："宋詞暗藏短韵，最易忽略。如〔惜紅衣〕換頭二字，〔木蘭花慢〕前後段第六、七句平平二字，〔霜葉飛〕起句第四字，皆應藏暗韵。此外似此者尚不少。換頭二字尤多，雖宋詞未必盡同，然精律者所製，則必用暗韵。"

　　[二] 張德瀛《詞徵》云："詞之平側通叶者，〔西江月〕〔換巢鸞鳳〕〔少年心〕〔渡江雲〕〔戚氏〕〔大聖樂〕〔哨遍〕〔玉碾夐〕〔兩同心〕〔江城梅花引〕〔古陽關〕凡十一調。它詞如賀方回〔水調歌頭〕，杜壽域〔漁家傲〕，周公謹〔露華〕，亦有通叶，然皆借韵爲之，非若數詞有定格也。"

　　《詞通》云："詞之換韵與詩異。詩有平換平、仄換仄者，詞則無之。劉光祖之〔長相思〕，前段用江、陽韵，後段用東、紅韵，似是由平換平，實則兩段异叶，與換韵不同，僅明人王元美曾用其體，此外不多見。"又云："長調換韵，詞雖平仄轉換，實仍同部，是平仄互叶，非換韵也。如〔哨遍〕〔換巢鸞鳳〕等是。故換韵詞，惟小令有之耳。"

按：《指迷》所謂就平聲切去押側聲韵，即平側通叶之意。隨意押入他韵，即換韵之意。平側通叶之詞，在詞中亦寥寥可數，然必須用同部之韵。換韵之詞，小令外實所罕覯，惟周密〔倚風嬌近〕有之。此詞填霞翁譜賦大花，前後用魚、虞同部之語、麌、御、遇等韵，前段第三句以下，"花國選傾城，暖玉倚銀屏，綽約娉婷"，三句忽改押不同部之三平韵，獨出例外。或謂此三句應作兩七字句，并非換韵。但三平韵何以巧叶如此，究屬疑問。草窗倚霞翁譜，惜不得霞翁詞一證之。似此換韵，實爲變例，即令有之，亦不足爲訓也。

詞腔

詞腔謂之均，均即韵也。

按：詞腔之種類有八：丁、抗、掣、拽、頓、住、反、折是也。詳見《詞源》《謳曲旨要》及《音譜》篇。腔各不同，《事林廣記·遏雲要訣》言腔有墩《夢溪筆談》作敦，《詞源》作頓。、亢《詞源》作抗。、掣、拽之殊，其證也。腔亦作聲，《事林廣記·音樂總叙訣》云："折聲上生四位，掣聲下隔二宮，反聲宮閏相頂，丁聲上下相同。"其證也。均即均拍，仇山村云："詞乃有四聲、五音、均拍、輕重、清濁之別。"張玉田云："一曲有一曲之譜，一均有一均之拍。"此詞有均拍之證。均拍以六均拍、八均拍爲最普通。《謳曲旨要》云："破近六均慢八均。"又《詞源》"拍眼"篇云："引近則用六均拍，外有序子，與法曲、散序、中序不同。法曲之序一遍，正合均拍。俗傳序子四遍，其拍頗碎，故纏令多用之，繩以慢曲八均之拍不可，又非慢二急三拍與三臺相類。"是爲慢曲、引、近等用均拍之證。詞腔謂之均者，言詞腔所在，即均拍所在。《謳曲旨要》云："停聲待拍慢不斷。"又"拍眼"篇言："停聲待拍，方合樂曲之節。"聲即腔，故知詞腔所在，即均拍所在也。凡韵必逢腔，《謳曲旨要》云："大頓小住當韵住。"其例也。凡韵必應拍，《指迷》前條所謂歌時最要叶韵應拍，其例也。故曰：詞腔謂之均，均即韵也。

大詞小詞作法

作大詞，先須立間架，將事與意分定了。第一要起得好，中間祇鋪叙，過處要清新，最緊是末句，須是有一好出場，方妙。小詞祇要些新意，不可太高遠，却易得古人句，同一要煉句。

按：宋代所謂大詞，包括慢曲及序子、三臺等，所謂小詞，包括令曲及引、近等。自明以後，則稱大詞曰長調，小詞曰小令，而引、近等詞則曰中調。

《詞源》云："大詞之料，可以歛爲小詞，小詞之料，不可展爲大詞。若爲大詞，必是一句之意引而爲兩三句，或引他意入來，捏合成章，必無一唱三嘆。如少游〔水龍吟〕云：'小樓連院橫空，下窺綉轂雕鞍驟。'猶且不免爲東坡所誚。"

又云："作慢詞看是甚題目，先擇曲名，然後命意。命意既了，思量頭如何起，尾如何結，方始選韵，而後述曲。最是過片不要斷了曲意，須要承上接下。如姜白石詞云：'曲曲屏山，夜闌獨自甚情緒。'于過片則云：'西窗又吹暗雨。'此則曲之意脉不斷矣。"

又云："詞之難于令曲，如詩之難于絶句。不過十數句，一句一字閑不得。末句最當留意，有有餘不盡之意始佳。當以唐《花間集》中韋莊、温飛卿爲則。"

《金粟詞話》云："長調之難于短調者，難于語氣貫串，不冗不複，裴裹〔徘徊〕宛轉，自然成文。今人作詞，中小調獨多，長調寥寥不概見，當由寄興所成，非專詣耳。"

《西圃詞説》云："顧璟芳言，詞之小令，猶詩之絶句，字句雖少，音節雖短，而風情神韵，正自悠長，作者須有一唱三嘆之致，淡而艷，淺而深，近而遠，方是勝場。且詞體中，長調每一韵到底，而小令每用轉韵，故層折多端，姿態百出，索解正自不易。璟芳之論韙矣。而專攻長調者多易視小令，似非此不足以炫博奧。即遇小令之佳者，亦不免短兵狹巷之譏，而豈知樂府之古雅，全以少許勝多許乎？且柔情曼聲，非小令不宜，較之長調，難以概論，而必欲以長短分難易，寧不有悖詞旨哉。"

劉氏《藝概》云："小令難得變化，長調難得融貫。其實變化融貫，在在相需，不以長短別也。"

《賭棋山莊詞話》云："長調要轉折矯變，短調要辭意惝恍。"

沈氏《論詞隨筆》云："小令須突然而來，悠然而去。數語曲折含蓄，有言外不盡之致。著一直語、粗語、鋪排語、説盡語，便索然矣。此當求諸五代宋初諸家。""長調須前後貫串，神來氣來，而中有山重水複、柳暗花明之致。句不可過于雕琢，雕琢則失自然。采不可過于塗澤，塗澤則無本色。濃句中間以淡語，疏句後接以密語，不冗不碎，神韵天然，斯盡長調之能事。"

按：此則先言作大詞順序，可與以前"起句""過處""結句"諸則參看。作大詞須講章法、句法、字法，起始運意，即在布局，煉句煉字，尚居其次。先立間架，即所謂布局也。布局須虛實相生，順逆兼用，脉絡起伏，聯貫統一。則成詞後，庶乎斐然有章。猶建巨廈然，其中曲折層次甚多，入手製圖，慘澹經營，方能從事土木。若枝枝節節爲之，縱外表富麗堂皇，必破碎不成格局矣。事與意均有主從之殊，故布局時即須分定，起句末句過變，乃詞之肯綮所在，造句下字，均須不落平凡，故運意時尤不可輕易放過，此大詞作法也。小詞如庭園一角，無多結構，奇花異石，些少點綴，便生佳致。故云：祇要些新意，却易得古人句。煉句固小詞所重，然亦未可全無章法，特内容較大詞爲簡耳。大詞如詩中之歌行，小詞如詩中之絶句，各具勝境。已〔以〕往詞人，或長于大詞，或長于小詞，每各執一説以分難易。其實小詞易成而難工，大詞難成而工亦不易，洞悉此中甘苦者，或不易斯言也。

賦詞初填熟腔

初賦詞，且先將熟腔易唱者填了，[一] 却逐一點勘，替去生硬及平側不順之字，久久自熟，便覺拗者少，全在推敲吟嚼之功也。[二]

[一] 楊守齋《作詞五要》云："作詞之要，第一要擇腔，腔不韵，

則勿作。如〔塞翁吟〕之衰颯，〔帝臺春〕之不順，〔隔浦蓮〕之寄煞，《鬥百花》之無味是也。"

《雕菰樓詞話》云："詞調愈平熟，則其音急；愈生拗，則其音緩。急則繁，其聲易淫，緩則庶乎雅耳。如蘇長公之〔大江東去〕，及吳夢窗、史梅溪等調，往往用長句。同一調，而句或可斷若此，亦可斷若彼者，皆不可斷。而其音以緩爲頓挫，字字可頓挫而實不必斷。倚聲者易于爲平熟調，而艱于爲生拗調，明乎緩急之理，則何生拗之有。"

沈氏《論詞隨筆》云："詞調有生熟，有諧拗，熟者多諧，生者多拗。熟而諧者，貴逐字錘煉，求其新警；生而拗者，貴一氣旋轉，求其渾成。新警則熟者不熟，渾成則生者不生矣。"

《蕙風詞話》云："詞無不諧適之調，作詞者未能熟精斯調耳。昔人自度一腔，必有會心之處，或專家能知之，而俗耳不能悦之。不拘何調，但能填至二三次，愈填愈佳，則我之心與昔人會，簡淡生澀之中，至佳之音節出焉，難以言語形容者也。惟所作未佳，則領會不到此，詣力不可強也。"

[二]《詞源》云："詞既成，試思前後之意或不相應，或有重叠句意，又恐字面粗疏，即爲修改。改畢，净寫一本，展之几案間，或貼于壁，少頃再觀，必有未穩處，又須修改。至來日再觀，恐又有未盡善者。如此改之又改，方成無瑕之玉。倘急于脱稿，倦事修擇，豈能無病。不惟不能全美，抑且未協音聲。作詩者猶句鍛月煉，況于詞乎。"

《詞徑》云："詞成，録出黏于壁，隔一二日讀之，不妥處自見，改去。仍録出黏于壁，隔一二日再讀之，不妥處又見，又改。如是數次，淺者深之，直者曲之，鬆者煉之，實者空之。然後録呈精于此者，求其評定。審其弃取之所由，便知五百年後此作之傳不傳矣。"

按：此條純爲初學賦詞者説法，可與守齋、玉田諸家之説參看。填熟調仍不免于拗，有生硬字面及平側不順處，此惟初學有之，所以詞成須逐一點勘，推敲吟嚼也。熟調易填，拗調難填，自是恒情。但工力已深之詞家，反樂于填拗調，而不喜填熟調。蓋熟調易流于滑易，須于熟中求澀，拗調易流于佶屈，須于拗中求順。熟則新警難，故貴逐字鍛煉，以求其新警；拗則渾成難，故貴一氣旋轉，以求其渾成。能新警則熟者澀矣，能渾成則拗者順矣。此境良不易到。而熟中求澀，尤難于拗中求順，故工力深

者，反覺拗調易于見長。拗調一名澀調。未明此理者，每謂澀調束縛性
靈，不如熟調可以隨意抒寫，不知造詣有深淺，豈可自安于簡易，而不更
求精進。特初學須先填熟調，取其成章較易，未可一概論耳。

咏物忌犯題字

咏物詞，最忌説出題字。如清真梨花及柳，何曾説出一個柳、梨字。
梅川不免犯此戒，如〔月上海棠〕咏月出，兩個月字，便覺淺露。他如周
草窗諸人，多有此病。宜戒之。

毛雅黃曰："沈伯時《樂府指迷》，論填詞咏物，不宜説出題字。余
謂此説雖是，然作啞謎亦可憎。須令在神情離即間，乃佳。姜夔〔暗香〕
咏梅云：'算幾番照我，梅邊吹笛。'豈害其佳。"

按：前云"用字不可太露，露則直突而無深長之味"，咏物最忌説出
題字，仍是此意。蓋詞以深婉爲貴，淺露則少含蓄，一覽而盡，了無餘
味。欲求深婉，端在運意，僅于字面求之，猶非探本之論。咏物詞如工于
運意，雖偶犯題字，亦不害其爲佳。東坡〔水龍吟〕咏楊花，白石〔暗
香〕咏梅，其證也。若僅能不犯題字，咏意則少含蓄，便自謂可免淺露，
恐無是理。惟縱觀南宋名家咏物詞，題中次要字，犯之尚不甚忌，主要
字，則犯者絕鮮，亦有并次要字亦不輕犯者，可見咏物最忌説出題字。當
時詞家確有此種規律，草窗集咏物詞，幾近二十闋，犯題字者亦祇數闋，
如〔瑤花慢〕咏瓊花，"天上飛瓊""金壺剪送瓊枝"二句，兩犯瓊字，
"消幾番花落花開""想舊事花須能説"二句，三犯花字，瓊字爲題中主
要字，似不甚宜，花字爲詞中次要字，似尚無礙。又〔花犯〕咏水仙，
"漫記漢宮仙掌"句，犯仙字，〔聲聲慢〕咏水仙、梅，"臨水鏡"句犯水
字，均無妨于詞之大體。惟〔綠蓋舞風輕〕咏白蓮，"訪藕尋蓮"句犯蓮
字，〔六么令〕咏雪，"白雪詞新草"句犯雪字，略嫌平直。其他十餘闋，
并能守不犯題字之戒，然已爲《指迷》所譏，可見當時風尚如此。

又按：夢窗咏物各詞，于主要題字，亦從不輕犯，準用字不可太露之
例推之，則此條亦爲夢窗詞説所主張無疑。

跋

　　詞莫盛于兩宋，而詞學則興于清，而大昌于今日。宋人言詞學之書，其流傳于今者，王氏《碧鷄漫志》，張氏《詞源》，沈氏《樂府指迷》，數種而已。清自萬紅友氏而後，治詞學者日衆。陽湖崛起，斯道益崇。晚近六十年中，若王半塘氏，鄭叔問氏，朱彊邨氏，況夔笙氏，皆推斯學巨擘。蔡君柯亭，江右詞人也。隱居殊鄉，殫精著述。比以書來，言箋釋《樂府指迷》一卷已成書，屬爲之序。余未睹君箋釋全稿，僅讀其卷首引言篇，不敢妄作弁言。第以頻年學詞，于聲音文字變遷之理，稍有所窺見，請一申論之可乎？蓋以兩間物象之昭著，其垂示于人，而人得憑藉用之以成古今者，聲音文字而已矣。文字寓乎目，目以色爲表徵者也。聲音寓乎耳，耳以聲爲表徵者也。色之迹象，其接觸于人之器官者，淹留之度，較聲爲能久。故文字可以千年不變，而聲音無數百年不變者。詞之爲道，聲音文字兼焉者也。末流失其家法而忘其本始，爲詞者但知致力文字，不復措意于聲音，蓋在宋時已然。沈氏是以有《指迷》之作，其二十八條中，言去聲、入聲之用綦詳。後之言詞者，奉以爲南針而罔敢失。沈氏之于聲音，可謂能通其微者矣。夫天地之道，窮則必變，一代有一代之樂，禹之聲，不同于文王之聲，漢唐之樂府，不能同于周詩之雅頌，詩變而爲詞，詞變而爲曲。聲音變，文字亦隨之而變矣。此天地氣運升降自然之數，不可逃者也。然而日變者，勢也，不變者，理也。聲音文字之遷變，雖有久暫不同，而皆有其一定不易之恒理宰乎其間，則其爲道靡弗同。自倉頡以來至于今日，文字之變繁矣。而文字之所以爲文字，莫不有其自然之軌範，違其軌範之自然，即不可以爲文字。自伶倫以來，至于今日，聲音之變賾矣。而聲音之所以爲聲音，莫不有其自然之節奏，違其節奏之自然，即不可以爲聲音。故居今日而言詞，必欲規復宋代宮調之聲音，此不可能者也。惟致謹于自然之節奏，而求合乎莊生之所謂犁然有當于人心者焉。則今日所爲之詞，雖不能歌，而可以歌之理自在。《因明論》謂聲是無常，而釋氏説法，有有爲法、無爲法之不同。有爲法屬之人事，此隨時代而變遷者也，所謂無常者也。無爲法屬之自然，此不隨時代爲變遷者也，所謂常者也。于無常之中而得其至常之理，是謂能知常。夫惟能知常，則可以語于天地古今之大矣。詞其一端爾。今世人治學，皆知重聲音，君守四聲尤嚴，所作縝密深閟，力追兩宋，曩既疏證《詞源》問世，兹復箋釋沈氏之書，以餉來學，蓋真能守宋賢家法者。余無似，學詞廿年而不成，比益衰頽，吟事幾廢，讀君近作，彌覺懷慚。因論聲音文字之遷變，而有悟釋氏常與無常之説也，用抒所見，以質于君，君其以爲可與言詞也乎？民國廿有九年歲次庚辰秋九月天都散人洪瀱。

右《樂府指迷箋釋》一卷，上猶蔡柯亭先生著。前年避地海陵，遇舊友吳君遐伯，商量舊學。遐伯言有友人蔡君，工倚聲，著述宏富，時值亂離，不知其作品有無散佚。予聞其言，未諳蔡君爲何人也。未幾，遐伯以君近作慢詞示予，署名爲柯亭，始知爲如社舊侶，雖未識面，固心儀已久者也。端居多暇，唱酬往復，君遂以所著《樂府指迷箋釋》問序于予。其稿本在他所，僅以其引言寄示，語多扼要，作者之意旨，已可窺見。夫沈氏之《樂府指迷》，與樂笑翁之《詞源》，同爲詞學津梁。君既爲《詞源》作疏證，復爲《樂府指迷》作箋釋，其啓迪後學，用心良苦。蓋有韵之文藝，如詩與賦，祇須明其體裁，即可秉筆爲之，命意與修辭外，別無規律。若詞則必須協律，非注重四聲不可，違乎此則變體之詩，而非詞矣。且四聲之中，又各有陰陽之分，尤須運用得宜。沈氏論詞，先立四標準，于四標準中首重協律。《箋釋》謂萬氏《詞律》發端于沈氏詞説，誠推源之論。至于下字、用字、發意三標準，詞與詩雖有不同，但清真雅正之詩，則又與詞相近。不獨晚唐詩人之作品，足爲詞家所采摘，即太白、少陵之詩，苟用之得當，亦可呈異彩。推之經史百家之言，有合于詞人口吻者，亦大有選擇之資料，與作詩選材初無異趣，詞與詩固息息相通也。孔子説《詩》，分爲興、觀、群、怨，則立意之説也，多識鳥獸草木之名，則修辭之説也。文藝之足稱者，必出于有學問有品節有情感之人，欲爲佳詞，不可不以學養爲先務。説者謂詞爲詩之附庸，此指尋常掇摭章句者言之，若以詩人高尚之思想，鍛煉組織而用之于詞，則詞學之尊亦不亞于詩

蔡槙詞學文集

也。至于或主清真，或宗白石，則猶是門戶之見。君于《疏證》外更爲此《箋釋》，亦博采兼收之意也。予未睹全稿，不敢臆造序文，謹拉雜書此，其爲箋釋所已言者，則資以印證，其爲箋釋所未言者，則藉以引伸可也。江都周樹年跋。

154

柯亭詞論

蔡楨詞學文集

一 守四聲并無牽强之病

詞講四聲，宋始有之，然多爲音律家之詞。文學家之詞，分平仄而已。音律家之詞，原可歌唱，四聲調叶，爲可歌之一種要素。仇山村曰："詞有四聲、五音、均拍、輕重、清濁之別。"即指可歌之詞而言。北宋如屯田、方回、清真、雅言諸家，南宋如白石、梅溪、夢窗、草窗、玉田諸家，大都妙解音律，所爲詞，聲文并茂。吾人學其詞，多有應守四聲者。且所謂音律家之詞，亦惟獨創之調，自度之腔，如清真〔蘭陵王〕、白石〔暗香〕〔疏影〕之類，須嚴守四聲。至于通行之調，如〔金縷曲〕〔沁園春〕〔水龍吟〕之類，則無四聲可守。〔摸魚子〕〔齊天樂〕〔木蘭花慢〕之類，一調中祇有數處仄聲須分上去，不必全守四聲也。四聲調叶之詞，今雖以音譜失傳而不可歌，然較之僅分平仄者，讀時尚覺鏗鏘可聽。故詞家之守律者，必辨四聲分上去，以爲不如是，不合乎宋賢軌範。淺學者流，每謂守四聲如受桎梏，不能暢所欲言，認爲汨没性靈。其實能手爲之，依然行所無事，并無牽强不自然之病。觀清末况蕙風、朱彊邨諸家守四聲之詞，足證此語不誣。

二 守四聲濫觴于南宋

詞守四聲，濫觴南宋。在北宋并無守四聲之説。南宋發生此種詞派，亦非無因。四聲之不同，全在高低輕重。去高而上低，平輕而入重，其大較也。歌辭之抗墜抑揚，全在四聲之配合恰當。非然者，必至生硬不能上口，又何能美聽乎。在深通音律之詩人詞人，隨意發爲詩詞，無不可歌，無不叶律。非然者，其用字必待樂工之校正，方能入調。史稱温飛卿能逐弦管之音，爲側豔之辭，其詩詞自可入樂。李太白、王摩詰不聞知音，而《清平調》《渭城曲》唱遍一時，未始不由于前説。唐人歌絶句，五代歌小令，其歌法均甚簡單。北宋初，仍循五代遺法歌小令。中葉以後，慢詞漸盛，詞樂始突飛猛進，内容遂日趨于繁複矣。當時創調製譜最有名者，首推柳耆卿。所製新聲獨多，飲水處都歌柳詞，是其一證。繼之者爲周美成，曾充大晟府樂官。文人而通音律，故其詞和協流美，都可入樂，一時稱爲絶唱。南渡後，大晟樂譜散失，不獨柳譜全亡，周譜亦所存無幾。坊曲優伎，有能歌清真詞一二調者，人莫不視同球璧。（參看拙著《樂府指迷箋釋》"可歌之詞"條下小注第四段按語）惟其審音用字之法既不傳，如是群視周詞四聲爲金科玉律。方千里、楊澤民、陳西麓諸家和清真調，謹守四聲，少有逾越，即其一例。厥後詞家，因守周詞之四聲，遂推而守其他音律家詞之四聲，此南宋守四聲詞派所由成立也。無論何事物，在原始時代，均純任自然，本無所謂法。漸進則法立，更進則法密。音樂進展，亦復如是。始何嘗有五音六律與四聲，其後覺天然歌唱，過于簡單凌亂，于是始有音律之發明。其實此音律，仍含于自然法則中，特後人加以發明。雖出人爲，謂仍屬自然法則，亦無不可。慢引近詞之成爲宋代詞樂，實由進步使然。其内容之繁複，迥非唐人絶句、五代小令可比。欲明其故，非將宋代燕樂所以承前啓後者，加以徹底之研討不可。總之，守四聲詞派，實有其甚深之根據。篇幅所限，兹僅發其凡而已。

三　初學不必守四聲

詞守四聲，乃進一步作法，亦最後一步作法。填時須不感拘束之苦，方能得心應手。故初學填詞，實無守四聲之必要。否則辭意不能暢達，律雖叶而文不工，似此填詞，又何足貴。惟世無難事，習之既久，熟能生巧，自無所謂拘束，一以自然出之。雖守四聲，而讀者若不知其爲守四聲矣。北宋尚無守四聲之説。通音律之詞家，大都能按宮製譜，審音用字。（參看拙著《樂府指迷箋釋》"去聲字"條下小注第一後按語）南渡後，此法漸失傳。于是始有守四聲詞派出，以求于律不迕。至所謂守四聲，在一調中，有全守者，有半守半不守者。方、楊諸家之和清真，每有此現象。全守者不必論。半守者，即詞中此一部分四聲，有絲毫不容假借處。故諸家于此等處，均不肯違背。半不守者，即詞中此一部分四聲，有可通融處。故諸家可各隨其意。又同一人所創之調亦然。如夢窗〔鶯啼序〕三首中四聲雖大致相同，亦間有不同處。總之皆隨各宮調音譜之性質，而填詞用字各如其量。惟四聲在調之何部即可通融，宋賢亦無定則傳後。故今日填詞，不講律則已，講律則惟有遵守宋賢軌範，亦步亦趨矣。入可代平，去不代上，本宋賢成説，不妨按調之情形采用。王半塘、鄭叔問、況蕙風、朱彊邨爲清末四大詞家，守律之嚴，王、鄭似不如朱、況。而朱、況之嚴于守律，前期之作，似不如其後期。總之宋詞之音譜拍眼既亡，即守四聲，亦不能入歌。守律派之守四聲，無非求其近于宋賢叶律之作耳。近年社集，恒見守律派詞人，與反對守律者互相非難，其實皆爲多事。詞在宋代，早分爲音律家之詞與文學家之詞。音律家聲文并茂之作，固可傳世。文學家專重辭章之作，又何嘗不可傳世。各從其是可也。

四　自然與人工各占地位

詞尚自然固矣，但亦不可一概論。無論何種文藝，其在初期，莫不出乎自然，本無所謂法。漸進則法立，更進則法密。文學技術日進，人工遂多于自然矣。詞之進展，亦不外此軌轍。唐五代小令，爲詞之初期，故《花間》、後主、正中之詞，均自然多于人工。宋初小令，如歐、秦、二晏之流，所作以精到勝，與唐五代稍異，蓋人工甚于自然矣。宋初慢詞，猶接近自然時代，往往有佳句而乏佳章。自屯田出而詞法立，清真出而詞法密，詞風爲之丕變。如東坡之純任自然者，殆不多見矣。南宋以降，慢詞作法，窮極工巧。稼軒雖接武東坡，而詞之組織結構，有極精者，則非純任自然矣。梅溪、夢窗，遠紹清真，碧山、玉田，近宗白石，詞法之密，均臻絕頂。宋詞自此，殆純乎人工矣。總之尚自然，爲初期之詞。講人

工，爲進步之詞。詞壇上各占地位，學者不妨各就性之所近而習之。必是
丹非素，非通論也。

五　填詞須講字法句法章法

填詞即捨律而論文，亦正難言。意境神韵無論矣，字法句法章法，一
毫鬆懈不得。字法須講倖色揣稱，句法須講層深渾成，章法須講離合順逆
貫串映帶。如何起，如何結，如何過變，均須致力。否則不成佳構。

六　作詞須立新意

作詞之法，造意爲上，遣辭次之。欲去陳言，必立新意。若換調不換
意，縱有佳句，難免千篇一律之嫌。

七　意貴清新境貴曲折

詞以意境爲上。但意貴清新，境貴曲折。若換調不換意，或境祗表面
一層，則一覽無餘，一二讀便同嚼蠟。

八　陳言務去

　　陳言務去，乃詞成章後所有事，非所論于初學。初學縛于格調，囿于聲韵，成章已不易，遑論及此。楊守齋言，詞忌三重四同，去陳言自是其中一事。但好語都被古人説盡，欲其不陳甚難。惟有立新意、造新境，庶可推陳出新耳。昌黎標此義以論文，其集中未見陳言盡去，亦可見兹事之不易矣。

九　小令首重造意

　　小令猶詩中絶句，首重造意，故易爲而不易爲。若衹圖以敷辭成篇，日得數十首何難。作小令，須具納須彌于芥子手段，于短幅中藏有許多境界，勿令閑字閑句占據篇幅，方爲絶唱。如太白〔憶秦娥〕，即其一例。此詞一字一句，都有著落，包含氣象萬千。若但從字面求之，毫釐千里矣。善學之，方有入處。

一〇　治小令途徑

　　自來治小令者，多崇尚《花間》。《花間》以温、韋二派爲主，餘各家爲從。温派穠艷，韋派清麗，不妨各就所嗜而學之。若性不喜《花間》，尚有二途可循。或取清麗芊綿家數，由漱玉以上規後主，參以後唐之韋

161

莊，輔以清初之納蘭，此一途也。或取深俊婉約家數，由宋初珠玉、六一、淮海諸家，上溯正中，更以近代王靜庵之《人間詞》擴大其詞境，此亦一途也。

一一　慢詞與小令作法不同

慢詞與小令，不獨體製迥殊，即文心內容，亦一繁一簡。文心何物，換言之，即意匠也。詞境之構成如何，全視意匠之工拙。設喻以明之。小令如布置庭園一角，無多結構，奇花异石，些少點綴，便生佳致。慢詞則不同，如建大廈然，其中曲折層次甚多，入手必先慘淡經營，方能從事土木。若枝枝節節爲之，外觀縱極堂皇，內容必破碎不成格局。小令衹要些新意，便易得古人句。作慢詞，全篇有全篇之意，前遍有前遍之意，後遍有後遍之意。故運意時，須先分別主從，庶詞成後聯貫統一，脉絡井然。慢詞與小令之文心既繁簡迥殊，構成之辭章即因之异色，而作法亦因之截然不同矣。

一二　詞賦少而比興多

詞尚空靈，妙在不離不即，若離若即，故賦少而比興多。令引近然，慢詞亦然。曰比曰興，多從反面側面著筆。賦者，敷陳其事而直言之，便是從正面說。至何者宜賦，何者宜比興，則須相題而用之，不可一概論。慢詞作法，須講義法，與古文辭同。古文用筆，有正反側。然有時何嘗不用正筆，亦在相題用之。宜用反側，即用反側，宜用正筆，即用正筆。此例詩詞古文中甚多，故曰不可一概論。

一三　小令慢詞各有天地

　　小令以輕、清、靈爲當行。不做到此地步，即失其宛轉抑揚之致，必至味同嚼蠟。慢詞以重、大、拙爲絶詣，不做到此境界，落于纖巧輕滑一路，亦不成大方家數。小令、慢詞，其中各有天地，作法截然不同。何謂輕、清、靈，人尚易知。何謂重、大、拙，則人難曉。如略示其端，此三字須分別看，重謂力量，大謂氣概，拙謂古致。工夫火候到時，方有此境。以書喻之最易明，如漢魏六朝碑版，即重、大、拙三者俱備。輕、清、靈不過簪花美格而已。然各有所詣，亦是一種工夫，特未可相提并論耳。如以作小令之法作慢詞，以作慢詞之法作小令，亦猶以習簪花格之法習碑版，以寫碑版之法寫簪花格。反其道而用之，必兩無是處。

一四　詞學通于書道

　　詞中有澀之一境。但澀與滯异，亦猶重、大、拙之拙，不與笨同。昔侍臨川李梅盦夫子几席，聞其論書法，發揮拙、澀二字之妙，以爲聞所未聞。後治慢詞，乃悟詞中亦有此妙境，但非深入感覺不到。由此見詞學亦通于書道。

一五　填詞貴能以輕御重

填詞貴能以輕御重。此則關乎工力，不外熟能生巧。難題澀調，守四聲，辨陰陽，以及限韻、步韻等，在能手爲之，何嘗不舉重若輕。非然，未有不手忙脚亂者。

一六　填詞三步

初學填詞，第一步求穩妥，第二步求精警，第三步求超脱。先言第一步，穩有字穩、句穩、韻穩、章穩數種。入手求穩，當先字句韻三者。至于章法求穩，則功夫已到七八成矣。填詞煉章法，尤難于煉字、煉句。時下詞流，講章法者，十中難得二三人，可慨也。入手填詞，字句有不穩處，不足爲病。最忌者，穩而平庸，則難期精進耳。

一七　詞須熟誦

詞本可歌，音節鏗鏘，理所應有。填詞能入調，自無生硬之病，故覺鏗鏘可聽。欲求入調，惟有熟誦古名家詞，久之自然純熟。周介存《詞辨》，乃選本中最精者，首首可誦。

一八　叠字句法創自易安

　　叠字句法，創自易安。以〔聲聲慢〕係叠字調名，故當時涉筆成趣。一起連叠十四字，後人以爲絶唱。究之非填詞正軌，易流于纖巧一路，祇可讓弄才女子偶一爲之。王湘綺云："諸家賞其七叠，亦以初見故新，效之則可嘔。"誠然。否則兩宋不少名家，後竟無繼聲者，豈才均不若易安乎，其故可思矣。

一九　咏物詞貴有寓意

　　咏物詞，貴有寓意，方合比興之義。寄托最宜含蓄，運典尤忌呆詮，須具"手揮五弦，目送飛鴻"之妙，方合。如東坡〔水龍吟〕，咏楊花而寫離情。夢窗〔瑣窗寒〕，咏玉蘭而懷去姬。白石咏梅，〔暗香〕感舊，〔疏影〕吊北狩扈從諸妃嬪。大都雙管齊下，手寫此而目注彼，信爲當行名作。此雖意別有在，然莫不抱定題目立言。用慢詞咏物，起句便須擒題。過變更不可脫離題意，方不空泛，方能警切。

二〇　學詞勿先看近人詞

　　學詞切勿先看近人詞。近人詞多重敷浮字面，不尚意境，不講章法，不守格律。從此入手，以後即不能到宋名賢境界。清詞亦祇末季王、朱、鄭、況等數家可以取法，餘不足觀也。

二一　清詞三期

　　清詞派別，可分三期。浙西派與陽羨派同時。浙西派倡自朱竹垞，曹升六、徐電發等繼之，崇尚姜、張，以雅正爲歸。陽羨派倡自陳迦陵，吳薗次、萬紅友等繼之，效法蘇、辛，惟才氣是尚。此第一期也。常州派倡自張皐文，董晉卿、周介存等繼之，振北宋名家之緒，以立意爲本，以叶律爲末，此第二期也。第三期詞派，創自王半塘，葉遐庵戲呼爲桂派，予亦姑以桂派名之。和之者有鄭叔問、況蕙風、朱彊邨等，本張皐文“意内言外”之旨，參以凌次仲、戈順卿審音持律之説，而益發揮光大之。此派最晚出，以立意爲體，故詞格頗高。以守律爲用，故詞法頗嚴。今世詞學正宗，惟有此派。餘皆少所樹立，不能成派。其下者，野狐禪耳。故王、朱、鄭、況諸家，詞之家數雖不同，而詞派則同。

二二　作慢詞分二派

　　慢詞行文，現分二派，一從裏面做出，一從外面做入。從裏面做出，便是以意遣辭。此派作法，以布局爲先務。下手時，先須立定主意，通篇即抱定此意做去。敷藻下字，均有分寸。如何起、如何結、如何過變、如何鋪叙，均須意在筆先。故詞成後，語無泛設，脉絡分明，一氣捲舒。宋賢矩矱，本應如是。此即以意遣辭，所謂從裏面做出者也。從外面做入，便是因辭造意。此派作法，以琢句爲先務，字面務取華美，隨其組織以造意。貼切與否，在所不顧。全詞無中心，湊合成篇。承接貫串，起伏照應，更所不講。故詞成後，其佳者，亦祇有好句可看，無章法脉絡可言。

其劣者，堆砌粉飾，支離破碎，一加分析，疵纇百出。此即因辭造意，所謂從外面做人者也。從裏面做出之詞，譬如內家拳，外表不必如何動人，真實工夫，全在裏面。詞之煉意、煉章、行氣、運筆者似之。惟工力深者，一見能知其佳處。此類詞，若僅從字面求之，毫釐千里矣。從外面做入之詞，譬如外家拳，其至者，亦有身法、手法、步法可看，工夫全在表面。如僅以句法見長之詞，其未至者，花拳繡腿而已。餖飣獺祭之詞流似之。可以駭俗目，未能逃法眼也。今世詞流如鯽，以句法見長者，尚車載斗量。講究章法者，二三老輩外，幾如鳳毛麟角，洵可慨已。

二三　看詞宜細分析

作詞固難，看詞亦不易。看前人詞，最宜仔細分析，能洞見前人工拙，方能發見自己短長，而加以改進。大鶴、蕙風，最善論詞。彊邨則心知其故而不多言。方今論詞具法眼者，當推嘉興張孟劬、南海陳述叔。孟劬深受大鶴陶鎔，述叔則傳彊邨衣鉢者。二人一病一老，此後恐成《廣陵散》矣。

二四　看詞偏見與陋見

看人詞極難，看作家之詞尤難。非有真賞之眼光，不易發見其真意。有原意本淺，而視之過深者。如飛卿〔菩薩蠻〕，本無甚深意，張皋文以爲感士不遇，爲後人所譏是也。有原意本深，而視之過淺者，如稼軒詞多有寓意，後人但看其表面，以爲豪語易學是也。自來評詞，尤鮮定論。派別不同，則難免入主出奴之見。往往同一人之詞，有揚之則九天，抑之則九淵者。如近世推崇屯田、夢窗，而宋末張玉田《詞源》，則非難備至，即其一例。至于學識敷淺，則看詞見解失真，信口雌黄，何异扣槃捫燭，目砥砆爲寶玉，認騏驥作駑駘，更不值識者一哂矣。偏見多蔽，陋見多謬，時人論詞，多有犯此病者。

二五　正中詞別具一種風格

正中詞，纏綿悱惻，在五代，别具一種風格。穠艷如飛卿，清麗如端己，超脱如後主，均與之不同家數。其詞最難學，出之太易，則近率滑，過于鍛煉，又傷自然，總難恰到好處。

二六　正中鵲踏枝十四章

正中〔鵲踏枝〕十四章，鬱伊惝怳，究莫測其意恉。劉融齋謂其詞流連光景，惆悵自憐。馮夢華則以爲有家國之感寓乎其中，然歟否歟。

二七　正中詞難學在不用力處

正中詞難學，在其輕描淡寫不用力處。一著濃縟字面，即失却《陽春》本色。近代王静庵《人間詞》，接武歐、晏，其實歐、晏仍自《陽春》出。《人間詞》中，〔蝶戀花〕調最多，亦最佳，即〔鵲踏枝〕也。

二八　東坡詞筆無點塵

東坡詞，胸有萬卷，筆無點塵。其闊大處，不在能作豪放語，而在其襟懷有涵蓋一切氣象。若徒襲其外貌，何异東施效顰。東坡小令，清麗紆徐，雅人深致，另闢一境。設非胸襟高曠，焉能有此吐屬。

二九　少游小令出自六一

少游詞，雖間有《花間》遺韵，其小令深婉處，實出自六一，仍是《陽春》一派。慢詞清新淡雅，風骨高騫，更非《花間》所能範圍矣。

三〇　屯田詞得失參半

屯田爲北宋創調名家，所爲詞，得失參半。其倡樓信筆之作，每以俳體爲世詬病，萬不可學。至其佳詞，則章法精嚴，極離合順逆貫串映帶之妙，下開清真、夢窗詞法。而描寫景物，亦極工麗。〔雨霖鈴〕調，在《樂章集》中，尚非絕詣。特以“楊柳岸，曉風殘月”句得名耳。

三一　柳詞勝處在氣骨

柳詞勝處，在氣骨，不在字面。其寫景處，遠勝其抒情處。而章法大開大闔，爲後起清真、夢窗諸家所取法，信爲創調名家。如〔玉蝴蝶〕"望處雨收雲斷"，〔夜半樂〕"凍雲黯淡天氣"，〔安公子〕"遠岸收殘雨"，〔傾杯樂〕"木落霜洲"，〔卜算子慢〕"江楓漸老"，〔甘州〕"對瀟瀟暮雨灑江天"諸闋，寫羈旅行役中秋景，均窮極工巧。

三二　周詞全自柳出

周詞淵源，全自柳出。其寫情用賦筆，純是屯田家法。特清真有時意較含蓄，辭較精工耳。細繹《片玉集》，慢詞學柳而脱去痕迹自成家數者，十居七八。字面雖殊格調未變者，十居二三。陳裒碧有言：能見耆卿之骨，始能通清真之神。目光如炬，突過王晦叔、張玉田諸賢遠甚。夢窗深得清真之妙，其慢詞開闔變化，實間接自柳出。惟面貌全變，另具神理，不惟不似屯田，并不似清真。看詞者若僅于字句表面求之，更不易得其端倪矣。

三三　周吳小令及慢詞

　清真令曲，閑婉似叔原，而沈著亦近之。慢詞疏宕類耆卿，而精湛則過之。于以見其作法非同一機杼矣。夢窗亦然，慢詞極凝煉，令曲却極流利。故玉田于其慢詞，譏爲凝澀晦昧，謂如七寶樓臺，碎拆下來，不成片段。而獨賞其〔唐多令〕之疏快，以爲不質實。集中尚有。又以其令曲妙處與賀方回并稱。令曲慢詞，截然兩途，觀此益信。

三四　周吳慢詞最難學處

清真慢詞，沈鬱頓挫處最難學，須有雄健之筆以舉之。若無此筆，慎勿學清真，否則必流于軟媚。夢窗慢詞，高華麗密處最難學，須有靈變之筆以御之。若無此筆，慎勿學夢窗，否則必流于晦澀。

三五　稼軒詞不盡豪放

稼軒詞，豪放師東坡，然不盡豪放也。其集中，有沈鬱頓挫之作，有纏綿悱惻之作，殆皆有爲而發。其修辭亦種種不同，焉得概以“豪放”二字目之。

三六　白石詞騷雅絕倫

白石詞在南宋，爲清空一派開山祖，碧山、玉田皆其法嗣。其詞騷雅絕倫，無一點浮烟浪墨繞其筆端，故當時有詞仙之目。野雲孤飛，去留無迹，有定評矣。

三七　碧山玉田各具面貌

碧山、玉田生當宋末元初，黍離麥秀之感，往往溢于言外。二家雖同出白石，而各具面貌。碧山沈鬱處最難學，近代王半塘，即瓣香碧山者。玉田輕圓甜熟，最易入手。不善學之，則流于滑易而不自覺，蓋無其懷抱與工力也。清初學玉田者，多蹈此弊。

三八　納蘭慢詞不如小令

納蘭小令，豐神迥絕，學後主未能至，清麗芊綿似易安而已。悼亡諸作，膾炙人口。尤工寫塞外荒寒之景，殆扈從時所身歷，故言之親切如此。其慢詞則凡近拖遝，遠不如其小令，豈詞才所限歟。

三九　大鶴詞吐屬騷雅

大鶴詞，吐屬騷雅，深入白石之室。令引近尤佳。學清真，升堂而已。辛亥以後諸慢詞，長歌當哭，不知是聲是淚是血，殆所謂"亡國之音哀以思"歟。此則變徵之聲，不可以家數論者。

四十　彊邨詞融合蘇吳之長

　　彊邨慢詞，融合東坡、夢窗之長，而運以精思果力。學東坡，取其雄而去其放。學夢窗，取其密而去其晦。遂面目一變，自成一種風格，真善學古人者。集中各詞，皆經千錘百煉而出，正如韓文杜律，無一字無來歷。其詞多性情語，辛亥以後，尤多故國之思。然較大鶴稍含蓄，殆如其爲人。彊邨小令亦極工，然鮮當行者。微覺用力太多，故未能如初寫黃庭，蓋過猶不及也。

四一　蕙風詞及其詞話

　　蕙風詞，才情藻麗，思致淵深。小令得淮海、小山之神，慢詞出入《片玉》、梅溪、白石、玉田間。吐屬雋妙，爲晚清諸家所僅有。然以好作聰明語，有時不免微傷氣格。少作以側艷勝。中年以後，漸變爲深醇。論慢詞，標出「重大拙」三字境界，可謂目光如炬。其《蕙風詞話》五卷，論詞多具卓識，發前人所未發。

四二　水龍吟句法

　　填詞，一調有一調之體製，一調有一調之氣象，即一調有一調之作法。〔水龍吟〕本非難調，亦無難句，惟前後遍中四字組成之六排句，太

173

整太板，不易討好。詞中遇此等句法，須于整中寓散，板中求活。換言之，即各句下字時，須將實字虛字動字靜字，分別錯綜組織以盡其變。前言字法須講倅色揣稱，此其一端也。細玩東坡"似花還似非花"一首，稼軒"楚天千里清秋"一首，于此前後六排句，手法何等靈變。又此調二二組成之四字句太多，故講究作法者，末尾四字句，多用一三句法，亦無非取其變化之意。詞之句法，故不嫌變化多方也。如東坡之"是離人淚"，稼軒之"搵英雄淚"，即其一例。

四三　木蘭花慢有句中韵

〔木蘭花慢〕，有句中韵三處，如屯田作《清明》一首，前遍中間之"傾城"，後遍換頭之"盈盈"，及中間之"歡情"，均作一頓，極有姿致。兩字押韵，一稱短韵，因在句中，又稱暗韵，最能發調。稼軒作四首，則此三處均不押韵，不足爲訓。故《古今詞話》謂〔木蘭花慢〕惟屯田得音調之正也。又前後遍中間暗韵下，若接以去平去上四字，二結六字句兩句，若上句配以去上平平去上，音節流美，更爲動聽。填此調如致力此數者，所作必極沈鬱頓挫、蕩氣回腸之能事。

四四　河傳創自飛卿

〔河傳〕調，創自飛卿。其後變體甚繁，《花間集》所載數家，圓轉宛折，均遜溫體。此調句法長短參差相間，溫體配合最爲適宜。又換叶極難自然，溫體平仄互叶，凡四轉韵，無一毫牽強之病，非深通音律者，未易臻此。又溫體韵密多短句，填時須一韵一境，一句一境。換叶必須換意，轉一韵，即增一境。勿令閑字閑句占據篇幅，方合。

四五　小梅花係東山創調

　　〔小梅花〕，係東山創調，一名〔梅花引〕，體近古樂府，宜徑用古樂府作法。軟句弱韵，均所最忌。賀作筆力陡健。《詞律》收向子諲作，不逮賀作遠甚，而反謂勝之，真賞識于牝牡驪黄之外矣。

四六　戚氏爲屯田創調

　　〔戚氏〕爲屯田創調，《晚秋天》一首，寫客館秋懷，本無甚出奇，然用筆極有層次。初學慢詞，細玩此章，可悟謀篇布局之法。第一遍，就庭軒所見，寫到征夫前路。第二遍，就流連夜景，寫到追懷昔游。第三遍，接寫昔游經歷，仍落到天涯孤客，竟夜無眠情況，章法一絲不亂。惟第二遍自“夜永對景”至“往往經歲遷延”，第三遍自“別來迅景如梭”至“追往事空慘愁顔”，均是數句一氣貫注。屯田詞，最長于行氣，此等處甚難學。後人遇此等處，多用死句填實，縱令琢句工穩，其如懨懨無生氣何。

四七　夢窗鶯啼序

　　〔鶯啼序〕爲序子之一體，全章二百四十字，乃詞調中最長者。填此調，意須層出不窮，否則滿紙敷辭，細按終鮮是處。又全章多至四遍，若不講脉絡貫串，必病散漫，則結構尚矣。此外更須致力于用筆行氣，非然者，不失之拖遝，即失之板重。此調自夢窗後，佳構絕鮮。夢窗作三首，以"殘寒正欺病酒"一首尤佳。此詞第一遍，寫湖上羈人又當春暮。第二遍，寫昔日湖游遇艷情景。第三遍，寫重來湖上，物是人非，追尋昔游，都成陳迹。第四遍，傷高嘆老，撫時悲逝，總寫感懷。竟體固章法井然，而三四兩遍用大開大闔之筆，純自屯田、清真二家脫化而出。大力包舉，一氣舒捲，尤爲僅見。

己卯辛巳間，同學江都臧祜佛根、丹徒柳肇嘉貢禾、靖江謝承焌硯馨，同避兵海上，海上猶桃源也。端居多暇，月課數詞以自遣。時予則遯迹竹西江村，亦以讀詞遣日。諸友以予治詞有年，或寄篇章以相酬和，或舉疑義以相商兌。緘札月必數至，每次作答，累千百言不能盡，所論者莫非詞也。長女宜隨侍在側，爲録而存之。滬局變後，佛根物化，柳、謝亦非復以前興致矣。暇日檢點函稿，爰摘其論詞之言，略加詮次，構成是編以貽來學。初非有意于著述也，題曰《柯亭詞論》，亦不過曰此一人之言而已。甲申春仲，柯亭詞人自識。

作法集評唐宋名家詞選

名家詞選

蔡楨詞學文集

作法集評唐宋名家詞選例言

一、詞發源于唐而發揚于宋，兩宋詞學，盛極一時。然論及詞之作法者，僅沈伯時《樂府指迷》及張玉田《詞源》等書。《樂府指迷》云："作大詞先須立間架，將事與意分定了，第一要起得好，中間祇鋪敘，過處要清新，最緊是末句，須是有一好出場，方妙。小詞祇要些新意，不可太高遠，却易得古人句，然亦要煉句。"《詞源》云："作慢詞看是甚題目，先擇曲名，然後命意。命意既了，思量頭如何起，尾如何結，方始選韵，然後述曲。最是過片，不要斷了曲意，須要承上接下。如姜白石詞云：'曲曲屏山，夜凉獨自甚情緒。'于過片則云：'西窗又吹暗雨。'此則曲之意脉不斷矣。"觀此，可見前人作法一斑。

一、詞之作法，煉字、煉句外，尤貴煉章。劉融齋《藝概》云："詞以煉章法爲隱，煉字句爲秀，秀而不隱，是猶百琲明珠而無一綫穿也。"初學煉章，先須注意三事。

第一，前後遍內語句之承接，須謹守法度。切勿但求藻采，隨意拼凑，則詞成後，方能竟體一氣捲舒。

第二，前後遍須有脉絡貫串。全章語句能互相連繫，方無散漫之嫌。

第三，前後遍須求意境統一。全章語句能彼此照應，方免支離之病。

《詞源》云："詞之語句，太寬則容易，太工則苦澀。如起頭八字相對，中間八字相對，却須用功着一字眼。""若八字既工，下句便合稍寬，庶不窒塞，約莫寬易，又着一句工緻者，便覺精粹。"又云："詞中句法，要平妥精粹，一曲之中，安能句句高妙？祇要拍搭襯副得去，于好發揮筆力處，極要用功，不可輕易放過，讀之使人擊節可也。"此均論語句承接，然不過其中之一端。陸輔之《詞旨》云："製詞須布置停匀，血脉貫穿，過片不可斷意，如常山之蛇，救首救尾。"觀此，則前後遍宜如何使之發生關係，則脉絡尚矣。《詞源》又云："詞既成，試思前後之意不相應，即爲修改。"前後意不相應，乃犯不統一之病。一詞中前後各自爲遍，一

179

遍中前後各自爲句，焉有情致可言？焉得成爲佳構，每闋三遍或四遍之詞，尤宜注意以上三者。

古名家詞，大都順理成章，平易可誦。後人作，反多扞格難通，再三讀尚有不明其意旨所在者，即講作法與不講作法之分耳。

一、昔人謂北宋初期慢詞，有佳句而乏佳章。語不盡然。詞法之超妙，實首推北宋，非南宋所及也。蓋詞之最初，本無所謂法。耆卿出而詞法始立，美成出而詞法始密。今細繹《樂章》《清眞》二集，作法便見。蓋耆卿詞最有法度，美成家法實出耆卿，又獨能發揮而光大之，故其詞法冠絕諸家。《樂府指迷》稱："清眞詞下字運意皆有法度。"信然。其實各名家詞，莫不各有家法，所謂情至文生，文成法立，不言法而法自具，一切文體皆然。詞亦何獨不然？故東坡、少游，有東坡、少游之作法；子野、方回，有子野、方回之作法；推而至于珠玉、六一、小山，有珠玉、六一、小山之作法；再推而至于金荃、浣花、二主、陽春，有金荃、浣花、二主、陽春之作法。未經發見，但覺一片渺茫，一經明眼人指出，則柳暗花明，境界畢現矣。

一、言有物，有序，有則，古文辭然，詞亦然。故古文辭有義法，詞亦有義法。自譚復堂據古文筆法以評周氏《詞辨》，發見古名家詞多少作法，于其奇正、虛實、抑揚、開合、工易、寬緊之故，一經指出，頭頭是道，是眞能以金針度人者。近年陳述叔《海綃翁說詞》，選評清眞、夢窗二家，于其用筆之道，闡發盡致。不惟使用事下語太晦、人不易曉之夢窗詞，變爲平易可誦，而于循夢窗以達清眞之途徑，亦歷歷可尋。似此評詞，可謂自宋以來所未有。惟看詞方法，人人眼光不必盡同。是編既爲作法集評，譚、陳二家當然選列，其古今各名家評騭，有見解透闢，深入而能顯出者，長言片語，均有采錄，而以拙作《柯亭詞評》附焉。

一、初學作詞，必先知看詞，看詞之法，首重分析。所謂分析，即分析其作法與作旨是也，能洞見前人工拙，方能發見己作短長，而加以改進。詞不外抒情、寫景。景有情中景，情有景中情，融情入景，融景入情，二者交融，最爲上乘。所謂作旨，即作詞貴有意義，男女怨慕之辭，友朋贈答之章，賞花對酒之篇，吟風弄月之什，未嘗全無意義，但所見猶小。必如屈子之《騷》，少陵之詩，忠愛之忱，溢于言表，所見乃大。王觀堂云："尼采謂一切文學，余愛以血書者，後主之詞，眞所謂以血書者，宋道君皇帝〔燕山亭〕詞，亦略似之。然道君不過自道身世之感，後主則有釋迦、基督，擔荷人類罪惡之意。其大小不同。"此意内言外之詞，所謂最有意義者也。他如南宋人抒懷咏物之詞，無處不寫家國之感，手寫此而目注彼，亦可謂之有意義。

一、本編爲河大國文系《詞選》講稿，所選各名家詞，以作法昭著可供學子取則者爲準，故與其他選本微有不同。太白〔菩薩蠻〕〔憶秦娥〕二詞，真僞不無疑問，然作法超絶，自來詞家，均目爲冠絶古今之作。吳子律《蓮子居詞話》云："唐詞〔菩薩蠻〕〔憶秦娥〕二闋，花庵以後，咸以爲出自太白，然太白集中不載。胡應麟《筆叢》疑其僞托，不爲無見。"謂詳其意調絶類温方城，殊不然。如"暝色入高樓，有人樓上愁""西風殘照，漢家陵闕"等語，神理高絶，却非金荃手筆所能。劉融齋《藝概》云："梁武帝《江南弄》、陶宏景《寒夜怨》、陸瓊《飲酒樂》、徐孝穆《長相思》，皆具詞體，而堂廡未大，至太白〔菩薩蠻〕之繁情促節，〔憶秦娥〕之長吟遠慕，遂使前此諸家，悉歸環内。"《蕙風詞話》亦云："胡元瑞斥太白二詞爲僞作，姑勿與辨，試問此僞詞，孰能作，孰敢作，未必兩宋名家克辦。"本編所取，祇在作法，不重考據，故仍以二詞冠諸編首。

民國二十二年癸未春日，蔡嵩雲寫于河南大學之西齋。

作法集評唐宋名家詞選卷上·唐五代詞

一　李白

李白，字太白，蜀人，一云山東人，供奉翰林。

菩薩蠻

平林漠漠烟如織。寒山一帶傷心碧。暝色入高樓。有人樓上愁。
玉階空佇立。宿鳥歸飛急。何處是歸程。長亭連短亭。

　　黃蓼園曰：入首二句，意興蒼涼壯闊。第三第四句，説到"樓"、到
"人"，又自靜細孤寂，真化工之筆。第二闋，"闌干"字跟上"樓"字
來，"佇立"字跟上"愁"字來，末聯始點出"歸"字來，是題目歸宿。
所以"愁"者此也。所以"寒山"傷心者亦此也。更覺前闋凌空結撰，
意興高遠。至結句仍含蓄不説盡，雄渾無匹。①
　　《柯亭詞評》云：此詞《藝概》以爲作于明皇西幸後，蓋哀唐室思明
皇而發也。"烟林""寒山"是靜境，"歸鳥"是動境，皆寫晚景。曰"平
林"，曰"一帶"，曰"長亭""短亭"，均自樓上望遠光景。"愁"字承
"傷心"句，"玉階"承"高樓"句，"暝色"句縮合全篇，蓋"烟林"
"寒山""歸鳥"無一不包括在内也。"空佇立"之"空"字，尤爲詞中
點睛處；蓋因"歸鳥"而思歸人，故睹"烟林""寒山"之"暝色"而
發生無限愁懷也。

---

　　① 黃蘇《蓼園詞選》。

憶秦娥

簫聲咽。秦娥夢斷秦樓月。秦樓月。年年柳色。灞陵傷別。　　樂游原上清秋節。咸陽古道音塵絕。音塵絕。西風殘照，漢家陵闕。

王觀堂《人間詞話》云：太白純以氣象勝。"西風殘照，漢家陵闕"，寥寥八字，遂關千古登臨之口。後世惟范文正之〔漁家傲〕，夏英公之〔喜遷鶯〕，差足繼武，然氣象已不逮矣。①

《柯亭詞評》云：《藝概》謂此詞亦作于明皇西幸後，蓋追傷長安殘破而發也。"秦娥"自是托辭，"秦樓月"言往日風光，"樂游原"言昔時勝地，曰"夢斷"，曰"音塵絕"，言此情此景今已不可復睹矣。灞陵柳色，年年祇有傷別之情，陵闕風日，清秋蓋增故國之感。長吟遠慕，與少陵《秋興》詩同一旨趣。"秦樓""灞陵""樂游""咸陽"皆明點長安，"漢家"則暗指唐室，蓋不忍直言之耳。

二　張志和

張志和，字子同，金華人，擢明經，肅宗命待詔翰林，坐貶不復仕。居江湖，自稱"烟波釣徒"，每垂釣不設餌，志不在魚也。

漁歌子

西塞山前白鷺飛。桃花流水鱖魚肥。青箬笠，綠蓑衣，斜風細雨不須歸。

黃蓼園曰：數句祇寫漁家之自樂，其樂無風波之患。對面已有不能自由者，已隱躍言外，蘊含不露，筆墨入化，超然塵埃之外。②

《柯亭詞評》云：上二句，寫漁家環境之美。下三句，寫漁人生涯之樂。通體無一閑字，脉絡貫串，妙造自然。

---

① 王國維《人間詞話》。
② 黃蘇《蓼園詞選》。

三　溫庭筠

溫庭筠，本名岐，字飛卿，太原人，宰相彥博之後，累舉不第，大中末，官方山尉，有《握蘭》《金荃》等集。

菩薩蠻

小山重叠金明滅。鬢雲欲度香腮雪。懶起畫蛾眉。弄妝梳洗遲。
照花前後鏡。花面交相映。新帖繡羅襦。雙雙金鷓鴣。

張皋文曰：此章從夢曉後，領起"懶起"二字，含後文情事。[1]

陳亦峰曰："懶起畫蛾眉，弄妝梳洗遲。"無限傷心，溢于言表。[2]

任二北曰：此詞前闋，首句寫居室服御，次句寫人，三、四兩句寫情事；後闋前二句寫感喟，從上面之情事遞下，而引起下面二句情意之結穴。其全部章法，乃由地而及人，而及事，而及情，層遞而下，前後闋一貫。寫地、寫人，固屬于引起襯副，即寫情事兩句，亦尚是狀態居多，故前闋可謂全爲後闋之張本，并非全詞之精粹也。後闋言鷓鴣之雙雙，明其感喟之果，已到意境止處，若全詞深厚，則尤在感喟兩句。蓋花面交映，淺言之乃人面如花；進一步想，花非久榮之物，則人之朱顏憔悴，亦自在意中；再進一步，花及芳時，猶有人于鏡中簪惜，人及芳時，誰爲憐取？再進一步，正在芳時，眼前并無人留戀，則韶年易過，秋扇之捐，固足憂懼，即令駐顏有術，當得不老，豈便能博取人情之真，而恒久不變？凡此種種意境，舉可從"交相映"三字中生出，是在讀者之細細體會，得深得淺，要以我心爲主，不必强同于人耳。[3]

《柯亭詞評》云：前半首二句，就服御中擇舉山枕，以概全室服御之精；就美人全體擇舉鬢雲、腮雪，以概美人之美，是修辭擇舉精要之例證。下二句，情與事融合，"懶"字、"遲"字，本以言事，而情亦在其

---

[1]　張惠言《詞選》。

[2]　陳廷焯《白雨齋詞話》卷一。

　[3]　任半塘《研究詞集之方法》。

中。後半首二句，因鏡中影而生感喟，以花比人，是比。下二句，因鸂鶒
之雙雙，引起人孤獨之感，即由上二句生出，是興。

菩薩蠻

水精簾裏頗黎枕。暖香惹夢鴛鴦錦。江上柳如烟。雁飛殘月天。
藕絲秋色淺。人勝參差剪。雙鬢隔香紅。玉釵頭上風。

張皋文云：“夢”字提，“江上”以下，略叙夢境。“人勝參差”“玉
釵香隔”，言夢亦不得到也。“江上柳如烟”是關絡。①

陳亦峰曰：“江上柳如烟。雁飛殘月天。”飛卿佳句也。好在是夢中情
況，便覺綿邈無際。若空寫兩句景物，意味便減，悟此方許爲詞。不則即
金氏所謂“雅而不艷，有句無章”者矣。②

《柯亭詞評》云：上半前二句，叙入夢原由。後二句，叙夢中境界。
下半前二句，叙昔年裝飾。後二句，言今日乖違。

菩薩蠻

玉樓明月長相憶。柳絲裊娜春無力。門外草萋萋。送君聞馬嘶。　　畫
羅金翡翠。香燭銷成泪。花落子規啼。綠窗殘夢迷。

張皋文云：“玉樓明月長相憶”，又提，“柳絲裊娜”，送君之時。故
江上柳如烟，夢中情境亦爾。③

譚復堂曰：（“玉樓明月長相憶”句），提。（“花落子規啼”句），小
歇。④

《柯亭詞評》云：上半追憶別時情景，下半自述別後況味。

菩薩蠻

寶函鈿雀金鸂鶒。沈香閣上吳山碧。楊柳又如絲。驛橋春雨時。　　畫

---

① 張惠言《詞選》。
② 陳廷焯《白雨齋詞話》卷九。
③ 張惠言《詞選》。
④ 譚獻《譚評詞辨》。

樓音信斷。芳草江南岸。鸞鏡與花枝。此情誰得知？

譚復堂曰：（"寶函鈿雀金鸂鶒"句），追敘，（"畫樓音信斷"句），指點今情，（"鸞鏡與花枝"句），頓。①

陳亦峰曰："花落子規啼。綠窗殘夢迷"，又"鸞鏡與花枝。此情誰得知"，皆含深意。此種詞，第自寫性情，不必求勝人，已成絕響。②

《柯亭詞評》云：上半前二句，寫別前景況。後二句，寫別後經歷。下半前二句，言望斷行人消息。後二句，自傷華年易逝。攬鏡增悲，恨行者不識居者之苦也。

更漏子

柳絲長，春雨細。花外漏聲迢遞。驚塞雁，起城烏。畫屏金鷓鴣。　　香霧薄，透簾幕。惆悵謝家池閣。紅燭背。繡簾垂。夢長君不知。

張皋文曰："驚塞雁"三句，言歡戚不同，與下"夢長君不知"也。③

陳亦峰曰："驚塞雁，起城烏。畫屏金鷓鴣。"此言苦者自苦，樂者自樂。④

《柯亭詞評》云：上半由景說到情，"漏聲""紅燭"，均點夜景。下半情景交融，"夢長"句承"畫屏"句來。

更漏子

星斗稀，鐘鼓歇。簾外曉鶯殘月。蘭露重，柳風斜。滿庭堆落花。　　虛閣上。倚闌望。還似去年惆悵。春欲暮，思無窮。舊歡如夢中。

---

① 譚獻《譚評詞辨》。
② 陳廷焯《白雨齋詞話》卷一。
③ 張惠言《詞選》。
④ 陳廷焯《白雨齋詞話》卷一。

張皋文曰："蘭露重"三句與"塞雁""城烏"義同。①

陳亦峰曰："蘭露重，柳風斜。滿庭堆落花。"此又言盛者自盛，衰者自衰，亦即上章苦樂之意。顛倒言之，純是風人章法，特改換面目，人自不覺耳。②

《柯亭詞評》云：上半六句寫景，下半六句抒情。"星斗""鐘鼓"點夜景，"春欲暮"承上半後四句。

更漏子

玉爐香，紅蠟淚。偏照畫堂秋思。眉翠薄，鬢雲殘。夜長衾枕寒。　　梧桐樹。三更雨。不道離情正苦。一葉葉，一聲聲。空階滴到明。

譚復堂曰："梧桐樹。三更雨"，似直下語，正從"夜長"逗出，亦書家無垂不縮之法。③

陳亦峰曰：飛卿〔更漏子〕三章，自是絕唱，而後人獨賞其末章"梧桐樹"數語。胡元任云："庭筠工于造語，極爲奇麗，此詞尤佳。"即指"梧桐樹"數語也。不知"梧桐樹"數語，用筆較快，而意味無上二章之厚。胡氏不知詞，故以"奇麗"目飛卿，且以此章爲飛卿之冠，淺視飛卿者也。後人從而和之，顛倒是非，千年夢夢！④

《柯亭詞評》云：上半首三句，由景説到情。下三句，寫情，由"秋思"生出。下半寫景中情，由"夜長衾枕寒"句生出。

夢江南

梳洗罷，獨倚望江樓。過盡千帆皆不是，斜暉脉脉水悠悠。腸斷白蘋洲。

---

① 張惠言《詞選》。
② 陳廷焯《白雨齋詞話》卷一。
③ 譚獻《譚評詞辨》。
④ 陳廷焯《白雨齋詞話》卷一。

譚復堂曰：猶是盛唐絕句。①

《柯亭詞評》云：此詞寫閨情。就江樓獨望所見，寫來何等蘊藉！結句尤有悠然不盡之致。

四　韋莊

韋莊，字端己，杜陵人，乾寧元年進士。入蜀，王建辟掌書記，尋召爲起居舍人，累官至吏部尚書。有《浣花集》。

菩薩蠻

紅樓別夜堪惆悵。香燈半捲流蘇帳。殘月出門時。美人和淚辭。
琵琶金翠羽。弦上黄鶯語。勸我早還家。綠窗人似花。

譚復堂曰：亦填詞中《古詩十九首》，即以讀《（古詩）十九首》心眼讀之。②

《柯亭詞評》云：此爲教坊別樂伎之作。"紅樓"四句，寫別時情景。"琵琶"四句，亦蘊藉，亦空靈。"金翠羽"言琵琶之飾，"黄鶯語"言琵琶之音。

菩薩蠻

人人盡説江南好。游人祇合江南老。春水碧于天。畫船聽雨眠。
壚邊人似月。皓腕凝霜雪。未老莫還鄉。還鄉須斷腸。

譚復堂曰：強顔作愉快語，怕斷腸，腸亦斷矣。③

《柯亭詞評》云："春水"二句，寫江南風景。"壚邊"二句，寫江南美人。前後二"老"字相呼應，言江南好，則中原之不好，自在言外。

菩薩蠻

如今却憶江南樂。當時年少春衫薄。騎馬倚斜橋。滿樓紅袖招。

---

① 譚獻《譚評詞辨》。
② 譚獻《復堂詞話》。
③ 譚獻《譚評詞辨》。

翠屏金屈曲。醉入花叢宿。此度見花枝。白頭誓不歸。

譚復堂曰："如今却憶江南樂"，是半面語，後半意不盡而語盡，"却憶""此度"四字，度人金針。①

《柯亭詞評》云："騎馬"二句，承"年少"句來。下半寫追歡情景。（按：莊以北人，值黃巢之亂，避地江南十年，北歸成進士，已在中年以後。最後以校書郎奉使入蜀，爲王建所留。此詞乃被留後，追憶少年經歷之作。）

菩薩蠻

洛陽城裏春光好。洛陽才子他鄉老。柳暗魏王堤。此時心轉迷。
桃花春水淥。水上鴛鴦浴。凝恨對殘暉。憶君君不知。

譚復堂曰："洛陽才子他鄉老"，至此揭出，又曰"憶君君不知"，怨而不怒之義。②

陳亦峰曰：端己〔菩薩蠻〕四章，惓惓故國之思，而意婉詞直，一變飛卿面目，然消息正自相通。余嘗謂後主之視飛卿，合而離者也；端己之視飛卿，離而合者也。③

《柯亭詞評》云：此爲留蜀後，憶中原之作。（莊以僖宗中和初年離長安，小住洛陽。中和三年，避亂江南，曾游三江兩湖，至昭宗景福二年北歸，其間約經十年。昭宗乾寧元年舉進士，并任校書郎之職。乾寧三四年間，第一次入蜀，光化元年北歸。昭宗光化初年，第二次入蜀。天福初年，應聘爲蜀書記。唐召爲起居舍人，未受命。天福三年，復北歸，爲王建連朱全忠。梁開平元年，朱全忠稱帝，莊亦向王建勸進，爲左散騎常侍，官至吏部尚書，同平章事。開平四年，卒于成都。）

小重山

一閉昭陽春又春。夜寒宮漏永。夢君恩。臥思陳事暗銷魂。羅衣濕，

① 譚獻《譚評詞辨》。
② 譚獻《譚評詞辨》。
③ 陳廷焯《白雨齋詞話》卷一。

紅袂有啼痕。　　歌吹隔重闉。繞亭芳草綠，倚長門。萬般惆悵向誰論。凝情立，宮殿欲黃昏。

《古今詞話》：情意凄怨。①

《柯亭詞評》云：所謂"萬般惆悵"，即"銷魂"之"陳事"也。臥則暗思，立則凝情，其怨可知。"夢君恩"，反言之也。"宮殿"句，回顧"昭陽"句。

五　牛嶠

牛嶠，字松卿，隴西人，乾符五年進士，歷官拾遺，補尚書郎。王建鎮蜀，辟爲判官，後仕蜀爲給事中。

菩薩蠻

舞裙香暖金泥鳳。畫梁語燕驚殘夢。門外柳花飛。玉郎猶未歸。
愁勻紅粉淚。眉剪春山翠。何處是遼陽。錦屏春畫長。

張皋文曰："驚殘夢"一點，以下純是夢境。章法似《西洲曲》。②

《柯亭詞評》云："畫梁語燕"，門外飛花，正錦屏春畫之時，前後遍情景須連屬，觀此益信。

菩薩蠻

綠雲鬢上飛金雀。愁眉斂翠春烟薄。香閣掩芙蓉。畫屏山幾重。
窗寒天欲曙。猶結同心苣。啼粉涴〔污〕羅衣。問郎何日歸。

張皋文曰：《花間集》七首，詞意頗雜，蓋非一時之作。《詞綜》刪存二首，章法絕妙。③

---

① 楊湜《古今詞話》。
② 張惠言《詞選》。
③ 張惠言《詞選》。

《柯亭詞評》云：兩闋均寫閨中睡時情狀，前寫晝，後寫夜，而用意則同。

六　毛文錫

毛文錫，字平珪，唐進士，事蜀，爲翰林學士，遷內樞密使，歷文思殿大學士、司徒。

巫山一段雲

雨霽巫山上，雲輕映碧天。遠風吹散又相連。十二晚峰前。　　暗濕啼猿樹，高籠過客船。朝朝暮暮楚江邊。幾度降神仙。

賀黃公曰：摹寫雲氣，真覺氤氳溎渤，滿于紙上。[1]

《柯亭詞評》云：“散”與“連”，均寫雲之變化。“暗濕”“高籠”，寫行雲栩栩欲活。

七　顧敻

顧敻，仕蜀，爲太尉，字、里不傳。

訴衷情

永夜拋人何處去。絕來音。香閣掩。眉斂，月將沈。　　爭忍不相尋。怨孤衾。換我心。爲你心。始知相憶深。

王阮亭曰：“換我心。爲你心。始知相憶深”，自是透骨情語。徐山民“妾心移得在君心，方知人恨深”，全襲此。然已爲柳七一派濫觴。[2]

王湘綺曰：亦是對面寫照，有嘲有怨，放刁放嬌。[3]

---

[1]　賀裳《皺水軒詞筌》。

[2]　王士禛《花草蒙拾》。

[3]　王闓運《湘綺樓詞選》。

《柯亭詞評》云：此詞須玩其轉折處及用意回互處。"月將沈"承"永夜"來。"眉斂"句，已逗"怨"字。

八　鹿虔扆

鹿虔扆，事蜀，爲永泰軍節度使，加太保。

臨江仙

金鎖重門荒苑静。綺窗愁對秋空。翠華一去寂無踪。玉樓歌吹，聲斷已隨風。　　烟月不知人事改，夜闌還照深宫。藕花相嚮野塘中。暗傷亡國，清露泣香紅。

倪雲林曰：鹿公高節，偶爾寄情倚聲，而曲折盡變，有無限感慨淋漓處。[1]

《柯亭詞評》云：起二句，寫荒苑久無人到，故重門金鎖。與"秋空"相對者，祇此"綺窗"耳。下三句，"翠華"而曰"無踪"，"歌吹"而曰"聲斷"，已不勝今昔之感。後半寫"深宫""烟月"，不知"人事"，"野塘""藕花"，暗傷亡國。似"烟月"無情而"藕花"有意者。其實"烟月"何知？"藕花"又何知？所以覺其如是，全屬我見。王觀堂云："以我觀物，無物不著我之色采。"此蓋著我之色采者。故見仁見智，不同如此。然發而爲詞，何其哀以思耶！

九　毛熙震

毛熙震，蜀人，官秘書監。

後庭花

鶯啼燕語芳菲節。瑞庭花發。昔時歡宴歌聲揭。管弦清越。　　自從陵谷追游歇。畫梁塵黦。傷心一片如圭月。閑鎖宫闕。

---

　　　[1]　沈雄《古今詞話》引倪雲林語。

王觀堂曰：周密《齊東野語》稱其詞新警而不爲儇薄。余尤愛其〔後庭花〕，不獨意勝，即以調論，亦有雋上清越之致。①

《柯亭詞評》云：一二兩句，寫目前景。三四兩句，寫昔時景。下半前二句，是自昔到今感想。後二句，是目前感想。均情景夾寫。

一〇　孫光憲

孫光憲，字孟文，貴平人。仕荊南高從誨，爲書記，歷官御史大夫。後歸宋，授黃州刺史。

思帝鄉

如何。遣情情更多。永日水晶簾下，斂羞蛾。六幅羅裙窣地，微行曳碧波。看盡滿池疏雨，打團荷。

王湘綺曰：常語常景，自然丰采。②

《柯亭詞評》云：此詞宜作旁觀看，乃別後追憶其容止。雨打團荷，喻其裙波窣地之姿態，非真寫雨荷也。

浣溪沙

蓼岸風多橘柚香。江邊一望楚天長。片帆烟際閃孤光。　　目送征鴻飛杳杳，思隨流水去茫茫。蘭紅波碧憶瀟湘。

王觀堂曰：昔黃玉林賞其“一庭花雨濕春愁”爲古今佳句。余以爲不若“片帆烟際閃孤光”，尤有境界也。③

《柯亭詞評》云：首句是近景。“江邊”以下，是一望楚天所見。“瀟湘”仍結到“楚天”，是行人所往之地。

---

①　王國維《人間詞話》附錄。
②　王闓運《湘綺樓詞選》。
③　王國維《人間詞話》附錄。

一一 李璟

李璟，南唐嗣主，初名景，烈祖長子。

浣溪沙

菡萏香銷翠葉殘。西風愁起綠波間。還與韶光共憔悴，不堪看。
細雨夢回雞塞遠。小樓吹徹玉笙寒。多少淚珠何限恨，倚闌干。

陳亦峰曰：“還與韶光共憔悴，不堪看。”沈之至，鬱之至，凄然欲絕。後主雖善言情，卒不能出其右也。①

王觀堂云：“菡萏香銷翠葉殘。西風愁起綠波間”，大有衆芳蕪穢、美人遲莫之感。乃古今獨賞其“細雨夢回雞塞遠。小樓吹徹玉笙寒”，故知解人正不易得。②

黃蓼園云：“細雨”“夢回”二句，意興清幽，自係名句。結末“倚闌干”三字，亦有說不盡之意。③

《柯亭詞評》云：“香銷”“愁起”，人花共悴，韶光易逝，遲暮之感所由生。“還與”者，言此情此景已非止一度也。“夢回”“塞遠”，言征人不歸。“吹徹”“笙寒”，言獨居無賴。“多少”句，承“還與”句來。“倚闌干”，回顧起句，蓋處境如此，倚池闌看此衰荷，愈覺其不堪也。全章融情景爲一片，故神理獨絕。

浣溪沙

手捲真珠上玉鈎。依前春恨鎖重樓。風裏落花誰是主，思悠悠。
青鳥不傳雲外信，丁香空結雨中愁。回首綠波三楚暮，接天流。

黃蓼園云：手捲珠簾，似可曠日舒懷矣。誰知依然“恨鎖重樓”，所

---

① 陳廷焯《白雨齋詞話》卷一。
② 王國維《人間詞話》。
③ 黃蘇《蓼園詞選》。

以恨者何也，見落花無主，不覺心共悠悠耳。且遠信不來，幽愁空結。第見三峽波接天流，此恨何能自已乎。清和婉轉，詞旨秀穎。然以帝王爲之，則非治世之音矣。①

《柯亭詞評》云：遠信不來，幽怨空結，所謂"春恨"者即此。"重樓"指獨居之地，珠簾未捲，已在恨中。及其既捲，近睹風裹"落花"，遠睇"綠波""三楚"，無一不引起悠悠之思，而恨愈無窮，故曰"依前"耳。"鎖"字煉，此句爲全闋關鍵。

一二　李煜

李煜，南唐後主，字重光，初名從嘉，嗣主李璟第六子。

玉樓春

晚妝初了明肌雪。春殿嬪娥魚貫列。笙簫吹斷水雲開，重按霓裳歌遍徹。　臨風誰更飄香屑。醉拍闌干情味切。歸時休放燭花紅，待踏馬蹄清夜月。

王世貞云："歸時"二句，致語也。②
譚復堂云：後結豪岩。③
《柯亭詞評》云："誰更"句承"魚貫"句來，"夜月"句回顧"晚妝"句，確是一時情景。此詞有富貴氣象，與後"簾外雨潺潺"一闋對看，一歡樂，一凄慘，處境不同，而立言之工則一。

清平樂

別來春半。觸目柔腸斷。砌下落梅如雪亂。拂了一身還滿。　雁來音信無憑。路遥歸夢難成。離恨恰如春草，更行更遠還生。

---

① 黃蘇《蓼園詞選》。
② 王世貞《藝苑卮言》。
③ 譚獻《譚評詞辨》。

譚復堂曰："泪眼問花花不語"，與此同妙。①

《柯亭詞評》云："落梅"句自本身生感，"春草"句自行人着想，皆"春半"應有之景。"音信無憑"，"歸夢難成"，所以"觸目"令人腸斷。"離恨"句回顧"別來"句，造語靈妙之極。

浣溪沙

轉燭飄蓬一夢歸。欲尋陳迹悵人非。天教心願與身違。　　待月池臺空逝水。蔭花樓閣漫斜暉。登臨不惜更沾衣。

任二北曰：此詞首二句叙事，三句慨言衷曲，四、五兩句，就"人非"之反面——景物依然——作鋪叙，末句表出深情。祇首二句可視作引起襯副部分，餘皆精粹。章法于前闋立意，後闋承之。前闋之結陡，後闋之結，承上兩句，二者不同。或云首句明言"夢歸"，以下皆是夢中故國之感，乃後主囚虜以後之作，則未必然。蓋悲天憫人，感時傷逝，正後主至情之人，隨在常有之心境，愈處晏安，愈念憂患，愈當繁盛，愈成衰歇也。論文字則前結沈痛，後結纏綿，尤以後結寓有千回百折之情，哀傷深厚之極。"待月"兩句對仗精整，而語極自然，仍如觸著者。②

《柯亭詞評》云：此詞疑係大周后卒後之作。所謂"待月池臺""蔭花樓閣"，皆欲尋之陳迹。今則"逝水""斜暉"，前塵似夢。臺閣猶是，人已非故，故曰"一夢歸"也。"心願"句，或指白首之盟。"更沾衣"句，即由"悵人非"句轉出，辭意悱惻纏綿之至。

相見歡

無言獨上西樓。月如鈎。寂寞梧桐深院鎖清秋。　　剪不斷。理還亂。是離愁。別是一般滋味在心頭。

黃花盦曰：此詞最淒惋，所謂亡國之音哀以思也。③

---

① 譚獻《譚評詞辨》。
② 任半塘《研究詞集之方法》。
③ 黃昇《唐宋諸賢絕妙好辭》卷一。

王湘綺曰：詞之妙處，亦別是一般滋味。①

《柯亭詞評》云：首句由情入景，以下二句，似寫景矣，其實仍融情景爲一片。"如鈎"者，以缺月喻離人也。曰"寂寞"，曰"鎖"，皆應上"獨"字。下半純寫離愁，末句回顧"無言"二字。

相見歡

林花謝了春紅。太匆匆。無奈朝來寒雨晚來風。　　胭脂淚。相留醉。幾時重。自是人生長恨水長東。

譚復堂曰：前半濡染大筆。②

《柯亭詞評》云：花謝匆匆，乃不堪朝雨、晚風所致。下半首二句，言落紅著雨，分外醉人。"幾時重"者，言此景亦不過一霎，即"太匆匆"之意。此"人生長恨"所以如水之長東乎？

浪淘沙

簾外雨潺潺。春意闌珊。羅衾不耐五更寒。夢裏不知身是客，一晌貪歡。　　獨自莫憑闌。無限江山。別時容易見時難。流水落花春去也，天上人間。

譚復堂曰：此詞雄奇幽怨，乃兼二難，後起稼軒，稍傖父矣。③

王湘綺曰：高妙超脫，一往情深。④

王觀堂曰：詞至李後主而眼界始大，感慨遂深，遂變伶工之詞而爲士大夫之詞。周介存置諸温韋之下，可爲顛倒黑白矣。"自是人生長恨水長東""流水落花春去也，天上人間"，《金荃》《浣花》能有此氣象耶？⑤

《柯亭詞評》云："五更寒"即起于潺潺之雨，愁人而當殘春，何堪遣此。"夢裏"句，因往日繁華，而身世之感益增。"憑闌"句，因眼前

①　王闓運《湘綺樓詞選》。

②　譚獻《譚評詞辨》。

③　譚獻《譚評詞辨》。

④　王闓運《湘綺樓詞選》。

⑤　王國維《人間詞話》。

惆悵，而亡國之痛愈切。"春去也"三字，有良時不再之意，又回顧"闌珊"句。人間天上，此恨綿綿，非身歷其境者，出語不能如是沈痛，亦可謂之"哀以思"矣。

虞美人

春花秋月何時了。往事知多少。小樓昨夜又東風。故國不堪回首月明中。　雕闌玉砌應猶在。衹是朱顏改。問君能有幾多愁？恰似一江春水向東流。

王阮亭曰：鍾隱入汴後，春花秋月諸詞，與"此中日夕，衹以眼淚洗面"一帖，同是千古情種，較長城公煞是可憐。[1]

譚復堂曰：後主此詞，足當太白詩篇，高奇無匹。[2]

王湘綺曰："朱顏"本是山河，因歸宋不敢言耳。若直説山河改，反又淺也。結亦恰到好處。[3]

《柯亭詞評》云：首句大有厭世之概。蓋撫今追昔，總覺其難堪也。"往事"句，包括已往不少花月在。"小樓""東風"，又到花時，故國如何，已不忍言，衹贏得月中回首而已。"雕闌"句，是懸想故國。"朱顏改"者，言今昔歡戚不同也。"幾多愁"從"往事"中生出，"春水"東流，仍收到"故國"，"故國"在江南，故云。

一三　馮延巳

馮延巳，字正中，其先彭城人。唐末徙家新安，事南唐，為左僕射，同平章事。有《陽春集》一卷。

蝶戀花

六曲闌干偎碧樹。楊柳風輕，展盡黃金縷。誰把鈿箏移玉柱。穿簾燕

---

① 王士禎《花草蒙拾》。
② 譚獻《譚評詞辨》。
③ 王闓運《湘綺樓詞選》。

子雙飛去。　　滿眼游絲兼落絮。紅杏開時，一霎清明雨。濃睡覺來鶯亂語。驚殘好夢無尋處。

譚復堂曰：金碧山水，一片空濛，此正周氏所謂有寄托入、無寄托出也。又云：（"滿眼游絲兼落絮"），是感；（"一霎清明雨"），是境；（"濃睡覺來鶯亂語"），是人；（"驚殘好夢無尋處"），是情。[1]

陳亦峰曰：正中〔蝶戀花〕首章云："濃睡覺來鶯亂語。驚殘好夢無尋處。"憂讒畏譏，思深意苦。[2]

《柯亭詞評》云："落絮"從"楊柳"生出，從柳初芽説至柳飛絮，可見經時不少。"紅杏"二句係倒裝，蓋杏雨之後，又見飛絮也。"誰把"二句，暗點"驚"字。"濃睡"二句，明點"驚"字。詞中必有本事，此蓋有爲而發耳。

蝶戀花

誰道閑情拋弃久。每到春來，惆悵還依舊。日日花前常病酒。不辭鏡裏朱顔瘦。　　河畔青蕪堤上柳。爲問新愁，何事年年有。獨立小橋風滿袖。平林新月人歸後。

譚復堂曰：此闋叙事。[3]

陳亦峰曰：次章云"誰道閑情拋弃久。每到春來，惆悵還依舊。日日花前常病酒，不辭鏡裏朱顔瘦"，始終不逾其志，亦可謂自信而不疑，果毅而有守矣。[4]

《柯亭詞評》云：花前病酒、小樓獨立，皆不能拋却"閑情"所致。河草、堤柳，正點"春來"，"新愁"即由"閑情"生出，"惆悵還依舊"，是舊愁不斷，"何事年年有"，是新愁又生。前後均作推敲語，入妙。

---

① 譚獻《譚評詞辨》。
② 陳廷焯《白雨齋詞話》卷一。
③ 譚獻《譚評詞辨》。
④ 陳廷焯《白雨齋詞話》卷一。

蝶戀花

幾日行雲何處去。忘却歸來，不道春將暮。百草千花寒食路。香車繫在誰家樹。　　泪眼倚樓頻獨語。雙燕來時，陌上相逢否。撩亂春愁如柳絮。依依夢裏無尋處。

譚復堂曰：“行雲”“百草千花”“香車”“雙燕”，必有寄托。“依依夢裏無尋處”句呼應。①

陳亦峰曰：三章云“泪眼倚樓頻獨語。雙燕來時，陌上相逢否”，忠厚惻怛，藹然動人。②

王觀堂曰：“終日馳車走，不見所問津”，詩人之憂世也；“百草千花寒食路。香車繫在誰家樹”似之。③

《柯亭詞評》云：“雙燕”二句，意謂忘歸之游客，見來燕雙飛，亦應念閨人之獨處，非閑閑之景語也。“陌上”句與“寒食路”句，前後呼應。全章均作自問語，爲前所未有之創格。

蝶戀花

庭院深深深幾許。楊柳堆烟，簾幕無重數。玉勒雕鞍游冶處。樓高不見章臺路。　　雨橫風狂三月暮。門掩黃昏，無計留春住。泪眼問花花不語。亂紅飛過鞦韆去。

唱經堂評云：此詞寫閨思，神理絕佳。上闋第一句，問得無端，三個“深”字奇絕，唐人詩每以此爲能。第二句、第三句，均寫出“深深”。第五句“不見章臺路”，祇爲此五字，便怨到庭院，襯入“樓高”字，妙。猶言如此尚然也，是文章加染法。下闋第三句“無計留春住”，留得無端，第四句“問花花不語”，問得無端，問花錯認花有情，花不語怨得花無謂。第五句“亂紅飛過鞦韆去”，直怪花不理人，夫人自去遠，與庭

---

① 譚獻《譚評詞辨》。
② 陳廷焯《白雨齋詞話》卷一。
③ 王國維《人間詞話》。

院何與，人自不歸，與春何與，人自無音耗，與花何與，此可謂林木池魚之殃矣。

又：全闋章法亦奇甚，蓋通篇不出正意，祇是怨庭院、怨春、怨花也。"楊柳堆烟"句，是襯"庭院"句，"雨橫風狂"句，是襯"留春"句，"亂紅飛過"句，是襯"問花"句。凡作三段文字，須要分疏讀之，不得含混過去。①

陳亦峰曰：四章云"泪眼問花花不語。亂紅飛過鞦韆去"，詞意殊怨，然怨之深，亦厚之至。蓋三章猶望其離而復合，四章則絕望矣。作詞解如此用筆，一切叫囂纖冶之失，自無從犯其筆端。又曰：正中〔蝶戀花〕四闋，情詞悱惻，可群可怨。②

譚復堂曰：宋刻玉玩，雙層浮起，筆墨至此，能事幾盡。③

王觀堂曰："泪眼問花花不語。亂紅飛過鞦韆去"……有我之境也。④

《柯亭詞評》云：〔蝶戀花〕一名〔鵲踏枝〕，正中〔鵲踏枝〕十四章。此四章均自作商量語氣，即竹垞《詞綜》所采録者。"誰把鈿筝移玉柱""誰道閑情抛弃久""香冡〔車〕繫在誰家樹"，是同一問法。"爲問新愁，何事年年有""雙燕來時，陌上相逢否"，亦是同一問法。"幾日行雲何處去""庭院深深深幾許"，亦是同一問法。"庭院深深"一章結句云："泪眼問花花不語。亂紅飛過鞦韆去。"并説出問之結果矣。且"泪眼問花花不語"，與第三章"泪眼倚樓頻獨語"，句法亦類似。陳亦峰謂："此一章與上四章，筆墨的是一色。"信然。前人誤爲歐公作，蓋歐詞亦師法正中者。遂因李易安詞序一言，而將馮詞誤入歐集，其實不足據也。

醉花間

晴雪小園春未到。池邊梅自早。高樹鵲銜巢。斜月明寒草。　　　山川風景好。自古金陵道。少年看却老。相逢莫厭醉金杯，別離多，歡會少。

王觀堂曰："高樹鵲銜巢。斜月明寒草"，余謂韋蘇州之"流螢度高

---

① 金聖嘆《唱經堂批歐陽永叔詞十二首》。
② 陳廷焯《白雨齋詞話》卷一。
③ 譚獻《譚評詞辨》。
④ 王國維《人間詞話》。

閣”、孟襄陽之“疏雨滴梧桐”，不能過也。①

《柯亭詞評》云：前半四句，寫時。“梅自早”句，由“春未到”句生出。後半上二句，寫地。下三句，寫情。

南鄉子

細雨濕流光。芳草年年與恨長。烟鎖鳳樓無限事，茫茫。鸞鏡鴛衾兩斷腸。　魂夢任悠揚。睡起楊花滿綉床。薄悻不來門半掩，斜陽。負你殘春淚幾行。

王觀堂曰：“細雨濕流光”五字，皆能攝春草之魂者也。②

《柯亭詞評》云：前半起二句，寫時。“鳳樓”句，寫地。“鸞鏡”是恨韶顏之易逝，“鴛衾”是恨獨居之無賴，故曰“兩斷腸”。“楊花滿綉床”，點殘春。“斜陽”應“流光”句，“淚幾行”應“恨長”句。

抛球樂

坐對高樓千萬山。雁飛秋色滿闌干。燒殘紅燭暮雲合，飄盡碧梧金井寒。咫尺人千里，猶憶笙歌昨夜歡。

陳亦峰曰：“燒殘紅燭暮雲合，飄盡碧梧金井寒。”馮正中〔抛球樂〕詞也。拗一字，更覺宮商一片，知音者原不拘于調。③

《柯亭詞評》云：此詞造境恢宏，出語壯麗，《花間集》中無此氣象。《人間詞話》謂：“馮正中詞，雖不失五代風格，而堂廡特大，開北宋一代風氣。”此類庶乎近之。

---

① 王國維《人間詞話》。
② 王國維《人間詞話》。
③ 陳廷焯《白雨齋詞話》卷一。

作法集評唐宋名家詞選卷中·北宋詞

一 范仲淹

范仲淹，字希文，其先邠人，後徙吳縣。祥符八年進士，仕至樞密副使、參知政事。卒，贈兵部尚書、楚國公。有《丹陽集》。

漁家傲

秋思

塞下秋來風景异。衡陽雁去無留意。四面邊聲連角起。千嶂裏。長烟落日孤城閉。　濁酒一杯家萬里。燕然未勒歸無計。羌管悠悠霜滿地。人不寐。將軍白髮征夫泪。

彭駿孫曰："將軍白髮征夫泪"，亦復蒼凉悲壯，慷慨生哀。永叔欲以"玉階遙獻南山壽"敵之，終覺讓一頭地。[1]

賀黃公曰：廬陵譏范希文〔漁家傲〕爲窮塞主詞，自矜其"戰勝歸來飛捷奏，傾賀酒，玉階遙獻南山壽"，爲真元帥之事。按宋以小詞爲樂府，被之管弦，往往傳于宫掖。范詞如"長烟落日孤城閉""羌管悠悠霜滿地""將軍白髮征夫泪"，令"綠樹碧簾相掩映，無人知道外邊寒"者聽之，知邊庭之苦如是，庶有所警觸。此深得《采薇》、《出車》、楊柳雨雪之意。若歐詞止于腴耳，何所感耶。[2]

《柯亭詞評》云："衡陽"句，言因雁南飛而動思鄉之情也。下三句，均寫塞上秋景。"濁酒"句是羈旅之感，"燕然"句是身世之慨，"羌管"句仍回到塞上秋景。後結一句，雙承"濁酒""燕然"兩句收束。

---

① 彭孫遹《金粟詞話》。
② 賀裳《皺水軒詞筌》。

蘇幕遮

懷舊

碧雲天，黃葉地。秋色連波，波上寒烟翠。山映斜陽天接水。芳草無情，更在斜陽外。　黯鄉魂，追旅思。夜夜除非，好夢留人睡。明月樓高休獨倚。酒入愁腸，化作相思泪。

彭駿孫曰：范希文〔蘇幕遮〕一調，前段多入麗語，後段純寫柔情，遂成絶唱。①

譚復堂曰：大筆振迅。②

《柯亭詞評》云：前半全寫秋景，後半專寫離情。後結三句，愁酒化泪，設想奇絶。

御街行

紛紛墜葉飄香砌。夜寂静，寒聲碎。真珠簾捲玉樓空，天淡銀河垂地。年年今夜，月華如練，長是人千里。　愁腸已斷無由醉。酒未到，先成泪。殘燈明滅枕頭欹，諳盡孤眠滋味。都來此事，眉間心上，無計相回避。

王湘綺曰：（前結三句）是壯語，不嫌不入律。（後結）"都來"即算來也，因此字宜平，故用"都"字，完嫌不醒。③

陳亦峰曰：范文正〔御街行〕後半闋淋漓沈著，《西厢·長亭》襲之，骨力遠遜，且少味外味，此北宋所以爲高。小山、永叔後，此調不復彈矣。④

《柯亭詞評》云：前半寫秋夜景物，後半仍寫離情。"愁腸已斷無由醉。酒未到，先成泪"，較前"酒入愁腸，化作相思泪"，更深一層。

---

① 彭孫遹《金粟詞話》。
② 譚獻《譚評詞辨》。
③ 王闓運《湘綺樓詞選》。
　④ 陳廷焯《白雨齋詞話》卷十。

二 晏殊

晏殊，字同叔，臨川人。景祐二年同進士出身，官至同中書門下平章事，兼樞密使。卒，謚元獻。有《珠玉詞》一卷。

浣溪沙

一曲新詞酒一杯。去年天氣舊亭臺。夕陽西下幾時回。　　無可奈何花落去，似曾相識燕歸來。小園香徑獨徘徊。

張咏川曰：元獻尚有《示張寺丞王校勘》七律一首，"上巳清明假未開，小園幽徑獨徘徊。春寒不定斑斑雨，宿醉難禁灩灩杯。無可奈何花落去，似曾相識燕歸來。游梁賦客多風味，莫惜青錢萬選才"中三句與此詞同。細玩"無可奈何"一聯，情致纏綿，音調諧婉，的是倚聲家語。若作七律，未免軟弱矣。并錄于此。以諗知言之君子。①

《柯亭詞評》云：前半流連光景，後半"花""燕"疑有所指。"小園香徑"與前"舊亭臺"，境界統一。

浣溪沙

一晌年光有限身。等閑離別易銷魂。酒筵歌席莫辭頻。　　滿目山河空念遠，落花風雨更傷春。不如憐取眼前人。

吳霜厓曰："滿目山河空念遠，落花風雨更傷春"二語，較"無可奈何"勝過十倍，而人未之知，可云陋矣。②

《柯亭詞評》云："念遠"句，承"離別"句來。"滿目"一聯，的是好句。

玉樓春

綠楊芳草長亭路。年少拋人容易去。樓頭殘夢五更鐘，花底離情三月

---

① 張宗橚《詞林紀事》。
② 吳梅《詞學通論》。

雨。　　無情不似多情苦。一寸還成千萬縷。天涯地角有窮時，祇有相思無盡處。

　　黃蓼園曰：言近而指遠者，善言也。"年少拋人"，凡羅雀之門，枯魚之泣，皆可作如是觀。"樓頭"二語，意致淒然，擊起"多情苦"來。末二句總見多情之苦耳。妙在意思忠厚，無怨懟口角。①

　　《柯亭詞評》云：全闋均作抒情語。起句"綠楊芳草長亭路"，景中有情。"樓頭"二句，亦情景交融，與他闋有別。

踏莎行

　　小徑紅稀，芳郊綠遍。高臺樹色陰陰見。春風不解禁楊花，濛濛亂撲行人面。　　翠葉藏鶯，朱簾隔燕。爐香靜逐游絲轉。一場愁夢酒醒時，斜陽卻照深深院。

　　黃蓼園曰：首三句言花稀而葉盛，喻君子少而小人多也。"高臺"指帝閽。"春風"二句，小人如楊花之輕薄，易動搖君心也。"翠葉"二句，喻事多阻隔。"爐香"句，喻己心之鬱紆也。"斜陽卻照深深院"，言不明之日難照此淵衷也。②

　　《柯亭詞評》云：此詞前後片多作景語。惟前後二結，情景夾寫。

蝶戀花

　　檻菊愁烟蘭泣露。羅幕輕寒，燕子雙飛去。明月不諳離恨苦。斜光到曉穿朱戶。　　昨夜西風凋碧樹。獨上高樓，望盡天涯路。欲寄彩箋兼尺素。山長水闊知何處？

　　王觀堂曰：《詩·蒹葭》一篇，最得風人深致。晏同叔之"昨夜西風凋碧樹。獨上高樓，望盡天涯路"，意頗近之，但一灑落，一悲壯耳。③

---

①　黃蘇《蓼園詞選》。
②　黃蘇《蓼園詞選》。

③　王國維《人間詞話》。

《柯亭詞評》云：以"燕子雙飛去"引起以下"離恨苦"，是比，是興。後片望盡天涯、寄書無處，乃實寫"離恨苦"。

三　歐陽修

歐陽修，字永叔，盧陵人。第進士，歷官禮部侍郎，兼翰林侍讀學士，拜樞密副使，參知政事。卒，謚文忠。有《六一居士詞》三卷。

采桑子

群芳過後西湖好，狼藉殘紅。飛絮濛濛。垂柳闌干盡日風。　　笙歌散盡游人去，始覺春空。垂下簾櫳。雙燕歸來細雨中。

譚復堂曰：（"群芳過後西湖好"句），掃處即生，（"笙歌散盡游人去"句），悟語是戀語。①

《柯亭詞評》云："春空"句，承"狼藉殘紅"句來，是前後片"意須相應"之例。

訴衷情

清晨簾幕捲輕霜。呵手試梅妝。都緣自有離恨，故畫作遠山長。思往事，惜流芳。易成傷。擬歌先斂，欲笑還顰，最斷人腸。

《柯亭詞評》云：此詞寫眉意，刻畫入微，"都緣自有離恨，故畫作遠山長"二句尤妙。蓋即有恨亦何與畫眉事，以畫眉作使性事，真是小兒女性格也。

臨江仙

柳外輕雷池上雨，雨聲滴碎荷聲。小樓西角斷虹明。闌干倚處，待得月華生。　　燕子飛來窺畫棟，玉鈎垂下簾旌。凉波不動簟紋平。水精雙枕，傍有墮釵橫。

---

① 譚獻《譚評詞辨》。

《柯亭詞評》云：此詞王湘綺謂"寫閨人睡景，非狎語也，豈有自嘲自狀之人？"語頗近理。惟謂"'窺畫棟'應作'歸畫棟'，垂簾矣，何得始窺？"則殊未然。蓋因簾垂不能歸棟，故窺耳。且"窺"字下得極妙，燕子因窺棟，無意中見閨人睡景，閨人睡景却從燕子眼中寫出，設想何等靈幻！

踏莎行

候館梅殘，溪橋柳細。草薰風暖搖征轡。離愁漸遠漸無窮，迢迢不斷如春水。　　寸寸柔腸，盈盈粉淚。樓高莫近危闌倚。平蕪盡處是春山，行人更在春山外。

唱經堂評云：此詞前半是自叙，後半是從對面叙，章法極奇。杜詩"今夜鄜州月，閨中衹獨看"，此便脫化出"樓高"句。"遙憐小兒女，未解憶長安"，此便脫化出"平蕪"二句，從一人心裏想出兩人心事，幻絶奇絶。前半第一、第二句"殘"字、"細"字寫早春如畫，第三句"搖"字，不知是草，不知是風，不知是征轡，便覺有離愁在內。第四、第五句衹是叙愁却已叙出路程，上二句衹是叙路程却都叙出愁來，似此寫法妙不可言。後半"樓高莫近危闌倚"七字，從客中忽然説到家裏，"平蕪盡處是春山，行人更在春山外"十四字，又從家裏忽然説到客中，抽思勝陽羨書生矣。①

《柯亭詞評》云："草薰風暖搖征轡"句，已伏"春山外"之行人。"離愁"二句，寫行人栩栩欲活。"平蕪"句承"草薰"句。

蝶戀花

永日環堤乘彩舫。烟草蕭疏，恰似晴江上。水浸碧天風皺浪。菱花荇蔓隨雙槳。　　紅粉佳人翻麗唱。驚起鴛鴦，兩兩飛相嚮。且把金尊傾美釀。休思往事成惆悵。

唱經堂評云：自來詞家作詞，多以前半不堪之景，生出後半不堪之

---

　　① 金聖嘆《唱經堂批歐陽永叔詞十二首》。

情，此獨前半寫得蕭然天放，後半陡然因麗唱轉出鴛鴦，因鴛鴦轉出往事，又是一樣作法。前半烟草蕭疏，恰似晴江上天然妙景，天成妙句，後半從麗唱生出鴛鴦，從鴛鴦生出往事，文字祇是一片自然之極。①

蝶戀花

越女采蓮秋水畔。窄袖輕羅，暗露雙金釧。照影摘花花似面。芳心祇共絲爭亂。　鸂鶒灘頭風浪晚。霧重烟輕，不見來時伴。隱隱歌聲歸棹遠。離愁引著江南岸。

唱經堂評云：此詞寫采蓮女郎神態及小心膽怯情景，令人讀之如親見其人。前半"窄袖輕羅，暗露雙金釧"九字，祇寫得上句中一"采"字耳，却亦祇須寫一"采"字便活畫出越女全身。此顧虎頭所謂落筆須向阿堵中傳神者，此類是也。"照影摘花花似面"句，上影是水中面，下影是水中花，造語靈幻之極，花似面即知面似花也。下句便趁勢寫出他芳心來，却又以藕絲襯貼之，細極妙極。後半前二句，上句"風浪晚"三字，下句"霧重烟輕"四字合成七字，寫景是爲兩讓法，"不見來時伴"五字却從采蓮上想出，妙妙。若不因此五字便是采蓮不足咏矣。"風浪晚。霧重烟輕"七字是寫此隱隱歌聲，"歸棹遠"句是寫彼，又一是寫見，一是寫聞。"離愁引著江南岸"者，因其着岸而知其心愁也，却及云愁心引之着岸，煉句之妙至此。②

少年游

闌干十二獨憑春。晴碧遠連雲。二月三月，千里萬里，行色苦愁人。謝家池上，江淹浦畔，吟魄與離魂。那堪疏雨滴黃昏。更特地、憶王孫。

吳虎臣曰：不惟（君復、聖俞）前二公所不及，雖置諸唐人溫、李集

① 金聖嘆《唱經堂批歐陽永叔詞十二首》。
② 金聖嘆《唱經堂批歐陽永叔詞十二首》。

中，殆與之爲一矣。①

王觀堂曰：（詩之）妙處唯在不隔，詞亦如是。即以一人一詞論，如歐陽公〔少年游〕《咏春草》上半闋云"闌干十二獨憑春。晴碧遠連雲。千里萬里，二月三月，行色苦愁人"，語語都在目前，便是不隔。至云"謝家池上，江淹浦畔"，則隔矣。②

四　林逋

林逋，字君復，錢塘人。結廬孤山二十年，英宗聞其名，詔長史，歲時勞問。卒，賜諡和靖先生。有集。

點絳唇

金谷年年，亂生春色誰爲主。餘花落處。滿地和烟雨。　　又是離歌，一闋長亭暮。王孫去，萋萋無數。南北東西路。

《藝苑雌黃》云：張子野過《和靖隱居》一聯"湖山隱後家空在，烟雨詞亡草自青"。自注云"先生嘗著《春草曲》，有'滿地和烟雨'之句"。③

黃蓼園曰："南北東西路"句，宜緩讀。一字一讀，恰是"無數"二字神味。④

五　梅堯臣

梅堯臣，字聖俞，宣城人。嘉祐初，召試賜進士，擢國子監直講，歷尚書都官員外郎，卒。有《宛陵集》。

---

① 吳曾《能改齋詞話》。
② 王國維《人間詞話》。原引字句有誤，"千里萬里，二月三月"，應爲"二月三月，千里萬里"。
③ 胡仔《苕溪漁隱叢話後集》卷二十一引嚴有翼《藝苑雌黃》。
④ 黃蘇《蓼園詞選》。

蘇幕遮

露堤平，烟墅杳。亂碧萋萋，雨後江天曉。獨有庾郎年最少。窣地春袍，嫩色宜相照。　接長亭，迷遠道。堪怨王孫，不記歸期早。落盡梨花春事了。滿地殘陽，翠色和烟老。

劉融齋曰："落盡梅花春又了。滿地斜陽，翠色和烟老。"此一種似爲少游開先。（蓋言其以幽趣勝也。）①

許蒿廬：前結用嫩色，後結用翠色，犯重。②

六　晏幾道

晏幾道，字叔原，號小山，殊幼子。監潁昌許田鎮，能文章，尤工樂府。有《小山詞》。

臨江仙

夢後樓臺高鎖，酒醒簾幕低垂。去年春恨却來時。落花人獨立，微雨燕雙飛。　記得小蘋初見，兩重心字羅衣。琵琶弦上説相思。當時明月在，曾照彩雲歸。

譚復堂曰：（"落花人獨立，微雨燕雙飛"），名句千古不能有二。（"當時明月在，曾照彩雲歸"），所謂柔厚處在此。③

《柯亭詞評》云：《小山詞跋》言"始時沈廉叔、陳君寵，家有蓮、鴻、蘋、雲四侍兒，品清謳娛客，每得一解，即以草授諸兒，吾三人持酒聽之，以爲笑樂"。此詞殆追思蘋、雲而作。前半寫現在，後半寫當年。前後結兩名句可入錦囊，故至今膾炙人口。

---

① 劉熙載《藝概·詞曲概》。
② 許昂霄《詞綜偶評》。
③ 譚獻《譚評詞辨》。

鷓鴣天

彩袖殷勤捧玉鍾。當年拼却醉顏紅。舞低楊柳樓心月，歌盡桃花扇底風。　　從別後，憶相逢，幾回魂夢與君同。今宵剩把銀釭照，猶恐相逢是夢中。

晁無咎曰：（叔原）不蹈襲人語，風度閑雅，自是一家。如"舞低楊柳樓心月，歌盡桃花扇底風"。知此人必不生在三家村中者。①

劉公勇曰"夜闌更秉燭，相對如夢寐"。叔原則云"今宵剩把銀釭照，猶恐相逢是夢中"。此詩與詞之分疆也。②

陳倦鶴曰：（"舞低"二句）由上句"當年"貫下。語雖實，而境則虛，（此學者所應知也。）（末二句），筆特夭矯，語特含蓄，其聰明處固非笨人所能夢見，細膩處亦非粗人所能領會，其蘊藉更非凡夫所能跂望。③

《柯亭詞評》云：前半寫當年，後半寫現在，文勢直瀉而下，非有前後二名句襯托，章法未免平直，學者須知。

阮郎歸

天邊金掌露成霜。雲隨雁字長。綠杯紅袖稱重陽。人情似故鄉。　　蘭佩紫，菊簪黃。殷勤理舊狂。欲將沈醉換悲凉。清歌莫斷腸。

況蕙風曰："綠杯"二句，意已厚矣。"殷勤理舊狂"五字，三層意："狂"者，所謂一肚皮不合時宜，發見于外者也。狂已舊矣，而理之，而殷勤理之，其狂若有甚不得已者。"欲將沈醉換悲凉"是上句注腳。"清歌莫斷腸"仍含不盡之意。此詞沈著厚重，得此結句，便覺竟體空靈。④

陳倦鶴曰：小晏多聰俊語，一覽即知其勝，此則非好學深思不能知其

---

①　趙令畤《侯鯖錄》卷七引晁無咎語。
②　劉體仁《七頌堂詞繹》。
③　陳匪石《宋詞舉》卷下。
④　況周頤《蕙風詞話》卷二。

妙處者。①

《柯亭詞評》云：前結之"綠杯""紅袖"，後結之"沈醉""清歌"，此亦"前後片意相應"之例。

蝶戀花

庭院碧苔紅葉遍。金菊開時，已近重陽宴。日日露荷凋綠扇。粉塘烟水澄如練。　　試倚涼風醒酒面。雁字來時，恰向層樓見。幾點護霜雲影轉。誰家蘆管吹秋怨？

黃蓼園曰：前面平平敘來，至末二句，引入深處，幾有"北風其涼"之思矣。"雲"而曰"護霜"，寫得凛栗，此"蘆管"之所以愁怨也。②

《柯亭詞評》云："涼風醒酒面"，承上"重陽宴"來，過片不要斷了曲意，小令亦當如此。

七　張先

張先，字子野，吳興人。爲都官郎中。有《安陸集詞》一卷。

天仙子

水調數聲持酒聽。午醉醒來愁未醒。送春春去幾時回。臨晚鏡。傷流景。往事後期空記省。　　沙上并禽池上暝。雲破月來花弄影。重重簾幕密遮燈，風不定。人初靜。明日落紅應滿徑。

黃蓼園曰：聽水調而愁，爲自傷卑賤也。"送春"四句傷其流光易去，而後期茫茫也。"沙上"之句，言其所居岑寂，以沙禽與花自喻也。"重重"三句，言多蔽障也。結句仍繳送春本題，恐其時之晚也。③

王觀堂曰："雲破月來花弄影"，着一"弄"字，而境界全出矣。④

---

① 陳匪石《宋詞舉》卷下。
② 黃蘇《蓼園詞選》。
③ 黃蘇《蓼園詞選》。
④ 王國維《人間詞話》。

《柯亭詞評》云：“午醉”是寫晝，“花”“月”是寫夜。“明日落紅”由“風不定”生出，應前“送春”句。臨鏡傷景，因春去不回，此聽水調而酒醒愁未醒之由來，前後意境統一之至。

青門引

乍暖還輕冷。風雨晚來方定。庭軒寂寞近清明，殘花中酒，又是去年病。　　樓頭畫角風吹醒。入夜重門靜。那堪更被明月，隔墻送過鞦韆影。

黃蓼園曰：幽雋。角聲而曰“風吹醒”，“醒”字極尖刻。至末句“那堪”、送影，真是描神之筆，極希宕渺之致。①

《柯亭詞評》云：此不過閑閑描寫春緒。晚來風雨，入夜明月，是一日閑事，前結連寫到去年之“殘花中酒”，便覺全域皆活，不嫌平直矣。

生查子

含羞整翠鬟，得意頻相顧。雁柱十三弦，一一春鶯語。　　嬌雲容易飛，夢斷知何處。深院鎖黃昏，陣陣芭蕉雨。

《柯亭詞評》云：填詞欲得佳句，祇將目前本色語結撰，照耀得好，便覺此借彼襯都成妙諦。如此詞第三、第四兩句，“一一”字祇從“十三”字注瀝而出，“鶯語”字祇從“雁柱”字影射而成是也。第五、第六兩句如此，用夢雲事，便如未曾經用。“深院鎖黃昏”句尤妙，黃昏如何鎖得？且“鎖黃昏”與人何歟？祇說“鎖黃昏”更不說怨，而怨無窮矣。

八　柳永

柳永，初名三變，字耆卿，樂安人。景祐元年進士，官至屯田員外郎。有《樂章集》一卷。

---

　　　① 黃蘇《蓼園詞選》。

雨霖鈴

寒蟬淒切。對長亭晚，驟雨初歇。都門帳飲無緒，留戀處，蘭舟催發。執手相看淚眼，竟無語凝噎。念去去，千里烟波，暮靄沈沈楚天闊。

多情自古傷離別。更那堪，冷落清秋節。今宵酒醒何處，楊柳岸，曉風殘月。此去經年，應是良辰好景虛設。便縱有、千種風情，更與何人說。

賀黃公曰："今宵酒醒何處，楊柳岸，曉風殘月"，自是古今俊句。①

周介存曰：清真詞多從耆卿奪胎，思力沈摯處往往出藍。然耆卿秀淡幽艷，是不可及。後人摭其樂章，訾爲俗筆，真瞽説也。②

劉融齋曰：詞有點染，柳耆卿〔雨霖鈴〕云"多情自古傷離別。更那堪，冷落清秋節。今宵酒醒何處，楊柳岸，曉風殘月"。上二句點出離別冷落，"今宵"二句，乃就上二句意染之。點染之間，不得有他語相隔，隔則警句亦成死灰矣。③

江順詒謂：點與染分開説，而引詞以證之，閱者無不點首。得畫家三昧，亦得詞家三昧。④

陳倦鶴曰："楊柳岸"七字，千古名句，從魏承班之"簾外曉鶯殘月"化出；而少游之"酒醒後、殘陽亂鴉"，則又由柳詞出。細細咀嚼，當知其味。蓋不獨寫景工緻，而一宵之易過，乍醒之情懷，説來極渾脫且極深厚也。"此去經年"四句，盡情傾吐，老筆紛披。北宋人拙樸本色，不得以率筆目之。⑤

《柯亭詞評》云：此詞全非青樓中人送客口吻，代爲推想到別前別後。起第二句"對長亭晚"，點時與地，已伏"別"字。"都門帳飲"至"無語凝噎"，寫別時情景。"念去去"兩句，想到別後，是蘭舟正發時。過片"冷落清秋節"，不脫時令，應起句"寒蟬""驟雨"。"今宵"以下，均推想別後。由近及遠，"千里烟波"是蘭舟所嚮之處。"楊柳岸曉風殘

---

① 賀裳《皺水軒詞筌》。

② 周濟《宋四家詞選》。

③ 劉熙載《藝概·詞曲概》。

④ 江順詒《詞學集成》卷七。

⑤ 陳匪石《宋詞舉》卷下。

月"，是蘭舟夜泊之地。前後照映，極有情致。全詞意境統一，此其一例。

玉蝴蝶

　　望處雨收雲斷，憑闌悄悄，目送秋光。晚景蕭疏，堪動宋玉悲凉。水風輕，蘋花漸老，月露冷、梧葉飄黃。遣情傷。故人何在，烟水茫茫。

　　難忘。文期酒會，幾孤風月，屢變星霜。海闊山遙，未知何處是瀟湘。念雙燕、難憑遠信，指暮天、空識歸航。黯相望。斷鴻聲裏，立盡斜陽。

　　陳佗鶴曰：耆卿善使直筆、勁筆，一起即見此種作法，且全篇一氣貫注。梅溪"晚雨未摧宮樹"一首及夢窗和作，雖色澤較濃，實皆學柳。開口"望處"二字直貫"立盡斜陽"，"雨收雲斷"是"目"之所以能"送"。"憑闌悄悄"，"目送"時神味，亦即"立盡"之根。"秋光"叫起下四句。"晚景"二句，以宋玉悲秋自比，仍是虛寫。"水風"兩對句，實寫"秋光"，略施色澤，而蘋老梧飄，俯仰所得，皆因"蕭疏""晚景""遣"我"情傷"者。因此念及"故人""烟水茫茫"，則秋水伊人之思，一筆拍到作意也。過變"難忘"二字陡接。"文期酒會"，是"難忘"之事，"難忘"之人。"幾孤風月"，是勝會不常，"屢變星霜"，是華年易逝，一意化兩。"海闊山遙"，則"故人"之遠隔，"瀟湘""未知""何處"，則"目送"時心境，亦"烟水茫茫"之真詮。于是望音信而覺其"難憑"，指"歸航"而悟其"空識"，"故人何在"之感，寫得無微不至。"黯相望"，總束上文。"斷鴻聲裏"二句收轉到"憑闌悄悄"。"盡"字極辣，極厚，極樸，較少游之"杜鵑聲裏斜陽暮"，尤覺力透紙背。蓋彼在前結，故蘊藉；此在後結，故沈雄也。①

　　《柯亭詞評》云：此詞全用賦筆。"目送"句，即從"望處"句生出。"水風"一聯，承"晚景蕭疏"句來，亦即"目送秋光"之一也。"故人何在？"即在"望處雨收雲斷"處。"難忘"四句，寫別後，追懷聚時。"海闊山遙"二句承"故人何在"句，即所謂"烟水茫茫"處也。"念雙燕"一聯，仍自"故人何在"句生出，"黯相望"三句，仍結到"目送秋光"，觀此可悟"前後意須相應"之理。

---

　　① 陳匪石《宋詞舉》卷下。

夜半樂

凍雲黯淡天氣，扁舟一葉，乘興離江渚。渡萬壑千岩，越溪深處。怒濤漸息，樵風乍起，更聞商旅相呼。片帆高舉。泛畫鷁、翩翩過南浦。　　望中酒斾閃閃，一簇烟村，數行霜樹。殘日下，漁人鳴榔歸去。敗荷零落，衰楊掩映，岸邊兩兩三三，浣沙游女。避行客、含羞笑相語。　　到此因念，綉閣輕拋，浪萍難駐。嘆後約丁寧竟何據。慘離懷，空恨歲晚歸期阻。凝淚眼、杳杳神京路。斷鴻聲遠長天暮。

許蒿廬曰：第一叠言道途所經，第二叠言目中所見，第三叠乃言去國離鄉之感。①

陳袞碧曰：柳詞〔夜半樂〕云"怒濤漸息，樵風乍起，更聞商旅相呼。片帆高舉。泛畫鷁、翩翩過南浦"。此種長調，不能不有此大開大闔之筆。後吳夢窗〔鶯啼序〕云"長波妒盼，遥山羞黛，漁燈分影春江宿，記當時、短楫桃根渡"。三四段均用此法。②

陳倦鶴曰：第一段祇說"扁舟"遠渡所過之地。第二段叙途中所見，緩緩叙來，祇是說景，別離之意，言外得之。而其寫景則極平淡，極幽艷。第三段"到此因念"一語拍轉。"綉閣輕拋"，由"游女"想入，"浪萍難駐"，由"敗荷""衰楊"想入。"嘆後約"以下四句一句一韵，一韵一意，漸引漸深，字字飛動。促節繁音，急淚哀迸。鄭文焯論詞，曰骨氣，曰高健，端在于此。至其以清勁之氣，沈雄之魄，運用長句，尤耆卿特長。美成〔西平樂〕，夢窗之〔鶯啼序〕，全得力于柳詞。蓋耆卿之不可及者，在骨氣不在字面，彼嗤爲纖艷俚俗者，非深得三昧也。③

《柯亭詞評》云：柳詞大都用賦筆，所謂敷陳其事而直言之。寫景然，抒情亦然。此詞寫舟行感想。第一遍，起句點明初冬時令，以下則寫離江渚、度岩壑、入深溪，途中所歷，如濤息、風起、舉帆、泛鷁，無一不自行舟生出，結句拍到"過南浦"。第二遍，是南浦途中遠望情形，而描寫

① 許昂霄《詞綜偶評》。
② 陳銳《袞碧齋詞話》。
③ 陳匪石《宋詞舉》卷下。　　　　　　　　　　　　217

酒旆、烟村、霜樹、漁人、游女等，如觀畫圖，次第開展，工細之極。殘日、敗荷、衰楊等，均切定初冬時令。故前後遍詞境甚統一。第三遍即因前遍之游女而引出，"綉閣輕抛"以下，則全寫去國離鄉之感，"嘆後約"至"長天暮"數句層遞而下，一氣貫注，大力盤旋，前所未有。

傾杯樂

木落霜洲，雁橫烟渚，分明畫出秋色。暮雨乍歇，小楫夜泊，宿葦村山驛。何人月下臨風處，起一聲羌笛。離愁萬緒。聞岸草、切切蛩吟如織。　爲憶。芳容別後，水遥山遠，何計憑鱗翼。想綉閣深沈，爭知憔悴損，天涯行客。楚峽雲歸，高陽人散，寂寞狂踪迹。望京國。空目斷、遠峰凝碧。

譚復堂曰：耆卿正鋒，以當杜詩。"何人"二句，《文賦》所謂"扶質立幹"。"想綉閣深沈"三句，忠厚悱惻，不愧大家。"楚峽"以下，寬處坦夷，正見家數。[1]

陳倦鶴曰：屯田善于羈旅行役，故此類之詞多同一機括，然用筆則因調而殊。此詞起落翻騰，又與前選兩首（〔玉蝴蝶〕〔夜半樂〕）用直筆者有異。起兩句對偶，即所謂"畫出秋色"，已隱寓別離之意、淪落之苦。"暮雨"三句，于秋色之中，寫泊舟之時、泊舟之處。"何人"句提起，無意中忽聞笛聲，惹起"離愁"。最擅神韵悠揚之妙，令人蕩氣回腸，清真以後，多得此法門也。"羌笛"原不足當"萬緒"，故再說"草""蛩"，用"似〔如〕織"二字以滿其量。過變由景入情，"芳容別後"之"憶"，即上文之"離愁"。"水遥山遠"，是"葦村山驛"中感想。"鱗翼"亦"何計""憑"之，則兩地相思，此情難訴矣。于是就對面設想，"綉閣深沈"，未必知征人之苦，從杜詩"遥憐小兒女，未解憶長安"化出。律以屯田之〔八聲甘州〕"想佳人高樓長望"以下五句，同一意境，而此特渾涵，特温厚。"楚峽""高陽"，宴游之地，今我已去，則疏狂"踪迹"，遂入"寂寞"之中，又轉到自身，寫"小楫夜泊"時境遇。曰"雲歸"，曰"人散"，"京國"前塵，已不可復問，惟有于"凝碧"

---

[1] 譚獻《譚評詞辨》。

"遠峰"，空勞"目斷"。此在柳詞爲曲折委婉者，所以屯田爲慢詞之開山人也。①

《柯亭詞評》云：上半是行客自道途中所歷景況，下半是行客想到閨人不知行旅之苦，自己空有惜別之懷，所謂無聊之極思也。

八聲甘州

對瀟瀟暮雨灑江天，一番洗清秋。漸霜風淒緊，關河冷落，殘照當樓。是處紅衰翠減，苒苒物華休。惟有長江水，無語東流。　　不忍登高臨遠，望故鄉渺邈，歸思難收。嘆年來踪迹，何事苦淹留。想佳人、妝樓凝望，誤幾回、天際識歸舟。爭知我，倚闌干處，正恁凝愁。

《侯鯖錄》云：東坡云"世言柳耆卿詞俗，非也。如〔八聲甘州〕云'風霜淒緊，關河冷落，殘照當樓'"。此語于詩句不減唐人。②

劉公勇曰：詞有與古詩同妙者，"關河冷落，殘照當樓"，即敕勒之歌也。③

《柯亭詞評》云：上半寫秋景，極有次序，是江樓眺望所見。"當樓""登高""倚闌"，前後脉絡一貫。下半寫鄉思，"苦淹留"以上是自己打算。"想佳人"以下，是爲人設想。

安公子

遠岸收殘雨，雨殘稍覺江天暮。拾翠汀洲人寂靜，立雙雙鷗鷺。望幾點、漁燈隱映蒹葭浦。停畫橈、兩兩舟人語。道去程今夜，遙指前村烟樹。　　游宦成羈旅。短檣吟倚閑凝佇。萬水千山迷遠近，想鄉關何處。自別後、風亭月榭孤歡聚。剛斷腸、惹得離情苦。聽杜宇聲聲，勸人不如歸去。

周介存曰：後闋音節態度，絕類〔拜新月慢〕，清真"夜色催更"一

---

① 陳匪石《宋詞舉》卷下。
② 趙令畤《侯鯖錄》。
③ 劉體仁《七頌堂詞繹》。

闋，全從此脫化出來，特較更跌宕耳。①

《柯亭詞評》云：前半見聞，後半感想，均由"短檣吟倚閑凝佇"句生出，故此句爲全詞關鍵。前半寫江天嚮晚景物，次第釐然。後半因江行晚眺，頓起感觸，結到歸思。"萬水千山迷遠近"，寫晚景已成夜景，先後有序不紊。其上三下七十字句，及上三下五八字句，惟屯田獨擅，繼之者清真而已。另有〔祭天神〕亦屯田創調，其句法多與〔安公子〕相類。

卜算子慢

江楓漸老，汀蕙半凋，滿目敗紅衰翠。楚客登臨，正是暮秋天氣。引疏砧、斷續殘陽裏。對晚景、傷懷念遠，新愁舊恨相繼。　脉脉人千里。念兩處風情，萬重烟水。雨歇天高，望斷翠峰十二。儘無言、誰會憑高意。縱寫得、離腸萬種，奈歸雲誰寄。

周介存曰：後闋一氣轉注，聯翩而下，清真最得此妙。②

《柯亭詞評》云："滿目"句，緊承"江楓""汀蕙"二句。"暮秋天氣"點時令，"引疏砧"句是見亦是聞。"對晚景"二句，由景入情。"脉脉人千里"承上"念遠"句，所謂"過片不斷曲意"也。後半演舊愁新恨，分三層寫隔別之苦："兩處風情，萬重烟水"，一層；"雨歇天高，望斷翠峰"，二層；離腸萬種，孤鴻〔歸雲〕誰寄，三層。"憑高"應上"登臨"句，章法謹嚴之至。

望海潮

東南形勝，三吳都會，錢塘自古繁華。烟柳畫橋，風簾翠幕，參差十萬人家。雲樹繞堤沙。怒濤捲霜雪，天塹無涯。市列珠璣，戶盈羅綺，競豪奢。　重湖疊巘清嘉。有三秋桂子，十里荷花。羌管弄晴，菱歌泛夜，嬉嬉釣叟蓮娃。千騎擁高牙。沈醉聽簫鼓，吟賞烟霞。异日圖將好景，歸去鳳池誇。

---

① 周濟《宋四家詞選》。

　② 周濟《宋四家詞選》。

《柯亭詞評》云："東南"三句，寫史迹。"烟柳"三句，寫都會。"雲樹"三句，寫形勝。"市列"三句，寫繁華。"錢塘"句、"參差"句，均緊承以上二句。後段"重湖"三句，寫風景。"羌管"三句，寫游樂。"千騎"三句，寫游人。"异日"二句，結到東京。章法整齊，句法雄渾，在柳詞中爲別格。"三秋桂子，十里荷花"之句，百餘年後，流播至金，金主亮聞之，欣然起投鞭渡江、立馬吳山之志。謝處厚詩云："誰把杭州曲子謳？荷花十里桂三秋。那知卉木無情物，牽動長江萬里愁。"以一時興到之作，而引起國家百年之患，殊非耆卿所及料。

蝶戀花

伫倚危樓風細細，望極春愁，黯黯生天際。草色烟光殘照裏，無言誰會憑闌意。　　擬把疏狂圖一醉。對酒當歌，强樂還無味。衣帶漸寬終不悔，爲伊消得人憔悴。

賀黄公曰：小詞以含蓄爲佳，亦有作決絶語而妙者。如韋莊"誰家年少足風流。妾擬將身嫁與，一生休。縱被無情弃，不能羞"之類是也。牛嶠"須作一生拼，盡君今日歡"，抑亦其次。柳耆卿"衣帶漸寬終不悔，爲伊消得人憔悴"，亦即韋意，而氣加婉矣。[1]

《柯亭詞評》云：前半情景夾寫，後半實寫春態。"衣帶"二句，婉曲之至。柳詞抒情慣用賦筆，似此者，集中尚不多見。

九　王安石

王安石，字介甫，臨川人。舉進士，熙寧初，同中書門下平章事，封舒國公，加司空。卒，贈太傅，謚曰文。有《臨川集詞》一卷。

桂枝香

登臨送目。正故國晚秋，天氣初肅。千里澄江似練，翠峰如簇。歸帆去棹殘陽裏，背西風、酒旗斜矗。彩舟雲淡，星河鷺起，畫圖難足。

---

① 賀裳《皺水軒詞筌》。

念往昔、繁華競逐。嘆門外樓頭，悲恨相續。千古憑高對此，謾嗟榮辱。六朝舊事隨流水，但寒烟衰草凝緑。至今商女，時時猶唱，後庭遺曲。

《古今詞話》云：《金陵懷古》諸公寄調于〔桂枝香〕者，三十餘家，獨介甫爲絶唱。東坡見之嘆曰，此老乃野狐精也。①

梁卓如曰：李易安謂"介甫文章似西漢，然以作歌詞，則人必絶倒"。但此作却頡頏清真、稼軒，未可謾詆也。②

《柯亭詞評》云："千古憑高對此"，承"登臨送目"句。"六朝舊事隨流水"應"故國"，"但寒烟衰草凝緑"應"晚秋"，脈絡井然。

一〇　王安國

王安國，字平甫，安石弟。舉進士，熙寧初，除西京國子教授，終秘閣校理。有《王校理集》。

清平樂

留春不住。費盡鶯兒語。滿地殘紅宮錦污。昨夜南園風雨。　　小憐初上琵琶。曉來思繞天涯。不肯畫堂朱户，春風自在楊花。

譚復堂曰："滿地"二句倒裝，見筆力。末二句見其品格之高。③

《柯亭詞評》云："不肯畫堂朱户，春風自在楊花"，具見作者身分。楊花輕薄之物，而能如此寫出，真是錦心繡口。

一一　蘇軾

蘇軾，字子瞻，眉山人。嘉祐初，試禮部第一，歷官中書舍人，翰林學士，至禮部尚書。紹聖初，坐訕謗，安置惠州，徙昌化。徽宗立，赦

---

① 沈雄《古今詞話》引。
② 梁啓超《飲冰室詞評》。
③ 譚獻《譚評詞辨》。

還。提舉玉局觀，建中靖國元年，卒于常州。高宗朝贈太師，諡文忠。有
《東坡居士詞》二卷。

水調歌頭

丙辰中秋，歡飲達旦，大醉，作此篇，兼懷子由。

明月幾時有，把酒問青天。不知天上宮闕，今夕是何年。我欲乘風歸
去，又恐瓊樓玉宇，高處不勝寒。起舞弄清影，何似在人間。　　轉朱
閣，低綺戶，照無眠。不應有恨，何事長向別時圓。人有悲歡離合，月有
陰晴圓缺，此事古難全。但願人長久，千里共嬋娟。

張叔夏曰：詞以意趣為主，要不蹈襲前人語意。如東坡《中秋》〔水
調歌〕……《夏夜》〔洞仙歌〕清空中有意趣，無筆力者未易到。①

王湘綺曰：通體妥帖，恰到好處。又云，大開大合之筆，亦他人所
不能。②

《柯亭詞評》云：前半從天上寫月，後半自人間寫月，寓意高遠，運
筆空靈，寄慨無端，別有天地。

永遇樂

彭城夜宿燕子樓，夢盼盼，因作此詞。

明月如霜，好風如水，清景無限。曲港跳魚，圓荷瀉露，寂寞無人
見。紞如三鼓，鏗然一葉，黯黯夢雲驚斷。夜茫茫，重尋無處，覺來小園
行遍。　　天涯倦客，山中歸路，望斷故園心眼。燕子樓空，佳人何在，
空鎖樓中燕。古今如夢，何曾夢覺，但有舊歡新怨。異時對，黃樓夜景，
為余浩嘆。

《高齋詩話》云："燕子樓空，佳人何在，空鎖樓中燕"。晁無咎曰：
"祇三句，便說盡張建封事。"③

---

① 張炎《詞源》卷下。
② 王闓運《湘綺樓詞選》。
③ 王弈清等《歷代詞話》卷五引《高齋詞話》。

劉公勇曰：詞有與古詩同妙者，"燕子樓空，佳人何在，空鎖樓中燕"，即平生少年之篇也。①

《柯亭詞評》云："清景無限""寂寞無人見""黯黯夢雲驚斷"，均各緊承以上三句。"覺來"句，自"夢雲驚斷"句生出。"何曾夢覺"又自"覺來"句生出，而用翻騰之筆以出之，亦可目爲詞論。

水龍吟·次韵章質夫楊花詞

似花還似非花，也無人惜從教墜。抛家傍路，思量却是，無情有思。縈損柔腸，困酣嬌眼，欲開還閉。夢隨風萬里，尋郎去處，又還被、鶯呼起。　　不恨此花飛盡，恨西園、落紅難綴。曉來雨過，遺踪何在，一池萍碎。春色三分，二分塵土，一分流水。細看來，不是楊花，點點是離人泪。

張叔夏曰：東坡次章質夫《楊花》〔水龍吟〕韵，機鋒相摩，起句便合讓東坡出一頭地，後片愈出愈奇，真是壓倒今古。②

劉融齋曰：鄰人之笛，懷舊者感之；斜谷之鈴，溺愛者悲之。東坡〔水龍吟〕《和章質夫咏楊花》云："細看來，不是楊花，點點是離人泪。"亦同此意。③

王觀堂曰：東坡〔水龍吟〕咏楊花，和韵而似原唱，章質夫詞原唱而似和韵，才之不可强也如是。又曰，咏物之詞，自以東坡〔水龍吟〕爲最工。④

陳倦鶴曰："夢隨風萬里"四句，描高入微，却極渾化。"春色"三句，名雋超脱，爲千古絶唱。特由其一氣捲舒，町畦化盡，故仍有渾灝之象，否則作算博士語，一挑半剔，非傷薄，即傷纖。東坡此等處，却不許人捧心也。"細看來"以下，以翻爲收，更進一層説法。"離人"之"泪"，近承"流水"，遥應"尋郎"，于法極密，于意亦悠悠不盡。全篇格律精細，固不容豪放者藉口；而緊着題，融化不澀，亦咏物之正法眼

---

① 劉體仁《七頌堂詞繹》。

② 張炎《詞源》卷下。

③ 劉熙載《藝概·詞曲概》；題目有所不同。

④ 王國維《人間詞話》。

藏。誰謂才大者不受羈勒哉。①

《柯亭詞評》云：此詞運筆空靈之極，題咏楊花，實寫離情。起句"似花還似非花"，便得"咏物貴不即不離"秘訣，劉融齋謂"可作全詞評語"。信然。"拋家傍路"六排句，寫楊花之情狀。"夢隨風"三句，始點出離情。換頭"不恨此花飛盡，恨西園、落紅難綴"承"也無人惜從教墜"句，與之呼應一氣。"曉來雨過"六排句，寫楊花之身世，用筆何等空靈！"細看來"三句，仍結到離情，與前結相呼應。

卜算子·黃州定惠院寓居作

缺月挂疏桐，漏斷人初靜。誰見幽人獨往來，縹緲孤鴻影。　　驚起却回頭，有恨無人省。揀盡寒枝不肯栖，寂寞沙洲冷。

黃蓼園曰：此詞乃東坡自寫在黃州之寂寞耳。初從人說起，言如孤鴻之冷落。第二闋，專就鴻說，語語雙關。格奇而語雋，斯爲超詣神品。②

陳佗鶴曰：通首空中傳恨，一氣呵成，亦具有"縹緲孤鴻"之象。于小令爲別調，而一片神行，則溫、韋、歐、晏所未有。③

蝶戀花

花褪殘紅青杏小。燕子飛時，綠水人家繞。枝上柳綿吹又少。天涯何處無芳草。　　墻裏鞦韆墻外道。墻外行人，墻裏佳人笑。笑漸不聞聲漸悄。多情却被無情惱。

王阮亭曰："枝上柳綿"，恐屯田緣情綺靡，未必能過。孰謂坡但解作大江東去耶，髯直是軼倫絕群。④

蝶戀花

春事闌珊芳草歇。客裏風光，又過清明節。小院黃昏人憶別。落紅處

---

① 陳匪石《宋詞舉》卷下。
② 黃蘇《蓼園詞選》。
③ 陳匪石《宋詞舉》卷下。
④ 王士禎《花草蒙拾》。

處聞啼鴂。　　咫尺江山分楚越。目斷魂銷，應是音塵絕。夢破五更心欲折。角聲吹落梅花月。

王阮亭曰：字字驚心動魄。"祇爲一聲河滿子，下泉須弔孟才人。"恐無此魂銷也。①

浣溪沙

道字嬌訛語未成。未應春閣夢多情。朝來何事緑鬟傾。　　彩索身輕常趁燕，紅窗睡重不聞鶯。困人天氣近清明。

賀黃公曰：蘇子瞻有銅喉鐵板之譏，然其〔浣溪紗〕《春閨》曰"彩索身輕常趁燕，紅窗睡重不聞鶯"。如此風調，令十七八女郎歌之，豈在"曉風殘月"之下。②

一二　黃庭堅

黃庭堅，字魯直，分寧人。舉進士，元祐初，爲校書郎，遷集賢校理，擢起居舍人。追謚文節。有《山谷詞》二卷。

鷓鴣天

黃菊枝頭破曉寒。人生莫放酒杯乾。風前橫笛斜吹雨，醉裏簪花倒着冠。　　身健在，且加餐。舞裙歌板盡清歡。黃花白髮相牽挽，付與時人冷眼看。

沈天羽曰：東坡"破帽多情却戀頭"，翻龍山事，特新。山谷"風前橫笛斜吹雨，醉裏簪花倒着冠"，尤用得妙。③

黃蓼園曰：菊稱其耐寒則有之，曰"破寒"，更寫得菊精神出。曰

---

① 王士禎《花草蒙拾》。
② 賀裳《皺水軒詞筌》。
③ 沈際飛《草堂詩餘四集》。

"斜吹雨","倒着冠",則有傲兀不平氣在。末二句,尤有牢騷。然自清迥獨出,骨力不凡。①

一三 秦觀

秦觀,字少游,高郵人。登第後,蘇軾薦于朝,官至秘書省正字,兼國史院編修。坐黨籍,徙柳州,編管橫州,又徙雷州。徽宗立,放還,至藤州卒。有《淮海詞》三卷。

望海潮·洛陽懷古

梅英疏淡,冰澌溶泄,東風暗換年華。金谷俊游,銅駝巷陌,新晴細履平沙。長記誤隨車。正絮翻蝶舞,芳思交加。柳下桃蹊,亂分春色到人家。　　西園夜飲鳴笳。有華燈礙月,飛蓋妨花。蘭苑未空,行人漸老,重來是事堪嗟。烟暝酒旗斜。但倚樓極目,時見栖鴉。無奈歸心,暗隨流水到天涯。

周介存曰:兩兩相形,以整見動。以兩"到"字作眼,點出"換"字精神。②

譚復堂曰:("長記誤隨車"句),頓宕。("柳下桃蹊"二句),旋斷仍連。("華燈礙月,飛蓋妨花"),陳、隋小賦縮本,填詞家不以唐人爲止境也。③

陳倦鶴曰:"華燈"八字,一片富麗華貴氣象,造句之工,如齊、梁小賦。"礙"字、"妨"字,并開南宋詞眼之門徑,而此處愈說得熱鬧。下三句之轉筆,愈覺有力,又清真所自出也。此詞局度安詳,語意婉約,氣味醇厚,則少游之本色。④

《柯亭詞評》云:"梅英"三句,寫時。"金谷"三句,寫地。"長記"以下至"飛蓋妨花",是憶舊游。"蘭苑"二句,仍回到目前。"重

① 黃蘇《蓼園詞選》。
② 周濟《宋四家詞選》。
③ 譚獻《譚評詞辨》。
④ 陳匪石《宋詞舉》卷下。

227

來"句點醒，與"長記"句呼應。"烟暝"以下，所謂"堪嗟"之事，由"行人漸老"生出。"金谷""蘭苑"均指西園，"流水"句回顧"冰澌融泄"句。

八六子

倚危亭。恨如芳草，萋萋剗盡還生。念柳外青驄別後，水邊紅袂分時，愴然暗驚。　　無端天與娉婷。夜月一簾幽夢，春風十里柔情。怎奈向、歡娛漸隨流水，素弦聲斷，翠綃香減，那堪片片飛花弄晚，濛濛殘雨籠晴。正銷凝。黃鸝又啼數聲。

張叔夏曰：離情當如此作，全在情景交煉，得言外意。①

洪容齋曰：（"片片"以下）語句清峭，爲名流推激。②

周介存曰：神來之作。③

陳倦鶴曰：此詞起處突兀，中間委婉曲折，道出心中苑結，而確是別後追念之情。"可〔那〕堪"以下，不再説情，專就景描寫，而一往情深，令人讀之魂消意盡。至造句工煉，寫景細膩，猶其餘事。此從唐五代詞得來者，觀之可知變化之由。而"怎奈向"五句，大氣貫注，亦與柳耆卿同工。④

《柯亭詞評》云：此詞自首至尾一氣捲舒，須玩其領字"念""無端""怎奈向""那堪""正"等轉折呼應處。"念"字直貫至"翠綃香減"句，"聲斷""香減"緊承上"流水"。"那堪"以下，均是"倚危亭"所見："飛花"一層，"殘雨"二層，"黃鸝"三層。此即如芳草之恨所由生。後半文勢聯翩而下，"正銷凝"一頓收住，恰好。

踏莎行

霧失樓臺，月迷津渡。桃源望斷無尋處。可堪孤館閉春寒，杜鵑聲裏斜陽暮。　　驛寄梅花，魚傳尺素。砌成此恨無重數。郴江幸自繞郴山，

---

① 張炎《詞源》卷下。

② 洪邁《容齋四筆》卷十三。

③ 周濟《宋四家詞選》。

④ 陳匪石《宋詞舉》卷下。

爲誰流下瀟湘去。

王阮亭曰："郴江幸自繞郴山，爲誰流下瀟湘去"，千古絕唱。秦歿後，坡公常書此于扇云："少游已矣，雖萬人何贖。高山流水之悲，千載而下，令人腹痛。"①

王觀堂曰："可堪孤館閉春寒，杜鵑聲裏斜陽暮"，有我之境也。又云：少游詞境最爲淒婉。至"可堪孤館閉春寒，杜鵑聲裏斜陽暮"，則變而淒厲矣。東坡賞其後二語，猶爲皮相。②

陳倦鶴曰：自寫羈愁，造境既佳，造語尤雋永有味，實從晏氏父子出者。就詞之局勢論，"可堪"爲進一層語。前三句以地言，"可堪"以下乃人所感受，然皆景也。後遍始言人事。（末二句）透過一層立論，乃更沈鬱也。案〔江城子〕結拍曰："便做春江都是淚，流不盡、許多愁。"〔虞美人〕結拍曰："爭奈無情江水不西流。"〔阮郎歸〕結拍曰："衡陽猶有雁傳書，郴陽和雁無。"同一心境，同一妙句，而〔江城子〕〔虞美人〕清新，〔阮郎歸〕老辣，惟此詞超脫渾厚。宜東坡愛不忍釋也。③

減字木蘭花

天涯舊恨。獨自淒凉人不問。欲見回腸。斷盡金爐小篆香。　　黛蛾長斂。任是春風吹不展。困倚危樓。過盡飛鴻字字愁。

《柯亭詞評》云：此亦被謫後之作，故不覺其辭之淒婉。馮夢華謂"淮海，古之傷心人。其淡語皆有味，淺語皆有致"。觀此蓋信。

好事近

夢中作。

春路雨添花，花動一山春色。行到小溪深處，有黃鸝千百。　　飛雲當面化龍蛇，夭矯轉空碧。醉臥古藤陰下，了不知南北。

---

①　王士禛《花草蒙拾》。
②　王國維《人間詞話》。
③　陳匪石《宋詞舉》卷下。

周介存曰：櫽括一生，結語遂作藤州之讖。（"飛雲"二句）造語奇警，不似少游尋常手筆。①

《柯亭詞評》云：夢境奇，造語亦奇，在《淮海集》中爲別調。

一四　晁補之

晁補之，字無咎，巨野人。受知蘇軾，舉進士，元祐初，除秘書省正字，遷校書郎，以秘閣校理通判揚州，召還，爲著作郎。坐黨籍徙，大觀末，起知泗州，卒。有《鷄肋集》《琴趣外篇》。

摸魚兒·東皋寓居

買陂塘、旋栽楊柳，依稀淮岸湘浦。東皋雨足輕痕漲，沙觜鷺來鷗聚。堪愛處。最好是、一川夜月光流渚。無人獨舞。任翠幕張天，柔茵藉地，酒盡未能去。　　青綾被，休憶金閨故步。儒冠曾把身誤。弓刀千騎成何事，荒了邵平瓜圃。君試覷。滿青鏡、星星鬢影今如許。功名浪語。便似得班超，封侯萬里，歸計恐遲暮。

劉融齋曰：無咎詞堂廡頗大，人知辛稼軒〔摸魚兒〕"更能消幾番風雨"一闋，爲後來名家所競效。其實辛詞所本，即無咎〔摸魚兒〕"買陂塘、旋栽楊柳"之波瀾也。②

黃蓼園曰：語意峻切，而風調自清迥拔俗。故真西山極賞之。③

《柯亭詞評》云：此詞前半寫隱居之樂，後半叙功名遲誤，爲隱居之因。"買陂塘"句及"功名浪語"句，爲前後片關鍵。"淮岸湘浦"襯"陂塘"，"東皋"四句寫水邊景物，承"陂塘"句來。"無人"四句，從"旋栽楊柳"句生出。"青綾被"從"翠幕""柔茵"聯想而得。"休憶"四句，寫功名誤人。"君試覷"二句，自傷老大。"功名"四句，故作覺悟語。末句仍收到歸隱。

---

① 周濟《宋四家詞選》。
② 劉熙載《藝概·詞曲概》。
③ 黃蘇《蓼園詞選》。

洞仙歌·泗州中秋作

青烟幂處，碧海飛金鏡。永夜閑階臥桂影。露涼時，零亂多少寒螿，神京遠，惟有藍橋路近。　　水晶簾不下，雲母屏開，冷浸佳人淡脂粉。待都將許多明，付與金尊，投曉共流霞傾盡。更携取、胡床上南樓，看玉做人間，素秋千頃。

胡元任曰：凡作詩詞，要當如常山之蛇，救首救尾，不可偏也。如晁無咎〔洞仙歌〕辭，其首云"青烟幂處"（三句），固已佳矣，其後云"待都將""素秋千頃"，若此，可謂善救首尾者也。①

黃蓼園曰：前評固甚得謀篇構局之法。至其前闋從無月看到有月。次闋從有月看到月滿人間。層次井井，而詞致奇杰，各段俱有新警語，自覺冰魂玉魄，氣象萬千，興乃不淺。②

吳霜厓曰：無咎詞酷似東坡，不獨此作（〔摸魚兒〕一闋）然也。如〔滿江紅〕之"東武城南"，〔永遇樂〕之"松菊堂深"，皆直摩子瞻之壘，而靈氣往來，自有天然之秀。胡元任盛稱其〔洞仙歌〕《泗州中秋作》，謂如"常山之蛇，救首救尾"，可云知無咎者矣。③

《柯亭詞評》云：起三句，就月寫目前情景。"露涼"以下，于景物中寫別情。言神京之佳人不得見，可見者，藍橋之佳人耳。過片"水晶"三句，承"藍橋"句來，仍不脫"月"字。以下寫金尊對月、南樓玩月，竟體空靈之至。

鹽角兒·亳社觀梅

開時似雪。謝時似雪。花中奇絕。香非在蕊，香非在萼，骨中香徹。占溪風，留溪月。堪羞損、山桃如血。直饒更、疏疏淡淡，終有一般情別。

---

① 胡仔《苕溪漁隱叢話·詞話》。
② 黃蘇《蓼園詞選》。
③ 吳梅《詞學通論》。

《柯亭詞評》云：前片上三句，寫色。下三句，寫香。後片上三句，寫花之豐韵。結二句，雙管齊下，是花？是人？不復可辨。

憶少年·別歷下

無窮官柳，無情畫舸，無根行客。南山尚相送，衹高城人隔。　　罨畫園林溪紺碧。算重來、盡成陳迹。劉郎鬢如此，況桃花顏色。

《柯亭詞評》云：前後二結句，均作進一步語。"桃花顏色"即所謂"高城人"也。此闋與前闋，均語意清新，不言愁而愁在其中，是另出一機杼爲之者。馮夢華謂："無咎所爲詩餘，無子瞻之高華，而沈咽則過之。"此殆所謂"沈咽"者矣。

一五　張耒

張耒，字文潛，楚州淮陰人。第進士，歷官起居舍人，以直龍圖閣知潤州。坐黨籍謫官，晚監南岳廟，主管崇福宮。有《宛丘集》。

風流子

亭皋木葉下，重陽近，又是擣衣秋。奈愁入庾腸，老侵潘鬢，謾簪黃菊，花也應羞。楚天晚，白蘋烟盡處，紅蓼水邊頭。芳草有情，夕陽無語，雁橫南浦，人倚西樓。　　玉容知安否。香箋共錦字，兩處悠悠。空恨碧雲離合，青鳥沈浮。向風前懊惱，芳心一點，寸眉兩葉，禁甚閑愁。情到不堪言處，分付東流。

況蕙風曰：張文潛〔風流子〕"芳草有情"（四句），景語亦復尋常，唯用在過拍，即此頓住，便覺老當渾成。換頭"玉容知安否"，融景入情，力量甚大。此等句有力量，非深于詞不能知也。"香箋"至"沈浮"，微嫌近滑。幸愁韵四句，深婉入情，爲之補救。而"芳心""翠〔寸〕眉"，又稍稍刷色。下云："情到不堪言處，分付東流"，蓋至是不能不用質語爲結束矣。雖古人用心，未必如我所云，要不失爲知人之言也。"香箋共錦字，兩地〔處〕悠悠"，吾人填詞，斷不肯如此率意，勢必縮兩句爲一句，下句更添一意，由情中、景中生出皆可，情景兼到，又盡善矣。雖然，突過前人不易，或反不逮前人，視平昔之功力，臨時之杼軸，何如耳。①

《柯亭詞評》云：“亭皋”三句，感時序遷流。“奈愁入”四句，嗟年華老大。“楚天”以下泛寫秋景，結二句逗入懷人。換頭“玉容知安否”緊承前結，所謂“過片不要斷了曲意”，此類是也。“香箋”四句，寫消息兩隔。“向風前”四句，從對面着想。後結二句，寫無聊之極思。

一六　賀鑄

賀鑄，字方回，衞州人。元祐中，通判泗州，又倅太平州，退居吳下，自號慶湖遺老。有《東山寓聲樂府》三卷。

石州引

薄雨收寒，斜照弄晴，春意空闊。長亭柳蓓纔黃，依馬何人先折。烟橫水際，映帶幾點歸鴻，平沙消盡龍荒雪。猶記出關來，恰如今時節。　　將發。畫樓芳酒，紅淚清歌，頓成輕別。回首經年，杳杳音塵都絕。欲知方寸，共有幾許新愁，芭蕉不展丁香結。枉望斷天涯，兩厭厭風月。

陳倦鶴曰：宋人言詞之本事，每多附會，今姑置之。就詞而論，第一句至第八句，皆寫當前景物，爲“如今時節”極力鋪排。想到前此之出關，始覺景物相同，離別之感于無意中得之。“猶記”一轉，是頓悟之境，是急轉之筆，而説來若不經意，神味雋永。有此十字，而上文云云，皆非虛藻矣。換頭四句從“猶記”一氣貫下，前後遍黏合爲一，全是追溯之神情。“回首經年”以下，遂申説別情。“欲知方寸”五句，又一氣赶下，取飄風驟雨之勢，用“共有幾許”一問，以“芭蕉不展丁香結”爲答，比喻既微妙無倫。着色上亦與“柳色〔蓓〕纔黃”，有淺深之別，而皆初春景物，不假別求，有融化無迹之妙，宜乎古今推爲絕唱也。結拍二句實

---

① 況周頤《餐櫻廡詞話》。

做，隔天一涯，兩地相望，"厭厭"二字從風月上寫出久別之情，上句一人所獨，下句兩人所共，至此遂不能再着一語矣。①

《柯亭詞評》云："薄雨收寒"八句，均寫目前景物。但因"柳蓓"而想到折柳贈行，因"歸鴻"而想到龍荒雪消，情景交融，全神已籠罩。下闋則目前景物亦非泛寫矣。"猶記出關來"至"回首經年"，均寫分別時情景。"杳杳音塵都絕"以下，方寫現在別懷，且包括兩面言之。後結"憔悴一天涯，兩厭厭風月"②，有語盡意不盡之妙。

望湘人·春思

厭鶯聲到枕，花氣動簾，醉魂愁夢相半。被惜餘薰，帶驚剩眼。幾許傷春春晚。淚竹痕鮮，佩蘭香老，湘天濃暖。記小江風月佳時，屢約非烟游伴。　　須信鸞弦易斷。奈雲和再鼓，曲終人遠。認羅襪無踪，舊處弄波清淺。青翰棹艤，白蘋洲畔。盡目臨皋飛觀。不解寄、一字相思，幸有歸來雙燕。

黃蓼園曰：意致濃腴，得騷怨之遺韵。張文潛稱其樂府，絕妙一世。幽索如屈宋，悲壯如蘇李，斷推此種。③

陳佗鶴曰：尋味詞意，當是傷離之作。全篇言情而以景入之，則東山家法也。④

《柯亭詞評》云："厭鶯聲到枕"至"湘天濃暖"，正寫春思，大有物是人非之感。"被惜餘薰"承"到枕"句。"佩蘭香老"承"花氣"句。"記小江"以下，轉作追憶語。過片均自作商量。"鸞弦"句，緊接前片。"羅襪""弄波""棹艤""蘋洲"，均承"小江""游伴"來，是此詞脉絡所在。"臨皋飛觀"有室邇人遐之意。以"厭鶯聲"起，以幸歸燕結，前後映帶成趣。

---

①　陳匪石《宋詞舉》卷下。
②　應爲"枉望斷天涯，兩厭厭風月"。
③　黃蘇《蓼園詞選》。
④　陳匪石《宋詞舉》卷下。

薄幸

淡妝多態，更的的、頻回眄睞。便認得琴心先許，欲縋合歡雙帶。記畫堂、風月逢迎，輕顰淺笑嬌無奈。向睡鴨爐邊，翔鴛屏裏，羞把香羅暗解。　　自過了、燒燈後，都不見踏青挑菜。幾回憑雙燕，丁寧深意，往來却恨重簾礙。約何時再，正春濃酒困，人閑畫永無聊賴。厭厭睡起，猶有花梢日在。

周介存曰：耆卿于寫景中見情，故淡遠。方回于言情中布景，故穠至。①

《柯亭詞評》云：前半追思邂逅始末。後半自述間阻情懷。"花梢日在"承"畫永"句，言百無聊賴中，每覺日長似年也。

青玉案

凌波不過橫塘路。但目送、芳塵去。錦瑟華年誰與度。月橋花院，瑣窗朱戶。祇有春知處。　　碧雲冉冉蘅皋暮，彩筆新題斷腸句。試問閑情都幾許。一川烟草，滿城風絮。梅子黃時雨。

劉融齋曰：方回〔青玉案〕詞收四句……其末句好處，全在"試問"句呼起，及與下"一川"二句并用耳。或以方回有"賀梅子"之稱，專賞此句，誤矣。且此句原本寇萊公"梅子黃時雨如霧"詩句，然則何不目萊公爲"寇梅子"耶？②

陳倦鶴曰："一川烟草"是二三月間，"滿城風絮"是三四月間，"梅子黃時雨"是四五月間。歷時如此，則"誰與度"之神味，更爲完足。或謂"試問"七字叫起下三句，此爲詞之空靈處。愚謂"一川"（及）以下十三字寫愁之多且久，虛意實作，外結轄而內空虛，即夢窗所自出。至全篇皆情，祇此三句是景，而用景仍以寫情，方回融景入情之妙用，尤耐

---

① 周濟《宋四家詞選》。
② 劉熙載《藝概·詞曲概》。

人尋味。①

《柯亭詞評》云：《中吳紀聞》言"鑄有小築在姑蘇之橫塘，嘗往來其間，作此詞，山谷最稱之，有詩云：'解道江南斷腸句，祇今惟有賀方回。'"其爲前輩推重如此。因詞中有"梅子黃時雨"之句，人皆服其工，故稱爲"賀梅子"。

踏莎行·荷花

楊柳回塘，鴛鴦別浦。綠萍漲斷蓮舟路。斷無蜂蝶慕幽香，紅衣脫盡芳心苦。　　返照迎潮，行雲帶雨。依依似與騷人語。當年不肯嫁春風，無端却被秋風誤。

許蒿廬曰：（"斷無"二句）見身分。（"當年"二句）有美人遲暮之慨。②

浣溪沙

雲母窗前歇綉針。低鬟凝思坐調琴。玉纖纖按十三金。　　歸卧文園猶帶酒。柳花飛度畫堂陰。祇憑雙燕話春心。

況蕙風曰："柳花"句融景入情，丰神獨絶。近來纖佻一派，誤認輕靈，此等處何曾夢見。③

浣溪沙

鬢外紅綃一縷霞。淡黃楊柳帶栖鴉。玉人和月摘梅花。　　笑捻粉香歸綉戶，半垂簾幕護窗紗。東風寒似夜來些。

《漁隱叢話》曰："淡黃楊柳帶栖鴉"（句），寫景咏物，可謂造微入妙。④

---

① 陳匪石《宋詞舉》卷下。
② 許昂霄《詞綜偶評》。
③ 況周頤《香海棠館詞話》。
④ 胡仔《苕溪漁隱叢話·詞話》。

陳倦鶴曰：此種小令，從唐樂府之七言絕句脫胎而來，全以比興出之，言景不言情，而情之所寄于言外得之，上也。言情而以景融入，用吞吐之辭見含蓄之妙，耐人咀嚼，餘味盎然，次也。方回此作純是唐五代遺音，通首不見一情語，而深厚之味、綿邈之情，必待幾經諷脉，始能領會。①

一七　周邦彥

周邦彥，字美成，錢塘人。元豐中，獻《汴都賦》，召爲太學正，徽宗朝，仕至徽猷閣待制，提舉大晟府，出知順昌府，提舉洞霄宮，晚居明州，卒。自號清真居士。有《片玉詞》。

瑞龍吟

章臺路。還見褪粉梅梢，試花桃樹。愔愔坊陌人家，定巢燕子，歸來舊處。黯凝佇。因念個人痴小，乍窺門户。侵晨淺約宮黃，障風映袖，盈盈笑語。　　前度劉郎重到，訪鄰尋里，同時歌舞。唯有舊家秋娘，聲價如故。吟箋賦筆，猶記燕臺句。知誰伴、名園露飲，東城閑步。事與孤鴻去。探春盡是，傷離意緒。官柳低金縷。歸騎晚，纖纖池塘飛雨。斷腸院落，一簾風絮。

周介存曰：（"事與孤鴻去"），祇一句化去町畦。又云，不過桃花人面，舊曲翻新耳。看其由無情入，結歸無情，層層脫換，筆筆往復處。②

吳霜厓曰：詞至美成，乃有大宗。前收蘇、秦之終，後開姜、史之始。自有詞人以來，爲萬世不祧之宗祖。究其實亦不外"沈鬱頓挫"四字而已。即如〔瑞龍吟〕一首，其宗旨所在，在"傷離意緒"一語耳，而入手先指明地點曰"章臺路"，却不從目前景物寫出，而云"還見"，此即沈鬱處也。須知"梅梢""桃樹"原來舊物，惟用"還見"云云，則令

① 陳匪石《宋詞舉》卷下。
② 周濟《宋四家詞選》。

人感慨無端，低徊欲絶矣。首叠末句云"定巢燕子，歸來舊處"，言燕子可歸舊處，所謂"前度劉郎"者，即欲歸舊處而不得，徒彳亍于"惜惜坊陌"章臺故路而已，是又沈鬱處也。第二叠"黯凝佇"一語，爲正文，而下文又曲折，不言其人不在，反追想當日相見時狀態。用"因念"二字，則通體空虛矣，此頓挫處也。第三叠"前度劉郎"至"聲價如故"，言個人不見，但見同里秋娘，未改聲價，是用側筆以襯正文，又頓挫處也。"燕臺"句，用義山"柳枝"故事，情景恰合。"名園露飲，東城閑步"，當時已亦爲之，今則不知伴着誰人，賡續雅舉，此"知誰伴"三字，又沈鬱之至矣。"事與孤鴻去"三語方説正文，以下説到歸院，層次井然，而字字凄切。末以"飛雨""風絮"作結，寓情于景，備覺黯然。通體僅"黯凝佇"，"前度劉郎重到"，"傷離意緒"三語，爲作詞主意，此外則頓挫而復纏綿，空虛而又沈鬱。驟視之，幾莫測其用筆之意，此所謂神化也。[1]

《柯亭詞評》云：通篇以"柳"爲骨幹，而寫一舊識雛妓。首段一起便充滿物是人非之感。"章臺路"已伏"柳"字。"還見褪粉梅梢，試花桃樹"，又用"梅""桃"襯"柳"字，而"痴小個人"[2] 已涌現筆端。第二段始出"痴小個人"，"侵晨"三句，乃回想其姿態、裝飾，蓋"劉郎重到"時感想。第三段始點出"劉郎重到"，"舊家秋娘"陪襯"痴小個人"。"燕臺"句，用義山柳枝故事，又暗點柳字。"知誰伴"二句，言已無痴小個人爲伴，而秋娘又不足伴也。"還見"二句，是因舊物而思舊人。"猶記"三句，是因舊人而懷舊迹。"事與孤鴻去"將以上種種一筆勾消。"探春盡是，傷離意緒"言以上所寫，莫非"傷離意緒"，都因"探春"而發也，此句是一篇題旨所在，以下全是本篇餘波，仍句句不脱傷離之意。"官柳低金縷"，明應一起"章臺路"句。"斷腸院落，一簾風絮"仍收到柳上，令人低徊不盡。

蘭陵王

柳陰直。烟裏絲絲弄碧。隋堤上、曾見幾番，拂水飄綿送行色。登臨

① 吳梅《詞學通論》。

② 應爲"個人痴小"，下同。

望故國，誰識。京華倦客。長亭路，年去歲來，應折柔條過千尺。　　閑尋舊踪迹。又酒趁哀弦，燈照離席。梨花榆火催寒食。愁一箭風快，半篙波暖，回頭迢遞便數驛。望人在天北。　　凄惻。恨堆積。漸別浦縈回，津堠岑寂。斜陽冉冉春無極。念月榭携手，露橋聞笛。沈思前事，似夢裏。泪暗滴。

　　周介存曰：客中送客，一"愁"字代行者設想。以下不辨是情是景，但覺烟靄蒼茫，"望"字、"念"字尤幻。[1]

　　譚復堂曰：（"柳陰直。烟裏絲絲弄碧"句及"登臨望故國"句），用筆欲落不落，已是磨杵成針手段。（"愁一箭風快"等句），此類噴醒，非玉田所知。（"斜陽冉冉春無極"）七字，微吟千百遍，當入三昧，出三昧。[2]

　　陳亦峰曰：美成詞，極其感慨，而無處不鬱，令人不能遽窺其旨。如〔蘭陵王〕《柳》云："登臨望故國，誰識。京華倦客"二語，是一篇之主。上有"隋堤上、曾見幾番，拂水飄綿送行色"之句，暗伏倦客之根，是其法密處。故下接云："長亭路，年去歲來，應折柔條過千尺。"久客淹留之感，和盤托出。他手至此，以下便直抒憤懑矣，美成則不然。"閑尋舊踪迹"二叠，無一語不吞吐。祇就眼前景物，約略點綴，更不寫淹留之故，却無處非淹留之苦。直至收筆云："沈思前事，似夢裏。泪暗滴。"遙遙挽合，妙在纔欲說破，便自咽住，其味正自無窮。[3]

　　梁卓如曰："斜陽"七字，綺麗中帶悲壯，全首精神提起。[4]

　　海綃翁曰：托柳起興，非咏柳也。"弄碧"一留，却出"隋堤"。"行色"一留，却出"故國"。"長亭路"復"隋堤上"。"年去歲來"復"曾見幾番"。"柔條（過）千尺"復"拂水飄綿"。全爲"京華倦客"四字出力。第二段"舊踪"往事，一留。"離席"今情，又一留，于是以"梨花榆火"一句脫開。"愁一箭"至"數驛"三句逆提。然後以"望人在天北"一句，復上"離席"作歇拍。第三段"漸別浦"至

①　周濟《宋四家詞選》。
②　譚獻《譚評詞辨》。
③　陳廷焯《白雨齋詞話》卷一。
④　梁啓超《飲冰室詞評》。

"岑寂"，證上"愁一箭"至"波暖"二句。蓋有此漸，乃有此愁也。愁是倒提，漸是逆挽。"春無極"遙接"催寒食"。"催寒食"是脫，"春無極"是復。"月榭携手，露橋聞笛"，是離席前事，"似夢裏。淚暗滴"，仍用逆挽。周止庵謂復處無脫不縮，故脫處如望海上三神山，詞境至此謂之不神不可也。①

　　陳倦鶴曰：以柳命題却說別情，咏物而不說物，專說與物相關之事，此亦興體作法。視〔六醜〕〔花犯〕爲別一機杼，更與《樂府輔題》不同。此詞妙處，全在虛處着想，無一沾滯之筆，而"寒食""數驛""別浦""津堠""斜陽""月榭""露橋"仍與柳縮合，題面不至拋荒。至宋人短書謂，美成以〔少年游〕詞得罪，押出國門，瀕行作此，聞于徽宗，又復召還。鄭文焯曾辨其非實，且周氏謂客中送客，陳氏謂久客淹留，說亦各異，讀者不必執一以求之。②

　　《柯亭詞評》云：題雖賦柳，實寫別情，蓋河干送客之作也。首段是寫過去多次之別，寫柳絲、柳綿、柳條，均極有情致。雖未點出行舟，而"隋堤""長亭"自是泊舟所在。次段是目前之別。過片"閑尋舊踪迹"一語，緊承前段"酒趁哀弦，燈照離席"，是目前景。領以一"又"字，遂與首段一氣呼應，"梨花榆火"作柳陪襯。"愁一箭風快"至"望人在天北"數句，寫行舟栩栩欲活。三段是別後情景。"凄惻。恨堆積"亦緊承次段"別浦縈回，津堠岑寂"，是行舟已去之景象。"斜陽冉冉春無極"句總束一筆，黯然魂銷。"月榭""露橋"均別前聚首處，所以回想"淚（暗）滴""沈思"二句，極沈鬱頓挫之致。以上種種，皆"京華倦客"所親經，故此句爲一篇之主。

六醜·薔薇謝後作

　　正單衣試酒，悵客裏、光陰虛擲。願春暫留，春歸如過翼。一去無迹。爲問花何在，夜來風雨，葬楚宮傾國。釵鈿墮處遺香澤。亂點桃蹊，輕翻柳陌。多情爲誰追惜。但蜂媒蝶使，時叩窗隔。　　東園岑寂。漸蒙籠暗碧。靜繞珍叢底，成嘆息。長條故惹行客。似牽衣待話，別情無極。

---

① 陳洵《海綃說詞》。

② 陳匪石《宋詞舉》卷下。

殘英小、強簪巾幘。終不似一朵，釵頭顫裊，向人敧側。漂流處、莫趁潮汐。恐斷紅、尚有相思字，何由見得。

周介存曰："顧春暫留，春歸如過翼。一去無迹"，十三字，千回百折，千錘百煉。以下如鵬羽自逝。又云，不說人惜花，却說花戀人，不從無花惜春，却從有花惜春，不惜已簪之殘英，偏惜欲去之衡紅。①

譚復堂曰：（"顧春"三句），逆入平出，亦平入逆出。（"爲問"三句），搏兔用全力。（"靜繞"五句），處處斷，處處連。（"殘英"句），即"顧春暫留"也，（"漂流"句），即"春歸如過翼"也。末二句仍用逆挽，片玉所獨。②

陳亦峰曰："爲問花何在。"上文有"悵客裏、光陰虛擲"之句，此處點醒題旨，既突兀，又綿密，妙衹五字束住。下文反覆纏綿，更不糾纏一筆，却滿紙是羈愁抑鬱，且有許多不敢説處，言中有物，吞吐盡致。③

任二北曰：此詞大意，乃作者借謝後薔薇，自表身世。時而單說人，時而單說花，時而花與人融會一處，時而表人與花之所同，時而表人不如花之處。曰"客裏"，曰"花何在"，曰"行客"，曰"漂流"，是其意旨所在也。前後闋固一貫。

前闋首二句說羈人，次三句說花謝，"春歸"實花謝之替代語也。以上皆襯副。"爲問"三句精粹，既謂因風雨之葬送，致傾國于無家，更謂因屬無家之物，故雖擅傾國之姿，風雨亦不見憐，含思哀婉之至——乃説花與說人融會之處也。"釵細"三句襯副，"多情"三句精粹，"但"字非"僅有"之義，乃轉語，"猶有"之意也。零落之餘，衹遺香澤，應無復追惜之人物，但蜂蝶痴憨，猶來叩窗尋問，堪許知己。言外謂客裏飄零，終不能得慰藉，人固不如謝後之薔薇耳。何以知其然？曰：兩處精粹，皆特用問語領起，重在表示無家與無人追惜之意，甚分明也。

後闋"東園"三句，因物及人，襯副而已，引起下文牽衣話別、強簪殘英及斷紅難見三事。"成嘆息"一語，直貫到底，所嘆息者，上三事皆

---

① 周濟《宋四家詞選》。
② 譚獻《譚評詞辨》。
③ 陳廷焯《白雨齋詞話》卷一。

在内也。落花向行客話別，自多同病之憐；殘英强簪，乃令人回想芳時姿韻，映帶謝後景況，有無限珍惜。推此珍惜之意，覺芳時固當鄭重，即謝時亦何容草草。斷紅之内，固仍寓相思無限也。前一事花與人自爲聯絡，後二事似全説花，而由花與人之處，消息祇可以神會，而難于説實。末句復用一問語，以示有物無可表見之意。若于"東園"三句之詞意中，即先安排流水，則歇拍之"潮汐""斷紅"，便屬有根，組織乃益爲緻密矣。或謂殘英强簪，不爲釵頭顫裊，向人欹側之態，乃覺殘英自有殘英可貴之品格，以喻人雖爲落拓之行客，終是孤高絶俗，不作阿世醜容，義尤精到。①

《柯亭詞評》云：是調多于四字句叶韵，如"一去無迹"，如"輕翻柳陌"，如"時叩窗隔"，如"東園岑寂"，如"別情無極"，如"向人欹側"，如"何由見得"，與其他長句、短句配合，而極頓挫跌宕之能事。填此調，若拙于行氣必病糾纏拖遝。清真此詞，反復吞吐，操縱自如，良由行氣功深，故能六轡在手如此。

浪淘沙慢

曉陰重，霜凋岸草，霧隱城堞。南陌脂車待發。東門帳飲乍闋。正拂面、垂楊堪攬結。掩紅淚、玉手親折。念漢浦、離鴻去何許，經時信音絶。　　情切。望中地遠天閣。向露冷風清無人處，耿耿寒漏咽。嗟萬事難忘，惟是輕別。翠尊未竭。憑斷雲，留取西樓殘月。　　羅帶光消紋衾叠。連環解、舊香頓歇。怨歌永、瓊壺敲盡缺。恨春去、不與人期，弄夜色、空餘滿地梨花雪。

周介存曰：第二段空際出力，夢窗最得其訣。"翠尊未竭"三句，一氣趕下，是清真長技。第三段鈎勒，勁健峭舉。②

譚復堂曰：（"正拂面"二句），以見難忘在此。（"翠尊"三句），所謂以無厚入有間也。"斷"字、"殘"字皆不輕下。（"恨春去、不與人

---

①　任半塘《研究詞集之方法》。

②　周濟《宋四家詞選》。

期"），本是人去不與春期，翻説是無憀之思。①

陳亦峰曰：美成詞，操縱處有出人意表者，如〔浪淘沙慢〕一闋，上二叠寫別離之苦，如"掩紅泪、玉手親折"等句，故作瑣碎之筆。至末段云："羅帶光消紋衾叠。連環解、舊香頓歇。怨歌永、瓊壺敲盡缺。恨春去、不與人期，弄夜色、空餘滿地梨花雪。"蓄勢在後，驟雨飄風，不可遏抑。歌至曲終，覺萬彙哀鳴，天地變色。老杜所謂"意愜關飛動，篇終接混茫"也。②

海綃翁曰：自"曉陰重"至"玉手親折"，全述往事。"東門""漢浦"，則美成今所在也。"經時信音絶"，逆挽，"念"字蓋幻不與人期者，不與人以往期也。梨雪無情固不如拂面垂楊。③

《柯亭詞評》云：首段寫別時情景。中段寫別後追憶。末段寫別後悵恨。各段多用八字長句，與五字、七字句配合，而其他各長句、短句，亦配合相稱，又用入聲韵，故全詞極沈鬱頓挫之能事。其實皆自柳法出也。

齊天樂

綠蕪凋盡臺城路，殊鄉又逢秋晚。暮雨生寒，鳴蛩勸織，深閣時聞裁剪。雲窗静掩。嘆重拂羅裀，頓疏花簟。尚有練囊，露螢清夜照書卷。　　荆江留滯最久，故人相望處，離思何限。渭水西風，長安亂葉，空憶詩情宛轉。憑高眺遠。正玉液新篘，蟹螯初薦。醉倒山翁，但愁斜照斂。

周介存曰：此清真荆南作也。胸中猶有塊壘，南宋諸公多模仿之。身在荆南，所思在關中，故有"渭水""長安"之句，碧山用爲故實。④

譚復堂曰：（"綠蕪"句），亦是以掃爲生法，"荆江"句應"殊鄉"，（"渭水""長安"）點化成句，開後來多少章法，（"醉倒"二句），結束出奇，正是哀樂無端。⑤

---

① 譚獻《譚評詞辨》。
② 陳廷焯《白雨齋詞話》卷一。
③ 陳洵《海綃説詞》。
④ 周濟《宋四家詞選》。
⑤ 譚獻《譚評詞辨》。

陳亦峰曰：美成〔齊天樂〕云"綠蕪凋盡臺城路，殊鄉又逢秋晚。"傷歲暮也。結云"醉倒山翁，但愁斜照斂。"幾于愛惜寸陰，日暮之悲，更覺餘于言外。此種結構，不必多費筆墨，固已意無不達。①

滿庭芳·夏日溧水無想山作

風老鶯雛，雨肥梅子，午陰嘉樹清圓。地卑山近，衣潤費爐烟。人静鳥鳶自樂，小橋外、新綠濺濺。憑闌久，黃蘆苦竹，擬泛九江船。　年年。如社燕，飄流瀚海，來寄修椽。且莫思身外，長近尊前。憔悴江南倦客，不堪聽、急管繁弦。歌筵畔，先安簟枕，容我醉時眠。

周介存曰：鬭物入微，夾入上下文中，似褒似貶，神味最雋。②

譚復堂曰：（"地卑"二句），覺《離騷》廿五，去人不遠。（"且莫"二句），杜詩韓筆。③

陳亦峰曰：美成詞，有前後若不相蒙者，正是頓挫之妙。如〔滿庭芳〕《夏日溧水無想山作》上半闋云："人静鳥鳶自樂，小橋外、新綠濺濺。憑闌久，黃蘆苦竹，擬泛九江船。"正擬縱樂矣，下忽接云："年年。如社燕，飄流瀚海，來寄修椽。且莫思身外，長近尊前。憔悴江南倦客，不堪聽、急管繁弦。歌筵畔，先安簟枕，容我醉時眠。"是鳥鳶雖樂，社燕自苦。九江之船，卒未嘗泛。此中有多少說不出處，或是依人之苦，或有患失之心。但說得雖哀怨，却不激烈，沈鬱頓挫中，別饒蘊藉。後人爲詞，好作盡頭語，令人一覽無餘，有何趣味？④

海綃翁曰：方喜嘉樹，旋苦地卑，人正羨鳥鳶，又懷蘆竹，人生苦樂萬變，年年爲客何時了乎。"且莫思身外"，則一齊放下，急管繁弦，徒增煩惱，固不如醉眠自在耳。詞境静穆，想見襟度，柳七所不能爲也。⑤

----

① 陳廷焯《白雨齋詞話》卷一。
② 周濟《宋四家詞選》。
③ 譚獻《譚評詞辨》。
④ 陳廷焯《白雨齋詞話》卷一。
⑤ 陳洵《海綃說詞》。

花犯·梅花

粉墻低，梅花照眼，依然舊風味。露痕輕綴。疑凈洗鉛華，無限佳麗。去年勝賞曾孤倚，冰盤同燕喜。更可惜、雪中高樹，香篝熏素被。

今年對花太匆匆，相逢似有恨，依依愁悴。吟望久，青苔上、旋看飛墜。相將見、翠圓薦酒，人正在、空江烟浪裏。但夢想、一枝瀟灑，黃昏斜照水。

黃花盦曰：此祇咏梅花，而紆徐反覆，道盡二年間事，（昔人謂）好詩圓美流轉如彈丸，（余于此詞亦云。）①

周介存曰：清真詞之清婉者如此，故知建章千門，非一匠所管。②

譚復堂曰：（"依然"句），逆入。（"去年"句），平出。（"今年"句），放筆爲直幹。（"吟望久"以下），筋搖脉動。（"相將見"）二句，如顏魯公書，力透紙背。③

海綃翁曰：祇"梅花"一句點題，以下却在題前盤旋。換頭一筆鈎轉，"相將"以下却在題後盤旋，收處復一筆，鈎轉往來，順逆磬控自如。圓美不難，難在拙厚。

又云："正在"應"相逢"，"夢"應"照眼"，結構天成，渾然無迹。

又云：此詞體備剛柔，手段開闊，後來稼軒有此手段，無此氣韵，若白石更不能開闊矣。④

陳倦鶴曰：此詞勝處全在有雄渾之筆力，而出以和婉之辭氣，儵來倜往，如神龍天矯不可捉摸，而文之波瀾乃依時之次第，平庸者固望洋而嘆，矜才使氣者又不能如此之安詳，真神品也。⑤

---

① 黃昇《唐宋諸賢絕妙詞選》卷七。
② 周濟《宋四家詞選》。
③ 譚獻《譚評詞辨》。
④ 陳洵《海綃說詞》。
⑤ 陳匪石《宋詞舉》卷下。

西河·金陵懷古

佳麗地。南朝盛事誰記。山圍故國繞清江，髻鬟對起。怒濤寂寞打孤城，風檣遥度天際。　　斷崖樹，猶倒倚。莫愁艇子曾繫。空餘舊迹鬱蒼蒼，霧沈半壘。夜深月過女墻來，傷心東望淮水。　　酒旗戲鼓甚處市。想依稀、王謝鄰里，燕子不知何世。入尋常巷陌人家，相對如説興亡，斜陽裏。

梁卓如曰：張玉田謂"清真最長處，在善融化古人詩句如自己出"。讀此詞可見此中三昧。[1]

《柯亭詞評》云：首段寫金陵形勝。次段寫金陵舊迹。末段由現在之金陵，推想過去之金陵。劉夢得《石頭城》詩云："山圍故國周遭在，潮打空城寂寞回。淮水東邊舊時月，夜深還過女墻來。"此詞前二段，即融化此詩成之，而別有境界。又《烏衣巷》詩云："朱雀橋邊野草花，烏衣巷口夕陽斜。舊時王謝堂前燕，飛入尋常百姓家。"此詞末段，亦運化此詩，而以沈咽之辭出之，更覺凄异動人。

瑞鶴仙

悄郊原帶郭。行路永，客去車塵漠漠。斜陽映山落。斂餘紅、猶戀孤城闌角。凌波步弱。過短亭、何用素約。有流鶯勸我，重解綉鞍，緩引春酌。　　不記歸時早暮，上馬誰扶，醒眠朱閣。驚飆動幕。扶殘醉，繞紅藥。嘆西園、已是花深無地，東風何事又惡。任流光過却。猶喜洞天自樂。

周介存曰：入手秖閑閑説起，不扶殘醉，不見紅藥之緊情，東風之作惡。因而追溯昨日送客後，薄暮入城，因所携之妓，倦游訪伴，小憩復成酣飲。"換頭"三句及透出一"醒"字，"驚飆"句倒插"東風"，然後以"扶殘醉"三字貼睛，結機精奇，金針度盡。[2]

---

① 梁啓超《飲冰室詞評》。

② 周濟《宋四家詞選》。

陳佶鶴曰：奇幻之境，矯變之筆，沈鬱之思，開後人門徑不少。收句之拙樸，尤北宋人擅長處。①

《柯亭詞評》云：詞中"春酌""醒眠""殘醉"貫串成章法，是全詞脉絡所在。

蘇幕遮

燎沈香，消溽暑。鳥雀呼晴，侵曉窺檐語。葉上初陽乾宿雨。水面清圓，一一風荷舉。　　故鄉遥，何日去。家住吳門，久作長安旅。五月漁郎相憶否。小楫輕舟，夢入芙蓉浦。

周介存曰：若有意若無意，使人神眩。②

王觀堂曰："葉上初陽乾宿雨。水面清圓，一一風荷舉"，此真能得荷之神理者。覺白石〔念奴嬌〕〔惜紅衣〕，二詞猶有隔霧看花之恨。③

《柯亭詞評》云：前段景，後段情。由眼前之風荷，想到故鄉之芙蓉。

木蘭花

桃溪不作從容住。秋藕絕來無續處。當時相候赤闌橋，今日獨尋黃葉路。　　烟中列岫青無數。雁背夕陽紅欲暮。人如風後入江雲，情似雨餘粘地絮。

周介存曰：祇賦天臺事，態濃意遠。④

陳亦峰曰：美成詞，有似拙實工者。如〔玉樓春〕結句云："人如風後入江雲，情似雨餘粘地絮。"上言人不能留，下言情不能已，呆作兩譬，別饒姿態，却不病其板，不病其纖，此中消息難言。⑤

《柯亭詞評》云：前段是奇遇，當前無端弃擲，以致恩斷緣絕，下二句言重來時不勝今昔之感。後段言獨尋舊路時，祇見"烟中列岫""雁背

---

①　陳匪石《宋詞舉》卷下。
②　周濟《宋四家詞選》。
③　王國維《人間詞話》。
④　周濟《宋四家詞選》。
⑤　陳廷焯《白雨齋詞話》卷一；詞牌名應爲〔木蘭花〕。

斜陽"，而人已不可復見矣。下二句喻人散難逢，墜歡難拾。

少年游

并刀如水，吳鹽勝雪，纖手破新橙。錦幄初温，獸烟不斷，相對坐調笙。　　低聲問，向誰行宿，城上已三更。馬滑霜濃，不如休去，直是少人行。

周介存曰：此亦本色佳製也。本色至此便足，再過一分，便入山谷惡道矣。①

譚復堂曰：麗極而清，清極而婉，然不可忽過"馬滑霜濃"四字。②

《柯亭詞評》云："錦幄""獸烟"二句，與"馬滑霜濃"句，是詞中脈絡所在。言室内情形如此，由室外情形如彼也。

菩薩蠻

銀河宛轉三千曲。浴鳧飛鷺澄波綠。何處是歸舟。夕陽江上樓。
天憎梅浪發。故下封枝雪。深院捲簾看。應憐江上寒。

周介存曰：造語奇險。③

《柯亭詞評》云："銀河"句，寫江路之長。"澄波"句，寫江水之深，波濤險惡。舟有歸人，故因雪而喜。"天憎梅浪"因雪寒，又憐到江上歸人。運思婉曲，不獨造語奇險而已。

關河令

秋陰時晴漸向暝。變一庭凄冷。佇聽寒聲，雲深無雁影。　　更深人去寂静。但照壁、孤燈相映。酒已都醒，如何宵夜永。

周介存曰：淡永。④

---

① 周濟《宋四家詞選》。
② 譚獻《譚評詞辨》。
③ 周濟《宋四家詞選》。

④ 周濟《宋四家詞選》。

《柯亭詞評》云："寒聲"，雁聲也。以"雲深"故只聞聲而不見影，且秋陰之作，亦以雲深，景物變化，寫來歷歷。曰"向暝"，曰"更深"，曰"夜永"，寫時間變化，亦絲毫不紊。

夜游宮

葉下斜陽照水。捲輕浪、沈沈千里。橋上酸風射眸子。立多時。看黃昏，燈火市。　　古屋寒窗底。聽幾片、井桐飛墜。不戀單衾再三起。有誰知。爲蕭娘，書一紙。

周介存曰：此亦是層迭加倍寫法，本衹"不戀單衾"一句耳，加上前闋，方覺精力彌滿。[1]

《柯亭詞評》云：一盼信耳。而橋上、窗底、衾中，寫來層次歷歷。

秋蕊香

乳鴨池塘水暖。風緊柳花迎面。午妝粉指印窗眼。曲裏長眉翠淺。
聞知社日停針綫，探新燕。寶釵落枕春夢遠，簾影參差滿院。

賀黃公曰：從來佳處不傳，不但隱鱗之士，名人猶抱此憾。周清真人所共稱，然如（〔秋蕊香〕一闋），《草堂》所收周詞，不及此者多矣。[2]

《柯亭詞評》云：寫春日閨中情景，細膩無匹。

浣溪沙

水漲魚天拍柳橋。雲鳩拖雨過江皋。一番春信入東郊。　　閑碾鳳團消短夢，靜看燕子壘新巢。又移日影上花梢。

黃蓼園曰：首二句，寫景入微。末二句，是靜眼看人得意，而良時不覺蹉跎矣。神致黯然，耐人玩味也。[3]

---

① 周濟《宋四家詞選》。
② 賀裳《皺水軒詞筌》。
③ 黃蘇《蓼園詞選》。

《柯亭詞評》云："拖"字妙，雨如何拖？狀鳩聲耳。"又移日影上花梢"，自東山詞"猶有花梢日在"脱化而出。

一八　李冠

蝶戀花

遥夜亭皋閑信步。纔過清明，漸覺傷春暮。數點雨聲風約住。朦朧淡月雲來去。　　桃李依稀春暗度。誰在鞦韆，笑裏低低語。一片芳心千萬緒，人間没個安排處。

《柯亭詞評》云："數點雨聲風約住"，着一"約"字，而境界全出。"朦朧淡月雲來去"，比張子野"雲破月來花弄影"更覺自然。"桃杏依稀"承"春暮"句，前後脉絡分明。

一九　李元膺

李元膺，東平人。南京教官，紹聖間人也。

洞仙歌·雨

簾纖細雨，嫩東風如困。縈斷千絲爲誰恨。向楚宫一夢，千古悲涼，無處問。愁到而今未盡。　　分明都是泪，泣柳沾花，常與騷人伴孤悶。記當年，得意處，酒力方融，怯輕寒、玉爐香潤。又豈識、情懷苦難禁，對點滴檐聲，夜寒燈暈。

沈天羽曰：一起一收，實説雨，中間都説己意，有作法。泪珠都作秋宵枕前雨，顛之倒之，無不入妙。[1]

黄蓼園曰：是雨是泪，寫得婉轉流動，比興深切。筆筆飛舞，自是超

---

　　① 沈際飛《草堂詩餘四集·正集》卷三。

詣也。①

《柯亭詞評》云：借雨寫情，別開一格。

二〇 李薦

李薦，字方叔，東坡門下士。

虞美人

玉闌干外清江浦。渺渺天涯雨。好風如扇雨如簾。時見岸花汀草漲痕添。　　青林枕上關山路。臥想乘鸞處。碧蕪千里思悠悠，惟有霎時涼夢到南州。

況蕙風曰："好風"（二句），春夏之交，近水樓臺，確有此景。"好風"句絕新，似乎未經人道。"碧蕪"（二句），尤極淡遠清疏之致。②

二一 張舜民

張舜民，字芸叟，邠州人。

賣花聲

木葉下君山。空水漫漫。十分斟酒斂芳顏。不是渭城西去客，休唱陽關。　　醉袖撫危闌。天淡雲閑。何人此路得生還。回首夕陽紅盡處，應是長安。

《柯亭詞評》云：此亦傷離念遠之詞，何悲壯蒼涼乃爾。

二二 万俟咏

万俟咏，字雅言。

---

① 黃蘇《蓼園詞選》。
② 況周頤《蕙風詞話》卷二。

長相思·山驛

短長亭。古今情。樓外涼蟾一暈生。雨餘秋更清。　　暮雲平。暮山橫。幾葉秋聲和雁聲。行人不要聽。

黃蓼園曰："一暈生"三字，仍帶有"古今情"之意。末句"不要聽"三字，含無限惋惻。①

《柯亭詞評》云：此亦觸景傷情之作。"暮山橫"以上是見，"不要聽"以上是聞，均是夜景。

二三　徐伸

徐伸，字幹臣，三衢人。政和初，以知音律爲太常典樂，出知常州。有《青山樂府》。

二郎神

悶來彈鵲，又攪碎、一簾花影。漫試着春衫，還思纖手，熏徹金猊爐冷。動是愁端如何向，但怪得、新來多病。嗟舊日沈腰，如今潘鬢，怎堪臨鏡。　　重省。別時淚漬，羅衣猶凝。料爲我厭厭，日高慵起，長托春醒未醒。雁足不來，馬蹄難駐，門掩一庭芳景。空佇立，盡日闌干倚遍，晝長人静。

黃花盦曰：（青山詞）多雜調，惟此（〔二郎神〕）一曲，天下稱之。②

《柯亭詞評》云：前段從眼前景物叙入，因"彈鵲"而惜花影之碎，因試衫而思熏爐之冷，此愁病之所以來，而"沈腰""潘鬢"之所以改舊也。後段"重省""別時"忽從對面着想，空靈之至。"芳景"句，仍回繳"一簾花影"，篇法緊煉。"空佇立"句，見得彼此音信隔絶，獨居無

---

① 黃蘇《蓼園詞選》。
② 黃昇《唐宋諸賢絶妙詞選》卷八。

賴，與"雁足""馬蹄"句，有一氣呵成之妙。

二四　李玉

賀新郎

篆縷消金鼎。醉沈沈、庭陰轉午，畫堂人靜。芳草王孫知何處，惟有楊花糝徑。漸玉枕、騰騰春醒。簾外殘紅春已透，鎮無聊、殢酒厭厭病。雲鬟亂，未忺整。　江南舊事休重省，遍天涯尋消問息，斷鴻難倩。月滿西樓憑闌久，依舊歸期未定。又祇恐、瓶沈金井，嘶騎不來銀燭暗，枉教人、立盡梧桐影。誰伴我，對鸞鏡。

黃花盦曰：李君詞雖不多見，然風流蘊藉，盡此篇矣。[①]

《柯亭詞評》云：此亦觸景傷情之作，寫香閨情景細膩之極。"遍天涯尋消問息"，與"芳草王孫知何處"句相呼應。

二五　廖世美

燭影搖紅

靄靄春空，畫樓森聳凌雲渚。紫薇登覽最關情，絕妙誇能賦。惆悵相思遲暮。記當日、朱闌共語。塞鴻難問，岸柳何窮，別愁紛絮。　催促年光，舊來流水知何處。斷腸何必更殘陽，極目傷平楚。晚霽波聲帶雨。悄無人、舟橫野渡。數峰江上，芳草天涯，參差烟樹。

況蕙風曰："塞鴻"（三句），神來之筆，即已佳矣。"催促"（六句），語淡而情深，令子野、太虛輩爲之，容或未必能到。此等詞一再吟誦，輒沁人心脾。《花庵絕妙詞選》中真能不愧"絕妙"二字，如世美之

---

① 黃昇《唐宋諸賢絕妙詞選》卷八。

作，殊不多覯。①

《柯亭詞評》云：別情無極，言之黯然。"紫薇登覽"承"畫樓"句，"朱闌共語"亦應"畫樓"句。"流水""波聲"，均從"雲渚"生出。意境統一，脉絡分明。

二六　查荎

透碧霄

艤蘭舟。十分端是載離愁。練波送遠，屏山遮斷，此去難留。相從爭奈，心期久要，屢更霜秋。嘆人生、杳似萍浮。又翻成輕别，都將深恨，付與東流。　　想斜陽影裏，寒烟明處，雙槳去悠悠。愛渚梅、幽香動，須采掇、倩纖柔。艷歌粲發，誰傳餘韵，來説仙游。念故人、留此遐洲。但春風老後，秋月圓時，獨倚西樓。

賀黄公曰：傷離念遠之詞，無如查荎"斜陽影裏，寒烟明處，雙槳去悠悠"，令人不能爲懷。然尚不如孫光憲"兩槳不知消息，遠汀時起鸂鶒"，尤爲黯然。洪叔璵"醉中扶上木蘭舟，醒來忘却桃源路"，造語尤工，却微着色矣。兩君專以淡語入情。②

《柯亭詞評》云：前段從别時寫到别後。後段換頭三句，回憶别時情景，使人黯然魂消。"雙槳"句應"蘭舟"句，以下因采梅而想到纖柔之手，因説游而想到粲發之歌。後結"念故人"以下，寫傷離中無聊情景。

二七　李清照

李清照，號易安居士，濟南人。格非之女，趙明誠妻。有《漱玉集》

醉花陰·九日

薄霧濃雲愁永晝。瑞腦銷金獸。佳節又重陽，玉枕紗厨，半夜凉初

---

① 況周頤《蕙風詞話》卷二。
② 賀裳《皺水軒詞筌》。

透。　　　東籬把酒黄昏後。有暗香盈袖。莫道不銷魂，簾捲西風，人比黄
花瘦。

王阮亭曰："薄霧濃雲"，新都引中山王《文木賦》"薄霧濃霧"，以
折"雲"字之非。楊博奥，每失穿鑿，如王右丞詩"玉角羓與朱鬣馬"
之類，殊墮狐穴。此霧字辨證獨妙。①

王湘綺曰：（"人比黄花瘦"），此語若非出女子自寫照，則無意致。
"比"字各本皆作"似"，類書引反不誤。②

《柯亭詞評》云："簾捲西風"是"半夜凉初透"之因，"暗香盈袖"
是"瑞腦銷金獸"之果。前後縮合無痕。

一剪梅

紅藕香殘玉簟秋。輕解羅裳，獨上蘭舟。雲中誰寄錦書來，雁字回
時，月滿西樓。　　　花自飄零水自流。一種相思，兩處閑愁。此情無計可
消除，纔下眉頭，却上心頭。

王阮亭曰：（末三句）從范希文"都來此事，眉間心上，無計相回
避"語脱胎。李特工耳。③

梁晋竹曰：（起句）七字，便有吞梅嚼雪，不食人間烟火氣象，其實
尋常不經意語也。④

陳亦峰曰：易安佳句，如〔一剪梅〕起七字云"紅藕香殘玉簟秋"，
精秀特絶，真不食人間烟火者。⑤

《柯亭詞評》云："花自飄零"應"紅藕香殘"句，"水自流"應
"蘭舟"句，脉絡井然。

---

① 王士禎《花草蒙拾》。
② 王闓運《湘綺樓詞選》。
③ 王士禎《花草蒙拾》。
④ 梁紹壬《兩般秋雨庵隨筆》卷三。
⑤ 陳廷焯《白雨齋詞話》卷二。

聲聲慢·秋情

尋尋覓覓。冷冷清清，淒淒慘慘戚戚。乍暖還寒時候，最難將息。三杯兩盞淡酒，怎敵他、晚來風急。雁過也，正傷心，却是舊時相識。滿地黃花堆積。憔悴損，如今有誰堪摘。守着窗兒，獨自怎生得黑。梧桐更兼細雨，到黃昏、點點滴滴。這次第，怎一個愁字了得。

《鶴林玉露》云：起頭連疊（七）十四字，以一婦人，乃能創意出奇如此。①

《貴耳錄》云：易安秋詞〔聲聲慢〕，此乃公孫大娘舞劍手，本朝非無能詞之士，未曾有一下十四疊字者。後疊又云“到黃昏點點滴滴”，又使疊字，俱無斧鑿痕。“守着窗兒，獨自怎生得黑”，“黑”字不許第二人押。婦人中有此文筆，殆間氣也。②

沈偶僧曰：“守着窗兒，獨自怎生得黑”，又“梧桐更兼細雨，到黃昏、點點滴滴”，正詞家所謂以易爲險，以故爲新者，易安先得之矣。③

王湘綺曰：亦是女郎語，諸家賞其七疊，亦以初見故新，效之則可嘔。黑韵却新，再添何字。④

《柯亭詞評》云：此闋須玩其虛字呼應處。運用俗語，最貴自然，一出生硬，便墮惡道。

---

① 羅大經《鶴林玉露》乙編卷六。
② 張端義《貴耳集》卷上。《貴耳集》又名《貴耳錄》。
③ 沈雄《古今詞話·詞品》卷下。
④ 王闓運《湘綺樓詞選》。

作法集評唐宋名家詞選卷下·南宋詞

一　趙鼎

趙鼎，字元鎮，聞喜人。崇寧初進士，累官尚書左僕射，同中書門下平章事，兼樞密使。卒，贈太傅，謚忠簡。有《得全居士集詞》一卷。

點絳唇

香冷金爐，夢回鴛帳餘香嫩。更無人問。一枕江南恨。　　消瘦休文，頓覺春衫褪。清明近。杏花吹盡。薄暮東風緊。

《古今詞話》云：較《花間》更饒情思。①
《柯亭詞評》云：“一枕江南恨”疑有所指，“東風緊”言不勝寒也。

二　葉夢得

葉夢得，字少蘊，吳縣人。紹聖四年進士，官至戶部尚書，以崇信軍節度使致仕，贈檢校少保。有《建康集·石林詞》一卷。

賀新郎·初夏

睡起流鶯語。掩蒼苔、房櫳向晚，亂紅無數。吹盡殘花無人問，惟有垂楊自舞。漸暖靄、初回輕暑。寶扇重尋明月影，暗塵侵、上有乘鸞女。驚舊恨，鎮如許。　　江南夢斷橫江渚。浪粘天、葡萄漲綠，半空烟雨。無限樓前滄波意，誰采蘋花寄取。但悵望、蘭舟容與。萬里雲帆何時到，

---

① 沈雄《古今詞話詞評》上卷。整理者按：此語乃《古今詞話》引江尚質語。

送孤鴻、目斷千山阻。誰爲我，唱金縷。

沈天羽曰：一意一機，自語自話。草木花鳥，字面叠來，不見質實。受知于蔡元長，宜也。①

《柯亭詞評》云：“暗塵侵、上有乘鸞女”因扇及人也。“無限樓前滄波意”，所謂在水一方也。感時序之推遷，恨伊人之遠隔。低徊咏嘆，一往情深。

三　汪藻

汪藻，字彥章，婺源人。崇寧中第進士，官至兵部侍郎，兼侍講，拜翰林學士。有《浮溪集》。

點絳唇

新月娟娟，夜寒江静山銜門。起來搔首，梅影横窗瘦。　　好個霜天，閑却傳杯手。君知否。亂鴉啼後，歸興濃于酒。

黄蓼園曰：“霜天”無酒，落漠可知，寫來却蘊藉。②
《柯亭詞評》云：“梅影横窗瘦”自“新月”生出。“歸興濃于酒”自無酒生出。“霜天”應“夜寒”句。

四　徐俯

徐俯，字師川，分寧人。紹聖初，賜進士出身，累擢端明殿學士，簽書樞密院事，參知政事。有《東湖集》。

卜算子

胸月千種愁，插在斜陽樹。緑葉陰陰自得春，草滿鶯啼處。　　不見

---

① 沈際飛《草堂詩餘正集》。
② 黄蘇《蓼園詞選》。

凌波步，空想如簀語。柳外重重叠叠山，遮不斷愁來路。

黃蓼園曰：不言所愁何事，曰"千種"，曰"遮不斷"，意象壯闊，大約爲憂時而作。"綠葉"二句似喻小人之得意，"凌波"二句似嘆君門之遠，《離騷》美人之旨也。意致自是高迥。①

《柯亭詞評》云："鶯啼"言得意者，"如簀語"應"鶯啼"句。曰"愁挂斜陽樹"，曰"山不能遮斷愁來"，言愁多，而不言愁之所以然，含蓄得妙。

五　陳與義

陳與義，字去非，季常孫，本蜀人，後徙居河南葉縣。政和中登上舍甲科，紹興中拜翰林學士，知制誥，參知政事。有《簡齋集·無住詞》一卷。

臨江仙·夜登小閣憶洛中舊游

憶昔午橋橋上飲，坐中多是豪英。長溝流月去無聲。杏花疏影裏，吹笛到天明。　　二十餘年如一夢，此身雖在堪驚。閑登小閣看新晴。古今多少事，漁唱起三更。

沈天羽曰：意思超越，腕力排奡，可摩坡仙之壘。"流水〔月〕無聲"，巧語也；"吹笛（到）天明"，爽語也；"漁唱（起）三更"，冷語也。②

劉融齋曰：詞之好處，有在句中者，有在句之前後際者。陳去非……〔臨江仙〕"杏花疏影裏，吹笛到天明"，此因仰承"憶昔"，俯注"一夢"，故此二句不覺豪酣轉成悵悒，所謂好在句外者也。儻謂現在如此，則騃甚矣。③

《柯亭詞評》云：前半寫二十餘年前事，後半寫現在感想。"吹笛到

---

① 黃蘇《蓼園詞選》。
② 沈際飛《草堂詩餘正集》。
③ 劉熙載《藝概·詞曲概》。

天明""漁唱起三更",均是夜中情景,而冷熱各殊。

六 朱敦儒

朱敦儒,字希真,洛陽人。以薦起賜進士出身,官至兩浙東路提點刑獄,上疏乞歸,晚除鴻臚少卿。有《樵歌》三卷。

鷓鴣天·除夕

檢盡曆頭冬又殘。愛他風雪忍他寒。拖條竹杖家家酒,上個籃輿處處山。　添老大,轉痴頑。謝天教我老來閑。道人還了鴛鴦債,紙帳梅花醉夢間。

黃蓼園曰:看"拖條竹杖"二語,似隨處行樂之意。細玩首二句,冬殘耐寒,居然是生當晚季之憂。所云行樂,亦出于無聊耳。下一闋所云痴頑者,此也。觀末二句,祇寫自己身世,即與梅花同夢矣。非好逸也,自有難于言者在。正妙在含蓄。①

《柯亭詞評》云:"拖條竹杖""上個籃輿",都是老來消遣。"梅花醉夢"與風雪寒冬句應,寫盡悟徹人生活。曰"痴頑",自謙耳。

孤鸞·早梅

天然標格。是小萼堆紅,芳姿凝白。淡佇新妝,淺點壽陽宮額。東君相留厚意,倩年年、與傳消息。昨夜前村雪裏,有一枝先折。　念故人、何處水雲隔。縱驛使相逢,難寄春色。試問丹青手,是怎生描得。曉來一番雨過,更那堪、數聲羌笛。歸去和羹未晚,勸行人休摘。

黃蓼園曰:後闋幽思綿渺,一往而深。無一習見語擾其筆端,清雋處可奪梅魂矣。②

《柯亭詞評》云:筆意均在"早"字上盤旋,故下字皆有分寸,如

---

① 黃蘇《蓼園詞選》。
② 黃蘇《蓼園詞選》。

"淡佇""淺點""先折""難寄""怎（生）描""更那堪""休摘"等，無處不見字法，作咏物題最宜玩味。

七　康與之

康與之，字伯可，渡江初，以詞受知高宗，官郎中。有《順庵樂府》五卷。

滿庭芳·寒夜

霜幕風簾，閑齋小戶，素蟾初上雕籠。玉杯醲醁，還與可人同。古鼎沈烟篆細，玉笋破、橙橘香濃。梳妝懶，脂輕粉薄，約略淡眉峰。　　清新，歌幾許，低隨慢唱，語笑相供。道文書針綫，今夜休攻。莫厭蘭膏更繼，明朝又、粉冗匆匆。酩酊也，冠兒未卸，先把被兒烘。

賀黃公曰：詞雖宜于艷冶，亦不可流于穢褻。吾極喜康與之〔滿庭芳〕《寒夜》一闋，真所謂樂而不淫。且雖填詞小技，亦兼詞令、議論、敘事三者之妙。首云："霜幕風簾，閑齋小戶，素蟾初上雕籠。"寫其節序景物也。繼云："玉杯醲醁，還與可人同。古鼎沈烟篆細，玉笋破、橙橘香濃。梳妝懶，脂輕粉薄，約略淡眉峰。"則陳設之濟楚，殽核之精良，與夫手爪顏色，一一如見矣。換頭云："清新，歌幾許，低隨慢唱，語笑相供。道文書針綫，今夜休攻。莫厭蘭膏更繼，明朝又、紛冗匆匆。"則不惟以色藝見長，宛然慧心女子，小窗中喁喁口角。末云："酩酊也，冠兒未卸，先把被兒烘。"一段溫存旖旎之致，咄咄逼人。觀此形容節次，必非狹斜曲裏中人，又非望宋窺韓者之事，正希真所云"真個憐惜"也。[1]

八　曾覿

曾覿，字純甫，汴人。紹興中，為建王內知客，淳熙初，除開府儀同

---

[1]　賀裳《皺水軒詞荃》。

三司，加少保，醴泉觀使。有《海野詞》一卷。

阮郎歸

柳陰庭院占風光。呢喃清晝長。碧波新漲小池塘，雙雙蹴水忙。
萍散漫，絮飄揚。輕盈體態狂。爲憐流去落紅香，銜將歸畫梁。

黃蓼園曰：末二句，大有寄托忠愛之心，婉然可想。①
《柯亭詞評》云：人臣欲挽回已去之國運，猶燕子欲銜已歸去之春光，
寫意含蓄之至。

九　韓元吉

韓元吉，字無咎，號南澗，許昌人。隆興間，官吏部尚書。有《南澗
甲乙稿·焦尾詞》一卷。

好事近·汴京賜宴

凝碧舊池頭，一聽管弦淒切。多少梨園聲在，總不堪華髮。　　杏花
無處避春愁，也傍野烟發。惟有御溝聲斷，似知人嗚咽。

麥孺博曰：賦體如此，高于比興。②
《柯亭詞評》云："管弦淒切"已成嗚咽之聲，"御溝聲斷"是溝水已
涸，乃説止流。惟恐增人嗚咽。杏花之發亦尋常事，傍野花發，則宮苑已
淪爲榛莽可想，均係烘托寫法，而其辭則甚含蓄。"御溝"句，又回顧
"舊池"句。

一〇　張元幹

張元幹，字仲宗，長樂人。紹興中，坐送胡銓及寄李綱詞除名。有

---

① 黃蘇《蓼園詞選》。
② 梁啓超《飲冰室詞評》引。

《歸來集·蘆川詞》一卷。

賀新郎·送胡邦衡待制赴新州

夢繞神州路。悵秋風、連營畫角，故宮離黍。底事傾砥柱。九地黄流亂注。聚萬落、千村狐兔。天意從來高難問，况人情、老易悲如許。更南浦，送君去。　　涼生岸柳催殘暑。耿斜河、疏星淡月，斷雲微度。萬里江山知何處。回首對床夜語。雁不到、書成誰與。目盡青天懷今古，肯兒曹、恩怨相爾汝。舉大白，聽金縷。

劉融齋曰：詞莫要于有關係，張元幹仲宗因胡邦衡謫新州，作〔賀新郎〕送之，坐是除名，然身雖黜而義不可没也。[1]

《柯亭詞評》云："聚萬落、千村狐兔"以上，悲外侮之凌逼。"更南浦，送君去"，方叙到別情。換頭"涼生柳岸"三句點時令，以下則全寫別情矣。

滿江紅

春水連天，桃花浪、幾番風惡。雲乍起、遠山遮盡，晚風還作。綠捲芳洲生杜若。楚帆帶雨烟中落。認向來、沙觜共停橈，傷飄泊。　　寒猶在，衾偏薄。腸欲斷，愁難着。倚篷窗無寐，引杯孤酌。寒食清明都過了，可憐輕負年時約。想小樓、日日望歸舟，人如削。

黄蓼園曰：前闋言浪生風惡，夏雲遮風，隱然有念亂之意。芳洲杜若，有賢人隱之象。帆帶雨落，有自傷飄泊意。"寒猶在"六句，不過寫繁憂獨省意。"寒食"二句，見時已逝。末二句，懸想家中念己，不過不得已欲歸隱之意。情有難以顯言者。[2]

《柯亭詞評》云："楚帆帶雨烟中落"以上，寫環境。"引杯孤酌"以上，是自傷。"人如削"以上，是念遠。

---

① 劉熙載《藝概·詞曲概》。
② 黄蘇《蓼園詞選》。

一一　張孝祥

張孝祥，字安國，烏江人。紹興二十四年，廷試第一，累遷中書舍人，直學士院，兼都督府參贊軍事，領建康留守，尋以荆南湖北路安撫使請祠，進顯謨閣直學士。有《于湖集詞》一卷。

六州歌頭

長淮望斷，關塞莽然平。征塵暗，霜風勁，悄邊聲。黯銷凝。追想當年事，殆天數，非人力，洙泗上，弦歌地，亦膻腥。隔水氈鄉，落日牛羊下，區脱縱橫。看名王宵獵，騎火一川明。笳鼓悲鳴。遣人驚。　　念腰間箭，匣中劍，空埃蠹，竟何成。時易失，心徒壯，歲將零。渺神京。干羽方懷遠，静烽燧，且休兵。冠蓋使，紛馳騖，若爲情。聞道中原遺老，常南望、羽葆霓旌。使行人到此，忠憤氣填膺。有淚如傾。

毛子晋曰：于湖〔（六州）歌頭〕諸曲，駿發踔屬，寓以詩人句法者也。①

劉融齋曰：安國于建康留守席上，賦〔六州歌頭〕，致感重臣罷席。然則詞之興觀群怨，豈下于詩哉！②

陳亦峰曰：〔六州歌頭〕一闋，淋漓痛快，筆飽墨酣，讀之令人起舞。惟"忠憤氣填膺"一句，提明忠憤，轉淺轉顯，轉無餘味，或亦聳當途之聽，出于不得已耶？③

《柯亭詞評》云："悄邊聲"以上，寫目前景況。"遣人驚"以上，均追想當年。"歲將零"以上，自傷老大，無地用武。"有淚如傾"以上，痛斥和議，氣憤填膺。"黯銷凝""渺神京"，均爲承上啓下之句，本詞中關鍵所在。

念奴嬌·過洞庭

洞庭青草，近中秋、更無一點風色。玉界瓊田三萬頃，着我扁舟一

---

① 毛晋《于湖詞跋》。
② 劉熙載《藝概·詞曲概》。

③ 陳廷焯《白雨齋詞話》卷八。

葉。素月分輝，明河共影，表裏俱澄澈。悠然心會，妙處難與君説。應念嶺海經年，孤光自照，肝膽皆冰雪。短髮蕭騷襟袖冷，穩泛滄浪空闊。盡把西江，細斟北斗，萬象爲賓客。扣舷獨嘯，不知今夕何夕。

魏了翁曰：于湖有英姿奇氣，著之湖湘間，未爲不遇。《（過）洞庭》所賦，在集中最爲杰特，方其吸江酌斗，賓客萬象時，詎知世間有紫微青瑣哉。①

黃蓼園曰：寫景不能給情，必少佳致。此題咏洞庭，若衹就洞庭落想，縱寫得壯觀，亦覺寡味。此詞開手從洞庭説，至“玉界瓊田三萬頃”，題已説完，即引入扁舟一葉，以下從舟中人心迹與湖光映帶寫，隱現離合，不可端倪。鏡花水月，是二是一，自爾神采高賽，翼會洋溢。②

王湘綺曰：飄飄有凌雲之氣，覺東坡水調，猶有塵心。③

《柯亭詞評》云：“穩泛滄浪”“扣舷獨嘯”，均從“扁舟一葉”句生出，此即所謂“前後遍之意相應”也。“孤光自照”與“素月”“明河”句相應，“肝膽皆冰雪”，即所謂“表裏俱澄澈”也。“更無一點風色”，即“穩泛滄浪”之因。觀此，可悟前後意境統一之説。

一二　辛棄疾

辛棄疾，字幼安，號稼軒，濟南歷城人。耿京聚兵山東，節制忠義軍馬，留掌書記，紹興三十二年，令奉表南歸，高宗召見，授承務郎。寧宗朝，累官浙東安撫使，加龍圖閣待制，進樞密都承旨。德祐初，以謝枋得請，贈少師，謚忠敏。有《稼軒長短句》十二卷。

賀新郎·別茂嘉十二弟

綠樹聽鵜鴂。更那堪、鷓鴣聲住，杜鵑聲切。啼到春歸無尋處，苦恨芳菲都歇。算未抵、人間離別。馬上琵琶關塞黑，更長門、翠輦辭金闕。

① 魏了翁《跋張于湖〔念奴嬌〕詞真迹》，《鶴山題跋》卷二。
② 黃蘇《蓼園詞選》。
③ 王闓運《湘綺樓詞選》。

看燕燕，送歸妾。　　將軍百戰身名裂。向河梁、回頭萬里，故人長絕。易水蕭蕭西風冷，滿座衣冠似雪。正壯士、悲歌未徹。啼鳥還知如許恨，料不啼清泪長啼血。誰共我，醉明月。

沈偶僧曰：稼軒〔賀新郎〕"綠樹聽鵜鴂"一首，盡集許多怨事，却與太白《凝恨賦》相似。①

周介存曰：（前段）北都舊恨，（後段）南都新恨。②

陳亦峰曰：稼軒詞自以（此篇）爲冠，沈鬱蒼凉，跳躍動蕩，古今無此筆力。③

梁卓如曰：〔賀新郎〕調以第四韵之單句爲全首筋節，如此最可學。④

王觀堂曰：（此詞）章法絕妙，且語語有境界，此能品而幾于神者。然非有意爲之，故後人不能學也。⑤

任二北曰：此詞章法，乃以一氣包舉，祇作翻騰，不爲尋常停頓。一起若是閑情，"算未抵"句一轉，文情陡健，乃分別以上是時序變遷，以下是人間離別。于是歷舉王嫱、李陵、荊軻三人之事，至"正壯士"句，纔欲拍題及茂嘉，乃毫不沾滯，隨即環抱前文，仍用一啼鳥，而已作收束矣。結語與全詞，又在似聯不聯之間。歇拍換頭，種種關節，到此已全失常態，祇覺突如其來，奔騰而去，戛然以止，囫圇一片，無從判其襯副與精粹。昔人謂稼軒乃詞中之龍，真喻得其當也。措辭能于叙述之中寓無窮感喟，字面個個挑動情緒，語語跳躍不凡，而聯貫一串，皆自然出之天成。⑥

《柯亭詞評》云：起五句言禽鳥，傷春去不回，雖屬一般苦恨，然其恨總未抵人間離別之苦。"算未抵"句，一筆撇開，以下便實寫人間離別，昭君、陳后、莊姜，恨之屬于美女者。李陵、荊軻，恨之屬于英雄者。啼鳥仍回應起處。"誰共我"二句，始拍到本題，無非滿腹牢愁，有觸即發

---

① 沈雄《古今詞話·詞品》下卷。

② 周濟《宋四家詞選》。

③ 陳廷焯《白雨齋詞話》卷一。

④ 梁啓超《飲冰室詞評》。

⑤ 王國維《人間詞話删稿》。

⑥ 任半塘《研究詞集之方法》。

而已。

又曰：此詞用事雖多，其運棹空靈處，實見良工心苦。"算未抵"句承上啓下，仍接叙人間許多離別。"如許恨"句，總束一筆，進一層説，落到本題，回應起處，故此二句，爲此詞前後關鍵。"杜鵑""鷓鴣"二句，入手擒題，亦非暮春泛語。言茂嘉歸而已行不得，故有此別也。後結二句，拍合本題，言此後明月雖共，伴醉無人，故不勝其惆悵也。中間臚列許多別恨，看似陪襯，疑亦有寓意。"馬上"句，用昭君事似悲二帝不還。"長門""燕燕"，似自傷因讒見弃，與〔摸魚兒〕詞用陳后事同。後段用李陵、荆軻事，或迫于异族，或壓于强鄰，國家之耻，尤稼軒生平恨事，思之所觸，不覺盡情傾吐，借此題而一發之。然一轉即收到本題，俱見筆力横絶處。

賀新郎·賦琵琶

鳳尾龍香撥。自開元、霓裳曲罷，幾番風月。最苦潯陽江頭客，畫舸亭亭待發。記出塞、黃雲堆雪。馬上離愁三萬里，望昭陽、宮殿孤鴻没。弦解語，恨難説。　　遼陽驛使音塵絶。瑣窗寒、輕攏慢拈，泪珠盈睫。推手含情還却手，一抹梁州哀徹。千古事、雲飛烟滅。賀老定場無消息，想沈香亭北繁華歇。彈到此，爲嗚咽。

周介存曰：（"記出塞"句），謫逐正人，以致離亂。（"遼陽"句），言晏安江沱，不復北望。[①]

陳亦峰曰：稼軒詞，于雄莽中別饒雋味。如"馬上離愁三萬里，望昭陽、宮殿孤鴻没"，又"休去倚危闌，斜陽正在、烟柳斷腸處"，多少曲折。驚雷怒濤中，時見和風暖日。所以獨絶古今，不容人學步。[②]

梁卓如曰：琵琶故事，網羅臚列，亂雜無章，殆如一團野草。惟其大氣足以包舉之，故不覺粗率。非其人勿學步也。[③]

《柯亭詞評》云：起三句言琵琶盛時。以下言潯陽商婦、出塞昭君，

---

① 周濟《宋四家詞選》。

② 陳廷焯《白雨齋詞話》卷八。

③ 梁啓超《飲冰室詞評》。

皆不得意之琵琶。後段曰"泪珠盈睫"，曰"涼州哀徹"，正是借弦説恨，蓋承前結二句而言。"千古"句，總束一筆。"賀老"二句，言琵琶無復盛時。"沈香亭北"回應前段"開元"句，章法嚴密之至。題寫琵琶，實自況也。

水龍吟·登建康賞心亭

楚天千里清秋，水隨天去秋無際。遥岑遠目，獻愁供恨，玉簪螺髻。落日樓頭，斷鴻聲裏，江南游子。把吳鈎看了，闌干拍遍，無人會登臨意。　　休説鱸魚堪膾。盡西風、季鷹歸未。求田問舍，怕應羞見，劉郎才氣。可惜流年，憂愁風雨，樹猶如此。倩何人唤取，紅巾翠袖，搵英雄泪。

譚復堂曰：裂竹之聲，何嘗不潛氣内轉。①

陳述叔曰：起句破空而來，"秋無際"從"水隨天去"中見，"玉簪螺髻"之"獻愁供恨"，從"遠目"中見，"江南游子"從"斷鴻聲裏"中見，純用倒捲之筆。"吳鈎看了，闌干拍遍"仍縮入"江南游子"上，"無人會"縱開，"登臨意"收合。後片愈轉愈奇，季鷹未歸則鱸膾徒然，一轉劉郎羞見，則田舍徒然。一轉如此，則江南游子亦惟長抱此憂以老而已，却不説出，而以"樹猶如此"，作半面語縮住。"倩何人"以下十三字應上"無人會登臨意"作結。稼軒縱橫豪宕，而筆筆能留，字字有脉絡，如此學者苟能如此得法，則清真、稼軒、夢窗三家實一家，若徒視爲直率，則失此賢矣。清真、稼軒、夢窗各有神采，清真出于韋端己，夢窗出于温飛卿，稼軒出于李後主，莫不各有一己之性情境地，而平平轍迹，則殊途同歸。而或者以鹵莽學之，或者委爲不可學，嗚呼！鮮能知味，小技猶然，況大道乎。②

《柯亭詞評》云："江南游子"以上，純寫目前景。"楚天"二句，寫水天。"遥岑"三句，寫山。"落日"二句，寫時。"吳鈎看了""闌干拍遍"四句，言北望中原，英雄無用武之地。後段"休説"二句，言欲歸

---

① 譚獻《譚評詞辨》。
　② 陳洵《海綃説詞》。

不得。"求田"三句，言欲罷不能，歲月蹉跎，無日不在憂愁中，如秋樹飽經風雨，不勝零落之感。"倩何人"三句，言欲以聲色自遣，亦不能致，徒自揾其英雄之淚而已。

摸魚兒

淳熙己亥，自湖北漕移湖南，同官王正之置酒小山亭，爲賦。

更能消、幾番風雨。匆匆春又歸去。惜春長怕花開早，何況落紅無數。春且住。見說道、天涯芳草無歸路。怨春不語。算祇有殷勤，畫檐蛛網，盡日惹飛絮。　　長門事，準擬佳期又誤。蛾眉曾有人妒。千金縱買相如賦，脉脉此情誰訴。君莫舞。君不見、玉環飛燕皆塵土。閑愁最苦。休去倚危闌，斜陽正在、烟柳斷腸處。

譚復堂曰：權奇倜儻，純用太白樂府詩法。（"見說道"句），是開，（"君不見"句），是合。[1]

王湘綺曰：（"算祇有"三句）是張俊、秦檜一班人。又曰：亡國之音，不爲諷刺。[2]

陳亦峰曰：詞意殊怨，然姿態飛動，極沈鬱頓挫之致。起處"更能消"三字，是從千回萬轉後倒折出來，真是有力如虎。[3]

劉鑒泉曰：南歸以後，志不得申，僅資作吏，且屢起而屢仆，不得征遠，所"匆匆春又歸去"。二十三而登朝，六十八乃終，終不得一持權當敵。初見孝宗即奏《美芹十論》，而後竟不用，且常爲外吏，不得親近，所謂"長門事，準擬佳期又誤"。又曰："君莫舞。君不見、玉環飛燕皆塵土。"其怨君深矣。君之不用，蓋由朝士不容，所謂"蛾眉曾有人妒"者也。又曰："斜陽正在、烟柳斷腸處。"蔽者深矣。屢任方面，翻騰有功績，即遭言者劾罷，所謂"畫檐蛛網，盡日惹飛絮"也。

《柯亭詞評》云：此詞開闔動蕩，純以古文筆法爲之。昔人謂"稼軒詞論"，殆指此類。詞中用虛字極多，其前後呼應處，最宜細玩。

---

① 譚獻《譚評詞辨》。
② 王闓運《湘綺樓詞選》。
③ 陳廷焯《白雨齋詞話》卷一。

269

永遇樂

千古江山，英雄無覓孫仲謀處。舞榭歌臺，風流總被，雨打風吹去。斜陽草樹，尋常巷陌，人道寄奴曾住。想當年，金戈鐵馬，氣吞萬里如虎。　　元嘉草草，封狼居胥，贏得倉皇北顧。四十三年，望中猶記，烽火揚州路。可堪回首，佛狸祠下，一片神鴉社鼓。憑誰問、廉頗老矣，尚能飯否。

周介存曰：有英主則可以中興，此是正説。英主必起于草澤，此是反説。又曰：繼世圖功，前車如此。①

譚復堂曰：起句嫌有獷氣。使事太多，宜爲岳氏所譏。非稼軒之盛氣，勿輕染指也。②

劉鑒泉曰：曹瞞臨江不得渡而有"生子當如孫仲謀"之嘆，此南人抗北之始。東晉以後，自保不暇，無暇規復中原，惟宋武滅慕容超，姚泓威施關洛，南人勝北之功止此而已。文帝內政既修，乃欲繼志外拓，親臨北固，終至倉皇而返。自後南人終無勝北者。然宋武乃奮自布衣，起于尋常巷陌之間，非王謝堂中歌舞之倫也。南人即不足有爲，則廉頗彌思用趙將矣。嘗思孝宗有志恢復，非高宗之比，而終不用稼軒。雖屢用爲路帥，而止在江湖間，未嘗使臨北邊。及寧宗有意開邊，使起之鎮京口，亦不久而罷。此必有故焉。蓋趙宋家法，本抑武人，況稼軒以北人僑南，南方世族必多側目。故其在福建稍事興作，便有望安坐閩王殿之劾。觀此詞之志，可知平日頗藐視南人，焉得不遭嫌忌？南宋時，河北屢起義兵，皆不援用，以致覆敗。此中情勢，猶可想見。而宋之不能北復中原，終日蹙而亡，亦正坐此。則此詞之所關大矣。

《柯亭詞評》云：前段言南朝無人，追想仲謀、寄奴事，不勝今昔之感。後段言南北同歸于盡。"元嘉"三句，"可堪"三句，言宋文之弱，太武之强，都成陳迹。"四十三年"謂稼軒歸宋所歷之年。歸宋時，曾經過元魏南侵之道路，衹今北望，感喟無窮。"廉頗"句，蓋自喻南人誠無

---

①　周濟《宋四家詞選》。
②　譚獻《譚評詞辨》。

用，即有廉頗之將，亦不能用也。

念奴嬌·書東流村壁

野棠花落，又匆匆過了，清明時節。剗地東風欺客夢，一枕雲屏寒怯。曲岸持觴，垂楊繫馬，此地曾經別。樓空人去，舊游飛燕能說。　　聞道綺陌東頭，行人曾見，簾底纖纖月。舊恨春江流不斷，新恨雲山千叠。料得明朝，尊前重見，鏡裏花難折。也應驚問，近來多少華髮。

譚復堂曰：大踏步出來，與眉山同工异曲。然東坡是衣冠偉人，稼軒則弓刀游俠。（“樓空”二句）可識其俊逸清新兼之，故實。①

陳亦峰曰：稼軒詞，如“舊恨春江流不盡〔斷〕，新恨雲山千叠。”……于悲壯中見渾厚。②

梁卓如曰：此南渡之感。③

《柯亭詞評》云：此詞疑亦有寓意。言別地而追想到樓中人，因樓中人而追想“行人曾見”，純用倒鈎之筆。“野棠”五句，寫目前景況。“曲岸”五句，寫昔日游踪。後段“聞道”句，推開另起波瀾。“簾底”句應“樓空”句，所謂“纖纖月”殆指“樓中人”而言。“舊恨”二句，繳上逗下，“重見”已成“鏡裏花”，此新恨所由來。“華髮”正恨之結果所致，蓋所謂舊恨者，別離之恨；所謂新恨者，決絕之恨也。

漢宮春·立春

春已歸來，看美人頭上，裊裊春幡。無端風雨，未肯收盡餘寒。年時燕子，料今宵、夢到西園。渾未辦、黃柑薦酒，更傳青韭堆盤。　　却笑東風從此，便薰梅染柳，更没些閑。閑時又來鏡裏，轉變朱顏。清愁不斷，問何人、會解連環。生怕見、花開花落，朝來塞雁先還。

---

① 譚獻《譚評詞辨》。
② 陳廷焯《白雨齋詞話》卷八。
③ 梁啓超《飲冰室詞評》。

周介存曰："春幡"九字，情景已極不堪，燕子猶記年時好夢。黃柑、青韭，極寫宴安鴆毒。換頭又提動黨禍，結用"雁"，與燕激射，卻捎帶五國城舊恨。辛詞之怨，未有甚于此者者。①

譚復堂曰：以古文長篇法行之。②

《柯亭詞評》云：起三句，指宴安一流人。"無端"二句，指外侮。"年時"五句，指遺民。後段"卻笑"五句，指煽動黨禍者。"清愁"四句，寫家國之恨。

沁園春·築偃湖未成

疊嶂西馳，萬馬回旋，衆山欲東。正驚湍直下，跳珠倒濺；小橋橫截，缺月初弓。老合投閑，天教多事，檢校長身十萬松。吾廬小，在龍蛇影外，風雨聲中。　爭先見面重重。看爽氣朝來三數峰。似謝家子弟，衣冠磊落，相如庭戶，車騎雍容。我覺其間，雄深雅健，如對文章太史公。新堤路，問偃湖何日，烟雨濛濛。

陳子宏曰：説松而及謝家、相如、太史公，自非脱落故常者，未易闖其堂奧。③

《柯亭詞評》云："疊嶂"句，至"缺月初弓"，言山川之形勢。"老合"句，至"風雨聲中"，言隱居之志趣。後段"爭先"二句，仍回寫到山，極言山之可愛。"謝家子弟"喻一，"相如庭户"喻二，"文章太史公"喻三。後結三句拍題，言有願未成。

祝英臺近

寶釵分，桃葉渡，烟柳暗南浦。怕上層樓，十日九風雨。斷腸點點飛紅，都無人管，更誰勸、啼鶯聲住。　鬢邊覷，試把花卜歸期，纔簪又重數。羅帳燈昏，哽咽夢中語。是他春帶愁來，春歸何處。卻不解、帶將愁去。

---

① 周濟《宋四家詞選》。
② 譚獻《譚評詞辨》。
③ 陳模《懷古録》卷中：説松而及謝家子弟、相如車騎、太史公文章，自非脱落故常者，未易闖其堂奧。

沈東江曰：稼軒詞以激揚奮厲爲主，至"寶釵分，桃葉渡"一曲，呢狎溫柔，魂銷意盡，才人伎儷眞不可測。①

張皋文曰：此與德祐太學生二詞用意相似。"點點飛紅"傷君子之弃。"啼鶯"，惡小人得志也。"春帶愁來"，其刺趙、張乎？②

譚復堂曰：（"斷腸"二句），一波三過折，（末三句），托興深切，亦非全用直語。③

《柯亭詞評》云：此亦傷春惜別之詞，前後二結，融情景爲一片。花卜、夢語，均寫別後相思。

菩薩蠻·書江西造口壁

鬱孤臺下清江水。中間多少行人淚。西北是長安，可憐無數山。

青山遮不住。畢竟東流去。江晚正愁予。山深聞鷓鴣。

張皋文曰：《鶴林玉露》云，南渡之初，金人追隆祐太后御舟至造口，不及而還，幼安因此起興，"鷓鴣"之句，謂恢復行不得也。④

周介存曰：惜水怨山。⑤

譚復堂曰："西北"二句，宕逸中亦深煉。⑥

陳亦峰曰：用意用筆，洗脫溫、韋殆盡，然大旨正見吻合。⑦

梁卓如曰：〔菩薩蠻〕如此大聲鏜鞳，未曾有也。⑧

蝶戀花·元旦立春

誰向椒盤簪彩勝。整整韶華，爭上春風鬢。往日不堪重記省。爲花長把新春恨。　　春未來時先借問。晚恨開遲，早又飄零近。今歲花期消息定。祇愁風雨無憑準。

---

① 沈謙《塡詞雜説》。

② 張惠言《詞選》。

③ 譚獻《譚評詞辨》。

④ 張惠言《詞選》。

⑤ 周濟《宋四家詞選》。

⑥ 譚獻《譚評詞辨》。

⑦ 陳廷焯《白雨齋詞話》卷一。

⑧ 梁啓超《飲冰室詞評》。

周介存曰：然則依舊不定也。①
譚復堂曰：末二句旋撇旋挽。②
陳亦峰曰："今歲花期消息定，祇愁風雨無憑準。"蓋言榮辱不定，遷謫無常。言外有多少哀怨，多少疑懼。③

青玉案·元夕

東風夜放花千樹。更吹落、星如雨。寶馬雕車香滿路。鳳簫聲動，玉壺光轉，寂寞魚龍舞。　　蛾兒雪柳黃金縷。笑語盈盈暗香去。衆裏尋他千百度。驀然回首，那人却在，燈火闌珊處。

彭駿孫曰："驀然回首，那人却在燈火闌珊處"，秦、周之佳境也。④
譚復堂曰：稼軒心胸，發其才氣，改之而下則獷。（起二句），賦色瑰異；（後結四句），和婉。⑤
梁卓如曰：自憐幽獨，傷心人別有懷抱。⑥

一三　陳亮

陳亮，字同甫，婺州永康人。淳熙中，詣闕上書光宗，紹熙四年，策進士，擢第一，授簽書建康府判官廳公事，未至官，卒。端平初，諡文毅。有《龍川集間詞》二卷。

水龍吟·春恨

鬧花深處層樓，畫簾半捲東風軟。春歸翠陌，平莎茸嫩，垂楊金淺。遲日催花，淡雲閣雨，輕寒輕暖。恨芳菲世界，游人未賞，都付與、鶯和燕。　　寂寞憑高念遠。向南樓、一聲歸雁。金釵鬥草，青絲勒馬，風流

---

① 周濟《宋四家詞選》。
② 譚獻《譚評詞辨》。
③ 陳廷焯《白雨齋詞話》卷一。
④ 彭孫遹《金粟詞話》。
⑤ 譚獻《譚評詞辨》。
　⑥ 梁啓超《飲冰室詞評》。

雲散。羅綬分香，翠綃封淚，幾多幽怨。正銷魂，又是疏烟淡月，子規聲斷。

黃蓼園曰："鬧花深處層樓"，見不事事也。"東風軟"，即東風不競之意也。"遲日""淡雲""輕寒輕暖"，一暴十寒之喻也。好"世界"不求賢共理，惟與小人游玩如鶯燕也。"念遠"者，念中原也。"一聲歸雁"，謂邊信至，樂者自樂，憂者徒憂也。①

劉融齋曰："恨芳菲世界，游人未賞，都付與、鶯和燕"，言近指遠，直有宗留守大呼渡河之意。②

一四　劉過

劉過，字改之，號龍洲道人，吉州太和人。嘗伏闕上書，請光宗過宮，復以書抵時宰，陳恢復方略，不報，放浪湖海間。有《龍洲集詞》一卷。

賀新郎

去年秋，予試牒四明，賦贈老娼，至今天下與禁中皆歌之。江西人來，以爲鄧南秀詞，非也。

老去相如倦。向文君説似，而今怎生消遣。衣袂京塵曾染處，空有香紅尚軟。料彼此、魂銷腸斷。一枕新涼眠客舍，聽梧桐、疏雨秋聲顫。燈暈冷，記初見。　　樓低不放珠簾捲。晚妝殘、翠鈿狼藉，淚痕凝臉。人道愁來須殢酒，無奈愁深酒淺。但托意、焦琴紈扇。莫鼓琵琶江上曲，怕荻花、楓葉俱淒怨。雲萬叠，寸心遠。

許嵩廬曰：青衫憔悴，紅粉飄零，千古一淚。③
況蕙風曰："衣袂"三句，"但托意"三句，是其當行本色，（與）蔣

---

①　黃蘇《蓼園詞選》。
②　劉熙載《藝概·詞曲概》。
③　許昂霄《詞綜偶評》。

竹山伯仲間耳。①

唐多令·重過武昌

蘆葉滿汀洲，寒沙帶淺流。二十年重過南樓。柳下繫船猶未穩，能幾日，又中秋。　　黃鶴斷磯頭。故人曾到不。舊江山、渾是新愁。欲買桂花同載酒，終不似，少年游。

沈天羽曰：情暢語俊，韵協音調。②

譚復堂曰：雅音。③

黃蓼園曰：宋當南渡，武昌係與敵分争之地。重過能無今昔之感，詞旨清越，亦見含蓄不盡之致。④

一五　劉克莊

劉克莊，字潛夫，莆田人。以蔭仕，淳祐中賜同進士出身，官龍圖閣直學士。有《後村别調》一卷。

賀新郎·端午

思遠樓前路。望平堤、十里湖光，畫船無數。綠蓋盈盈紅粉面，葉底荷花解語。鬥巧結、同心雙縷。尚有經年離别恨，一絲絲、總是相思處。相見也，又重午。　　清江舊事傳荆楚。嘆人情、千載如新，尚沈菰黍。且盡尊前今日醉，誰肯獨醒吊古。泛幾盞、菖蒲綠醑。兩兩龍舟争競渡，奈珠簾、暮捲西山雨。看未足，怎歸去。

黃蓼園曰：就觀競渡者落想，是避實擊虛之法。"誰肯獨醒"，翻用得妙。"看未足，怎歸去"，妙有寄托。含蓄無限意。⑤

---

① 況周頤《蕙風詞話》卷二。
② 沈際飛《草堂詩餘正集》卷二。
③ 譚獻《譚評詞辨》。
④ 黃蘇《蓼園詞選》。

⑤ 黃蘇《蓼園詞選》。

玉樓春·戲呈林節推鄉兄

年年躍馬長安市。客舍似家家似寄。青錢換酒日無何，紅燭呼盧宵不寐。　　易挑錦婦機中字。難得玉人心下事。男兒西北有神州，莫灑水西橋畔淚。

況蕙風曰：楊升庵謂其壯語足以立懦，此類是已。①

一六　范成大

范成大，字致能，吳郡人。紹興中進士，累官權吏部尚書，拜參知政事，進資政殿學士，領洞霄宮。卒，謚文穆。有《石湖詞》一卷。

眼兒媚·萍鄉道中

酣酣日腳紫烟浮。妍暖破輕裘。困人天色，醉人花氣，午夢扶頭。　　春慵恰似春塘水，一片縠紋愁。溶溶泄泄，東風無力，欲皺還休。

王湘綺曰：自然移情，不可言說，綺語中仙語也。②
況蕙風曰："春慵"緊接"困"字、"醉"字來，細極。③

一七　陸游

陸游，字務觀，越州山陰人。以蔭補登仕郎，隆興初，賜進士出身，范成大帥蜀爲參議官，累知嚴州。嘉泰初，詔同修國史，兼秘書監，升寶章閣待制，致仕，卒。有《渭南集》《劍南集》。

---

① 況周頤《蕙風詞話》卷二。
② 王闓運《湘綺樓詞選》。
③ 況周頤《蕙風詞話》卷二。

水龍吟·春日游摩訶池

摩訶池上追游路，紅綠參差春晚。韶光妍媚，海棠如醉，桃花欲暖。挑菜初閑，禁烟將近，一城絲管。看金鞍爭道，香車飛蓋，爭先占、新亭館。　　惆悵年華暗換。黯銷魂、雨收雲散。鏡奩掩月，釵梁拆鳳，秦箏斜雁。身在天涯，亂山孤壘，危樓飛觀。嘆春來祇有，楊花和恨，向東風滿。

黃蓼園曰：此詞辭雖含蓄，而意極沈痛。蓋南渡國步日蹙，而上下安于逸樂，所謂"一城絲管"爭占亭館也。次闋，自嘆年華已晚，身安廢弃，流落天涯，不能爲力也。結句"恨，向東風滿"，饒有沈雄鬱勃之致。①

《柯亭詞評》云：前段追憶舊游，景物何等熱鬧！後段感懷現况，景物何等凄凉！宜對比看。

鵲橋仙

華燈縱博，雕鞍馳射，誰記當年豪舉。酒徒一半取封侯，獨去作、江邊漁父。　　輕舟八尺，低篷三扇，占斷蘋洲烟雨。鏡湖元自屬閑人，又何必、官家賜與。

《詞品》云：放翁詞纖麗處似淮海，雄快處似東坡。其《感舊》〔鵲橋仙〕一首……英氣可掬，流落亦可惜矣。②

許蒿廬曰：（"酒徒"二句），感憤語妙以蘊藉出之，（"鏡湖"二句）翻用賀知章事，而感慨意即寓其中。③

《柯亭詞評》云：前半寫酒徒，後半寫漁父，亦對比局格。

---

① 黃蘇《蓼園詞選》。
② 楊慎《詞品》卷五。
③ 許昂霄《詞綜偶評》。

一八　陸淞

陸淞，字子逸，號雲溪，山陰人。官辰州守，放翁雁行也。

瑞鶴仙

臉霞紅印枕。睡覺來、冠兒還是不整。屏間麝煤冷。但眉峰壓翠，泪珠彈粉。堂深晝永。燕交飛、風簾露井。恨無人説與相思，近日帶圍寬盡。　　重省。殘燈朱幌，淡月紗窗，那時風景。陽臺路迥，雲雨夢，便無準。待歸來，先指花梢教看，欲把心期細問。問因循過了青春，怎生意穩。

張叔夏曰：景中帶情。……屏去浮艷。[1]
賀黃公曰：“待歸來……（下）”，迷離婉妮。[2]
董子遠曰：刺時之言。[3]
王湘綺曰：小説造爲咏歌姬睡起之詞，不顧文理，本事之附會，大要如此。[4]

《柯亭詞評》云：此詞描寫閨思。前半寫別離憔悴情景，後半由重省當日寫到歸來責教，委宛盡致。

一九　俞國寶

俞國寶，臨川人，淳熙太學生。有《醒菴遺珠集》。

風入松

題酒肆。
一春長費買花錢。日日醉花邊。玉驄慣識西湖路，驕嘶過、沽酒壚

---

① 張炎《詞源》卷下。
② 賀裳《皺水軒詞筌》。
③ 董毅《續詞選》。
④ 王闓運《湘綺樓詞選》。

前。紅杏香中簫鼓，綠楊影裏鞦韆。　　暖風十里麗人天。花厭鬢雲偏。畫船載取春歸去，餘情寄、湖水湖烟。明日重扶殘醉，來尋陌上花鈿。

沈天羽曰：起處自然逸響。①

陳亦峰曰："金勒馬嘶芳草地，玉樓人醉（杏花天）"，有此香艷無此情致。結二句餘波綺麗，可謂回眸一笑百媚生。②

況蕙風曰：流美。③

《柯亭詞評》云：通首以"醉"字爲眼，"玉驄""畫船"，前後映帶。

二〇　張鎡

張鎡，字功甫，號約齋，西秦人。居臨安，循王諸孫，官奉議郎，直秘閣。有《南湖集》《玉照堂詞》。

滿庭芳·促織

月洗高梧，露溥幽草，寶釵樓外秋深。土花沿翠，螢火墜墻陰。靜聽寒聲斷續，微韵轉、凄咽悲沈。爭求侶，殷勤勸織，促破曉機心。　　兒時，曾記得，呼燈灌穴，斂步隨音。任滿身花影，猶自追尋。携向華堂戲鬥，亭臺小、籠巧妝金。今休説，從渠床下，涼夜伴孤吟。

賀黃公曰：（此詞較姜白石《咏蟋蟀》），不惟曼聲勝其高調，兼形容處心細如絲髮，皆姜詞之所未發。④

許蒿廬曰：響逸調遠。又曰：（"螢火"句），陪襯；（"任滿身"二句），工細。⑤

---

① 沈際飛《草堂詩餘正集》。
② 陳廷焯《雲韶集》卷六。
③ 況周頤《蕙風詞話》卷二。
④ 賀裳《皺水軒詞筌》。
⑤ 許昂霄《詞綜偶評》。

二一 姜夔

姜夔，字堯章，鄱陽人。寓居吳興之武康，與白石洞天爲鄰，自號白石道人。慶元中，曾上書乞正太常雅樂，得免解，訖不第而卒。有《白石道人詩》一卷、詞五卷。

暗香·石湖咏梅

舊時月色。算幾番照我，梅邊吹笛。喚起玉人，不管清寒與攀摘。何遜而今漸老，都忘却春風詞筆。但怪得竹外疏花，香冷入瑶席。　　江國。正寂寂，嘆寄與路遥，夜雪初積。翠尊易泣，紅萼無言耿相憶。長記曾携手處，千樹壓、西湖寒碧。又片片、吹盡也，幾時見得。

周介存曰：（前段言其）盛時如此，衰時如此，（後段乃）想其盛時，感其衰時。[1]

譚復堂曰：石湖咏梅，是堯章獨到處。"翠尊"二句深美，有《騷》《辨》意。[2]

《柯亭詞評》云：此章寫別情。因湖廳夜宴，梅香入席，憶及西湖梅月下舊事，對酒發生感慨，乃是興體。"舊時"五句，均寫過去。"何遜"四句，均寫現在。"江國"四句，仍寫現在。"翠尊"二句，由現在又說到過去。"長記"二句，均說過去，回顧"舊時"五句。"又片片、吹盡也"，即眼前之"竹外疏花"，"幾時見得"，并收到西湖月下、携手攀摘之樹，筆力橫絶。

疏影·前題

苔枝綴玉。有翠禽小小，枝上同宿。客裏相逢，籬角黄昏，無言自倚修竹。昭君不慣胡沙遠，但暗憶、江南江北。想佩環、月夜歸來，化作此花幽獨。　　猶記深宫舊事，那人正睡裏，飛近蛾緑。莫似春風，不管盈

---

① 周濟《宋四家詞選》。
② 譚獻《譚評詞辨》。

盈，早與安排金屋。還教一片隨波去，又却怨、玉龍哀曲。等恁時、重覓幽香，已入小窗橫幅。

周介存曰：此詞以"相逢""化作""莫似"六字作骨。（下半闋言其）不能挽留，聽其自爲盛衰。[1]

譚復堂曰："還教"二句，跌宕昭彰。[2]

鄭叔問曰：此蓋傷心二帝蒙塵，諸后妃相從北轅，淪落胡地，故以昭君托喻，發言哀斷。考唐王建《塞上詠梅》詩曰："天山路邊一株梅，年年花發黃雲下。昭君已沒漢使回，前後征人誰繫馬。"白石詞意當本此。近世讀者多以意疏解，或有嫌其舉典，擬不于倫者，殆不自知其淺暗矣。詞中數語，純從少陵《詠明妃》詩意檃括，出以清健之筆，如聞空中笙鶴，飄飄欲仙；覺草窗、碧山所作吊雪香、亭梅諸詞，皆人間語，視此如隔一塵，宜（當時轉播吟口，爲千古絕唱也。至下闋藉《宋書》壽陽公主故事）引申前意，寄情遙遠，所謂怨深文綺，得風人溫厚之旨已。[3]

《柯亭詞評》云：此章乃吊隨二帝北狩諸妃嬪、公主而作。因見籬角梅花，而想到昭君墓梅及壽陽宮梅，發抒一段感慨，亦是興體。"苔枝綴玉"至"自倚修竹"，是眼前梅花。"昭君"以下四句，融合唐王建《塞上詠梅詩》、杜工部《詠明妃詩》檃括而成。"小窗橫幅"已成畫稿，言眼前梅花將來如此，重來已無幽香可覓，亦與昭君、壽陽諸美同歸于盡，徒留此殘影供人憑吊而已。"金屋"與"籬角"對照，言此幽花不受春風管領，落後寧隨流水，方能自保其潔。今諸美扈從北狩，難保無如王昭儀輩之隨圓缺者，帝王失勢，不能庇及婦人，故有玉龍之哀怨。玉龍，笛名。笛中有《落梅曲》，故名哀曲。

揚州慢

淮左名都，竹西佳處，解鞍少駐初程。過春風十里，盡薺麥青青。自胡馬窺江去後，廢池喬木，猶厭言兵。漸黃昏，清角吹寒，都在空

---

① 周濟《宋四家詞選》。
② 譚獻《譚評詞辨》。
③ 鄭文焯《大鶴山人詞話》。

城。　　杜郎俊賞，算而今重到須驚。縱豆蔻詞工，青樓夢好，難賦深情。二十四橋仍在，波心蕩，冷月無聲。念橋邊紅藥，年年知爲誰生。

陳亦峰曰：“自胡馬窺江去後，廢池喬木，猶厭言兵。漸黃昏，清角吹寒，都在空城。”數語寫兵燹後情景逼真。“猶厭言兵”四字，包括無限傷亂語。他人累千百言，亦無此韵味。①

《柯亭詞評》云：“淮左”五句，是兵燹前初到之揚州。“自胡馬”以下五句，是兵燹後重到之揚州。過片借杜牧事點明重到，發抒感慨，言雖有“豆蔻梢頭”之詩、“青樓薄幸”之夢，因劫後人空，深情亦無可賦處。“清角吹寒”“波心蕩”月，均劫後景物，却分前後遍夾寫，格局便不平直。喬木“厭言兵”，見“樹猶如此，人何以堪”，是進一層説法。紅藥爲誰生，愈使深情難賦之意完足，借草木發抒感慨，均是從側面用筆寫法。

長亭怨慢

漸吹盡，枝頭香絮。是處人家，綠深門戶。遠浦縈回，暮帆零亂向何許。閱人多矣，誰得似、長亭樹。樹若有情時，不會得、青青如此。　　日暮。望高城不見，祇見亂山無數。韋郎去也，怎忘得、玉環分付。第一是、早早歸來，怕紅萼無人爲主。算空有并刀，難剪離愁千縷。

吳子律曰：白石〔長亭怨慢〕小引桓大司馬云云，乃庾信《枯樹賦》，非桓溫語。②

陳亦峰曰：白石〔長亭怨慢〕云“閱人多矣，誰得似、長亭樹。樹若有情時，不會得、青青如此”。白石諸詞，惟此數語最沈痛迫烈。③

《柯亭詞評》云：調名〔長亭怨慢〕，故題旨專就離情抒寫。前段全借“柳”説。起三句寫老柳絮盡綠深，已令人生感。“遠浦”二句，點明離情。“閱人”四句，仍説到柳，“長亭樹”即柳也。“青青如此”應“綠

①　陳廷焯《白雨齋詞話》卷二。
②　吳衡照《蓮子居詞話》卷二。
③　陳廷焯《白雨齋詞話》卷十。

深"句。後段全寫離情。高城亂山，觸景生愁。"韋郎"二句，用韋皋、玉簫故事。"第一"以下，實寫離情，語盡而意不盡。

翠樓吟·武昌安遠樓成

月冷龍沙，塵清虎落，今年漢酺初賜。新翻胡部曲，聽氈幕、元戎歌吹。層樓高峙。看檻曲縈紅，簷牙飛翠。人姝麗。粉香吹下，夜寒風細。　　此地。宜有神仙，擁素雲黃鶴，與君游戲。玉梯凝望久，嘆芳草、萋萋千里。天涯情味。仗酒祓清愁，花銷英氣。西山外，晚來還捲，一簾秋霽。

周介存曰：此地宜得人才，而人才不可得。①

陳亦峰曰：（後半闋）一縱一操，筆如游龍，意味深厚，是白石最高之作。此詞應有所刺，特不敢穿鑿求之。②

《柯亭詞評》云：起三句，正寫安遠樓成張宴。"新翻"二句，為安遠盛事渲染。"層樓"三句，入題實寫落成。"人姝麗"三句，蓋宋代官宴時必有營妓侑觴，故云。然過片四句，特就妓席作翻論，言此雅地宜仙而不宜妓也。"玉梯"三句，言仙不可見，祇見芳草千里而已。故"天涯"三句，發生悵嘆。"玉梯"句承上"層樓"，"酒祓"句應上"漢酺"，"花銷"句應上"人姝麗"。"西山"三句，雖閑閑寫景，而仍有感喟在中。按：是時外患方深，遑言安遠，且樓成張宴挾妓更涉荒謬。宜白石發生感慨，托辭婉諷也。陳亦峰謂此詞應有所刺，信然。

點絳唇·丁未冬過吳淞作

燕雁無心，太湖西畔隨雲去。數峰清苦，商略黃昏雨。　　第四橋邊，擬共天隨住。今何許。憑闌懷古，殘柳參差舞。

陳亦峰曰：白石長調之妙，冠絕南宋。短章亦有不可及者。如〔點絳唇〕《丁未冬過吳淞作》一闋，通首祇寫眼前景物。至結處云："今何許，

---

①　周濟《宋四家詞選》。

②　陳廷焯《白雨齋詞話》卷二。

憑闌懷古，殘柳參差舞。"感時傷事，祇用"今何許"三字提唱。"憑闌懷古"下，僅以"殘柳"五字，咏嘆了之，無窮哀感，都在虛處。令讀者吊古傷今，不能自止。泅推絕調。①

淡黄柳

客居合肥南城赤闌橋之西，巷陌淒涼，與江左异。唯柳色夾道，依依可憐。因度此闋，以抒客懷。

空城曉角，吹入垂楊陌。馬上單衣寒惻惻。看盡鵝黄嫩綠，都是江南舊相識。　　正岑寂。明朝又寒食。强携酒、小橋宅，怕梨花落盡成秋色。燕燕飛來，問春何在，唯有池塘自碧。

王湘綺曰：亦以眼前語，故妙。②

譚復堂曰：白石稼軒，同音笙磬，但清脆與鏜鎝异響，此事自關性分。③

二二　張輯

張輯，字宗瑞，號東澤，履信之子，鄱陽人。馮深居目爲"東仙"。有《欸乃集·東澤綺語債》二卷。

疏簾淡月·寓桂枝香

梧桐雨細。漸滴作秋聲，被風驚碎。潤逼衣篝，綫裊蕙爐沈水。悠悠歲月天涯醉。一分秋、一分憔悴。紫簫吟斷，素箋恨切，夜寒鴻起。　　又何苦、淒涼客裏。負草堂春綠，竹溪空翠。落葉西風，吹老幾番塵世。從前諳盡江湖味。聽商歌、歸興千里。露侵宿酒，疏簾淡月，照人無寐。

---

①　陳廷焯《白雨齋詞話》卷二。

②　王闓運《湘綺樓詞選》。

③　譚獻《譚評詞辨》。

王湘綺曰：輕重得宜，再莽不得。①

《柯亭詞評》云："潤逼衣篝"因雨故潤，"夜寒鴻起"因雨故寒。久居客裏，故消受以上淒涼況味。"草堂春綠"是春，"竹溪空翠"是夏，"落葉西風"是秋，言辜負故鄉春夏許多佳日，而受盡客裏秋風之淒涼也。"吹老幾番塵世"應上"悠悠歲月"句，言從前雖諳盡作客滋味，今則聽商歌而引起無窮之鄉思矣。"無寐"句，蓋因雨後月出，望月而思鄉更切。

二三　盧祖皋

盧祖皋，字申之，又字次夔，號蒲江，永嘉人。慶元五年進士，爲軍器少監，嘉定十四年，權直學士院。有《蒲江詞》。

江城子

畫樓簾幕捲新晴。掩銀屏，曉寒輕。墜粉飄香，日日喚愁生。暗數十年湖上路，能幾度，著娉婷。　　年華空自感飄零。擁春酲，對誰醒。天闊雲閑，無處覓簫聲。載酒買花年少事，渾不似，舊心情。

況蕙風曰：後段與劉龍洲詞"欲買桂花同載酒，終不似，少年游"，可稱異曲同工，然終不如少陵之"詩酒尚堪驅使在，未須料理白頭人"爲倔強可喜。②

清平樂

柳邊深院。燕語明如剪。消息無憑聽又懶。隔斷畫屏雙扇。　　寶杯金縷紅牙。醉魂幾度兒家。何處一春游蕩，夢中猶恨楊花。

況蕙風曰：（末二句）是加倍寫法。③

---

① 王闓運《湘綺樓詞選》。
② 況周頤《蕙風詞話》卷二。
③ 況周頤《蕙風詞話》卷二。

二四 高觀國

高觀國，字賓王，山陰人。有《竹屋痴語》一卷。

齊天樂·中秋夜懷梅溪

晚雲知有關山念，澄霄捲開清霧。素景分中，冰盤正溢，何當嬋娟千里。危闌靜倚。正玉管吹涼，翠觴留醉。記約清吟，錦袍初喚醉魂起。　　孤光天地共影，浩歌誰與舞，淒涼風味。古驛烟寒，幽垣夢冷，應念秦樓十二。歸心對此。想斗插天南，雁橫遼水。試問姮娥，有誰能爲寄。

姜白石曰：徘徊宛轉，交情如見。①
況蕙風曰：宋人詞亦有疵病，斷不可學“古驛”（三句），鈎勒太露，便失之薄。②

賀新郎·梅

月冷霜袍擁。見一枝、年華又晚，粉愁香凍。雲隔溪橋人不度，的皪春心未縱。清影怕、寒波搖動。更沒纖毫塵俗態，倚高情、預得春風寵。沈凍蝶，挂麼鳳。　　一杯正要吳姬捧。想見那、柔酥弄白，暗香偷送。回首羅浮今在否，寂寞烟迷翠攏。又爭奈、桓伊三弄。開遍西湖春意爛，算群花、正作江山夢。吟思怯，暮雲重。

況蕙風曰：吳子律曰，咏物雖小題，然極難作，貴有不粘不脫之妙。……高竹屋《梅》云，“雲隔溪橋人不度，的皪春心未縱”。刻畫精巧，運用生動，所謂空前絕後矣。③
許蒿廬曰：此詞神韵小減，然氣格自佳。又曰，（“開遍西湖”二句），

---

① 張宗橚《詞林紀事》卷十二引姜夔語。
② 況周頤《蕙風詞話》卷二。
③ 吳衡照《蓮子居詞話》卷一。

奇語不可多得。①

二五　史達祖

史達祖，字邦卿，汴人。有《梅溪詞》一卷。

雙雙燕·春燕

過春社了，度簾幕中間，去年塵冷。差池欲住，試入舊巢相并。還相雕梁藻井。又軟語、商量不定。飄然快拂花梢，翠尾分開紅影。　　芳徑。芹泥雨潤。愛貼地爭飛，競誇輕俊。紅樓歸晚，看足柳昏花暝。應自栖香正穩。便忘了、天涯芳信。愁損翠黛雙蛾，日日畫闌獨憑。

黃花盦曰：形容盡矣。姜堯章极稱其"柳昏花暝"之句。②

王阮亭曰：僕每讀史邦卿咏燕詞，以爲咏物至此，人巧極天工，錯矣。③

黃蓼園曰："栖香正穩"以下至末，似有所指。或于朋友間有不能踐言者乎。④

譚復堂曰：起處藏過一番感嘆，爲"還"字、"又"字張本。（"還相"二句），挑按見指法，再搏弄便薄。（"紅樓"句），換筆，（"應自"句）換意，（"愁損"二句），足然無餘味。⑤

周爾墉曰：史生穎妙非常，此詞可謂能盡物性。⑥

《柯亭詞評》云："翠尾分開紅影"以上，寫初來之燕。"便忘了、天涯芳信"以上，寫久居之燕。情詞俱到，體物入微。張功甫賞其"清新閑婉"，姜白石稱其"奇秀清逸"，可見當時已成名作。

---

① 許昂霄《詞綜偶評》。
② 黃昇《中興以來絕妙詞選》卷七。
③ 王士禛《花草蒙拾》。
④ 黃蘇《蓼園詞選》。
⑤ 譚獻《譚評詞辨》。
⑥ 周爾墉《周評絕妙好詞》。

綺羅香·春雨

做冷欺花，將烟困柳，千里偷催春暮。盡日冥迷，愁裏欲飛還住。驚粉重、蝶宿西園，喜泥潤、燕歸南浦。最妙他、佳約風流，鈿車不到杜陵路。　　沈沈江上望極，還被春潮晚急，難尋官渡。隱約遥峰，和淚謝娘眉嫵。臨斷岸，新綠生時，是落紅、帶愁流處。記當日、門掩梨花，剪燈深夜語。

黄花盦曰："臨斷岸"以下數語，最爲姜堯章稱賞。謂梅溪之詞，蓋能融情景于一家，會句意于雨得，其謂是歟。①

許蒿廬曰：（"盡日"二句），摹寫入神，（"記當日"二句），如此運用，實處皆虛。②

黄蓼園曰：愁雨耶，多少淑偶佳偶，盡爲所誤。而伊仍浸淫漸漬，聯綿不已。小人情態如是，句句清雋可思。好在結二語，寫得幽閑貞靜，自有身分，怨而不怒。③

孫月坡曰："做冷欺花，將烟困柳"，祇八個字，已將春雨畫出。④

《柯亭詞評》云："愁裏欲飛還住"以上，説春雨情狀。"鈿車不到杜陵路"以上，説春雨結果。"沈沈江上望極"至"和淚謝娘眉嫵"，寫春雨中所見。"新綠""落紅"二句，是春雨之後情景。後結二句是雨後回憶。

湘江静

暮草堆青雲浸浦。記匆匆、倦篙曾駐。漁榔四起，沙鷗未落，怕愁沾詩句。碧袖一聲歌，石城怨、西風隨去。滄波蕩晚，菰蒲弄秋，還重到、斷魂處。　　酒易醒，思正苦。想空山、桂香懸樹。三年夢冷，孤吟意短，屢烟鐘津鼓。屐齒厭登臨，移橙後、幾番涼雨。潘郎漸老，風流頓減，閑居未賦。

---

① 黄昇《中興以來絕妙詞選》卷七。
② 許昂霄《詞綜偶評》。
③ 黄蘇《蓼園詞選》。
④ 孫麟趾《詞徑》。

陳亦峰曰：梅溪詞，如"碧袖一聲歌，石城怨、西風隨去。滄波蕩晚，菰蒲弄秋，還重到、斷魂處。"沈鬱之至。又"三年夢冷，孤吟意短，屢烟鐘津鼓。屐齒厭登臨，移橙後、幾番涼雨"，亦居然美成復生。①

陳倦鶴曰：此詞布局，因舊地重游，有許多感喟，特不先說現時之心事，而轉由追溯前游入手，再從前次之"斷魂"折入。此時"夢冷""意短"之境，"還重到、斷魂處"與"酒易醒，思正苦"取嶺斷雲連之勢，爲前後遍之關鍵。故前遍之前七句全説前游，（後四句）一拍合，便開後遍，而後遍之"屢"字及"幾番"又關合前遍，"潘郎漸老"三句作收，爲點明作詞本意，章法完密，波瀾壯闊。②

《柯亭詞評》云："暮草"句，點明現境。"記匆匆"至"西風隨去"，是追憶昔游。前結四句，"蕩晚""弄秋"二句，是眼前景物，"還重到"二句，拍合後半"酒易醒"二句，是現況。"桂香懸樹"，即小山招隱之意。"孤吟意短""烟鐘津鼓"，寫作客身世。"倦篙曾駐"是舟行，"屐齒厭登臨"是山行。"倦"字、"厭"字宜對看，便知前後神理一貫。後結三句，點明題旨。"閑居"句，與"想空山"句呼應。

臨江仙

倦客如今老矣，舊時不奈春何。幾曾湖上不經過。看花南陌醉，駐馬翠樓歌。　　遠眼愁隨芳草，湘裙憶著春羅。枉教裝得舊時多。向來簫鼓地，猶見柳婆娑。

況夔笙曰："向來"二句人人能道，"幾曾"句妙絕，似乎不甚經意，所謂得來容易却艱辛也。

陳亦峰曰："枉教裝得舊時多。向來簫鼓地，猶見柳婆娑。"慷慨生哀，極悲極鬱。較"臨斷岸、新緑生時，是落紅、帶愁流處"之句，尤爲沈至。此種境界，却是梅溪獨絶處。③

《柯亭詞評》云："舊時不奈春何""枉教裝得舊時多"，撫今追昔，

---

① 陳廷焯《白雨齋詞話》卷二。
② 陳匪石《宋詞舉》卷上。

③ 陳廷焯《白雨齋詞話》卷二。

不堪回首。

二六　吳文英

吳文英，字君特，號夢窗，晚號覺翁，四明人。從吳履齋諸公游。有《夢窗甲乙丙丁稿》四卷。

霜葉飛·重九

斷烟離緒。關心事，斜陽紅隱霜樹。半壺秋水薦黃花，香噀西風雨。縱玉勒、輕飛迅羽。凄涼誰吊荒臺古。記醉踏南屛，彩扇咽寒蟬倦夢，不知蠻素。　　聊對舊節傳杯，塵箋蠹管，斷闋經歲慵賦。小蟾斜影轉東籬，夜冷殘蛩語。早白髮、緣愁萬縷。驚飆從捲烏紗去。謾細將、茱萸看，但約明年，翠微高處。

海綃翁曰：起七字，已將“縱玉勒”以下攝起在句前。“斜陽”六字，依稀風景。“半壺”至“風雨”十二字，情隨事遷。以下五句，上二句突出悲凉，下三句平放和婉。“彩扇”屬“蠻素”，“倦夢”屬“寒蟬”。徒聞寒蟬，不見蠻素，但仿佛其歌扇耳，今則更成倦夢，故曰不知。兩句神理，結成一片，所謂關心事者如此。換頭于無聊中尋出消遣，斷闋慵賦，則仍是消遣不得。“殘蛩”對上“寒蟬”，又換一境。蓋蠻素既去，則事事都嫌矣。收句與“聊對舊節”一樣意思，見在如此，未來可知。極感愴，卻極閑冷，想見覺翁胸次。①

陳佧鶴曰：全篇一氣呵成。前遍用加倍寫法，極沈痛。過變三句，一轉再轉，極頓挫。結拍以轉為收，如雲散雨收，餘霞成綺。而“霜樹”“黃花”，就“傳杯”前所見言之；蟾影、蛩語，就傳杯後所遇言之；皆用實寫，而各是一境。“斜陽”“雨”“蠻素”“翠微”，則均游刃于虛，極虛實相間之妙。“斷闋”與前之“咽寒蟬”，後之“殘蛩語”，“舊節”與前之“記醉踏”，後之“明年”，綫索分明，尤見細緘密縷。即“隱”字、“噀”字、“輕飛”字、“咽”字、“轉”字、“冷”字、“緣”字、

---

①　陳洵《海綃説詞》。

"從捲"字，亦各有意義。其千錘百煉，是煉意，非僅琢句，非沈晦，亦不質實。有知夢窗真味者，當不河漢斯言。①

《柯亭詞評》云：此詞因重九遇雨，待至傍晚，仍不能登高而作。"斜陽"句至"誰吊荒臺古"，正寫今年之重九。"記醉踏南屏"三句，回想去年之重九。"聊對"三句，綜合去今兩年説。"小蟾"二句，又説到目前。"斜陽紅隱霜樹"是雨日，并無斜陽。"小蟾斜影轉東籬"是晚晴，乃見斜月。"殘蛩"與前"咽寒蟬"相映帶。"早白髮"二句，是觸景生情。"捲烏紗"用重九龍山落帽故事，題意已完。後結二句，是預想到明年之重九。"翠微高處"應前"醉踏南屏"句。

憶舊游·別黄澹翁

送人猶未苦，苦送春、隨人去天涯。片紅都飛盡，正陰陰潤綠，暗裏啼鴉。賦情頓雪雙鬢，飛夢逐塵沙。嘆病渴淒凉，分香瘦减，兩地看花。　　西湖斷橋路，想繫馬垂楊，依舊欹斜。葵麥迷烟處，問離巢孤燕，飛過誰家。故人爲寫深怨，空壁掃秋蛇。但醉上吳臺，殘陽草色歸思賒。

譚復堂曰：起句如飛鳥側翅，换頭見章法，正面已足。（"葵麥"三句），深湛之思，最是善學清真處。②

海綃翁曰：言是傷春，意是憶别，此恨有觸即發，全不注在澹翁也，故曰"送人猶未苦""片紅""潤綠"，比興之義。跌起賦情，筆力奇重。病渴分香，意乃大明。不爲送人，亦不爲送春矣。"西湖斷橋"，昔之别地。下二句，言風景不殊。"離巢"二句，謂其人已去。"故人"，指澹翁。寫怨正與賦情對看，言我方在此賦情，故人則到彼，爲我寫怨矣。澹翁此行，當是由吳入杭。③

《柯亭詞評》云：此詞寫别情，當另有寓意，特借别澹翁而發耳。起三句，先退一步再進一步説，極得勢。"片紅"三句寫景，是春去。"賦

① 陳匪石《宋詞舉》卷上。
② 譚獻《譚評詞辨》。
③ 陳洵《海綃説詞》。

情"二句抒情，是人去。"嘆病渴"三句，正寫別情。後段"西湖"三句，追憶聚時。"葵麥"三句，仍説到別情。"迷烟處"即"夢逐塵沙"處，亦即人去之天涯也。"故人"二句，總寫別情。寫怨與前"賦情"相應，所謂"深怨"，即指"病渴凄凉，分香瘦減"而言，前後一氣呵成，而脉絡分明可見。後結"殘陽草色"，自屯田"草色烟光殘照裏"句脱化而出。

齊天樂

烟波桃葉西陵路，十年斷魂潮尾。古柳重攀，輕鷗聚別，陳迹危亭獨倚。凉飈乍起。渺烟磧飛帆，暮山橫翠。但有江花，共臨秋鏡照憔悴。　華堂燭暗送客，眼波回盼處，芳艷流水。素骨凝冰，柔葱蘸雪，猶憶分瓜深意。清尊未洗，夢不濕行雲，漫沾殘泪。可惜秋宵，亂蛩疏雨裏。

譚復堂曰：起平而結響頗遒。"凉飈乍起"是領句，亦是提肘書法，但有二句沈著。換頭是追叙。①

海綃翁曰：此與〔鶯啼序〕蓋同一年作。彼云十載，此云十年也。西陵，邂逅之地，提起。"斷魂潮尾"，跌落。中間送客一事，留作換頭點睛三句，相爲起伏，最是局勢精奇處。譚復堂乃謂爲平起，不知此中曲折也。"古柳重攀"，今日。"輕鷗聚別"，當時。平入逆出。"陳迹危亭獨倚"，歇步。"凉飈乍起"，轉身。"渺烟磧飛帆，暮山橫翠"。空際出力。"但有江花，共臨秋鏡照憔悴"，收合倚亭。送客者，送妾也。柳渾侍兒名琴客，故以客稱妾，〔新雁過妝樓〕之宜城當時放客，〔風入松〕之舊曾送客，〔尾犯〕之長亭曾送客，皆此客字。"眼波回盼"，是將去時之客。"素骨凝冰，柔葱蘸雪"，是未去時之客。"猶憶分瓜深意"，別後始覺不祥，極幽抑怨斷之致，豈其人于此時已有去志乎。"清尊未洗"，此愁酒不能消。"凉飈"句是領下，此句是煞上。"行雲"句着一"濕字"，藏行雨在内。言朝來相思，至暮無夢也。夢窗運典隱僻，如詩家之玉谿，"亂蛩

疏雨"，所謂"漫沾殘泪"。①

《柯亭詞評》云："烟波桃葉"至"危亭獨倚"，均過去陳迹。"凉飈"三句，景中有情，是目前景況。"江花"二句，情景夾寫，是目前感慨。"華堂"句至"分瓜深意"，均回憶已往情事。"清尊"二句，自寬自解。後結"可惜"二句，仍有不勝惆悵之意。

高陽臺·落梅

官粉雕痕，仙雲墮影，無人野水荒灣。古石埋香，金沙鎖骨連環。南樓不恨吹橫笛，恨曉風、千里關山。半飄零，庭上黃昏，月冷闌干。　　壽陽空理愁鸞。問誰調玉髓，暗補香瘢。細雨歸鴻，孤山無限春寒。離魂難倩招清些，夢縞衣、解佩溪邊。最愁人，啼鳥晴明，葉底清圓。

陳亦峰曰：夢窗〔高陽臺〕《落梅》一篇，既幽怨，又清虛，幾欲突過中仙咏物諸篇，是集中最高之作，《詞選》何以不錄？又曰：夢窗精于造句，超逸處則仙骨珊珊，洗脫凡艷。幽索處則孤懷耿耿，別締古歡。如〔高陽臺〕《落梅》云云俱能超妙入神。②

《柯亭詞評》云：起三句"雕痕""墮影"，均切落梅。"野水荒灣"，是落梅地。起句便見所咏之意，此宋人詞法也。"埋香""鎖骨"，是落後語，故"古石"二句云云。笛中有《落梅曲》，"關山"係懷人之地，故"南樓"二句已神注。後段"離魂"二句、"半飄零"三句，言落梅之時與地，就景頓住。後段乃入人事。"壽陽"三句，言梅既落盡，無以點額，無需對鏡，故曰"空理愁鸞"。"細雨""孤山"，又說落梅之時與地。鴻歸言離魂難招，喚起下句，"縞衣、解佩"，不辨是梅是人，貼落梅有神無迹。"最愁人"三句收，到落後結子，而以爲最可愁，疑有寓意。

三姝媚·咏春情

吹笙池上道。爲王孫重來，旋生芳草。水石清寒，過半春猶自，燕沈鶯悄。樺柳闌干，晴蕩漾、禁烟殘照。往事依然，爭忍重聽，怨紅凄

---

① 陳洵《海綃説詞》。

② 陳廷焯《白雨齋詞話》卷二。

調。　　曲榭方亭初掃。印蘚迹雙鴛，記穿林窈。頓隔年華，似夢回花上，露晞平曉。恨逐孤鴻，客又去、清明還到。便輭墻頭歸騎，青梅已老。

海綃翁曰："池上道"，湖上故居。吹笙仙侶，"王孫重來"，客游初歸，則別非一日矣。"旋生芳草"，倒鈎。"燕沈鶯悄"，杳無消息。"禁烟殘照"，時節關心，兩層聯下，爲"往事"二字追逼。"怨紅凄調"，再跌進一步作歇。態濃意遠，顧望懷愁。"方亭"即西園之林亭，"雙鴛"即惆悵不到之雙鴛。彼猶有望，此但記憶，"記"字倒鈎。"頓隔年華"，起步，"似夢回花上，露晞平曉"，復留步，真有回眸一笑之態。客即"孤鴻"，可與"放客""送客"之"客"字參看，言在此而意在彼也。"又"字、"還"字最幻，蓋其人之去，已兩清明矣。所謂"頓隔年華"，"青梅已老"，比怨紅更悲，却是眼前景物。"往事""年華"，是一篇之眼。①

《柯亭詞評》云：此詞宜與後〔風入松〕一詞參看，皆爲清明思去姬作。而此詞之作在後，故詞情之凄艷大同小异。特彼詞之清明爲風雨之清明，此詞之清明爲"禁烟殘照"之清明耳。彼詞寫柳曰"門前綠暗"，此詞寫柳曰"榪柳闌干"。彼詞寫鶯曰"交加曉夢啼鶯"，此詞寫鶯曰"過半春猶自，燕沈鶯悄"，是景物不同處。然此詞之"曲榭方亭"，即彼詞西園日掃之"林亭"，此詞之"印蘚迹雙鴛"，即彼詞惆悵不到之"雙鴛"。蓋彼時姬去未久，猶望其去而復還，故但云惆悵不到。此時則已成絕望，故云但有印迹可記而已。曰"客又去、清明還到"，可見去後不止歷過一清明，幾于每逢此節必思，故曰"頓隔年華""青梅已老"也。

賀新郎·陪履齋先生滄浪看梅

喬木生雲氣。訪中興、英雄陳迹，暗追前事。戰艦東風慳借便，夢斷神州故里。旋小築、吳宮閑地。華表月明歸夜鶴，嘆當時、花竹今如此。枝上露，濺清泪。　　遨頭小簇行春隊。步蒼苔、尋幽別塢，問梅開未。重唱梅邊吸度曲，催發寒梢凍蕊。此心與、東君同意。後不如今非昔，兩無言、相對滄浪水。懷此恨，寄殘醉。

---

① 陳洵《海綃説詞》。

陳亦峰曰：夢窗〔金縷曲〕（《陪履齋先生滄浪看梅》）云"華表月明歸夜鶴，問當時、花竹今如此。枝上露，濺清淚"，後疊云"此心與、東君同意。後不如今非昔，兩無言、相對滄浪水。懷此恨，寄殘醉"，感慨身世，激烈語，偏説得温婉，境地最高。①

海綃翁曰："此心與、東君同意"，能將履齋忠款道出。是時邊事日亟，將無韓岳，國脉微弱，又非昔時。履齋意主和守，而屢疏不省，卒致敗亡。則所謂"後不如今非昔，兩無言、相對滄浪水。懷此恨，寄殘醉"也。言外寄慨，學者須理會此旨。前闋滄浪起，看梅結。後闋看梅起，滄浪結。章法一絲不走。②

《柯亭詞評》云：滄浪亭舊址本吳越錢元璙池館，廢爲僧寺，寺又廢。蘇子美得之，建滄浪亭于丘上，後爲韓蘄王別墅，故詞中云云。此詞爲傷時之作，故激昂慷慨，與他作之纏綿悱惻者不同，在吳詞中爲別格。首段自"喬木"句，至"花竹今如此"，全是弔古，落到滄浪亭。"如此"二字，無限感慨。"枝上"二句，承"如此"來，恰作歇拍。後段"遨頭"句，寫履齋游步。"蒼苔"二句，寫看梅。"重唱"二句，夢窗自叙陪游。"此心"句，東君指履齋，其時夢窗與履齋同爲吳客也。"後不如今"二句中，藏多少感慨。其時國事日非，英雄無用武之地，惟有付之一醉，故後結二句云云。蓋游必有宴，宴必有酒，正好借醉作收場。

水龍吟·東山泉

艷陽不到青山，古陰冷翠成秋苑。吳娃點黛，江妃擁髻，空濛遮斷。樹密藏溪，草深迷市，峭雲一片。二十年舊夢，輕鷗素約，霜絲亂、朱顔變。　龍吻春霏玉濺。煮銀瓶、羊腸車轉。臨泉照影，清寒沁骨，客塵都浣。鴻漸重來，夜深華表，露零鶴怨。把閑愁换與，樓前晚色，棹滄波遠。

許蒿廬曰：一起便如畫。（"樹密"三句），從山説到泉。（"二十年"

---

① 陳廷焯《白雨齋詞話》卷二。原文爲〔金縷曲〕，應爲〔賀新郎〕。
② 陳洵《海綃説詞》。

三句）自慨。（"夜深"二句），懷古。（"把閑愁"三句），去路。①

《柯亭詞評》云：惠山有唐陸羽品茶古跡，夢窗游惠山時，天必重陰，故全詞都寫陰景。起句高唱而入，上句因，下句果，已籠罩全闋。"吳娃"六排句，上三句寫外山之陰，下三句寫本山之陰。"二十年"四句，從昔游上寄慨。後段"龍吻"二句，言挹泉煮茶。"臨泉"三句，言茶座近池，故可"照影"。"鴻漸"三句，切酌泉。"重來"二字，應上"二十年"數句。後結"閑愁""滄波"等字，有低徊不盡之致。用"換與"意便深，與尋常紀游有別。

鶯啼序·春晚感懷

殘寒正欺病酒，掩沈香繡户。燕來晚、飛入西城，似説春事遲暮。畫船載、清明過却，晴烟冉冉吳宮樹。念羈情、游蕩隨風，化爲輕絮。　　十載西湖，傍柳繫馬，趁嬌塵軟霧。溯紅漸招入仙溪，錦兒偷寄幽素。倚銀屏、春寬夢窄，斷紅濕、歌紈金縷。暝堤空，輕把斜陽，總還鷗鷺。　　幽蘭旋老，杜若還生，水鄉尚寄旅。別後訪六橋無信，事往花委，瘞玉埋香，幾番風雨。長波妒盼，遥山羞黛，漁燈分影春江宿。記當時、短楫桃根渡，青樓仿佛，臨分敗壁題詩，泪墨慘澹塵土。　　危亭望極，草色天涯，嘆鬢侵半苧。暗點檢、離痕歡唾，尚染鮫綃，嚲鳳迷歸，破鸞慵舞。殷勤待寫，書中長恨，藍霞遼海沈過雁，漫相思、彈入哀箏柱。傷心千里江南，怨曲重招，斷魂在否。

海綃翁曰：第一段傷春起，却藏過傷別，留作第三段點睛。燕子畫船，含無限情事，清明吳宮，是其最難忘處。第二段"十載西湖"，提起。而以第三段"水鄉尚寄旅"作鈎勒。"記當時、短楫桃根渡"，"記"字逆出，將第二段情事，盡銷納此一句中。"臨分""泪墨"，"十載西湖"，乃如此了矣。臨分于別後爲倒應，別後于臨分爲逆提。"漁燈分影"，于水鄉爲復筆，作兩番鈎勒，筆力最渾厚。"危亭望極，草色天涯"遥接"長波妒盼，遥山羞黛"，"望"字遠情，"嘆"字近況，全篇神理，祇消此二字。"歡唾"是第二段之歡會，"離痕"是第三段之"臨分"。"傷心千里

---

① 許昂霄《詞綜偶評》。

江南，怨曲重招，斷魂在否"，應起段"游蕩隨風，化爲輕絮"作結。通體離合變幻，一片淒迷，細繹之，正字字有脉絡，然得其門者寡矣。[1]

陳倦鶴曰：二段以後，融情入景，"游蕩隨風，化爲輕絮"之意致發揮靡遺，則由展開局面，以大開大闔之筆，淋漓盡致以寫之，意無餘剩，詞無不達，在此種最長之調，爲惟一法門。句多韵少如三四兩段，尤非如此不可。特意須極多，否則非竭即復，氣須極盛，否則非斷即率耳。[2]

《柯亭詞評》云：此調多至四遍，長至二百四十字，不講結構，必病散漫。夢窗此作以"離痕歡唾，尚染鮫綃"二句，爲一篇關鍵，而以"西湖"爲一篇綫索。"畫船載酒，清明過却"，是目前之西湖，祇有羈情可念。"傍柳繫馬，趁嬌塵軟霧"，是昔游之西湖，此段全寫歡聚。"訪六橋無信，事往花委"，是重來之西湖，此段全寫慘離，而于最後段以"離痕歡唾，尚染鮫綃"八字作一總束。後段"傷心千里江南"，回顧首段"晴烟冉冉吳宫樹"句，章法謹嚴之至。又此調第三遍、第四遍，于數聯四字排句後，接以七字、八字句，作者若以死句填實，縱令如何典麗，非板重即拖遝。夢窗此作獨靈氣往來，運以大開大闔之筆，音節態度，絕類柳詞〔夜半樂〕，人但知清真詞多自屯田脫化而出，不知夢窗此闋，其用筆亦出自屯田也。

風入松

聽風聽雨過清明。愁草瘞花銘。樓前綠暗分携路，一絲柳、一寸柔情。料峭春寒中酒，交加曉夢啼鶯。　　西園日日掃林亭。依舊賞新晴。黃蜂頻撲鞦韆索，有當時、纖手香凝。惆悵雙駕不到，幽階一夜苔生。

許蒿廬曰：（"愁草瘞花銘"），琢句險麗。（末二句）則漸近自然矣。結句亦從古詩"全由履迹少，并欲上階生"化出。古詩又有"春苔封履迹"之句。[3]

譚復堂曰：此是夢窗極經意詞，有五季遺響。（"黃蜂"二句），是痴

---

[1]　陳洵《海綃説詞》。

[2]　陳匪石《宋詞舉》卷下。

[3]　許昂霄《詞綜偶評》。

語、是深語，結處見溫厚。①

海綃翁曰：思去妾也。此意集中屢見。〔渡江雲〕題曰西湖清明，是邂逅之始，此則別後第一個清明也。"樓前綠暗分攜路"，此時覺翁當仍寓西湖。風雨新晴，非一日間事，除了風雨，即是新晴。蓋云，我祇如此度日。"掃林亭"，猶望其還，賞則無聊消遣。見鞦韆而思纖手，因蜂撲而念香凝，純是痴望神理。"雙鴛不到"，猶望其到，"一夜苔生"，縱迹全無，則惟日日惆悵而已。當味其詞意醞釀處，不徒聲容之美。②

陳倦鶴曰：情景交融之作，為詞中上乘。至其命意所在，則為賦？為比？為興？不能執一以求之。③

踏莎行

潤玉籠綃，檀櫻倚扇。繡圈猶帶脂香淺。榴心空疊舞裙紅，艾枝應壓愁鬟亂。　　午夢千山，窗陰一箭。香瘢新褪紅絲腕。隔江人在雨聲中，晚風菰葉生秋怨。

王觀堂曰：周介存謂夢窗詞之佳者，如"水光雲彩，搖蕩綠波，極玩無極，追已遠"，余覺《夢窗甲乙丙丁稿》中實無足當此者。有之，其"隔江人在雨聲中，晚風菰葉生秋怨"二語乎？④

海綃翁曰：讀上闋，幾疑真見其人矣。換頭點睛，却祇一夢。惟有雨聲菰葉，伴人淒涼耳。生秋怨，則時節風物，一切皆空。⑤

浣溪紗

門隔花深夢舊游。夕陽無語燕歸愁。玉纖香動小簾鈎。　　落絮無聲春墮淚，行雲有影月含羞。東風臨夜冷于秋。

海綃翁曰："夢"字點出所見，惟夕陽歸燕。"玉纖香動"，則可聞而

---

①　譚獻《譚評詞辨》。
②　陳洵《海綃説詞》。
③　陳匪石《宋詞舉》卷上。
④　王國維《人間詞話》。
⑤　陳洵《海綃説詞》。

不可見矣。是真是幻，傳神阿堵，門隔花深故也。"春墮泪"爲懷人，"月含羞"因隔面，義兼比興。東風臨夜，回睇夕陽，俯仰之間，已爲陳迹，即一夢亦有變遷矣。"秋"字不是虛擬，有事實在，即起句之舊游也。秋去春來，又換一番世界，一"冷"字可思。此篇全從張子澄"別夢依依到謝家"一詩化出，須看其游思縹緲，纏綿往復處。①

浣溪沙

波面銅花冷不收。玉人垂釣理纖鈎。月明池閣夜來秋。　　江燕話歸成曉別，水花紅減似春休。西風梧井葉先愁。

海綃翁曰："玉人垂釣理纖鈎"，是下句倒影，非謂真有一玉人垂釣也。"纖鈎"是月，"玉人"言風景之佳耳。"月明池閣"，下句醒出。甲稿〔解蹀躞〕"可憐殘照西風，半妝樓上"，半妝亦謂殘照西風。西子西湖，比興常例，淺人不察，則謂覺翁晦耳。②

《柯亭詞評》云：〔浣溪沙〕結句，貴情餘言外、含蓄不盡。兩詞後結如"東風臨夜冷于秋""西風梧井葉先愁"，韵味悠然，耐人尋玩。張玉田謂："令曲末句最當留意，有有餘不盡之意始佳。"吳夢窗亦有妙處，殆此類歟？

二七　蔣捷

蔣捷，字勝欲，陽羨人。德祐進士，自號竹山，遁迹不仕。有《竹山詞》。

賀新郎

夢冷黄金屋。嘆秦筝、斜鴻陣裏，素弦塵撲。化作嬌鶯飛歸去，猶認紗窗舊綠。正過雨、荆桃如菽。此恨難平君知否，似瓊臺、涌起彈棋局。消瘦影，嫌明燭。　　鴛樓碎瀉東西玉。問芳踪、何時再展，翠釵難卜。

---

① 陳洵《海綃說詞》。
② 陳洵《海綃說詞》。

待把宮眉橫雲樣，描上生綃畫幅。怕不是、新來妝束。彩扇紅牙今都在，恨無人、解聽開元曲。空掩袖，倚寒竹。

譚復堂曰：瑰麗處鮮妍自在。詞藻太密。①
陳亦峰曰：似此亦磊落可喜。竹山集中，便算最高之作。乃秀水必謂其效法白石，何異痴人説夢耶？②

虞美人

絲絲楊柳絲絲雨。春在溟濛處。樓兒忒小不藏愁。幾度和雲飛去、覓歸舟。天憐客子鄉關遠。借與花消遣。海棠紅近綠闌干。纔捲朱簾却又、晚風寒。

許蒿廬曰："幾度"句較"天際識歸舟"更進一層。③

二八　陳允平

陳允平，字君衡，一字衡仲，四明人。著有《西麓詩稿》一卷，《繼周集》一卷，《日湖漁唱》二卷。

八寶裝

即新雁過南樓。

望遠秋平。初過雨、微茫水滿烟汀。亂蒹疏柳，猶帶數點殘螢。待月重簾誰共倚，信鴻斷續兩三聲。夜如何，頓凉驟覺，紈扇無情。　　還思驏鶯素約，念鳳簫雁瑟，取次塵生。舊日潘郎，雙鬢半已星星。琴心錦意暗懶，又爭奈、西風吹恨醒。屏山冷，怕夢魂、飛度藍橋不成。

周介存曰：西麓和平婉麗，最合世好，但無健舉之筆，沈摯之思，學

---

① 譚獻《譚評詞辨》。
② 陳廷焯《白雨齋詞話》卷十。
③ 許昂霄《詞綜偶評》。

之必使生氣沮喪，故爲後人拈出。①

陳亦峰曰："望遠秋平。"起四字便耐人思，却似《日湖漁唱》詞境，用作西麓全集贊語，亦無不可。又曰："琴心錦意暗懶，又爭奈、西風吹恨醒。"其有感于爲制置司參議官時乎？然不肯仕元之意，已決于此矣，正不必作激烈語。②

綺羅香·秋雨

雁宇蒼寒，蛩疏翠冷，又是凄涼時候。小揭珠簾，夜潤唾花羅皺。饒曉鷺、獨立衰荷，溯歸燕、尚棲殘柳。想黃花，羞澀東籬，斷無新句到重九。　　孤檠清夢易覺，腸斷唐宮舊曲，聲迷宮漏。滴入愁心，秋似玉樓人瘦。烟檻外、催落梧桐，帶西風、亂捎鴛甃。記畫檐，燈影沈沈，共裁春夜韭。

許蒿廬曰：以此接武梅溪，亦如驂之在靳。③
陳亦峰曰："滴入愁心，秋似玉樓人瘦。烟檻外、催落梧桐，帶西風、亂捎鴛甃。"字字錘煉，却極和雅。④

二九　周密

周密，字公瑾，號草窗，濟南人。流寓吳興，居舟山，自號弁陽嘯翁，又號蕭齋，又號四水潛夫。淳祐中爲義烏令。有《蠟屐集·草窗詞》二卷，一名《蘋洲漁笛譜》。

玉京秋

烟水闊。高林弄殘照，晚蜩凄切。碧砧度韵，銀床飄葉。衣濕桐陰露冷，采涼花、時賦秋雪。嘆輕別。一襟幽事，砌蛩能説。　　客思吟商還怯。怨歌長、瓊壺暗缺。翠扇恩疏，紅衣香褪，翻成消歇。玉骨西風，恨

---

① 周濟《宋四家詞選》。
② 陳廷焯《白雨齋詞話》卷二。
③ 許昂霄《詞綜偶評》。
④ 陳廷焯《白雨齋詞話》卷二。

最恨、閑却新凉時節。楚簫咽。誰倚西樓淡月。

譚復堂曰：南渡詞境高處，往往出于清真。（"玉骨"二句），何必非髀肉之嘆。①

《柯亭詞評》云："碧砧度韵，銀床飄葉"以上，純寫新凉時候景物。"衣濕桐陰露冷"句，始融景入情。"嘆輕別"句，點題。"吟商"句，承上。"翠扇恩疏，紅衣香褪"，正寫別怨，亦即"砌蛩能説"之幽事也。"玉骨西風"，應上"衣濕桐陰露冷"句。清詞麗藻，竟體生妍。後結二句，更有悠然不盡之致。

一萼紅·登蓬萊閣有感

步深幽。正雲黄天淡，雪意未全休。鑒曲寒沙，茂林烟草，俯仰千古悠悠。歲華晚、漂零漸遠，誰念我、同載五湖舟。磴古松斜，崖陰苔老，一片清愁。　　回首天涯歸夢，幾魂飛西浦，泪灑東州。故國山川，故園心眼，還似王粲登樓。最憐他、秦鬟妝鏡，好江山、何事此時游。爲唤狂吟老監，共賦銷憂。閣在紹興，西浦、東州皆其地。

陳亦峰曰：蒼茫感慨，情見乎詞，當爲草窗集中壓卷。雖使美成、白石爲之，亦無以過。惜不多覯耳。②

《柯亭詞評》云："步深幽"下二句，點出時令。"鑒曲寒沙，茂林烟草"，是遠矚。"磴古松斜，崖陰苔老"，是近瞰。蓋因登樓縱目，乃起蒼茫之慨也。後段"回首天涯歸夢"句，從"飄零漸遠"句生出。"魂飛西浦，泪灑東州"，是羈旅閑愁。"故國山川，故園心眼"，是家國隱恨。"王粲登樓"，陪襯登閣。"最憐他、秦鬟妝鏡"，應"魂飛"二句。"好江山、何事此時游"，應"故國"二句。盛慨深矣。

獻仙音·吊雪香亭梅

松雪飄寒，嶺雲吹凍，紅破數椒春淺。襯舞臺荒，浣妝池冷，淒凉市

---

① 譚獻《譚評詞辨》。

② 陳廷焯《白雨齋詞話》卷二。

朝輕換。嘆花與人凋謝，依依歲華晚。共淒黯。　　問東風、幾番吹夢，應慣識當年，翠屏金輦。一片古今愁，但廢綠、平烟空遠。無語消魂，對斜陽、衰草淚滿。又西泠殘笛，低送數聲春怨。

陳亦峰曰："一片古今愁，但廢綠、平烟空遠。無語消魂，對斜陽、衰草淚滿。"又"西泠殘笛，低送數聲春怨"即杜詩"回首可憐歌舞地"之意。以詞發之，更覺淒惋。①

《柯亭詞評》云：題爲《吊雪香亭梅》，非吊梅花，傷故國耳。起二句點時令。"紅破數椒春淺"，指花。"襯舞臺荒，浣妝池冷"，指人。"淒涼市朝輕換"，亡國之恨，已明明點出矣。"問東風""應慣識"二句中，有許多人在。"廢綠、平烟空遠""斜陽、衰草淚滿"、殘笛數聲春怨，目之所接，耳之所觸，無一而非悲慘。亡國之音哀以思，身歷其境，殆有發于不自覺者。

少年游·宫詞

簾銷寶篆捲宫羅。蜂蝶撲飛梭。一樣東風，燕梁鶯户，那處得春多。　　曉妝日日隨春輦，多在牡丹坡。花深深處，柳陰陰處，一片笙歌。

況夔笙曰："一樣"（三句）即"梨花雪，桃花雨，畢竟春誰主"之意。俱從義山"鶯啼花又笑，畢竟是誰春"脱出。②

《柯亭詞評》云：前半就物寫，後半就人寫，均係盛時光景，而以反振之筆出之，言外意自見。

三〇　王沂孫

王沂孫，字聖與，號碧山，又號中仙，會稽人。有《碧山樂府》一卷，又名《花外集》。延祐《四明志》："至元中，王沂孫慶元路學正。"

---

① 陳廷焯《白雨齋詞話》卷二。
② 況周頤《蕙風詞話》卷二。

眉嫵·新月

漸新痕懸柳，淡彩穿花，依約破初暝。便有團圓意，深深拜，相逢誰在香徑。畫眉未穩，料素娥、猶帶離恨。最堪愛、一曲銀鈎小，寶簾挂秋冷。　　千古盈虧休問。嘆謾磨玉斧，難補金鏡。太液池猶在，凄凉處、何人重賦清景。故山夜永。試待他、窺戶端正。看雲外山河，還老盡、桂花舊影。

　　張皋文曰：碧山咏物諸篇，并有君國之憂。此喜君有恢復之志，而惜無賢臣也。①

　　譚復堂曰：聖與精能，以婉約出之。以詩派律之，大歷諸家，去開寶未遠。玉田正是勁敵，但士氣則碧山勝矣。（"便有"三句），寫意自深，音辭高亮，歐、晏如《蘭亭》真本，此僅一翻。②

　　《柯亭詞評》云：借新月寫已缺之山河，有十分悼惜之意。"便有團圓意"，希望其缺而復圓也。"嘆謾磨玉斧，難補金鏡"，嘆其既缺已無復圓之望也。"試待他、窺戶端正"，仍作萬有一然之想，望其由缺而圓。"看雲外山河，還老盡、桂花舊影"，意謂雲外之山河難重圓，而人間之山河則永缺矣。"太液"二句，用太祖宴宰執賞新月，盧多遜詩有"太液池邊看月時"故事，今與昔比，不堪回首。"新痕""淡彩"，均寫新月依約未穩。"難補""試待"，均在"新"字上盤旋，與朱希真賦早梅手法同，須看他字法，而此更有意義。

齊天樂·蟬

　　一襟餘恨宮魂斷，年年翠陰庭樹。乍咽凉柯，還移暗葉，重把離愁深訴。西窗過雨。怪瑶珮流空，玉箏調柱。鏡暗妝殘，爲誰嬌鬢尚如許。　　銅仙鉛泪似洗，嘆携盤去遠，難貯零露。病翼驚秋，枯形閱世，消得斜陽幾度。餘音更苦。甚獨抱清高，頓成凄楚。謾想薰風，柳絲千萬縷。

---

① 張惠言《詞選》。
② 譚獻《譚評詞辨》。

周介存曰：此家國之恨。①

譚復堂曰：此是學唐人句法章法，"庾郎先自吟愁賦"，遯其蔚跂。（"西窗"句），亦排宕法。（"銅仙"句），極力排蕩。（"病翼"三句），玩其弦指收裹處，有變徵之音。（"謾想"二句），棹尾，不肯直瀉，然未自在。②

陳亦峰曰：起句云"一襟餘恨宮魂斷"。下云"鏡暗妝殘，爲誰嬌鬢尚如許？"合上章觀之，此當指王昭儀改裝女冠。後疊云"銅仙鉛淚似洗，嘆攜盤去遠，難貯零露。病翼驚秋，枯形閱世，消得斜陽幾度。餘音更苦。甚獨抱清商，頓成凄楚。"字字凄斷，却渾雅不激烈。"餘音"數語，或有感于"太液芙蓉"一闋乎？③

端木埰曰：詳味詞意，殆亦碧山黍離之悲也。首句"宮魂"字點清命意。"乍咽""還移"，慨播遷也。"西窗"三句，傷敵騎暫退，宴安如故也。"鏡暗"（二句），殘破滿眼。……修容飾貌，側媚依然。衰世臣主，全無心肝，真千古一轍也。"銅仙"三句，傷宗器重寶均被遷奪北去也。"病翼"三句，更是痛哭流涕，大聲疾呼，言海徼栖流，斷不能久也。"餘音"三句，（遺臣孤憤）哀怨難論也。"謾想"（二句），責諸人當此尚安危利灾，視若全盛也。④

齊天樂·贈秋崖道人西歸

冷烟殘水山陰道，家家擁門黃葉。故里魚肥，初寒雁落，孤艇將歸時節。江南恨切。問還與何人，共歌新闋。換盡秋芳，想渠西子更愁絕。　　當時無限舊事，嘆繁華似夢，如今休說戈選作今向誰說。短褐臨流，幽懷倚石，山色重逢都別。江雲凍結。算祇有梅花，尚堪攀折。寄取相思，一枝和夜雪。

陳亦峰曰："冷烟殘水山陰道，家家擁門黃葉。"一起令人魂銷。又云"換盡秋芳，想渠西子更愁絕"。亦不堪多誦。後疊云"短褐臨流，

① 周濟《宋四家詞選》。
② 譚獻《譚評詞辨》。
③ 陳廷焯《白雨齋詞話》卷二。
④ 端木埰《詞選》批注。

幽懷倚石，山色重逢都別"。黍離麥秀之悲。"山色"六字，淒絕警絕。覺"國破山河在"，猶淺語也。下云"江雲凍結。算祇有梅花，尚堪攀折"。此亦必有所指，骨韻高絕。玉田感傷處，亦自雅正，總不及碧山之厚。①

《柯亭詞評》云：此詞疑宋亡以後作。"冷烟殘水山陰道""想渠西子更愁絕""山色重逢都別"，似均指宋亡後殘破之臨安。言已無家可歸，歸亦非復舊時景象也。"江南恨切"，已無人共歌。"江雲凍結"，雖有梅堪折，而繁華似夢，無限舊事，祇有付之一嘆而已。淒咽那忍卒讀。

高陽臺

　　殘雪庭陰，輕寒簾影，霏霏玉管春葭。小帖金泥，不知春在誰家。相思一夜窗前夢，奈個人、水隔天遮。但淒然，滿樹幽香，滿地橫斜。　　江南自是離愁苦，況游驄古道，歸雁平沙。怎得銀箋，殷勤與説年華。如今處處生芳草，縱憑高、不見天涯。更消他，幾度東風，幾度飛花。

　　譚復堂曰：（"相思"句），點逗清醒，換頭又是一層鈎勒。《詩品》云"返虛入渾"，"如今"二句是也。②

　　王湘綺曰：此等傷心語，詞家各自出新，實則一意，比較自知文法。③

　　《柯亭詞評》云：此詞疑亦宋亡以後作。起三句點時令。"小帖"二句，言金泥依然小帖，而春已不知是誰家之春矣。"相思"二句，所夢"個人"疑非尋常之個人。"但淒然"三句，言梅花雖依舊，自我觀之，但覺淒惻動人。換頭"江南自是離愁苦，況游驄古道，歸雁平沙"，更進一層説。疑前段所謂"水隔天遮"之個人，是指宋亡後爲元人俘虜北去之君后，若是尋常離愁苦，言之不至如此沈痛。"怎得"以下數句，言年華老大，去日苦多。"芳草""天涯""憑高""不見"，與前"水隔天遮"

① 陳廷焯《白雨齋詞話》卷二。
② 譚獻《譚評詞辨》。
③ 王闓運《湘綺樓詞選》。

句相應。"更消他"三句，見得春來固淒然，春去益惆悵。總之，亡國之恨，無窮而已。

瑣窗寒·春思

趁酒梨花，催詩柳絮，一窗春怨。疏疏過雨，洗盡滿階芳片。數東風、二十四番，幾番誤了西園宴。認小簾朱戶，不如飛去，舊窠雙燕。　　曾見。雙蛾淺。自別後，多應黛痕不展。撲蝶花陰，怕看題詩團扇。試憑他、流水寄情，潮紅不到春更遠。但無聊、病酒厭厭，夜月荼蘼院。

譚復堂曰：（"數東風"二句），幽咽如訴。換頭見章法。（"試憑他"二句），宕逸得未曾有，碧山勝處獨擅。①

三一　張炎

張炎，字叔夏，號玉田，又號樂笑翁，循王六世孫，本西秦人，家臨安，生于淳祐間，宋亡落魄縱游。有《山中白雲詞》

高陽臺·西湖春感

接葉巢鶯，平波捲絮，斷橋斜日歸船。能幾番游，看花又是明年。東風且伴薔薇住，到薔薇、春已堪憐。更淒然，萬綠西泠，一抹荒烟。　　當年燕子知何處，但苔深韋曲，草暗斜川。見說新愁，如今也到鷗邊。無心再續笙歌夢，掩重門、淺醉閑眠。莫開簾。怕見飛花，怕聽啼鵑。

譚復堂曰：（"能幾番"二句），運棹虛渾。（"東風"二句），是措注，惟玉田能之，他家所無。換頭見章法，玉田云"最是過變，不可斷了曲意"，是也。②

---

① 譚獻《譚評詞辨》。
② 譚獻《譚評詞辨》。

劉融齋曰：評玉田詞者，謂"當與白石老仙相鼓吹"。玉田作〔瑣窗寒〕悼王碧山，序謂，碧山，其詞閑雅，有姜白石意。今觀張、王兩家情韻極爲相近，如玉田〔高陽臺〕之"接葉巢鶯"，與碧山〔高陽臺〕之"淺尊梅酸"，尤同鼻息。①

陳亦峰曰：《西湖春感》一章，凄凉幽怨，鬱之至，厚之至，與碧山如出一手，樂笑翁集中，亦不多觀。②

麥孺博曰：亡國之音哀以思。③

《柯亭詞評》云：題爲《西湖春感》，實寫宋亡後之臨安。曰"萬綠西泠，一抹荒烟"，曰"苔深韋曲，草暗斜川"，無一而非黍離麥秀之感。"能幾番游，看花又是明年"，是寫春光之易去。"無心再續笙歌夢，掩重門、淺醉閑眠"，是寫春游之索然興盡。故薔薇、燕子、閑鷗、飛花、啼鵑，在在皆足以引起哀思，以玉田之家世，故寫來十分沈痛，而行文却極流暢之能事，此是玉田家法。

甘州

辛卯歲，沈堯道同余北歸，各處杭、越。逾歲，堯道來問寂寞，語笑數日。又復別去。賦此曲，并寄趙學舟。

記玉關、踏雪事清游。寒氣�貂裘。傍枯林古道，長河飲馬，此意悠悠。短夢依然江表，老淚灑西州。一字無題處，落葉都愁。　　載取白雲歸去，問誰留楚佩，弄影中洲。折蘆花贈遠，零落一身秋。向尋常、野橋流水，待招來、不是舊沙鷗。空懷感，有斜陽處，却怕登樓。

譚復堂曰：一氣旋折。作壯詞，須識此法。白石嚶求稼軒，脱胎耆卿，此中消息，願與知音人參之。（"一字無題處"二句）恢詭，結有不着屠沽之妙。④

陳倦鶴曰：通篇一氣直下，不使一提筆，轉筆，視筆，尤見力量。清

① 劉熙載《藝概·詞曲概》。
② 陳廷焯《白雨齋詞話》卷二。
③ 梁啓超《飲冰室詞評》引。
④ 譚獻《譚評詞辨》。

真之〔夜飛鵲〕，亦所自出。①

《柯亭詞評》云：此詞亦宋亡以後作。"記玉關"五句，自敘過去與堯道同時北游，以寫經入上都舊事。"此意悠悠"者，言亡國之人，雖多感觸，有口不能言之痛苦也。"短夢"四句，言回南後，仍對剩水殘山，惟有一灑老淚。雖有題葉之詩思，安能形諸吟咏？仍抱此悠悠之意而已。換頭三句，寫堯道來聚，復又別去。"誰留""弄影"，言其無所成就，空載取山中白雲歸去而已。"折蘆花"二句，言人與蘆同此飄零。贈遠不折柳而折蘆，何等蕭瑟！"向尋常"二句，言野橋流水依舊，而無舊侶之沙鷗可招，見得河山變易，友朋寥落處，此畸零身世，徒有感喟耳！後結三句，言對斜陽，最怕憑高，悠悠此恨，竟成終古。

木蘭花慢

舟中有懷澄江陸起潛皆山樓昔游。

水痕吹杏雨，正人在、隔江船。看燕集春蕪，漁栖暗竹，濕影浮烟。餘寒尚猶戀柳，怕東風、未肯擘晴綿。愁重遲教醉醒，夢長催得詩圓。　　　樓前。笑語當年。情款密、思留連。記白月依弦，青天墮酒，袞袞山川。垂髫至今在否，倚飛臺、誰擲買花錢。不是尋春較晚，都緣聽得啼鵑。

許蒿廬曰：前段，祇寫舟中情景，換頭以下，方說昔游。②

《柯亭詞評》云：前半寫深春舟中愁夢，後半寫昔游種種歡樂，結收到"尋春較晚"。章法簡净，極便初學。

疏影·梅影

黃昏片月。似碎陰滿地，還更清絕。枝北枝南，疑有疑無，幾度背燈難折。依稀倩女離魂處，緩步出、前村時節。看夜深、竹外橫斜，應妒過雲明滅。　　　窺鏡蛾眉淡掃。爲容不在貌，獨抱孤潔。莫是花光，描取春痕，不怕羌譙吹徹。還驚海上然犀去，照水底、珊瑚如活。做弄得、酒醒

---

① 陳匪石《宋詞舉》卷上。
② 許昂霄《詞綜偶評》。

天寒，空對一庭香雪。

許蒿廬曰：人巧極而天工錯，草窗亦應退三舍避之。又曰，（"黃昏片月"四字），標出眼目。（"窺鏡"八句），三層模寫，賦而比也。①

《柯亭詞評》云：竟體均在"影"字上盤旋，處處扣定"梅"字，此咏物題作法。一起"黃昏片月"四字，已控制題要，蓋"影"之所由來也。前半平鋪直敘。後半"莫是""還驚"，換作推敲語。觀此可悟用筆之法。

瑣窗寒·悼王碧山

斷碧分山，空簾剩月，故人天外。香留酒殢。蝴蝶一生花裏。想如今、醉魂未醒，夜臺夢語秋聲碎。自中仙去後，詞箋賦筆，便無清致。　　都是。淒涼意。悵玉笥埋雲，錦袍歸水。形容憔悴。料應也、孤吟山鬼。那知人、彈折素弦，黃金鑄出相思淚。但柳枝、門掩枯陰，候蛩愁暗葦。

《宋名家詞評》云：（此詞）推碧山至矣。然如此（等詞，其）清致不更勝碧山耶。②

《柯亭詞評》云：起三句，言碧山之死。"香留"四句，言碧山生死醉中。"自中仙"三句，言碧山詞賦無雙。換頭"都是。淒涼意"，將前段總束一筆。"悵玉笥"以下四句，推想碧山死後。"那知"二句，點出自己追悼本懷。後結二句，就眼前景物，寫不盡之哀思。"候蛩愁暗葦"，與前"秋聲碎"句縮合，前後意相應，此又其一例。

清平樂

候蛩淒斷。人語西風岸。月落沙平江似練。望盡蘆花無雁。　　暗教愁損蘭成，可憐夜夜關情。祇有一枝梧葉，不知多少秋聲。

---

① 許昂霄《詞綜偶評》。
② 《歷代詞話》卷八引《宋名家詞評》。

許蒿廬曰：淡語能腴，常語有致，惟玉田爲然。①

三二　翁孟寅

翁孟寅，字五峰，錢塘人。

燭影搖紅

樓倚春城，鎖窗曾共巢春燕。人生好夢比春風，不似楊花健。舊事如天漸遠。奈情緣、素絲未斷。鏡塵埋恨，帶粉栖香，曲屏寒淺。　　環佩空歸，故園羞見桃花面。輕烟殘照下闌干，獨自疏簾捲。一信狂風又晚。海棠花、隨風滿院。亂鴉歸後，杜宇啼時，一聲聲怨。

王湘綺曰："健"字險妙，無限傷心，却不作態。②

三三　黄孝邁

黄孝邁，字雪舟。

湘春夜月

近清明。翠禽枝上消魂。可惜一片清歌，都付與黄昏。欲共柳花低訴，怕柳花輕薄，不解傷春。念楚鄉旅宿，柔情別緒，誰與温存。　　空尊夜泣，青山不語，殘月當門。翠玉樓前，惟是有、一波湘水，摇蕩湘雲。天長夢短，問甚時、重見桃根。者次第，算人間没個并刀，剪斷心上愁痕。

麥孺博曰：時事日非，無可與語，感喟遥深。③
俞小甫曰：前半空際盤旋，摇曳出之，將"翠禽""柳花"一齊請出

---

①　許昂霄《詞綜偶評》。
②　王闓運《湘綺樓詞選》。
③　梁啓超《飲冰室詞評》引。

作陪，何等旖旎！後半一波三折，惝恍迷離。

三四　唐珏

唐珏，字玉潛，號菊山，越州人。

水龍吟·白蓮

淡妝人更嬋娟，晚奩淨洗鉛華膩。泠泠月色，蕭蕭風度，嬌紅欲避。太液池空，霓裳舞倦，不堪重記。嘆冰魂猶在，翠輿難駐，玉簪爲誰輕墜。　　別有凌空一葉，泛清寒、素波千里。珠房淚濕，明璫恨遠，舊游夢裏。羽扇生秋，瓊樓不夜，尚遺仙意。奈香雲易散，綃衣半脫，露涼如水。

譚復堂曰：汐社諸篇，當以江淹雜詩法讀之。更上則郭璞《游仙》、元亮《讀山海經》，字字詄麗，字字瓏玲，學者取月，于此梯雲。（"太液"三句），是開，（"珠房"三句），是合。換頭推闌之以盡能事，結三句一唱三嘆，有遺音者矣。①

三五　文天祥

文天祥，字宗瑞，一字履善，吉安人。寶祐四年進士，德祐初官至右丞相，兼樞密使，後以都督出江西，兵敗，被元兵執，不屈死。有《指南》《吟嘯》等集。

大江東去·驛中言別友人

水天空闊，恨東風、不惜世間英物。蜀鳥吳花殘照裏，忍見荒城頹壁。銅雀春情，金人秋淚，此恨憑誰雪。堂堂劍氣，斗牛空認奇杰。　　那信江海餘生，南行萬里，屬扁舟齊發。正爲鷗盟留醉眼，細看濤生雲滅。睨柱吞嬴，回旗走懿，千古衝冠髮。伴人無寐，秦淮應是孤月。

---

① 譚獻《譚評詞辨》。

陳臥子曰：氣衝斗牛，無一毫委靡之色。①

劉融齋曰：文文山詞有"風雨如晦、雞鳴不已"之意，不知者以爲變聲，其實乃變之正也。故詞當合其人之境地以觀之。②

三六　鄧剡

鄧剡，字光薦，號中齋，廬陵人。祥興時，歷官禮部侍郎，丞相文信公客也。有《中齋集》。

南樓令

雨過水明霞。潮回岸帶沙。葉聲寒、飛透窗紗。堪恨西風吹世換，更吹我、落天涯。　　寂寞古豪華。烏衣日又斜。說興亡、燕入誰家。惟有南來無數雁，和明月、宿蘆花。

王湘綺曰：亡國不死，仍有羈愁，一語寫盡黃梨洲、王船山一輩人。③

---

① 張宗橚《詞林紀事》卷十四引陳子龍語。
② 劉熙載《藝概·詞曲概》。
③ 王闓運《湘綺樓詞選》。

跋

　　右《唐宋名家詞選》三卷，爲予主河大詞學講席時選本，所以昭示諸學子者也。中經事變，其稿幸存。然久扃篋中，已無心問世矣。歲戊子，拙集《柯亭長短句》刊成，金陵盧冀野聲家爲之序，有云："十四五年前，與先生同教授河大，比屋而居，談藝無間，偶及片玉〔瑞龍吟〕〔蘭陵王〕〔西河〕諸詞，聞先生論議，一字不忽，一言無廢。探尋脉理，昭然不紊。心竊敬之，而先生所以發諸生者，從可知之，所謂能以金針度人者非耶？"金針度人，予何敢承。第念當時說詞，屢以詞之義法昭示諸子，俾成爲有物、有序、有則之言。歲癸酉，諸子裒集二三年來課卷，有《夷門樂府》之刊，有物之言，雖尚有待，亦既有序、有則，斐然成章矣。兹友人見盧序，索閱舊選稿，多從耳惠付梓，連年衰病，且兼老懶，頗憚執筆，而廣陵老詞人哈蓉邨先生哲嗣與之，願獨任繕寫及校讎之役，因略加詮次，删節以成是編。溝瞀之見，臆斷之辭，實不足存。惟狂夫之言，聖人擇之一得，愚或亦識者所不弃也。戊子秋九月蔡嵩雲附識。

論詞書札

蔡楨詞學文集

致趙尊嶽

叔雍先生文席：

久欽明達，瞻對未繇。昨遇公轉到惠書，承屢示姜詞板本，博聞宏識，傾佩無量！詞樂久湮，宮律惟存歌法，已晦。音譜之遺留者，僅白石自度曲十七闋。考《詞源·謳曲旨要》，知詞之歌法含腔與拍兩要素。拍以示節之長短，如六韵、八韵、官、艷、敲、掯之類；腔以表聲之變化，如大頓、小頓、丁、住、折、掣之類。白石旁譜中有不可識之字，及叠寫或駢列之字，張文虎諸人亦未能考訂（汪仲伊質疑，未見，不知有無創獲）。竊疑必有腔與拍之符號厠雜其中，蓋宋詞以一字當一律，此叠寫或駢列之字，當有一字非工尺，而爲其他之表示無疑。不可識之字，意亦必有所指，惜《詞源》管色應指字譜所載腔與拍之符號，既殘闕不完，而姜詞旁譜于此等符號又與工尺混淆難辨，遂令閱者如墜重霧耳。不揣檮昧，頗欲就旁譜尋繹得一音譜構成義例，奈所見諸刻本譜字多有訛闕，未能盡據，輒爲斂手。載旁譜之姜詞，弟僅得見陸刻、沈刻、朱刻及許覆諸本，其源均出陶南村，譜字雖微有出入，然于懷疑各點仍難剖析。嘉泰、臨安諸宋槧，不知猶在人間否？令人遐想不置。拙著《詞源疏證》于《謳曲旨要》篇按語曾略論宋詞與音律之關係，兹録一則寄呈，幸賜指正。承允以旁譜校稿相示，頗欲先睹爲快，未審能摘示一二否？之大夏君精研旁譜，與先生曾共討論，即請致書先容何如？尊居地址望示知，以便過滬造訪。略陳梗概，未能著意。敬頌著安。

弟蔡楨再拜

三月十一日

謳曲旨要

是篇逐句均略有考證及疏解辭，長未能備録。

按：詞與音律之關係，可分二端：一曰宮調，一曰歌法。宮調之説以前數篇言之綦詳，所謂辨宮位，審律度，均非難事，所難者，如何按律製譜，如何審音用字耳。至于詞之歌法，則不全涉宮調，是篇所載猶可窺其崖略。有屬于詞拍者，如六韵、八韵、官、艷、敲、捎之類，有屬于詞腔者，如大頓、小頓、丁、住、折、掣之類。惜其詳不可得聞耳。近世詞人輒謂宋詞宮調亡，故詞不可歌，不知舊詞不可歌，非宮調亡，音譜亡耳。非僅音譜亡，歌法亦亡耳。否則白石歌曲，旁譜具在，何以同一不能歌？蓋旁譜之字有可識者，有不可識者，此不可識之譜字及叠寫或駢列之譜字，必有拍與腔之符號羼雜其內。所以示節之長短，聲之變化者，特後人不能明辨耳。張文虎《舒藝室餘筆》于白石旁譜頗多考訂，然對此不可識之譜字，亦束手莫可如何。余初意宋詞譜法，有存于元曲中者，欲由元曲以上稽宋詞歌法。乃元曲歌法亦亡，後人歌元曲，後人之歌法耳。元人《芝庵論唱》，數舉捎名，屢言敦聲。其敲與捎出自歌詞遺法無疑，敦與捎究竟如何，叩諸今昆曲家，多瞠目不知所對，其故不可思矣。世人不察，每以精昆曲者應諳宋詞歌法，此實誤解。謝元淮輩無知妄作，其《養默山房詩餘》及《碎金詞譜》，竟用昆曲規律製譜點板。若不知宋詞歌法，腔與拍有許多名目，猶存于《謳曲旨要》一篇者，真可解頤而啓齒矣。

《趙鳳昌藏札》（國家圖書館出版社，2010）

與逸廬詞人書

逸廬吾兄左右：

　　弟前書論某公詞，係專就文學家眼光觀之，故持論如此。若繩以聲律，則可議處正多。兄無意作守律派詞人，故無庸論及，所以勸兄學此一派。因詞做到某公程度，文學上已無疵可指，何嘗不可問世。詞在宋代，本分爲文學家之詞與音律家之詞，二派皆能流傳至今也。東山與夢窗，同爲麗密家數，均取材于玉溪、長吉及温尉詩歌，玉田《詞源》早言之，弟亦曾疏證之。某老本守律派詞人，其序某公詞，謂其能由東坡以效東山，亦不過就詞論詞。進一解説法，實則東山慢詞，律度謹嚴，比東坡尤難學步。學東山，或但學其小令耳。某公遜謝未遑，自是解人。又某老序，論及蘇辛，謂豪而不放，稼軒不能也，意若謂惟東坡能豪而不放，亦不盡然。東坡〔念奴嬌〕（大江東去）一首，豪矣，何嘗不放？稼軒〔水龍吟〕（楚天千里清秋）一首，豪矣，又何嘗放？不能執定東坡“明月幾時有”“似花還似非花”各首，即斷定東坡獨能豪而不放；稼軒“千古江山”“杯汝來前”各首，即斷定稼軒不能豪而不放也。看詞須自具正確眼光，不能以老前輩之言，遂昧然從之。且蘇辛二家詞，均不止豪雄一種境界，須將其全集仔細分析看，不能以其全集中一二首如此，概其集中各首皆如此。如評夢窗詞，以爲全是晦澀一路，其失正同。兄以此論爲何如？東坡勝稼軒處，在其涵蓋萬有氣象，此全得力于佛學陶鎔，與莊子無關。稼軒不諳内典，其詞雖喜用莊子，不過取作詞料，其思想并未受到莊學影響。觀其得失心如此之重，即是一證，此稼軒不及東坡處。蘇辛詞异點甚多，限于篇幅，僅舉其一端而已。龍洲、後村均學稼軒，其詞不及稼軒有真性情，但能作豪語。所謂不能豪而不放，以評二劉之作尚合，但後村尚較龍洲蕴藉；評稼軒，實不盡然也。兄謂東坡以莊、佛爲詞，猶皮相東坡，其實東坡受佛學陶鎔，故養成闊大胸襟，非僅能引用佛家言作詞料耳。故學蘇詞，須從學養入手，所以難學在此。彊邨老人學夢窗，人人知之，學東坡，人多不知。其詞所以能大，全得力于東坡。與某公學蘇，所得各殊。學古人詞，在遺貌取神。論古人及今人詞，須具有真確眼光，不能信口雌黃，否則難免爲識者鄙笑。若著書立説，稍不自慎，即受後人指摘，尊意以爲是否？久不與兄論詞，意有所觸，拉雜寫此，又不覺其言之長矣。敬頌吟綏。弟嵩雲頓首。

《集成雜志》（1947 年第 2 期）

與洪澤丞先生論詞書（三通）

一

　　前奉還雲，備聆雅教，拙詞碌碌，渥荷獎飾，既慚且感。蒙爲拙著《樂府指迷箋釋》撰文，而推論及聲音文字變通之理，精深博大，百讀不厭。其以釋氏常與無常之説論詞之聲，謂于無常之中而存其至常之理，尤發以前聲家所未發。蓋無常者聲之迹，有常者聲之道，宋詞不能歌，人但知宮調亡而中聲無處求，譜拍佚而歌法無從見，不知此皆聲之迹。所作性故，無常者也，所謂有法而屬于人事者也。實則宋詞雖不能歌，其自然之節奏，仍存于聲文并茂之詞中，如守四聲，辨陰陽，嚴上去，通平仄，皆于自然節奏有關，聲之道亦在是，有常者也，所謂無爲法而屬于自然者也。守四聲詞派，確有是理存乎其中，故方、楊諸家之和清真，于四聲不敢少有違迕，在宋已然。淺人不察，以詞既不能歌，雖守四聲何益，讀公此論，可以解惑而息緣矣。佩甚佩甚！至不肯以人爲濁而自處于清以爲名高，純是牟尼知見，尤服雅量。蓋以佛眼觀世，一切平等，本無分別，無人我，何有冤親，無法我，何有冤親，無法我，何有善惡，垢净之見胥泯，清濁之辨自忘，我法兩空，同歸寂滅。惟在世言世，又不盡然，夷之清，清濁之見固嚴，惠之和，清濁之見仍在。若夫夷夏鉅鑊，順逆大節，律以《春秋》之義，似有不得不嚴清濁之辨者，紫奪朱，鄭亂雅，鄉願賊德，稍一失察，遺恨千古，濯纓濯足之自取，何异滄浪之水，證以後漢管、華之日事，似亦未可清濁一例視者。儒家言世間法，釋氏言出世間法，此一是非，彼亦一是非，質之高明，以爲何如？荒灣孤吟，極感蕭寥，詞流如公，又守括囊之戒，今後亦不敢多以蕪製塵穢視聽矣。

二

承示大集《喘月吟》，〔水調歌頭〕四十首，詞筆全出稼軒，言之有物，持之有故。評治亂通洞其癥結，衡學術則探厥本源，論人物則尚友管、陶，抒抱負則潛心《易》《老》。感慨世變，追懷昔游，繹誦再三，汪汪若千頃之陂，莫能測其深遠，昔人謂稼軒詞非有真學問真性情不能效，公此作，足當之而無愧矣。明道傳經，孔門分曾、荀二派，已開漢、宋門戶先聲。鴻都學派，雖由魯儒直紹尼山，實則大義已更，僅存故訓，信爲篤論。《易》貫道器，判柔剛，老、孔分據藝文，十翼祇明人事，自末流京房輩出，遂成術數一派。公治《易》途徑，可于此論見之，當另有鴻著。老、莊明自然，南華全演老旨，而自諧言出之，其玄同物我，冥一死生，且與釋氏之旨相契。尊論謂其但解忘筌，又謂其以謬悠與老并稱，似于莊微有不足，必另具卓見，惜道阻，未克一聞其詳耳。《唯識》言相，本□顯真，近世治《唯識》者，以著相而真轉晦。《道德》五千言，亦及長生久視之道，而漢人所謂神仙，則出于燕齊方士附會，與老氏無涉。至道經多剽竊內典，及李唐自認老裔，尤覺可笑，此則尊論與鄙旨若合符節者也。〔蝶戀花〕十首，則又胎息《陽春》，可見能者無所不能，但有欽服。玄黃之禍，延及全球，剝極而復，爲時當不遠矣。晤教有日，拭目俟之。

三

日前小雲兄轉到玉音，及惠寄拙製《柯亭長短句》弁言，并所示大作詩詞，循誦再四，但有欽服。去臘以拙著二種就正，不知道體適在違和中，乃作此無厭之求，而公并未悁然拒絕，思之惶汗，尤銘厚意。公兩序拙著，殆釋氏所謂因緣，徒何幸而遇之。弁言過獎處，深慚未至，"語出中誠""意内言外"八字，確爲徒生平作旨。近人填詞，亦有二派，一係以意遣辭，一係因辭造意，徒固力主前派者。□以拙作就正當世有道，洞中其□，莫若公言，知己之感深，尤令人沒齒不忘者也。大作《寒風》八首，足見高志；《晚江》四首，更覘卓識；《龍吟》六首，發言哀斷，不忍卒讀。公性情中人，篤于故舊死生之義如此，可以風薄俗矣，當珍藏以遺後世。天下紛紛，苦于兵爭，徒久蟄荒灣，亦以讀書種菜遣日，比年生計奇絀，敝衣疏食，苟全性命而已。我公品學，後進楷模，頤養之年，伏願爲道目衢。城關阻隔，咫尺天涯，機緣至時，當謀聞謁，以申渴慕。奇變當寫奇詞，徒愧才疏，久思著筆，旋復斂手，茲改放聲律，成〔水調歌頭〕四章，惟描寫新事物，典雅尤難，另紙錄呈，博我公静攝中一粲，是否有契尊旨，便乞指教，以便賡續。

《中央日報》民國三十七年（1948）十一月八號

柯亭長短句

蔡楨詞學文集

洪汝闓序

　　柯亭蔡君以詞集寄汝闓于江都，命爲之序，且曰：“余詞不足存，敝帚自珍，文人結習爾。”汝闓讀既竟，作而嘆曰：“嗚呼！此古人之詞，非近世之詞也，烏可以敝帚少之哉。”蓋以詞學之在今日，可謂盛矣。五六十年來，經晚清名公鉅卿，竭其心思才力，發揚昌大之。内正厥志，悱惻沈綿，以楚□之離憂，寫蘅荃之逸韵，于是斯體遂尊，與風雅同其正變。新進後生，飫聞其緒論，知言詞之可以發名而成業也。故今日士人之稍能文者，莫不習爲詞。爲之者既多，于是今人治詞，遂分二派：一曰社派，一曰校派。社派以修辭叶律爲工，重在才。校派以考訂研究爲主，重在學。而其别裁僞體，上探本源，守先正之明清，概六義之放失，懷舊俗而達事變，則二派之所揭櫫靡弗同。君蓋兼有二派之長者。所爲詞，又能自出手眼，開徑獨行，才與學相資，聲與文并懋，不附和今人，亦不全依傍古人。其爲體也，直而不窳，文而不縟，曲而不纖，樸而不野，一語之發，咸出中誠，意内言外，自然優美，卓然自成爲柯亭之詞，不同于世之但有其表而無其裏者，兹其尤爲難能可貴者歟。抑余與君由詞締交之始末，猶有可言焉。余初不工詞，漫咏之，以自娱而已。君以友人之紹介，片語之契，許爲知言，叠寄篇章，屬爲商榷，旋又命序其所注之沈氏《樂府指迷》，今且爲君詞兩次執筆作序矣。然在此五年中，書問往復，如對晤言，而君與余固始終未有一面之雅也。維《詩》有之：“其室則邇，其人甚遠。”又曰：“中心藏之，何日忘之。”所云神交，其謂是耶？嗟乎！余與君年皆老矣，畢生精力，半銷磨于低吟淺唱中，前不見古人，後不見來者。名山之托，身後之傳，瞻望未來，不無身世蒼茫之感。夫文之工與拙，事屬乎己者也。名之存與没，權操諸人者也。君之造詣，自足千古，李華精思，奚必取重于蕭穎士之一言。他日者，君詞流播天壤間，井水聞歌，銅琶傳唱，而余得挂名君集，附驥尾而致青雲。君詞不必藉余序以重，余名且將托君詞以傳。氣求聲應，相得益彰，是則余與君今日之神交，初非偶然，而區區前後兩次之引言，亦不爲苟作矣，是爲序。

中華民國三十有二年，歲次癸未季春月，歙縣洪汝閵澤丞，書于揚州何園之寓齋，時年七十有五。

夏敬觀序

　　數年前，蔡君柯亭以仇君述庵介，質所爲詞及所箋釋沈伯時《樂府指迷》。時君居維揚，海內寇氛正熾，途爲之梗，末由執手。然馳書論詞，多愜心語。君稱周柳詞法冠絕諸家，不云詞旨而曰詞法，此誠前人所未曾道。余因以知君所見，有高于并世諸子者在。夫詞之有法，猶詩文之有法也。余嘗謂耆卿雅詞，若六朝小品文賦，層層鋪叙，美成特變其法，一篇之中，行以張弛控送之筆，潛轉挺接，如杜詩韓文。又其令詞，自珠玉、六一，上追五代。縮筆師端己、正中，伸筆師南唐二主。或且以是法施于慢詞，類張子野所爲，故無假乎鈎勒。而中邊渾化，首尾融徹，其法度非徒在下字運意間也。余曩與陳子伯弢評及周柳，即持此論，君早游武陵，夙聞伯弢之説，宜所爲得于樂章、清真者爲深。今集中諸詞，掃滌塵□，能以質直瘳甜熟，沈酣于用筆之道，爲可畏也。來書又言，昔嘗就正于況子夔笙，得其指點疵病。夔笙創重拙大之説，特有見解，顧以是歸之南宋，則余所未諳。夫南宋詞人偏重音律，除吳君特外，大率以妥溜清圓爲上，適于其説相反耳。君欣嚮周柳，固有其重者拙者大者，竊恐夔笙見之，或即以爲疵病也。君將刊所爲詞，責序于余，因述所見，以相印證，抑以示世之知言者焉。

　　丁亥冬十月，新建夏敬觀。

柳詒徵序

　　蔡君嵩雲，清道人高第弟子也。道人風節炳然，君篤守師傳，嬰國難，甘槁餓，不降志辱身。往在汴梁，遭危疾，得術士治之，良已。然猶恒苦風眩，艱于步履，故不克遠走滇蜀，幽憂憔悴，一以倚聲寫之。今歲杪，持所爲《竹西鴟唱》詞一帙視詒徵，屬爲弁言。詒徵不能詞，第與道人雅故。君在戰前，過從尤稔，知其志潔行芳，淵源有自，蘊于中久之，未有以報。君復貽書督之曰，生平慕少陵作詩之旨，以爲不如是則詞體不尊。寇焰熾時，遁迹竹西江村，偶攖其鋒，幾罹不測。憎寇甚，誓不入城市。欲他往，非得寇酋署發過所不克。且必印指模相證。念是即降敵，義不可。蟄處窮僻，寧不越雷池一步。陸沈之悲，左衽之懼，癙疢懷抱，有觸即發，遂不覺其言之危苦也。嗚呼！國難十稔中，長施兩端者無論，師儒奔走以濟其生，或轉因以梯榮射利，不惜自污。如君之嚼然不苟者誰耶？熟味君言，使詒徵述君爲詞之工，不迨君自述之深切也。詞體之尊，倡自茗柯，至鹿潭、彊邨寓家國身世之痛于詞，而其道益峻。君之貧病困厄，視鹿潭、彊邨之丁變革亂難尤甚，而抗志不屈若是。詞人之席，繼《小雅》《離騷》者在是，非惟斠律錯采名其家已也。道人不作，求道人之嗣音者，曷從鴟唱測之。

　　丁亥嘉平柳詒徵。

盧前序

　　文有義法，詞爲文之一體，亦莫不有義法。兩宋之詞，遣辭立意，有序有則，雖運筆不盡同于古文辭，然援文以析其語之離合，氣之翕張，詞之于文，若合符節。用知詞有筋骨，重于肌膚，不徒以藻繪爲工也。十四五年前，前與上猶蔡嵩雲先生同教授河南大學，比屋而居，談藝無間。偶及片玉〔瑞龍吟〕〔蘭陵王〕〔西河〕諸詞，聞先生論議，一字不忽，一言無廢，探尋脉理，昭然不紊，心竊敬之。而先生所以教諸生者，從可知之。所謂能以金針度人者非耶。未幾別去，先生養屙金陵，時或相見。及丁丑變作，不聞動定已久。前居蜀九年而歸，始聞先生隱于竹西，備嘗艱苦。時有感發，托諸鵠唱。前既得讀其近稿，益嘆服先生持律之細，工力之深，守法愈密，而流離瑣尾卓絕之節行，悉見于是。辱書屬序于前，夫前何足以序，惟念舊所得于先生者，曰詞必有法，知詞之有義法，然後可讀先生之詞矣。

　　中華民國三十七年五月，金陵盧前。

題辭

一萼紅·題《柯亭長短句》

哈禮堂_{蓉村}

大江潯。看匡廬挺秀，雲物接騷心。曲外江峰，歌邊井水，才調又數而今。過伊闕、摩挲古碣，寫幽抱、慷慨動高吟。客鬢秋風，關河夢遠，逝水光陰。　　老去移宮換羽，對青蕪故國，滿紙商音。綠野村遙，黃花節勁，芳躅不受塵侵。喜還是、中郎有女，慰朝夕、山館愜靈襟。兩點金焦袖底，坐譜清琴。

霜天曉角

吕濬_{鳳子}

老懷奇熱。侮不虞霜雪。一任通天絕地，屈伸處，强于鐵。　　矯絕。應悟徹。幻變惟情悅。道是情非實在，但終古，未曾滅。

踏莎行·題《竹西鵠唱》用花外題草窗詞韵

柳肇嘉_{逸盧}

片玉名篇，樂章孤調。聲家義法知音少。武陵薪火續當年，天涯望斷青青草。　胡馬憂思，啼鴣淒抱。艱貞歲月真州道。梅邊冷艷屬何人，吟編共對江山老。

浪淘沙

陳匪石倦鶴

塵捲海波腥。桃李荒荆。迷陽有曲夢無程。回首可憐歌舞地，如此蕪城。　收妝淚縱橫。目斷遙青。孤蟾冷傍亂烽明。日暮鄉關何處是，野老吞聲。

菩薩蠻

唐圭璋南雲

東風一夜迎春入。連天衰草爭回綠。昔夢已無踪。飄燈憶酒濃。賊中辛苦稿。十載揚州老。字字動江關。暮年庚子山。

題柯亭詞卷後

陳延杰晞陽

蔡侯自是遺民一，淚望王師九載期。席棘飴荼越在莽，憂時感憤托之詞。竹西佳處天難問，揚子江頭事可知。一卷柯亭冰雪句，唱杯劫表與愁眉。

卷上 *

摸魚兒·甲子初秋京西訪圓明園遺址①

問銅犀，禁垣何處，西風催換塵世。寒原夕照人踪絶，嗚咽御溝流水。游宴地。祇極目蒿萊斷礎參差是。笙歌夢裏。早長樂春空，昭陽月冷，勝事久誰記。　　荒池畔，依舊垂楊攲旎。纖腰曾鬥佳麗。栖鴉似訴當年恨，輦路劫灰飛起。興廢史。君不見，秦宮漢闕渾如此。行行未已。又入鏡遙峰，將昏欲暝，愁色鎖烟翠。

拜星月慢·某氏園見敗荷感賦用清真韵②

雁足音沈，虹腰秋暮，小立遙天欲暗。一往愁心，著芙蓉荒院。記初過，但覺凌波越艷堪擬，曉日朱華明爛。水珮雲裳，恍三生曾見。　　夢魂中慣識含顰面。重來處怕近危闌畔。悵恨冷露驚飆，捲紅香飛散，剩凄涼舊月臨池館。殘蛩病竟夕誰吟嘆。忍念那七孔冰絲，獨絲連不斷。

洞仙歌·擬東坡③

清池月夕，更無人揮汗。水榭荷香簟凉滿。綉筵開一晌仙樂風飄，眠未穩波裏驚鴛竄亂。　　捲簾閒坐久，遙指牽牛，何事天孫界銀漢。宴罷麝烟微，醉倚殘妝，銅壺蕩漏聲催轉。念碧海雙栖幾生修，怕劫話昆明，

＊　原名《昨非剩語》。
①　此首又載于《會友》1932 年第 2 期，《心音》1932 年第 2 期。
②　此首又載于《會友》1932 年第 2 期，《心音》1932 年第 2 期。
③　此首又載于《會友》1932 年第 2 期，《心音》1932 年第 2 期。

歲移星換。

齊天樂·賦絡緯[①]

一聲啼破人間暑，前除頓驚秋早。慢曳孤輪，輕移折管，酸楚都成商調。深閨夢杳。正金井闌寒，玉階門悄。懶婦無眠，爲伊宵課到侵曉。　　流年偷被暗換，傍籬花事盡，風露清皎。豆泣其煎，瓜稀蔓委，身世牢愁多少。餘生未了。便戢影空冥，遁形枯槁。漸似憂嫠，隄周催鬢老。

秋思倚·夢窗聲韵[②]

烟柳長堤側。泛畫橈同醉鏡湖春色。雲意弄晴，黛痕拖雨，花壓舟窄。甚簫曲娛心，曼聲低和似怨折。漾逝波，魚戲碧。待漲落秋高，綠荷香散，再艤鷺鷗眠處，頓成追憶。　　宵酌。鉛珠暗滴。鬥恨蛾晚翠慵飾。臂彎瑤瑟。清輝寒映，露華一白。記木末離筵乍開，征騎凌迅翼。汗漫客，爭自識。縱瘦折梅花，新枝和泪寄得。夢隔江南塞北。

一寸金·賦蠟梅[③]

塵麴飛黃，遍染冬葩繞江郭。看婢伊玉質，仙姝水畔，容分秋晚，幽芳籬脚。千蕊駝酥作，排笒柱數行雁落。東南地別有風光，罄口檀心媚烟廓。　　甚事蜂衙，繁香沈醉，冰魂誤栖泊。念錦裳拖紫，終慚清夢，金衣舞雪，空誇寒約。誰似孤山侶，宮裝樣、素風變薄。蟾明夜海鶴迷歸，悵失林下樂。

---

① 　此首又載于《會友》1932 年第 3 期，《心音》1932 年第 2 期。
② 　此首又載于《會友》1932 年第 3 期，《心音》1932 年第 2 期。
③ 　此首又載于《會友》1932 年第 2 期，《心音》1932 年第 2 期。

多麗·廣陵懷古用蛻岩韵

野烟青。滿湖秋意湛冥。看江南深翠淺黛，遥山隱隱如屏。古堤空垂楊繫馬，離宫杏腐草流螢。橋畔簫沈，城陰角死，祇今何處問漂零。自南幸翠華天遠，醉眼百年醒。豐碑圮，夕陽頹塔，宵月荒亭。　　況山丘埋香瘞玉，盡多蘇小西泠。木樨開盞傾鸚鵡，芙蕖老舟泛蜻蜓。花榭聯吟，草堂論史，隔溪漁唱那堪聽。更幾度别筵歌舞，詞客數晨星。新來雁，攪人愁起，又下寒汀。

陌上花·春日游某氏廢園用蛻岩韵

豪華夢裏，重來春燕。頓驚芳晚。柳委花蔫，荒盡故家池館。賞秋迨夏都陳迹，月夜紫簫聲斷。覓遺鈿舊處，舞紅架倒，盛筵雲散。　　蘚痕侵户牖，回闌膩粉，憑袖留香疑半。綉屋床空，孰問翠衾寒暖。謝娘逝也無消息，塵鎖一樓箏雁。感鶯儔，小駐東風油壁，暮天歸懶。

踏莎行·唁謝西山喪弟[①]

快論瀾翻，清標雪皎。玉樓遽赴修文召。神針一夕化秋金，忍令夏緑霜凋早。　　雁影孤飛，鴒原痛抱。半床寒月西堂悄。可堪湖上再尋詩，春來夢斷池塘草。

夜游宫[②]

天孫告予，夜泛蓮塘，聞花開聲，怦然心動。予曰，此净土妙音也，非凤根人不能聞之，爲賦此解。

鏡裏波光潆漾。蕩水月荷香輕揚。夜静停橈聽花放。似湘娥，振綃

---

① 此首又載于《會友》1932 年第 3 期，《心音》1932 年第 2 期。

　② 此首又載于《會友》1932 年第 3 期。

衣，送微響。　　　清境成孤往。勝解語憑闌朝賞。隔世聞根現玄想。念華池，法音宣，意西嚮。

無悶·辛未季冬和碧山雪意①

鴉集髡楊，鴻唳斷蘆，湖曲危亭夕倚。剩野景蕭寥，歲寒如此。葉陣團風緊舞，漸掩皺粼粼荒湫水。未成玉戲，層陰重壓，暗愁天墜。　　幽致。偃龍似。祇耐冷松柯，老饒生意。傲幾度秋霜，碧空橫睇。休道梁園宴早，又悄候飛瓊臨浮世。待嚮晚同醉新醅，看賞璧珪盈地。

西河·和邵次公金陵懷古②

形勝地。南朝舊事曾記。臺城路北隱孤松，怒濤暗起。曙鐘寂寂景陽空，鍾山斜睨雲際。　　戍樓壞，垣半倚。覆舟纜枻誰繫。千年廢鐵出沈沙，恨埋敗壘。浪淘百戰幾英雄，滿江東逝秋水。酒狂夢醒亂後市。古長干今變蒿里。放眼劫灰人世。覺荒堆斷碣，無言相對。葵麥青蕪寒烟裏。

水龍吟·朱古微先生挽辭③

我悲折檻孤忠，遏來祇有埋愁地。滄江一臥，山頹海涸，星移日墜。雁序離哀，牛衣隱痛，鷦鳩天裏。剩江關歲晚，蘭成老去，他生厭，人間世。　　蓋代詞名能幾，邁蘇吳後先流美。臨川座上，光風初挹，前塵逝水。贅稿新題，瀋痕餘潤，低徊曷已。奈冰霜滿眼，衰蘭委佩，灑招魂淚。戊午歲于李梅庵夫子處始識先生，其後屢奉教益，拙著《詞源疏證》脫稿，又蒙先生署首。

---

① 此首又載于《會友》1932 年第 3 期，《心音》1932 年第 2 期。
② 此首又載于《心音》1932 年第 2 期，《會友》1932 年第 1 期。
③ 此首又載于《會友》1932 年第 8 期。

339

徵招①

古微翁騎箕，適值“一・二八”之變，矐襌賦此調見寄，倚草窗韻答之。

喬松崩折衰蘭委，神皋泙寒先到。萬響正號空，遽鶴歸仙杳。人間無盡苦，問悲憫湛冥多少。一念華胥，百年孤憤，夢中今覺。　　秋意黍離深，詞心遠惻惻杜陵聲調。短棘早彌天，甚遼東名帽。他生何處好。更遣曲鷓鴣淒抱。旅魂返，忍睇江山，剩晚鴉頹照。

鷓鴣天・壬申仲秋紀夢②

水逝韶華劇可傷。舊登臨處又斜陽。一峰天地成孤峙，千里風烟接混茫。　　幽館閉，小池荒。青衫還向客中涼。故園西去漫漫路，贏得秋宵別夢長。

減字木蘭花・車過鞏縣遙望嵩山③

平原忽盡。出隧奔車飛羽迅。异境爭開。斷岸河痕次第來。　　烟嵐百里。突兀連峰天外起。太室方城。早喜生初錫我名。

訴衷情近・洛陽懷古④

北邙寂寂舊山丘。華屋幾人留。登臨滿前秋色，萬古動清愁。　　追漢晋，溯成周。迹難求。崧高南障，伊闕中分，洛水東流。

---

① 此首又載于《會友》1932 年第 10 期；《詞學季刊》第 1 卷第 4 期，1934 年。
② 此首又載于《河南大學周刊》1932 年第 3 期；《詞學季刊》第 1 卷第 4 期，1934 年。
③ 此首又載于《河南大學周刊》1932 年第 7 期，《詞學季刊》第 1 卷第 4 期，1934 年。
④ 此首又載于《河南大學周刊》1932 年第 7 期，《詞學季刊》第 1 卷第 4 期，1934 年。

前調·伊闕紀游

夾河斷壁水流分。第二古龍門。烟嵐變幻終古，洞壑鬼工存。　　高下石，萬千身。佛無塵。帆檣來去，閱盡興亡，數盡朝昏。

點絳唇·洛川道中和朱少濱

木落烟寒，清秋踏遍轘轅路。洛川誰遇。沙底塵生步。　　翠羽明珠，可奈丘山妒。驚鴻顧。一襟幽愫。凄絕陳思賦。

西河·汴梁懷古用美成韵①

埋恨地。東京幻夢重記。河流暗閡幾羶腥，浪淘怒起。望中鐵塔峙孤城，黃埃高揚霄際。　　艮峰樹，何處倚。玉津我馬難繫。秋來蔓没驛橋烟，舊龍故壘。翠華北狩久銷沈，漁樵閑話天水。　　賞花貰酒趁夜市。古樊樓誰認坊里。醉醒一空浮世。剩金梁舊月，千門曾對，凄絕嬋娟荒堆裏。

鷓鴣天②

汴京在宋金二代爲南北詞人所萃，流風餘韵，迄今猶有存者。辛未歲，予來河南上庠主詞學講席，而淳安邵次公亦講學于斯，一時詞風蔚然，越歲而有《夷門樂府》之選，其中不乏斐然成章者，學子請予題辭，爰拈此調以應之。

河水長流汴水縈。夢華遺説舊東京。大晟北宋新腔續，樂府中州雅咏承。　　無益事，有涯生。詹詹聊以小言鳴。彌天風雨江山晦，忍聽哀時怨亂聲。

---

① 此首又載于《學術世界》第 1 卷第 12 期，1936 年。
② 此首又載于《學術世界》第 1 卷第 12 期，1936 年。

瑞龍吟

秋間病，殆神魂飛越時，作仙都佛國之游，列子謂"役夫昔昔，夢爲國君"，予固無此積思也，然迷離變幻，至今情景宛然。三界唯心，賦此聊以志异云爾。癸酉冬日次清真韵。

清虛路。俄見照水金蓮，映山珠樹。烟中樓閣參差，素秋未晚，飛來甚處。　悄延佇。還似舊游蓬島，洞天門戶。傳書仿佛青鸞，數行秘字，通明詔語。　瓊宴西池旋遇。珮環仙子，翩躚交舞。疑有世間塵污，身分非故。龍笙鳳笛，齊咏霓裳句。誰知共餐霞伴侶，凌霄趨步。換眼華藏去。聞經盡領牟尼妙緒。空海飄香繆。諸相杳惟餘繽紛花雨。夜凉夢覺，一襟雲絮。

水調歌頭·白門秋感[1]

南服古天險，六代據英雄。山圍潮打，石頭佳氣鬱葱蘢。惆悵秦淮烟媚，寂寞豪華灰燼，何處認遺踪。秋染寒原草，一片偃霜空。　念燕雲，思易水，夕陽中。憑闌凝睇，新亭愁泪墮西風。形勝當年虎踞，時勢而今狼狽，遼海絕歸鴻。誰鼓銅琶去，高唱大江東。

蟇山溪[2]

甲戌冬日，過蕙風老人故居，追維昔游，愴然有作，和夏瞿禪韵。

荒城屋底，記話江南雨。池館閉凄凉，伴蟲邊秋吟最苦。詞仙杳矣，衰柳祇餘絲，秦淮水，停橈地，夢覺成今古。　黃墟一醉，迷望銷凝處。坊陌幾斜陽，泛清波聲沈簫鼓。危樓歌舞，不省海桑愁，傷離袂，哀時泪，怎付東流去。

---

[1] 此首又載于《民族周刊》1935 年第 5 期；《學術世界》第 1 卷第 9 期，1936 年。

[2] 此首又載于《學術世界》第 1 卷第 12 期，1936 年；《國聞周報》第 13 卷第 18 期，1936 年。

倾杯・乙亥三月游燕郊感賦效屯田散水調第一體①

陌簇風花，岸籠烟柳，關河又著春色。試馬乍熟，短策自得，歷古
原荒驛。當年逐虜傳烽路，祇牧童村笛。間尋廢壘，聽燕語惻惻新愁如
織。　　暗憶。金甌缺久，海桑殘影，何處搏鵬翼。盡四壁塵生，飄零書
劍，老哀時詞客。鼓角宵沈，旄頭朝下，一抹傷心迹。恨宗國。渾莫辨慘
紅冤碧。

換巢鸞鳳・和梅溪韵應如社作②

花弱鶯嬌。記殘灞岸，泪雨河橋。遠行朝餞酒，訴別夜吹簫。輕盈
誰共門宮腰。為君舞拼，腰圍早銷。歸期阻，夢幾斷畫樓蟾照。　　音
悄。波渺渺。孤雁語空，偏動人離抱。翠陌尋春，艷陽携手，還怨侵裙
薰草。休怪人間忒多愁，懺情無計天應老。長相思，夜何其，督亂
昏曉。

綺寮怨・和清真韵應如社作③

旅館宵深離話，野風搖夢醒。漏冷月敗柳疏槐，荒園裏碎蓋亭亭。
潛蚤哀吟砌隙，秋燈炧四壁殘焰青。念逝塵數閱星霜，車前草路曲餘恨
盈。　　燕雁自尋去程。瑤臺望斷，何年再遇飛瓊。玉笛孤清。奈同調，
已難聽。天涯謾追芳影，可怪我，太鍾情。羈栖鳳城。傷高泪灑處，珠
露零。

---

① 此首又載于《學術世界》第 1 卷第 9 期，1936 年；《詞學季刊》第 3 卷第 1
　期，1936 年。
② 此首又載于《民族周刊》1935 年第 7 期，《學術世界》第 1 卷第 9 期，1936
　年；《詞學季刊》第 3 卷第 1 期，1936 年。
③ 此首又載于《學術世界》第 1 卷第 9 期，1936 年；《詞學季刊》第 3 卷第 1
　期，1936 年。

玉蝴蝶 · 旅次懷湘中諸友用屯田韵①

悵恨馬煩車殆，重門靜掩，獨送流光。館女商歌，如聽塞曲伊凉。晚
花香簾風捲冷，禿樹老梁月穿黄。我懷傷，盛筵星散，人海蒼茫。　　争
忘。蘭榮芷悴，幾番春日，幾度秋霜。水闊烟深，至今騷夢在三湘。記危
岸曾經游釣，想故園難覓歸航。楚天望。雁回峰遠，目斷衡陽。

惜紅衣 · 秋蓮和白石韵②

暮雨增寒，沈陰送日，做秋天力。病起憑闌，衰紅照漪碧。三更畫
舸，曾共載穿花吟客。宵寂。深睡野風，覺冥濛芳息。　　奔車廣陌。盈
袖塵污，檀心泪痕藉。青墩夢墮舊國。海南北。也學水濱鷗鷺，莫問古園
來歷。縱故人重到，誰識液池愁色。

水調歌頭 · 效賀東山金陵懷古體③

羅縠盡揮灑。玉翠競豪奢。聲嬌容冶。六朝烟媚出名娃。沈醉秦淮春
夏。寂寞臺城霜夜。誰夢故京華。猶有離宮瓦。不見子陽蛙。　　話南
都，悲復社，逐輕車。舊門衰謝。風流何處問儒家。林外斜暉遠挂。江畔
濤飛風下。賢否一蟲沙。高隱栖岩罅。看遍九秋花。

高陽臺 · 乙亥季秋訪媚香樓遺址④

柳共橋湮，蘭隨壁毀，秦淮甚處芳留。曾幾斜陽，空餘冷月荒丘。吟

---

① 此首又載于《民族周刊》1935 年第 8 期；《學術世界》第 1 卷第 9 期，1936
　　年；《詞學季刊》第 3 卷第 1 期，1936 年。
② 此首又載于《民族周刊》1935 年第 7 期；《學術世界》第 1 卷第 9 期，1936
　　年；《詞學季刊》第 3 卷第 1 期，1936 年。
③ 此首又載于《學術世界》第 1 卷第 9 期，1936 年。
④ 此首又載于《民族周刊》1935 年第 9 期；《學術世界》第 2 卷第 2 期，
　　1936 年。

蛩似學琵琶語，絮當年雪苑清游。羨雙修，畫閣闌邊，畫舫溪頭。　　探幽怕聽焚琴慘，悵凝塵玉鎖，小劫珠投。洗净鉛華，爭輸扇墜風流。傷心數點桃花血，染齊紈一曲千秋。念鶯儔，不近横波，莫誤迷樓。

泛清波摘遍①

燕京雜憶擬小山格，丙子春暮與鐵尊、弢素、述庵、倦鶴、霜厓、壯毆同作。

翻風柳小，宿雨花妍，偏是暮春燕薊好。剩寒遲日，那有江南饞春早。宸游道。名園鳥語，平野驄嘶，雲際翠微青未了。四月尋春，自憶華年暗愁少。　　我懷渺。宮禁尚餘斷烟，輦路看生荒草。桑海胡塵再來，亂笳昏曉。塞鴻杳。天外信息已非，尊前故人難到。可奈神壇樹色，夢魂傾倒。

倚風嬌近·元夕憶夢用草窗賦大花體

傾國銀花，俊游衣惹香繚。夜深燈火樊樓舞。圓月冷春城，倚玉掩羅屏，弱質婷婷，雅素宮妝眉嫵。　　壺箭聲催，油壁青驄歸處。松柏心期難據。廿載京塵化烟霧。離鸞譜。夢痕尚浥天街露。

紅林檎近·春夜獨坐用清真咏雪韵

孤館春還淺，故園梅正香。唳鶴怨遥夜，折枝夢寒塘。有花無人寄遠，悶掩霧閣雲窗。剪燭怕理殘妝。弦語罷鶯簧。　　景物留倦客。霜雪老殊鄉。津亭載酒，魂銷當日虹梁。奈華年流轉，蓬山路阻，甚時酹月同舉觴。

---

① 此首又載于《學術世界》第2卷第2期，1936年。

繞佛閣·邗江重宿某氏園感賦

艷陽半斂。花外雨急，春去庭館。幽夢偏短。最愁睡起，餘香透羅幔。信風正滿，閑對逝水，空悵人遠。歌韵淒婉。暗中似繞，朱樓度池岸。　　舊迹謾追覓，捨柳眉痕添幾綫。斜倚畫闌，夭桃紅比面。記夜飲年時，清漏催箭。此情難見。況聽老雛鶯，芳事零亂。緬前游幻雲層展。

側犯·林鐵尊《半櫻集》題辭①

鵬搏早倦，半生感慨盈詞卷。争遣。看碧海紅桑市朝換。文章自有價，叔世功名賤。回轉。祇壓架琳瑯老來伴。　　繁櫻麗日，仙夢瀛洲遠。天外久賦歸槎，江國歲華晚。塊壘難澆，酒杯誰勸。寫入新聲，雪兒歌遍。

訴衷情·效飛卿體

星耿。波静。荷弄影。晚風柔。雙桂槳。湖蕩。木蘭舟。偶語翠香稠。悠悠。吟鶯何處愁。不知秋。

女冠子·效松卿體

鴉鬟蟬鬢。綽約海棠標韵。步虛遲。露氣清初曉，雲和試妙吹。絳河遥隔處，桃洞晚來時。獨羨尋花侶，玉峰期。

碧牡丹·丙子秋日效小山體②

斷岸東風扇。前日離亭燕。月夜羈懷，可共深閨人遠。四壁生秋，先

---

① 此首又載于《詞學季刊》第 3 卷第 3 期，1936 年。
② 此首又載于《詞學季刊》第 3 卷第 3 期，1936 年。

冷蛩吟遍。葉聲還在梧院。　　利名限。要恨歸計晚。愁邊歲華輕換。海角天涯，夢繞柳絲長短。謾撥鷗弦，空訴將心願。江湖音杳鴻雁。

夢揚州·依宋本《淮海長短句》九十五字體有懷薊門[①]

野烟收。望短亭芳草都休。乍雨乍風，倏忽淒然爲秋。古城路，雲陰黯。念歲時紅簇花稠。胡塵邇，笳吹競，雁南聲帶邊愁。　　誰問同儕舊游。曾貰酒春郊，樹底扶頭。繫馬看山，却喜燕臺勾留。戍樓一夢征人老，對亂烽頻撫吳鈎。中夜舞，聞鷄未寐，心在神州。

臨江仙引·莫愁湖晚眺[②]

暝色古堤路，水堂寂寂，烟渚茫茫。晚笳動高城看入昏黄。彷徨。慨觴咏地，盟鷗杳喚鴨人忙。芳華謝，正敗荷衰柳，秋盡江鄉。　　空梁。雙栖燕去，誰問棋勝樓荒。剩湖山蕭澹，故國悲凉。端相。舊留題處，莓苔黯醉墨頹墻。無聊甚，況感時憎別，盈眼滄桑。

秋宵吟·和白石韵[③]

小園荒，露滴皎。夜永秋蟲吟悄。凉侵枕，衹幻境冥迷，寺鐘撞曉。倚霓旌，掩姝葆。素月初逢林表。瑶臺夢，似舊日烟雲，逝春花草。珮冷香銷，念歲月徐娘半老。障川無計，去國難言，綺思謾纏繞。吹別罡風早。縱目驚波，鴻斷雁杳。遣閑愁便倒金尊，歌歇壺缺意未了。

解連環·聞《長生殿》歌曲次美成韵[④]

夢雲誰托。悲霓裳咏歇，怨思綿邈。恁愛寵常伴君王，忍膚變土親，

---

①　此首又載于《詞學季刊》第 3 卷第 3 期，1936 年。
②　此首又載于《詞學季刊》第 3 卷第 3 期，1936 年。
③　此首又載于《詞學季刊》第 3 卷第 3 期，1936 年。
④　此首又載于《詞學季刊》第 3 卷第 3 期，1936 年。

命成烟薄。翠輦西巡，四山雨谷鈴蕭索。緬華清艷色，輾轉寸心，起病無藥。　　鶼盟枉同海若。奈烏呼殿脊，螢照檐角。爲護國難惜傾城，等江草江花，慘睹抛却。紫陌春深，起共賞香亭花蕚。禁㠯餘生聽風聽水，泪珠暗落。

引駕行·丁丑季春效屯田第一體

鵑啼狂雨，鶯飛怒草韶陽暮。看人行，似春遠，臨分翠尊愁舉。誰睹。便畫閣深深，紋衾隱隱怨南浦。枉凝想初盟繾綣，楚江雲，越山樹。祇許。晨風短夢，夜月離魂重遇。奈界斷紅墻，音沈碧海，景光辜負。回顧。又垂楊一色，天涯遮隔倚闌處。別恨繫千絲萬縷，忍憑高去。

卜算子慢·郊游感舊次子野韵

尋香蝶倦，銜絮燕紛，曲陌賞春來晚。別緒東風，怕省畫圖人面。回眄。值千金巧笑橫波眼。悵俊約樊樓頃刻，微雲淡霧消散。　　好景環山館。奈往事孤鴻，迹隨天遠。月午池闌，祇自翠尊常滿。愁遣。對漂花又觸回腸斷。甚離合無端現滅，恨江頭早見。

慶春宮

丁丑孟夏同貢禾謁李文潔公墓，望祠堂不能至，愴然賦此，并簡晉丞、章門。

灰蝶旋堆，紅鵑烘水，野烟早過清明。禾黍悲歌，梅花孤夢，墓門坏土長扃。半天松籟，似依約山阿降靈。高丘猶是，十載重來，榛蔓縱橫。

申江後別吞聲。回首臨歧，忍話衰徵。桃李飄殘，南雍誰主，舊時輪奐都傾。滿堂弦誦，奈塵世華胥易醒。荒祠途阻，斜日歸車，凄斷難名。

卷中*

六醜

秋老寇深，瘦湖人寂，撫時感舊，悲從中來，次美成韵。

記烟堤載酒，正綠柳金鶯梭擲。少年俊游，分飛成倦翼。雪印鴻迹。避地重來處，望中烽火，報島夷傾國。飆輪四犯無山澤。焰起連城，聲摧九陌。繁華甚人珍惜。黯南雲北樹，春夢天隔。　　湖樓蕭寂。盡荒波漾碧。似耳蘭舟女，長太息。傷高最是羈客。矧秋光慘淡，劫深愁極。黃花老晚霜侵幘。伴玉斗月底，頻澆塊壘，醉容欹側。澄清願莫付寒汐。感盛衰對此茫茫意，如何料得。

七娘子·仿向子諲格

淡烟芳草雷塘路。又窮秋幾度風和雨。醉月池臺，傍花庭户。而今怕過分携處。　　溪橋絕迹凌波步。祇野航三兩還來去。斷雁聲酸，哀蛩語絮。凄涼總是愁心做。

鷓鴣天·答吳遐伯贈菊

吟鬢蕭疏耐晚寒。卅年蓬轉欲歸難。閑來歲月蟲邊静，劫後山河雁外殘。　　詩夢窄，酒懷寬。故人投贈意加餐。黃花淡泊真吾友，且作東籬舊雨看。

＊　原名《竹西鷓唱》。

虞美人·江村晚眺

葦花飛盡蘋花了。水國秋光少。失群南雁咽金風。斷續寒聲遥度楚雲中。　　綠窗朱戶人何在。罨畫溪山改。平蕪極目一天愁，無語斜暉脉脉又西流。

點絳唇·真州道中①

如此人間，晚花開落誰爲主。楚天遥處。慘淡風兼雨。　　冉冉秋陽，可奈神州暮。衝寒去。斷鴻無數。江北江南路。

前調·懷湘山故居戊寅春作

八表塵昏，人間何世桃源杳。故園春好。悔不歸期早。　　黍夢光陰，獨向江湖老。金陵道。亂鴉殘照。華屋生秋草。

踏莎行·吳晉丞挽辭

庾信生平，江淹才調。騷詞半篋秋多少。南雍往事已成塵，可堪買醉黃墟到。　　得喪虛花，冤親宿草。子規啼斷巴山道。西河一泪灑人間，荆榛滿地衰蘭老。

薄幸

江淮春感，己卯三月，次仇述庵韵倚東山。

夢華空記。看白日烟塵四翳。縱另闢荒山荒水，別有一春懼事。奈故園花木凝寒，東郊引望君如歲。甚峻峽雲封，長淮星轉，難睹高鳶飛紙。　　鎮對此桑波影，渾莫辨陸沈天意。忍回眸，蒿徑流離鶯燕，掩紅抑翠

---

　　① 此首又載于《中央日報》1948 年 9 月 20 日。

傷心地。擊瓊壺碎，悵風盲雨晦，滄江臥起人間世。層陰又久，容許青冥尺咫。

倦尋芳·賦東游所見擬夢窗格

斷紅逝水，空翠荒江，春恨離燕。露浥夭桃，村店怕窺嬌面。小雨車塵槐市及，斜陽鞭影櫻堤見。羨雙仙，正釵珠半壓，夾羅新剪。　　任倦旅天涯綺怨。渴病文園，歡夢閱遍。笑掩銀燈，愍態夜深頻看。棐几瓶花幽獨在，危樓尊酒伊人遠。甚重逢，訴分攜，剩香消散。

燭影搖紅·前題再擬夢窗

碧斂眉山，晚風涼沁愁深淺。銀床玉骨病經秋，爐火孤桐院。一晌香濃霧暖。楚臺荒行雲夢遍。稚懷疑信，底事思酸，萱堂難見。　　無賴琴心，歲寒那忍殘梅怨。樓闌鬟影倒清池，霄際驚鴻看。千里紅蓮寄遠。乍通辭瀕湖舍館。雪窗回首，咫尺天涯，情長緣短。

三姝媚·賦宣南近事用夢窗韵

歡場尋夢慣。甚長安重來，感懷無限。巷曲依然，奈舊香紅袖，染污難浣。待月簾空，悲蕙草終淪蓁蔓。絮語纏綿，翻在年時，殢人鶯燕。

非是良緣宜斷。怪既屬良緣，又何緣短。趙瑟秦簫，傍苑槐還記暮天歌宴。映郭斜陽，春去久風光都變。似海侯門陌路，蘼蕪恨滿。

木蘭花慢·吳霜厓挽辭①

廣陵孤調絕，衹彈泪，嚮南天。信學府清流，詞中白石，曲裏藏園。幽閑。殢花病酒，理叢殘珍重百嘉編。玉笋雲埋萬里，滇池草樹凄然。

---

① 此首又載于《民族詩壇》第3卷第3期，1939年；《戲曲月輯》第1卷第3期，1942年。

炎邊。老去念家山。吳苑鎖風烟。慨蓬瀛氛惡，桑田世換，魂返何年。煩冤。唱酬舊侶，忍荒春遙聽折哀弦。夢斷黃壚醉晚，永懷空對遺箋。_{霜厓赴滇前，爲拙著《樂府指迷箋釋》作序，于胡塵擾攘中郵至，墨痕如舊，已隔人天。猶憶如社唱酬時，霜厓有"中酒年光餘幾綫"之句，頗訝其過于衰颯，豈識耶。}

鵲踏枝·秋懷和馮正中韵①

王氣凋殘歌玉樹。沈水烟微，裛盡愁千縷。閑撥箏弦移雁柱。秋心遠逐瀟湘去。　江上叢蘆花又絮。梧葉飄時，小院三更雨。一覺空階蛩碎語。深宵枕畔懷人處。

其二②

鶴去遙天沈寂久。遼海重歸，城郭都非舊。僝僽情懷如中酒。腰圍料比東陽瘦。　秋日芙蓉春日柳。無限風光，可似當年有。修竹薄寒侵翠袖。微茫淡月昏黃後。

其三③

滾滾江流流不去。舊恨新愁，又到清秋暮。別館青蕪山下路。繁霜悴盡鍾陵樹。　哽咽連天賓雁語。眼底關河，依樣年時否。聚散無憑風裏絮。雲窗霧閣人何處。

其四④

斜照山山山幾許。淺恨深顰，烟裏青無數，轉石江源西盡處。驚心灩澦瞿唐路。　霜葉離披天欲暮。錦片秋光，不爲愁人住。病起支頤閑自語。分明好夢隨風去。

慶春澤·黃龍硯拓本題辭

學海經香，臨川筆妙，隃糜鴝眼爭青。館杏齋空，池波一例湛冥。西

---

①　此首又載于《集成》1947 年第 2 期，《中央日報》1947 年 4 月 22 日，《中央日報》1948 年 1 月 30 日。《集成》題目後有"己卯秋作"。

②　此首又載于《中央日報》1947 年 4 月 22 日，《中央日報》1948 年 1 月 30 日。

③　此首又載于《中央日報》1947 年 4 月 22 日，《中央日報》1948 年 1 月 30 日。

④　此首又載于《中央日報》1948 年 1 月 30 日。

京片石荒寒甚，入文房寶氣烟凝。讀磚銘，句句光芒，字字精靈。　　摩挲二十年前事，悵春風日遠，舊雨星零。香火緣長，書城獨對先型。丹鉛怕有蟾蜍淚，校遺編五夜魂縈。動遥情，望斷梅花，萬樹冰清。現爲漢黄龍紀元磚製，漢晉八磚，吟館故物，阮芸臺用以校經者，後歸李梅庵夫子，因以名其齋。夫子殁後，同門蔣蘇庵得之，拓本徵題。

雪梅香·讀李梅庵夫子遺集

楚芳歇，虞淵白日更西沈。剩篇章陶寫，伶俜故國騷心。掀地潮流挽猶力，壓天霜霰冷偏禁。後凋節，怪彼蒼松，不化龍吟。　　幽深。百年恨，入夢排闉，斷泪涔涔。幻迹黄冠，忍拼敝屣纓簪。和靖寒梅古標格，義熙秋菊舊胸襟。遺編展，似耳弦歌，空外商音。

踏莎行

白蘋，一名苯菜，圓葉成叢，浮生水濱，白花黄心三出，自來記載多與蘋萍混淆，惟陳藏器本《草圖經》辨爲別種。荒江秋老，彌望如雪，爰拈此調以寄退思。

腮雪烟滋，鬖雲露染。陰晴水國幽芳晚。荇絲菱葉共浮沈，荒波望極瀟湘遠。　　秋色三分，寒光一片。檀心隱恨深深見。西風日暮到汀洲，翠銷香減無人管。

鶯啼序·萬壽山懷古用夢窗豐樂樓韵

西峰艷陽又晚，散餘霞作綺。禁門鎖細柳新蒲，碎綠流怨烟際。帶橋畔沈舟隱隱，荒波浩淼無霾霽。剩金輪閑話，荊駞泪點偷墜。　　卅載神京，麗景迅羽，怕岑樓再倚。御園路佳日宸游，往來千萬紅翠。綉筵開梨花夜月，畫橈泛芙蕖秋水。慕芳菲，巢燕還臨，海桑塵世。　　圈龍慘痛，咫尺蕭墻，變起信非美。妖霧滿惡氛隨到，絳宇淒緊，豕突烏呼，絶人家事。潓沱暗渡，蕉蕈尖憩，秦中行闕歸鑾馭，漸相忘雨泣風愁地。心長望極，伊誰邃室憂周，對燈亂抛縈緯。　　爐香殿閣，珮服班行，正乘

353

興畫遲。看阿母珍叢分咏，醉裏聞歌，午夢湖亭，玉闌十二。罘罳敞錦，舻棱殘鏤，宮奴根觸低訴處，說開天同掩青衣袂。白雲去矣難回，鳳邀春空，斷魂帝里。

洞仙歌·讀河陽生《傷逝篇》感賦效屯田體

塵海秋魂斷。剩畫闌悄倚，凋梧軒館。感驚風瘦蝶，冷雲孤雁，荷聲滴碎朱華亂。正雨過湖灣停艇宴。喧弦管。甚曲按梁州，嬌態人扶懶。

宛轉。夢緣警醒，病共憂增，半載銷磨，竟使紫玉烟成，幾覺帶圍寬眼。瑤臺小聚難重見。任美眷流年忙裏換。回恨昒。恨當歌一斛量珠太嫌晚。忍記遍。訴掩抑琵琶怨。縱泣紅沈醉，拒霜花委青蕪苑。

江神子·賦紅葉

霜風吹綠去人間。樹浮丹。葉先殷。謾道晴霞飛起赤城灣。幾度新寒催世換，紅染就，此山川。　　停車偏怕上秋巒。楚雲端。望鄉關。愛晚亭荒，衡麓在誰邊。灑遍千林鵑血似，無一語，夕陽殘。

其二

臨流霜樹夕陽遲。浸明姿。水凝脂。鏡裏新妝濃抹晚秋宜。不似宮溝情載去，干底事，爲通辭。　　翩翩殘蝶夢痴迷。繞寒枝。覓芳菲。嫁與西風，一夜冷紅飛。怕過吳江空悵望，沈恨滿，祇相思。

減字木蘭花

雞鳴風雨，長懷昔游，生平所接詞流，有不能忘者四人，爰綴短韻，以略紀其言論，皆居恒所親炙者也。

幽齋褒碧。相對朗江風雨夕。萬感騷心。老去聊爲澤畔吟。　　源流正變，取宋捐唐辭旨見。柳骨周神。暗度金針世幾人。武陵陳伯弢先生銳

其二

玉梅花下。對月清談忘午夜。野鶴孤雲。人海翩然矯不群。　　還宮律細，製曲獨參弦外意。楊柳閶門。小圃荒寒水石存。鐵嶺鄭叔問先生文焯

其三

紫霞耆舊。點綴湖山餘此叟。酒冷燈昏。幾度追陪與論文。　　層深遠致，記取輞川詩畫裏。詞派西江。勘振宗風愧未遑。_{臨桂況夔笙先生周頤}

其四

臨川座上。霽月光風心嚮往。語業連篇。說到填詞衹片言。　　花間信可，須識宋賢堂廡大。叔世無春。凄絕辭窮理屈人。_{歸安朱古微先生祖謀}

南鄉子·庚辰早春和柳貢禾[①]

春信遍南邦。雪裏新梅淡淡妝。小市塵污何處覓，幽芳。夢繞家山老屋旁。　　濺泪到寒香。依舊江花映海桑。年去年來萍迹轉，他鄉。鬢影驚添一鏡霜。

清平樂·咏春雨

乍飛旋住。盡日廉纖雨。蕭索長安塵霧苦。春在人間何許。　　冥迷意欲遮天。柔花弱柳無言。寒到簾籠深處，遥空黯黯愁添。

揚州慢·和白石韵

邗水波腥，蜀岡雲黟，葦灣久滯歸程。襯游驄陌草，過燒劫三青。悵江海澄清事遠，泪花長日，天未銷兵。送晨昏箛咽，人非誰問蕪城。　　紙灰夢裏，玩芸編餘爐還驚。任坐樹園開，沿溪棹穩，争慰詩情。夜月暗塵來處，巢烏噪撼屋酸聲。念爨門薪木，吟邊新舊愁生。

前調·和洪勺廬自題《鴉友饋柴圖》

鳴鳥嚶求，狎鷗依戀，此鄉老倦游程。看黄雲宿侣，化竈脚樵青。念閑苑枝栖借與，歲時巢覆，一例憂兵。便荒荒殘日，垂楊終古蕪城。　　取

---

① 此首又載于《中央日報》1948 年 9 月 20 日。

神妙手，狀添薪禽异都驚。算範甎塵銷，郇廚味好，差慰吟情。故國亂烽初到，延秋喚感奪先聲。對豪端寒色，蒼茫誰訴平生。

法曲獻仙音[1]

春歸矣，遙念北湖花事，黯然賦此，用草窗韵。

塵黏波翻，絮萍風颭，巷陌飛花深淺。唱徹新鶯，聽闌蠻鳩，忙中艷陽偷換。向剩水殘山處，相嬉好春晚。　　恁銷黯。遍湖濱翠陰馳道，都認是前侶畫輪繡輦。縹緲十洲人，蜃樓成心意空遠。燕雀堂高，閉閑門芳草愁滿。恐紅消綠長，暗惹蜀鵑啼怨。

粉蝶兒慢

老柳數株，縱橫臨水，暇日偶憩其側，不勝江潭之感，爰以清真澀調寫之。

弱絮飄烟，輕絲曳雨，舊日風流驚晚。漢宮人見妒，盡三眠嬌懶，密葉鶯巢曾幾時，剩得拳鴉春探。半林陰，似玉河，頓感青疏黃淺。　　縱戀。長亭短檻。情依依未改工顰眉眼。酒闌誰贈別，點陽關歌板。老去殘枝堪攬結，獨有一生懽欠。已婆娑，素秋深更愁腰減。

水龍吟·半櫻翁挽辭

紫霞一去蕭條，坫盟誰作東南主。飄然撒手，梅凄鶴怨，催歸臘鼓。宦海浮沈，滄田坐閱，老懷無數。剩瀛濱夢迹，貽櫻疊咏，詞名在成今古。　　回首秦淮勝聚，醉鷗波頻看烟雨。商量格調，傳箋分韵，交馳鱗羽。兵火移家，竹西相左，蒼黃枉顧。恨人天永隔，神州淚滿，甚招魂處。翁難中來揚，見訪不值，讀《半櫻詞續》卷二〔八聲甘州〕調自注始知。

---

　　[1]　此首又載于《中央日報》1947年5月12日，《中央日報》1948年1月30日。

壽樓春

大埔劉大善琴而篤友誼，廿年前，嘗與作攬勝之游，一自圖南，消息杳然，每一念之，感不絕于予心也。

携絲桐登臨。記年時俊侶，懷古攀今。走遍荒烟臺榭，逝暉園林。彈再鼓，情惝惝。恨世無鍾期知音。幾醉倒爐邊，談傾座裏，相對共披襟。

風雲氣，長銷沈。想鬚眉聚鐵，肝膽分金。最怕扶筇空望，倚闌孤吟。傷去國，思同心。斷雁書天南愁侵。奈閑日探幽，蕭寥意存山水深。

夏初臨·仿洪平齋格應午社作①

午轉槐陰，晨翻麥浪，滯萍三載荒灣。庭館青蕪，掩關長晝如年。任他芳事闌珊。火榴紅又換人間。炎塵囂處，花都宵寂，天府春殘。　　雨梅啼鴂，風柳鳴蜩，舊愁未減，新恨無端。江湖臥老，驚波誤了鷗閑。尋遍桃源。苦秦苛一例冤煩。更何堪。菱桑枯海，烈日生烟。

定西番·和飛卿韵應午社作②

自古玉門傷別。凋塞草，望江梅，怨輪臺。　　征戍鐵衣如雪，陣鴻寒帶來。千户暮砧淒絶，一低徊。

其二③

瞥眼隙光過羽。園柳碧，沼蓮紅，舊房籠。　　盤鳳綉衣金縷，歲時妝正濃。蕉萃玉容三五，翠簾中。

其三④

幾度酒闌花晚。天亦老，月初眉，枉凝思。　　荒外雁聲風捲，夜窗簫一枝。愁裏最難將息，素書稀。

---

①　此首又載于《中央日報》1948 年 9 月 20 日。
②　此首又載于《中央日報》1947 年 4 月 22 日，《中央日報》1948 年 1 月 30 日。
③　此首又載于《中央日報》1947 年 4 月 22 日，《中央日報》1948 年 1 月 30 日。
④　此首又載于《中央日報》1947 年 4 月 22 日，《中央日報》1948 年 1 月 30 日。

破陣子·哀巴黎仿同叔體

絢海長春宮鎖，凌山不夜城傾。胡騎一聲懼事杳，羯鼓三嚴曼舞停。北來千萬兵。　　午夢浮屠涌現，倚闌怕上高層。叢剩碧朱園卉美，香泛葡萄瓮酒盈。霸圖烟靄橫。

探春慢·用夢窗體題仇述庵《鞠宴詞》

甚春空，令夢驚故園，歌編殘譜。妙旨無弦，一例含商嚼羽。三巴遠，遲雁影，半淞寬，愁鳩語。蕩滄波，斜陽裏，醉態騷心非故。　　還憶瑤京舊路。過野館聽螿，洲亭尋鷺。逝水流年，幾老黃花風雨。他鄉秋吟更慘，古城曲，何處住。最傷情，烟鬟望斷鍾陵暮。

絳都春·李鶴然銀婚紀念

泥丸趨管。羨俊侶暮年，情長因遠。載酒問奇，燒燭聯吟吳箋展。臨池當日神仙眷。效彩筆簪花盈案。小樓深處，窺人夢好，去來雙燕。　　風捲。鸞漂鳳泊，海山外自挽征槎旋轉。繡罷硯穿，巢穩雛成春無限。桑榆誰計桑田換。看月滿淞波同剪。料應壺裏天寬，白頭遂願。

河傳·和飛卿韵[1]

江上。迷望。葦飄蕭。秋雨秋風怨遥。翠簾獸爐香欲銷。朝朝。蕩魂揚子潮。　　夢裏關山歸騎遠。吳館晚。千里郵程斷，屋臨溪。衰柳西。古堤。薄寒蟬懶嘶。

---

　　[1]　此首又載于《中央日報》1947 年 5 月 12 日，《中央日報》1948 年 1 月 30 日。

瑶池燕·和東坡韵

漫天風陣。秋陰困。一寸。一分心裏沈悶。憎人問。綃巾泪揾。珠和粉。　　弄秦簫低咽幽韵。月明趁。清商到底含愠。蓬飛鬢。孤燈坐暈。新來恨。

生查子·用幽栖韵答佛根

商歌起隔江，酒醒情懷惡。衰到北湖荷，入夢秋蕭索。　　鴛盟露點輕，雁意雲羅薄。小閣夜凉天，獨對斜河落。

其二

陰晴變幻中，無賴同春困。時節未黄花，早透輕寒信。　　人非鶴怨長，夢破鷗驚盡。怕見月輪圓，偏又中秋近。

卷下 *

月華清·庚辰中秋

燭地光清，經天轉急，望舒輪滿初駕。秋半人間，一片玉田無價。醉涼波荷色浮金，聽仙樂桂香流瓦。閑雅。正南樓盛集，檻花低亞。　　劫罅明姿恨惹。問碎影山河，照從誰寫。萬里嬋娟，哀樂不同今夜。露槃移漢闕寒增，羽衣散李家歡罷。年怕。是纔圓又缺，水精簾下。

芳草渡·和六一韵

滿湘雨，洞庭秋。蘋風起，橘烟收。驪歌江上古今愁。揮手處，離恨在，石磯頭。　　綠波遠。瑤瑟怨。久阻歸帆片片。聞哀角，看吳鈎。雲方散。鴻又斷。怕登樓。

惜黃花慢

周無悔少從王佑遐、陳伯弢行吟平山，追維昔游，賦此見寄，予未識佑遐翁，而與伯弢丈周旋頗久，感舊思今，繼聲成韵。

秀挹危闌。羨勝游杖履，舊日詞仙。紹宗清致，繼周妙解，空懷桂嶺，數訪桃源。半塘孤鶩荒烟冷，裹幽碧風雨齋湮。念斷弦。唱酬事往，今世何年。　　尋秋縱得消閑。奈故家廢苑，春已凄然。寄情山水，紫霞意索，悲歌菁麥，白石行難。瘦湖無分隨吟伴，畫船去嘗茗烹泉。漾翠圓。逝波夢落鷗邊。

---

　　* 原名《竹西鵠唱》。

龍山會

九日雖無風雨，而荒灣無處憑高，回憶丙子重九掃葉樓秋禊，不勝今昔之感，爰用趙虛齋韵寫之。

木葉紛如雨。舊日登樓，暮色烘晴宇。吟朋今可數。滄波意愁入鬢邊霜縷。西笑幾時逢，怕凝想寒烟平楚。映斜陽，眉顰隱隱，萬峰清苦。

黃花應感飄零，風物依然，禊事誰重聚。題糕成往迹，勝游處信美已非吾土。把酒對東籬，秋景短歸鴉旁午。待來年茱萸遍插，翠微延佇。

霜葉飛·賦楓葉倚夢窗聲律

萬千愁緒。朝和暮驚心都在風樹。絢空青女幻春花，寒過重陽雨。算覺蝶栖遲倦羽。荒凉誰探叢林古。念舊綠新紅，冷艷不多時，醉夢獨忘商素。　　因嘆送客潯陽，殘衫剩粉，怨曲身世同賦。楚山吳水感凋傷，雁哽空江語。忍一夕飄烟斷縷。秋芳從此隨波去。似故人縈回岸，慘別尊前，挂帆行處。

霜花腴·咏菊和夢窗韵

醉容半側，對晚花何人爲我簪冠。繁蕊開時，落英餐處，浮生笑口逢難。恨懷且寬。奈碎金紛列階前。念游踪夜笛凄清，漢江燈火小樓寒。

香國艷名春妒，況潮妝一抹，鬢綠侵蟬。秋月庭除，晨霜園地，天涯望絕蠻箋。謾傾玉船。想暮雲山態娟娟。算陶家自有珍叢，捲簾和霧看。

醉翁操·懷嶺南劉大

惜惜。母音。專忧。撫瑤琴。松岑。當風坐危披其襟。逸情豪興登臨。人共欽。重義慣揮金。惜此君遠兮祇今。　　瓠巴韵調，長伴孤吟。仲連邁往，誰與朝游夜飲。椰有林而蕭森。島有波而浮沈。炎荒何處尋。傳言無蠻禽。古道照予心。遁形疑在山海深。

花犯·敗荷用清真韵

古城灣，芙蕖又老，餘香泛秋味。露凝珠綴。知潤臉圓姿，曾鬥姝麗。畫船夜賞雕闌倚。邀涼游宴喜。便幾日肅霜期近，西亭愁翠被。烟斜霧橫態離披，重逢似久病，憫憫憔悴。朱間去粉，無人處望風飄墜。情絲在倩魂頓遠，空幻想荒陂鷗夢裏。看破曉旭輪初上，真妃臨鏡水。

攤破江神子·效書舟體

龍荒寒雪擁征袍。念梅嬌。正梅嬌。葦管一聲月夜更蕭寥。旅雁不還音信杳，甚杯酒，別離難，古灞橋。　灞橋灞橋客魂銷。泪暗拋。顏暗凋。望遠望遠，望忽斷烽火亭皋。千里歸心，長逐暮砧勞。驛寄嫩枝誰贈與，春瘦也，在江南，夢影搖。

前調①

霜厓墓草宿矣，昔與同作是調，不勝人琴之感。

滇池花木阻千山。艷陽天。奈何天。迤邐客程一病臥蠻烟。酒意忽闌詩興冷，雁聲遠，入琴心，有斷弦。　斷弦斷弦獨流連，夜聽猿。晨聽鵑。夢也夢也，夢不返桃李陰邊。烏几青燈，疇昔照吟箋。莫道故人西去久，同調譜，幾何時，爲黯然。霜厓赴滇，殁于桃李屯途次，時在己卯春三月。

南鄉子·庚辰除夕

尊酒送年涯。夢裏承平醉後懷。錯怪東風如許懶，春纔。大地窮陰凍未開。　蠟泪滿銀臺。一寸紅銷一寸灰。笛弄梅花消息早，疑猜。可有繁香逐歲來。

---

① 此首又載《戲曲月輯》第1卷第3期，1942年。

瑤華·賦冰花參用二窗聲律辛巳早春

珍叢冷澈，偏借風威，顯裁成工絕。膠池凝瓦，驚變態畫本非霜非雪。窮陰寒水，孕如許瓊葩瑤葉。也最宜空色齊觀，那有滄洲華蘖。天公偶戲仁同，爲春瘴江南，先散除熱。清虛异種，徒自賞不惹趨香蜂蝶。小園回暖，看幻影隨緣生滅，謾笑他一例優曇，善保壺心孤潔。

小梅花·用向子諲韵

紅桃頰。金蕉葉。舊時共醉花間月。笑渦盈。眼波惺。冰姿玉質，無語也留情。春風一別含章面。年去年來幾曾見。盼重逢。不重逢。天外蓬山，鱗翼隔難通。　頻頻勺。深深酌。閑愁萬種權抛却。粉墙邊。野橋邊。倩魂仿佛，相對便生憐。啁啾翠羽當前掠。夢杳羅浮何處著。楚雲疑。探春遲。朱門紫陌，終古惜分飛。

醜奴兒慢·雪感

搖光萬里，銀海飄花零亂。奈遲久東風吹下，瑞兆期難。駕阻飛瓊，已經冬令始姍姍。猜鶯疑燕，欺梅妒柳，天釀餘寒。　江上數峰，白頭遙對，不見烟鬟。羨乘興山陰一棹，夜往明還。絲管陽春，曲高誰和郢歌殘。人間玉做，蘧廬夢好，千古袁安。

暗香·憶梅

半林玉色。正幾聲送晚，樓高橫笛。照海雪明，不把瑤華等閑摘。疏暗山園境好，應咏入逋仙詩筆。每坐覺月墮風尖，清冷逼苔席。　香國。頓寂寂。似鬥損敗鱗，碎白紛積。倩魂夜泣。寒骨冬榮忍追憶。重到長携酒地，千片落愁傾春碧。看樹樹青子矣，那曾賦得。

疏影·梅影

寒香瘦玉。喜舊時庾嶺，山寺經宿。雪裏亭亭，虛白疑無，冬心自繞松竹。黃昏角斷雄關遠，有夢落枝南枝北。緬逝塵索笑誰邊，悵望倚闌人獨。　　難問仙禽倒挂，探芳欠使者，麼鳳毛綠。卻羨幽栖，別與安排，九里三椽茅屋。移床默會蕭然意，夜黑愛月明窗曲。寫粉痕淡墨橫斜，幾折水籬盈幅。

西子妝慢·西湖春感和夢窗韵

園柳碧愁，岸花玉慘，鏡裏迷茫塵霧。畫橈誰與説年華，照桑波短長橋塊。珠歌翠舞，怎不挽青陽共住。縱重來，對冶游尊俎，湖山如許。　　佳期誤。逐隊飛紅，看趁潮汐去。綠天深處急鵑聲，怕血黏兩峰高樹。坡翁妙句。盡常變陰晴兼賦。甚而今，獨剩烟恨雨。

玲瓏四犯·春暮見落花倚堯章聲律

碧草畫輪，紅塵驕馬，郊游游興深阻。艷陽天易老，滿眼烟和雨。飛花被風又誤。墜西家剩春誰主。夢裏江山，客中身世，啼感子規苦。繽紛舞，依莓路。總輕盈趁水，清净歸土。美人金谷似，妙曲山香顧。流鶯尚解空枝怨，奈今日繁華如許。對綠醑無言，念長安舊侶。

迷神引·仿屯田格

一髮神州驚濤捲。夜黑水深無岸。哀吟緩拍，寫江南怨。慘紛紛，巢林鷁，看歸燕。春去青蕪國，夢華遠。胡騎中原走，暗塵滿。　　暮往朝還，坐待天憎亂。説夕陽殘，滄瀛淺。萬千形色，衹根觸登樓眼。棧雲迷，湖波阻，旅懷倦。蒲柳依然綠，年近晚。西來書期失，雁程斷。

彩雲歸①

居臨水次，頗便釣游，京江諸山，日在望眼，用屯田韵寫之。

烟波浩淼阻歸航。住蘆中景物漁鄉。觀對江半壁如圖畫，雲斂盡水色山光。忍重聽冶城絲管，惱騷人酒腸。幾度念絮萍殘影，夢墮蒼茫。何傷。晨游夜釣，放天閑坐領清涼。一年最好，秋到佳日，芡老菱香。謾説他桑田變海，事往都莫思量。銷凝處，爲侶沙鷗，獨自機忘。

離別難·賦劉阮再入天臺事仿屯田格

桃洞水窮迹滅，尋芳樹迷津。阻重來路曲逡巡。繞橋闌何處覓雙真。便空對岫列烟中，斜陽秋晚，黃葉成群。甚奇緣，藕續鸞巢無分，歸思惹凡塵。　情繾綣，態殷勤。算浮杯有意迎人。祇兼葭玉質相倚，想當時歡聚總銷魂。縱飽飲美酒流霞，朱顔難駐，誰語長春。未了恨，隱隱仙山福地，終古望雲根。

小重山·六月十五夜枕上偶成

水殿涼生月正中。荷香融露氣，蕩空濛。神光離合幾多重。紅墙隔，無語碧波通。　良會入朦朧。驚風遥度處，五更鐘。懼娛夜短夢醒同。分携恨，我欲問蒼穹。

十二時·辛巳季夏雨後觀荷用屯田韵

晚晴天，斷虹殘日，光映湘娥梳洗。入勝處，幽襟涼思。已覺平添秋氣。艷色含顰，啼妝隕泪，罄折嬌難起。縱萬葉不作枯聲，驟雨過時，都是凄人心耳。　爭似他花叢一棹，竟夕北湖長繫。露冷粉房，風摇水珮，夢落鷗眠地。月乍升柳下，筒杯共飲醉裏。　近歲來孤吟澤畔，易

感漂蘦愁意。等得凌波，餘香銷盡，翠減西亭被，祝盛炎莫謝，芳華忍教輕弃。

拜星月慢·《長生殿》本事用清真韵

淡月鈎盈，霏烟絲揚，幾席香殘燭暗。乞巧千家，學穿針庭院。正私誓，喜值河橋鵲駕初蔵，閃爍波光銀爛。海樣深情，有雙星同見。　　畫難傳太液芙蓉面。傷心地怕過眉山畔。素願比翼去他生，早驚鴛分散。恨南宮剩得凄凉館。霓裳破怨曲霖鈴嘆。盡夢到弱水蓬萊，莫紅墙隔斷。

卜算子·賦荷用白石梅花八咏韵

紅過白蘋洲，香遍垂楊路。載酒年時結伴游，短棹閑容與。　幾誤賞花期，枉憶追凉處。劫火臺城倒影中，哀續江南賦。南京玄武湖

其二

草樹隔城隅，隱約山樓迥。十頃芙蓉一鑒開，净植娟娟静。　何處鬱金堂，烟月當時景。怪底花魂是美人，再現凌波影。南京莫愁湖

其三

太液網殘魚，些子圓陰覆，僻處無人出數枝，玉影亭亭瘦。　鳧鷺宿猶驚，蜂蝶争相就。露下承盤盡泪珠，故國心傷透。故都北海公園

其四

嬌作笑啼妝，潔比玲瓏雪。浩淼荒池匯玉泉，長夏清香徹。　浪打石船欹，雨洗雕闌折。引動人間屈子悲，拼與花同絶。萬壽山昆明湖

其五

泥污滿秋塘，荇藻先淪落。獨有濂溪不染心，君子難忘却。　怕譜惜紅衣，楚澤風波惡。一葉扁舟入水雲，舊夢鷗邊覺。臨湘西湖塘

其六

艷色感滄桑，慣作顰眉樣。祇合名湖種此花，千古供幽賞。　曲院晚凉天，水珮風裳想。采采歌聲久不聞，那有嬌娃唱。杭州西湖

其七

月照百花洲，畫舫笙歌咽。午夜江城菡萏香，屈指多年別。綽約水仙姿，自保塵中潔。識得東風慣誤人，心苦憑誰説。<small>南昌東湖</small>

其八

歷下古亭過，湖上風香細。近日芙蕖別樣紅，豈識趨炎味。七孔本清凉，半面如酣醉。千佛山頭冷眼觀，花有西來意。<small>濟南大明湖</small>

浪淘沙慢·哀鬥蟀仿清真畫陰重格

夜難再，幽閨訴雨，候館鳴月。秋入商弦響徹。凉催和杵韵葉。正纖罷貧家機杼絶。隱苔砌玉管空咽。聽暗裏呼燈斷魂杳，漂流灌盈穴。心裂。　露寒漏永凄切。誤細景亭臺，雕籠住，轉眼身世別。悲健鬥雄姿，纖草提掇。進盈退絀。都爲人争取，花枝稠叠。萁豆相煎同根蘖。金盆冷怨吟并歇。半閑侶西堂論平巧拙。更誰問觸是蠻非，戰禍烈，蟲天也污去玄黄血。<small>鬥蟀賭籌，每枝花定值如干，勝負均以幾枝花計算，今俗猶然。</small>

天門謡·夢登日觀峰步東山韵

神秀摩天險。海東曙岱宗先占。雲氣斂。似初陽登覽。　美帶礪河山光瀲瀲。漢族當興名豈濫。高憑檻。辨萬古齊州烟點。

湘江静·用梅溪韵柬述庵滬上

霧鎖樓臺潮漫浦。甚桃源寸陰難駐。狼嘷晝走，鴻嗷夜作，怕詩多愁句。雪過一天寒，十洲夢隨風吹去。飛鸕醉羽，清歌串珠，誰重問俊游處。　我願灰，人意苦。黯炎荒路迷烟樹。蕃街暗語，淞波亂剪，總柬來箛鼓。急景太蕭疏，梅開後那禁狂雨。年芳已晚，江南恨永，蘭成怕賦。

八聲甘州·壬午春初和謝西來韵①

聽秦淮玉樹正酣歌，沈迷舊京華。幻樓臺海氣，雲翻雨覆，野哭家家。出没城狐社鼠，世味薄于紗。千變殘陽色，盡量烘霞。　　底事西來流水，帶春光有限，春恨無涯。任寒梅開謝，誰問故園葩。幾滄桑江山陳迹，怕健兒都盡付蟲沙。閑登覽，惹新亭泪，意亂如麻。

還京樂

夢至白門舊居，覺來用清真韵賦此。

夢雲冷，一例吟箋賦筆閑慵理。訝廢齋殘破，斷編觸眼，丹鉛空費。任蠹穿蛛布。凝塵敗葉風前委。架半倒，誰想案有蟾蜍含泪。　　坐寒窗底。念年時清景，依稀正覺，青燈秋晚玩味。無端路曲驚回，恨江鄉半肩行李。祇當門，還霧羃遥岑，波翻近水。此日鍾陵色，華顛應共愁悴。

戚氏·賦宣南近事仿屯田格癸未春日

好春空。寂寞風雨小樓中。短劫宵臨，彩雲朝散，慘離重。焦桐。舊房籠。辭歸似燕别匆匆。殘灰瘞玉疑起，爲彼潛影總朦朧，酒醒歡墜，巢焚雛杳，翠翹枉想花容。更猊香頓歇，魚響長斷，龕焰銷紅。　　回首舊日游踪。行慢騁迅，挽轡讓驕驄。春明道，箐深林隱，水曲山叢。再相逢。嚮晚步繞，回廊密語，藝圃西東。贈蘭贈芍，幾歷盟期，展轉鶼翼相從。　　記否居鄰比，微波暗托，乍見心同。況是年時俊侣，畫修蛾樣巧媚偏工。揭來麗景梭投，幻情錦爛，炊黍繁華夢。便鏡鸞圓破今生送。多少恨縈損渠儂。悵望迷苦索途窮。驟釵約誓絕怨書通。嘆京塵際，青娥未老，逝矣冥鴻。

---

　　① 此首又載于《中央日報》1947 年 5 月 12 日，《中央日報》1948 年 1 月 30 日。

浪淘沙慢·哀土倫港自燼法艦隊倚清真"晝陰重"聲律①

浪淘盡，冤凝碎粉，恨繞沈鐵。非北橫流火發。歐南近海彈裂。算甲厚兵精恣廣設。蘊雷電逐走風捷。甚片晌舟師化泡影，機摧萬輪折。　　凄切。夜潮廢港嗚咽。問剩水殘山，今何世，轉徙黎命絕。嗟抗戰徒慚，資寇難説。陣雲自滅。窺淚痕唯有灣頭寒月。遺憾萊因邊防撤。金甌毀霸圖頓結。戍烟冷同淪驚慘烈。看遍地輾舞休歌，淬礪徹，他年豈忘去深仇雪。

倦尋芳·甲申立春前夜書感用彊邨韵

玉蟲滴冷，銀鴨沈烟，壺漏催晚。黍夢人間，禁乎得暮年離散。轉壑遺黎聞野哭，迎春寒雨生秋怨。意茫茫，問天公何在，九重高遠。　　甚是處陰晴顛倒，水恨山顰，終日難展。解凍期臨，誰見惠風微扇。萬物真同芻狗似，千金今比泥沙賤。感華顛，更蘆灣雪飛凄斷。

燭影搖紅·前題意有未盡再次彊邨韵

門外荒寒，晝陰連日層雲蔽。兩淒風慘障春來，深墨疑天墜，依舊胡塵蓋地。客心驚悲笳四起。波濤狂涌，倒海聲中，危舟難繫。　　龍戰千場，破空今古離奇事。直教焦土遍人間，點點哀時淚。幻境樓臺慢倚。鎖神州迷漫蜃氣。澆愁憑酒，酒醒愁回，予懷誰寄。

水龍吟·新秋登雲臺山頂次稼軒韵

大江蒼莽西來，別愁萬緒生天際。金焦上下，秋容慘淡，霧鬟烟髻。極目鄉關，驚心世局，傷高客子。任戎車滿地，飆輪四騁，渾難辨，茫茫意。　　還説清和鱸膾。好風光改觀知未。殘陽百變，歸雲甚處，英雄噫氣。十載祠荒，一丘像古，蕭寥至此。逐滄波到海，長流不盡，總神州淚。

永遇樂·北固山次稼軒韵

多景烟消，石帆灰冷，前度游處。裙屐遺風，壺觴雅韵，盡付東流去。依稀甘露，岩廊劍迹，聞説兩雄兹住。捍神京，襟吴帶楚，至今蟠踞龍虎。　　時無俊杰，狂瀾獨挽，竟令長蛇西顧。鐵瓮空存，金焦色變，遥對窺江路。歸雲尚杳，驕陽正烈，萬里南天鼙鼓。從何問，彭城往矣，地靈醒否。

水調歌頭·金山和白石富覽亭韵

風送塔鈴語，一日百千回。祇今繁響沈寂，此意豈西來。七級浮圖高矗，下有老僧遺洞，神話費人猜。倒影大江路，山壁涌樓臺。　　倚危亭，窮遠目，幾詩才。咏歌日斜忘返，空翠落深杯。我愧衰翁杖履，那及少年裙屐，舊迹隱蒼苔。東望焦岩近，殘照正佳哉。

凄凉犯·京江公園書感倚白石聲韵

碧山翠陌空園冷。人踪突變蕭索。曉鶯尚囀，候蛩又鬧，樹梢垣角。金威肆惡。正蕪地風凌露薄。瞰江城荒亭陡絶，晚景嚲冥漠。　　誰問追凉夜，散步閑行，緩歌同樂。俊游夢裏，感而今萬花蕭落。願彼垂楊，把良伴青春繫著。愛年光莫使誤了，負誓約。

還京樂·乙酉雙十節倚夢窗聲韵[①]

慶雲滿，一片升平雅樂傳遥響。喜故山無恙，暮年别久，重臨悲哽。訝變紅頑翠，湖波照澈滄桑影。暗塵遠，仙桂嚲老，天香飛冷。　　蕩邊

---

　　① 此首又載《中央日報》1947 年 5 月 5 日，《中央日報》1948 年 1 月 30 日。

氛竟。聽鐃歌敲罷，莊嚴上國衣冠，瑰貌再整。東溟斷絕橫流，看頹陽霧翳烟暝。念神州，剛麗日當中，雄獅睡醒。夢落華胥曲，光明前似圓鏡。

（以上摘自《柯亭長短句》）

柯亭長短句輯補

翠樓吟·依石帚四聲次瞿安韵

鶴警遼東，鴻飛楚北，聲聲送來霄際。高寒秋宇潔，但彌目清霜氣。江楓睇，又染出愁紅，征夫紅。生如寄，冷芳垂暮，看隨秋悴。　　忍記，新柳當年，也望春京國，五陵馳騎。劫餘歸久，甚情緒商量文理。風雲斯世，慨礌落人豪，沈冥天意。金甌碎，海禽難捕，獨醒知未。

水龍吟·金陵懷古次伯秋韵

蔣山依舊嵯峨，碧隨秋盡衰容露。東南故國，幾番經歷，勝時歌舞。金粉灰飛，綺羅雲散，板橋秋樹。問珠簾十，遺踪覓遍，分明是，青溪路。　　休說興亡千古，泣新亭、第先人去。銷沈王氣，江山如此，英雄誰數。想當年，萊備烟永，祇今奚取。怕登樓放眼，斜陽巷陌，總傷心處。

（以上摘自《餐櫻廡漫筆》，《申報》1926 年 3 月 27 日）

凄凉犯·答寄漚并次原韵①

石城鳳泊垂楊老。柔絲欲繫無著。鳥聲漸遠，蟲飛甚處，怕聽弦索，苔痕綉錯，悵階冷，雙鴛倦落，幾何時宵盟檻曲，蟾影度花萼。　　還憶聞歌地，小舫青溪晚筵，朱閣舊游，夢裏想秋雲墜。歡情薄，願保金軀，揀天外寒枝寄托。避煩寂，境自守，袍素璞。

---

　　① 　此首又載《會友》1932 年第 2 期。

瑶華·冰花①

裁柯鏤葉，天畫玲瓏比人工精絶。渠紋鬥巧驚又見，萬瓦一作平枝春折。生機如許，問誰識崚嶒寒骨。想幻身花，是花非愛，伴東南梅雪。　招凉往事豪門笑，琢鳳盤中塵夢炎熱，敷華自好，何處惹擷粉。餐香蜂蝶，玉壺清冷，表裏共冬心瑩徹。念妙根成毀空明派，水銀潢遥接。

梅子黄時雨②

苦雨成灾感賦，倚玉田自度腔，辛未夏日。

霪雨彌空，看雲氣四垂，還掩峰頂。便困柳欺花，釀將清冷天意沈冥如有异，盛炎忽爾行秋令，嗟俄頃，匝地水光，何處入境。　誰省。蕭齋③泥濘，自移床，憑几檐溜愁聽，且縱目荒波通衢。行艇無限新亭沈陸，泪又哀時與蒼生迸江潮，警劫來晚風催瞑。

夜游宫

駿公南來小聚忽別瀕行寫示〔夜游宫〕一闋，靈均遲莫之感，蘭成蕭④瑟之情。寄托遥深，誦之滋嘒，即席倚此，兼抒離懔。

珠玉新詞，宛轉更泉涌，論鋒清健，一霎危樓共。春晚甚浮生，似風花吹又散。　相對華年换。看滿地海枯桑變，烟裏鍾山縢痕淺，倚雕闌，話南朝，閑夢遠。

鷓鴣天·紀夢⑤

故壘秋風馬不嘶，吹花成陣傍蘆飛。雨餘沙際莎痕活，月暗城陰草色

---

① 此首又載《會友》1932 年第 3 期。
② 此首又載《會友》1932 年第 3 期。
③ "齋"，原作"齊"。
④ "蕭"，原作"簫"。
⑤ 此首又載《會友》1932 年第 3 期。

稀。　　休醉紙，漫沾泥。吳王臺畔夢迷離。間林香散空牛飲，滿目甘泉匯酒池。

虞美人·玄武湖上①

蘇光掩映澄湖面，瞬息變半天絲雨挂遥山，恰似滕痕依約隔簾看。　　新秋又上芙蕖梗，翠減斜陽影。舊游還自憶當年，底事憑闌一晌悄無言。

（以上摘自《心音》1932 年第 2 期）

柳枝詞（癸丑舊作）

十里長亭一色濃，流鶯紫燕日相從。垂絲不縮王孫騎，唱到陽關最懊儂。
其二
游女春深過漢江，纖腰十五鬥雙雙。怪他不解傷離別，折取長條倚碧窗。
其三
枝枝柳色映澄江，江上探春女伴雙。檀板低歌金縷曲，滿懷愁緒不成腔。
其四
如眉如眼復如絲，盡日窺人立路歧。風起飛花亂如雪，可憐離恨有誰知。

（以上摘自《會友》1932 年第 12 期）

醉公子·擬梅溪格咏蟹②

哀哉無腸族，蟠胸金氣，吐唾珠玉。外甲中黃，象具重離，易理潜蓄。空愧腹，逞文戈，未飽嘉穀。徒伴芳菊，悵燈簧遺恨，簫緯上斷魂。秋老亂流曲。　　江湖使星橫行，獨盡十二圖，成炫奇屬。廢院霜清，舊

---

① 此首又載《會友》1932 年第 3 期。
② 此首又載《民族週刊》1935 年第 5 期。

圍橙香，都醉醺酥。生命促，苦趨炎，慘同蛾火，紅异鴛浴。更誰向明月蘆洲，草泥幽緒續。

浪淘沙慢

觀田漢洪水新劇，惻然動容，詞以紀之，倚清真曉陰重一體。

晚風勁，堤楊蘸水，岸葦鳴葉，巡柝驚喧乍發，防燈亂颭半滅，正樂話田家三五節。捲罨浪，穴土崩裂，蕩萬頃黃雲去何所。群黎命今絕。傷切。　　遍村樹影波沒。剩露莽烟榛高丘處。慘楚鴻泪咽。嗟禍至須臾，知幾長別。課輸未歇，明鏡前，愁似昏霾寒月。鄰塾爭呼狂流泄。銅犀老，鎮威頓竭。地靈杳。枌榆空飲血。問天變，孰與人謀，瘁衆力，安瀾喜近朝陽熱。

高陽臺·真州城西訪柳耆卿墓

柳岸秋懷，蘭舟別緒，曉風殘月詞存。拍板紅牙，清歌妙句常新。鶯吭燕舌都銷歇，嘆千年艷事成塵。忒風流，蓋代辭宗，絕世才人。　　荒丘斷碣幽尋遍。祇迷烟葵麥，一碧無垠。仙掌名留，遺踪空托傳聞。何如漢上花山路，趁春游共吊吟魂。聽胥溪，逝水潺湲，獨送朝昏。

附録一：蔡嵩雲編《梁苑詞録》

作詞之要，首意境，次結構，次修辭，有辭而無意，有句而無篇，非佳製也。上庠諸子從余學詞，頗會斯旨，循是而進，庶不惑于歧趨乎，爰録其課作之可觀者。

高陽臺

蔡伯亞

暗碧啼鴉，殘紅泣蝶，暮春天氣纔過。隔水高樓，静中幾度聞歌。黄梅更接朱櫻熟，問誰邊停住鶯梭。正憎人，欲换輕羅，懶换輕羅。　　無聊最是簾纖雨，甚空階細響，不到滂沱。半洗眉山，沿堤柳翠婆娑。晚來閑步池塘路，看溪頭緑漲微波。憶年前，曾打枯荷，又打新荷。

玉樓春

李培林

桃李陰陰籠畫閣，宿陸枝頭光閃灼。良宵清夢覺來時，沽酒何人邀月酌。　　年華荏苒愁無著，明鏡朱顔驚暗削。人生能幾見花開，莫把春光閑過却。

菩薩蠻

池塘寂寂芳菲歇，群山萬里皆青色。回首帝王都，蕭疏風景殊。新愁知幾許，不斷千千縷。濁酒縱澆愁，酒醒雙泪流。

（以上摘自《庠聲》1932年第1期）

八六子

王式渠

雨初收。晚凉新透，綃衣人在層樓。正落地蟾華似水，上窗花影如圖，清兮素秋。　　乘風佳興悠悠。竹院好移雁柱，蘭房應試鶯喉。怎奈向、憑虛未生雙翼，錦幃天遠，綉簾雲隔，那堪陣陣哀鴻破夢，嗚嗚畫角鳴愁。怕回眸。羲輪又懸玉鈎。

永遇樂

吳維和

白雁聲殘，青娥花謝，慘秋宵永。曉月襄楊，灞橋人影，照徹相思境。漫天風葉，無邊蕭索，惹得鬢華霜凝。古今來、離愁多少，半留折枝情哽。　　腰肢一搦，燈前消瘦，歷遍枕寒衾冷。盞淺星孤，盤歆豆小，餘燼挑還暈。春光難再，回腸寸寸，舊事可堪重省。恨吟蛩驚人斷夢，欲眠又醒。

訴衷情

金長瑛

岫雲乍斂落霞橫。倒映夕陽明。殘紅倏忽飛盡，春去處，晚山青。　　疏靄散，野風輕。曲闌憑，一年花事，夢斷鄉關，杜宇聲聲。

西江月·夜游湖上

王紫霞

湖底繁星萬點，市頭燈火千家。斷烟殘霧自橫斜。負手且聽漁話。世事渾如幻夢，人生本是曇花。長河盡處送歸槎。無恙布帆低揖。

（以上摘自《庠聲》1932 年第 2 期）

畫堂春

金希庭

數聲啼鴂暮烟中。無端別緒匆匆。漫空飛絮舞玲瓏。静繞樓東。
日暖閑游別苑，雨餘細數殘紅。香泥可奈落花風。瘦恨芳叢。

吳山青·哀國難也

柳如絲。草如絲。海上風雲一局棋。輸贏是也非。　　夢迷離。望迷
離。塞外哀鴻何處歸。經年空淚垂。

蝶戀花

王蔭普

一帶平蕪連翠岸。簾影依稀，樓外湘波捲。寂寞楊林花絮散。長堤盡
處青山遠。　　閑倚雕闌游目慣。桃李成陰，陌上飛鶯亂。春暮落紅飄滿
院。此情偏被多情見。

菩薩蠻

春江兩岸烟如織。遥山入望無窮碧。畫閣倚闌干。鵑聲增暮寒。
殘燈明滅裏。照見香羅紫。曉起鏡臺前。驚心衣帶寬。

（以上摘自《庠聲》1932 年第 4 期）

八聲甘州

許敬武

正啼鴉繞樹滿霜天，黃昏又新秋。悵江南路遠，雲窗寂寂，離恨悠
悠。綉幕半垂清影，魂夢繫歸舟。目送征鴻去，遥憶南樓。　　是處紅衰
翠減，乍嬌顏憔悴，眉黛凝愁。覺香沈雨細，間挂小銀鈎。背蘭缸、凄凉
無語，憑曲闌、冉冉白雲浮。相思渺，長淮風起，寒月空留。

桂枝香·洛陽懷古

邢夢秋

斜陽影裏。正故國春闌，落紅如泣。金谷香魂墜處，綠茵愁織。天津橋斷鵑聲歇，嘆銅駝早沈荊棘。驚鴻人杳，寒生洛浦，惘然今昔。　看郭外群峰送碧。數王業霸圖，都是陳迹。多少興亡恨事，教誰收拾。九朝幻夢隨流水，但烟蕪廢礎頹壁。漫天飛絮，北邙無語，一聲春笛。

殢人嬌·登高感懷

常芸庭

風急天高，日斜林杪。登孤臺獨游吟悄。黃河滾滾，行人杳杳。陽關路，秋來落葉多少。　湖上花時，亭邊春早。東京夢十年過了。滿懷離恨，千般煩惱。思往事，鬢霜欲催人老。

點絳唇

戴祥驥

燭燼香銷，玉樓清夜羅幃捲。露濃深院，正是柔腸斷。　秋到人間，邊塞頻征戰。天涯遠，燕支山畔。幾許悲秋怨。

清平樂

碧紗窗畔。悵望征鴻斷。紅燭燒殘香燼短。愁裏懨懨夢轉。　一聲梧葉驚秋。天涯逆旅淹留。烟外青山隱隱，樓頭斜日悠悠。

訴衷情·龍亭懷古步嵩雲師洛陽懷古原韵

高鳳池

翠華一去剩鼓丘。墩影為誰留。空亭祇餘殘照，秋晚不勝愁。悲弱宗，嘆亡周。怎追求。湖天嘯傲，吊古攀今，自在風流。

（以上摘自《庠聲》1932 年第 6 期）

清商怨·秋思

鄭萬禎

迷離寒烟鎖院宇。聽晚來細雨。滴滴涓涓，平添愁幾許。　　秋窗淒對不語。怕瘦影懶然殘炬。最是黃昏，羈人增別緒。

訴衷情·龍亭懷古步嵩雲洛陽懷古韵

當年臺殿已成丘。勝迹幾曾留。孤亭冷烟斜照，憑吊使人愁。　　傷趙宋，嘆柴周。忍追求。披庭風舞，輦路沙飛，暮靄空流。

減蘭·秋日過偃師南山記勝

薛珠

荒村霧歇。早發獨辭茅店月。叠嶂撐空。幽徑縈紆曲澗通。　　東山忽闢。古樹颭秋消碧色。野鶩齊飛。遥想雲程啖岳低。

菩薩蠻

王鴻儒

絲絲風柳遮人面。澄鮮湖水烟波淺。日晚看春歸。西山孤鶴飛。長空明似畫。獨立斜陽下。扶杖對雲天。悠悠心自閑。

虞美人

馬清江

摩天嶺下征鞍駐。萬里關山暮。可憐白骨没黃沙。爲問西風野哭幾千家。　　一腔悲憤何能已。匝地遍塵起。塞鴻不畏夜霜嚴。更帶遼陽月色到江南。

（以上摘自《庠聲》1932 年第 7 期）

解語花·追憶清宮舊游感賦

張玉璧

纖雲乍斂。月下風來，秋鎖長門怨。御溝清淺。銷凝處，可有冷紅成片。無端聚散。想燕燕客魂栖斷。驚烏啼，黃草含烟，陌上枯榮換。　曾憶蓮池夜半。聽深宮歌吹，幽思零亂。玉容天遠。滄桑久，何處舊時人面。宵長夢短。祇自詫流光如箭。羅幕寒離恨誰知，空有南來雁。

八聲甘州

正霜林冷艷鬥群山，高樓望成空。奈殘秋月暗，池塘寂寞，夜度征鴻。暮鼓聲絲低裊，細雨和寒風。檢點淒涼泪，漫灑蕉紅。　應恨天涯路回。恨河梁握手，別緒匆匆。憶春明舊事，醉賞翠微宮。算人間，水流花謝，祇經年勞燕各西東。神京渺有雲峰處，萬叠千重。

祝英臺近

王元生

柳絲長，晴日麗，寂寞絮飛影。寶枕羅幃，睡起麝烟凝。幽閨可奈春殘，啼鵑聲苦，更簾外亂紅堆徑。　對鸞鏡。空嘆年華催老，壯懷懶重整。候館傷春，怕到酒杯冷。倚闌西望斜陽，逝波千里，恨游子歸期難定。

御街行·黃河岸畔

王儀章

茫茫一派連霄漢。天水色，光相亂。銀山白馬涌長空，目逐潮頭流轉。無言暗問，狂瀾誰挽，自古英雄嘆。　漁翁隔岸談方健。鷸蚌事，聞之顫。愁烟慘霧黯神州，破碎祇生秋怨。嚴寒塞北，山川何似，砍問南飛雁。

踏莎行

郭筱竹

達也星沈，晴空月杳。錦鷄啼破南窗曉。無邊衰柳鎖荒城，西風吹斷秋雲裊。　　旭影瞳曨，烟絲繚繞。蕭晨易被閑情惱。少年多自感飄零，不關樓外連天草。

點絳唇

何寶鈞

斜日烘晴，暖風消盡階前雪。柳烟梅月。又展丁香。　　紅泪清歌，還記當時別。今休説，關山望徹。杳杳音塵絕。

前調

還記尊邊，一杯醉倒東風道。強顏先笑。乍聽驪歌了。　　愁不歸眠，懶看紗窗曉。春光老，病多歡少，腸斷車前草。

惜分釵

劉復午

秋來到。孤鴻叫。滿腔愁緒無人告。夜燈前。弄瑤箋。握管難言。泪似流泉。涓涓。　　風威暴。霜寒峭。凋零草遇燎原燒。指潛淵。惜花妍。回首深盟，此意纏綿。煎煎。

菩薩蠻

侯德遠

覺來小苑看明月。銀河耿耿秋聲歇。幾陣菊花香。深宵風露涼。迢迢鄉思遠。獨客悲秋晚。何處雀鳴聲。烘窗紅日生。

調笑令

耿慶錫

寒夜。寒夜。對燭暗傷花謝。春來秋去如梭。贏得青衫恨多。多恨。多恨。久絕故人音信。

搗練子

王文忠

深夜月，照西樓。有限良宵無限愁。往日韶華如夢境，飄蓬幾度負春秋。

浪淘沙

李培林

雲散雨初收。月照山頭。眼前歌舞一時休。江上青峰人去後。曲韵空留。　獨自上西樓。舊恨悠悠。花開花落幾番愁。川水不知陵谷改，長向東流。

（以上摘自《庠聲》1932 年第 9 期）

應天·長秋思

張玉璧

瑤琴未冷，華燭漸消，離情暗裏催促。正是小庭昏月，鳴蛩鬧修竹。階前草，籬畔菊，共伴我翠樓吟獨。晚風起，細雨侵窗，一片清肅。
猶憶乍逢時，折柳攀條，花下話衷曲。漫到春山初展，秋容又驚目。簫聲咽，圍帶縮，怕對酒怨懷根觸。最無奈，泪濕池闌，閑鴛看浴。

西河·洛陽晚眺

何寶鈞

登眺處，前朝盛事無據。軒轅古道又斜陽，暝鴉暗度。寒烟一片北丘空，川流依樣東注。　帝都劫，餘舊礎。鶴歸應未訝非放，平蕪草白斷

383

鴻聲，怨生洛浦。晚風甚地覓荊駝，傷心桑海如許。　瀋遼北望恨道阻。有蘭成、危苦誰賦，多少廢興愁緒。嚮山隈水曲漁樵，間語嗚咽悲歌，長天暮。

減蘭

粟文同

春芳欲盡。風遂落花飛絮迅。顰結難開。脉脉愁心不斷來。　憑闌望極。音信茫茫關塞隔。日暮魂消。烟靄冥濛冪野橋。

三字令

春歸去，客魂銷。最無聊。思舊事，恨如潮。隔紗窗，聲斷續，雨瀟瀟。　珠簾裏，翠烟消。燭光搖。人寂寂，影寥寥。枕空欹，殘夢遠，漏迢迢。

憶王孫

吳益曾

夕陽西下白蘋洲。閑弄漁舟作釣游。楓葉蘆花一望秋。思悠悠。付與瀟瀟湘水流。

減蘭

趙鑒璋

月明如水。未曉荒鷄聲四起。燭泪空閨。贏得餘香滿綉帷。　眉峰頻聚。借問征鴻何處去。可奈秋霜。翠減紅衰惹恨長。

浪淘沙

侯德遠

門外雨瀟瀟。幾陣涼飆。青山無語客心焦。寂寞秋燈寒照屋，可奈清宵。　恨恨藕花凋。徙倚無聊。霎時人去地天遥。志願凌雲嗟已往，心鬱容消。

菩薩蠻

張沛霖

荒郊漠漠秋無際。漫天風葉蛩聲碎。霜色上人頭。韶光如水流。
城頭瞻望闊，暴野多殘骨。河水自奔流。雄心無限愁。

訴衷情

王儀章

幾聲寒雁唳遙空。魂斷舊遼東。驚人沸。天笳吹。空泪下，月明中。
家國事，一重重。恨叢叢。殘山剩水。白草黃沙，盡付西風。

（以上摘自《庠聲》1932 年第 10 期）

滿江紅·大梁懷古

王儀章

梁苑秋高，憑吊裏，登樓極目。川原廣，雄城猶崎，可憐華屋。草沒
魏宮無覓處。烟迷宋闕餘殘築。嘆千年、巍煥帝王都。荊榛簇。　摩殘
碣，難完讀。訪遺迹，今誰熟。祇風沙風葉，暮天飛撲。征雁長鳴來絕
塞，老鴉夜出號枯木。怎銷凝、河水捲黃沙，仍東逐。

漁家傲

絕塞早驚山水變。中天又見風雲幻。到處楚歌連碧漢。爭忍看。年來
國事蝍蟷亂。　忙裏韋編翻已倦。愁邊弦管聽還厭。明日黃花今日宴。
天涯遠。西風落葉回腸斷。

謁金門

何寶鈞

如鈎月。斜照畫檐殘雪。坐對清輝愁暗結。無端圓又缺。怕聽離弦韵
闋。　那忍水沈烟滅。舊約紅蘭猶記得。臨歧君贈妾。

385

菩薩蠻

粟文同

西園雨歇天新霽。揉藍波上鴛鴦戲。楊柳舞風輕，滿塘春水平。斜陽芳草綠。人在青山曲。倚檻怕黃昏，黃昏思斷魂。

青玉案

許敬武

楊花吹亂江南路。看天外、孤鴻去。一帶斜陽春滿樹。關山依舊，歸程何處。烟繞湘皋暮。　晴窗閑覓相思句。月靜香沈桃葉渡。千里征帆催戍鼓，愁腸欲斷，別情無數，每被流鶯妒。

攤破浣溪沙

張九如

長白山頭雪未消。龍江哀雁避盤雕。塞管吹成亡國調。客魂消。一例蟲沙無限恨，不情風雨可憐宵。漏盡燈殘人不寐，北天遙。

江南春

烟漠漠，水悠悠。風清漁唱遠，雨打落花愁。江南春暮關山阻，心逐東歸汴泗流。

浣溪沙

趙鑒璋

紅葉黃花滿稻村。楊榆蕭瑟秀雲墦。荒城望斷夕陽津。　依舊畫橋流水處，重來不見浣溪人。臨風嗚咽與誰論。

漁歌子

侯德遠

雁唳霜天月滿橋。憑闌無語動秋騷。韶景逝。玉容銷。寒雲白草望中遥。

（以上摘自《庠聲》1932 年第 11 期）

減蘭

徐世璜

日長人倦。聽徹隔簾鶯語囀。報道春歸。雨打殘花事事非。　　樂隨春去。春又渺茫無覓處。芳意闌珊。望斷天涯無數山。

搗練子

朝露重。午陰清。楊柳垂垂杏子青。深院晝長無意緒，杜鵑聲裏計歸程。

鷓鴣天

桑繼芬

雨驟風狂送暮春。鷓鴣聲裏又黃昏。東園暗重門靜，憔悴幽花總斷魂。　　人語寂，篆香溫。心情惆悵喜還嗔。宵來但把銀缸剔，隔院傳來更漏頻。

臨江仙

花事闌珊春事了，乳鴉啼盡黃昏。重樓歌舞幾時聞。一鈎新月小，人影上苔痕。　　錦瑟年華塵夢裏，無端空自紛紜。惱人天氣最消魂。玉屏斜倚處，簾動蕙風熏。

卜算子

謝蘭英

薄暮獨憑闌，雨後窺南圃。萬點飛紅鬥艷酣。烟柳垂金縷。　　杜宇一聲聲，忽報春歸去。啼得花殘始自休，憔悴知誰顧。

臨江仙

雨霽雲收天欲暮，看山新帶愁恨。滿懷緒不堪彈。數年同硯讀，一別

387

幾多春。　　素簡難弛方寸結，昔游無限消魂。落花時節夢逢君。覺聞鶯語鬧，懊惱向誰論。

（以上摘自《庠聲》1932 年第 13 期）

甘州·龍亭懷古

吳益曾

對西風落葉晚秋天，無語上層樓。看秦雲隴霧，黄河滾滾，白日悠悠。是處衰楊衰草，客館對荒丘。點點歸鴻過，頓引新愁。　　遥想宋宫當日，幾笙歌游宴，調按梁州。嘆廢祠空沼，轉眼夢華休。多少事、丹楓湖畔，問而今、何地覓風流。興亡感，暮烟横處，此恨難收。

錦纏道

何寶鈞

芳草連天，一片碧雲如錦。看林花殘紅半褪，亂飛狂蝶翻成陣。淡靄輕烟，樓外青山隱。　　嘆流年客居，沈腰瘦損。病憫憫、豪情消盡。問故園、幾日重行到，畫屏春鎖，一夜東風緊。

鵲橋仙

亭臯葉落，孤城砧動，寂寞年華依舊。荒山月色映寒蘆，祇合伴、飄零人瘦。　　柔情邈邈，愁思夢夢，客裏重陽空負。一絲千里繫離魂，都不爲、悲秋病酒。

唐多令

邢夢秋

往事夕陽中，秋侵烏桕紅。倚危闌目斷霜空。萍梗浮生渾不定，無限恨，怨蒼穹。　　長嘯對西風。音書絶塞鴻。滯天涯、別緒難通。遥指故園西去路，烟漠漠，霧濛濛。

醉落魄

薛珠

寒風惻惻，金梁橋外烟凝碧。隋堤零落沙停積。塔枕荒城，隱隱撐空立。　夢裏東京豪華色，而今往事成陳迹。英雄萬古堪嗟惜。河水滔滔，逝者亙今昔。

點絳唇

張九如

萬馬齊暗，風吹落葉無人顧。冷雲南度，斜日荒陵樹。　滾滾長河，波撼天涯路。何堪睹，亂烟催暮，千里茫茫處。

（以上摘自《庠聲》1932 年第 19 期）

青玉案

郭筱竹

朔風動地垂楊暮。又落葉、辭霜樹。荏苒年華愁裏度。曉烟寒驛，夕陽古戍。都是凝情處。　利名過眼知何據，今日還如昔人誤。彈徹冰弦誰與訴。小村雞唱，短籬蛩語，且伴明蟾住。

蝶戀花

劉楚簫

蘆葉荻花風瑟瑟。野渡無人，江上歌聲隔。尊酒孤舟傷過客。征鴻送到清秋色。　北望遼陽何處覓。斜月疏鐘，落木寒鴉集。三兩漁燈紅未息。今宵夢醒聞村笛。

踏莎行

常芸庭

細柳高槐，千花百草。白山黑水堪游釣。遼陽不是舊時春，干戈滿地多煩惱。　渺渺予懷，迢迢遠道。風光何似今難曉。覆巢乳燕最淒涼，栖遲何處門庭好。

玉樓春

賈恒富

蓋地寒威風慘切。白日無光蟲鳥絕。飛瓊一刹下瑤臺，遍向人間抛玉屑。　　憑闌不語看霏雪。近水遙岑難辨別。天涯行客幾時歸，萬點離情空自結。

調笑令

劉振典

芳草。芳草。陌上東風春好。紅袂猶餘暗香。一曲離歌斷腸。腸斷。腸斷。愁到江南綠岸。

搗練子

愁獨倚，小樓東。點點昏鴉落葉風。多少杜娘離別恨，又看眉月到天中。

（以上摘自《庠聲》1932 年第 20 期）

附錄二：楊萬里《跋〈蔡嵩雲藏友朋詞札〉》

　　長沙聚珍軒主人雷鳴先生以我好讀詞，遂出示所藏民國間詞札一束。驟觀之，筆墨燦然，文氣逼人。該詞札共計 114 頁，收詞人 13 人，詞作百十七首①（含再呈修訂稿，目錄附本文末）。13 是夏敬觀（映庵）、仇垺（述庵）、吳梅（霜厓）、陳匪石（倦鶴）、石凌漢（雲軒、弢素）、邵瑞彭、林鵾翔（鐵尊、半櫻）、廖恩燾（懺庵）、汪東（寄庵）、夏承燾、喬大壯（曾劬、壯毆）、吳徵鑄、無悔，大多爲民國時期在南京的大學教授、名流。詞札末多署“嵩雲詞宗教正”或“柯亭詞宗教正”，故知原來都是蔡嵩雲家藏後流入民間的，因名之《蔡嵩雲藏友朋詞札》。除少數詞作未標時間外，絕大部分詞皆有呈稿時間，起自 1930 年 10 月，終于 1944 年 4 月，皆如社、（續）潛社、午社唱和之作。細讀之後，深感該詞札蘊含大量民國間詞壇學術資訊，值得探究。限于篇幅，今僅舉四端言之：1. 留下了當時南京、上海詞壇唱和的原始資料；2. 可考察晚清四大詞人之後詞壇詞學風尚變遷的軌跡；3. 可推進蔡嵩雲詞學思想研究和重審其詞史地位；4. 詞籍校勘意義。略述如下。

一

　　民國初期，上海與南京已成兩大詞學重鎮。據唐圭璋先生回憶，1934 年吳梅組織詞社如社，取“如磋如切”之意（或謂取《詩經·小雅·天保》中“九如”之意），約廖懺庵、林鐵尊、仇垺、石凌漢、陳匪石、喬大壯、汪旭初、蔡嵩雲等參加，吳梅的弟子唐圭璋、盧前、吳白陶（徵鑄）等也在內。大家輪流作東，每月集會一次，地點在夫子廟萬全酒家。後來刻過《如社詞鈔》（《我學詞的經歷》）。先後入社者有 24 人，另據吳梅日記統計，如社前後共舉行過十八次雅集。1936 年 9 月印行《如社

---

　　①　應爲百十八首。

詞鈔》時，收社員詞作 226 首，顯然後面幾次集會之作沒有收入，本詞札中正好留有不少資料。

早在 1924 年，吳梅就已在南京與學生組織有潛社。潛社分前後兩個時期。前期以詞爲主，後期以曲爲主，大約在 1928 年前後中斷了活動，這期間的創作曾收入《潛社詞刊》《潛社曲刊》。1936 年，吳梅再次賡續潛社，本詞札中有吳梅兩詞，其一曰〔江城梅花引〕，自注："丙子 (1936 年) 春禊賡續潛社偕南雍諸生同作。二月廿二第一集。"其二曰〔看花回〕(咏杏花)，自注："三月廿一日潛社第二集。"《潛社詞續刊》應收有此詞。當時石壩街發現媚香樓界碑 (媚香樓是明末著名歌妓李香君的故居)，如社成員便以〔高陽臺〕爲調進行創作。這應是如社最令人難忘的一次雅集了。

抗戰爆發後，南京詞壇雲散，1939 年，廖恩燾 (號懺庵，廖仲愷兄，曾爲清朝駐古巴大使) 等十五人又結午社于上海。據《中國詞學大辭典》第 293 頁介紹，是年冬，該詞社重要骨幹林鐵尊去世，詞社遂罷。該社唱和七次，結集爲《午社詞》。但是，該詞札中尚有述庵三詞，分別是〔黃鶯繞碧樹〕，注曰"午社第八集"，〔春從天上來〕，注曰"午社第九集"，〔淡黃柳〕，注曰"午社第十集"，時間均在 1940 年。似可補上說之失。如果將時間截止在 1949 年，午社應該是晚清四大家的弟子們或弟子輩詞人的最後一次有影響的詞壇聚會，代表著一個詞學傳統的終結。尤可注意者，從詞札署稱來看，諸人公認以蔡嵩雲爲"詞宗""社長"，如如社第十八集石凌漢詞稿即署"嵩老社長大詞宗鈞誨敬希批教"。其他社員也是每有創作皆呈蔡氏指正，甚至有同一首詞三致改稿者。"如切如磋，如琢如磨"可見前人典型。

二

晚清詞壇，總體上還是籠罩在常州詞派的影響之下，其中代表性的詞人即晚清四大家：王鵬運、朱祖謀、鄭文焯、況周頤。蔡嵩雲《柯亭詞論》"清詞三期"條概括此時詞壇特點爲："本張皋文意內言外之旨，參以凌次仲、戈載審音持律之說。……以立意爲體，故詞格頗高；以守律爲用，故詞法頗嚴。"而究其源，實則上繼周濟《宋四家詞選》中提出的主張："問塗碧山 (王沂孫)，歷夢窗 (吳文英)、稼軒 (辛棄疾)，以還清真（周邦彥）之渾化。"本詞札中的十三人，除吳徵鑄爲吳梅學生、無悔未考知其人以外，均與晚清四大詞人有過學詞或唱和經歷，大體上可視爲四大詞人的嫡傳。據唐圭璋先生介紹，如社雅集時，詞調由各人輪流出，詞題、詞韵不限，但詞調以依四聲爲主，取名家創製爲準則，如〔傾杯〕依柳永"鶖落霜洲"體，〔換巢鸞鳳〕依梅溪四聲，〔綺寮怨〕依清真四聲，〔水調歌頭〕依東山四聲，〔泛青波摘遍〕依小山四聲等（《我學詞的經歷》）。從該詞札收詞情況來看，其中最主要的變化是諸人已突破《宋四家詞選》的限制，取法多樣，在繼承晚清四大家特色的同時，已表現出一定的新變。在同時或稍後，胡適、梁啓超、胡雲翼等人選詞論詞，展示了完全不同的詞學趣嚮，昭示著一個全新詞學時代的到來。

三

蔡嵩雲（楨）是被當前詞界冷落了的人物。《中國詞學大辭典》雖收有其人，但語焉不詳，泛泛帶過。據《詞源疏證》作者自言，西元1913年識武陵（今湖南常德）陳銳（伯弢），向其學作詞之法；1915年遇鄭文焯于上海，向其問宮調之理，始知作詞需嚴守音律；1926年遇況周頤于南京，請益更多，進而知恪守四聲；1930年前後，與"吳子瞿安游"，兩人切磋尤多。蔡氏《詞源疏證》脫稿于1931年，《樂府指迷箋釋》脫稿于1936年，皆吳梅序之。再結合詞札中諸人呈稿時的署稱來判斷，蔡嵩雲年齡應是介于詞人石凌漢（1871～1947）、仇埰（1873～1945）、吳梅（1884～1939）諸人之間。諸人稱蔡氏爲"詞宗""社長"想必是跟蔡氏著《詞源疏證》《樂府指迷箋釋》有關，也説明蔡氏在諸詞人間享有較高的詞學地位，非今之默默無聞者可比。《樂府指迷箋釋》前言中，蔡嵩雲指出《詞源》導夫浙派詞論先路，而《樂府指迷》則導夫常州派詞論先路。這個見地很深刻，對詞學史沒有較深瞭解者是説不出來的。《柯亭詞論》曰："今世詞學正宗，惟有此派（臨桂詞派，指晚清四大家——引者）。餘皆少所樹立，不能成派。其下者，野狐禪耳。故王、朱、鄭、況諸家，詞之家數雖不同，而詞派則同。"這應是蔡氏自道詞學淵源和宗旨。據作者甲申（1944）春仲跋《柯亭詞論》云：此書作于己卯辛巳間（1939～1941），乃自己在竹西江村與避兵上海的臧祜佛、柳肇嘉、謝硯馨通信談詞的產物："緘札月必數至，每次作答，累千百言不能盡，所論者莫非詞也。"本詞札中，有很多詞都是寫于 1939 年到 1941 年間而呈蔡氏指正者，爲何作者未稍稍提及？殊不可解。

四

該詞札所收詞，有足資考證處。如《樂府指迷箋釋》1948 年初版時曾收有石凌漢、林鵾翔、夏敬觀、仇埰、唐圭璋五人的題詞（人民文學出版社 1981 年版均删），今石凌漢、夏敬觀、仇埰三人題詞原稿仍收在此詞札中，而夏敬觀原稿與正式出版之詞，文字上有較多差異。爲更好地説明此詞札在校勘上的意義，試舉吳梅〔繞佛閣〕詞爲例。

繞佛閣

寓齋枯坐，憶家山藤花，復次清真韵。

故山霧斂，搔遍冷發，高卧江館。籬破墻短，但看敗井荒藤布雲慢。翠枝露滿，廊下背手，香氣清遠。相對嬌婉，正宜小倚算屏道巾岸。　　歲月去何速，中酒年光添幾綫。回想俊游，花時來粉面。縱倦鳥思還，霜翅驚箭，紫雲重見。怕作雨籠晴，芳事都亂，掩蕉窗寸心難展。（據《霜厓詞録》）

繞佛閣

寓齋枯坐，藤花垂垂放矣，倚清真韵。

畫闌四繞，殘照半形，高卧江館。籬破墻短，漸看敗井荒滕布雲（青）慢。翠枝露滿，廊下負手，香氣清遠。相對嬌婉，夜深徙倚風前（正直小倚算屏）醉巾岸。　　歲月去何速，萬感征衣慈母綫。回想（首）故園，穠華（花時）能幾面。待夢裏攀條（畫錦延時春），弦上留（宵漏添）箭。好春誰（紫雲重）見，甚（又）做雨烘（籠）晴，芳序都亂，掩蕉窗寸心難展。（據詞札原稿，括弧中小字爲原稿中吳梅自擬改字）

定稿較原稿爲優，正可見詞人切磋之效，依此札，尚可見前人改詞之迹，學古人文字提高處正在此。又如〔夢揚州〕一詞，《霜厓詞録》序爲："燕亡久矣，秋夜入夢，依依平生，次淮海韵記之。"而手札中，此序爲："燕亡久矣，遙夜入夢，依依平生，且多慰藉語，因次淮海韵記之，録《藕䑩憶曲圖》後。"人鬼情未了，文字明顯較前爲勝。又如〔引駕行〕，《霜厓詞録》序爲"讀《樂章集》，戲效其體，并次韵"。而手札中，此序爲："南城遇舊燕，戲效屯田體并次韵。"詞稿後并有一段小字補充説明："大作醖釀，自然勝弟十倍，惟弟效耆卿，不得不作綺語耳，一笑。"手札中文字有助于加深對此詞的理解。

附録：詞札目録

杏天花·奉題柯亭仁兄《樂府指迷箋釋》……映庵

天香·謹題嵩雲詞宗《樂府指迷箋釋》……石凌漢（丁丑三月二九日）

西河·昔和美成金陵懷古十八年矣今再爲之……邵瑞彭

無悶·大梁旅居次碧山均和密雲先生……邵瑞彭

同上（再改稿）……邵瑞彭

徵招·嵩雲居士賦挽强翁率和……邵瑞彭

引駕行·南城遇舊燕戲效屯田體并次韵……霜厓

紅林檎近·後湖蕩舟歸讀旭初詞次清真韵和之……霜厓

繞佛閣·寓齋枯坐藤花垂垂放矣倚清真韵……霜厓

秋思·辛店懷舊步夢窗韵……霜厓（庚午九月）

夢揚州·燕亡久矣遥夜入夢依依平生且多慰藉語因次淮海韵記之録藕䑩憶曲圖後……霜厓

秋宵吟·月當頭夕作……霜厓

泛清波摘遍·丙子元夕自蘇返京次小山韵……霜厓

高陽臺·訪媚香樓遺址……霜厓

倚風嬌近·寓齋稚柳經雪依依時已仲春群芳己（猶）斂賦此一問東君雲……霜厓

碧牡丹·南都秋感次小山韵爲如社十三集……霜厓

迷神引·倚屯田……述庵（辛巳夏六月）

玲瓏四犯·倚梅溪寄懷倦鶴東川……述庵（辛巳夏六月）

泛清波摘遍·別意……述庵

高陽臺·訪媚香樓遺址……述庵

泛清波摘遍·懷倦鶴……述庵

紅林檎近·效清真二首……述庵（丙子後三月）

薄幸・太狷故于雲南馬龍近一年矣時欲以詞悼之而百感交縈無從説起
輒爲掩泪而止秋宵不寐率成此解似仍未稱情于十一也……述庵（庚辰七
月）

彩雲歸・倚屯田……述庵（辛巳六月）

彩雲歸・倚屯田……述庵（辛巳六月，修改稿）

瑶華・冰花……述庵（辛巳花朝前一日）

玲瓏四犯・倚白石和大作賦落花……述庵（辛巳開月）

玲瓏四犯・倚梅溪寄倦鶴……述庵（辛巳六月）

唐多令……述庵（辛巳五月十六日初稿）

惜雙雙……述庵（辛巳五月十六日初稿）

氐州第一……述庵（壬午五月）

玲瓏玉・辛巳除夕大雪……述庵（壬午人日）

鶯啼序……述庵（癸未仲春）

八聲甘州・歲除遇雨賦此遣懷……述庵（甲申元月）

紫萸香慢・奉示新作却寄……述庵

紫萸香慢……述庵（修正稿）

月當廳・中秋夜坐寄東培敬甫江□……述庵（庚辰六月）

惜黄花慢・效夢窗賦菊寄倦鶴冀野……述庵（庚辰十月）

淡黄柳・題大著《樂府指迷箋釋》……述庵（辛巳三月）

揚州慢・用白石韵奉答柯林先生……無悔

紅林檎近・春暮游鍾山深入林落中綠陰蔽□時聞鳥語流泉互答山花媚
人倏然有出塵之想……倦鶴（陳匪石）

夢揚州・得友人書知勺廬歸揚州經歲矣回首薊門舊游忽忽如夢依淮海
均賦寄……倦鶴

秋宵吟・夜校瞻園師遺詞悲從中來倚白石越調寫之……倦鶴

解連環・冬柳……倦鶴

高陽臺・訪媚香樓遺址……倦鶴

泛清波摘遍・滬濱雪中度歲寄懷同社諸友……倦鶴

引駕行……倦鶴

倚風嬌近……倦鶴

繞佛閣……倦鶴

泛清波摘遍‧小山原詞似咏暮春社集在冬適拈此調爰倚聲韵賦雪寄懷……弢素

高陽臺‧訪媚香樓遺址……弢素（如社第七集）

紅林檎近‧如社十集宴于吳宮灑館地爲某都闖故第當年選妓徵歌殆無虛席予恒與焉重來傷今感舊依清真聲韵譜之……弢素

倚風嬌近‧和草窗賦大（六丑）花……弢素

繞佛閣‧如社十一集宴于秦淮即舊題停艇聽笛之水榭也送春感事依清真聲韵譜之……弢素

訴衷情‧擬飛卿……弢素（如社第十二集）

女冠子‧擬松卿……弢素（如社第十二集）

夢揚州‧依淮海聲韵……弢素（如社第十四集）

秋宵吟‧依白石聲韵……弢素（如社第十五集）

解連環‧依清真聲韵……弢素（如社第十六集）

解連環‧依清真聲韵（修改稿）……弢素（如社第十六集）

引駕行‧和耆卿歸自蚌溪車中譜此……弢素（如社第十七集）

卜算子‧戲答子野……弢素（如社第十八集）

秋宵吟‧九月十六夜霜階對月回憶丁卯歲是夕方登牛首東峰大月如盤自塔根涌出光景奇絕今繞郭諸山久成禁地兹游恐難再矣因和白石聲韵……吳徵鑄

圖書在版編目（CIP）數據

蔡楨詞學文集 / 孫克强整理、編校. -- 北京：社
會科學文獻出版社，2025.5
　　ISBN 978-7-5228-2747-6

　　Ⅰ.①蔡… Ⅱ.①孫… Ⅲ.①蔡楨（1891-1944）-
詞學-文集　Ⅳ.①I207.23-53

　　中國國家版本館 CIP 數據核字（2023）第 219205 號

蔡楨詞學文集

整 理 編校／孫克强

出 版 人／冀祥德
責任編輯／吳　超
責任印製／岳　陽

出　　　版／社會科學文獻出版社·人文分社（010）59367215
　　　　　　　地址：北京市北三環中路甲29號院華龍大廈　郵編：100029
　　　　　　　網址：www.ssap.com.cn
發　　　行／社會科學文獻出版社（010）59367028
印　　　裝／三河市東方印刷有限公司

規　　　格／開　本：787mm×1092mm　1/16
　　　　　　　印　張：27.25　字　數：438千字
版　　　次／2025年5月第1版　2025年5月第1次印刷
書　　　號／ISBN 978-7-5228-2747-6
定　　　價／168.00圓

讀者服務電話：4008918866